註解 長時調

黃忠基

國學資料院

序文

　텔리비젼에 방영되는 '국악 한마당'이란 프로를 시청할 때마다 가락의 흥겨움에 놀라고, 시청자의 이해를 돕기 위해 가사가 자막으로 나올 때 그 가사가 어려운 한문으로 되어 있어 국문학을 전공한 나도 모르는 것이 자주 나올 때면 다시 놀란다. 저렇게 어려운 한문을 노래하는 분들이 과연 무슨 뜻인지를 이해하고 노래하고 있는 것인지를.

　우리 고전문학에서 사람들의 사상과 감정을 가장 진지하고 솔직하게 표현한 것으로 고려가요와 장시조를 꼽는다. 또 성(性)에 대한 대담하고 노골적인 표현을 거리낌 없이 한 것을 들라면 아마 우리는 주저하지 않고 마찬가지로 고려가요와 장시조를 들 것이다. 고려가요는 고려 말엽의 극도로 혼란한 사회에서 내일에 대한 희망조차도 보이지 않는 극도로 불안정한 상황에서 퇴폐적인 사회 모습을 개인이 아닌 사회 집단의 정서를 나타낸 민요라고 한다면, 장시조는 우리 고전문학의 문예부흥시대라 일컫는 조선 영·정조 시대에 집단이 아닌 개인적 정서를 노래한 시가라는 점에서 차이가 난다고 하겠다.

　한시문을 시조화한 것들은 어려운 말이 많아 우선은 그 것을 읽어낼 지식이 필요하며, 국어체의 시조들은 시어가 평시조에 쓰인 것들보다 고상하고 우아한 맛이 떨어진다고 하겠으나 봉산탈춤이나 양주별산대놀이에 나오는 대사(臺詞)와 비교해 본다면 속되다고 하지는

못할 것 같다. 한마디로 장시조를 평한다면 나는 야하지만 속되지 않다고 하겠다.(야이불속:野而不俗)

이 책은 이제까지의 장·단시조로 구분하지 않고 수록한 가집을 비롯하여 문집이나 간혹 발견되는 사본 등에 수록되어 있는 것에서 장시조만를 뽑아 읽고 감상하는데 도움을 주고자 상세한 주석과 그 작품과 관련된 사항들을 가능한 전부 망라하여 작품 이해에 보탬이 되도록 하였다. 현대를 사는 우리에게 고전을 대하고 읽어 감상의 기회가 되었으면 하는 바램뿐이다.

이 책이 나에게는 열번째의 저서가 된다. 졸저 『長時調 硏究』의 자매편으로 보는 것이 좋겠다. 이 책을 보다가 혹시라도 장시조에 대하여 자세히 알고자 한다면 참고로 하는 것이 좋겠다. 혹 주석 가운데 모르는 것이나 잘못된 것이 있으면 깨우쳐 주기를 바란다.

끝으로 어려운 사정에도 불구하고 세상에 얼굴을 보일 수 있도록 하여준 國學資料院의 鄭贊溶 사장님과 편집의 수고를 마다하지 않고 애써주신 韓鳳淑 실장에게 고마움을 표한다.

2000년　7월　1일

저자　삼가 씀

目 次

일러두기

1. 여기에 수록되어 있는 작품들은 가집을 비롯하여 가집 사본 등에서 필자가 수집한 장시조를 전부 수록한 것이다.
2. 고시조는 문집이나 원칙적으로 띄어쓰기가 안 되어 있고 가집에 따라 3분 또는 5분으로 띄어쓰기가 되어 있으나 여기서는 3장으로 구분하였고 띄어쓰기는 현대 맞춤법에 따랐다.
3. 철자는 인용한 가집에 있는대로 하였고, 가집에 따라 차이가 나는 것은 원칙적으로 무시했다.
4. 중요 가집에 쓰인 약호는 다음과 같다.

靑丘永言 珍本　(珍靑)	〃 高大本(樂高)
〃　　六堂本(靑六)	詩歌 朴氏本(詩歌)
〃　　淵民本(靑淵)	古今歌曲(古今)
〃　　가람本(靑가)	槿花樂府(槿樂)
靑邱詠言 가람本(靑詠)	樂學拾零(樂學)
海東歌謠 一石本(海一)	靑邱歌謠(靑謠)
〃　　周氏本(海周)	金玉叢部(金玉)
〃　　朴氏本(朴海)	海東樂章(海樂)
歌曲源流 國樂院本(源國)	花源樂譜(花樂)
〃　　河合本(源河)	大東風雅(大東)
〃　　佛蘭西本(源佛)	南薰太平歌(南太)
〃　　가람본(源가)	永言類抄(永類)
樂府 서울大本(樂서)	興比賦(興比)

長時調 槪觀

　이 글은 장시조란 무엇인가를 이해하는데 도움을 주고자 쓰는 것이다. 여기서 장시조란 우리가 이미 사설시조로 널리 알려진 시조를 그렇게 부르는 것임을 전제로 하고 붙인 명칭임을 밝혀 둔다.

　지금까지 장시조는 조선시대 후기에 평민들에 의해 불리워진 기형적(畸形的)인 형태의 시가 문학의 하나로 얼마간 불리워지고 창작되다가 이제는 소멸된 것으로 인식되어 지고 있는 실정이다. 그러다가 근래에 들어와서 그 형식의 발생시기가 종전의 임진왜란(壬辰倭亂)이나 병자호란(丙子胡亂)을 겪은 조선조 후기의 평민들에 의해 발생되었다고 하는 주장들에 대해 일부 양반 사대부들의 작품이 새로 발굴되어 종전(從前)에도 그런 주장이 아주 없었던 것은 아니지만 임진왜란 이전의 조선 명종대(明宗代)에서 선조대(宣祖代)에 이르는 시기에 발생했다는 주장들에 무게가 실리고 있는 실정이다. 또 장르 문제에 있어서도 평시조가 그 형태를 발전하여 장시조가 되었다는 견해와, 처음부터 장단(長短) 형태의 시가가 병존(並存)하여 시조가 아닌 별개의 형태의 문학이란 주장도 제기(提起)되고 있는 실정이다.

　여기서는 장시조 작품을 읽고 감상하는데 조금이나마 보탬이 되고자하여 장시조 전반에 대해 저자가 펴낸 『長時調 硏究』에서 주장한 것들을 개략적으로 설명하고자 한다. 혹시라도 좀더 자세한 것을 알고자 하는 분들은 상기(上記)의 책이나 다른 참고 서적들을 참고하시기 바란다.

1. 명칭(名稱)

장시조를 부르는 명칭은 장시조(長時調), 장형시조(長形(型)時調), 사설시조(辭說時調)와 만횡청류·만횡청(蔓橫淸類·蔓橫淸)이 있다. 장시조나 장형시조는 그 형태가 단형(短形)인 평시조(平時調)보다는 길어진 시조라는 의미에서 상대되는 개념으로 쓰인 것이고, 사설시조는 가람 이병기(李秉岐) 박사가 시조를 부르는 명칭을 음악에서의 명칭과는 별개의 것으로 구분하고 문학에서 그 형태 소위 기본형에 해당하는 단형의 시조를 平時調로, 평시조 보다 어느 한 구절(句節)이 늘어난 것을 엇시조(旕時調)로, 평시조보다 2구절 이상이 늘어난 것을 사설시조로 부른데서 연유한 것으로, 원래 사설시조란 문학이 아닌 시조창(時調唱)의 한 종류로 이미 국악에서 사용하고 있는 명칭을 차용(借用)한 것이다. 만횡청류는 김천택(金天澤)의 『청구영언』 (靑丘永言)에서 당시에 불리워지고 있는 노래들의 곡조와는 별개의 것으로 불리워지고 있는 노래들을 가리키는 명칭으로 처음 쓰인 것으로, 만횡청의 부류(部類)란 뜻으로 쓴 것이다. 이를 만횡청으로 부른 사람은 이능우(李能雨)다. 장시조가 평시조에서 발전해 나온 것이라면 장시조라는 명칭이 무난하다고 하겠으나, 고려시대부터 장단 형태의 노래가 병존(竝存)했다고 하는 견해를 받아들인다면 명칭도 시조라는 말을 대신하여 다른 이름으로 불러야 할 것이다. 그러나 장시조가 평시조의 영향을 받은 것만은 틀림이 없기 때문에 우선은 시조의 부류(部類)에 넣을 수밖에 없으며 다만 한시(漢詩)의 절구(絕句) 처럼 정형(定型)이 아니기 때문이 '형'(形)과 '형'(型)이 분명하지 못한 상태에서 장형시조보다는 장시조라 부르는 것이 무난한 것이 아닌가 한다.

2. 형식(形式)과 구성방식(構成方式)

　지금까지 문학에서의 시조 형식을 가람이 주장한대로 단형(短形)을 평시조(平時調)로, 중형(中形)을 엇시조(旕時調)로 그리고 장형(長形)을 사설시조(辭說時調)로 구분하고 있는 실정이다. 그리고, 그 형식적 기준을 엇시조는 평시조보다 한 구(句) 이상이 늘어난 것으로, 사설시조는 두 구이상 늘어난 것으로 삼고 있다. 그러나 그 '구'가 정확하게 몇 자 정도인지는 밝힌 바가 없고 다만 한 어절 정도로만 인식되어 왔다. 그래서 이제까지 시조 형식에 대해 언급한 것을 보면 음절수를 계산하는 방법을 운운하면서 몇 자가 늘어나면 엇시조, 또는 사설시조로 구분하는 등의 의견이 구구한 실정이다. 또 중형이 란고 하는 엇시조와 장형이라고 하는 사설시조를 굳이 구분해야 할 필요성이 있는지도 생각해 볼 문제이다. 여기서는 평시조와 이보다 한구절 이상이 늘어난 것부터를 장시조로 보고자 한다. 여기서 구절이란 보통 주어와 서술어의 관계를 가진 삽입구나 수식(修飾)과 수식을 받는 구가 있을 경우를 원칙으로 삼고자 한다. 경우에 따라서는 여기에 해당하지 않지만 초·중·종장 가운데 두 곳에서 평시조보다 다소간에 길어진 경우도 해당되는 것으로 했다.
　구성방식을 보면 3장(章) 가운데 어느 1장이 길어진 것과 2장 또는 3장 모두가 길어진 경우가 있으며, 특히 평시조와 달리 대화(對

話)의 형식을 취하고 있는 경우가 많다고 하겠다.

3. 발생(發生)

장시조 가운데 학자간에 의견의 차이가 두드러진 것이 과연 장시조의 형식이 언제 발생했느냐 하는 문제라고 하겠다. 종전(從前)까지에도 장시는 임진왜란과 병자호란을 겪고 대두하기 시작한 평민들에 의해 국문문학의 중심세력이 넘어왔고, 성리학 대신에 실학이 성행하고, 서구의 문물이 유입되기 시작하며, 문학의 근대화 과정에서 운문문학에서 산문문학으러 이행되는 과도기에 발생한 것이라는 그럴 듯한 이론으로 조선조 후기 발생설을 합리화 하는 경향이었으나, 임진왜란 이전에 양반 사대부들에 의해 지어진 장시조 형태의 작품들이 하나 둘 발굴되면서 종래의 주장들을 바꾸어 임진왜란 이전으로 그 발생시기를 주장하는 경향이 있음을 보게 되었다. 그러나, 이론이 없는 것은 아니나 고려말에 이방원(李芳遠)이 포은(圃隱) 정몽주(鄭夢周)를 초대한 자리에서 서로 주고 받았다는 '하여가'(何如歌)와 '단심가'(丹心歌)를 지은 자리에 대은(大隱) 변안렬(邊安烈)이 지었다는 '불굴가'(不屈歌)가 장시조 형태란 사실이 밝혀지고 부터는 적어도 장시조의 발생이 고려시대라는 주장이 설득력을 갖는다고 하겠다.

4. 주제(主題)

하나의 문학 형식이 발생하여 사람들의 사상감정을 표현하는데 조금의 불편도 없이 충분하다면 그 형식은 생명을 가질 것이다. 시조도 고려 중엽에 형식이 발생하여 지금까지 현대시의 하나로 그 명맥을 유지해 오고 있다. 장시조의 발생을 적어도 고려시대로 본다면 적어도 600여년의 역사를 계속해 오고 있는 실정이다. 시조와 마찬가지로 장시조도 초기의 자가들이 사대부 계층에 속하기 때문에 주제도 평시조와 다름이 없다고 하겠으나, 『청구영언』에 수록되어 있는 만횡청류가 다 이름을 밝힐 수 없는 평민들의 작품이며, 시대가 오래 되어 작자를 알 수 없는 것은 아니라고 본다. 『시경』(詩經)에도 다 고아(高雅)한 노래만 수록되어 있는 것이 아니라 음란하다는 평(評)을 받는 정위(鄭衛)의 노래도 같이 수록되어 있다.

장시조도 고아한 주제의 노래는 사대부의 것이고 음란한 주제는 서민들의 노래라는 견해는 맞지 않는 것이며, 다만 임진왜란과 병자호란 이후에 일반 서민들의 활동이 두드러지고 가곡창(歌曲唱)과 시조창(時調唱)의 발달로 창작이 활발해지면서 사람들의 사상감정을 노골적으로 표현한 작품들이 많이 창작되고 몇몇 사람들 외에 작자가 밝혀지지 않았기 때문에 이를 무조건 일반 서민들의 작품으로 몰아부치는 견해는 시정되어야 할 것이다.

한시(漢詩)를 시조화 하는 과정에서 장시조의 형태를 취한 것과 전통적으로 유교사상을 노래 한 것이 아직도 많지만 영조조 후기에 金壽長을 비롯한 가객들이 등장하면서 작자를 밝힌 장시조 작품이 창작되고부터는 인간의 본능적 욕구 등을 표현한 애정(愛情)에 관한 작품이 장시조의 주제로 등장했다고 하겠다. 그러니까 장시조의 주제는 이런 유교적인 내용의 것과 남녀간의 애정을 노래한 것으로 대별(大別)된다고 하겠다.

5. 작가(作家)와 향유층(享有層)

　　앞에서도 언급했지만 장시조를 일반적으로 일반 서민들이 짓고 그들이 즐긴 문학으로 인식하고 있는 실정이다. 그러나, 이제까지 알려진 초기의 장시조 작가들은 사대부 계층이며 일반 서민들이 작가로 등장하는 것은 『海東歌謠』를 편찬한 金壽長부터 비롯되고 있다. 김수장이야 서리(書吏)출신으로 한 때 기성서리(騎省書吏)를 지낸 일이 있지만 그가 장시조를 짓고 또 내용이 남녀간의 애정을 다루는 작품을 발표한다고 해서 사회적으로 비난을 받을 그런 시대도, 인물도 아니기에 떳떳하게 자신의 이름을 밝힐 수가 있었지만, 조선 전기에는 이런 경우에 사대부가 자신의 이름을 밝힐 수도 없고 그럴 사람도 없었을 것이고, 더구나 이름을 남길 수 없던 일반 서민들의 작품이 남아 있을 수가 없다고 하겠다.『靑丘永言』에 수록되어 있는 만횡청류의 116수(首)의 작품이 다 일반 서민의 작품이라고 주장하기는 어려울 것이다. 영조조 후기에 와서야 작자에 대한 신빙성 문제가 없는 것은 아니나 이정보(李鼎輔)나 신헌조(申獻朝)와 같은 이는 노골적인 남녀간의 성을 다룬 작품을 발표한 것으로 보아 작가가 꼭 서민 대중이어야 할 이유가 없다.

　　또 장시조의 향유층(享有層)도 이제까지는 일반 서민들로 국한하여 이들만이 즐긴 것으로 주장하고 있으나 이는 작중화자(作中話者)와 작자을 혼동한 까닭이라 하겠다. 작중화자를 작자로 잘못 이해하여 장시조의 작자도 향유층도 다 일반 서민으로 본 것은 아직 우리에게 서구적인 문학이론이 도입되기 이전에 장시조에 대해 초기에 연구한 학자들의 혼동이 그대로 인식되어 있는 실정이다. 조선시대 사대부들도 각종 시화(詩話)에서부터 『삼국지연의』(三國志演義)를 비롯한 중국의 소설(小說)과 야담(野談)이나 소화(笑話) 내지는 음담패

설(淫談悖說)로 지목되는 서적들을 즐겨 읽었음을 우리는 볼 수 있다. 그런데도 성(性)에 관한 문제을 다룬 것은 무조건 일반 서민들의 몫으로 돌리는 것은 잘못된 견해라 하겠다. 인간의 본능적 욕구를 나타낸 것을 읽고 즐기는 것에 신분의 차이가 있을 수는 없을 것이다.

6. 문체(文體)

여기서 문체라고 하는 것은 소설에서 말하는 소설의 3요소에 해당하는 뜻의 문체가 아니다. 소설에서는 작가가 자기 나름대로의 개성적인 문체를 창조하여 작가적인 특질을 보여줄 수 있겠으나 시조에서 문체란 표기 수단에 따라 나눈 것으로 여기서는 국어체 시조(國語體 時調), 국한문혼용체 시조(國漢文混用體 時調), 한문현토체 시조(漢文懸吐體 時調)와 이두혼용체 시조(吏讀混用體 時調)의 4가지로 구분하고자 한다.

국어체 시조는 순수 국어로 되었거나, 한자어를 섞어 썼어도 그것이 생소하다는 느낌을 주지 않는 경우의 시조를 말하는데, 그렇게 많은 것은 아니다. 국한문혼용체 시조는 한자어와 중국의 고사(故事) 등을 섞어 지은 것으로 가장 많은 분량이다. 우리 어휘의 70%가 넘게 한자어인 것을 감안한다면 국한문혼용체 시조가 많은 것은 당연한 일이지도 모른다. 한문현토체 시조는 한시문에 토를 달거나 부분적으로 번역하거나 한시문의 원문(原文)을 사용한 것으로 형식만이 3장(章)으로 나눌 수 있으나 한시문을 그대로 가져왔기 때문에 종장 초구가 3자라는 기본형식조차도 제대로 지켜지지 않는 경우가 허다하다. 이두혼용체 시조는 현전하는 것이 3수밖에 없다.

7. 재발흥(再發興)과 전성기(全盛期)

여기서 재발흥이란 용어를 사용한 것은 장시조의 발생을 고려시대라는 전제 아래 조선조 후기에 들어와서 가객들이 등장하고 그들이 자신의 이름으로 장시조를 발표한 영조 30년 이후를 재발흥의 시기로 보고 장시조가 재발흥하게 된 원인으로 일반 서민들의 자각과 경제적 부(富)를 바탕으로 사회의 진출과 활동이 두드러진 점과 창(唱)의 발달로 다양한 곡목의 가곡창이나 시조창이 생겼고 더구나 장시조를 얹어 부를 수 있는 곡목의 발달로 거기에 필요한 대본으로 장시조가 창작되었음과, 그 시기는 짐작컨대『청구영언』과『해동가요』의 편자인 金天澤과 金壽長과의 관계와 연관이 있는 것으로 짐작되어 아마도 김천택이 죽은 다음에 김수장이 본격적으로 장시조 창작을 활발하게 한 것으로 여겨지니, 대략 영조 30년 이후에서 그리 멀지 않은 시기가 아닌가 한다.

장시조의 전성기(全盛期)는 병자호란 이후 숙종조에서 영조조 초기에 출생한 시기의 작가들이 가장 왕성하게 활동하던 영조 30년 이후 영조말까지의 약 20여년간에 그 당시 가단(歌壇)에서 주도적 역할을 했던 김수장을 중심으로 그의 정자(亭子)인 노가재(老歌齋)를 十숙하고 노가재가난(老歌齋歌壇)을 빙싱할 징도도 많은 사림들이 모여 장단(長短)의 시조를 짓던 시기를 전성기라 부를 수 있을 것이며, 작품은 이시기에 불려졌을 것으로 짐작되는 것들이 후에 육당본(六堂本)『청구영언』에 다량으로 수록되었다고 하겠다.

8. 장시조(長時調)에로의 전성(轉成)

　시간이 흐르다 보면 다른 장르의 문학이 서로 들어오고 나감이 있는 법이다. 장시조에도 다른 장르의 문학이 유입(流入)되어 작품을 이루고 있음을 보게되니, 대체로 민요(民謠)나 잡가(雜歌)를 비롯해 가사(歌詞)와 소설(小說)이 그것이다.

　민요의 경우에는 어느 특정한 작품보다는 타령이나 엮음 등의 수법이 시조에 도입되었고, 잡가의 경우는 「권주가」(勸酒歌)나 「춘면곡」(春眠曲)등 주로 조선조 후기의 것들이 많다. 가사의 경우는 이제까지 허난설헌(許蘭雪軒)의 「규원가」(閨怨歌)와 노계 박인노(蘆溪 朴仁老)의 「사제곡」(沙堤曲)의 일부를 가져온 전부이다. 그러나 소설의 경우는 아주 많아서 중국의 소설로는 단연 『삼국지연의』(三國志演義)가 가장 많고, 『서유기』(西遊記)나 『서상기』(西廂記)가 있고 우리 고전소설로는 『숙향전』(淑香傳)을 비롯해 『홍길동전』(洪吉童傳), 『구운몽』(九雲夢)이 있고, 『춘향전』(春香傳)과 『심청전』(沈淸傳)과 관련이 있는 것도 있다. 대개는 작품 전체를 요약하는 형식이 많으나 어느 한 부분을 가지고 시조화하는 경우도 있다.

9. 평시조(平時調)의 장시조화(長時調化)

　소문(所聞)이란 여러 사람들의 입을 거쳐 갈수록 내용이 확대되거나 변질된다. 시조에도 이런 현상이 있으니 분명 어느 시조를 세월이 지나거나 혹은 거의 같은 시기라 하더라도 누군가에 의해 엿가락처럼 늘어나서 같은 주제거나 수법이 비슷한 것 가운데 처음의 것이라 여겨지는 것보다 상당히 길어진 것을 아주 흔하게 볼 수 있다.

이는 짐작컨대 어떤 노래를 듣고 다른데로 옮기는 과정에서 잘못 전달하는 경우보다는 그 노래에 대해 불만을 가졌던 어떤 사람이 자신의 뜻과 다른 경우에는 더 보태거나 혹은 변개(變改)시킨 것이라 생각된다.

또 다른 이유의 하나는 장시조를 얹어 부를 수 있는 곡목(曲目)의 발달로 대본으로 많은 작품들이 필요했으나 수요만큼 공급이 따르지 못하자 임시 방편으로 기존의 단형(短形)의 것들을 가져다 보태고 다소의 변개를 거쳐 장시조화한 것이라 하겠다. 이러한 현상을 우리는 '곰보타령'이라는 노래에서 볼 수 있다.

이와 반대되는 현상도 일어났으니 본래의 긴노래를 축약시켜 오히려 짧은 노래로 만드는 경우도 있다. 송강(松江)의 「장진주사」(將進酒辭)를 가져다 평시조형으로 만든 경우가 그것이라 하겠다.

10. 현대시(現代詩)에로의 발전(發展)

갑오경장(甲午更張)을 계기로 서구문물(西歐文物)이 빠른 속도로 유입(流入)되면서 과거 우리의 문학이란 현대문학을 건설하는데 조금도 보탬이 될 것이 없다는 사고방식이 한 때를 휩쓴 일이 있다. 서구문학이란 새로운 입장에서 보면 과거의 우리 문학이란 하나도 쓸모 없는 것으로 인식되었기 때문이다. 여기서 비롯된 것이 소위 전통의 계승이냐 단절이냐 하는 문제였다. 그러나 어제 없는 오늘이 있을 수 없는 것과 마찬가지로 아무리 시대가 바뀌고 가치 기준이 달라졌다고 해서 과거의 우리문학의 전통적인 요소들을 부정하고 하루 아침에 버릴 수는 없는 것이다. 자유시의 창작이 활발해지면서 전통적인 시가인 시조를 더 이상 쓸모가 없는 것으로 매도했다가 1920년대 중반에 일어난 시조부흥운동(時調復興運動)으로 시조는 이제까지 현대시의 한 영역으로 현대인의 사상감정을 표현하는데 아무런 지장이 없음을 보여주고 있다.

다만 장시조는 인식의 부족으로 갑오경장 이후에 완전히 소멸된 것으로 알고 있으나 몇몇 작가들의 꾸준한 창작으로 현재까지 그 명맥을 유지하여 오고 있는 실정이다. 더 많은 작가들의 등장과 활발한 창작과 보급으로 시조와 더불어 현대시의 일익(一翼)으로 발전해야 할 것이다.

11. 장시조(長時調) 감상(鑑賞)하기

장시조는 물론 현대의 문학이 아니다. 그렇다고 무조건 과거의 문학으로만 취급할 것이 아니다. 고전(古典)이란 물론 과거의 것이지만 현대에 사는 사람들도 읽어 볼 가치가 있는 것을 가리킨다. 현대와는 현격한 차이가 있으나 과거 우리의 조상이 어떻게 살아왔고 어떤 생각들을 하였는지를 아는 지름길은 아마도 우리의 고전을 읽는 것보다 더 좋은 방법은 없을 것이다. 그래서 '온고이지신'(溫故而知新)이란 말이 생겼는지 모르겠다. 현대를 살아가고 미래의 보람찬 행복을 영위하기 위해서도 과거를 아는 것은 아주 필요한 것이다.

고전 작품을 알기 위해서는 우선 읽을 줄 알아야 할 것이다. 고전을 현대 철자로 읽으면 쉽게 읽을 수가 있으나 고전을 대하는 맛을 잃게 된다. 고전은 고전대로 읽어야 제 맛이 난다. 말은 시대가 바뀌면서 발음도 뜻도 달라지는 것으로 먼저 표기가 현대어 맞춤법과 차이가 난다. 현대어 맞춤법과 가장 큰 차이는 'ㆍ'(아래 ㅏ라고 읽음)

의 사용이다. 현재의 'ㅏ'(아)와 같이 발음하면 된다. 다음은 된소리
의 표기다. 'ㄲ, ㄸ, ㅃ, ㅆ, ㅉ'을 고전에서는 각각 'ㅅㄱ, ㅅㄷ, ㅅㅂ, ㅆ, ㅅㅈ'
으로 표기 했으나 읽는 것은 현재의 독음(讀音)처럼 읽으면 된다.

다음에 뜻을 정확하게 알아야 한다. 말이란 시대가 바뀜에 달라지
는 것은 당연하지만 그대로 쓰임에도 불구하고 뜻이 달라지는 경우
가 많다. 고등학교에서 '훈민정음'을 배울 때 "어린 백성이 ……"에
서 '어린백성'은 '어리석은 백성'이란 뜻임을 알았을 것이다.

또, 한문현토체 시조나 국한문혼용체 시조의 경우 그리고 국어체
의 경우에도 많은 작품들이 대구(對句)로 되어 있음을 주목할 필요
가 있다. "유상앵비(柳上鶯飛)는 편편금(片片金)이요 화간접무(花間
蝶舞)는 분분설(紛紛雪)이라" 처럼 의례 전구(前句)가 있으면 후구
(後句)가 대구를 이룬다. 대화체(對話體)의 경우도 누구와 누구와의
대화인가를 확인해서 읽을 필요가 있다.

끝으로 소리를 내어 큰소리로 몇차례 반복해서 읽을 것이다. 평시
조에 비해 정형적 요소는 줄어들었어도 우리 시가의 기본 운률이라
주장할 수 있는 3·4조, 4·4조의 연속인 경우가 많으므로 자연스럽
게 끊어 읽을 수 있을 것이다.

예나 지금이나 문학 작품을 쓰는 사람들은 어떤 것에 대해 직설적
으로 표현하는 경우가 드물다. 나름대로의 비유나 상징 등의 수법으
로 표현하기 때문에 그것이 무엇을 뜻하는 것인지를 알아야 할 것이
다.

가령

두터비 프리를 물고 두험 우희 치ᄃ라 안자

것넌 山 ᄇ라보니 白松骨에 떠잇거늘 가슴이 금즉ᄒ여 풀덕 쒸여
내ᄃ다가 두험 아래 쟛바지거고

모쳐라 놀낸 낼싀만졍 에헐질 번 ᄒ괘라. (珍靑 520)

에서 '두터비, 파리, 백송골'이 무엇을 상징하는 것이며, 두꺼비의 행동은 무엇을 뜻하는 것인지를 옳게 이해해야 비로소 이 시조의 뜻을 알게 될 것이고 그 뛰어난 수법에 감탄하게 될 것이다.

長時調 作品 一覽

1
가노라 가노라 님아 언양 단천에 풍월강산으로 가노라 님아
가다가 심양강에 피파셩를 어이ᄒ리
밤즁만 지국총 닷 감는 소리에 잠못 니러.
(南太 42)

　　언양=지명. 경상도 울산지역에 있음(彦陽)　　◇단천=지명. 함경
남도에 있음(端川)　　◇風月江山(풍월강산)=아름다운 자연　　◇심양강
의 피파셩을=심양강 어구에서 뜯는 바파소리. 심양강(尋陽江)은 즁
국 강서성 구강현(九江縣) 북쪽에 있는 강이나 당나라 시인 백락천
(白樂天)이 지은 '비파행'(琵琶行)이란 악부체(樂府體)의 장시를 읊는
소리를 가리키는 듯　　◇지국총=배를 움직일 때 나는 소리를 음사
(音寫)한 것(至菊葱)　　◇닷감는 소리=배를 출발하기 위해 닻을 감는
소리　　◇니러=이루어. 들어

2
ᄀ릭 지나 세지나 즁의 나 주근 後의 내 아더냐

나 주근 무덤 우희 논을 갈고 밧츨 갈고 나 주근 後의 내 아더냐
아희야 잔 フ득 브어라 살아신 제 놀리라. (蔓橫淸)
(槿樂 377)

フ르 지나 세지나 중의=가로 짊어 지거니 아니면 세로 지거나
가운데. 가로 지는 것은 송장만 지게에 짊어지는 것이고 세로 지는
것은 상여로 운구(運柩)하는 경우를 말함　◇내 아더냐=내가 알 수
가 있느냐　◇나 주근 무덤 우희 논을 갈고 밧츨 갈고=나의 무덤이
나중에 논이 될지 밭이 될지　◇살아신 제=살아 있을 때에

3
가마기가 가마기를 됴차 셕양사로에 나라든다 쩌든다 임의 집 홍
졍 뒤로
오르면 골각 나리면 길곡갈곡 길곡 흐는 중에 어늬 가마기 슈가마
기냐
그 중에 멈졈 나라 안졋짜가 야즁 나라가는 그 가마기 긴가.
(南太 198)

가마기가=까마귀가　◇됴차=따라　◇셕양사로에=저녁 별이
비낀 길로(夕陽斜路)　◇홍졍='송졍'의 잘못. 소나무가 있는 숲에
지은 정자(松亭)　◇골각 길곡갈곡 길곡=까마귀가 우는 소리　◇어
늬=어느　◇슈가마기=숫놈 까마귀　◇멈졈=먼저　◇야즁=나중에
◇긴가=그 것인가

4
가마귀 가마귀를 쏜라 들거고나 뒷 東山에

늘어진 괴향남게 휘듯느니 가마귀로다
잇튿날 뭇 가마귀 흔디 나려 뒤덤범 뒤덤범 두로 덥젹여 쓰오니
아모 어지 그 가마귄 줄 몰너라. (蔓橫) (樂學 876)

　들거고나＝들어오는구나　◇괴향남게＝느리나무에　◇휘듯나니
＝휘늘어진 듯 하는 것이　◇뭇＝여러　◇흔디＝한 곳에　◇두로＝
두루　◇덥젹여＝덥적거리여　◇아모＝아무도

5
가마기를 뉘라 물드려 검다ᄒ며 빅노를 뉘라 마젼ᄒ야 희다드냐
황시다리 뉘라 니워 기다 ᄒ며 오리다리를 뉘라 분질러 쌀으다 ᄒ
라
아마도 검고 희고 길고 즈르고 흑빅장단이야 일너 무슴.
(南太 192)

　뉘라＝누구라　◇마젼＝천을 햇볕에 건조하여 색소를 발산시켜
희게 함　◇니워＝이어서　◇기다 ᄒ며＝길다고 하며　◇흑빅장단＝
옳고 그름과 잘잘못(黑白長短)　◇일너 무슴＝말하여 무엇하랴

6
가슴에 궁글 둥시러케 뚤고 왼숫기를 눈 길게 너슷너슷 쏘와
그 궁게 그 숫 너코 두 놈이 두 긋 마조 자바 이리로 흘근 저리로
훌젹 훌근훌젹 훌져긔는 나남즉 눔대되 그는 아모됴로나 견듸려니와
아마도 님 외오 살라면 그는 그리 못ᄒ리라. (蔓橫淸類)
(珍靑 549)

궁글=구멍을   ◇둥시러케=둥그스름하게   ◇뚤고=뚫고   ◇윈 숫기를=윈새끼를   ◇눈 길게=눈길 닿는 곳까지   ◇너슷너슷=느슨 하게   ◇궁게=구멍에   ◇숫=새끼줄   ◇굿=끝   ◇이리로 흘근 저 리로 흘적=이쪽으로 흘근 저쪽으로 흘적 잡아다림   ◇나나즉 놈대 되=나나 남이나 남이 하는대로   ◇아모뽀로나=아무려나   ◇외오= 홀로

7

ᄀ을 다 거두어 드린 션 하라비 눈비 오다 내 골흘랴
지는 닙 거두 쓰러 자는 구돌 덥게 찟고
그 밧긔 녀남은 일이야 구흘 줄이 이시랴.
(槿樂 164)

ᄀ을=추수(秋收)   ◇션 하라비=머리털이 허옇게 센 할아버지 ◇골흘랴=추수가 적어 배를 곯겠느냐   ◇지는 닙=떨어지는 잎   ◇ 거두 쓰러=거두어 쓸어. 또는 자꾸 쓸어   ◇자는 구돌=잠자는 방 의 구들   ◇덥게 찟고=따듯하게 만들고   ◇밧긔=밖에   ◇녀남은= 다른. 남은

8

ᄀ을비 긔똥 언마 오리 雨裝直領 내지마라
十里ㅅ길 긔똥 언마 가리 등알코 비알코 다리 저는 나귀를 크나큰 唐채로 쾅쾅 쳐 다 모지마라
가다가 酒家에 들너든 쉬여 가려 ᄒ노라. (蔓橫淸類)
(珍靑 505)

긔똥=그까짓. 그따위   ◇언마 오리=얼마나 오겠느냐   ◇雨裝直領(우장직령)=비옷과 직령. 직령은 웃옷의 일종   ◇언마 가리=얼마나 가겠느냐   ◇다리 저늰=다리를 절뚝이는   ◇唐(당)채로=중국에서 나온 말채찍   ◇모지마라=몰지마라   ◇들너든=들게되면

9
가을 히 긔똥 몃츳 가리 나귀 등에 鞍裝 츠루지 마라
雲山은 거머 어득沈沈 石逕은 崎嶇潺潺ᄒ되 져 뫼흘 너머 니 어이 가리
山堂에 갑업순 明月과 홈긔 놀고 가리라. (羽樂) (靑六 798)

몃츳가리=며칠이나 가겠느냐   ◇츠루지 마라=차리지 마라   ◇雲山(운산)=산이 높아 구름이 중간에 낀 산   ◇어득沈沈(침침)=어두침침   ◇石逕(석경)=돌길. 돌이 많은 좁은 길   ◇崎嶇潺潺(기구잔잔)=산길이 험하고 그 위로 물이 조금씩 흘러 감   ◇山堂(산당)=산 속에 지은 초당(草堂)

10
各道 各船이 다 올라올 제 商賈沙工이 다 올나 왓늬
祖江 석골 幕娼드리 비마다 츠즐제 싀닉놈의 면정이와 龍山 三浦 당도라며 平安道 獨大船에 康津 海南 竹船들과 靈山 三嘉ㅣ 地土船과 메육 실은 濟州비와 소곰 실른 瓮津비드리 스르를 올나 갈제
어듸셔 各津 놈의 나로비야 쐬야나 볼 쥴 이스랴. (弄)
(靑六 727)

各道 各船(각도각선)=각 고을의 갖가지 배   ◇商賈沙工(상고사

공)이＝장사꾼과 사공들이 ◇祖江(조강)＝지명. 한강(漢江) 하구(河口)의 한강과 임진강이 합치는 곳 ◇석골＝지명. 소재불명 ◇幕娼(막창)드리＝임시로 막을 치고 술이나 몸을 파는 창녀들이 ◇시니놈＝미상 ◇먼정이＝만장이. 이물이 뾰족한 큰 나무로 만든 배. 돛대를 둘 세운 큰 배 ◇龍山三浦(용산삼포)＝한강 연안의 용산과 마포나루. 삼포는 마포를 가리킴. ‘마’(麻)의 우리말이 ‘삼’이기 때문에 마포를 삼포라 했음 ◇당도라며＝당도리며. 당도리는 목선 가운데 가장 큰 배 ◇獨大船(독재선)＝미상. 특별히 큰 배이거나 독대는 그물의 한 가지로 혹 독대로 고기 잡는 어선이 아닌지(?) ◇康津 海南(강진해남)＝전라남도에 있는 지명. 남해안에 있음 ◇竹船(죽선)＝대를 실어 나르는 배 ◇靈山 三嘉(영산삼가)＝경상도 서남부에 있는 지명 ◇地土船(지토선)＝지방 토민들의 소유한 배 ◇메육＝미역 ◇甕津(옹진)＝지명. 황해도 남단 한강 연안에 있음 ◇스르를 올라들 갈 제＝힘들이지 않고 가만히 상류로 올라 갈 때 ◇各津(각진)＝여러 나루 ◇나로비야＝나룻배야 ◇쬐야나 볼 줄＝ 쬐어 볼 까닭이

11

却說이라 玄德이 丹溪 건너 갈지 的盧馬야 날 살녀라

압희는 長江이오 뒤 따로느니 蔡冒ㅣ로다

어듸셔 常山 趙子龍은 날 못 츠즈 ᄒᆞ느니. (蔓橫)

(樂學 853)

却說(각설)＝고대소설 등에서 이야기의 화제를 바꿀 때 글 첫머리에 쓰는 말 ◇玄德(현덕)이＝촉한의 유비(劉備)가. 유비의 자가 현덕(玄德)임 ◇丹溪(단계)＝중국 호북성 양양현에 있는 강의 이름. 유비가 적에게 쫓길 때 말을 타고 건너 뛰었다 함 ◇的盧馬(적로

마)＝유비가 타고 단계를 건넜던 말   ◇짜로느니＝따르느니   ◇蔡冒
(채모)＝'모'는 '모'(瑁)의 잘못. 삼국(三國) 위(魏)나라 사람. 유표(劉
表)의 모주(謀主)였음   ◇常山 趙子龍(상산조자룡)＝촉한의 장수 조
운(趙雲). 상산은 출신 지역의 이름임

12

각설 현덕이 관공 장비 거느리시고

제갈양 보랴고 와룡강 거너 와룡산 너머 남양 짜를 다다라서 시문
을 두다리이니 동지 느와 엿줍난 말이 션싱임이 뒤 쵸당의 좀드러
계시요

동즈야 네 선싱임 씨시거던 유관장 숨인이 왓쩌라고 엿쥬어라.
(時調 62)

관공＝관우(關羽). 촉한의 유비와 의형제를 맺음(關公) 장비＝촉
한의 장군. 유비 관우와 함께 의형제를 맺음(張飛) ◇제갈양＝촉한
의 명상(名相). 유비를 도와 촉한에 출사함(諸葛亮) ◇와룡강＝제갈
량이 촉한의 출사하기 전에 있던 곳(臥龍岡) ◇와룡산＝중국 호북
성 양양현(襄陽縣)의 남쪽에 있는 산(臥龍山) ◇남양짜를＝남양 땅
을. 남양(南陽)은 제갈량이 살던 와룡강이 있는 곳으로 하남성 신야
(薪野)현의 서쪽에 있음 ◇시문＝사립문. 시문(柴門) ◇동지＝동자
(童子)가 ◇엿줍는 말이＝여쭙는 말이 ◇유관장 삼인＝유비와 관
우 장비 세 사람이(劉關張 三人)

13

각시너 내 妾이 되나 내 각시의 後ㅅ 난편이 되나

곳 본 나뷔 물 본 기러기 줄에 조츤 거믜 고기 본 가마오지 가지
에 졋이오 슈박에 족술이로다

각시니 ㅎ나 水鐵匠의 똘이오 나 ㅎ나 짐匠이로 솟지고 남은 쇠로 가마질가 ㅎ노라. (蔓橫淸類) (珍靑 533)

　각시니＝각씨네　◇後(후)ㅅ난편＝뒷 남편. 기둥 서방　◇줄에 조츤 거믜＝줄을 좇는 거미　◇가마오지＝가마우지. 물새의 한 종류　◇가지에 젓이오＝가지는 민물가재. 젓은 젓〔醬(장)〕을 담고는 것. 가재는 젓을 담고는 것이 제격이오　◇슈박에 족술이로다＝수박에는 큰 술가락이로다　◇水鐵匠(수철장)의 쏠＝무쇠장이의 딸　◇짐匠(장)이＝땜장이　◇솟지고＝솔을 만들고　◇가마질가＝솔을 만들가. 남녀간의 성교를 은유하기도 함

14
각시니 玉ス튼 가슴을 어이 구러 다혀볼고
綿紬紫芝 쟉져구리 속에 깁격삼 안섭히 되여 죤득죤득 대히고 지고
잇다감 씁나 붓닐 제 쩌힐 뉘를 모르리라. (蔓橫淸類)
(珍靑 480)

　玉(옥)ス튼＝옥처럼 예쁜　◇어이 구러＝어떻게 하여. 굴러가서라도　◇다혀볼고＝대어 볼까. 만져 볼까　◇綿紬(면주)＝명주　◇紫芝(자지) 쟉져구리＝자주빛 회장저고리　◇깁격삼＝깁으로 짠 적삼.깁은 천의 한가지. 적삼은 속옷의 하나　◇안섭히 되어＝안에 대는 섶이 되어　◇죤득죤득＝달라붙어 잘 떠러지지 않음　◇대히고 지고＝대고 싶구나　◇잇다감＝이따금　◇붓닐 제＝붙을 때　◇쩌힐 뉘를＝떨어질 때를

15

閣氏니 玉貌花容 어슨 체 마쇼

東園桃李 片時春이라도 秋風이 것듯 불면 霜落頭邊 恨奈何 쓴이로
다

아무리 ᄆᆞ음이 驕昻ᄒᆞ고 나히 어려신들 니르는 말을 아니 듯나니.
(界樂) (靑六 773)

　玉貌花容(옥모화용)=여인의 잘생긴 얼굴과 외모　◇어슨 체=잘
난 체　◇東園桃李片時春(동원도리편시춘)=동원에 피어 있는 복숭
아꽃이 잠시 봄빛을 띰　◇霜落頭邊恨奈何(상락두변한내하)=서리가
머리 가에 내리면 그 한을 어찌할까. 서리는 백발. 늙으면 그 한스러
움을 어찌 감당할가　◇驕昻(교앙)=마음이 아주 교만함　◇나히 어
려신들=나이가 어리다고 한들　◇니르는 말= 하는 말. 타이르는
말

16

閣氏네 더위들 사시오 일은 더위 느즌 더위 여러 희포 묵은 더위

　五六月 伏더위에 情에 님 만나이셔 둘 불근 平牀 우희 츤츤 감겨
누엇다가 무ᄉᆞᆷ 일 ᄒᆞ엿던디 五臟이 煩熱ᄒᆞ여 구슬ᄯᆞᆷ 흘리면셔 헐덕
이는 그 더위와 冬至돌 긴긴밤의 고온님 품에 들어 다스ᄒᆞᆫ 아룸목과
둑거운 니불속에 두 몸이 ᄒᆞᆫ 몸되야 그리져리ᄒᆞ니 手足이 답답ᄒᆞ고
목굼기 타올 젹의 웃목에 츤 슉늉을 벌덕벌덕 켜는 더위 閣氏네 사
혀거든 所見대로 사시옵소

　쟝ᄉᆞ야 네 더위 여럿 둥에 님 만난 두 더위는 뉘 아니 됴화ᄒᆞ리
ᄂᆞᆷ의게 ᄑᆞ디 말고 브디 니게 ᄑᆞᄅᆞ시소. 申獻朝 (蓬萊樂府 20)

閣氏(각씨)네=젊은 여인들 ◇히포=두어 해 ◇平牀(평상)=평상
(平床). 나무로 만든 침상(寢床)의 하나 ◇무음 일=무슨 일 ◇五
臟(오장)이 煩熱(번열)ᄒ여=온 몸에 열이 나고 가슴이 답답하여 ◇
목굼기 타올 적의=목구멍에 갈증을 느낄 때에 ◇슉늉을=숙늉을
◇所見(소견)대로=어떤 대상을 보고 느낀 생각대로 ◇푸디 말고=
팔지 말고

17

閣氏네 외밤이 오려 논이 두던 놉고 물 만코 디지고 거지다 ᄒ더
竝作을 부디 쥬려 ᄒ거든 연장 됴흔 날이나 주소

眞實노 날을 니여 줄쟉시면 가러 들고 씨지여 볼가 ᄒ노라. (樂戲
調) (樂學 1058)

외밤이=다른 논들과 외따로 떨어져 있는 논. 여성의 성기를 은유
함 ◇오려 논=올벼를 심은 논 ◇두던 놉고=두둑이 높고 ◇디지
고 거지다=둑이 단단하고 땅이 기름지다 ◇竝作(병작)=소출을 소
작인과 지주가 나누어 가지는 제도 ◇부디=어쩔 수 없이. 제발
◇연장=작업에 필요한 기구. 여기서는 남성의 성기를 가리킴 ◇가
리=농기구의 일종. 가랑이의 방언인 듯 ◇씨지여=씨를 떨어드려.
농사를 지어

18

각시님 물너 눕소 내품의 안기리 이 아히놈 괘심ᄒ니

네 날을 안을소냐 각시님 그 말 마소 됴고만 닷져고리 크나큰 고
양감긔 씽씽 도라가며 제 혼자 안거든 네 자너 못 안을가 이 아히놈
괘심ᄒ니 네 나를 휘울소냐 각시님 그 말마소 됴고만 도사공이 크나
큰 대듕션을 제 혼자 다 휘우거든 내 자너 못 휘울가 이 아히놈 괘

심ᄒ니 네 나를 붓흘소냐 각시님 그말 마소 됴고만 벼룩 불이 니러
곳 나게 되면 청계라 관악산을 제 혼자 다 붓거든 내 자니 못 붓흘
가 이 아희놈 괘심ᄒ니 네 날을 그늘을소냐 각시님 그말 마소 됴고
만 빅지댱이 관동 팔면을 제 혼자 다 그늘오거든 내 자니 못 그늘을
가

　진실노 네말 ᄀᆺ틀지면 빅년 동쥬 하리라. (蔓橫淸類)

（古今 391）

　믈너 눕소＝물러 누우시오　◇안기리＝안기시오　◇됴고만＝조그
마한　◇닷쳐고리＝딱다구리　◇고양감긔＝‘감긔’는 ‘남긔’의 잘못.
느티나무에　◇휘울소냐＝휘어지게 할 수 있느냐　◇도사공＝도사공
(都沙工). 선장(船長)　◇대듕선＝대중선(大中船). 또는 대동선(大同
船)　◇붓흘소냐＝불을 수가 있느냐　◇불이 니러곳 나게 되면＝불
이 일어 나게 되면　◇청계라 관악산＝청계산(淸溪山)과 관악산(冠岳
山). 경기도 과천에 있음　◇그늘을소냐＝그늘을 수가 있겠느냐. 책
임질 수 있느냐　◇됴고만 빅지댱이＝조그만 백지(白紙) 한 장(張)이.
백지장은 관리의 임명장(任命狀)　◇관동 팔면＝관동(關東) 팔면(八
面). 대관령 동쪽의 여덟 고을　◇ᄀᆺ틀지면＝같을 것같으면　◇빅년
동쥬＝평생을 같이 삶(百年同住)

19
　각시님 엣쑤든 얼골 져 건너 니까에 홀노 웃쑷 션는 수양버드나무
고목 다 되야 셕어 스러진 광디등거리 되단말가

　절머쪼자 절머쪼자 세다섯만 절멋고쟈

　열ᄒ고 다섯만 절무량이면 니 원디로. (南太 69)

엣뿌던 얼골=어여쁘던 얼굴   ◇너까에=냇가에   ◇션는=서 있
는   ◇셕어 스러진=썩어 쓰러진   ◇광디등거리=광대뼈가 불거진
것 같은 나무 등걸이. 보기 흉한 모습이   ◇세다섯만=열다섯만   ◇
절무량이면=젊어질 수 있다면

20

閣氏님 장기 흔 板 두세 板을 펴쇼
手를 보새 자니 像 보아흐니 面象이 더옥 됴희
車치고 面象 쳐 헷치고 고든 卒 지로면 궁게 여허 질을지라.
(詩歌 618)

  手(수)=장기나 바둑에서 한 번씩 번갈아 두는 기술   ◇像(상)=
'상'(相)의 잘못인 듯. 얼굴이나 체격의 됨됨이   ◇面象(면상)=장기
둘 때 상을 궁의 앞말에 두는 일. 여기서는 '면상'(面相)의 뜻으로
얼굴의 생김새를 말함   ◇고든 卒(졸) 지로면=곧장 졸로 공격하면.
졸은 남성의 성기를 은유함   ◇궁게 여허 질을지라=궁(宮)에 넣어
찌를 것이라. 궁은 여성의 성기를 은유함

21

간밤에 꿈 됴트니 임의게서 편지 왓네
그 편지 바다 빅 번이나 보고 가슴 우희 언쬬 좀를 드니
구틱야 무겁지 아니 흐도 가슴 답답. (南太 64)

  됴트니=좋더니   ◇바다=받아   ◇구틱야=구태여. 특별히

22

간밤의 大醉ᄒ고 醉한 줌에 ᄭᅮ믈 ᄭᅮ니

七尺劍 千里馬로 遼海를 ᄂᆞ라 건너 天驕를 降服밧고 北闕에 도라와 告厥成功 ᄒ여뵈니

男兒의 慷慨ᄒᆞ 무음이 胸中에 鬱鬱ᄒ여 ᄭᅮᆷ에 試驗 ᄒ노매. (蔓橫淸類) (珍靑 522)

七尺劍(칠척검)=일곱 자나 되는 긴 칼 ◇千里馬(천리마)=하루에 천리를 달릴 수 있다는 좋은 말 ◇遼海(요해)=아득히 먼 곳에 있는 바다. 또는 요하(遼河)를 뜻하는 듯 ◇天驕(천교)=흉노(匈奴)를 가리킴 ◇北闕(북궐)=임금에 계신 궁궐. ◇告厥成功(고궐성공)=그 성공을 임금에게 아룀 ◇慷慨(강개)ᄒᆞ 무음=의기가 복받치여 원통하고 슬픈 마음 ◇胸中(흉중)에 鬱鬱(울울)ᄒ여=가슴 속에 답답하여

23

간밤의 불든 바람 金聲이 宛然하다

孤枕單衾에 相思夢 홀처 ᄭᅢ여 竹窓을 半開하고 默然히 안자 보니 萬里 長空에 夏雲은 흐터지고 千仞 巖上에 찬 기운 어려 잇다 庭前에 蟋蟀聲은 離恨을 아뢰난 듯 秋菊에 맷치인 이슬 別淚를 먹음은 듯 殘流 南橋에 春鶯은 已歸하고 素月 東嶺의 秋猿이 슬피 운다

任 여흰 이 내 마음 이 밤 새우기 어려워라. 林重桓

(時調演義 92)

金聲(금성)이 宛然(완연)하다=가을 바람소리가 분명하다. 금의 방향은 서(西), 계절은 가을임 ◇孤枕單衾(고침단금)=혼자 베는 베개

와 혼자 덮는 이불. 외로움을 나타낸 말 ◇默然(묵연)히＝말없이. 가만히 ◇夏雲(하운)은 흐터지고＝여름 구름은 흩어지고. 여름은 가고 ◇千仞 巖上(천인암상)＝높은 바위 꼭대기 ◇庭前(정전)에 蟋蟀聲(실솔성)은＝뜰 앞에 귀뚜라미 우는 소리는 ◇離恨(이한)을 아뢰난 듯＝이별의 서러움을 알리는 듯 ◇別淚(별루)를 먹음은 듯＝이별을 슬퍼하는 눈물을 머금은 듯 ◇殘流 南橋(잔류남교)＝물이 겨우 흐르는 남쪽의 다리 ◇春鶯(춘앵)은 已歸(이귀)하고＝봄에 왔던 꾀고리는 벌써 돌아갔고 ◇素月(소월) 東嶺(동령)의＝밝고 희끄므레한 달이 동산 마루에 뜸 ◇秋猿(추원)＝가을철의 원숭이. 원숭이는 흔히 수심(愁心)이나 비감(悲感)을 나타내는 존재로 쓰임

24

간밤의 즈고 간 그놈 암아도 못 니즐다

瓦冶ㅅ놈의 아들인지 즌흙의 쏨니드시 두더쥐 伶息인지 국국기 뒤지듯시 沙工의 成伶인지 스어쩌로 지르드시 평생에 처음이오 凶症이도 야르제라

前後에 나도 무던이 격거시되 참 盟誓 간밤의 그놈은 참아 못 니즐ㄴ 하노라. 李鼎輔 (二數大葉) (海周 383)

니즐다＝잊겠구나 ◇瓦冶(와야)ㅅ놈의＝기와를 만드는 놈의 ◇쏨니드시＝진흙을 이기기 위해 뛰어 놀 듯이 ◇伶息(령식)＝'영식'(令息)의 잘못. 남의 자식을 부르는 말 ◇국국기＝꾹꾹. 또는 구석구석 ◇成伶(성령)＝솜씨. 재주. '셩녕'의 한자 표기 ◇사어쩌로 지르드시＝사앗대로 찌르듯이 ◇凶症(흉증)이도＝음흉하게도 또는 나쁜 병도 ◇야르제라＝얄궂어라 야릇해라 ◇무던이＝수 없이 많이 ◇참 盟誓(맹서)＝참말로

25

간밤의 자고간 핑초 언의 고개 넘어 어드미나 머므는고

主人님 暫間 더새와지 粮食 물콩 내옵새 동희 銅爐口 되박 斫刀를
내옵소 ᄒᆞ고 넛짓 나근에 되엿는고

情이야 무엇시 重ᄒᆞ리만은 내 못니져 ᄒᆞ노라. (樂時調)

(海一 550)

핑초=풍초. 선비를 존대해 부른 말. '行次'(행차)로 표기된 것도
있음　◇언의 고개=어느 고개　◇더새야지=더새워야지. '더새다'는
길을 가다가 어디에 들어가서 밤을 지내는 것　◇粮食(양식)=양식
(糧食)　◇물콩=말에게 먹일 콩　◇내옵세=내십시오　◇동희=동
이〔盆(분)〕　◇銅爐口(동노구)=퉁노구. 퉁노구는 퉁쇠로 만든 작
은 솔　◇되박=됫박　◇斫刀(작도)=작두. 마소의 먹이를 써는 연장
의 한가지　◇넛짓="넛집'의 잘못. 누구네 집　◇나근에=나그네

26

간밤의 직에 벼든 ᄇᆞ람 술뜰이도 날을 속여고나

風紙ㅅ 소리에 님이신가 반기온 나도 誤ㅣ건이와

幸혀나 들라곳 ᄒᆞ듬연 慚愧慚天 홀 랏다. (樂時調) (海一 564)

직에=지게문. 지게문은 마루에서 방으로 드나드는 곳에 문종이로
안팎을 두껍게 싸서 바른 외짝문　◇벼든 ᄇᆞ람='벼든'은 '여든'의
잘못. 열던 바람　◇술뜰이도=살뜰하게도. 알뜰하게도　◇속여고나
=속였구나　◇반기온=반가와 한　◇誤(오)ㅣ건이와=잘못이건이와
◇들라곳 ᄒᆞ듬연="들어 오십시오"라고 하였더면　◇慚愧慚天(참괴
참천) 홀랏다=하늘을 보기가 부끄러울 뻔 하였다

27

간의 단여 왔소 당상의 鶴髮兩親 긔톄후일향만강 하옵시며 규중에
절문 처자며 어린 동생들과 가네 제절이 무량트냐
무량키는 무량터라마는 먼 먼 곳에
그대를 작별한 후 글노하야 병이 되니 수이수이 환고향 허소.
(雜誌 154)

간의=그 사이에. 간(間)에   ◇당상의=당상(堂上)의. 집안의   ◇鶴
髮兩親(학발양친)=늙으신 부모님. 학발은 머리가 학처럼 허옇게 된
◇긔톄후일향만강=기체후일향만강(氣體候一向萬康). 편지의 첫머리
에 쓰는 말로 웃어른의 정신과 건강의 상태가 한결같이 건강함   ◇
규중에 절문 처자며=규중(閨中)에 젊은 처자(處子)며. 처자는 처와
자식이 아님   ◇가네 제절이=가내 제절(家內諸節)이. 집안의 모든
일들이   ◇무량트냐=무량하더냐. 무량은 아무런 걱정이 없는 것
◇글노하야=그 것으로 말미암아   ◇수이수이=빨리빨리   ◇환고향
=고향으로 돌아 옴(還故鄕)

28

갈가보다 말가보다 님을 짜라서 안이 갈 수 업네
오날 가고 리일 가고 모레 가고 글피 가고 하루 잇흘 스흘 나흘
곱잡아 여들에 八十里를 다 못갈지라도 님을 짜라서 안이 갈 수 업
네 천창만검지中에 부월이 당전할지라도 님을 짜라서 안이 갈 수 업
네 남기라도 향즈목은 음양을 分하야 마주느 섯고 돌이라도 망두석
은 자웅을 짜라서 마주느 섯는데
요 닉 팔즈는 웨 그리 망골이 되야 간 곳마다 잇슬 님 업서셔 나
못살겟네. (樂高 916)

안이=아니   ◇곱잡아=배로 잡아   ◇여들에=여드레. 팔일에   ◇
쳔창만검지中에=여러가지 창과 칼 가운데. 천창만검지중(千槍萬劒
之中)에   ◇부월이 당젼할지라도=부월(斧鉞)이 당전(當前)할지라도.
형벌에 사용하는 도끼가 눈 앞에 닥칠지라도   ◇남기라도=나무라도
◇향즈목은=행자목(杏子木)은. 은행나무는   ◇망두석=무덤의 앞에
세우는 돌(望頭石)   ◇자웅=암수. 남녀(雌雄)   ◇웨그리=왜 그렇게
◇망골=아주 주책이 없는 사람. 망물(亡物)과 같음   ◇잇슬 님=있
을 사람

29

갈 제는 옴아트니 가고 아니 온오미라

十二欄干 바잔이며 님 계신듸 불아보니 南天에 雁盡ᄒ고 西廂에
月落토록 消息이 긋쳐졋다

이 뒤란 님이 오셔든 잡고 안자 새오리라. 朴文郁 (靑謠 75)

갈 제는=갈 때에는   ◇옴아트니=오마 하더니. 온다고 하더니
◇온오미라=오는구나   ◇十二欄干(십이난간)=열 둘이나 되는 난간.
규모가 큼을 말함   ◇바잔이며=쓸 데 없이 왔다갔다 하며. 방황하
며   ◇南天(남천)에 雁盡(안진)ᄒ고=남쪽 하늘에 기러기는 다 날아
가고   ◇西廂(서상)에 月落(월락)토록=서쪽에 있는 방으로 달이 다
지도록. 밤이 다 새도록   ◇뒤란=뒤에는. 이후(以後)는   ◇안자 새
오리라=앉아서 새우리라

30

甲戌 二月 初八日은 世子邸下 誕日이요

白龍 四月 初八日은 世子邸下 寶齡 八歲 三八이 相合하여 長安 二
十四橋月이 두려시 발갓는데 萬戶에 燈을 달고 億兆ㅣ 攔衢하며 歌舞

行休허여 山呼萬歲 허올젹에 月明燈明 天地明이라

　　우리는 聖世 土氓인져 擊壤鼓腹허며 感激君恩 허노라. 安玟英 (言編) (金玉 173)

　　甲戌(갑술)＝갑술년. 고종 11년(1874)　◇白龍(백룡)＝경진(庚辰)년. 고종 17년(1880). 백은 경(庚)에 해당하고 용은 진(辰)에 해당함　◇寶齡(보령)＝임금의 나이. 여기서는 세자의 나이를 그렇게 불렀음 ◇三八(삼팔)이 相合(상합)아여＝삼과 팔이 서로 합하여　◇長安二十四橋月(장안이십사교월)＝장안의 이십사교에 뜬 달. 이십사교는 중국 강소성 강도현의 서문밖에 있는 다리. 여기서는 서울 장안의 번화가를 말하는 듯함　◇두려시＝뚜렷하게　◇萬戶(만호)에 燈(등)을 달고 ＝모든 집들이 등불을 달고　◇億兆(억조)ㅣ 攔衢(난구)하며＝많은 백성들이 길을 메우고 즐거워함　◇歌舞行休(가무행휴)허여＝춤추고 노래하기며, 가다 멈추기를 반복하며　◇山呼萬歲(산호만세)＝임금에게 축하의 뜻으로 부르는 만세　◇月明燈明 天地明(월명등명 천지명)＝달도 발고 등불도 밝고 그리고 온 세상이 밝음　◇聖世士氓(성세사맹)＝훌륭한 임금이 다스리고 있는 세상에 살고 있는 백성들 ◇擊壤鼓腹(격양고복)＝격양가를 부르고 배불리 먹고 행복에 겨워 배를 두드림. 태평한 세상을 뜻함　◇感激君恩(감격군은)＝임금의 은혜에 감격함

　　※『金玉叢部』에 "세자저하 탄일 하축"(世子邸下 誕日 賀祝)이라 했음

31

갓나희들이 여러 層이오레 松骨믹도 갓고 줄에 안즌 져비도 갓고

　百花叢裡에 두루미도 갓고 綠水波瀾에 비오리도 갓고 짜히 퍽 안즌 쇼로기도 갓고 석은 등걸에 부헝이도 갓데

그려도 다 各各 님의 스랑인이 皆一色인가 ᄒᆞ노라. (二數大葉)
(海周 554)

갓나히＝계집. 또는 계집아이　◇層(층)이오레＝층이더라. 여러 계층이다　◇松骨(송골)미＝'골'은 '골'(鶻)의 잘못. 매의 일종　◇져비＝제비　◇百花叢裡(백화총리)＝온갖 꽃이 무더기로 핀 가운데　◇綠水波瀾(녹수파란)＝푸른 빛을 띠고 흐르는 물결　◇비오리＝새의 한 종류. 암수가 항상 함께 놀며 연못 등에서 곤충을 포식함　◇짜히 퍽 안즌＝땅에 편하게 주저앉은　◇쇼로기＝솔개　◇석은 등걸＝썩은 나무등걸. 등걸은 그루터기　◇皆一色(개일색)＝모두가 다 뛰어난 미인들임

32

갓스믈 선머슴 젹의 ᄒᆞ던 일이 우읍고야

大牧官 女妓 小牧官 酒湯이 開城府 桶直이 노니는 갓나희 덩더러쿵 계대년들이 날 몰래 ᄒᆞ리 뉘 이시리

그러나 少年行樂은 減ᄒᆞᆫ 일이 업세라. (蔓大葉 樂戲幷抄)
(靑가 572)

선머슴＝일에 익숙하미 못한 머슴. 장난이 심하고 진득하지 못하고 마구 덜렁거리는 남자아이　◇大牧官 女妓(대목관여기)＝대목관 같은 기생. 대목관은 목사(牧使)　◇小牧官 酒湯(소목관주탕)이＝소목관 같은 주탕이. 작은 고을의 목사 같은 주탕이. '주탕'은 '주탕'(酒帑)의 잘못. 술파는 기생　◇開城府 桶直(개성부통직)이＝개성부에 사는 통직이. 통직이는 서방질 잘하는 계집　◇노니는 갓나희＝하는 일 없이 놀며 사는 계집　◇계대년들이＝큰 굿을 할 때 풍악을 담당하는 공인(工人)의 계집년들　◇날 몰래 ᄒᆞ리＝나를 모른다고

할 까닭. 또는 그럴 사람   ◇少年行樂(소년행락)=젊어서 즐겨 노는
일   ◇減(감)흔=줄인

33

康衢에 맑은 노리며 南薰殿 和흔 바룸 太平氣像을 알니로다

大堯의 克明ㅎ신 峻德과 帝舜의 賢德이 아니시면 뉘라서 玉燭春臺
를 일우리요

어긔야 우리 大母聖德은 堯舜을 兼ㅎ오시니 東方堯舜이신가 ㅎ노
라. 英祖 (界樂) (源河 711(54)

康衢(강구)에 맑은 노리며=강구는 번화한 거리란 뜻으로 일반 백
성들이 사는 곳을 가리킴. 요임금이 정치하는 동안 거리에 나가 애
들의 노래를 듣고 정치의 잘잘못을 알았다고 하는 고사(故事)임   ◇
南薰殿(남훈전) 和(화)흔 바룸=남훈전에 부는 온화한 바람. 남훈전
은 순임금의 궁전으로 스스로 남풍가(南風歌)를 지어 오현금(五絃琴)
으로 노래했다고 함   ◇大堯(대요)의 克明(극명)ㅎ신 峻德(준덕)=훌
륭하신 요임금의 진실하신 큰 덕   ◇帝舜(제순)의 賢德(현덕)=순임
금의 어진 덕행   ◇玉燭春臺(옥촉춘대)=옥촉은 천하가 태평함을 이
름. 춘대는 창경궁의 춘당대(春塘臺)를 지칭한 듯.
      ※ 작품 끝에 "동묘정츅칠십진찬시어제"(東廟丁丑七十進饌時御
製)라 되어 있음

34

江山 無限景을 風月로 求景할 제

洞庭湖 七百里 어제밤 船遊하고 巫山十二峰 이제와 登眺로다 牧丹
峰 노던 風流 綾羅島 後聯하고 新興에 취한 술로 岳陽樓 선듯 올나
赤壁秋月 玩賞하고 姑蘇臺 가는 길에 洛陽城 도라드니

아마도 梧桐樹月 楊柳狂風은 내 벗인가. (雜誌 425)

江山 無限景(강산무한경)=강산의 한 없이 아름다운 경치를　◇風月(풍월)로=풍류(風流)로　◇洞庭湖 七百里(동정호칠백리)=칠백리나 되는 넓은 동정호. 동정호는 중국에 있는 호수　◇船遊(선유)=배를 타고 노닐음　◇巫山十二峰(무산십이봉)=무산의 열 두봉우리. 무산은 중국 사천성에 있음. 초양왕이 무산선녀와 즐겼다는 곳　◇이제와 登眺(등조)로다=이제야 와서 높은 곳에 올라 멀리 바라다 보는구나　◇牧丹峰(목단봉)=모란봉. 평양의 대동강 연안에 있는 봉우리　◇綾羅島 後聯(능라도후련)하고=능라도를 구경하므로 속이 후련하고. 능라도는 대동강 안에 있는 섬　◇新興(신흥)에=새로운 흥취에　◇岳陽樓(악양루)=동정호에 인접한 누각　◇赤壁秋月(적벽추월)=소동파가 완상했던 적벽강의 가을달. 소동파의 '적벽부'(赤壁賦)에서 유래한 말　◇姑蘇臺(고소대)=중국 소주(蘇州)에 있던 누각　◇洛陽城(낙양성)=중국 하남성에 있는 도시　◇梧桐樹月(오동수월)=오동나무 위에 뜬 달　◇楊柳狂風(양류광풍)=버드나무 가지를 마구 흔드는 사나운 바람

35

江原道 開骨山 감도라 드러 鍮店절 뒤헤 우둑 선 전나모 긋헤
숭구루혀 안즌 白松骨이도 아므려나 자바 질드려 꿩山行 보내는듸
우리는 새님 거러두고 질 못드려 ㅎ노라. (蔓橫淸類) (珍靑 485)

開骨山(개골산)='개'는 '개'(皆)의 잘못. 금강산. 개골산은 금강산의 겨울 이름. 금강산을 봄에는 금강산(金剛山), 여름에는 봉래산(蓬萊山), 가을에는 풍악산(楓嶽山)이라 부름　◇감도라드러=높은 산을 빙빙 감아 돌 듯이 산 속으로 들어감　◇鍮店(유점)절='유'는 '유'

(楡)의 잘못. 강원도 간성군 금강산에 있는 유점사(楡店寺)　◇전나무 굿헤=전나무 끝에　◇승구르혀=웅크리고　◇白松骨(백송골)이도=흰 송골매도　◇아므려나 자바=아무러하게 잡아　◇질드려=길 들이어　◇꿩山行(산행)=꿩사냥　◇새님 거러두고=새로운 님을 약속하고

36

江原道 雪花紙롤 제 長廣에 鳶을 지어

大絲白絲黃絲 줄을 通어레에 술이 업시 바롬이 흐창인졔 三間 토김 四間 근두 半空에 소스 올나 구름에 걸쳐시니 風力도 잇거니와 줄 脈이 업시 그러흐랴

먼듸님 줄 脈을 길게 디혀 낙고아 올가 흐노라. (弄) (靑六 634)

雪花紙(설화지)=한지(韓紙)의 한 가지 강원도 평강(平康)에서 나왔었음　◇제 長廣(장광)에=본래의 크기에　◇大絲(대사)=굵은 실인 듯　◇通(통)얼레=통얼레. 얼레는 연실을 감는 기구　◇술이 업시=얼레의 중간에 대는 가느다란 막대기가 없이　◇토김=퇴김. 연을 날릴 때에 얼레 자루를 젖히며 통줄을 주어서 연 머리를 그루박는 일　◇근두=곤두. 몸을 번드쳐 재주를 넘는 것　◇걸쳐시니=닿았으니. 걸려 있으니　◇風力(풍력)=바람의 위력　◇줄 脈(맥)=연 줄의 힘. 연줄이 하는 구실　◇디혀=대어　◇낙고아=낚아

37

江村에 비 쑤릴 날 벋 보랴 가랴 흐고

술 걸러 병의 녀코 芒鞋로 내 거르니 이슬계워 옷 졋느다

舟子야 비 가져 오느라 쌀리쌀리 가쟈. 金宇宏 (訪友)

(追慕錄 開巖十二曲)

비 쓸릴 날=비가 오려고 하는 날   ◇걸러=걸러서   ◇녀코=넣고   ◇芒鞋(망혜)로=짚신을 신고   ◇내 거르니=냇물을 건너니   ◇이슬계워=이슬이 많이 맺혀 있어. 이슬 때문에   ◇젓ㄴ다=젖는구나   ◇舟子(주자)야=뱃사공아   ◇가쟈=가자꾸나

38

江湖에 도라 오는 기러기야 江南 景槪를 어듸어듸 구경하얏나냐

巫山 十二峰과 洞庭 七百里도 구경하고 瀟湘 黃陵廟와 金陵 鳳凰臺를 낫낫치 閱覽해것마는

그 중에 晴川歷歷漢陽樹와 芳草萋萋鸚鵡洲는 黃鶴樓가 第一인가. (樂高 967)

江南景槪(강남경개)=중국 양자강 이남의 경치   ◇巫山十二峰(무산십이봉)=무산의 열 두봉우리. 무산은 중국 사천성(四川省)무산현에 있음   ◇洞庭七百里(동정칠백리)=둘레가 칠백리나 되는 동정호. 동정호눈 중국 호남성에 있음   ◇瀟湘黃陵廟(소상황릉묘)=소상강과 황릉묘. 황릉은 지명인데 순(舜)의 이비(二妃) 아황(娥皇)과 여영(女英)의 무덤이 있는 곳   ◇金陵鳳凰臺(금릉봉황대)=금릉의 봉황대. 금릉은 남당(南唐)의 수도였음. 봉황대는 강소성 남경의 남쪽에 있는 대의 이름   ◇閱覽(열람)=눈으로 직접 확인하고 구경함   ◇晴川歷歷漢陽樹(청천역력한양수)와   芳草萋萋鸚鵡洲(방초처처앵무주)=최호(崔顥)의 칠언율시 '황학루'(黃鶴樓) 함련(頷聯)임. 청천에 한양수 역력하고 방초는 앵무주에 쓸쓸하고 차갑다   ◇黃鶴樓(황학루)=호북성 무창현에 있는 누각

39

개를 여라믄이나 기르되 요 개ㄱ치 얄믜오랴

뮈온 님 오며는 꼬리를 홰홰치며 쒸락 ᄂᆞ리쒸락 반겨서 내둣고 고
온 님 오며는 뒷발을 버동버동 므르락 나으락 캉캉 즈져셔 도라 가
게 혼다
쉰밥이 그릇그릇 난들 너 머길 줄이 이시랴. (蔓橫淸類)
(珍靑 587)

여라믄=열이 넘게   ◇얄뮈오랴=얄밉겠는가   ◇뮈온 님=미운
님   ◇쒸락 ᄂᆞ리쒸락=올려 뛰었다가 내리 뛰었다가   ◇내둣고=내
쳐 뛰고   ◇므르락 나으락=물러났다 나아갔다   ◇즈져서=짖어서
◇난들=남아 난들   ◇머길 줄이=먹일 리가

40

開城府 쟝ᄉ 北京 갈쎄 걸고 간 銅爐口 짜리 올 쎄 본이 盟誓 痛
憤이도 반가왜라
졋 銅爐口 짜리 졀이 반갑꺼든 돌쬐 어미 말이야 닐러 무슴홀이
들어가 돌쬐 엄이 보옵꺼든 銅爐口 짤이 보고 반기온 말씀 ᄒ리
라. (樂時調) (海一 540)

開城府(개성부) 쟝ᄉ=개성에 사는 장사꾼   ◇銅爐口(동노구) 짜리
=퉁노구 걸었던 자리   ◇痛憤(통분)이도=원통하고 분하게도. 여기
서는 반대로 즐겁다는 뜻으로 '몹시도'로 쓰였음   ◇졀이=저렇게
◇닐러 무슴홀이=말하여 무엇하랴   ◇반기온=반가온
    ※ 李漢鎭本 『靑丘永言』에 작자가 半癡로 되어 있음

41
개야미 불개야미 준등 부러진 불개야미

압발에 疔腫 나고 뒷발에 죵귀 난 불개야미 廣陵 심재 너머드러
가람의 허리를 ᄀ르 므러 추혀 들고 北海를 건너닷 말이 이셔이다
님아 님아 온 놈이 온 말을 ᄒ여도 님이 짐쟉 ᄒ쇼셔. (蔓橫淸類)
(珍靑 551)

　(게야미 져 게야미 죠그마한 불게야미
　압 드리 疔瘟 뒷 드리 죵긔 등에 등창 밋 굼게 痔疾 ᄇ룸증 濕병 가즌 불게야
미 廣陵 경릉 쇼스 고게 밋티 큰 짤범의 허리를 흠벅 무러 취들고 北海를 건너
쮜단 말이 잇셔이다
　님아님아 열 놈이 빅말을 홀띠라도 님이 짐쟉 ᄒ시쇼.)
(歌譜 233)

　죤등＝잔등　◇疔腫(정종)＝부스럼　◇죵귀＝종기(腫氣)　◇廣陵
(광릉) 심재＝광릉의 샘재고개. 소재미상　◇가람의＝갈범의. 칡범의
◇ᄀ르 므러＝가로 물고　◇추혀 들고＝추켜 들고　님아 님아＝님이
시여　◇온 놈이 온 말을＝백 사람이 백 마디의 말을　◇게야미＝개
미　◇밋 굼게＝밑구멍. 항문(肛門)　◇ᄇ룸증＝풍병. 중풍　＝濕(습)
병＝습증(濕症)　◇경릉 쇼스 고게＝경릉 소사 고개. 소재 불명

42
거먹 암소 우는 소리 낮잠자다 놀라깨니
　며나리는 베을 짜고 두째 아들 글을 읽고 어린 손자 꽃노리할 제
마누라는 술을 걸너 휘휘 지면서 맛보라고 눈짓을 한다
　아마도 農家之樂은 이 뿐인가 (寫本)

　거먹 암소＝검은 암소　◇며나리＝며느리　◇꽃노리＝꽃놀이. 꽃
을 구경하면서 노는 놀이　◇휘휘 지면서＝휘저으면서　◇農家之樂
(농가지락)＝농촌에 살면서 가질 수 있는 즐거움

43

건곤이 유의ᄒ여 남ᄌ를 내이시고 셰월이 무정ᄒ여 장부 간쟝 다 녹인다

우리도 미리 피셔ᄒ여 어디로 가ᄌ더냐 듁쟝을 집고 망혜를 신어 천리강산 드러가니 폭포도 장이 조타마는 려산이 여긔로다 비류직하 삼천척은 옛말로 드럿더니 의시은하락구쳔은 듯든 말보다 승흐 비라 그 골이 깁고 메는 놉하 별유건곤이요 인간은 아니로다 긔암긔석이 절승흔디 쳐다 보니 만학이요 구버보니 빅스더라 허리 굽은 늘근 장 송 광풍을 못이긔어 우즐우즐 밤춤만 춘다 가다오다 오다가다 일간 쵸옥 얌전혼 곳에 안량혼 부인이 침ᄌ를 ᄒ누나 슈견안이 화견접이 오 견슈홍안 이제 죽엇구나 물 본 기력기 산 넘어 가며 곳 본 나뷔 가 담 넘어 갈가 님 본 쟝부난 쏙 죽어구나 쟝부의 심ᄉ가 별우러워 와락 달녀드러 셤셤옥수를 뷔여잡고 ᄒ는 말이 여보 마루리 이내 말 슴 드러보소 넷날로 인ᄒ는 말슴이 사름의 싱ᄉ지권이 열시왕님 명 부던 좌하에 쏙 미왓다더니 금시로 당ᄒ여 마루리님 좌하에 쏙 미왓 구나

참아 진정 네 화용 근졀ᄒ여 못살갓구나. (樂高 900)

건곤이 유의ᄒ여＝건곤(乾坤)이 유의(有意)하여. 하늘과 땅이 뜻 이 있어서　◇내이시고＝태어나게 하시고　◇듁쟝을 집고＝죽장(竹 杖)을 짚고. 대나무 지팡이를 짚고　◇망혜를 신어＝망혜(芒鞋)를 신 어. 짚신을 신어　◇장이＝매우. 장(壯)이　◇려산이＝여산(盧山)이. 중국 강서성 구강(九江)현 남쪽에 있는 산. 경치가 좋기로 유명함 ◇비류직하삼천척　의시은하락구쳔＝비류직하삼천척　의시은하락구천 (飛流直下三千尺 疑視銀河落九泉). 곧장 날아 삼천 자를 떨어지니 은 하수가 구천에 떨어지는 것 같다. 이백의 '망여산폭포시'(望盧山瀑布

詩)에 있는 구절임 ◇승훈 비라=더 훌륭한 바이다 ◇메는=산은 ◇별유건곤이오 인간은 아니로다=특별히 좋은 세상이 있어 사람이 사는 곳이 아니로다. 이백의 시 '산중문답'(山中問答)가운데 "별유건곤비인간"(別有乾坤非人間)임 ◇긔암긔석이=기암기석(奇巖奇石)이. 기이하게 생긴 바위가 ◇절승훈 디=절승(絶勝)한 대. 경치가 뛰어난 곳에 ◇만학=만학(萬壑). 많은 골짜기 ◇빅亽디=백사지(白沙地). 깨끗한 모래 사장 ◇일간쵸옥=일간초옥(一間草屋). 조그마한 초가집 ◇얌전훈 곳에=다소곳 한 곳에. 좋은 자리에 ◇안량훈='아량훈'의 잘못인 듯. 아량(雅良)한. 아름다운 ◇침ᄌ를=침자(針子)를. 바느질을 ◇슈견안이 화견접이오=수견안(水見雁)이 화견접(花見蝶)이오=물을 본 기러기요 꽃을 본 나비로다 ◇견슈홍안=견수홍안(見水鴻雁). 물을 본 기러기 ◇별우러워=별스러워 ◇셤셤옥수=섬섬옥수(纖纖玉手). 가녀리고 고운 여자의 손 ◇뷔여 잡고=꼭 잡고 ◇마루릐=마누라 ◇싱사지권이=생사지권(生死之權)이. 살게 하고 죽게하는 권한이 ◇ 열시왕(十王)님 명부전(冥府殿) 좌하(座下)= 시왕님에 계신 명부전 자리에서 ◇믹왓다더니=매여 있다고 하더니 ◇금시로 당훈여=금시(今時)로 당(當)하여. 지금에 와서 ◇ 네 화용=네 화용(花容). 너의 아름다운 얼굴. 미모

44

건곤이 유의훈여 남ᄌ를 내이시고 셰월이 장츠 여류하여 우리 장부를 늙케나 낸다

녯날노 말훌지경이면 두목지 소동파 리티빅 강태공 동방삭 굿훈 량반은 ᄉ휴 유젹이 지금ᄭ지라도 잇것만은 우리 쵸로굿훈 인싱이야 훈 번 가면 만수쳔산에 분운뿐이로구나

청춘지년을 허송치 말고 ᄆ음디로 노ᄌ. (樂高 900)

세월이 장츠 여류하여=세월(歲月) 장차 여류(如流)하여. 세월이 차차 물흐르 듯하여 ◇늙케나 낸다=늙게 만든다 ◇두목지=두목지(杜牧之). 당나라의 시인 ◇리터빅=이태백. 당나라의 시인 ◇강태공=주나라 때 사람 여상(呂尚) ◇동방삭=동방삭(東方朔). 한 무제 때 사람. ◇량반은=양반(兩班)은. 사대부 같은 분 들은 ◇사후 유적이=사후(死後) 유적(遺蹟)이. 죽은 다음의 남긴 자취가 ◇초로 ㅈ흔=풀 끝에 달린 이슬같은 ◇만수천산=만수천산(萬水千山). 온 세상 ◇분운=분운(紛雲). 흩어져 날리는 구름 ◇청춘지년=청춘지년(靑春之年). 젊은 시절 ◇허송치=허송(虛送)치. 헛되이 보내지

45

襄衣更上 最高樓ᄒ니 遠近平沙에 暮靄收ㅣ라

數點眠鳥 紅蓼岸이요 一竿漁父 碧波歌ㅣ라 烟橫大野 雲橫嶺이요 風滿長江에 月滿舟ㅣ로다

回首落霞 孤鶩外에 片帆往來 白蘋洲를 ᄒ드라. (永類 327)

襄衣更上最高樓(건의갱상최고루)=옷을 걷어 올리고 다시 가장 높은 다락에 오르니 ◇遠近平沙暮靄收(원근평사모애수)=멀고 가까운 모래사장에 저녁 아지랑이가 걷힌다 ◇數點眠鳥紅蓼岸(수점면조홍료안)=몇 마리의 조는 새들은 붉은 여뀌가 우거진 뚝에 있고 ◇일간어부벽파가(一竿漁父碧波歌)=낚시대 드리운 어부는 벽파가를 부른다 ◇연횡대야운횡령(烟橫大野雲橫嶺)=안개는 넓은 들에, 구름은 고개마루를 비쳐 있고 ◇風滿長江月滿舟(풍만장강월만주)=바람 부는 긴 강에 달빛 가득한 배로구나 ◇回首落霞孤鶩外(회수낙하고목하)=고개를 돌려 보니 노을 낀 곳에 외로운 집오리 뿐 ◇片帆往來白蘋洲(편범왕래백빈주)=바람을 한 쪽으로 받는 배가 흰마름이 있는 물가로 왕래한다

46

乾天宮 버들 빗츤 春三月에 고아거늘 景武臺 芳草岸은 夏四月에 풀우엇다

香遠亭 萬朶芙蓉 秋七月 香氣여늘 碧花室 古査梅는 冬十月 雪裡春光

아마도 四時節侯을 못니 미더 ᄒ노라. 安玟英 (言弄)

(金玉 144)

乾天宮(건천궁)=경복궁 신무문(神武門)앞에 있던 건물 ◇고아거늘=곱거늘 ◇景武臺(경무대)=경복궁 안에 있던 것으로 지금의 청와대 근처임 ◇芳草岸(방초안)=싱그러운 풀이 우거진 뚝 ◇풀우엇다=푸르렀다 ◇香遠亭(향원정)=경복궁 안에 있는 정자로 주변 경관이 아름다움 ◇萬朶芙蓉(만타부용)=많은 꽃봉우리의 연꽃 ◇碧花室(벽화실)=경복궁 안에 있던 건물인 듯 ◇古査梅(고사매)='사'는 '사'(楂)의 잘못. 오래된 매화나무의 등걸 ◇雪裡春光(설리춘광)=눈 속에서 볼 수 있는 봄의 경치 ◇四時節侯(사시절후)=일년 동안의 계절에 따른 기후 ◇못니 미더=끝내 믿어

※『金玉叢部』에 "건천궁 사시경"(乾天宮 四時景)이라 했음

47

게만 그리울가 나도 더욱 그라웁니

니 그리는 심회을 게셔 어이 아느실고

언저긔 春日이 연난커든 一壺酒 가지고 그리는 情恨늘 細細詳書호리이다. 金啓 (龍潭錄 21)

게만=거기만. 당신만　◇그리웁너=그리우네. 그립네　◇그리는
=그리워하는　◇아느실고=아실까　◇春日(춘일)이 연난커든=따뜻
한 봄날이 계속하거든. 연난(連暖)　◇一壺酒(일호주)=술 한 병　◇
情恨(정한)늘=정과 한을　◇細細詳書(세세상서)=세밀하고 자세하게
적음

48

擊汰梨湖 山四低호듸 黃驪遠勢 草萋萋ㅣ로다

婆娑城影은 靑樓北이요 神勒鐘聲은 白塔西ㅣ라 赤鳥에 波浸龍馬跡
이요 二陵에 春入子規啼로다

翠翁牧老空文藻ㅣ로다 如此風光에 不共携호니 글을 슬허 호노라.

(蔓數大葉) (海一　632)

擊汰梨湖山四低(격태이호산사저)=심한 사태로 이호 사방의 산이
낮아짐. 이호(梨湖)는 여주 신륵사 상류에 있는 마을　◇黃驪遠勢草
萋萋(황려원세초처처)=여주를 멀리서 바라보는 형세가 풀이 우거진
모습이다　◇婆娑城影靑樓北(파사성영청루북)=파사성의　그림자는
청루 북쪽에 있음. 청루는 여주에 있는 청심루(淸心樓)인 듯.파사성
은 여주군에 있는 고구려의 고성(古城)　◇神勒鐘聲白塔西(신륵종성
백탑서)=신륵사의 종소리는 백탑의 서쪽으로 퍼짐. 백탑은 신륵사
의 벽탑(甓塔)인 듯. 신륵사는 여주 강변에 있음　◇赤鳥波浸龍馬跡
(적석파침용마적)=‘적석’은 ‘적석’(磧石)의 잘못인 듯. 서덜의 물결은
용머리의 자취를 적신다. 서덜은 여울과 같음. 용마의 흔적은 마암
(馬巖)을 가리킴.　◇二陵春入子規啼(이릉춘입자규제)=이릉에 봄이
되니 자규가 운다. 이릉은 여주에 있는 세종(世宗)과 효종(孝宗)의
능인 영릉(英陵)과 영릉(寧陵)　◇翠翁牧老空文藻(취옹목노공문조)=
‘취옹’은 ‘취옹’(醉翁)의 잘못인 듯. 슬취한 목노의 문장이 다 부질없

음. 목노는 고려말 이식(李穡)을 말하는데 그의 호는 목은(牧隱)이며,
한 때 여주에 머물렀음 ◇如此風光不共携(여차풍류불공휴)=이와
같은 아름다운 경치를 같이 할 수 없구나

49

見月色 看花色이 色色이 雖好나 不如一家 和顏色이요
彈琴聲 落棋聲이 聲聲이 雖好나 不如子孫 讀書聲이라
家傳에 忠孝道德이요 園中에 松竹梅菊이러러라. (時調 75)

  見月色 看花色(견월색간화색)=달빛과 꽃의 색갈을 봄 ◇雖好(수
호)나=비록 좋으나 ◇不如一家和顏色(불여일가화안색)=온 집안 식
구들의 온화한 얼굴색만 못함 ◇彈琴聲 落棋聲(탄금성낙기성)=거
문고 타는 소리와 바둑 두는 소리 ◇不如子孫讀書聲(불여자손독서
성)=자손들이 책읽는 소리만 못함 ◇家傳 忠孝道德(가전충효도덕)
=집안에는 충효와 도덕이 전해옴 ◇園中 松竹梅菊(원중송죽매국)
=정원에는 소나무와 대나무, 매화와 국화가 있음

50

景星出 慶雲興홀제 陶唐氏쩍 百姓이 되야
康衢煙月에 含哺鼓腹ᄒ여 葛天氏쩍 노릐에 軒轅氏쩍 춤을 춘이
  암아도 三代 以後는 일언 太古淳風을 못 어더 볼ㅅ' ᄒ노라. 李鼎
輔 (二數大葉) (海周 385)

  景星出 慶雲興(경성출경운흥)홀제=경성이 나타나고 경운이 일어
날 제. 경성과 경운은 도(道) 있는 나라의 태평한 세월에 나타난다고
하는 상서로운 별과 구름 ◇陶唐氏(도당씨)쩍=도당씨의 시절. 도당
씨는 요(堯)임금을 가리킴 ◇康衢煙月(강구연월)=태평한 시절. 강

구는 번화가(繁華街)로 요임금이 아이들의 노래 소리를 듣고 정치가
잘되고 못됨을 알았다고 함. 연월은 태평한 세월   ◇含哺鼓腹(함포
고복)=음식을 배불리 먹으며 배를 두드린다는 뜻으로 태평한 세월
을 말함   ◇葛天氏(갈천씨)=중국 옛 제왕의 이름   ◇軒轅氏(헌원씨)
=중국 옛 황제의 이름   ◇三代(삼대)=중국의 옛 왕조인 하(夏) 은
(殷) 주(周)를 말함   ◇太古淳風(태고순풍)=아득한 옛날의 순박한 풍
속

51

古今人物 혜여본이 明哲保身 긔 누구고

張子房은 謝病辟穀ㅎ야 赤松子를 좃ᄎ 놀고 范蠡는 五湖烟月에 吳
王의 亡國愁를 扁舟에 신고 간이

암아도 彼此高下를 나는 몰나 ㅎ노라. 李鼎輔 (二數大葉)

(海周 381)

　古今人物(고금인물)=예전부터 지금까지의 훌륭한 인물   ◇혜여본
이=헤아려 보니   ◇明哲保身(명철보신)=사리에 밝고 총명하면서도
자신을 보호할 수 있었던 사람   ◇張子房(장자방)은 謝病辟穀(사병벽
곡)ㅎ야=장자방은 한 고조(高祖) 때의 명신 장량(張良)임. 장량이 만
년에 병을 핑계대고 곡식을 머지않고 선유(仙遊)했음   ◇赤松子(적
송자)=중국 옛 신농씨(神農氏) 때의 신선   ◇范蠡(범려)=춘추시대
월왕(越王) 구천(勾踐)의 신하로 오나라를 침   ◇五湖烟月(오호연월)
=오호의 으스름달. 오호는 태호(太湖)의 다른 이름으로 범려가 오왕
에게 작별을 고하고 놀던 곳.   ◇吳王(오왕)의 亡國愁(망국수)=오왕
이 나라를 망친 것에 대한 수심. 오왕 부차(夫差)는 처음에 월왕 구
천을 회계(會稽)에서 항복시켰으나 나중에 범려의 도움을 받은 월왕
에게 망하고 자살함. 범려가 자기 때문에 나라를 잃어버린 오왕의

수심을 거두어 갔다고 생각함. ◇扁舟(편주)=작은 배 ◇彼此高下
(피차고하)를=장량과 범려 가운데 누가 더 나은지를

52

高臺廣室 나는 마다 錦衣玉食 더옥 마다

銀金寶貨 奴婢田宅 緋緞 치마 大緞 쟝옷 蜜羅珠 겻칼 紫芝鄕職 져
고리 쓴머리 石雄黃으로 다 꿈자리 굿고

眞實로 나의 平生 願ᄒ기는 말 잘ᄒ고 글 잘ᄒ고 얼골 기자ᄒ고
품자리 잘ᄒ는 져믄 書房 이로다. (蔓橫淸類) (珍靑 559)

高臺廣室(고대광실)=크고 넓고 좋은 집 ◇나는 마다=나는 싫다
◇錦衣玉食(금의옥식)=비단 옷과 좋은 음식 ◇奴婢田宅(노비전택)
=종들과 전답과 집 ◇大緞(대단) 쟝옷=비단으로 만든 쟝옷. 쟝옷
은 여인네들이 외출할 때 머리에 쓰는 옷 ◇蜜羅珠(밀라주) 겻칼=
'밀라주'는 '밀화주'(蜜花珠)의 잘못인 듯. 밀화주로 만든 은장도 ◇
紫芝鄕職(자지향직)져고리=자주빛 명주 저고리 ◇쓴머리=여인들
의 머리에 덧넣는 머리 ◇石雄黃(석웅황)=광물의 일종으로 염료로
쓰임. 물색이 고운 댕기인 듯 ◇기자ᄒ고=깨끗하고 ◇품자리=잠
자리 ◇져믄=젊은

53

고래 물혀 채민 바다 宋太祖ㅣ 金陵 치다라 도라들제
曹彬의 드는 칼로 무지게 휘온드시 에후루혀 드리 노코
그 건너 님이 왓다ᄒ면 상금상금 건너리라. (蔓橫淸類)
(珍靑 499)

고래 물혀=고래가 물을 들이켜 ◇채민 바다=힘 있게 민 바다
  ◇宋太祖(송태조)=송나라 태조 조광윤(趙匡胤). 탁군 사람으로 후
주(後周)의 선위(禪位)를 받아 천자가 됨 ◇金陵(금릉)=중국 남당
(南唐)의 서울 ◇曹彬(조빈)=송 태조 때의 명장 ◇휘온드시=구부
린 듯이 ◇에후루혀=에둘러 당기어 ◇상금상금=살금살금

54

고사리 흔 단 쬐쟝 직어 먹고 물도 업논 東山에 올나

아모리 목말네라 목말네라 흔들 어늬 환양의 쏠년이 날 물 써다
쥬리

밤中만 閣氏네 품에 드니 冷水景이 업셰라. (靑六 769)

  쬐쟝=된장 ◇직어 먹고=찍어 먹고 ◇환양의 쏠년이=서방질
하는 계집년이 ◇어늬=어느 ◇품에 드니=품안에 안기니 ◇冷水
景(냉수경)이=냉수를 들이킬 경황이

55

古詩예 일ㄴ스대 安分身無辱니오 知機心自開이라 흐니
이 한 글귀 萬世의 龜鑑이라
아무리 城市中 스룸닌들 이 일좃차 비호지 못 홀손가. 申甲俊
(城西幽稿)

  古詩(고시)예 일ㄴ스대=옛 시에 말하였으되 ◇安分身無辱(안분신
무욕)니오 知機心自開(지기십자개)이라=분수를 지키면 몸에 욕됨이
없고 기미를 알면 마음은 저절로 열린다 ◇萬世(만세)의 龜鑑(귀감)
=영원히 본보기가 될만한 말 ◇城市中(성시중) 스룸닌들=저자 가
운데 사는 사람들인들 ◇이 일좃차=이 일마저 ◇비호지=배우지

56

谷口哢 谷口哢ᄒ니 有鳥衣黃 谷口哢이라

性愛谷口 綠陰繁ᄒ여 每歲春晚 谷口哢을 朝朝谷口 暮谷口에 一哢 二哢 哢復哢이라

世人이 謂爾谷口哩ᄒ니 謂爾長在 谷口哢이나 靜看谷口 遷喬木ᄒ니 未必長在 谷口哢을. (弄) (靑六 627)

谷口哢(곡구롱)=꾀고리의 울음소리를 음사(音寫)   ◇有鳥衣黃(유조의황)=노랑 옷은 입은 새가 있음   ◇性愛谷口綠陰繁(성애곡구녹음번)=본성이 골짜기에 녹음이 번성한 것을 좋아함   ◇每歲春晚谷口哢(매세춘만고구롱)=매년 늦은 봄에 꾀골   ◇朝朝谷口暮谷口(조조곡구모곡구)=아침마다 꾀꼴 저녁에도 꾀꼴   ◇一哢 二哢 哢復哢(일농이농농부농)=한 번 꾀꼴 두 번 꾀꼴 꾀꼴 또 꾀꼴   ◇世人(세인)이=세상 사람들이   ◇謂爾谷口哩(위이곡구리)=너를 꾀꼬리라 부름   ◇謂爾長在谷口哢(위이장재곡구롱)=네기 항상 골짜기에서 꾀꼬리라고 해서 부르는 것임   ◇靜看谷口遷喬木(정간곡구천교목)=자세히 보니 꾀고리가 교목으로 옮겨가니   ◇未必長在谷口哢(미필장재곡구롱)=오래지 않아 골짜기에 있지 않을 것이다

57

谷口哢 우는 소릐의 낫잠 ᄭᆡ여 니러보니

져근 아들 글 니루고 며느아기 뵈ᄶᅳᆫ듸 어린 孫子는 꼿노리ᄒᆞᆫ다

뭇쵸아 지어미 술 거로며 맛 보라고 ᄒᆞ더라. 吳擎華 (弄歌)

(靑六 681)

谷口哢(곡구롱)=꾀꼬리의 울음소리의 한자 표기　◇니러보니=일어나니. 일어나 보니　◇글 니루고=글을 읽고　◇며느아기=며느리　◇꼿노리=꽃놀이　◇뭇쵸아=때 맞추어　◇지어미=아내. 아내에 대한 겸칭　◇술 거로며=술을 걸르며

58

공도라는 白髮이요 못 면할 손 죽엄이라

천황 지황 인황 후의 복희 신농 헌원씨며 요순 우탕 문무 주공 승덕 읍서 붕하섯나 어리석다 진시황은 만리장성 구지 쌋코 장수불사 하랴다가 여산의 고혼되고 구선허든 한무제도 승노반이 허사되여 육십사의 붕하엿스니 수요장단이 재천이라

그러헌 도덕 영웅들은 유적이나 잇거니와 우리 갓은 초로인생 공수래 공수거라 아니 놀고 무엇 하리.　(雜誌 151)

공도라는 白髮(백발)이요=백발은 누구에게나 공평하고 바른 도리(公道)요　◇못 면할 손 죽엄이라=누구나 죽음은 피할 수 없음　◇천황 지황 인황=천황씨(天皇氏), 지황씨(地皇氏), 인황씨(人皇氏). 각각 일만 팔천년을 통치하였더고 함　◇복희 신농 헌원씨며=고대의 제왕인 복희씨(伏羲氏), 신농씨(神農氏), 헌원씨(軒轅氏)들이며　◇요순 우탕 문무 주공=요(堯)임금과 순(舜)임금, 우(禹)왕과 탕(湯)왕, 주나라 문왕(文王)과 무왕(武王), 주공(周公)　◇승덕 읍서 붕하섯나=성덕(聖德)이 없어서 붕(崩)하셨나. 붕은 임금이 죽음　◇진시황은 만리장성 구지 쌋코=진(秦)나라 시황제(始皇帝)는 만리장성을 굳게 쌓고　◇장수 불사=오래 살고 죽지 아니함(長壽不死)　◇여산의 고혼되고=여산(驪山)의 고혼(孤魂)되고. 여산은 진시황의 무덤이 있는 곳　◇구선허든=구선(求仙)하던. 신선이 되기를 바라던　◇승노반이 허사 되어=승로반(承露盤)이 허사(虛事)되여. 장수를 위해 쟁반에

이슬을 받아 먹던 일이 허사가 되어 ◇육십사에 붕하엿으니=예순
네 살에 죽었느니 ◇수요장단이 재천이라=오래살고 일찍 죽는 것
이(壽夭長短) 하늘에 매여 있음(在天) ◇유적=남긴 자취(遺跡) ◇
초로인생=풀 끝에 달린 이슬과 같은 인생(草露人生) ◇공수래 공
수거=빈손으로 태어 났다가 빈손으로 돌아감(空手來空手去)

59

공도라니 빅발이오 못 면홀 손 죽엄이라

천황 디황 인황 후에 요순 우탕 문무 쥬공 성덕 업서 붕흐시며 어
디도다 진시황은 만리쟝셩 굿이 쌋고 아방궁 놉히 누어쓸 제 이목지
소호흐고 궁심지지소락흐여 장싱불스 흐짓더니 려산에 고혼 되고 독
힝쳔리 관공님도 녀몽간계 즈스흐고 화타 편작이 약명 몰나 죽어스
며 왕개 석슝 이돈이가 지산 업서 죽엇갓네

흐물며 쵸로인싱이야 말 다흐여 무엇흐랴. (樂高 904)

　아방궁=진시황이 지은 궁전(阿房宮) ◇어디도다=어질구나. 반대
인 어리석다의 의미로 쓰임 ◇이목지소호흐고=좋아 하는 것을 귀
와 눈으로 듣고 보고(耳目之所好) ◇궁심지지소락흐여=마음과 뜻
이 즐기는 바를 다함(窮心志之所樂) ◇독힝쳔리 관공님도=혼자 천
리를 간(獨行千里) 관우(關公)도. 관우가 의리 때문에 혼자 천리를
달려 유비에게 달려 갔음 ◇녀몽간계 즈스흐고=오나라 여몽(呂蒙)
의 간사한 꾀(奸計)에 죽임을 당함 ◇화타 편작=중국의 유명한 의
원(醫員). 화타(華陀)는 후한 때의, 편작(扁鵲)은 삼국시대 사람임 ◇
왕개 석슝 이돈이가=중국의 유명한 부호(富豪)들인 듯 ◇쵸로인생
=풀 끝에 달린 이슬과 같은 인생(草露人生)

60

功名과 富貴과란 世上 스롬 다 맛기고

가다가 아모데나 依山帶海處의 明堂을 갈의서 五間八作으로 黃鶴樓마치 집을 짓고 벗님니 다리고 晝夜로 노니다가 압내에 물 지거던 白酒黃鷄로 니노리 가 잇다가

니 나희 八十이 넘거드란 乘彼白雲ᄒ고 ᄒ놀에 올라가셔 帝旁投壺多玉女를 니 홈ᄌ 님ᄌ되여 늙을 뉘를 모로리라. (編數大葉)

(樂學 1100)

依山帶海處(의산대해처)=뒤에는 산을 의지하고 앞에는 물을 끼고 있는 곳 　◇明堂(명당)을 갈의서=좋은 터를 골라서 　◇五間八作(오간팔작)=다섯 칸의 팔작집. 크고 좋은 집 　◇黃鶴樓(황학루)마치=황학루만큼. 황학루는 중국 호북성 무창부 강하의 서남쪽에 있는 누각 　◇물 지거던=장마가 지거든 　◇白酒黃鷄(백주황계)=막걸리와 닭고기 안주 　◇니노리=냇가에서 노는 놀이. 천렵(川獵) 　◇乘彼白雲(승피백운)ᄒ고=저기 떠 있는 흰구름을 타고 　◇帝旁投壺多玉女(제방투호다옥녀)을=옥황상제 옆에서 투호놀이를 하는 여러 선녀들을 　◇니 홈자=내가 혼자서 　◇뉘를=때를. 세상을

61

功名을 헤아리니 榮辱이 半이로다

東門에 掛冠ᄒ고 田盧의 도라와셔 聖經賢傳 헷쳐노코 읽기를 罷ᄒ 後에 압닉에 술진 고기도 낙고 뒷뫼에 엄긴 藥도 키다가 臨高遠望ᄒ야 任意 逍遙ᄒ니 淸風이 時至ᄒ고 明月이 自來ᄒ니 아지 못게라 天壤之間에 이ᄀ치 즐거옴을 무어스로 代홀소니

平生의 이리저리 즐기다가 老死太平ᄒ야 乘化歸盡ᄒ면 긔 됴흔가 ᄒ노라. (蔓橫) (樂學 909)

헤아리니＝헤아려 보니 ◇東門(동문)에 掛冠(괘관)ᄒ고＝동쪽 성문에다 관을 벗어 걸고. 벼슬을 그만 두고 ◇田廬(전려)의＝농사를 짓기 위해 임시로 들에 지은 집의. 시골의 ◇聖經賢傳(성경현전)＝성현들이 지은 훌륭한 책들 ◇엄긴 藥(약)도＝싹이 길게 자란 약초(藥草)도 ◇臨高遠望(임고원망)ᄒ야＝높은 곳에 올라 먼 곳을 바라보아 ◇任意 逍遙(임의 소요)ᄒ니＝마음 내키는대로 거닐으니 ◇淸風(청풍)이 時至(시지)ᄒ고＝맑은 바람이 때마침 불어 오고 ◇明月(명월)이 自來(자래)ᄒ니＝밝은 달이 제 때에 떠오르니 ◇天壤之間(천양지간)에＝하늘과 땅 사이에. 이 세상에 ◇老死太平(노사태평)ᄒ야＝늙어 죽을 때까지 평안하여 ◇乘化歸盡(승화귀진)＝애오라지 천지 자연의 화육(化育)에 순응하여 살다가 생명을 다할 때가 오면 자연의 귀결(歸結)에 맡기리라

62

孔明이 葛巾野服으로 南屛山 上上峰에 올나

七星壇 무고 東南風 빈 년후에 壇下로 ᄂᆞ려가니

海中에 一葉小船 타고 안져 기다리는 壯士은 趙子龍인가.

(詩餘 58)

孔明(공명)＝제갈량 ◇葛巾野服(갈건야복)＝칡으로 만든 두건과 시골 사람들의 복장. 은사(隱士)의 허름한 옷차림 ◇南屛山(남병산)＝중국 절강성 서남쪽에 있는 산. 제갈량 동남풍을 빌던 산 ◇七星壇(칠성단) 무고＝칠원성군(七元星君)을 모신 단을 만들고 ◇빈 년후에＝소원을 빈 뒤에 ◇一葉小船(일엽소선)＝조그마한 배 趙子龍(조자룡)＝촉한의 장수 조운(趙雲)

63

공명이 갈건야복으로 남병산 상상봉에 올라

칠셩단 도두 뭇고 하느님 젼의 비느이다 동남풍 빌어낸지 삼일만
에 **쳥긔황긔**는 서북으로 펄펄 날아셔 셔셩 뎡봉의 니마 눈썹을 근질
너 내니 뎡봉이 필마단긔로 남병산 상상봉에 올나셰셔 보니 다만 잇
는 거슨 동즈뿐이라 야야 동즈야 너희 션셩이 계신가 보아라 그 동
즈 디답ᄒ되 우리 션셩님은 앗가 단하로 너려 갓스오니 쇼동은 아지
못ᄒ느이다 뎡봉이 분긔를 참지 못ᄒ여 필마 단창으로 남병산 너려
강변을 당도ᄒ니 다만 잇는 군스는 슈군 장졸 뿐이로다 이야 슈군
장졸아 이지 공명이 일노 너려 왓스니 네가 간 곳을 즈셰히 디지 아
니ᄒ면 내 흔 창에 잔명을 보젼치 못홀 터이니 네 빨리 디여라 그
군스 ᄒ는 말이 이지 공명 션셩이 발 싯고 산발ᄒ여 일엽 쇼션 타고
강상으로 둥둥 쪄나 갓느이다 셔셩은 류디로 ᄯᄅ르며 뎡봉은 비를 타
고 ᄯᄅ를 즈음에 압헤 가는 져긔 져 비야 그 비에 공명이 툿거든 거
긔 잠간 닷 노와라 즈룡이 내다보니 좃츠오는 장슈는 뎡봉이라 즈룡
이 텰궁에 왜젼을 먹여 좌궁을 쏘즈ᄒ니 우궁으로 졋고 우궁을 쏘즈
ᄒ니 좌궁으로 져즐가 쥼 압흘 놀가 쥼 뒤를 놀가 망셜이다가 싹지
손을 진듯 발마 노으니 비거공즁에 번긔ᄀᆺ치 ᄀᆞ는 살이 뎡봉탄 비
돗디 즁동을 와즈직근 맛쳐 부러치니

빗머리 빙빙돌아 갈 졔 비느이다 비느이다 공명과 즈룡은 텬위 탄
쟝슈요 서셩과 뎡봉은 다만 제 분긔 뿐이로다 (樂高 890)

　　도두 뭇고＝돌우어 만들고　　◇쳥긔황긔는＝청기(靑旗)와 황기(黃
旗)는　　◇서셩 뎡봉의＝오(吳)나라 장수인 서셩(徐盛)과 정봉(丁奉)
◇니마 눈썹을＝이마의 눈썹을　　◇근질너 내니＝근질러서 괴롭히니
◇필마단긔＝혼자서 말을 타고(匹馬單騎)　　◇올나셰셔 보니＝올라서

서 보니. 또는 자세히 보니 ◇동ᄌ=동자(童子). 어린 아이 ◇단하로=단하(壇下)로. 칠성단 아래로 ◇분긔를=분기(憤氣)를 ◇필마단창(匹馬 單槍)=혼자서 말을 타고 창만 가지고 ◇잔명을=잔명(殘命)을. 남은 목슘을 ◇산발ᄒ여=산발(散髮)하여. 머리를 헝크리고 ◇일엽쇼션=일엽소선(一葉小船). 자그마한 배 ◇륙디로=육지(陸地)로 ◇철궁에 왜전을 먹여=철궁(鐵弓)에 왜전(矮箭)을 꿰어. 쇠로 만든 활에 짧은 화살을 꿰어 ◇좌궁, 우궁=좌궁(左弓)과 우궁(右弓). 활시위를 왼 손으로 당기면 좌궁 오른 손으로 당기면 우궁이라 함 ◇쥼압, 쥼뒤=활시위를 당길 때 반대의 손으로 활을 잡는 자리의 아래 위 ◇깍지손을 진 듯 발마 노으니=깍지 낀 손을 신중하게 하여 발사하니. 깍지는 활시위를 당길 때 엄지손가락을 보호하기 위한 반지의 한 종류 ◇비거공즁=공중으로 날아감(飛去空中) ◇즁동을=가운데 부분을 ◇텬위를 탄=천위(天爲)를 탄. 하늘의 시킴을 타고난 ◇제 분긔=자기의 분기(憤氣). 자신의 문한 기운

64

孔門弟子 七十人이 春風杏壇에 左右로 버러시니

三月 不違仁退而如愚ᄂᆞᆫ 顔淵의 어딜미오 吾道一以貫 忠恕而已ᄂᆞᆫ 曾參의 篤學이오 雍也ᄂᆞᆫ 可使南面이어 求也ᄂᆞᆫ 可使爲相이라 子路ᄂᆞᆫ 好勇ᄒᆞ니 千乘의 治賦ᄒᆞ고 子貢은 明敏ᄒᆞ니 瑚璉의 그릇시오 舞雩에 ᄇᆞ람ᄒᆞ고 沂水에 沐浴ᄒᆞ야 千仞絶壁에 鳳凰이 ᄂᆞ라옴은 曾點의 氣象이라.

아마도 誨人不倦ᄒᆞ고 作育英才ᄒᆞᄂᆞᆫ 萬古之樂은 夫子ㅣ 신가 ᄒᆞ노라. 申獻朝 (蓬萊樂府 10)

孔門弟子 七十人(공문제자칠십인)=공자 문하(門下)의 제자 칠십인 ◇春風杏壇(춘풍행단)=공자가 제자를 가르치는 곳에 봄바람이 불음

◇버러시니=늘어서 있으니　◇不違仁退而如愚(불위인퇴여우)=어진 것에 어긋나지 않고 어리석은 것처럼 물러남　◇顏淵(안연)=공자의 제자 안회(顏回)를 가리킴　◇어딜미오=어질음이요　◇吾道一以貫忠恕而已(오도일이관충서이이)=유교의 도리는 충서 한 가지 도리로써 일관함　◇曾參(증삼)의 篤學(독학)이오=증삼은 공자의 제자로 증점(曾點)의 아들이며 증자(曾子)라 부름. 증자가 학문을 독려함　◇雍也(옹야)=공자의 제자. 노나라 사람으로 구변은 없었으나 인덕이 높았음.　◇可使 南面(가사남면)이오=임금이라 할 수 있겠고　◇求也(구야)=공자의 제자 염구(冉求). 노나라 사람으로 자는 자유(子有). 성품이 온순하고 재예(才藝)가 있음　◇可使爲相(가사위상)이라=재상이라 할 수 있다　◇子路(자로)는 好勇(호용)ᄒᆞ니=자로는 용맹스러운 것을 좋아하니. 자로는 공자의 제자로 성은 중(仲) 이름은 유(由) 자로는 자임　◇千乘(천승)의 治賦(치부)ᄒᆞ고=제후의 대우를 하고　◇子貢(자공)은 明敏(명민)ᄒᆞ니=자공은 사리에 밝고 행동이 민첩하니. 자공은 공자의 제자로 성은 단목(端木) 이름은 사(賜) 자공은 자임　◇瑚璉(호련)=제사에 쓰이는 제기로 다른 사람의 존경을 받을 만한 인격을 갖춘 사람을 말함　◇舞雩(무우) 沂水(기수)=지명(地名)임. 무우에 있는 기수　◇千仞 絕壁(천인절벽)=아주 높은 절벽　◇曾點(증점)=공자의 제자로 증삼의 아버지. 부자(父子)가 공자의 제자임　◇誨人不倦(회인불권)=사람들을 가르치는데 게으르지 아니함　◇作育英才(작육영재)=영재를 길러 냄　◇萬古至樂(만고지락)=지금까지 있었던 최고의 즐거움　◇夫子(부자)=공자(孔子)를 높혀서 부르는 말

65

孔夫子ㅣ 사람이시로되 依然ᄒᆞ 하늘이시라

義理를 풀어너여 五倫을 볼키시니 至愚ᄒᆞ 民氓이 절로셔 어질거다

國太平 民安樂이 오로다 聖德이로다

千載後 이 ▽튼 大仁君子ㅣ ▽ 업슬ᄭᅵ ᄒᆞ노라. 金壽長

(靑謠 79)

孔夫子(공부자)=공자님을 높여서 부른 말 ◇依然(의연)흔=틀림이 없는 ◇義理(의리)=사람으로서 지켜야할 바른 도리 ◇프러너여=풀어 내여 ◇五倫(오륜)을 볼키시니=유교의 실천 도덕에 있어서 기본적인 다섯 가지의 인륜을 분명히 하시니 ◇至愚(지우)흔 民氓(민맹)=매우 어리석은 백성 ◇절로셔 어질거다=저절로 어질게 되겠다 ◇國太平 民安樂(국태평 민안락)=나라가 태평하고 백성들이 살기가 편안하고 즐거움 ◇聖德(성덕)=임금의 덕화. 흘륭한 덕화 ◇千載後(천재후)= 천년 뒤. 먼 훗날 ◇大仁君子(대인군자)=인자하고 덕행이 높은 사람

66

關雲長의 靑龍刀와 趙子龍의 날닌 鎗이

宇宙를 흔들면셔 四海의 橫行홀졔 所向無敵이언만은 더러운 피를 무쳐시되 엇지 흔 文士의 筆端이며 辯士의 舌端으란 刀鎗劍戟 이나 쓰고 피 업시 죽이오니

무섭고 무셔울슨 筆舌인가 ᄒᆞ노라. 金鎙 (弄) (靑六 746)

關雲長(관운장)의 靑龍刀(청룡도)=관우의 청룡언월도(靑龍偃月刀) ◇趙子龍(조자룡)의 날닌 鎗(창)이=조자룡의 민첩한 창이 ◇四海(사해)를 橫行(횡행)홀졔=온 세상을 거리낌 없이 휘젓고 다닐 때 ◇所向無敵(소향무적)이언마는=가고자 하는 곳마다 대적할 자가 없었건만 ◇더러운 피를 무쳐시되=칼이나 창에 피를 무칠 수밖에 없지만 ◇文士(문사)의 筆端(필단)이며 辯士(변사)의 舌端(설단)으란=

글 잘하는 사람의 붓끝이나 말 잘하는 사람의 혀끝은　◇刀鎗劍戟
(도창검극)이나 쓰고 피 업시 죽이오니=칼과 창과 방패. 무기를 쓰
지도 않고 피도 흘리지 않고 사람을 죽이니　◇筆舌(필설)=붓과 혀.
말과 글

67

蛟山도 聖恩이요 蓼水도 聖恩이라

山峨峨 水洋洋이 다 聖恩만 못ㅎ여라

南山의 날과 東海예 둘도 萬壽无彊을 비로니 우리님긔 梁柱翊 (感
聖恩歌 5—4) (無極集)

蛟山(교산)=교룡산(蛟龍山). 전북 남원 서쪽에 있는 산　◇蓼水(요
수)=남원읍에 있는 하천. 요천(蓼川)　◇山峨峨 水洋洋(산아아수양
양)=산은 높고 험준하며 물은 한없이 넓음　◇南山(남산)의 날과 東
海(동해)예 둘도=남산에 돋는 해도 동해에 뜨는 달도　◇비로니=
비는구나

　※ 漢譯 蛟山聖恩 蓼水聖恩 山峨峨 水洋洋 都不如聖恩 南山日 東
海月 萬壽無彊祝吾君(교산성은 요수성은 산아아 수양양 도불여성은
남산일 동해월 만수무강축오군)

68

蛟龍山 上上峰에 깃드려 인는 져 白雲아

老臣의 不忍訣ㅎ는 눈믈을 비 삼아 ㄱ득 실어다가

洛陽宮闕 雲漢 볼 째예 沛然히 ㄴ려 들일가 ㅎ니 梁柱翊 (又感恩
曲5—3) (無極集)

　蛟龍山(교룡산)=전북 남원(南原)에 있는 산. 백제시대에 쌓았다는

산성(山城)이 있었음 ◇老臣(노신)=나라를 걱정하는 늙은 신하 ◇不忍訣(불인결)ㅎ는=차마 이별을 하지 못하는 ◇비 삼아=비처럼 ◇洛陽宮闕(낙양궁궐)=임금에 계신 서울의 대궐 ◇雲漢(운한)볼 째예=가뭄이 심한 날에 은하수를 쳐다보며 비를 걱정할 때에 ◇沛然(패연)=비가 흡족하게 내리는 모양 ◇들일가 ㅎ너=임금의 귀에 비소식을 들리게 하도록 할가 하네

※ 漢譯 蛟龍山上上峰 樓在彼白雲 老臣忍訣淚 作雨滿載 奔洛陽宮闕望雲漢時 沛然下而聞(교룡산상상봉 누재피백운 노신인결누 작우만재 분낙양궁궐망운한시 패연하이문)

69

九九八十 一光老는 呂東濱을 차저 가고

八九七十 二君不事 濟王 蜀의 忠節이요 七九六十 三老董公 漢太祖를 遮說한다 六九五十 四皓先生 商山의 바돌 두고 五九四十 五子胥는 東門의 눈을 걸고 四九三十 六秀夫는 輔國忠誠이 지극하다

三九二十 七六國은 戰國이 되고 二九十 八陣圖는 諸葛亮의 兵法이요 九宮數 河圖洛書가 이 아닌가. (時調集 133)

一光老(일광노)=미상. 오래 산 노인의 뜻인지(?) ◇呂東濱(여동빈)=당나라 때 경조(京兆)사람. 이름은 암(嵒). 동빈은 자. 황소(黃巢)의 난 때 집을 종남(終南)으로 옮겼으나 간 곳을 모름 ◇二君不事(이군불사)=두 임금을 섬기지 아니함 ◇濟王 蜀(제왕촉)=미상 ◇三老董公 漢太祖(삼노동공 한태조)를 遮說(차설)한다=삼노 동공이 한태조의 말을 막는다. 삼노는 장로(長老)의 뜻임. 장노인 동공이 한태조인 유방(劉邦)의 말을 차단함. 동공은 누구인지 미상임 ◇四皓先生(사호선생) 商山(상산)의 바돌 두고=상산의 사호 선생이 바둑 두고. 사호는 동원공(東園公) 기리계(綺里季) 하황공(夏黃公) 녹리선

생(甪里先生)으로 모두 수염과 눈섭이 하야서 그렇게 불렀음   ◇五
子胥(오자서)=‘오자서’(伍子胥)의 잘못. 춘추전국 시대 초나라 사람.
뒤에 아버지와 형을 죽인 초왕의 원수를 갚기 위해 오왕을 도와 초
를 쳐 부형의 원수를 갚음   ◇六秀夫(육수부)=미상.   ◇六國(육국)
은 戰國(전국)되고=육국은 제(齊), 초(楚), 연(燕), 한(韓), 위(魏), 조
(趙)의 여섯 나라이며 이들이 서로 다투던 시대가 전국 시대임   ◇
八陣圖(팔진도)는 諸葛亮(제갈량)의 兵法(병법)이요=여덟 가지 진을
배설(排設)하는 계획은 제갈량의 병법이요   ◇九宮數(구궁수)는 河圖
洛書(하도낙서)=구궁(九宮)에 따라 길흉과 화복을 판단하는 수는 하
도낙서가 이것임. 하도낙서는 주역과 홍범구주(洪範九疇)의 근원이
되는 책

70

九仙王 道糕라도 안이 먹는 날을

冷水에 붓츤 粃旨煎餅을 먹으라 지근 絶代佳人도 안이 결연ᄒᄂᆞᆫ
날을 코 업슨 년 결연ᄒᆞ라고 지근거리는다

하널히 定ᄒᆞ신 配匹 밧긔야 것읅쩌 볼 쑬 이시랴. 金壽長

(靑謠 78)

九仙王 道糕(구선왕 두고)=여러 가지 한약재와 설탕 등을 넣어
찐 떡   ◇粃旨煎餅(비지전병)=비지에다 쌀가루나 밀가루를 넣어 만
든 떡   ◇지근=남이 싫어하는 데도 지나치게 괴롭히거나 조르는 것
◇안이 결연ᄒᄂᆞᆫ 날을=인연을 맺지 아니하는 나에게   ◇코 업슨 년
=코가 없는 계집. 못생긴 계집   ◇하널히 定(정)ᄒᆞ신=하늘이 정해
준   ◇配匹(배필) 밧긔야=부부의 짝 이외에는   ◇것읅쩌 볼 쑬 이
시랴=거들 떠 볼 까닭이 있겠느냐

71

國家 太平ᄒ고 萱堂에 날이 긴 제 머리 흰 判書 아기 萬壽盃 드리
는고

每日이 오늘 ᄀᆺ트면 셩이 무슴 가싀리

아마도 一髮 秋毫도 聖恩인가 ᄒ노라. 玉溪母 權氏(母夫人答歌)

(玉溪先生續集 3)

萱堂(훤당)=남의 모친을 일컫는 말. ◇날이 긴 제=해가 길어진
때에 ◇머리 흰 判書(판서) 아기=나이가 많아 머리가 허옇게 된
판서. 벼슬을 하는 자기 아들을 가리킴 ◇萬壽盃(만수배)=환갑이나
칠순 때에 오래오래 장수(長壽)하라고 올리는 술잔 ◇셩이 무슴 가
싀리=무슨 성가신 일이 있겠느냐 ◇一髮秋毫(일발추호)=머리카락
한 올이나 매우 작은 일 ◇聖恩(성은)=임금의 은혜

    ※ 盧禛(1518~1578)은 字(자)가 子膺(자응) 號(호)가 玉溪(옥계)임

72

國太公之 亘萬古英傑 이제 뵈와 議論컨디

精神은 秋水여늘 氣象은 山岳이라 萬機를 躬攝허니 四方에 風動이
라 禮樂法度와 衣冠文物이며 旌旄節旗와 劍戟刀鎗을 燦然更張 허시
단 말가

그 밧긔 金石鼎彛와 書畵音律에란 엇지 그리 발근신고. 安玟英
(言編) (金玉 174)

國太公之 亘萬古英傑(국태공지긍만고영걸)=국태공께서 만고에 걸
쳐 뛰어나고 걸출함 ◇이제 뵈와=지금와서 새삼스럽게 뵙고 ◇精
神(정신)은 秋水(추수)여늘=정신이 마치 가을철의 물처럼 맑고 깨끗

하거늘　◇氣象(기상) 山岳(산악)이라＝타고난 기질은 산과 같이 높고 위엄이 있음　◇萬機(만기)를 躬攝(궁섭)허니＝여러가지 정사(政事)를 직접 관할하니　◇四方(사방)에 風動(풍동)이라＝사방에 감화(感化)가 미침　◇禮樂法度(예악법도)＝예절과 음악에 있어 지켜야 할 법률　◇衣冠文物(의관문물)＝그 나라 사람들의 옷차림새나 인문이나 물질방면의 모든 사항. 문물제도(文物制度)　◇旌旄節旗(정모절기)＝의장용(儀仗用)으로 사용하는 깃발　◇劍戟刀鎗(검극도창)＝칼과 창과 방패 등 모든 무기　◇燦然更張(찬연경장)＝번쩍거릴 정도로 눈에 띠게 부패한 것을 뜯어 고침　◇金石鼎彝(금석정이)＝금석문(金石文)과 왕실의 법도　◇書畫音律(서화음률)＝글씨와 그림과 음악　◇발근신고＝밝으신고

　　※『金玉叢部』에 "수사고지영걸 부생미긍다양"(雖使古之英傑 復生 未肯多讓 비록 예전의 영웅과 호걸로 하여금 다시 태어나게 하여도 대원군보다 더 낫지 못할 것이다.)이라 했음

73

君莫惜典衣沽酒ᄒ소 囊乾ᄒ면 我典衣로다

塵世難逢開口咲ㅣ니 知己를 相對盡情談ᄒ고 劉伶墳上에 酒不到ㅣ니 且樂生前一盃酒로다

人生이 草露 곳튼이 醉코 놀려 ᄒ노라. 朴文郁 (靑謠 66)

　君莫惜典衣沽酒(군막석전의고주)ᄒ소＝그대는 옷을 잡히고 술을 사는 것을 애석하게 여기지 마시오　◇囊乾(낭건)하면 我典衣(아전의)로다＝그대의 주머니가 빈다면 내가 옷을 잡히리다　◇塵世難逢開口咲(진세난봉개구소)ㅣ니＝속세(俗世)에서 입을 크게 벌리고 웃을 일을 만나기가 어려우니　◇知己(지기)를 相對盡情談(상대진정담)ᄒ고＝자기를 알아 주는 벗을 상대하여 정담을 다 나누고　◇劉伶墳上

(유령분상)에 酒不到(주부도)ㅣ니=유령의 무덤 위에 술이 오는 것이 아니니 ◇且樂生前一杯酒(차락생전일배주)로다=다시 생전에 한 잔 술을 즐기도다 ◇草露(초로) ㄹ튼이=풀에 맺힌 이슬과 같으니

74

君不見 黃河之水ㅣ 天上來ᄒ다 奔流到海不復回라
又不見 高堂明鏡悲白髮ᄒ다 朝如靑絲暮成雪이라
人生이 得意須盡歡이니 莫使金樽으로 空對月을 ᄒ여라. (樂戲調)
(樂學 1031)

君不見(군불견)=그대는 보지 못하였는가 ◇黃河之水天上來(황하지수천상래)=황하의 물이 하늘로부터 내려 옴 ◇奔流到海不復回(분류도해불부회)=빨리 흘러 바다에 이르러 다시 돌아오지 못함 ◇又不見(우불견)=또 보지 못하였는가 ◇高堂明鏡悲白髮(고당명경비백발)=고당에서 명경에 비친 백발을 슬퍼 한다 ◇朝如靑絲暮成雪(조여청사모성설)=아침에 검은 머리가 저녁엔 백발이 된 것을 ◇人生得意須盡歡(인생득의수진환)=인생이 뜻대로 되면 모름지기 즐거움이 한이 없으니 ◇莫使金樽空對月(막사금준공대월)=달을 상대하여 술통을 비운들 엇더리
　※ 이백(李白)의 시 ‘장진주’(將進酒)의 첫머리 부분을 시조화한 것임

75

君臣은 大義 잇고 父子는 至親이라
長幼有序의 兄弟들고 朋友有信의 師生드네
아마도 夫婦一倫은 五倫之本이라 엇디 無別ᄒ올소냐. 黃胤錫
(頤齋亂稿)

君臣(군신)은 대의(大義) 있고=군신간에는 큰 의리가 있고 ◇父子(父子)는 至親(지친)이라=부자간은 아주 가까운 사이다 ◇師生(사생)드네=스승으로 삼네 ◇夫婦一倫(부부일륜)=부부간에는 한결같은 윤리가 있음 ◇五倫之本(오륜지본)=오륜의 근본

76

君自故鄕來하니 알리로다 고향사를

오든 날 綺窓 前에 한매화가 피엿드냐 안 피엿드냐

南枝發 北枝未며 北枝發 南枝未와 南枝 北枝 發未發은 去年 今日 일반인데 그대 아니와 글로 근심. (時調 75)

君自故鄕來(군자고향래)하니=그대가 고향으로부터 오니 ◇綺窓前(기창전)에=비단 휘장이 쳐진 창 앞에 ◇한매화가=한매화(寒梅花)가. ◇南枝發 北枝未(남지발 북지미)며 北枝發 南枝未(북지발 남지미)=남쪽 가지는 피었고 북쪽 가지는 안 피었으며, 북쪽 가지는 피었고 남쪽 가지는 안 피었음 ◇去年 今日(거년금일)=지난 해 오늘 ◇일반인데=마찬가지인데(一般) ◇글로=그 것으로

77

귓도리 져 귓도리 에엿부다 져 귓도리

어인 귓도리 지는 돌 새는 밤의 긴 소릐 쟈른 소릐 節節이 슬픈 소릐 제 혼자 우러네여 紗窓 여윈 줌을 술드리도 찌오는고야

두어라 제 비록 微物이나 無人洞房에 내 뜻 알리는 저뿐인가 ᄒᆞ노라. (蔓橫淸類) (珍靑 548)

귓도리=귀뚜라미 ◇에엿부다=가련하다 ◇어인=어떠한 ◇쟈른=짧은 ◇우러네여=계속해서 울어 ◇紗窓(사창)=여인이 거처하는 방의 창문 ◇여윈 좀을=겨우 든 잠을 ◇살드리도=알뜰하게도. 여기서는 얄밉게도의 뜻으로 쓰였음 ◇띄오는고야=깨우는구나 ◇微物(미물)=하잘 것 없는 벌레. 곤충 ◇無人洞房(무인동방)=님이 없는 침실

※ 李漢鎮本『靑丘永言』에 작자가 宋龍世로 되어 있음

78

極目天涯ᄒ니 恨孤雁之失侶ㅣ오 回眸樑上에 羨雙燕之同巢ㅣ로다

遠山은 無情ᄒ야 能遮千里之望眼이오 明月은 有意ᄒ야 相照兩鄕之思心이로다

花不待二三之月 蕊發於衾中ᄒ고 月不當三五之夜ᄒ야 圓明於枕上ᄒ니 님 비온 듯 ᄒ여라. (蔓橫) (樂學 861)

極目天涯(극목천애)ᄒ니 恨孤雁之失侶(한고안지실려)ㅣ오=눈으로 하늘 끝을 쳐다보니 외로운 기러기 짝 잃은 것을 슬퍼하고 ◇回眸樑上(회모양상)에 羨雙燕之同巢(선쌍연지동소)ㅣ로다=눈을 들보위로 돌리니 한 쌍의 제비가 한 보금자리에 즐김을 부러워함이로다 ◇遠山(원산)은 無情(무정)ᄒ야=먼 산은 무정해서 ◇能遮千里之望眼(능차천리지망안)이오=능히 천리를 바라보는 눈을 가리고 ◇明月(명월)은 有意(유의)ᄒ야=밝은 달은 뜻이 있어 ◇相照兩鄕之思心(상조양향지사심)이로다=서로 두 고향을 그리는 마음을 비추도다 ◇花不待二三之月 蕊發於衾中(화부대이삼지월 예발어금중)ᄒ고=꽃은 봄철을 기다리지 아니하고 꽃봉오리가 이불 속에서 피고 ◇月不當三五之夜 圓明於枕上(월부당삼오지야 원명어침상)=달은 보름 밤이 되지 않았는데도 베갯머리에 환히 둥글다

79

今生 百年 다 놀고셔 來生 百年 다시 노세
桑田碧海 다 되도록 世世生生 이어 노세
아모리 天荒코 地老흔들 니 情죠츠 쓴흘 줄이 잇스랴. (界樂)
(大東 281)

今生 百年(금생백년)＝살아 있는 동안　◇桑田碧海(상전벽해)＝뽕
나무 밭이 푸른 바다가 됨. 세상의 변환이 빠름을 나타낸 말　◇世
世生生(세세생생)＝몇 번이라도 다시 환생하는 일. 또는 그 때　◇天
荒(천황)코 地老(지노)흔들＝천지가 멸망한들

80

금세상에 못홀 거슨 늠의 집 님끠다 정드려 놋코 말 못흐니 이연
흐고 스정치 못흐니 나 죽갓고나

꼿이라고 쯧어내며 닙히라고 홀터내며 가지라고 휘여니며 히동청
보라미라고 제 밥을 가지고 구게낼가 눈만 썸벅 고기만 싼듯 츄파
여러 번에 님 후려내여 안닌 밤즁에 딥신에 감발흐고 월장 도쥬로
담 넘어가니 싀아비 귀먹장 화닝 잡년석은 늠의 속니는 아지도 못흐
고 아닌 밤즁에 밤사롬 왓다고 휘날릴 젹에 이내 삼촌 간쟝이 츈셜
이로구나

춤아 진졍 가산뎡쥬 가로 막혀서 나 못살갓네. (樂高 887)

금세상에＝지금 세상에(今世上)　◇님끠다＝님에게　◇이연하고＝
애련(哀憐)하고. 애처럽고 불쌍하고　◇쯧어 내며＝뜯어 내며　◇닙
히라고＝잎이라고　◇히동청 보라미＝해동청(海東靑) 보라매. 송골매

와 보라매 ◇구게별가=구겨별가. 구겨내는 새매의 일종 ◇깐듯=
까딱 ◇츄파=추파(秋波). 눈웃음 ◇후려 내여=유혹하여 ◇딥신
에 감발ᄒ고=짚신에 감발하고. 감발은 신발이 벗겨지지 않도록 잡
아 매는 것 ◇월장 도쥬=월장도주(越墻跳走). 담을 뛰어 넘어 도망
을 침 ◇화닝잡년석='화닝'은 '하인'의 잘못인 듯. 못된 하인 녀석
은 ◇속늬=속 마음 ◇밤사롬=도둑놈 ◇휘날릴 적에=마구 떠들
어 댈 때에 ◇삼촌 간쟝이=삼촌간장(三寸肝腸)이 ◇츈셜이로구나
=춘설(春雪)이로구나. 봄눈 녹 듯 하는구나 ◇춈아 진졍=참아 진
졍이지 ◇가산 졍쥬=가산(嘉山)과 정주(定州). 평안도에 있는 지명

81
金化ㅣ 金城 슈슛대 半 단만 어더 죠고만 말마치 움을 뭇고
죠죽 니죽 白楊箸로 지거 자내 자소 나는 매 서로 勸홀만졍
一生에 離別 뉘를 모로미 긔 願인가 ᄒ노라. (蔓橫淸類)
(珍靑 466)

  金化 金城(김화김성)=강원도에 있는 지명 ◇슈슛대=수수의 줄
기 ◇말마치=말만치. 말〔斗〕만큼 작은 ◇움을 뭇고=움집을 짓
고 ◇죠죽 니죽=좁쌀죽과 입쌀죽 ◇白楊箸(백양저)=백양나무로
만든 젓가락 ◇지거=찍어 ◇자소=자시오 ◇매=싫으이. 매는
'마이'의 축약한 형태 ◇뉘=때 ◇모로미=모르는 것이

82
기러기쎄 쎄 만니 안진 곳에 포슈야 총를 함부로 노치마라
시북 강남 오구 가는 길에 임의 소식를 뉘 젼ᄒ리
우리도 그런줄 알기로 아니 노쏨네. (南太 27)

만니 안진＝많이 앉은　◇노치마라＝쏘지 마라　◇시북강남＝새
북강남(塞北江南). 새북은 북쪽 변방, 강남은 양자강 이남으로 서로
거리마 멀다는 뜻　◇노씀네＝쏘지 않습니다

83
기러기 외 기러기 너 가는 길히로다
漢陽城臺에 가셔 져근덧 머므러 웨웨쳐 불러 부듸 흔말만 傳ㅎ야
주렴
우리도 밧비 가는 길히니 傳홀동 말동 ㅎ여라. (蔓橫淸類)
(珍靑 496)

　길히로다＝길이로구나　◇漢陽城臺(한양성대)＝서울장안.　한양은
중국 현(縣)의 이름이나 우리나라에서 서울을 일반적으로 한양으로
부름　◇져근덧＝잠간 동안　◇길히니＝길이니　◇傳(전)홀동 말동
＝전할 수 있을지 말지

84
기럭기 져 기럭기 너 가는 길이로다
님 계신듸 잠간 들너 웨웨쳐 불너 일으기를 無月黃昏에 슬쓰리 그
려 못슬네라 하고 부듸 흔말만 傳ㅎ고 가렴
眞實로 傳키곳 傳ㅎ면 님도 반겨 ㅎ리라. (蔓大葉樂戲幷艸)
(靑가 588)

　無月黃昏(무월황혼)＝달도 뜨지 않는 어두을 무렵　◇슬쓰리＝살
뜰하게　◇그려 못슬네라＝그리워 못 살겠구나　◇傳(전)키곳 傳(전)
ㅎ면＝전하기만 전하면

85

기러기 훨훨 다 나라 가고 임의 소식 뉘 전하리

수심은 첩첩한듸 잠이 와야 꿈을 꾸지

우리도 만리 장공의 쑤렷시 씻는 저 달이나 되엿스면 임의 겻헤
빗쳐나 볼 걸. (雜誌 157)

　수심은 첩첩한듸=수심(愁心) 첩첩(疊疊)한데. 걱정하는 마음은 쌓
이고 쌓였는데　◇만리 장공=만리장공(萬里長空). 머나먼 높은 하늘
◇쑤렷시=뚜렷하게

86

기름의 지진 쑬약과도 아니 먹는 날을

넝수의 살문 돌만두를 먹으라 지근 絶代佳人도 아니 허는 날을 閣
氏님이 허라고 지근지근

아모리 지근지근혼들 품어 잘 줄 이스랴. (樂戲調) (樂學 996)

　쑬약과=꿀을 발라 만든 약과　◇돌만두=돌처럼 딱딱한 만두. 만
두 속을 넣지 않고 쌀가루나 밀가루만 뭉쳐 만든 만두　◇지근=지
근덕 지근덕　◇絶代佳人(절대가인)=아주 아름다운 여인　◇아니
허는 날을=관계하지 않는 나를　◇품어 잘 줄=품에 안고 잘 까닭
이

87

箕子ㅣ 朝周ᄒ라 갈쎄 殷墟를 지나든이

傷宮室毁 壞生禾黍여늘 欲哭에 不可ᄒ고 欲泣에 近婦人ᄒ야 麥秀

歌를 닐은 말이 麥秀ㅣ 薪薪兮여 木黍ㅣ 油油로다 彼狡童兮여 不與我
好兮로다
　殷民이 듯고 눈물 안이 질 이 업더라. 金壽長 (二數大葉)
　(海周 539)

　　箕子(기자)ㅣ 朝周(조주)ᄒ라 갈쎄＝기자는 은(殷)나라 사람으로 이
름은 서여(胥餘). 폭군 주(紂)에 선정을 베풀 것을 간언(諫言)했으나
듯지 않자 미친 사람인 체하여 종이 된 후에 주(周)를 뵈려가는 도
중에 은나라의 폐허를 보고 맥수가(麥秀歌)를 지었다 함　◇殷墟(은
허)＝은나라가 폐허가 됨　◇傷宮室毁 壞生禾黍(상궁실훼 괴생화서)
＝궁실이 파괴되고 무너진 땅에 기장과 조가 무성한 것을 슬퍼함
◇欲哭(욕곡)에　不可(불가)ᄒ고＝통곡을 하고자 하였으나 가능하지
못하고　◇欲泣(욕읍)에　近婦人(근부인)ᄒ야＝울고 싶으나 가까이에
부인이 있어서　◇麥秀歌(맥수가)를 닐은 말이＝맥수가를 지어 한
말이　◇麥秀(맥수)ㅣ 薪薪兮(점점혜)예＝보리가 점점 자람이여　◇
禾黍(화서)ㅣ 油油(유유)로다＝기장과 조가 무성하도다　◇彼狡童兮
(피교동혜)여　不與我好兮(불여아호혜)로다＝저 교활한 아이여 나와
더불어 좋아하지 않는구나. 교동은 주왕(紂王)을 가리킴　◇은민(殷
民)＝은나라 백성들　◇눈물 아니 질 이＝눈물을 아니 떨어뜨릴 사
람이. 울지 않을 사람이

88

記前朝舊事ᄒ이　曾此地에　會神仙이라
　向月池雲階ᄒ야　重携翠袖ᄒ고　來拾花鈿이라　繁華는　摠隨流水ᄒ이
歎一場春夢杳難圓이라　廢港芙蕖는　滴露ᄒ고　斷堤楊柳에　遶烟이로다
兩峯南北이　只依然ᄒ되　輦路에　草芊芊　恨別館離宮에　烟消鳳盖오　波
沒龍舡이라

平生銀屛 金屋에 對桼燈無焰夜如年이라 落日牛羊은 隴上이오 西風
燕雀 林邊이로다. (樂時調) (海一 561)

記前朝舊事(기전조구사)ㅎ이=전조의 옛 일을 생각하니 ◇曾此地
(증차지)에 會神仙(회신선)이라=일찍이 곳에서 신선들이 모였다 ◇
向月池雲階(향월지운계)ㅎ야=달빛이 비치는 연못의 구름계단을 향
하여 ◇重携翠袖(중휴취수)ㅎ고=여러 여인들을 데리고 ◇來拾花
鈿(내습화전)이라=불러서 꽃비녀를 주더라 ◇繁華(번화)는 摠隨流
水(총수류수)ㅎ이=번성하고 화려한 것은 모두 흐르는 물을 따라 가
니 ◇歎一場春夢杳難圓(탄일장춘몽묘난원)이라=일장춘몽이 다시
이루어 지는 것이 아득함을 한탄한다 ◇廢港芙蕖(폐항부거)는 滴露
(적로)ㅎ고=무너진 도랑의 연꽃은 이슬 방울을 떨어뜨리고 ◇斷堤
楊柳(단제양류)에 遶烟(요연)이로다=끊어진 둑 버드나무엔 연기가
감돈다 ◇兩峰南北(양봉남북)이 只依然(지의연)ㅎ되=양 봉우리 남
북이 다만 옛과 같되 ◇輦路(연로)에 草芊芊(초천천)=연로에는 플
만 우거졌고. 연로는 임금의 수레가 다니던 길 ◇恨別館離宮(한별
관이궁)에 烟消鳳蓋(연소봉개)오 波沒龍舡(파몰용강)이라=별관과 이
궁에 연기가 봉개를 가리고 파도는 용선을 침몰시킴을 한탄한다. 별
관과 이궁은 임금이 순행할 때의 거처. 봉개는 임금의 일산(日傘).
용강(龍舡)은 임금의 배 ◇平生 銀屛金屋(평생은병금옥)에=평생을
호화로운 집에 살다가 ◇對漆燈無焰夜如年(대칠등무염야여년)이라
=불꽃 없는 시커먼 등으로 하룻밤을 지내니 일년이 되는 것 같더라
◇落日牛羊(낙일우양)은 隴上(농상)이오=해는 졌는데 우양은 아직
언덕에 있고 ◇西風燕雀(서풍연작)은 林邊(임변)이라=가을 바람이
불어도 연작은 숲가에 머물고 있네

89

길럭이 풀풀 발셔 나라 가스러니 고기난 어이 니젹지 아니 오노
山높고 물 기닷더니 아마 물이 山도곤 기러 못 오나보다
至今에 魚雁도 빠르지 못하니 그를 슬어 하노라. 安玟英 (三數大
葉) (金玉 141)

발셔=벌써 ◇나라 가스러니=날아 갔을 것이니 ◇니젹지=이
제까지 ◇기닷더니=길다고 하더니 ◇山(산)도곤=산보다 ◇魚雁
(어안)도=편지

※『金玉叢部』에 "여어임인추 여우진원 하왕호남순창 휴주덕기 방
운봉송흥록 이시신만엽 김계철 송계학 일대명창 적재기가 견아흔영
의 상여류연 질탕수십일후 전향남원즉 전주기 명월 자농선 득죄어도
백 정배어남원의 견기자색절미 조해음률 행동범백언어 무소불비 이
여상수 정의전밀 불각시일지천연 급기임별 창석지회 난이형언 상락
후 문기해배 환향즉부일편서 미견기답 필치부침이연이"(余於壬寅秋
與禹鎭元 下往湖南淳昌 携朱德基 訪雲峰宋興祿 伊時申萬燁 金啓哲
宋啓學 一隊名唱 適在其家 見我欣迎矣 相與留連 迭宕數十日後 轉向
南原則 全州妓 明月 字弄仙 得罪於道伯 定配於南原矣 見其姿色絶美
粗解音律 行動凡百言語 無所不備 仍與常隨 情誼轉密 不覺時日之遷延
及其臨別 悵惜之懷 難以形言 上洛後 聞其解配 還鄉卽付一片書 未見
其答 必致浮沈而然耳 내가 임인년 가을에 우진원과 호남의 순창에
나려가 주덕기를 데리고 운봉의 송흥록을 방문하니 이때 신만엽 김
계철 송계학의 일대 명창들이 마침 집에 있다가 나를 보고 기쁘게
맞이했다. 서로 머물며 계속하여 십여일을 질탕하게 보낸 후 남원으
로 방향을 바꾸니 전주 기생 명월의 자가 농선인데 도백에게 죄를
짓고 남원에 귀양와 있었다. 그의 자색의 뛰어나게 아름다움과 음률
에 대한 대략의 이해와 행동과 모든 언어를 보니 갖추지 아니한 것

이 없었다. 인하여 서로 따르고 정의가 점점 밀접하여 시일이 지체
되는 것을 깨닫지 못하고 이별을 임박해서야 애석하고 슬픈 감회를
형언하기 어려웠다. 서울로 올라온 뒤 그가 귀양에서 풀렸다는 소식
을 듣고 고향으로 즉시 편지를 붙쳤으나 답서를 보지 못했다. 세상
의 변화가 반드시 이러한 것일 따름이다.)라 했음

90

吉州 明川 가는 베 쟝ᄉ야 닭운다고 길 가지 마라

그 달기 졍달기 아니요 孟嘗君의 人달기지

우리도 그런줄 알기로 싀거든 가즈우. (時調 歌詞 22)

　吉州 明川(길주명천)=지명. 함경도에 있음　◇베 쟝ᄉ야=삼베를
파는 장사꾼아　◇졍달기=진짜 닭이　◇孟嘗君(맹상군)의 人(인)달
기지=맹상군의 식객이 가짜로 운 사람 닭이지. 맹상군은 전국시대
제나라 사람　◇싀거든=날이 밝거든　◇가즈우=가자꾸나

91

길히 머다ᄒ다 나면 아니 가랴터냐

말이 파려ᄒ다 ᄐ면 아니 녜랴터냐

가고 녠 後ㅣ면 老母 歸寧홀 일이되 遄臻于衛언마ᄂ 不瑕有害라
이를 저퍼 ᄒ노라. 李聃命 (思老親曲12—3)

(靜齋先生文集 3)

　길히=길이　◇나면=나서면　◇가랴터냐=가지 않겠느냐　◇파
려ᄒ다=파리하다 해도　◇녜랴터냐=가지 않겠느냐　◇老母 歸寧
(노모귀녕)홀 일이되=늙은 어머니를 뵈러 갈 일이되　◇遄臻于衛(천
진우위)언마ᄂ 不瑕有害(불하유해)라=빨리 위(衛)에 갈 수 있지만

어떤 해가 있을까 두렵다　◇저퍼＝두려워

　※ 遄臻于衛 不瑕有害(천진우위 불하유해)는『시경』‘패풍’(邶風)“泉水篇”(천수편)에 있는 구절임

92

꿈에 謫仙을 만나 岳陽樓에 올나간이

高朋이 滿座ᄒ디 杜牧 蘇子瞻과 魯眞君 呂洞賓과 劉伯伶 白樂天과 崔孤雲 賈壽富에 一隊 群仙 모닷는디 美酒는 盈樽하고 肴核는 滿盤이라 女班을 도라보니 月宮姮娥 洛浦仙과 李夫人 趙飛燕과 絶代佳人 다 왓는디 香臭는 擁鼻하고 佩玉이 鳴浪이라 徐氏의 韻和瑟과 王子晉의 鳳簫聲과 宋玉의 玉洞簫요 石蓮士의 거문고에 郭處士의 竹杖鼓와 楊太眞의 羽衣舞요 蔡文姬의 胡歌聲과 張定元의 採蓮曲과 秦靑의 긴노리로다 酒半에 醉興을 못 이기여 不知何處弔湘君을 太白이 읊허니니 吳楚東南日夜浮는 杜甫의 和答이요 朗吟飛過洞庭湖는 呂洞賓의 仙語로다 洞庭月落孤雲歸는 崔孤雲의 絶作이로다

우리의 仙分이 엇덧튼지 꿈에 求景 ᄒ괘라. 金壽長 (二數大葉)

(海周 562)

　謫仙(적선)＝당나라 시인인 이백(李白)을 가리킴. 그를 천상(天上)에서 귀양 온 신선에 비유하여 일컫는 말임　◇岳陽樓(악양루)＝중국 호남성 악양현에 있는 누각. 동정호(洞庭湖)에 접하고 있어 경치가 뛰어남　◇滿座(만좌)＝훌륭한 벗들이 자리에 가득함　◇杜牧(두목)＝당나라 시인　◇蘇子瞻(소자첨)＝북송의 시인이며 학자인 소식(蘇軾). 자첨의 그의 자(字)　◇魯眞君(노진군)＝‘진군’은 신선에 대한 존칭. 전국시대 제(齊)나라의 노중련(魯仲連)을 가리킴　◇呂洞賓(여동빈)＝당나라 사람으로 종남산(終南山)에서 수도(修道)한 팔선(八仙)

의 하나　◇劉伯伶(유백령)＝유령(劉伶)을 가리킴. 진(晉)나라 사람으로 생전에 술을 즐기고 주덕송(酒德頌)을 지었음　◇白樂天(백락천)＝당나라 시인 백거이(白居易)를 가리킴. 자(字)가 낙천임　◇崔孤雲(최고운)＝신라의 학자 최치원(崔致遠)을 가리킴　◇賈壽富(가수부)＝송나라 때의 도사(道士) 가휴부(賈休復)의 잘못　◇一隊群仙(일대군선)＝하나의 대오를 만들 수 있는 많은 신선들　◇美酒(미주)는 盈樽(영준)ᄒ고 肴核(효핵)은 滿盤(만반)이라＝좋은 술은 술통에 가득차고 어물(魚物)과 과일을 재료로 만든 안주는 소반에 가득하다　◇女班(여반)＝여자들이 모인 자리　◇月宮姮娥(월궁항아)＝달나라에 있는 항아. 항아는 예(羿)의 처(妻). 항아가 서왕모에게서 얻어 온 선약(仙藥)을 훔쳐 달나라에 도망했다 함　◇洛浦仙(낙포선)＝낙포의 여신(女神)　◇李夫人(이부인)＝한(漢)의 이연년(李延年)의 누이이며 무제(武帝)의 부인이 됨　◇趙飛燕(조비연)＝한(漢)나라 성양후(成陽侯) 조림(趙臨)의 딸. 가무를 잘 했고 나중에 성제(成帝)의 왕후가 됨　◇絕代佳人(절대가인)＝세상에 견줄만한 것이 없을 정도의 뛰어나게 아름다운 미인　◇香臭(향취)는 擁鼻(옹비)ᄒ고＝향내가 코를 찌르고　◇佩玉(패옥)이 鳴浪(명랑)이라＝명랑은 '명란'(鳴鑾)의 잘못인 듯. 몸에 치장하고 있는 옥의 소리가 낭랑하다　◇徐氏(서씨)의 韻和瑟(운화슬)＝'운화슬'은 금슬(琴瑟)의 이름으로 '운화슬'(雲和瑟)의 잘못. 서씨는 당나라 사람으로 하동삼절(河東三絕)의 하나인 서언백(徐彦伯)을 가리킴　◇王子 晉(왕자 진)의 風簫聲(풍소성)＝왕자 진의 퉁소소리. 진(晉)은 주(周)나라 영왕(靈王)의 태자 왕교(王喬)로 생(笙)을 잘 불었음. '풍소'는 '봉소'(鳳簫)의 잘못　◇宋玉(송옥)의 玉洞簫(옥통소)＝송옥은 '농옥'(弄玉)의 잘못인 듯. 농옥은 진 목공(晉穆公)의 딸로 퉁소를 잘 불었음　◇石蓮子(석연자)의 거문고＝'석연자'는 '성연자'(成連子)의 잘못. 성연자는 춘추시대 사람으로 거문고를 잘 탔음　◇郭處士(곽처사)의 竹杖鼓(죽장고)＝곽처사는 당나라 장군 곽자의(郭子儀)를 가리킴. 곽자의가 죽장고를 잘 쳤음. 죽장고는 길고 굵은 대나무통의 속마디를 뚫어 만든 악기 ◇楊太眞(양태진)의 羽衣舞(우의무)＝양태진은 당 현종(玄宗)의 총희(寵姬)인 양귀비를 가리킴. 우의무는 춤의 한 가지 ◇蔡文姬(채문희)의 胡歌聲(호가성)＝채문희가 호가를 연주하는 소리. 채문희는 후한(後漢) 때 여자로 음률에 통했음. '호가'는 '호가'(胡笳)의 잘못인 듯 ◇張定元(장정원)의 採蓮曲(채련곡)＝'장정원'은 '장정완'(張靜琬)의 잘못. 음률에 정통하고 채련곡을 지었음 ◇秦靑(진청)＝옛날에 노래를 잘하던 사람 ◇酒半(주반)＝술이 어느 정도 취함 ◇不知何處弔湘君(부지하처조상군)＝어느 곳에서 상군을 조상해야 할 것인지를 모름. 이백의 시구(詩句). 상군은 순(舜)의 왕비인 아황과 여영을 말함 ◇吳楚東南日夜浮(오초동남일야부)＝오나라와 초나라는 동남쪽이 트였고 건곤이 밤낮으로 떠 있음. 두보(杜甫)의 시구 ◇浪吟飛過洞庭湖(낭음비과동정호)＝'낭'은 '낭'(朗)의 잘못. 낭랑하게 노래를 부르며 동정호 위를 나르며 지나감 ◇仙語(선어)＝신선들의 말 ◇洞庭月落孤雲歸(동정월락고운귀)＝동정호에 달이 지고 외로운 구름이 돌아 옴 ◇絶作(절작)＝뛰어난 작품. 글 ◇仙分(선분)＝신선과의 연분. 선인(仙人)의 소질

93

쑴은 故鄕 가건마는 나는 어이 못 가는고

쑴아 너는 어느 시이 故鄕 갓다 왓누 堂上鶴髮雙親一向萬康 ᄒ옵시며 閤裡에 紅顔妻子와 어린 同生과 各宅諸節리 다 泰平턴야

泰平키는 泰平터라만 너 아니 온다고 愁心일네. (源一 735)

어이＝왜 ◇시이＝사이에 ◇갓다 왓누＝갔다 왔느냐 ◇堂上鶴髮雙親 一向萬康(당상학발쌍친일향만강)ᄒ옵시며＝집안의 늙으신 부

모님은 항상 건강하시며 ◇閤裡(합리)에 紅顔妻子(홍안처자)＝안채
에 있는 예쁜 아내와 자식 ◇各宅諸節(각댁제절)리＝각 집의 모든
일들이 ◇愁心(수심)일네＝걱정하는 빛이더라

94
나는 님 넉이기를 無虎洞裏에 狸作虎만 넉이는듸
님은 날 혜기를 닙 업쓴 갈강 가싀 덤불 아래 알 둔 새만 넉인다.
「終章 缺」(海一 387)

　넉이기를＝생각하기를. 여기기를 ◇無虎洞裏(무호동리)에 狸作虎
(이작호)만＝호랑이 없는 굴에 삵괭이로만 ◇혜기를＝헤아리기를.
생각하기를 ◇닙 업쓴 갈강＝잎이 없는 떡갈나무 ◇알 둔 새만＝
알을 숨겨 둔 새 정도로

95
나는 님 혜기를 嚴冬雪寒에 孟嘗君의 狐白裘 又고
님은 날 너기기를 三角山 中興寺에 이 싸진 늘근 즁놈에 살성귄
어리이시로다
　짝스랑의 즐김흐는 뜻을 하늘이 아르셔 돌려 흐게 흐쇼셔. (蔓橫
淸類) (珍靑 540)

　혜기를＝생각하기를 ◇嚴冬雪寒(엄동설한)＝눈까지 나려 한결 차
가운 겨울 ◇孟嘗君(맹상군)의 狐白裘(호백구) 又고＝맹상군의 보물
인 여우 겨드랑이 털로 만들었다는 갖옷처럼 생각하고. 맹상군은 전
국시대 제(齊)나라 사람으로 여우 겨드랑이의 흰 털로 만들었다는
보물의 하나인 갖옷처럼 생각함 ◇너기기를＝여기기를 ◇三角山
中興寺(삼각산중흥사)＝삼각산의 중흥사. 삼각산은 서울의 진산(鎭山)

으로 서울 서북쪽에 있음 ◇살성긴 어리이시로다=빗살이 엉성한 얼레빗 이로다 ◇짝스랑의 즐김하는 뜻을='짝스랑의 즐김'은 '짝스랑 외즐김'의 잘못 임. 짝사랑의 혼자 즐거워 하는 뜻을 ◇돌려 하게=반대로 나를 사랑하게

96

나는 마다 나는 마다 高臺廣室 나는 마다

奴婢田宅 大緞長옷 緋緞치마 紫芝香織 져고리 蜜花珠 겻칼 쏜머리 石雄黃 올오다 쓰러 꿈자리로다

나의 願하는 바는 키 크고 얼골 곱고 글 잘하고 말 잘하고 노래 용코 춤 잘추고 활 잘쏘고 바돌 두고 품자리 더옥 알드리 잘하는 白馬金鞭의 風流郞이가 하노라. (蔓橫淸) (槿樂 357)

마다=싫다 ◇高臺廣室(고대광실)=굉장히 크고 좋은 집 ◇奴婢田宅(노비전택)=종과 전답과 집. 많은 재산 ◇大緞長(대단장)옷=대단으로 만든 장옷. 장옷을 여인들이 나들이 할 때 얼굴을 가리기 위해 쓰는 옷 ◇紫芝鄕職(자지향직)=자줏 빛의 명주 ◇蜜花珠(밀화주) 겻칼=밀화주로 칼자루를 만든 장도(粧刀). 밀화주는 보석의 하나임 ◇쏜머리=머리카락의 술이 많아 보이게 하기 위해 덧대어서 얹는 머리털 ◇石雄黃(석웅황)=염료로 쓰이는 광물. 여기서는 그 것으로 물들인 색이 고운 댕기인 듯 ◇올오다=오로지. 모두 다 ◇쓰러=한꺼번에 ◇꿈자리로다=같이 하는 잠자리가 제일이다

97

나난 마다 나는 마다 錦衣玉食 나는 마다

죽어 棺에 들 지 錦衣를 입으련이 子孫의 祭바들 지 玉食을 먹으려니 죽은 後 못할 일은 粉壁紗窓 月三更의 고은 님 드리고 晝夜同

寢 ᄒ기로다

　죽은 後 못홀 일이니 사라 아니ᄒ고 뉘웃츨가 ᄒ노라. (樂學 1034)

　　錦衣玉食(금의옥식)＝비단 옷과 좋은 음식　◇棺(관)에 들 지＝죽
어 관에 들어갈 때　◇粉壁紗窓 月三更(분벽사창월삼경)＝분처럼 깨
끗하게 칠힌 벽과 집으로 가린 창이 있는 방의 한밤중. 여인이 거처
하는 방을 가리킴　◇晝夜同寢(주야동침)＝밤낮 없이 같이 누워 지
냄　◇사라＝살아서　◇뉘웃츨가＝후회할까

　　98
　나는 指南石이런가 閣氏네들은 날반을인지
　안즈도 붓고 셔도 쯔르고 누워도 붓고 숩쪄도 쯔라와 안이 쪄러진
다
　琴瑟이 不調혼 分네들은 指南石 날반을을 달혀 日再服 하시소. 金
壽長(二數大葉) (海周 564)

　　指南石(지남석)＝자석(磁石)　◇날반을인지＝날바늘인가. 날바늘은
실을 꾀지 않은 바늘　◇숩쪄도＝솟구쳐 올라도　◇안이＝아니　◇
琴瑟(금슬)이 不調(부조)혼 分(분)네들은＝부부간에 사이가 조화롭지
못한 분들은　◇달혀＝끓여서　◇日再服(일재복)＝하루에 두 번 달
여 먹음

　　99
　나는 진정 말이지 습각산 거흐든 범나븨로 장안 만호를 나려다 보
니
　오싴이 영롱키로 화긔 당졀인가 츈홍을 못익여 나려를 왓다가 돌

아가든 회로에 이 몸이 앗츳 실수되야 인왕산 蝶絲에 나 걸녓고나
　엘라 노와라 못 놋켓구나 열 발가락이 찌여서도 나 못놋카구.
　(樂高 912)

　　습각산=삼각산(三角山). 북한산의 다른 이름　◇거ㅎ든=살던. 거
(居)하던　◇장안 만호=장안(長安)의 만호(萬戶). 서울 성안의 많은
집들　◇화기 당절인가=화개(花開) 당절(當節)인가. 꽃이 피기에 좋
은 시절인가　◇춘흥을 못익여=봄의 흥취(春興)를 억제하지 못하여
◇회로에=회로(回路)에. 도라가는 길에　◇蝶絲(접사)=거미가 나비
를 잡으려 처놓은 줄　◇엘라=여보아라　◇찌여서도=찢어져도

　100
나모도 바히 돌도 업슨 뫼헤 매게 또친 가토릐 안과
　大川 바다 한가온대 一千石 시른 비에 노도 일코 닷도 일코 농총
도 근코 돗대도 것고 치도 빠지고 ㅂ람 부러 물결치고 안개 뒤섯게
즈자진 날에 갈길은 千里萬里 나믄듸 四面이 거머어득 져믓 天地寂
寞 가치노을 떳는듸 水賊 만난 都沙工의 안과
　엇그제 님 여흰 내 안히야 엇다가 ㄱ을 ㅎ리오. (蔓横清類)
　(珍青 572)

　바히=전혀　◇뫼헤=산에　◇매게=매에게　◇또친=쫓긴　◇가
토릐 안과=까투리의 심정(心情)과　◇노도 일코=사앗대도 잃어버
리고　◇닷도=닻도. 닻은 배를 멈추게 하기 위해 물 속으로 던지는
큰 갈고리　◇농총도 근코=용총도 끊어지고. 용총(龍總)은 돛을 조
종하는 줄　◇돗대도 것고=돛을 다는 막대도 꺾어지고　◇치도=키
도. 키는 배의 방향을 조종하는 기구　◇즈자진=자욱히 낀　◇나믄
듸=남았는데　◇거머어득 져믓=검어 어둡컴컴해 지고 저물어　◇

가치노을 썻는듸=까치노을이 떴는데. 까치노을은 사나운 파도. 백두
파(白頭波)   ◇水賊(수적)=물이 아닌 뭍에서 활동하는 도적   ◇都沙
工(도사공)=우두머리 사공. 선장(船長)   ◇여흰=이별한. 잃은   ◇ㄱ
을 ㅎ리오=비교 하리오

101

나아가도 聖恩이요 물너가도 聖恩이라

廊廟나 江湖나 간곳마다 聖恩이라

이몸이 一百番 듁어도 ㅁ음은 千千萬萬春인가 ㅎ로라. 梁柱翊 (感
聖恩歌 5—5) (無極集)

나아가도=벼슬을 하여도   ◇물너가도=벼슬을 그만두어도   ◇廊
廟(낭묘)=조정(朝廷)   ◇江湖(강호)=시골   ◇듁어도=죽어도   ◇
千千萬萬春(천천만만춘)=천년 만년이 지나도 항상 같음

　※ 漢譯 進亦聖恩 退亦聖恩 廊廟江湖 到處俱是聖恩 此身一百番死
此心千千萬萬春(진역성은 퇴역성은 낭묘강호 도처구시성은 차신일백
번사 차심천천만만춘)

102

나 탄 말은 쳥총마요 임 탄 말은 오츄마라

니 압희 쳥씁쓰리 임의 팔의 보라미라

져 기야 공산의 깁히 든 꿩을 즈로 뒤져 투겨라 미 쒸여 보계.
(時調 20)

쳥총마=쳥총마(青驄馬). 푸른 빛깔의 부루말. 총이말   ◇오츄마=
검은 털에 흰털이 섞인 말. 항우가 탔던 말(烏騅馬)   ◇쳥씁쓰리=삽
살개   ◇보라미=그 해 난 새끼를 길드려 사냥에 쓰는 매   ◇즈로=

자주. 여러 차례   ◇미 쮜여=매를 뛰워. 날려

103

洛城 西北 三溪洞天에 水澄淸而山秀麗ᄒᆞ듸
翼然有亭에 伊誰在矣오 國太公之 偃息이시리
비나니 南極老人 北斗星君으로 享壽萬年 ᄒᆞ오소셔. 安玫英 (搔聳)
(金玉 96)

洛城 西北(낙성서북)=서울의 서북쪽   ◇三溪洞天(삼계동천)=삼계의 골짜기. 삼계는 자하문 밖에 있음   ◇水澄淸而山秀麗(수징청이산수려)ᄒᆞ듸=물이 맑고 산세가 빼어나게 아름다움   ◇翼然有亭(익연유정)=날개를 펼친 것처럼 아름다운 정자가 있음   ◇伊誰在矣(이수재의)오=거기에 누가 있는고   ◇國太公之 偃息(국태공지언식)=국태공께서 편히 쉬고 계심. 국태공은 흥선대원군 이하응(李昰應)을 가리킴   ◇南極老人(남극노인)=남극 노인성(南極老人星). 사람의 수명(壽命)을 관장한다는 별   ◇北斗星君(북두성군)=북두칠성   ◇享壽萬年(향수만년)=목숨을 만년까지 누림
  ※『金玉叢部』에 "석파대로 어춘하지고 언식어차"(石坡大老 於春夏之交 偃息於此)라 했음

104

洛城이 一別四千里로다 胡騎長馳 五六年을
草木은 變衰行劍外로다 兵戈는 阻絶老江邊이라 思家步月淸宵立ᄒᆞ야 憶弟看雲 白日眠이라
聞道河陽이 近乘勝ᄒᆞᆫ이 司徒ㅣ急爲破幽燕을 ᄒᆞ소라. (蔓數大葉)
(海一 618)

洛城(낙성)이 一別四千里(일별사천리)로다＝낙성을 떠나니 사천리로다　◇胡騎長驅五六年(호기장구오륙년)을＝호마(胡馬)를 타고 달린 지가 오륙년을　◇草木(초목)은 變衰行劍外(쇠변행검외)로다＝초목은 변쇠하고 검각(劍閣) 밖을 거닐도다　◇兵戈(병과)는 阻絕老江邊(조절노강변)이라＝전쟁은 왕래를 끊어 강변에서 늙도다　◇思家步月淸宵立(사가보월청소립)＝집은 생각하며 달이 밝은 밤에 서서　◇憶弟看雲白日眠(억제간운백일면)＝아우를 그리며 구름을 보다가 대낮에 졸도다　◇聞道河陽(문도하양)이 近乘勝(근승승)흐이＝듣는 바에 의하면 근래 하양에서 전쟁에 이겼다고 하니　◇司徒(사도)ㅣ 急爲破幽燕(급위파유연)을＝사도여 급히 유주(幽州)와 연지(燕地)를 격파하소서

　　※ 두보(杜甫)의 '한별'(恨別)을 시조화한 것임

105

洛陽 東村 梨花亭에 麻姑仙女 집의 술 닉단 말 반겨 듯고

靑驢에 鞍裝지어 金돈 싯고 드러가 가서

兒孩也 淑娘子 계신야 門밧귀 李郞 왓다 살와라. (界樂)

(靑六 783)

　　洛陽(낙양)＝낙수(洛水)의 북쪽에 있고 동주(東周)가 도읍을 정했던 곳　◇麻姑仙女(마고선녀)＝손톱이 길다고 하는 선녀의 이름　◇술 닉단 말＝술이 익었다는 말　◇반겨 듯고＝반갑게 듣고　◇靑驢(청려)＝당나귀의 한 가지　◇淑娘子(숙낭자)＝숙향(淑香)낭자. 고대소설 『淑香傳』의 여 주인공　◇李郞(이랑)＝이선(李仙). 숙향의 상대 주인공의 이름

　　※ 고대소설 『숙향전』(淑香傳)에서 취재한 작품

106

洛陽 三月時에 宮柳는 黃金枝로다

春服이 旣成커늘 小車에 술을 싯고 桃李園 차쟈 드러 東風을 洒掃ᄒ고 芳草로 자리 솜아 鸕鶿酌 鸚鵡盃로 一杯一杯 醉케먹고 吹笙鼓篁ᄒ며 詠歌舞蹈헐제 日已西ᄒ고 月復東이로다

兒嬉야 春風이 몃날이리 林間에 宿不歸를 ᄒ리라. 任義直 (弄歌)

(源國 504)

洛陽 三月時(낙양 삼월시)=낙양의 봄철에. 낙양을 일반적으로 서울을 가리킴 ◇宮柳(궁류)는 黃金枝(황금지)로다=궁중에 있는 버들가지들은 꾀꼬리의 노랑 빛으로 인하여 황금빛임. 이백(李白)의 시에 "낙양이삼월 궁류황금지(洛陽二三月 宮柳黃金枝)로 되어 있음 ◇春服(춘복)이 旣成(기성)커늘=봄철의 입을 옷이 다 만들어지거든 ◇小車(소거)=수레 ◇桃李園(도리원)=복숭아와 오얏꽃이 피어 있는 동산 ◇東風(동풍)을 洒掃(쇄소)ᄒ고=봄바람으로 깨끗이 쓸어 버리고 ◇芳草(방초)로 자리 솜아=싱싱한 풀로 깔고 앉는 돗자리를 삼아 ◇鸕鶿酌 鸚鵡杯(노자작 앵무배)=새 모양으로 생긴 술잔 ◇一杯一杯(일배일배)=한 잔 한 잔 ◇吹笙鼓篁(취생고황)=생황을 불고 두드리며 ◇詠歌舞蹈(영가무도)=노래 부르며 춤을 춤 ◇日已西(일이서)ᄒ고 月復東(월부동)이로다=해는 이미 서쪽으로 졌고 달은 다시 동쪽에 떠오르도다 ◇春風(춘풍)이 몃 날이리=봄철이 며칠이나 하겠느냐 ◇林間(임간)에 宿不歸(숙불귀) ᄒ리라=숲속에서 자고 돌아가지 않으리라

107

洛陽三月 淸明節에 滿城花柳 一時新이라

芒鞋黎杖으로 弼雲臺 올나가니 千甍甲第는 九衢에 照耀ᄒ고 萬重紅綠은 繡幕에 어릐엿다 公子王孫들이 翠盖朱輪으로 芳樹下에 흘너들고 冶郞遊客들은 白馬金鞍으로 落花前 모다ᄂ듸 百隊靑娥들은 綠陰에 섯돌며서 淸歌妙舞로 春興을 비야닐지 騷人墨客들이 接䍦를 倒着ᄒ고 醉後狂唱이 오로다 다 豪氣로다

夕陽의 簫鼓喧天ᄒ고 禁街로 나려오며 太平烟月에 歌誦ᄒ고 노더라. (編數大葉) (樂學 1097)

洛陽(낙양)=서울의 뜻으로 쓰였음 ◇淸明節(청명절)=24절기의 하나. 4월 초순에 듬. 또는 봄의 쾌청한 때 ◇滿城花柳一時新(만성화류일시신)=온 장안의 화류가 일시에 새롭다 ◇芒鞋黎杖(망혜여장)=짚신과 명아주 지팡이 ◇弼雲臺(필운대)=서울 서북쪽 인왕산 아래 있던 대(臺) ◇千甍甲第(천맹갑제)=대단히 많은 훌륭한 집들 ◇九衢(구구)에 照耀(조요)ᄒ고=매우 번화한 거리에 비추이고 ◇萬重紅綠(만중홍록)=겹겹이 둘려 있는 꽃과 나무 ◇繡幕(수막)=수놓은 천으로 만든 휘장 ◇어릐엿다=휘황스럽게 빛난다 ◇公子王孫(공자왕손)=귀족의 자제 ◇翠盖朱輪(취개주륜)=비취의 날개로 꾸민 일산과 붉은 칠을 한 수레. 귀한 사람들의 탈 것 ◇芳樹下(방수하)에=잎이 우거진 나무 아래에 ◇冶郞 遊客(야랑유객)=바람장이 놀이꾼 ◇白馬金鞍(백마금안)=흰말과 좋은 안장 ◇落花前(낙화전)에=꽃잎이 떨어지는 곳에 ◇百隊靑娥(백대청아)=많은 떼를 이룬 노는 계집들 ◇섯돌면서=뒤섞여 돌아 다니며 ◇淸歌妙舞(청가묘무)=맑은 노래와 아릿다운 춤 ◇비야닐 지=재촉할 때에 ◇騷人墨客(소인묵객)=시인과 서화를 하는 선비 ◇接䍦(접리)를 倒着(도착)ᄒ고='접라'는 '접리'(接䍦)의 잘못 힌 모자. 모자를 거꾸로 쓰고 ◇醉後狂唱(취후광창)=술에 취해 마구 부르는 노래 ◇簫鼓喧天(소고훤천)=퉁소와 북소리로 크게 시끄러움 禁衢(금구)=궁중(宮

中) ◇歌稱(가칭)＝노래하고

108

洛陽城裏 方春和時에 草木群生이 皆樂이라

冠者五六人과 童子六七 거ᄂ리고 文殊中興으로 白雲峰登臨ᄒ니 天
文이 咫尺이라 拱北三角은 鎭國無疆이오 丈夫의 胸襟에 雲夢을 ᄉ멋
눈듯 九天銀瀑에 塵纓을 씨슨 後에 踏歌行休ᄒ여 太學으로 도라오니
曾點의 詠歸高風 밋쳐 본 듯 ᄒ여라. (蔓橫淸類) (珍靑 570)

洛陽城裏方春和時(낙양성리방춘화시)＝서울 장안에 바야흐로 봄이
무르익어 갈 때 ◇草木群生(초목군생)이 皆樂(개락)＝초목과 모든
생물들이 다 즐김 ◇冠者 童子(관자 동자)＝어른과 아이 ◇文殊中
興(문수중흥)＝북한산에 있는 문수암(文殊庵)과 중흥사(重興寺) ◇白
雲峰登臨(백운봉등림)＝백운대 정상에 오름 ◇天文(천문)이 咫尺(지
척)＝'천문'은 '천문'(天門)의 잘못. 하늘이 가까이 있음 ◇拱北三角
(공북삼각)＝북쪽으로 삼각산이 둘러 싸고 있음 ◇鎭國無疆(진국무
강)＝나라를 다스리는데 끝이 없음 ◇胸襟(흉금)에 雲夢(운몽)을 ᄉ
겻눈듯＝가슴 속에 운몽을 가진 듯. 운몽은 중국에 있는 연못의 이
름이나 여기서는 '커다란 꿈'의 뜻 ◇九天銀瀑(구천은폭)＝아득히
먼 하늘에 걸려 있는 은하수. 은하수를 폭포에 비유 ◇塵纓(진영)＝
더러워진 갓끈 ◇踏歌行休(답가행휴)＝노래에 맞춰 발장단을 치며
걷다가 쉬다가 ◇太學(태학)＝성균관의 다른 이름 ◇曾點(증점)＝
중국 나라 사람으로 증자(曾子)의 아버지 ◇詠歸高風(영귀고풍)＝노
래를 부르며 돌아오는 고상한 풍류

  ※『樂學拾零』에 작자가 金春澤으로 되어 있음

109

洛陽城裏 芳春和時에 草木群生이 皆自樂이라

冠童을 期會ᄒ여 蕩春臺 花煎ᄒ고 文殊菴中興寺에 軟泡盃酒ᄒ고 晴日에 登臨 白雲ᄒ니 咫尺 天門을 手可摩라 萬里江山 遠近風景이 眼界에 森羅ᄒ여 丈夫의 胸襟이 雲夢을 ᄉ멋ᄂ 듯 飛虹橋 樂展閣과 九天銀瀑과 靜菴齋室 霽月光風 望月光風 望月 回龍에 問眞探勝ᄒ여 水落山寺 玉流天에 塵纓을 씨슨 後에 天莊 安岩으로 杏花芳草 夕陽路에 踏歌行休ᄒ야 太學으로 도라드니

曾點의 詠歸古風을 니어보려 ᄒ노라. (蔓橫樂時調編數葉弄歌)

(靑詠 584)

冠童=어른과 아이 ◇期會(기회)=약속하여 모임 ◇蕩春臺 花煎(탕춘대 화전)=탕춘대에서 꽃달힘을 하고 ◇軟泡盃酒(연포배주)=‘연포’는 ‘연포’(軟飽)의 잘못인 듯. 술을 마심 ◇天門(천문)을 手可摩(수가마)라=하늘을 손으로 만질 듯하다 ◇眼界(안계)에 森羅(삼라)ᄒ여=눈 앞에 펼쳐져 있어 ◇飛虹橋 樂展閣(비홍교악전각)=다리와 전각의 이름. 상상의 다리와 전각인 듯 ◇九天銀瀑(구천은폭)=은하수를 폭포에 비유한 듯 ◇靜菴齋室(정암재실)=도봉산에 있던 서원으로 중종 때 조광조(趙光祖)의 위패를 모신 집 ◇霽月光風 望月光風(제월광풍망월광풍)=도량이 넓고 원만하고 시원함 ◇望月 回龍(망월회룡)=도봉산에 있는 망월사(望月寺)와 회룡사(回龍寺) ◇問眞探勝(문진탐승)=‘문진’은 ‘문진’(問津)의 잘못인 듯. 학문의 길을 묻고 경치를 구경함 ◇水落山寺 玉流天(수락산사 옥류천)=‘옥류천’은 ‘옥류천’(玉流川)의 잘못인 듯. 수락산에는 옥류동(玉流洞)이란 계곡이 있음. 수락산에 있는 절과 옥류동 냇물 ◇天莊 安巖(천장안암)=지명(地名). 안암은 지금의 서울 안암동(安巖洞)인 듯 ◇니어 보려=계속하려

110

落花는 뜻이 이셔 流水를 짜루거늘

無情흔 더 流水는 落花를 보니거다

落花야 너 언제 너 홀로 보니더냐 나도 함끠 흐르노라. 金學淵
(頭擧) (源河 428)

 뜻이 이셔=뜻이 있어서. 생각이 있어서　◇짜루거늘=따르거늘
◇보니거다=보내었도다

111

날 디려 가게 날 디려 ㄱ게 쌍교 평교즈 람요도 나는 실타

 비룡ㄳ치 가는 말끠다 원앙을 달아도 반만침 달고 방울을 달아도
졸방울 달고 부담을 지여도 반부담 짓고 부담 우에다 최계틀 놋코
최계틀 우에다 호랑담요를 활신 편 후에다 수심가 명창 도령님 싯고
강를 경포더로 둘마지 가줏고나

 춤아루 진정 님의 화용 그리워 못살갓네. (樂高 899)

 디려=다리고　◇쌍교 평교즈 람요=가마의 종류로 쌍교(雙轎)는
쌍가마, 평교자(平轎子)는 종일품 이상의 고관이 타는 가마, 람요는
남녀(藍輿)로 뚜껑이 없는 가마　◇비룡ㄳ치 가는 말끠다=나르는
용처럼(飛龍) 빠른 말에다　◇원앙='워낭'의 잘못 마소의 턱 아래
늘어뜨린 쇠고리나 귀에서 턱밑으로 늘여 단 방울. 쇠풍경　◇반만
침=반만큼　◇졸방울=조그만 방울　◇부담을 지여도=부담을 얹어
도. 부담은 부담농(負擔籠)으로 소나 말의 등에 짐을 실을 수 있는
기구　◇최계틀=미상. 부담 위에 사람이 앉을 수 있도록 의자처럼

생긴 도구인 듯　◇호랑담요=호랑이 가죽으로 된 담요　◇활신=활
짝　◇수심가=수심가(愁心歌). 서도 민요의 한 가지　◇강릉 경포대
=강원도 강릉에 있는 누대. 관동팔경의 하나　◇화용=꽃같이 잘
생긴 얼굴(花容)

112

南宮에 술을 두고 三傑을 의논ᄒ니

運籌帷幄之中ᄒ여 決勝千里之外와 鎭國家撫百姓ᄒ여 給饋餉不絶糧
道와 連百萬之衆ᄒ여 戰必勝功必取ᄂ 三傑이라 니를연이와

아마도 陳孺子의 六出奇計를 혜면 나ᄂ 반드시 ᄀ론 四傑이라 ᄒ
노라. (靑淵 241)

南宮(남궁)=남쪽에 있는 궁궐　◇三傑(삼걸)=세 사람의 뛰어난
호걸. 유방을 도와 한(漢)의 건국에 큰 공을 세운 장량(張良), 소하
(蕭何), 한신(韓信)을 가리킴　◇運籌帷幄之中(운주유악지중)ᄒ여 決
勝千里之外(결승천리지외)=전장이 아닌 본영에서 작전을 세워도 싸
움에 이김　◇鎭國家撫百姓(진국가무백성)ᄒ여 給饋餉不絶糧道(급궤
향부절양도)=나라를 안정 시키고 백성을 위로하여 군량을 끊기지
않게하여 군사를 먹임　◇連百萬之衆(연백만지중)ᄒ여 戰必勝攻必取
(잔필승공필취)=백만의 군대를 가지고 싸우면 반드시 이기고 성을
공격하면 반드시 탈취함　◇니를연이와=이르려니와　◇陳孺子(진유
자)의 六出奇計(육출기계)=한나라의 진평(陳平)이 백등(白登)에서 포
위된 유방을 6가지 기발한 꾀로 구해낸 계교　◇혜면=헤아리면. 생
각하면　◇ᄀ론=말하면. 이른다면

113

남기라도 고목이 되면 오든 사이 아니 오고

꼿이라도 십일홍 되면 오든 봉뎝도 아니 오고 깁든 물이라도 엿터지면 오든 고기도 아니 오고 우리 인싱이라도 늙어지면 오시든 정판도 에도라 가는구나

참아 가지로 긔가 만히 막혀서 나 못살갓네. (樂高 892)

남기라도=나무라도 ◇사이=새〔鳥〕 ◇십일홍=한 열흘 피었다가 시들음. 십일홍(十日紅) ◇봉뎝=봉접(蜂蝶). 벌과 나비 ◇엿터지면=물이 말라 얕아지면 ◇정판=사랑하는 님 ◇에도라=에돌아. 피하여 ◇참아 가지로=참으로 가지가지로 ◇만히=많이

114

남북간 륙십 리에 어이 그리 못 본단 말가

츈수는 만ㅅ틱ㅎ니 물이 만아 못 온단 말가 하운은 다긔봉에 봉이 놉하 못 오신든고 물이 깁흐면 비를 투고 봉이 놉흐면 쉬여를 넘으럼우나

듀소로 오민불망에 나 엇지 살고. (樂高 884)

그리=그렇게. 그리도 ◇못 본단 말가=서로 만나지를 못 한단 말인가 ◇춘슈는 만ㅅ틱ㅎ니=춘수(春水)는 만사택(滿四澤)하니. 봄철의 물은 사방에 있는 연못에 가득하니 ◇하운은 다긔봉에=하운(夏雲)은 다긔봉(多奇峰)에. 여름철의 구름은 산처럼 괴이한 모양이 많음에. 도연명의 시(詩) '사시'(四時)의 기·승구(起承句)의 구절임 ◇듀소로=주소(晝宵)로. 밤낮으로 ◇오민불망=오매불망(寤寐不忘). 자나 깨나 잊지를 못함

115

南山佳氣 鬱鬱葱葱 漢江流水 浩浩洋洋

主上 殿下는 이 山水又치 山崩水渴토록 聖壽ㅣ 無彊ᄒ샤 千千萬萬
歲를 太平을 누리셔든

우리는 逸民이 되이야 康衢烟月에 擊壤歌를 ᄒ으리. (蔓橫淸類)

(珍靑 529)

南山佳氣(남산가기)＝남산의 아름다운 기상(氣象) ◇鬱鬱葱葱(울을
총총)＝울창하게 우거짐 ◇漢江流水 浩浩洋洋(한강유수 호호양양)＝
한강의 흐르는 물은 넓게 넘실거림 ◇主上 殿下(주상전하)는＝지금
의 우리 임금께서는 ◇山崩水渴(산붕수갈)토록＝남산이 무너져 내
리고 한강물이 마르도록 ◇聖壽無疆(성수무강)ᄒ샤＝임금님의 향수
(享壽)가 끝이 없으시여 ◇逸民(일민)이＝백성이 ◇康衢烟月(강구
연월)에＝태평한 시대에 ◇擊壤歌(격양가)＝태평한 시대에 백성들이
부르는 노래

116

南山에 봄춘자 드니 가지가지 꼿화짜라

일호酒 가질지허니 세너 가에 안질좌짜

坐中이 조을 호 질길 낙 풍년 풍 저물 모허니 도라갈 귀짜.

(調詞 36)

일호酒(주)＝일호주(一壺酒). 한 병의 술 ◇세너 가에＝시냇가에
◇坐中(좌중)＝'좌중'(座中)의 잘못. 앉아 있는 자리 또는 사람

117

男兒 少年 行樂 헐 일이 허다ㅎ다

臨泉 草堂上에 萬卷詩書 싸아 두고 絶代佳人 엽헤 두고 쥴업는 거
믄고 언져 놋코 보라미 길들여 두고 臨水登山허여 창스기 말타가 성
각ㅎ고 밧을 갈어 對月看花ㅎ니 술먹기 벗스국기와 水邊에 고기 낙
기

아마도 樂ㅎ여 四時春에 節가는 쥴를. (時調 歌詞 83)

少年行樂(소년행락)=젊었을 때 즐기고 노는 일 ◇臨泉 草堂上(임
천초당상)=‘임천’은 ‘임천’(臨川)의 잘못인 듯. 냇가에 지은 초당에
서 ◇萬卷詩書(만권시서)=많은 서책 ◇絶代佳人(절대가인)=이 세
상에 견줄만한 것이 없는 만큼 아름다운 여인 ◇臨水登山(임수등
산)=계곡의 흐르는 물을 끼고 산에 오름 ◇對月看花(대월간화)=달
빛 아래에서 꽃을 완상함 ◇벗스국기=벗을 사귀는 일 ◇樂(낙)ㅎ
여=즐거워서 ◇四時春(사시춘)에=일년이 항상 봄같이 생각됨에
◇水邊(수변)=물가에 ◇節(절)가는 쥴을=세월 가는 줄을

118

男兒의 少年行樂 히올 일이 ㅎ고하다

글닑기 칼쓰기 활쏘기 몰돌리기 벼슬ㅎ기 벗사괴기 술먹기 妾ㅎ기
花朝月夕 노리ㅎ기 오로다 豪氣로다

늙게야 江山에 믈려와서 밧갈기 논믹기 고기낙기 나모뷔기 거믄고
탸기 바독두기 仁山智水遨遊ㅎ기 百年安樂ㅎ여 四時風景이 어늬 그
지 이시리. (蔓橫淸類) (珍靑 566)

히올 일이=해야 할 일이 ◇ㅎ고하다=많고 많다 ◇妾(첩)ㅎ기

=첩을 두는 일   ◇花朝月夕(화조월석)=꽃피는 아침과 달뜨는 저녁. 좋은 날씨   ◇仁山智水邀遊(인산지수요유)=산과 물을 좋아하여 즐겁게 노는 일. 인산지수는 『논어』의 "인자요산 지자요수"(仁者樂山 智者樂水)에서 온 말   ◇百年安樂(백년안락)=평생을 편안하고 즐겁게 지냄   ◇어늬 그지=어느 끝이. 언제 끝이

※李漢鎭本『靑丘永言』에 작자가 南溟으로 되어 있음

119

男兒의 快훈 일은 긔 무엇시 第一인고

挾泰山以超北海와 乘長風萬里波浪과 酒一斗 詩百篇이라

世上에 草芥功名은 不足道ㄴ가 ᄒ노라. 李鼎輔 (二數大葉)

(海周 351)

快(쾌)훈 일은=유쾌한 일은   ◇挾泰山以超北海(협태산이초북해)=태산을 끼고 북해를 건너 뜀. 할 수가 없는 일임   ◇乘長風萬里波浪(승장풍만리파랑)=먼 곳까지 갈 수 있는 바람을 타고 만리나 되는 물결을 건너감   ◇酒一斗詩百篇(주일두시백편)=술 한 말을 마시는 동안에 시 백 편을 지음. 이백(李白)의 고사에서 연유한 말   ◇草芥功名(초개공명)=하찮은 공명. 공명은 공훈과 명예   ◇不足道(부족도)ㄴ가=말할 것이 못되는 것인가

120

南陽에 누운 龍이 運籌도 그지 업다

博望에 燒屯ᄒ고 赤壁에 行훈 謀略 對敵ᄒ리 뉘 이시리

至今에 五丈原 忠魂을 못늬 슬허 ᄒ노라. (二數大葉)

(樂學 760)

南陽(남양)에 누은 龍(용)=남양에 누워 있는 용. 제갈량을 가리킴. 남양은 제갈량이 벼슬길에 나오기 전에 있던 곳 ◇運籌(운주)도 그지 업다=이리 저리 꾀를 내는 것도 무궁무진하다 ◇博望(박망)에 燒屯(소둔)하고=박망에서 불을 피우고 진을 치고. 박망은 안휘성에 있는 산으로 여기서 오(吳)나라의 배〔艅艎;여황〕를 빼앗음 ◇赤壁(적벽)에 行(행)흔 謀略(모략)=적벽 대전을 승리로 이끈 계획 ◇五丈原 忠魂(오장원충혼)=중원을 회복하지 못하고 제갈량이 오장원에서 죽은 충성스런 넋 ◇못니=끝내. 못내

121

늠이라 님을 안이 두랴 思郎도 밧첫노라

梨花에 나간 님이 走馬 鬪鷄 노니다가 霽月光風 졈근 날에 黃菊丹楓 다 盡토록 金鞍白馬 猶未還이라

두어라 님이 비록 니젓시나 紗窓 긴긴 밤의 幸혀 올가 기다린다.

朴文郁 (靑謠 72)

늠이라=남이라고 해서. 나라고 ◇梨花(이화)에 나간 님=봄철에 집은 나간 님 ◇走馬 鬪鷄(주마투계)=경마(競馬)와 닭싸움을 붙여 승패를 겨루는 놀이 ◇霽月光風(제월광풍)=비 온 뒤의 밝은 달과 바람처럼 좋은 시절이나 그것처럼 도량이 넓고 시원한 사람을 가리킴 ◇졈근 날에=저문 날에 ◇黃菊丹楓(황국단풍) 다 盡(진)토록=노란 국화와 붉게 물든 잎이 다 떨어지도록. 가을이 다 가도록 ◇金鞍白馬 猶未還(금안백마유미환)이라=좋은 안장을 얹은 백마가 아직 돌아오지 않았음. 님의 소식이 없음 ◇니젓시나=잊었으나 ◇紗窓(사창)=비단으로 장막을 드리운 창. 여인이 거처하는 곳 ◇幸(행)혀=혹시나

122

남이라 님을 아니두랴 豪蕩도 그지업다

霽月光風 져문날에 牧丹黃菊이 다 盡토록 우리의 고은 님은 白馬
金鞍으로 어듸롤 단이다가 뉘 손에 줍히여 笑入胡姬酒肆中인고

아희야 秋風落葉掩重門에 기다린들 무엇ᄒ리. (弄) (靑六 653)

남이라=다른 사람이라고 ◇豪蕩(호탕)도 그지업다=호걸스럽고
방탕한 것도 끝이 없다 ◇霽月光風(제월광풍)=비 갠 뒤의 맑은 달
과 바람 ◇牧丹黃菊(목단황국)=모란 꽃과 노란 국화 ◇白馬金鞍
(백마금안)=흰 말과 좋은 안장. 호사스런 치장 ◇笑入胡姬酒肆中
(소입호희주사중)인고=웃으며 계집이 있는 술집 안으로 들어 감
◇秋風落葉 掩重門(추풍낙엽 엄중문)=가을 바람에 잎이 떨어지고
사람의 왕래가 적어 겹문을 걸어 닫음

123

南風이 건덧 불어 문을 널고 방의 든니

힝혀 故鄕消息 가져 왓난가 남의 퇴침ᄒ고 급피 일어 안지니 긔
어인 狂風인졔 지니 가난 바람인졔 忽然 有聲 忽不見니라 허허 탄식
하고 셩그러히 안자시니

이늬 生前의 骨肉至親 消息을 알길리 업셔 글노 셜허 ᄒ노라. 金
忠善(南風有感) (慕夏堂實記 3)

건덧 불어=건듯 불어 ◇널고=열고 ◇퇴침ᄒ고=침구를 걸어
치우고 ◇지니 가난 바람인졔=지나가는 바람인지 ◇忽然有聲忽不
見(홀연유성홀불견)=문득 소리가 났으나 아무 것도 없음 ◇셩그러
히=덩그렇게

124

南風이 씨로 불졔 故國을 싱각ᄒ니

先墳이 便安ᄒᆫ가 七兄弟 無事ᄒᆫ가 至親骨肉들이 살아난가 죽엇난가 개운사 춘초몽이 어난 씨에 업슬쏘냐 國家에 不忠하고 私門에 不孝되니 天地間 一罪人이 나 밧긔 쏘 잇난가

아마도 세숭의 凶ᄒᆫ 八字는 나 ᄒ나 뿐인가 ᄒ노라. 金忠善

(慕夏堂實記 1)

先墳(선분)=조상의 무덤. 선영(先塋) ◇씨로 불졔=수시로 불 때에 ◇至親骨肉(지친골육)=부모나 형제와 같이 아주 가까운 살붙이. 가까운 친족 ◇개운사=사찰의 이름. 소재불명 ◇춘초몽=젊은 날의 포부(春草夢) ◇私門(사문)=자기 집안을 낮추어 부르는 말

125

南薰殿 달 발근 밤에 五絃琴 끈어지고

洛浦로 가는 배는 쏘각 달 無光 속에 초회왕의 원혼이라 雲間에 나는 새는 西王母의 片紙 물고 요지로 돌아 들 제 강안의 귤농하니 黃金이 千片이요 노화의 風起하니 白雪이 萬點이라

아마도 此江山 第一景이 이 아닌가. (雜誌 29)

南薰殿(남훈전)=순(舜)임금의 궁전 ◇五絃琴(오현금)=순임금이 만들었다는 줄이 다섯인 현악기 ◇洛浦(낙포)=낙수(洛水)의 여신(女神)이 살았다는 곳 ◇楚懷王(초회왕)=초나라의 의제(義帝). 항우에게 죽임을 당함 ◇원혼=억울한 영혼 ◇雲間(운간)에=구름 사이에 ◇나는 새는=날아 가는 새는 ◇西王母(서왕모)=선녀의 이름 ◇요지=요지(瑤池). 신선이 사는 곳 ◇강안의 귤농하니=강안(江岸)

에 귤농(橘濃)하니. 강 언덕에 귤이 노랗게 익으니 ◇黃金(황금)이 千片(천편)이요=누런 금쪼각이 수 없이 많고 ◇노화의 風起(풍기)하니=노화(蘆花)에 풍기하니. 갈대 꽃 위로 바람이 부니 ◇白雪(백설)이 萬點(만점)이라=갈대 꽃이 날리는 것이 흰눈이 수 없이 날리는 것 같다 ◇此江山 第一景(차강산 제일경)=이 땅의 제일 아름다운 경치

126

南薰殿 舜帝琴을 夏殷周에 傳ᄒ오서

晋漢唐 雜覇干戈와 宋齊梁 風雨乾坤에 王風이 委地ᄒ여 正聲이 긋첫더니

東方에 聖賢이 나 계시니 彈五絃 歌南風을 니여볼가 ᄒ노라. (蔓橫淸類) (珍靑 510)

南薰殿 舜帝琴(남훈전 순제금)=남훈전에서 탄 순임금의 거문고 ◇夏殷周(하은주)=하나라에서 은나라를 거쳐 주나라에 이르기까지의 삼대(三代) ◇晋漢唐 雜覇干戈(진한당 잡패간과)=진나라에서 당나라에 이르기까지의 여러 왕들이 패권을 잡기 위해 일으켰던 전쟁 ◇宋齊梁 風雨乾坤(송제량 풍우건곤)=송나라에서 제나라까지 어지러웠던 세상 ◇王風(왕풍)이 委地(위지)ᄒ여=왕의 권위가 땅에 떨어져서 ◇正聲(정성)=음악에서 음탕하지 않고 바른 정서를 나타낸 소리 ◇東方(동방)에=우리 나라에 ◇彈五絃 歌南風(탄오현 가남풍)=오현금을 타고 남풍시를 노래함. 태평을 누림

127

니가 죽어 이져야 오르냐 네가 사라 평싱에 그리워야 올타 ᄒ랴

죽어 잇기도 어렵쩌니와 사라 싱니별 더옥 셜따

차라로 닉 먼뎌 죽어 도라 갈쩨 네 날 긔리워라. (南太 112)

　이져야 오르냐＝잊어야 옳으냐　◇잇기도＝잊기도　◇셜짜＝서럽
다　◇차라로＝차라리　◇도라 갈쩨＝돌아 갈터이니　◇긔리워라＝
그리워해라

128

내게는 怨讐ㅣ가 업서 개와 둙이 怨讐로다

碧紗窓 깁픈 밤의 품에 들어 자는 임을 자른 목 느르혀 홰홰쳐 울
어 닐어 가게 ᄒ고 寂寞 重門에 왓는 님을 믈으락 나오락 캉캉 즈져
도로 가게 ᄒ니

암아도 六月 流頭 百種 前에 서러져 업씨 ᄒ리라. 朴文郁

(靑謠 67)

　碧紗窓(벽사창)＝푸른 비단으로 드리운 창. 여인이 거처하는 방을
가리킴　◇품에 들어＝품에 안기어　◇자른 목 느르혀＝짧은 목을
길게 뽑아　◇닐어 가게 ᄒ고＝일어나 돌아가게 하고　◇寂寞 重門
(적막중문)＝인적이 없이 조용한 뜰 안의 문　◇믈으락 나오락＝뒤
로 물러 났다가 앞으로 나오고　◇六月 流頭(유월유두)＝음력 유월
보름. 세시 풍속으로 동류수(東流水)에 창포물로 머리를 감는 풍속이
있음　◇百種 前(백종전)에＝백종은 백중과 같음. 백중(百中)이 되기
전이. 백중은 음력 칠월 보름　◇서러져 업씨＝쓸어서 아무 것도 없
이

129

내 나히 닐흔 다ᄉ새 너를 아니 나한ᄂ냐

오늘눌 生覺ᄒ니 나는 여든이오 너는 마은이오 여스시로다
先人의 陰薦하신 恩德을 ᄀ이 업서 ᄒ노라. 金啓
(龍潭錄 15)

닐흔 다ᄉ시＝일흔 다섯에　◇나한ᄂ냐＝낳았느냐　◇마은이오
여스시로다＝마흔하고 여섯이로구나　◇先人(선인)＝선친. 또는 조상
陰薦(음천)＝과거에 의한 것이 아닌 조상의 은덕으로 벼슬자리에 천
거 됨　◇ᄀ이＝끝이

130
니 本是 上界人으로 黃庭經 一字 誤讀ᄒ고
塵寰에 謫下ᄒ여 五福을 누리다가 乘彼白雲ᄒ고 帝鄉에 올라가셔
네 노던 群仙을 다시 만나
八極에 周遊ᄒ여 長生不死 ᄒ리라. (弄) (靑六 688)

니＝내가　◇本是(본시)＝본래　◇上界人(상계인)＝천상(天上)의 세
계의 사람 또는 살던 사람　◇黃庭經(황정경)＝도교(道敎)의 경전의
이름. 한 자를 잘못 읽어도 인간 세상으로 귀양을 간다고 함　一字
誤讀(일자오독)＝한 글자를 잘못 읽음　◇塵寰(진환)에 謫下(적하)ᄒ
여＝인간 세상에 귀양 와서　◇五福(오복)＝다섯 가지의 복. 행복(幸
福)　◇乘彼白雲(승피백운)ᄒ고＝저기 떠 있는 흰 구름을 타고　◇帝
鄉(재향)＝하느님이 있다는 곳　◇네 노던＝예전에　◇八極(팔극)에
周遊(주유)ᄒ여＝팔방(八方)에 두루 다니며 놀아　◇長生不死(장생불
사)＝오래도록 살며 죽지 아니함. 장수함

131
내 쇼실랑 일허 불연지가 오늘날조차 촌 三年이오런이

輾轉틔틔 聞傳혼이 閣氏네 房구석의 셔 잇드라 ㅎ데
柯枝란 다 찟쳐 쓸찔아도 즈르 드릴 굼엉이나 보애게. (樂時調)
(海一 561)

  쇼실랑=쇠스랑. 농기구의 한 가지   ◇오늘날조차=오늘날까지
춘=꽉 찬. 만(滿)   ◇輾轉(전전)틔틔='전전'은 '전전'(轉傳)의 잘못.
여러 차례를 거쳐 전해 온 끝에   ◇聞傳(문전)혼이=전해 들으니
◇찟쳐 쓸찔아도=찢어서 쓰더라도   ◇자르 드릴 굼엉이나=자루를
드리 밀 구멍이나. 자루는 남성의 성기를, 구멍은 여성의 성기를 은
유함   ◇보애게=보내게. 남기게

132
내 얼굴 검고 얽씨 본시 안이 검고 얽에
江南國 大宛國으로 열두 바다 것너 오신 쟉은 손님 큰 손님에 쓸
이 紅疫 쏘약이 後덧침에 自然이 검고 얽에
  글언아 閣氏네 房구석의 怪石 삼아 두고 보옵쏘. (編樂時調)
(海一 570)

  검고 얽씨=검고 얽은 것이   ◇본시=본래(本是)   ◇江南國(강남
국)=강남은 중국 양자강 이남을 가리키는 것으로 양자강 이남의 중
국을 말함   ◇大宛國(대완국)=예전 중국 서쪽에 있던 나라   ◇열두
바다=멀다는 뜻   ◇쟉은 손님=홍역(紅疫)   ◇큰 손님=손님마마.
천연두(天然痘)   ◇쓸이=종기(腫氣)   ◇쏘약이=두드러기나 땀띠
◇後(후)덧침=후더침. 후탈   ◇글언나=그러나   ◇怪石(괴석) 삼아
=괴상하게 생긴 돌처럼. 남성의 성기를 은유함

133

내 집을 찻지라면 아니 뭇고 잘 찻자니

村名은 李花村이요 堂號는 梅月堂이라 右便은 松亭이요 左便은 竹林이라 柴門에 靑삽사리 珠簾單場 안에 鸚鵡 孔雀이 깃드려 잇다

그 곳에 靑鶴白鶴 넘노는 곳이 내 집일세. (時調集 124)

찻지라면=찾는다면 ◇아니 뭇고=묻지 아니하고 ◇찻자니=찾을 것이니 ◇堂號(당호)=집의 이름 ◇柴門(시문)=사립문 ◇청삽사리=삽살개 ◇珠簾單場(주렴단장)='장'은 '장'(帳)의 잘못인 듯. 구슬로 만든 발 하나 ◇넘노는=넘나들며 노는

134

내 집이 器具 업써 벗이 온들 므엇스로 待接홀이

압 내히 후린 곡이를 키야 온 삽쥬에 숫쯔와 녹코

엇쯔제 쥐비즌 술 닉엇씨리라 걸게 걸러 내여라.(蔓數大葉)

(海一 584)

器具(기구)=살림살이 ◇후린 곡이를=굽히 잡은 고기를 ◇삽쥬에=삽주 나물에 ◇숫쯔와 녹코=끓여 놓고 ◇쥐비즌=담근 ◇닉엇씨리라=익었으리라 ◇걸게 걸러=걸죽하게 걸러서

135

네 날 보고 방싯 웃는 이 속도 곱고 미워라고 훌기죽죽 훌기는 눈찌도 곱다

창가 묘무는 반졈 단순 화만발이요 탄금 수성은 일쌍 옥수 접쌍무라

두어라 가금 절싴을 남 줄소냐. (詩謠 129)

이속도=잇몸도　◇홀기죽죽 홀기는 눈찌도=흘깃흘깃 흘기는 눈매도　◇창가 묘무는=노래부르고 춤추는(唱歌妙舞)　◇반점단순 화만발=반점단순 화만발(半點丹脣花滿發). 반쯤 벌린 붉은 입술이 활짝 핀 꽃과 같음　◇탄금수셩=탄금수성(彈琴手成). 거문고를 타는 손놀림　◇일쌍옥수 접쌍무=고은 두 손은 한 쌍의 나비가 춤을 추는 듯함　◇가금절싴=가금절색(歌琴絶色). 노래와 거문고를 잘 하는 뛰어난 미인

136

내라 그리거니 네라 아니 그릴넌가

千里 蠻鄕에 얼매나 그리는고

紗窓의 슬피 우는 뎌 뎝동새야 不如歸라 말고라 내 안 둘 더 업새라. 仁祖 (龍潭錄)

내라 그리거니=나라도 너를 그리워하거니　◇네라 아니 그릴넌가=너라고하여 아니 그리워하겠는가　◇千里蠻鄕(천리만향)=멀리 떨어진 오랑캐의 땅. 병자호란에 청나라에 볼모로 간 소현세자와 봉림대군이 있는 심양(瀋陽)을 가리키는 듯　◇不如歸(불여귀)라 말고라=돌아 갈 수 없다고 울지 말거라. 접동새의 다른 이름이 불여귀임　◇내 안=내 마음　◇둘 더=둘 곳이

137

녯 사름 흐온 말의 술 못 먹는 君子 업고

글 못흐는 小人 업다 흐나 나는 글도 술도 다 못흐니

두어라 非君子 非小人을 어듸 쁠이 今世上의. 金履翼

(金剛永言錄 47)

넷 사룸=옛날 사람들이   ◇非君子 非小人(비군자비소인)=군자도 못되고 소인도 못 됨   ◇어더 쁠이=어디에 쓰겠는가

138
노새노새 매양 쟝식 노새 낫도 놀고 밤도 노새
壁上에 그린 黃鷄수둙이 뒤ㄴ래 탁탁 치며 긴목을 느리워서 홰홰쳐 우도록 노새그려
人生이 아츰이슬이라 아니 놀고 어이리. (蔓橫淸類)
(珍靑 516)

매양쟝식=매양장식(每樣長息). 언제나 쉬지 않고 계속해서   ◇황계수둙=누런 수닭(黃鷄)   ◇뒤ㄴ래=뒷날개   ◇아츰이슬=아침 풀잎에 달린 이슬. 잠간 동안임을 나타낸 말

139
노리 갓치 죠코 죠흔 줄을 벗님네 아돗든가
春花柳 夏淸風과 秋月明 冬雪景에 彌雲 昭格 蕩春臺와 漢北絶勝處에 酒肴 爛熳흔듸 죠흔 벗 가즌 嵇笛 아름다온 아모 가히 第一名들이 次例로 안즈 엇결어 불을 쩍에 中한닙 數大葉은 堯舜 禹湯 文武 갓고 後庭花 樂時調는 漢唐宋이 되엿는듸 搔聳이 編樂은 戰國이 되여이셔 刀槍劍術이 各自騰揚ᄒ야 管絃聲에 어리엿다 功名도 富貴도 나 몰러라
男兒의 이 豪氣를 나는 죠화 ᄒ노라. 金壽長 (二數大葉)
(海周 548)

아둣듣가=알던가   ◇春花柳(춘화류) 夏淸風(하청풍)과 秋明月(추명월) 冬雪景(동설경)=봄철에는 꽃과 버들이, 여름철에는 맑은 바람과, 가을철에는 밝은 달과, 겨울철에는 눈이 내린 뒤의 경치가 계절을 대변할 수 있는 아름다움을 말한 것임   ◇弼雲(필운) 昭格(소격) 湯春臺(탕춘대)=서울 도성의 서북쪽인 삼청동(三淸洞)에서 사직동(社稷洞)에 이르는 동리와 그 곳에 있던 누대(樓臺)로 서민들의 놀이터로 이름이 남   ◇漢北絶勝處(한북절승처)=한강 북쪽에 있는 경치가 뛰어난 곳   ◇酒肴爛漫(주효난만)=술과 안주가 가득히 쌓임   ◇가즌=갖가지   ◇嵇笛(혜적)=깡깡이와 피리   ◇아모 가히=아무개   ◇엇결어=서로 어긋 매기어   ◇中(중)한닢 數大葉(삭대엽) 後庭花(후정화) 樂時調(낙시조) 騷聳(소용) 編樂(편락)=가곡의 곡조의 명칭   ◇堯舜禹湯(요순우탕)=중국 고대의 요임금과 순임금과 하(夏)의 우왕(禹王)과 은(殷)의 탕왕(湯王)   ◇文武(문무)=주(周)나라의 문왕(文王)과 무왕(武王)   ◇漢唐宋(한당송)=중국의 역사에서 경학(經學)이 융성하였던 시대   ◇戰國(전국)=전국시대. 중국의 역사에서 혼란했던 주나라 말기의 시대   ◇刀槍劍術(도창검술)=칼과 창을 쓰는 기술   ◇各自騰揚(각자등양)=각각 스스로 기세와 지위가 높아서 떨침   ◇管絃聲(관현성)=관악기와 현악기의 소리

140

노래로 두고 보면 世上 人心 거의 알다
휘모리 時調의논 조오던 이 눈을 쓰니
아서라 이 내 노래 찌야 안존 사롬 잠들일가 ᄒ노라. 金履翼
(金剛永言錄 40)

　노래로 두고 보면=노래를 가지고 헤아려 본다면   ◇거의 알다=

거지반을 알겠도다   ◇휘모리 時調(시조)의는=빠른 속도로 부르는 시조에는   ◇조오던 이=졸던 사람이   ◇아서라=그만 두어라   ◇안즌 사름=앉은 사람. 또는 안자는 사람

141

綠楊芳草岸에 쇼머기는 아희들아

압냇 고기와 뒷냇 고기를 다 몰속 자바 내 다치에 너허 주어든 네 쇠궁치에 언저다가 주렴은

우리도 밧비 가는 길히니 못 가져갈가 ᄒ노라. (蔓橫淸類)

(珍靑 530)

綠楊芳草岸(녹양방초안)=푸른 버들과 싱싱한 풀이 우거진 언덕◇몰속 자바=모두 잡아   ◇다치에=다락기에. 다락기는 조그만 망태기   ◇쇠궁치=소의 궁둥이   ◇주렴은=주려무나   ◇밧비=바쁘게

142

綠陰芳草 욱어진 골에 찟꼴리롱 우는 져 찟꼴이 새야

네 소릐 에엿쑤다 맛치 님의 소릐도 궃틀씨고

眞實노 너 잇고 님 이심면 비겨나 볼까 ᄒ노라.

(海一 591)

찟꼴리롱=꾀고리의 우는 소리를 흉내낸 말   ◇에엿쑤다=불쌍하다. 가련하다   ◇님 이심면=님이 있으면   ◇비겨나=비교하여

143

논밧가라 기음 미고 뵈잠방이 다임 쳐 신들메고

낫가라 허리에 츠고 도끠 벼려 두러메고 茂林山中 드러 가셔 삭짜리 마른 셥흘 뷔거니 버히거니 지게에 질머 집팡이 벗쳐 노코 시옴을 츳즈가셔 點心도슭 부시이고 곰방더롤 톡톡 쩌러 닙담비 뛰여 물고 코노리 조오다가

夕陽이 지너머 갈 졔 엇찌를 추이즈며 긴 소리 져른 소리 ᄒ며 어이 갈고 ᄒ더라. (弄) (靑六 728)

기음 ᄆᆡ고=김을 매고. 김은 곡식 주변의 잡초를 제거하는 일 ◇뵈잠방이=삼베로 만든 잠방이. 잠방이는 홑바지 ◇다임 쳐=대님을 둘러매. 대님은 바지 가랑이를 묶는 끈 ◇신들메고=신발이 벗겨지지 않도록 감발하고 ◇벼려=벼리여. 날을 세워 ◇茂林山中(무림산중)=나무가 우거진 산 속 ◇삭짜리=죽은 나무가지 ◇셥흘=마른 풀을 ◇시옴을=샘물을 ◇點心(점심)도슭 부시이고=점심 도시락을 깨끗이 하고 ◇곰방더=짧은 담뱃대 ◇닙담비=잎담배 ◇코노리 조오다가=콧노래를 부르며 졸다가 ◇지너머 갈 졔=해가 산을 넘어 갈 때 ◇추이즈며=추스르며

144

놉흔들 길 업스며 깁푼들 빈 업단가
聖學도 이러ᄒ니 高遠타 自盡 말고
萬古 遺經 비호고 쏘 비호소 이리고 못ᄒ 니는 自古及今 업ᄂ니라. 申甲俊 (城西幽稿 2)

놉흔들=높다고 한들 ◇聖學(성학)=유학(儒學). 성인이 이룩해 놓은 학문 ◇高遠(고원)타 自盡(자진)말고=학문의 이치가 높고 심오하다고 스스로 포기하지 말고 ◇萬古 遺經(만고유경)=여지껏 선인이 남긴 책들 ◇비호고 쏘 비호소=배우고 또 배우십시오 ◇못

ᄒ 니는=못하는 사람은　◇自古及今(자고급금)=예전부터 지금에
이르기까지

145

놉흘수 泰山이며 깁흘수 滄海로다 泰山과 滄海라 ᄒᆞᆫ들 聖德과 比
할 손가

발고 발근 日月이요 어질고 어진 雨露로다 日月과 雨露라 ᄒᆞᆫ들 聖
德과 갓흘 손가

어긔야 우리 聖母 聖德이야 形容키 어려왜라. 〔(泰山曲) 金大妃
前醉宴歌〕(三竹異本 90)

　놉흘수=놉구나　◇聖德(성덕)=임금님의 훌륭한 덕　◇日月 雨露
(일월 우로)=일월은 임금과 같은 존재. 우로는 임금의 은혜　◇갓흘
손가=같겠는가

146

놉흘샤 昊天이며 둣터울샤 坤元이라

昊天과 坤元인들 慈恩에셰 더ᄒᆞ시며 놉고 놉푼 華崇과 河海라 한
들 慈恩과 갓탈손가

아홉다 우리 太母聖恩은 헤아리가 어려웨라. 英祖 (蔓橫)

(源河 471)

　놉흘샤=놉구나　◇昊天(호천)=넓고 큰 하늘　◇둣터울샤=두텁
구나　◇坤元(곤원)=땅. 대지(大地)　◇慈恩(자은)=인자하신 어머니
의 은혜　◇華崇(화숭)=중국의 오악(五嶽) 가운데 화산(華山)과 숭산
(崇山). 높고 큰 것을 뜻함　◇아홉다=오홉다. 감탄사　◇太母聖恩

(태모성은)=할머니의 성스러운 은혜

　※ 작품 끝에 "東廟丁丑七十進饌時御製"(동묘정 축칠십진찬시어제)
라고 되어 있음

147

누고셔 大醉혼 後ㅣ면 온갓 시름 다 닛는다 턴고

望美人於天一方홀 제면 百 盞 머거도 寸功이 전혀 업너

흐믈며 白髮倚門望을 더옥 슬허 흐노라. (蔓橫淸類)

(珍靑 489)

　누고셔=누가　◇大醉(대취)혼 後(후)면＝크게 취하고 난 뒤엔　◇
온갓=모든　◇닛는다 턴고=잊는다고 하였던고　◇望美人於天一方
(망미인어천일방)=하늘 한 끝에 미인을 바라다 봄. 미인은 왕을 뜻
함　◇寸功(촌공)=아주 자그마한 공로　◇白髮倚門望(백발의문망)＝
백발의 노모가 이문(里門) 밖에서 자식이 돌아오기를 기다림

148

누구셔 范亞父를 智慧 잇다 닐으든고

沛上에 天子氣를 分明이 알아건을 鴻門宴 高開時에 風雲이 擁護흐
야 白日이 盡滃홀쩌 天意를 바히 몰라 玉玦을 세 番 들고 項莊의 拔
劍起舞 긔더욱 可笑롭다

암은만 玉斗를 씻치고 疽發背흐도록 뉘우친들 어이리. 李鼎輔 (二
數大葉) (海周 384)

　누구셔=누가　◇范亞父(범아부)=항우의 모신(謀臣) 범증(范增).
항우를 도와 홍문연(鴻門宴)에서 유방을 죽이려다 실패하고 나중에

항우와 불화하여 팽성(彭城)에 물러나 있다가 등창으로 죽음 ◇沛上(패상)에 天子氣(천자기)를=패공(沛公)에게 천자가 될만한 기상이 있음을. 패공은 유방이 천자에 오르기 이전의 칭호 ◇鴻門宴高開時(홍문연고개시)에=홍문에서 크게 잔치를 베풀 때에. 홍문은 섬서성 임동(臨潼)에 있는 지명으로 항우와 유방이 회음(會飮)하던 곳 ◇白日(백일)이 盡盪(진탕)홀쩌=한낮의 해마저 몹시 흔들리는 듯 할 때 ◇天意(천의)=하늘의 뜻 ◇바히=전혀 ◇玉玦(옥결)을 세 番(번) 들고=옥결은 패옥(佩玉). 범증이 유방을 죽이기 위해 항우에게 눈짓하고 옥결을 세 번이나 들어 보였음 ◇項莊(항장)의 拔劍起舞(발검기무)=항장은 항우의 부하로 유방을 죽이려고 검무를 추도록 했음 ◇암으만=아무리 ◇玉斗(옥두)=옥으로 만든 국자 ◇疽發背(저발배)=등창이 등에 생김 ◇뉘우친들=뉘우친다고 해서
　※ 가람본『靑邱詠言』에서 작자가 朴英이라 되어 있음

149
누리쇼셔 누리쇼셔 萬千歲를 누리쇼셔
무쇠 기동에 곳 퓌여 열음 열어 쓴 드리도록 누리쇼셔
그 남아 億萬歲 밧게 쪼 萬歲를 누리쇼셔.
(女唱歌謠錄 65)

　누리쇼셔=복을 받고 잘 사십시오　◇열음 열어=열매가 열려
◇그 남아=그 남아. 그 나머지　◇밧게=밖에. 넘게

150
눈섭은 그린 듯ᄒ고 닙은 丹砂로 직은 듯ᄒ다
날보고 웃는 樣은 太陽이 照臨ᄒᆫ디 이슬 밎친 碧蓮花로다
네 父母 너 삼겨 닉올쎄 날만 괴게 ᄒ도다. 金壽長 (二數大葉)

(海周 531)

　님은＝입은　◇丹砂(단사)＝붉은 색의 광물로 약이나 염료로 쓰임
◇직은 듯ᄒ다＝찍은 듯하다　◇照臨(조림)ᄒ디＝해나 달이 위에서
내리 비치는데　◇碧蓮花(벽연화)＝푸른색의 연꽃　◇삼겨 니올쎄＝
태어 날 제　◇날만 괴게＝나만을 사랑하게

151
눈섭은 수나비 안즌 듯 닛바대는 박시 ᄭ 세온 듯
날 보고 당싯 웃는 양은 三色桃花 未開峰이 ᄒ롯밤 빗 氣運에 半
만 절로 퓐 形狀이로다
네 父母 너 삼겨 낼 적의 날만 괴라 삼기도다. (蔓橫淸類)
(珍靑 518)

　수나비＝나비. 숯으로 그린 것처럼 새카만 눈섭. 아미(蛾眉)　◇닛
바대＝치열(齒列)　◇박시 ᄭ 세온 듯＝박씨를 까서 세운 듯 깨끗하
고 가즈런함　◇三色桃花 未開峰(삼색도화미개봉)＝'봉'은 '봉'(封)의
잘못. 세 가지 색의 복숭아 꽃이 아직 피지 않았음　◇삼겨 낼 적의
＝태어날 때에　◇날만 괴라＝나만을 사랑하게

152
눈아 눈아 머르칠 눈아 두 손 장가락으로 꼭질너 머르칠 눈아
남의 님 볼지라도 본동만동 ᄒ라 ᄒ고 너 언제부터 정 다 슬나더
니
아마도 이 눈의 지휘에 말 만흘가 ᄒ노라. (樂戲調) (樂學 1047)

머르칠 눈아=멀어질 눈아. 뵈지 않을 눈아 ◇장가락=가운데 손
가락. 장지(長指) ◇졍 다 슬나더니=정(情)을 다 쓸어 버리라고 하
였더니 ◇지휘에=지휘(指揮)에. 시키는 대로 따라함에

153
뉘라셔 꿈에 님희 허시라 든고 졍 업쓰면 꿈에 뵈랴
샹亽고 샹亽고ᄒ니 샹亽인 亽샹亽인을
언제나 그리든 임을 만나 몽즁亽를. 李世輔
(詩歌 28)

 뉘라셔=누가 ◇꿈에 님희=꿈에 뵈는 님이 ◇허시라 든고=허
사(虛事)라 하던고 ◇샹亽고=남을 그리워 하는 고통. 상사고(相思
苦) ◇샹亽인 亽샹亽인=상사인이 상사인을 생각함. 상사인 사상사
인(相思人 思相思人) ◇몽즁亽를=꿈속에 있었던 일을(夢中事)

154
뉘라셔 祥獜과 瑞鳳을 귀타 ᄒ던고
賢良輔弼이 더 貴하고 景星慶雲이 됴타ᄒ되 時和歲豊이 더 조홰라
  朝廷이 淸明ᄒ고 人民이 安樂ᄒ니 獜鳳星雲은 아니라도 聖母님 德
이신가 ᄒ노라. (獜鳳曲) (三竹異本 91)

 뉘라셔=누가 ◇祥獜(상린)과 瑞鳳(서봉)=나라에 경사가 있을 때
나타난다고 하는 상서로운 기린과 봉황 ◇賢良輔弼(현량보필)=어
진 신하의 도움 ◇景星慶雲(경성성운)=도(道)가 있는 나라에 나타
난다고 하는 상서로운 별과 구름 ◇時和歲豊(시화세풍)=나라가 태
평하고 풍년이 듦 ◇朝廷(조정)이 淸明(청명)ᄒ고=조정이 정치를
잘해 잘못 되는 것이 없고 ◇人民(인민)이 安樂(안락)=백성들이 편

안하고 화락함 ◇聖母(성모)님＝훌륭하신 왕후 순원왕후(純元王后)를 가리킴

155

늙기 셜웨란 말이 늙은이의 妄伶이로다

天地江山은 無限長이요 人之定命은 百年間이니 셜웨라 ᄒ는 말이 아모려도 妄伶이로다

두어라 妄伶엣 말은 우어 무슴 ᄒ리오. 金壽長 (二數大葉)

(海周 535)

셜웨란＝서럽다는 ◇妄伶(망령)＝'령'은 '령'(靈)의 잘못. 늙거나 정신이 흐려서 언행이 정상을 벗어난 상태나 행동 ◇天地江山(천지강산)은 無限長(무한장)이요＝세상과 자연은 한 없이 넓고 큼 ◇人之定命(인지정명)은 百年間(백년간)이니＝사람에게 주어진 목숨은 백년간이니 ◇셜웨라＝서럽다. 서러워라 ◇아모려도＝아무리 생각해도 ◇우어＝웃어 ◇무슴 ᄒ리오＝무엇 하겠는가

156

니르랴 보쟈 니르랴 보쟈 내 아니 니르랴 네 남진ᄃ려

거즛 거스로 물깃는 체 ᄒ고 통으란 ᄂ리와 우물전에 노코 쏘아리 버서 통조지에 걸고 건넌집 쟈근 金書房을 눈기야 불러내여 두 손목 마조 덤셕 쥐고 슈근슈근 말 ᄒ다가 삼밧트로 드러 가셔 므스 일 ᄒ던지 존삼은 쓰러지고 굴근 삼대 밋만 나마 우즑우즑 ᄒ더라 ᄒ고 내 아니 니르랴 네 남진 ᄃ려

져 아희 입이 보도라와 거즛말 마라스라 우리는 마을 지서미라 실삼 죠곰 키더니라. (蔓橫淸類) (珍靑 576)

니르랴 보자＝이를 터이니 보아라. 일러나 보자 ◇남진다려＝남편에게 ◇거즛 거스로＝거짓 행동으로 ◇통으란 ᄂ리와＝통은 내려 놔 ◇우물젼에＝우물 가에 ◇쏘아리＝또아리. 머리에 물건을 얹어 놓을 때 아프지 않게 하기 위해 머리 위에 놓는 동그란 물건 ◇통조지＝통의 손잡이 ◇눈기야＝눈짓하여 ◇삼밧트로＝삼밭으로. 삼은 대마(大麻)로 베의 원료임 ◇존삼＝작은 삼 ◇입이 보도리와＝입이 가벼워 ◇마라스라＝하지마라 ◇지서미＝지어미 ◇실삼＝잔삼 ◇키더니라＝캐었더니라

157

니 몸에 가진 病이 한 두 가지 아니로다

보아도 못 보는 눈 드러도 못 듯는 귀 마타도 못 맛는 코 말못하는 입이로다

잇다감 腰痛과 腹痛이며 眩氣 嘔痰 滯症은 別症인가 ᄒ노라. 金敏淳(弄) (靑六 743)

니 몸에＝이 몸에 ◇드러도＝들어도 ◇마타도＝맡아도 ◇잇다감＝이따금 ◇腰痛(요통)과 腹痛(복통)이며＝허리가 아프고 배가 아픈 것이며 ◇眩氣 嘔痰 滯症(현기 구담 체증)은＝어지럽고 가래를 뱉고 소화가 안되는 증상은 ◇別症(별증)＝어떤 병에 딸려 생기는 다른 증상. 합병증

158

님과 나와 브듸 둘이 離別 업씨 사자 ᄒ엿던이

平生 離別 險因緣이 잇서 離別로 구틔여 여희연제고

明天이 에엿비 넉이셔 離別 업께 ᄒ소셔. (樂時調)

(海一 516)

　브듸=부디　◇사자 ㅎ엿던이=살자고 하였더니　◇險因緣(험인연)이=흉악한 인연이. 나쁜 인연이　◇구틔여=구태여. 억지로　◇여희연제고=여희였구나　◇明天(명천)=모든 것을 다 알고 있다고 생각되는 하느님　◇에엿비 넉이셔=불쌍하게 여기시여

159

님그려 기피 든 病을 어이ㅎ여 곤쳐 낼고

醫員 請ㅎ여 命藥ㅎ며 쇼경의게 푸닥거리ㅎ고 무당 불러 당즁글기 ㅎ들 이 모진 病이 ㅎ릴소냐

眞實로 님 흔듸 이시면 곳에 죠흘가 ㅎ노라. (蔓橫淸類)

(珍靑 515)

　님그려=님을 그리워 해서　◇곤쳐 낼고=고쳐 낼까　◇命藥(명약)ㅎ며=지시에 따라 약을 쓰며　◇푸닥거리=무당이 간단하게 음식을 차려 놓고 잡귀에게 풀어 먹이는 굿　◇당즁글기=무당이 장구 대신에 당즁을 읽는 것. 당즁은 버들로 만든 물건을 담는 섬의 일종　◇모진 病(병)=증세가 매우 심한 병　◇ㅎ릴소냐=낫겠느냐　◇님 흔듸 이시면=님과 같이 있으면　◇곳에=바로. 즉시

160

님 글인 膏肓之疾을 무슨 藥으로 곳쳐 닐고

太上老君의 草還丹과 西王母의 千年蟠桃 眞元子의 人蔘菓와 十洲 三山 不老草를 아모만 먹다 홀일쏜야

암아도 님을 만나봄면 홀일 法이 잇는이. 金默壽 (靑謠 54)

님 글인=님을 그리워 한 ◇膏肓之疾(고황지질)=고황에 든 병. 고황은 병이 그 속에 들어가면 병을 고칠 수가 없다는 부분 ◇太上老君(태상노군)=도가(道家)에서 노자(老子)의 존칭으로 쓰는 말 ◇草還丹(초환단)='초환단'(招還丹)의 잘못인 듯. 선단(仙丹)의 이름으로 먹여서 혼을 되돌아 오게 한다는 약 ◇西王母(서왕모)의 千年蟠桃(천년반도)=서왕모는 중국 신화(神話)에서 곤륜산(崑崙山)에 산다고 하는 표미호치(豹尾虎齒), 반인반수(半人半獸)의 영이적(靈異的)인 여선(女仙). 천년반도는 삼천 년에 한 번 꽃이 피고 열매를 맺는다는 복숭아. 이것을 먹으면 장수한다고 함 ◇眞元子(진원자)=중국 양(梁)나라의 완효서(阮孝緖)를 가리키는 듯. 산삼을 구하여 어머니의 병환을 고쳤다고 하는 효자 ◇人蔘果(인삼과)=인삼을 재료로하여 만든 과자 ◇十洲三山(십주삼산)=신선이 산다고 하는 삼신산과 십주. 삼신산은 봉래산(蓬萊山), 방장산(方丈山)과 영주산(瀛洲山). 십주는 조주(祖洲), 영주(瀛洲), 현주(玄洲), 염주(炎洲), 장주(長洲), 원주(元洲), 유주(流洲), 생주(生洲), 봉린주(鳳麟洲)와 취굴주(聚窟洲)임 ◇불노초(不老草)=먹으면 늙지 않는다는 풀 ◇아모만=아무리. 암만 ◇홀일소냐=낫겠느냐 ◇홀일 法(법)=나을 법

161

님 다리고 山에도 못살 거시 蜀魄聲에 이긋는 듯

물가의도 못슬 거시 물 우희 沙工 물 아러 沙工놈들이 밤中만 비 쩌날 지 至菊葱其於耶伊於 닷 치는 소리에 흔숨 짓고 도라눕니

이 後란 山도 물도 말고 들에 가서 슬니라 (蔓橫) (樂學 875)

못살 것이=살지 못할 까닭이 ◇蜀魄聲(촉백성)=두견이의 우는 소리 ◇이긋는 듯=창자가 끊어지는 듯한 ◇至菊葱其於耶伊於(지

국총기어야이어)=노 젓는 소리와 배가 삐거덕거리는 소리의 한자
표기   ◇닷 치는=닻을 잡아 당기는

162
님으란 淮陽 金城 오리남기 되고 나는 三四月 츩너츌이 되야
  그 남긔 그 츩이 낙검의 납의 감듯 일이로 츤츤 절이로 츤츤 외오
푸러 올히 감아 얼거져 틀어져 밋붓터 끗씨지 죠곰도 뷘틈 업시 찬
찬 굽의나게 휘휘감겨 晝夜長常에 뒤트러져 감겨잇서
  冬셧쫄 바람비 눈설이를 암으만 맛즌들 뗠어질 쭐 이실야. 李鼎輔
(二數大葉) (海周 386)

  님으란=님은   ◇淮陽 金城(회양김성)=강원도에 있는 지명. 회양
은 현재 군(郡)임.   ◇오리남기=오리나무가   ◇츩너츌=칡넝쿨   ◇
낙검의=거미의 일종. 납거미. 벽경(壁鏡)이나 벽전(壁錢)으로 불림
◇납의=나비   ◇외오푸러 올히 감아=왼쪽으로 풀어 옳게 감아. 또
는 오른쪽으로 감아   ◇굽의나게=굽어지게. 두드러지게   ◇晝夜長
常(주야장상)=밤낮을 가릴 것 없이 항상   ◇冬(동)셧쫄=동지달과
설달. 음력 11월과 12월   ◇암으만=아무리

163
님이 가오실 제 노고 네을 두고 가니
오노고 가노고 보너노고 그리노고
  그 中에 가노고 보너노고 그리노고란 다 몰속 찌쳐 바리고 오노고
만 두리라. (羽樂時調) (靑六 978)

  노고 네을=노구(爐口)솔 네 개를. 노고솔은 작은 솔 =오노고 가

노고 보니노고 그리노고=오고 가고 보내고 그리고   ◇몰속=모조리
◇씨쳐 바리고=깨어 버리고

164

님이 오마 ᄒ거눌 저녁밥을 일지어 먹고

中門 나서 大門 나가 地方 우희 치ᄃ라 안자 以手로 加額ᄒ고 오
는가 가는가 건넌 산 ᄇ라보니 거머횟들 셔 잇거눌 져야 님이로다
보션 버셔 품에 품고 신 버셔 손에 쥐고 곰븨님븨 님븨곰븨 천방지
방 지방천방 즌 듸 ᄆ른 듸 굴희지 말고 워렁충창 건너가셔 情엣 말
ᄒ려ᄒ고 겻눈을 흘긧보니 上年 七月 사흔날 굴가벅긴 주추리삼대
슬드리도 날 소겨다

모쳐라 밤일씌만졍 힝혀 낫이런들 눔 우일번 ᄒ괘라. (蔓橫淸類)
(珍靑 580)

오마 ᄒ거눌=온다고 하거늘   ◇일 지어=일찍 지어   ◇地方(지
방)=문지방   ◇치ᄃ라=위로 달려가   ◇以手(이수)로 加額(가액)ᄒ
고=손을 이마에 얹고   ◇거머횟들=검고 희끄므레 한   ◇져야=저
것이   ◇곰븨님븨=계속하여   ◇천방지방=천방지축   ◇즌 듸 마른
듸=진 곳 마른 곳   ◇情(정)엣 말=다정한 말   ◇上年(상년)=작년
굴가벅긴=갉아 벗긴   ◇주추리삼대=삼대의 줄기   ◇슬드리도=알
뜰하게도   ◇날 소겨다=나를 속였구나   ◇모쳐라=아서라. 감탄사
밤일씌만졍=밤이니 망정이지   ◇힝혀=행여나   ◇눔 우일번 ᄒ괘라
=남을 웃길 뻔 하였다

165

다나 쓰나 니濁酒 죠코 대테메온 질병드리 더옥 죠희

어론쟈 박구기룰 둥지둥둥 띄여두고

아희야 저리짐칠만정 업다 말고 내여라. 蔡裕後 (二數大葉)

(珍靑 164)

　니濁酒(락쥬)=입쌀로 만든 락쥬　◇대테메온=댓가지로 테를 메운. 테는 그릇의 조각들이 퉁겨져 나오지 않게 둘러맨 줄　◇어론쟈=감란사　◇박구기=작은 바가지로 만든 구기　◇저리짐칠만졍=소금에 절인 김치일망정

166

다려 가거라 끌어 가거라 나를 두고선 못 가느니라 女必은 從夫릿스니 거저 두고는 못 가느니라

　나를 버리고 가랴 흐거든 靑龍刀 잘 드는 칼노 요춤이라도 흐고서 아리 토막이라도 가져 가소 못 가느니라 못 가느니라 나를 바리고 못 가는니라 나를 바리고 가랴 흐거든 紅爐火 모진 불에 살울 터이면 살우고 가소 못 가느니라 못 가느니라 그저 두고는 못 가느니라 그저 두고서 가랴 흐거는 盧山瀑布 흘으는 물에 풍덩 더지기라도 흐고서 가소 나를 바리고 가는 님은 五里를 못 가서 발病이 나고 十里를 못 가서 안즌방이 되리라

　춤으로 任 싱각 그리워서 나 못 살겠네. (樂高 920)

　女必(여필)은 從夫(종부)릿스니=여인네는 반드시 남편을 따르라고 하였으니　◇靑龍刀(청룡도)=칼의 이름　◇요춤=요참(腰斬). 허리를 자름　◇紅爐火(홍노화)모진 불=벌겋게 다른 화로불　◇살을 터이면 살우고=태을 터이면 태우고　◇盧山瀑布(여산폭포)=여산의 폭포. 여산은 중국 강서성 구강현(九江縣)에 있는 산.경치가 아름답

고 이백의 '망여산폭포시'(望廬山瀑布詩)가 있음   ◇더지기라도=던지기라도

167

달바즈난 찡찡 울고 잔디잔듸 속닙난다

三年 묵은 말가족은 오용지용 우짓는듸 老處女의 擧動보쇼 함박쪽박 드더지며 역정니여 ᄒ는 말이 바다의도 셤이 잇고 콩팟혜도 눈이 잇지 봄쑴즈리 수오나와 同牢宴을 보기를 밤마다 ᄒ여 뵈니

　두어라 月老繩 因緣인지 일락비락 ᄒ여라. (詩歌 704)

　달바즈=달풀로 엮어 울타리를 만든 바자   ◇오용지용=가죽을 두드리면 울리는 소리   ◇함박쪽박=함지박과 작은 바가지   ◇드더지며=집어 던지며   ◇역정니여=화를 내여(逆情)   ◇콩팟혜도=콩과 팥에도   ◇봄쑴자리=봄철에 꾸는 꿈. 또는 허황된 꿈. 일장춘몽   ◇同牢宴(동뇌연)=신랑 신부가 교배(交拜)를 마치고 서로 술잔을 나누는 잔치   ◇月老繩 因緣(월노승인연)=남녀간의 부부로 맺어 준다는 전설의 월하노인의 붉은 끈의 인연   ◇일락비락=좋을 지 나쁠지. 좋다가도 나빠짐

168

달 밝고 씨 죠흔 밤에 南大川 너른 쓸에

님 업슨 보류슈 남게 안져 雪梨花ㅣ야 우는 져 김수리시야

아무리 雪梨花ㅣ야 운들 닌들 어이 하리오. (弄) (靑六 640)

　南大川(남대천)=남쪽에 있는 큰 시내. 또는 고유명사   ◇보류슈남게=보리수 나무에   ◇雪梨花(설리화)ㅣ야=새의 우는 소리를 적은 것인 듯   ◇김수리시야=금빛 수리새야

169

달 발고 셔리친 밤의 울고 가는 기러기야
소상 동정 어디두고 여관 흔등의 잠든 나를 찌우는야
밤중만 네 우룸쇼리 좀 못 이러. (時調 11)

발고=밝고   ◇셔리친=서리가 내린   ◇소상 동정=소상강(瀟湘
江)과 동정호(洞庭湖)   ◇여관 흔등=여관한등(旅館寒燈). 여관에서
대하는 차가운 느낌의 등불   ◇이러=이루어

170

달은 써 梧桐에 거러 잇고 銀河는 西으로 기우럿다
空庭 徘徊는 懷抱의 잇글녁고 殘燈不滅은 生覺에 계윗셰라
俄而오 喔喔 鷄聲이 애 끈넌 덧. (時調集 42)

거러 잇고=걸려 있고   ◇銀河(은하)=은하수   ◇空庭 徘徊(공정 배
회)는=아무도 없는 뜨락을 거니는 것은   ◇잇글녁고=이끌렸고   ◇
殘燈不滅(잔등불멸)=희미한 등불을 아주 끄지 않음   ◇生覺(생각)에
계윗셰라=생각을 억제하지 못하였기 때문이라   ◇俄而(아이)오=아
이고. 감탄사   ◇喔喔 鷄聲(악악계성)=악악하고 우는 닭의 소리   ◇
애 끈넌 덧=창자가 끊어지는 듯

171

닷는 물도 誤往ᄒ면 셔고 셧는 쇼도 타 ᄒ면 가니
深意山 모진 범도 경세ᄒ면 도셔느니
각시니 엇더니완듸 경세를 不聽ᄒᄂ니. (蔓橫淸類) (珍靑 454)

둣는 물도=달리는 말도 ◇誤往(오왕)ㅎ면=오왕하면. '서라'고 소리치면 ◇타 ㅎ면='타'하고 소리치면 ◇深意山(심의산)=불교에서 말하는 수미산(須彌山)인 듯. 여기서는 깊은 산의 뜻 ◇모진 범도=사나운 호랑이도 ◇경세ㅎ면=경계하고 타이르면. 경세(警說) ◇도셔ᄂᆞ니=돌아서느니 ◇엇더니완듸=어떠한 사람이기에 ◇不聽(불청)=듣지를 않음

172

둣줄을 길기길기 드려 스리고 뒤스리 담아
萬頃 滄波之中에 풍덩 드리치면 알연이와 물 깁피를
아마도 깁고 깁푼손 님이신가 ᄒ노라. (歌譜 318)

둣줄을=닻을 잡아 맨 줄을 ◇드려=만들어 ◇스리고 뒤스리=사리고 또 사려 ◇萬頃 滄波之中(만경창파지중)에=넓고 푸른 물결 속으로 ◇드리치면=집어 던지면 ◇알연이와=알겠지만 ◇깁푼손=깊은 것은

173

唐虞時節 진안 後에 禹湯文武 니어신이
그 中에 全備홀 쏜 周公의 禮樂文物과 孔夫子의 春秋筆法이로다
암아도 이 두 聖人은 못 밋츨ᄭᅥ ᄒ노라. 李鼎輔 (二數大葉)
(海周 378)

唐虞時節(당우시절)=도당(陶唐)과 유우(有虞)의 시절. 요순시절과 같음. 태평시절을 말함 ◇진안=지난 ◇禹湯文武(우탕문무)=우탕은 하(夏)의 우왕과 은(殷)의 탕왕이며 문무는 주(周)의 문왕과 무왕 ◇니어신이=이었으니 ◇全備(전비)홀 쏜=모든 것을 다 갖춘 것은

◇周公(주공)=주나라의 정치가. 문왕의 아들이고 무왕의 동생   ◇孔夫子(공부자)=공자(孔子)   ◇春秋筆法(춘추필법)=춘추는 오경(五經)의 하나로 노(魯)나라의 역사를 적은 책으로 공자가 필삭(筆削)하였음. 공자가 춘추에 필삭을 한 것처럼 엄정한 비판 태도를 가리킴

174

大雪이 滿山흔 뒤 黑貂裘를 썰쳐 닙쏘

白羽長箭 허리예 씌고 千斤角弓 풀에 걸고 鐵驄馬를 빗기 노하 澗壑으러 들어 간이 큰아큰 돗기 내닷거늘 輒拔矢引滿射殪ㅎ야 칼을 싸혀 다혀 너코 長곳에 뛔여 구어낸이 膏血이 點滴꺼늘 踞胡床而啖之ㅎ고 大銀椀에 紫霞酒를 醉토록 먹을이라

암아도 壯快豪遊는 잇뿐인가 ㅎ노라. (樂時調) (海一 560)

大雪(대설)이 滿山(만산)흔=큰 눈이 온산을 덮은   ◇黑貂裘(흑초구)=검은 담비의 가죽으로 만든 갖옷   ◇썰쳐 닙쏘=보란 듯이 자랑스레 입고   ◇白羽長箭(백우장전)=흰 깃이 달린 긴 화살   ◇千斤角弓(천근각궁)=천 근이나 되는 각궁. 각궁은 쇠뿔 등을 재료로 만든 활   ◇鐵驄馬(철총마)=온몸에 검푸른 무늬가 박인 얼룩말   ◇빗기 노하=비스듬히 달려   ◇澗壑(간학)=냇물이 흐르는 골짜기   ◇돗기=토끼. 다른 곳에서는 멧돼지로 되어 있음   ◇輒拔矢引滿射殪(첩발시인만사에)=문득 화살을 빼어 활시위를 맘껏 당겨 쏘아 죽임   ◇다혀 노코=다져 놓고   ◇長(장)곳에=긴 꼬챙이에   ◇膏血(고혈)이 點滴(점적)커늘=피와 기름이 지글지글 끓어 떨어지거늘   ◇距胡床切而啖之(거호상절이담지)ㅎ고=호상에 걸터 앉아 고기를 잘라서 씹고   ◇大銀椀(대은완)에=큰 은바리에   ◇紫霞酒(자하주)=흐르는 노을로 만들었다는 신선들이 마시는 술. 좋은 술   ◇壯快豪遊(장쾌호유)=기분 좋고 호사롭게 놂

175

디슌 증즈 츌쳔지효와 용방 비간 진명지츙을

쳔고 용진ᄒ련마는 쳔ᄒ지스 장즈방과 젼무후무 졔갈무후

아마도 츙위겸젼키는 한슈졍후신가.

(시쳘가 95)

디슌 증즈 츌쳔지효=대슌(大舜)과 증자(曾子)의 뛰어난 효셩(出天之孝) ◇龍逢 比干 盡命之忠(용봉비간 진명지츙)=용봉과 비간의 목슘을 다한 츙셩 ◇쳔고 용진ᄒ련마는=쳔고(千古)에 용진(勇進)이라 하겠지만 ◇쳔ᄒ지스 장즈방=쳔하재사(天下才士) 장자방(張子房). 한나라의 모사(謀士) 장량(張良) ◇젼무후무 졔갈무후=젼무후무(前無後無諸葛武侯). 이전이도 이후에도 없을 제갈량(諸葛亮) ◇츙위겸젼키는 한슈졍후신가=츙위겸젼(忠威兼全)하기는 한수졍후(漢壽亭侯)신가. 츙셩과 위엄을 아울러 갖추기는 한나라 수졍후인 관우(關羽)인가

176

大王大妃 殿下 聖壽 七旬 丁丑 十二月 初六日에

山河ㅣ 共揖헐제 萬祥이 咸集허고 臣民이 祝賀헐제 百靈이 仰德이라

聖德이 天門에 스못츠스든 玉皇 香案前으로 後ㅅ八十을 나리시다.

安玟英 (編數大葉) (金玉 169)

大王大妃 殿下(대왕대비젼하)=익종(翼宗)의 비(妃)인 신졍왕후(神貞王后)를 가리킴. 흔히 조대비 마마라 부름 ◇聖壽 七旬(셩수 칠순)=칠십의 나이 ◇丁丑(정축)=정축년. 고종 14년(1877) ◇산하(山河)ㅣ 拱揖(공읍)헐제=산천도 손을 맞잡고 공손히 절하는 것처럼

느껴질 때   ◇萬祥(만상)이 咸集(함집)허고=모든 상서로움이 다 모이고   ◇臣民(신민)이 祝賀(축하)헐졔=신하와 백성들이 경하하고 축복할 때   ◇百靈(백령)이 仰德(앙덕)이라=모든 백성들이 왕후의 덕을 우러러 보더라   ◇天門(천문)=하늘   ◇亽못츠亽든=사무치거든   ◇玉皇 香案前(옥황향안전)으로=옥황상제의 책상 앞으로   ◇後八十(후팔십)을=다시 팔십 살을
　※『金玉叢部』에 "정축 십이월초육일 탄일 하축"(丁丑 十二月初六日 誕日 賀祝)이라 했음

177
待人難 待人難ᄒ니 鷄三呼ᄒ고 夜五更이라
出門望 出門望ᄒ니 靑山은 萬重이오 綠水는 千回로다
이윽고 犬吠ㅅ소릐예 白馬遊冶郞이 넌즈시 도라드니 반가온 ᄆ음이 無窮 탐탐하여 오늘밤 서로 즐거오미야 어늬 그지 이시리. (蔓橫淸類) (珍靑 543)

　待人難(대인난)=사람을 기다리기가 어려움   ◇鷄三呼(계삼호)ᄒ고 夜五更(야오경)이라=닭이 세 홰를 울고 밤은 새벽이 다 되었다   ◇出門望(출문망)=이문(里門)밖에까지 나가 사람이 오기를 바람   ◇靑山(청산)은 萬重(만중)이오=푸른 산은 첩첩이오   ◇綠水(녹수)는 천회(千回)로다=푸른 물은 천 굽이로다   ◇犬吠(견페)소릐=개 짖는 소리   ◇白馬遊冶郞(백마유야랑)=흰 말을 타고 온 바람둥이 남자   ◇넌즈시=넌지시. 살그머니   ◇無窮(무궁) 탐탐하여=무궁 탐탐(耽耽)하여. 한 없이 그리워하여   ◇어늬 그지=어느 끝이

178
待人難 엇더턴고 蜀道之難이 不難코 待人難이로다

出門重重하니 月掛山頭에 杜鵑啼羅하고 夜五更이라
아마도 百難之中에 待人難인가. (筆寫本)

蜀道之難(촉도지난)=촉으로 가는 길의 어려움. 당현종이 안록산의
난에 촉으로 피난하려하자 이백이 시를 지어 촉으로 가는 길이 어려
움을 강조해서 막았다고 함   ◇出門重重(출문중중)하니=이문 밖으
로 차츰 나서니   ◇月掛山頭(월괘산두)에 杜鵑啼羅(두견제라)하고=
달은 산머리에 걸려 있고 두견이 계속해서 울고   ◇百難之中(백난지
중)에=여러 가지 어려움 가운데

179
大丈夫ㅣ 功成身退ㅎ야 林泉에 집을 짓고 萬卷書를 싸하두고
  종ㅎ여 밧갈리며 보라매 질들이고 千金駿駒 알픠 미고 金樽에 술
을 두고 絶代佳人 겻틔 두고 碧梧桐 검은고에 南風詩 놀리하며 太平
烟月에 醉ㅎ여 누엇신이
  암아도 平生 하올 일이 잇분인가 ㅎ노라. 李鼎輔 (二數大葉)
  (海周 388)

  功成身退(공성신퇴)=공을 이루고 벼슬에서 물러남   ◇林泉(임천)
=수풀과 샘. 은사(隱士)의 정원을 이름   ◇萬卷書(만권서)=많은 양
의 장서(藏書)   ◇종ㅎ여=종으로 하여금   ◇질드리고=길드리고
◇千金駿駒(천금준구)=천금의 값이 있는 좋은 새끼말   ◇金樽(금준)
=좋은 술통   ◇南風詩(남풍시)=순임금이 남훈전에서 지어 불렀다
고 하는 시   ◇하올 일이=마땅히 해야 할 일이   ◇잇분인가=이것
뿐인가
  ※ 李漢鎭本『靑丘永言』에 작자가 半癡로 되어 있음

180

대장부 공성신퇴후의 임쳔의 쵸당 짓고 만권 셔칙 엽페 쌋코

천금준마 솔질하야 보라미 길드려 두고 노복흐야 밧 갈니고 졀디 가인 엽페 두고 금준의 술을 부어 벽오동 거문고 시줄 언겨 물읍페 언고 남풍시 화답흐야 강구연월의 누엇스니

이목지 소호와 심지지소락은 이 뿐인가. (편)

(詩歌謠曲 127)

공셩신퇴후의＝국가에 공을 세우고 늙어 벼슬에서 물러난 뒤에(功成身退後) ◇임쳔의 쵸당 짓고＝숲 속의 정원에 초가집을 짓고 ◇만권 셔칙＝많은 서적(萬卷書冊) ◇천금준마 솔질하야＝좋은 말에 솔질해서 잘 보살피고 ◇노복흐야＝하인에게(奴僕) ◇밧 갈니고＝밭은 갈게 하고 ◇금준의＝좋은 술통에(金樽) ◇남풍시＝순임금이 지어 남훈전(南薰殿)에서 불렀다고 하는 시(南風詩) ◇강구연월＝태평한 세월(康衢煙月) ◇이목지소호＝귀로 듣고 눈으로 보아서 좋은 것(耳目之所好) ◇심지지소락＝마음 속으로 즐거워 하는 것(心志之所樂)

181

大丈夫 되어 나셔 孔孟 顔曾 못흐 양이면

출하리 다 썰치고 太公 兵法 외와니야 말만흔 大將印을 허리 아리 빗기 츠고 金壇에 놉히 안즈 萬馬千兵을 指揮間에 너허 두고 坐作進退홈이 긔 아니 쾌홀쏘냐

아마도 尋章摘句흐는 석은 선비는 나는 아니 불우리라. (蔓橫)

(樂學 940)

孔孟 顔曾(공맹안증)=공자 맹자와 안자(顔子)와 증자(曾子). 일반적으로 유학(儒學)을 가리킴 ◇太公 兵法(태공병법)=태공은 여상(呂尙). 여상이 지은 병법서(兵法書) ◇외와너야=외워서 ◇말만흔 大將印(대장인)=말〔斗〕만큼 커다란 대장의 신표(信標) ◇빗기 츠고=비스듬히 차고 ◇金壇(금단)=주장(主將)이 있어 지휘하는 곳 ◇萬馬千兵(만마천병)=많은 군마(軍馬) ◇坐作進退(좌작진퇴)=앉아서 군사의 진퇴 등의 작전을 세움 ◇쾌홀쏘냐=유쾌하지 않겠느냐 ◇尋章摘句(심장적구)=옛 사람의 글과 구절을 뽑아 글을 지을 때 참고로 삼으려고 만든 책. 또는 그런 행위 ◇석은 선비는=썩은 선비는 ◇불우리라=불어워 하리라

182

大丈夫 되야 무슴 일 經綸ㅎ리

天下之憂樂을 ○○커든 自己 ○害를 貪치 말며 百世之公議를 누리거든 一時 毁譽를 도라보지 마라

우리는 江山을 집을 숨고 風月에 누어시니 두려올 이 업셔라.

(時調譜 330)

經綸(경륜)=천하를 다스림 ◇天下之憂樂(천하지우락)=세상의 근심과 즐거움 ◇百世之公議(백세지공의)=오랜 세월동안의 공식적인 옳은 의론 ◇누리거든=누리겠거든 ◇一時 毁譽(일시훼예)=한 때의 헐뜯음과 칭찬 ◇風月(풍월)=태평한 세월

183

대장부 삼십전에 부귀 공명 못할진대

차라리 다 버리고 명산 대천의 무림수죽 골나 초당 삼간 정쇄히 짓고 성상의 자고동 삼척의 잘너 오현금 줄을 언저 절대가인 겻헤

두고 금준의 술을 부어 취토록 마신 후에 남풍시 화답하며 강구연월
누엇스니

그 뉘가 일으기를 자포자긔라 하야 시비는 잇스려니와 인간고락
의논컨대 사무한신은 이 쑌인가. (時調集 176)

명산대천=경치가 좋기로 이름 있는 산과 물(名山大川) ◇무림수
즉='무림수중'(茂林樹中)의 잘못인 듯. 나무가 무성한 숲 속 ◇정
쇄히=정쇄(淨灑)히. 아주 깨끗하게 ◇성상의 자고동=성상(星霜)의
자고동. 여러 해를 자란 벽오동(碧梧桐) ◇삼척의 잘녀=석 자 길이
로 잘라 ◇오현금=오현금(五絃琴). 순임금이 연주했다는 줄이 다섯
인 거문고 ◇절대가인=뛰어나게 아름다운 여인(絶代佳人) ◇금준
=좋은 술통(金樽) ◇남풍시=순임금이 남훈전에서 불렀다는 시(南
風詩) ◇강구연월=태평한 세월(康衢烟月) ◇자포자기=실망 등의
원인으로 자신의 장래나 형편을 포기하고 돌보지 않음(自暴自棄)
◇사무한신=하는 일이 없고 한가함(事無閑身)

184

大丈夫ㅣ 天地間에 히올이 바히 업다

글을 ᄒ쟈 ᄒ니 人生識字ㅣ 憂患始오 칼 쓰쟈 ᄒ니 乃知兵者ㅣ是兇
器로다

출하리 靑樓酒肆로 오락가락 ᄒ리라. (蔓橫淸類) (珍靑 473)

히올이=할 일이 ◇바히 업다=전혀 없다 ◇人生識字憂患始(인
생식자우환시)오=사람들이 문자를 알고부터 근심이 생겼고 ◇乃者
兵者是兇器(내자병자시흉기)로다=군사라는 것을 아는 것이 남을 해
치는 흉기임을 알았다 ◇靑樓酒肆(청루주사)=기생집과 술집. 또는
기생이 있는 술집

185

大川 바다 한 가온대 中針細針 빠지거다

열나믄 沙工놈이 긋므뒨 사엇대를 긋긋치 두러메여 一時에 소릐치
고 귀쩌여 내닷 말이 이셔이다

님아님아 온 놈이 온 말을 ᄒ여도 님이 짐쟉 ᄒ쇼서. (蔓橫清類)
(珍靑 501)

, 大川(대천) 바다=커다란 내처럼 넓은 바다 ◇中針細針(중침세침)
=중치바늘과 가느다란 바늘 ◇빠지거가=빠졌구나 ◇열나믄=열
이 넘는 ◇긋므뒨 사엇대를=끝이 므딘 사앗대를 ◇긋긋치 두러메
여=꼿꼿하게 둘러 메여 ◇귀쩌여 내닷 말이=바늘귀를 꿰어 내었
다는 말이 ◇이셔이다=있습니다 ◇온 놈이 온 말을=백 사람이
백마디의 말을. 모든 사람들이 무슨 말을

186

大漢이 傾頹홀제 반가올손 劉皇叔이

風雪을 무릅쓰고 草廬의 三顧ᄒ니 平生에 품은 經綸 ᄒ 째가 밧브
거든

엇디타 긴긴 봄날에 째 그른 좀만 자는고. 申獻朝 (蓬萊樂府 23)

大漢(대한)이 傾頹(경퇴)홀제=한(漢)나라가 기울고 퇴락하여 갈 때
◇반가올손=반가운 것은 ◇劉皇叔(유황숙)이=촉한(蜀漢)을 세운
유비(劉備)가 ◇草廬(초려)의 三顧(삼고)ᄒ니=초가집을 세 번이나
찾아가니. 유비가 제갈량을 세 번씩이나 찾아 간 일 ◇平生(평생)에
품은 經綸(경륜)=나라를 다스리겠다는 평생의 품은 생각 ◇ᄒ 째
가=한 시(時)가 ◇째 그른 좀만=때가 잘못 된 잠만. 때가 아닌 잠
만. 유비가 찾아 갔을 때 제갈량이 잠을 핑계로 만나지 않은 사실을

말함

187

大旱 七年인졔 湯人君이 犧牲이 되어
剪爪斷髮ᄒ고 桑林野에 비르시니
湯君이 聖德이 格天ᄒᄉ 大雨ㅣ 方數千里롤 ᄒ니라.
(靑六 943)

大旱 七年(대한칠년)＝중국 옛 은(殷)나라 때의 칠년동안이나 계속
된 오랜 가뭄　◇湯人君(탕인군)＝은나라의 탕왕(湯王)　◇剪爪斷髮
(전조단발)＝손톱을 꽦고 머리털을 자름　◇桑林野(상림야)＝탕임금
이 비를 빌던 곳　◇湯君(탕군)이 聖德(성덕)이＝탕임금의 흘륭한 덕
이 格天(격천)ᄒᄉ＝하늘을 감동하게 하시어　◇大雨 方數千里(대우
방수천리)＝큰 비가 사방 수천리에 내림

188

딕들에 나모들 사오 져 쟝스야 네 나모 갑시 언매 웨는다 사쟈
ᄲ리남게는 ᄒ 말 치고 검부남게는 닷 되를 쳐셔 슴ᄒ야 혜면 마
닷되 밧습늬 삿 대혀 보으소 잘 붓습ᄂ늬
혼적곳 사 ᄶ혀보며는 미양 사 ᄶ히쟈 ᄒ리라. (蔓橫淸類)
(珍靑 535)

딕들에＝손님들 댁에서들　◇나모들＝나무들　◇쟝스야＝장사야
◇언매 웨는다＝얼마라 웨치느냐　◇ᄲ리남게는＝싸리나무는　◇검
부남계는＝검불나무는　◇혜면＝계산하면. 헤아리면　◇마닷되＝한
말 다섯 되　◇삿 대혀 보으소＝사서 때 보십시오　◇혼적곳＝한 번

◇사 짜히쟈=사서 때자

189

딕들에 丹著 丹슐 스오 져 쟝ㅅ야 네 황호 몃가지나 웨는이 사쟈

알에 燈檠 웃 燈檠 걸 燈檠 즈을이 수著국이 동희 銅爐口가 옵네

大牧官 女妓 小各官 酒湯이 本是 뚤어져 물 조르르 흘으는 구머 막키여

쟝ㅅ야 막킴은 막혀도 後ㅅ말 업씨 막혀라. (編數大葉)

(海一 585)

丹箸 丹(단저단)슐=묶음으로 된 젓가락과 숟가락 ◇황호=황화(荒貨). 잡살뱅이 상품 ◇웨는이=웨치느냐 ◇알에 燈檠(등경)=아랫 등경. 등경은 등잔걸이 ◇즈을이=조리(笊籬). 쌀을 이는 기구 수箸(저)국이=작은 국자 ◇동희=동이 ◇銅爐口(동노구)=노고솥 ◇옵네='있네'의 뜻인 듯 ◇ 代牧官 女妓(대목관 여기) 小各官 酒湯(소각관 주탕)이=목사(牧使)같은 기생과 갖가지 하잘 것 없는 벼슬아치 같은 술파는 계집들이. 대목관과 소각관은 여기와 주탕이와의 차이점을 강조한 것임 ◇本是(본시) 뚤어져 물 조르르 흘으는 구머=본래부터 뜰어져 물이 조금씩 흐르는 구멍. 여자의 성기를 은유함 ◇後(후)ㅅ말=뒷말. 말썽

190

딕들에 동난지이 사오 져 쟝스야 네 황후 긔 무서시라 웨는다 사쟈

外骨內肉 兩目이 上天 前行後行 小아리 八足 大아리 二足 靑醬 ㅇ스슥 ᄒ는 동난지이 사오

쟝스야 하 거북이 웨지 말고 게젓이라 흐렴은. (蔓橫淸類)
(珍靑 532)

　동난지이＝동난젓. 방게젓　　◇황후＝황화(荒貨)　　◇무서시라 웨는
다＝무엇이라 웨치느냐　　◇外骨內肉(외골내육)＝겉은 뼈이나 속은
살임　　◇兩目(양목)이 上天(상천)＝두 눈이 하늘로 향함　　◇小아리
八足(팔족)＝작은 다리는 여덟 개　　◇靑醬(청장)＝'청'은 '청'(淸)의
잘못. 진하지 않은 간장　　◇하 거북이＝너무 거북스럽게　　◇웨지 말
고＝웨치지 말고　　◇흐렴은＝하려무나

191
덕들에 臙脂라 粉들 사오 져 쟝스야 네 臙脂粉 곱거든 사쟈
곱든 비록 안이되 불음연 네 업든 嬌態 절노 나는 臙脂粉이외
眞實로 글어 흐량이면 헌 속쩌슬 풀만정 대엿 말이나 사리라.
(海一 545)

　臙脂(연지)라 粉(분)들＝연지와 분들　　◇안이되＝않지만　　◇불음연
＝바르면　　◇녜 업든＝예전에 없던　　◇嬌態(교태)＝아양떠는 태도
◇글어 흐량이면＝그러 하다면　　◇속쩌슬＝속곳을

192
宅들에 즈릿 등미 사소 져 쟝스야
네 등미 됴흔냐 스자 흔 匹 쏜 등미에 半匹 바드라는가 파네 니죳
자소 아니 파늬
眞實노 그러흐여 풀거시면 첫말에 아니 풀라시랴. (樂學 1045)

즈릿 등믜＝등메 자리. 등메는 가를 헝겁으로 두르고 위에 부들자
리를 대서 만든 돗자리의 일종   ◇匹(필)＝필(疋). 길이의 단위   ◇
바드라는가＝받으려는가   ◇파네＝'팔게나'의 뜻인 듯   ◇내 좃 자
소＝'내 좃 자시오'의 뜻   ◇폴라시랴＝팔았겠느냐

193
덕들에 잘잇 등믜 사오 져 쟝ᄉ야 네 등믜 갑 엇뫼나 사 ᄶ라보쟈
두 疋 쓴 등믜 ᄒᆞᆫ 疋 밧습네 ᄒᆞᆫ 疋이 못싼이 半疋 밧소 半疋 안이
밧씀네 하 우은 말 마소
  ᄒᆞᆫ 젹곳 ᄶ라 보심연 每樣 삿 ᄶᅵ쟈 하오리. (海一 549)

  잘잇 등믜＝등메자리   ◇엇뫼나＝얼마냐   ◇못싼이＝싸지 않으니.
비싸니   ◇하 우은 말＝너무 웃으운 말   ◇ᄒᆞᆫ 젹곳＝한 번만   ◇ᄶ
라 보심연＝깔아 보면은   ◇삿 ᄶᅵ쟈＝사서 깔자

194
데 가ᄂᆞᆫ 져 기러기 漢陽城池 날 쇼겨냐
더근덧 워여 불너 이니 消息 傳ᄒᆞᆯ쇼아 못 젼ᄒᆞᆯ쇼야
우리도 님 보라 밧비 가는 길히니 傳ᄒᆞᆯ동 말동 ᄒᆞ여라. 孝宗
(詩歌 15)

  데＝저기에   ◇漢陽城池(한양성지)＝서울. 성지는 성을 요새화하기
위해 파놓은 웅덩이   ◇쇼겨냐＝속였느냐   ◇더근덧＝잠시. 잠간동
안   ◇워여 불너＝소리쳐 불러   ◇밧비＝바쁘게

195

都련任 날 보려 홀제 百番 남아 달니기를

高臺廣室 奴婢田畓 世間汁物을 쥬마 판쳐 盟誓ㅣ 호며 大丈夫ㅣ 혈마 헷말호랴 이리져리 조츳쩌니 지금에 三年이 다 盡토록 百無一實호고 밤마다 불너 니여 단잠만 쩨이오니

自今爲始호야 가기난커니와 눈거러 달희고 닙을 빗죽 호리라. (言樂) (靑六 846)

百番(백번) 남아=백 번도 넘게　◇世間汁物(세가즙물)='즙'은 '집'(什)의 잘못. 세간살이　◇판쳐 盟誓(맹서)=잘난 체로 약속함 ◇혈마 헷말호랴=설마 헛소리 하겠느냐　◇百無一實(백무일실)=백에서 하나도 실속이 없음　◇自今爲始(자금위시)하야=이제부터 시작해서. 지금 이후에는　◇가기난커니와=가기는커녕　◇눈거러 달희고=눈을 흘기고

196

도련님 날 보시홀제 피나모 굽격지에 잣징 박아 주마터니

도련님 날 보신 後는 굽격지는 크니와 헌신쪽 하나도 나 몰너라

이 후란 도련님 날보고 눈금적홀제 나는 입을 빗죽하리라. (樂高 627)

보시홀제=보자고 할 때　◇피나모 굽격지에=피나무로 만든 굽이 달린 나막신에　◇잣징 박아=잔 징을 박아　◇크니와=물론이지만　◇눈금적홀제=눈을 끔적 할 때에는

197

道詵이 碑峰에 올라 國都를 定ᄒᆞ올쇠

子坐午向으로 城闕을 일윗ᄂᆞᆫ듸 左靑龍 右白虎와 南朱雀 北玄武는 貴格으로 벌어 잇고 前帶河漢江水는 與天地根源이라 太廟는 可左ᄒᆞ고 社壇은 可右로다 三峰이 秀麗ᄒᆞ니 人傑이 豪俊ᄒᆞ고 臥牛山 有德ᄒᆞ니 民食이 豊足이라 聖繼神承ᄒᆞ야 億萬年之無疆이샷다.

ᄒᆞᄂᆞᆯ이 주오신 ᄯᅳᆺ을 밧들어 萬萬歲를 누리소셔. 金壽長 (二數大葉)
(海周 545)

道詵(도선)=신라말 고려 초기의 스님. 여기서는 조선(朝鮮)이 국도를 서울에 정한 것이 이미 도선에 의해 이루어졌다고 믿는 것임 ◇碑峰(비봉)=서울 북한산에 있는 봉우리의 하나로 신라 진흥왕의 순수비가 있음 ◇子坐午向(자좌오향)=자방(子方)을 등지고 오방(午方)을 향함. 즉 정남향으로 자리를 잡음 ◇城闕(성궐)=성곽(城郭)과 궁궐 ◇左靑龍(좌청룡)=주산에서 왼쪽으로 갈리어 나간 산맥으로 방향은 동쪽 ◇右白虎(우백호)=좌청룡과는 반대임. 방향은 서쪽 ◇南朱雀(남주작)=주산에서 갈려나간 앞쪽의 산맥 ◇北玄武(북현무)=주산의 뒤쪽에 있는 산맥 ◇貴格(귀격)=귀하게 될 상격(相格) ◇南帶河 漢江水(남대하한강수)=남쪽으로 띠처럼 흐르는 내는 한강의 물임 ◇與天地 根源(여천지근원)=천지와 더불어 근원을 같이함 ◇太廟(태묘)는 可左(가좌)ᄒᆞ고=종묘(宗廟)는 왼쪽에 있고 ◇社壇(사단)은 可右(가우)로다=사직단(社稷壇)은 오른쪽에 있다 ◇三峰(삼봉)=삼각산(三角山), 북악산(北岳山), 인왕산(仁王山)의 세 산. 또는 북한산(北漢山) 가운데 삼각산의 백운(白雲), 인수(仁壽), 국망(國望)의 세 봉우리 ◇秀麗(수려)=빼어나게 아름다움 ◇人傑(인걸)=뛰어난 인재(人才) ◇豪俊(호준)ᄒᆞ고=호방하고 뛰어나고 ◇臥牛山(와우산)=서울 마포구에 있는 산 ◇民食(민식)=백성들이 먹을 양

식 ◇聖繼神承(성계신승)=성자(聖子)와 신손(神孫)이 계속해서 대를
이음. 훌륭한 자손들이 계속해서 대를 이음 ◇億萬年之無疆(억만년
지무강)=억만년이나 계속될 정도로 끝이 없음 ◇萬萬歲(만만세)=
영원히 오래도록 삶

198

徒言은 크게 하나 進就에 無實ᄒ니

反己ᄒ야 自愧ᄒ고 向人ᄒ야 嘲笑ㅣ로다

그러나 狂夫言도 聖人이 굴희시니 不以人廢言일가 ᄒ노라. 安昌後
(自責徒言無實) (閒說堂遺稿)

　徒言(도언)은 크게 하나=헛된 말들은 큰소리로 잘도 떠들어대나
◇進就(진취)에 무실(無實)ᄒ니=일을 이루어 나가는 데에는 실속이
없으니 ◇反己(반기)ᄒ야 自愧(자괴)ᄒ고 向人(향인)ᄒ야 嘲笑(조소)
ㅣ로다=자기 자신을 반성하여 스스로 부끄러워 하고, 남에게는 웃
음거리가 되도다 ◇狂夫言(광부언)=미친 사람의 말. 이치에 맞지
않는 말 ◇굴희시니=분별하시니 ◇不以人廢言(불이인폐언)=사람
으로써 그 말을 버리지 않음. 공자님이 "군자는 말만으로 사람을 천
거하지 않으며 사람만을 가려 그 말을 버리지 않는다"(君子不以言擧
人 不以人廢言)고 한 『논어』'위령공'(衛靈公) 편에 있는 말임

　※ 自譯 徒言過大呑三爻 無實堪當取笑嘲 狂士嘐嘐誰更數 無私閒
月卽深交(도언과대탄삼효 무실감당취소조 광사교교수갱수 무사한월
즉심교)

199

陶淵明 葛巾灑酒 屈三閭 菊花 씌여 노코

張翰의 江東 鱸魚 ᄀ늘게 膾쳐시니

이 째에 陸放翁 오돗던들 荊軻의게 祭 지내쟈 ᄒᆞ리로다. 金履翼
(金剛永言錄 43)

陶淵明 葛巾灑酒(도연명갈건쇄주)=도연명이 갈건으로 걸른 술. 도
연명은 동진(東晉)의 시인 도잠(陶潛)임. 쓰고 있던 갈건으로 술을
걸러 마셨다고 함　◇屈三閭(굴삼려)=전국시대 초(楚)나라 사람. 나
중에 모함을 받아 멱라수에 빠져 죽음　◇張翰의 江東鱸魚(장한강동
농어)=장한은 진(晉)나라 사람으로 벼슬을 살다가 추풍이 불자 고향
의 순나물국과 농어회가 생각이 나서 벼슬을 그만두고 돌아갔다고
함　◇陸放翁(육방옹)=중국 송(宋)나라 때의 시인 육유(陸游). 호가
방옹임　◇荊軻(형가)=전국시대 위(衛)의 자객(刺客). 연(燕)의 소왕
(昭王)의 태자 단(丹)을 위해 진왕(秦王)을 죽이고자 하였으나 실패하
고 나중에 죽임을 당했음

200
독수공방이 심난ᄒᆞ기로 님을 ᄶᅡ라셔 갈가 보고나

오날 가고 내일 가고 모레 가며 나흘 곱집어 여들에 팔십리 석둘
열흘에 단 천 리 가고 불어진 다리를 쫠으르 ᄭᅳᆯ면서 천창만검지즁에
부월이 당젼홀지라도 님을 ᄶᅡ라셔 아니 갈 수 업네 히 가고 둘 가고
날 가고 시 가고 님ᄭᅵᆮ지 망죵 가면 요 셰샹 빅년을 뉠 밋고 사노 셕
신이라 돌에다 졉을 ᄒᆞ며 목신이라 고목에다 졉을 ᄒᆞ며 어영도 갈메
기라고 창파에다 지졉을 홀가

졉홀 곳 업고 속니 맛는 친고 업셔 나 못살갓네. (樂高 908)

독수공방=혼자서 빈 방에서 잠(獨宿空房)　◇심난=마음이 산란
함(心亂)　◇곱집어=곱하여　◇천창만검지즁에=수많은 창과 칼 가
운데(天槍萬劍之中)　◇부월이 당젼ᄒᆞ니라도=부월이 앞에 닥칠지라

도. 부월(斧鉞)은 형구(刑具)로 쓰는 도끼　◇망종=망종(亡終). 사람
이 죽어서 가는 마지막 길　◇셕신, 목신=석신(石神)과 목신(木神).
돌과 나무에 있다고 생각되는 신　◇접=잠시 몸을 붙어 거주함. 거
접(居接)　◇어영도=상상의 섬인 듯　◇지접=지접(止接). 거접과
같음　◇속니 맛는=뜻이 서로 통하는. 의견이 일치하는

201

동강 칠리탄에 둥둥 쩌 잇는 져긔 져 비는 엄자릉의 낙시빌시가
분명ᄒ고나

그 비 우에다 녯날 녯적 소동파 리젹션 두목지 쟝건 녀동빈 제갈
량 다 모화 싯고

그 비 점점 흘니 져허 오류촌 중에 진쳐스 도연명 차자서 비노리
가잣구나. (樂高 894)

동강 칠리탄=동강(桐江)의 칠리탄(七里灘). 후한 때 엄자릉(嚴子
陵)이 벼슬을 그만두고 부춘산(富春山)에 있는 동강의 칠리탄에서 낚
시질을 하였음　◇엄자릉=엄자릉(嚴子陵). 후한의 엄광(嚴光)의 자
(字). 광무제가 간의대부의 벼슬을 주었으나 사양하고 부춘산의 동강
에서 낚시질을 하고 나오지 않음　◇소동파=송나라 시인 소식(蘇
軾)동파는 그의 호　◇리젹션=이적선(李謫仙). 당나라 시인 이백(李
白)　◇두목지=당나라 시인 두목(杜牧). 목지는 자(字)　◇쟝건=장
건(張騫). 중국 전한 시대의 외교가　◇녀동빈=여동빈(呂東賓). 당나
라 사람 신선의 도를 닦았음　◇제갈량=촉한의 재상(諸葛亮)　◇모
화 싯고=모아 싣고　◇오류촌 진쳐스 도연명=오류촌 진처사 도연
명(五柳村 晉處士 陶淵明). 진나라 시인인 도잠(陶潛)이 살던 마을
오류촌　◇비노리=뱃놀이

202

동방에 별이 낫짜 ᄒ니 삼쳑동쟈야 네나 가 보아라

삼티뉵셩에 북두칠셩 됴무샹이도 이이요 임의게셔 긔별이 왓ᄂ보
다

진실노 임의게셔 긔별이 왓쓰면 네 나가 보들 말고 니 나가 보마.
(南太 155)

삼쳑동쟈야＝삼쳑동자(三尺童子)야. 어린 아이야 ◇삼티뉵셩＝삼
태육성(三台六星). 자미성(紫微星)을 지키는 상태성 두 개 중태성 두
개 하태성 두 개 ◇북두칠성＝큰 곰자리에서 가장 뚜렷하게 보이는
국자 모양의 일곱 개의 별 ◇됴무샹이＝혹 좀생이가 아닌지. 좀생
이는 묘성(昴星)임 ◇이이요＝'아이요'의 오기인 듯. 아니요

203

洞房花燭 三更인지 窈窕傾城 玉人을 맛나

이리보고 져리보고 다시 보고 고쳐 보니 時年은 二八이오 顏色은
桃花ㅣ로다 黃金釵 白苧衫의 明眸를 흘이쓰고 半開笑 ᄒ는 양이 오
로다 니 思郞이로다

그밧긔 吟咏歌聲과 衾裡巧態야 일너 무슴 ᄒ리. (蔓橫)
(樂學 869)

洞房華燭 三更(동방화촉 삼경)인지＝신랑이 첫날밤에 신부방에 든
것이 한 밤중인데 ◇窈窕傾城 玉人(요조경성 옥인)＝아주 뛰어나게
예쁘고 현숙한 아름다운 여인 ◇時年(시년)이 二八(이팔)＝나이가
열 여섯 살임 ◇顏色(안색)은 桃花(도화)＝얼굴 빛은 복숭아 꽃처럼
아름다움 ◇黃金釵 白苧衫(황금차 백저삼)＝금비녀와 흰 모시 적삼

◇明眸(명모)를 흘이쓰고=맑고 밝은 눈을 흘겨 뜨고 ◇半開笑(반개소) 흐는 양이=입을 조고만 벌리고 웃는 모습이 ◇오로다=오로지 ◇吟咏歌聲(음영가성)=중얼대며 부르는 노래소리 ◇衾裡巧態(금리교태)=잠자리의 이불 속에서 재주 부리는 태도 ◇일너=말하여
　※『樂學拾零』에 박명원(朴明源)의 작으로 되어 있음

204

東山 昨日雨에 老謝와 바둑 두고
草堂 今夜月에 謫仙을 만나 酒一斗 詩百篇이로다
來日은 陌上靑樓에 杜陵豪 邯鄲娼과 큰 못ᄀ지 흐리라. (蔓橫淸類)
(珍靑 469)

　東山 昨日雨(동산 작일우)에=동산에서 어제밤 비에. 동산은 절강성 상우(上虞)현이 있는 산으로 동진(東晉) 때 사안(謝安)이 은거하며 기생을 데리고 놀았다는 곳 ◇老謝(노사)=늙은 사안(謝安) ◇草堂 今夜月(초당 금야월)=초당에서 오늘 달이 뜬 밤 ◇謫仙(적선)=당나라 시인 이백(李白) ◇酒一斗 詩百篇(주일두 시백편)=술 한 말을 마시는 동안 시 백 편을 지음 ◇陌上靑樓(맥상청루)=시중(市中)의 계집들이 있는 술집에서 ◇杜陵豪 邯鄲娼(두릉호 한단창)=두릉의 호걸과 한단의 계집. 두릉은 두보(杜甫)를 말하고, 한단은 조(趙)나라 서울로 무(舞)와 창(唱)이 성행하던 곳임 ◇큰 못ᄀ지=성대한 잔치. 모꼬지

205

동정에 걸닌 달도 금음이면 무광이오 무릉도화도 모츈 만나면 쓸곳이 업네
　즈네갓튼 월태화용도 늙어지면은 허스로구나

청춘홍안을 이연타 말고서 마음더로만 놀세. (樂高 906)

　동정에 걸닌 달=동정호(洞庭湖) 위에 떠 있는 달도　◇금음이면 무광이오=그믐이 되면 달빛도 없고(無光)　◇무릉도화도=무릉(武陵)에 피어 있는 복숭아 꽃도(桃花)　◇모츈 만나면=모춘(暮春)을 만나면. 늦은 봄이 되면　◇월태화용=뛰어난 몸매와 아름다운 얼굴(月態花容)　◇허스=헛 일(虛事)　◇청춘홍안=청춘홍안(靑春紅顔). 젊었을 때의 아름다운 얼굴　◇이연타=애연(哀憐)타. 애처럽고 불쌍하다

206

東園에 花發ᄒ고 南陌게 艸綠ᄒ니 蜂蝶의 世界로다 一時 繁華난 너의가 먼저

江南에 雨歇ᄒ고 水北에 沙明ᄒ니 鷗鷺의 生涯로다 淸流沐浴은 우리와 갓이 風淸코 月明흔디 鴻雁이 高飛하니 覇窓의 鄕思로다 長夜 感懷는 古今이 一般

萬山에 雪白흔디 松栢이 獨靑ᄒ니 丈夫의 心事로다 千古 特節은 게 뉘가 第一인고. 林重桓 (時調演義 101)

　東園(동원)에 花發(화발)ᄒ고=동산에는 꽃이 피고　◇南陌(남맥)게 艸綠(초록)하니=남쪽 둔덕에는 풀이 푸르니　◇蜂蝶(봉접)의 世界(세계)로다=벌과 나비의 세상이로구나　◇江南(강남)에 雨歇(우헐)ᄒ고=강의 남쪽에는 비가 그치고　◇水北(수북)에 沙明(사명)ᄒ니=강북엔 물이 맑아 바닥의 모래가 보이니　◇淸流沐浴(청류목욕)=맑게 흐르는 물에 머리 감고 몸뚱이를 씻음　◇風淸(풍청)코 月明(월명)흔디=바람이 맑고 달이 밝은데　◇鴻雁(홍안)이 高飛(고비)하니=기러기가 높이 날으니　◇覇窓(패창)의 鄕思(향사)로다=달빛이 어스름한

창엔 고향 생각 뿐이로다   ◇萬山(만산)에 雪白(설백)흔디=온산은 눈으로 온통 하얀데   ◇松栢(송백)이 獨靑(둑청)흐니=소나무와 잣나무만이 홀로 푸르니   ◇丈夫(장부)의 心事(심사)로다=대장부의 마음과 갈도다

207

두터비 프리를 물고 두험 우희 치드라 안자

것넌山 브라보니 白松骨이 쩌잇거늘 가슴이 금즉흐여 풀덕 쒸여 내듯다가 두험 아래 쟛바지거고

모쳐라 눌낸 넬싀만정 에헐질 번 흐괘라. (蔓橫淸類) (珍靑 520)

두터비=두꺼비   ◇두험=두엄. 퇴비가리   ◇치드라 안자=뛰어올라 앉아   ◇白松骨(백송골)=송골매   ◇금즉흐여=끔적하여. 별안간 놀라서   ◇내듯다가=내려 뛰다가. 계속해서 뛰다가   ◇쟛바지거고=자빠졌구나   ◇모쳐라=아무렴. 아차   ◇눌낸 넬싀만정=동작이 민첩한 나니까 망정이지   ◇에헐질 번 흐괘라=어혈(瘀血)질 뻔 하였구나

※ 여기서 파리와 두꺼비 백송골은 각각 평민과 낮은 관리 높은 관리를 가리킴

208

둑거비 뎌 둑거비 흔 눈 멀고 다리 져는 저 둑거비

흔 나리 업슨 파리를 물고 날닌체 흐야 두험 쏫흔 우흘 속쏘다가 발싹 나뒤쳐 지거고나

모쳐로 몸이 날닐세만정 衆人僉視에 남 우릴 번 흐거다. (弄)
(靑六 741)

다리 쪄는=다리를 쩔뚝이는   ◇날닌쳬 ᄒ야=동작이 민첩한 체
하여   ◇우흘=위를   ◇솟쪼다가=솟구쳐 뛰어 오르다가   ◇나뒤쳐
지거고나=나뒹굴어졌구나   ◇衆人僉視(중인첨시)='첨'은 '첨'(瞻)의
잘못. 많은 사람들이 둘러 봄. 중인환시(衆人環視)와 같음   ◇우릴
번='우릴'은 '우일'의 잘못. 웃음거리가 될 번

209
뒤뫼희 고사리 쯧고 압닉에 고기 낙가
率諸子抱弱孫ᄒ고 一甘旨味롤 ᄒ듸 안자 논화 먹고 談笑自若ᄒ야
滿室歡喜ᄒ고 憂樂업시 늙엇시니
  아무도 宦海榮辱은 나는 아니 求ᄒ노라. (蔓橫) (靑六 598)

  뒤뫼희=뒷 산에   ◇率諸子抱弱孫(솔제자포약손)=여러 자식들을
거느리고 어린 손자를 안음   ◇一甘旨味(일감지미)=한결같이 달콤
한 음식 맛   ◇談笑自若(담소자약)=아무런 걱정이나 근심 없이 웃
고 이야기함   ◇滿室歡喜(만실환희)=집안에 기쁨이 가득함   ◇宦海
榮辱(환해영욕)=벼슬살이 하는 것에서 얻는 영예나 치욕

210
듕과 僧과 萬疊山中에 맛나 어드러로 가오 어드러로 오시는게
  山 쪽코 물 좃흔듸 갈씨를 부쳐보오 두 곳갈이 ᄒ듸 다하 너픈너
픈 ᄒ는 양은 白牧丹 두 퍼귀가 春風에 휘둣는 듯
  암아도 空山에 이 씰음은 즁과 僧과 둘 뿐이라. 朴文郁 (靑謠 74)

  듕과 僧(승)과=남자와 여자 스님   ◇萬疊山中(만첩산중)=깊은 산

속　◇어드러로 가오 어드러로 오시는게=어디로 가시오 어디서 오시오　◇山(산) 죡코 물 죳흔듸=경치가 좋고 깨끗한 곳에　◇갈씨='고깔 씨름'의 준말인 듯. 고깔은 여승이 쓰는 삼각형의 모자　◇두 퍼귀가=두 포기가　◇휘둣는 듯=휘두름을 당하는 듯　◇空山(공산)=사람의 흔적이 없는 조용한 산

　　※『樂學拾零』에 작자가 朴師尚으로 되어 있음

211

드립더 ㅂ득 안으니 셰허리지 즈늑즈늑

　紅裳을 거두치니 雪膚之豊肥ㅎ고　擧脚蹲坐ㅎ니　半開한　紅牧丹이 發郁於春風이로다

　進進코 又 退退ㅎ니 茂林山中에 水春聲인가 ㅎ노라. (蔓橫淸類)

　(珍靑 519)

　　드립더=들입다. 별안간　◇ㅂ득=바드득　◇셰허리지=가는(細) 허리가　◇즈늑즈늑=가볍고 부드러운 상태　◇紅裳(홍상)=붉은 치마　◇거두치니=걷어부치니　◇雪膚之豊肥(설부지풍비)=눈처럼 흰 피부가 풍만하고 살이 짐　◇擧脚蹲坐(거각준좌)ㅎ니=다리를 들고 걸터 앉으니　◇半開(반개)흔 紅牧丹(홍목단)=반쯤 핀 붉은 모란. 여성의 성기를 표현함　◇發郁於春風(발욱어춘풍)=봄바람에 더욱 활짝 핌　◇進進(진진)코 又 退退(우 퇴퇴)=앞으로 나갔다가 또 뒤로 물러 남. 남녀간의 교접(交接)을 묘사한 것임　◇茂林山中(무림산중)=숲이 우거진 산 속. 여자의 국부를 상징함　◇水春聲(수용성)=물방아 찧는 소리. 성행위를 묘사한 것임

212

滕王高閣臨江渚ㅎ니 佩玉鳴鑾罷歌舞ㅣ라

盡棟朝飛南浦雲이오 珠簾暮捲西山雨ㅣ라 閑雲淡影日悠悠ᄒ니 物換
星移度幾秋ㅣ오
閣中帝子今安在ㄴ고 檻外長江이 空自流ㅣ런가 ᄒ여라. (弄)
(靑六 732)

滕王高閣臨江渚(등왕고각임강저)ᄒ니=등왕의 높은 다락이 강가에
있으니. 등왕고각은 등왕각(滕王閣)으로 강서성 신건(新建)의 서쪽에
있음   ◇佩玉鳴鑾罷歌舞(패옥명란파가무)ㅣ라=패옥과 명란의 울리
는 소리에 가무를 파했다. 명란은 임금의 수레에 달았던 방울 ◇盡
棟朝飛南浦雲(진동조비남포운)이오='진'은 '화'(畵)의 잘못. 그림 같
은 누각의 아침에 남포의 구름이 날고 ◇珠簾暮捲西山雨(주렴모권
서산우)ㅣ라=주렴은 저녁 때 서산에 내리는 비에 걷힌다 ◇閑雲淡
影日悠悠(한운담영일유유)ᄒ니='담'은 '담'(潭)의 잘못임. 못에 한가
한 구름이 비추고 해는 느릿느릿 하니 ◇物換星移度幾秋(물환성이
도기추)ㅣ오=세월이 바뀐지 몇 해째요 ◇閣中帝子今安在(각중제자
금안재)ㄴ고=누각 안에 있던 제왕은 지금 어디에 있는고 ◇檻外長
江(함외장강)이 空自流(공자류)=난간 넘어로 긴 강이 공허하게 흐름
  ※ 왕발(王勃)의 '등왕각'(滕王閣) 시를 그대로 옮긴 것임

213
째는 마참 三月이라 불근 곳 푸른 입과 나는 나비 우는 새는 춘흥
을 자랑노라
봉내산 조흔 경치 지척의다 더저 두고 못 본지 몃해런고 이제 와
다시 보니 옛 홍취 새로워라 西山의 지는 해는 양류사로 잡어 매고
동영의 걸인 달은 게수의 머믈러라 한 읍시 노다 가세
어와 벗님네들 상전 벽해 웃지 마소 엽진화락 뉘 모르리 홍취 잇
게 노라 보세. (雜誌 427)

마참=마침 ◇나는 나비=날으는 나비 ◇춘흥=봄의 흥취(春興)
봉내산=봉래산(蓬萊山). 삼신산(三神山)의 하나. 또는 금강산의 여름
철의 이름 ◇지척의다=지척(咫尺)에다. 매우 가까운 곳에다 양류
사=버드나무 가지. 양류사(楊柳絲) ◇동영=동령(東嶺). 동쪽의 산
◇걸인 달은=걸린 달은 ◇게수=달에 있다고 하는 계수(桂樹)나무
◇상전벽해=뽕나무 밭이 변하여 푸른 바다가 됨. 세상의 변화가 무
상함(桑田碧海) ◇엽진화락=나뭇잎이 다 떨어지고 꽃이 시듬(葉盡
花落) ◇흥취=흥청거리는 멋(興趣)

214
쩟쩟 常 평홀 平 통홀 通 보뷔 寶字
구멍은 네모지고 四面이 둥그러서 쩍더글 구으러 간 곳마두 반기
는고나
엇더타 죠고만 金죠각을 두챵이 닷토거니 나는 아니 죠홰라.
(靑六 862)

常平通寶(상평통보)=조선시대 통용하던 동전의 하나 ◇엇덧타=
어쩌다 ◇반기는고나=반가워 하는구나 ◇두챵이 닷토거니=두챵
(頭瘡)이 날 정도로 싸우나니. 머리가 깨지도록 싸우거니

215
씌오리라 씌오리라 셰벽스 늑모 얼레 당스슬 감아 씌오리라
반공 운무중의 썰엿고나 구머리 쟝군의 홍능화 긴 코
그중에 짓거리 잇고 말 잘 듯고 토김 톡 줄 밧는 년은 늬 년인가
(時調 28)

세벽스=세백사(細白絲). 흰 색의 가는 실 ◇뉵모 얼레=여섯 모의 얼레. 얼레는 연실을 감는 기구 ◇당스슬=당사(唐絲)실 ◇반공운무중=공중의(半空) 안개속(雲霧中) ◇구머리 쟝군의 홍능화 긴 코=연에 꼭지를 단 것. 구머리연은 귀머리연으로 연의 상단 양쪽에 삼각형을 그려 넣은 것이고, 연의 이마에 둥근 꼭지를 붙이는데 홍능화 긴 코는 이 꼭지의 빛깔과 생김을 나타낸 것임 ◇짓거리 잇고=몸을 계속해서 움직임. 성해위(性行爲)를 의미하는 듯 ◇토김 톡 줄 밧는=퇴김을 톡하고 잘 받아 넘기는. 퇴김은 연을 날릴 때 연머리를 그루박는 것인데 여기서는 상대방의 말에 응구첩대(應口捷對)에 민첩한 재치를 말하는 듯함 ◇년=계집은

216

리별이로다 리별이로다 죽어 영리별은 문압마다 흐것만은 살아 싱 리별은 춤아 진정 못 흐갓구나

녀필은 죵부리스니 거져 두구는 못가리라 청룡도 드는 칼노 요참이라도 흐고 가고 홍노화 모진 불에 살을 쳐이면 살오고 가고 려산폭포 짓는 물에 더질터이면 더디고 가고 뎔궁에 왜젼 먹어 쏘실쳐이면 쏘시고 가오 날을 브리고 가는 님은 오리를 못가서 발병이 나고 십리를 못가셔 니 싱각흐고 다시 드러울 듯

춤아 진정 리별이 설거셔 나 못살갓네. (樂高 889)

죽어 영리별=사람이 죽어 대문 앞에서 상여가 나가는 것 ◇녀필은 종부리스니=여필(女必)은 종부(從夫)라 했으니. 아낙은 반드시 지아비를 따른다 했으니 ◇거져 두구는=그냥 내버려 두고는 ◇드는 칼=예리한 칼 ◇요참=허리를 자름(腰斬) ◇홍노화 모진 불=벌겋게 달은 화롯불(紅爐火) ◇살을 처이면 살오고=태울 터이면

태우고   ◇려산폭포 짓는 믈=여산 폭포(盧山瀑布)의 내리 쏟는 믈
◇더질터이면 더지고=던질 터이면 던지고   ◇철궁에 왜전 먹여=철
궁(鐵弓)에 왜전(矮箭)을 재서. 왜전은 작은 화살   ◇쏘실쳐이면 쏘
시고=쏠터이면 쏘고   ◇드러올 듯=도라올 듯   ◇설거셔=서러워서

217

마루 너머 시아슬 두고 숀펵을 쳑쳑 치울고 지너머 가니

고딕광실 놉흔 집의 화문등미 보요 깔고 시앗넌니 마죠 안져 셤셤
옥슈로 에후러쳐 안고 얼그러지고 뒤크러졋다

두어라 팔간 용딕장에 젼오젼빅 노듯ᄒ니 나는 이 밤시 오기 어려
외라. (시쳘가 68)

　마루 너머=고개 너머   ◇시아슬=시앗을. 시앗은 첩(妾)   ◇숀펵
을=손벽을   ◇치울고=소리나게 치고   ◇화문등미=화문석의 등메
자리. 등메는 돗자리 가장자리에 헝겊은 대어 꾸민 자리   ◇보요=
보료. 보료는 솜이나 짐승의 털로 속을 넣고 헝겊으로 싸서 앉은 자
리에 늘 깔아 두는 요   ◇시앗넌니=시앗년과   ◇마죠 안져=마주
앉아   ◇셤셤옥슈로=가냘프고 예쁜 손으로(纖纖玉手)   ◇에후러쳐
안고=에둘러 당겨 안고. 둥글게 휘어 당겨 안고   ◇팔간 용딕장=
미상. 높다란 장대인 듯   ◇젼오젼빅=미상

218

마루 너머 지너머 가니 님에 집 초당 압페 난만화초가 휘넘느러졋
네

청학 빅학은 펄펄 날아 미화 가지에도 안꼬 님은 나 안져 학에경
본다

져 님은 나 안져 학에경 보는 쯧은 날보려고. (歌鑑 234)

난만화초＝흐드러지게 핀 꽃과 플들(爛漫花草)   ◇휘넘느러졋네＝
가지가 아래로 길게 휘늘어졌구나   ◇나 안져＝앞으로 나와 앉아
◇학에경＝학(鶴)의 경(景). 학이 노는 모습

219
萬頃滄波之水에 둥둥 쩟는 부략금이 게오리들아 비슬 금셩 증경이
동당 강셩 너시 두루미 들아
  너 쩟는 물 기픠를 알고 둥 쩟는 모로고 둥 쩟ㄴ는
  우리도 남의 님 거러두고 기픠를 몰라 ᄒ노라. (蔓橫淸類)
  (珍靑 537)

萬頃滄波之水(만경창파지수)＝넓고 푸른 물결이 넘실대는 넓은 바
다나 호수   ◇부략금＝물새의 한 가지   ◇게오리＝거위와 오리   ◇
비슬 금셩＝'금셩'은 혹 '즘셩'의 잘못인 듯. 비실거리는 짐승   ◇증
경이＝원앙새   ◇동당 강셩＝'강셩'은 '강샹'(江上)의 잘못인 듯. 동
당거리며 강상에 떠 있는   ◇너시＝너새   ◇거러두고＝약속해 놓고

220
만경창파지수에 일엽선 타고 가는 져 어부야
게 잠간 머물너라 말 무러보자 틱빅 강남의 풍월 실너 가넌냐
어부 둑핌을 두루치며 힝하는 곳은 동정호를. (歌鑑 140)

일엽선＝조그만 배(一葉船)   ◇게＝거기   ◇틱빅 강남＝이태백이
슬에 취해 달을 건지려던 채석강   ◇둑핌＝핌 축(逼逐)인 듯. 핌박하

여 쫓음. 바짝 쫓음　◇두루치며=휘두르며. 굽히　◇힝하는=가는
◇동정호=중국 호남성에 있는 호수(洞庭湖)

221
萬古 歷代 蕭蕭흔 즁에 明哲保身 누고누고
范蠡의 五湖舟와 張良의 謝病辟穀 疏廣의 散千金과 季膺의 秋風江
東 陶處士의 歸去來辭ㅣ라
이밧긔 碌碌흔 貪官汚吏之輩를 혜여 무슴 ㅎ리오. (蔓橫淸類)
(珍靑 523)

萬古 歷代(만고역대)=지금까지의 여러 시대　◇蕭蕭(소소)흔 즁에
=뚜렷한 것이 없는 가운데　◇明哲保身(명철 보신)=총명하여 사리
에 밝고 일을 잘 처리하여 자신을 보전함　◇范蠡(범여)의 五湖舟(오
호주)=범여는 춘추시대에 구천(句踐)을 보좌하고 나중에 물러나 오
호에서 노닐음　◇張良(장량)의 謝病辟穀(사병벽곡)=장량은 한의 고
조를 도와 천하를 통일하고 병을 핑계로 곡식을 먹지 않고 나중에
신선이 되려고 했음　◇疏廣(소광)의 散千金(산천금)=한(漢)나라의
소광이 친척이나 친구, 손님을 위해 술마시기를 좋아하고 재산을 다
산진(散盡)함　◇季膺(계응)의 秋風江東(추풍강동)=한나라의 계응이
높은 벼슬을 하면서두 가을 바람이 붑자 고향의 순나물구과 농어회
생각이 나서 벼슬을 그만두고 고향으로 돌아 갔다고 함. 계응은 장
한(張翰)의 자(字)　◇陶處士(도처사)의 歸去來辭(귀거래사)=진(晋)나
라 도연명이 하찮은 벼슬에 얽매이는 것보다 차라리 고향에 돌아 것
만 못하다 생각하고 고향에 도라오며 지은 글　◇碌碌(녹록)흔=하
잘 것 없는　◇貪官汚吏之輩(탐관오리지배)=벼슬을 욕심내고 자리
를 더럽히는 무리

222

萬古 歷代 人臣之中에 明哲保身 누구누구

張良은 附謝病辟穀ㅎ야 赤松子를 좃차 놀고 范蠡는 五湖烟月에 吳王의 正周愁를 扁舟에 싯고 간이

아마도 無後淸名은 또 업쓴가 ㅎ노라. (蔓數大葉)

(海一 315)

人臣之中(인신지중)=남의 신하 가운데   ◇赤松子(적송자)=중국 신농씨 때의 신선   ◇五湖烟月(오호연월)=오호의 은은한 달빛   ◇吳王(오왕)의 正周愁(정주수)='정주수'는 '망국수'(亡國愁)의 잘못 인 듯. 오왕 부차가 처음 회계(會稽)에서 월왕 구천(句踐)을 항복시켰으나 범려의 계략에 빠져 나라를 잃은 슬픔   ◇扁舟(편주)=편주(片舟)와 같음. 작은 배   ◇無後淸名(무후청명)=이후(以後)에도 더럽히는 일이 없을 깨끗한 이름

223

萬里長城 엔담 안에 阿房宮을 놉히 짓고

沃野千里 고리논에 數千宮女 압희 두고 玉璽를 드더지며 金鼓를 울닐 적의 劉亭長 項都督 層이야 우러러 보아시랴

아마도 耳目之所好와 心志之所樂은 이뿐인가 ㅎ노라.

(樂學 906)

萬里長城(만리장성)=진시황이 흉노를 방어하기 위해 만든 성   ◇엔담=에운 담. 둘러 싼 담   ◇阿房宮(아방궁)=진시황이 지은 궁궐   ◇沃野千里(옥야천리)=끝없이 널리 펼쳐진 기름진 땅   ◇고리논=물대기가 용이한 기름진 논   ◇玉璽(옥새)=임금의 신분을 나타내는

도장   ◇드더지며=집어 던지며   ◇金鼓(금고)=군중(軍中)에서 호령할 때 쓰는 북과 징   ◇劉亭長 項都督 層(유정장 항도독층)=한 고조인 유방과 초 패왕인 항우같은 무리   ◇耳目之所好(이목지소호)와 心志之所樂(심지지소락)=눈과 귀로 보고 듣는 기쁨과 마음과 뜻의 즐기는 것

224

萬里長城 役事時에 金도 나고 銀도 나는 花樹盆이 보배런가

照東前後 十二乘ᄒ든 夜光珠가 보배런가 辟塞玉 辟塵犀 和氏璧 大者 六七尺 珊瑚樹가 보배런가 木難 火齋 瑪瑙 ,琥珀 寶石 金光石이 보매런가

아마도 世上天下 萬古 千古今에 盜賊도 못가져가는 無價寶는 文章인가. (樂高 968)

萬里長城 役事時(만리장성 역사시)=만리장성을 쌓을 때   ◇花樹盆(화수분)=재물이 자꾸 생겨서 써도 줄지 않는다는 그릇   ◇照東前後 十二乘(조동전후 십이승)ᄒ든=다른 것보다 12배나 앞뒤를 더 비춘다고 하는   ◇夜光珠(야광주)=밤에도 빛을 낸다는 중국에 있었다는 보석   ◇辟塞玉(벽새옥) 辟塵犀(벽진서)=미상. 옥의 한 가지인 듯   ◇和氏璧(화씨벽)=옛날의 보옥의 하나   ◇木難(목난) 火齋(화재)=미상. 보석의 한 가지인 듯   ◇瑪瑙(마노)=차돌의 한 가지. 보석   ◇琥珀(호박)=송진이 땅속에 오래 묻혀 굳어서 된 보석   ◇無價寶(무가보)=값을 따질 수 없는 훌륭한 보배   ◇文章(문장)=글. 학문

225

萬事를 다 덜치고 山林으로 도라와서 니 손죠 호뮈 드러 荒田을 起畎ᄒ니

百穀이 萬種이라 濁醪은 盈樽ᄒ고 黃鷄는 滿庭이라 柴扉을 구지 닷고 淨室에 누어시니 淸風은 徐來ᄒ고 明月 自照로다 功名도 좃커니와 이 아니 죠흘손야

아마도 堯世舜民은 닉 혼잔가 ᄒ노라. (樂高 18)

萬事(만사)=모든 일. 모든 것 ◇덜치고=떨쳐 버리고 ◇손죠=손수. 직접 ◇荒田(황전)을 起畊(기경)ᄒ니=거친 밭을 갈아 일구니 ◇百穀(백곡)이 萬種(만종)이라=곡식의 종류가 아주 많더라 ◇濁醪(탁료)은 盈樽(영준)ᄒ고=막걸리는 술통에 가득하고 ◇黃鷄(황계)는 滿庭(만정)이라=누런 닭들이 뜰에 가득하다 ◇柴扉(시비)를 구지 닷고=사립을 굳게 닫고 ◇淨室(정실)=깨끗한 방 ◇淸風(청풍)은 徐來(서래)ᄒ고=맑은 바람은 천천히 불어 오고 ◇明月 自照(명월자조)=밝은 달이 떠서 비춤 ◇堯世舜民(요세순민)=요임금 때처럼 태평한 시대에 순임금 때처럼 행복한 백성

226

萬疊 山中에 閑暇ᄒ 저 隱士는 가는비 무릅쓰고 꽂모종 닐삼는다

富貴 牧丹 風流郎 三色桃 月四季 丁香 豆蔲 凌霄 合歡 다 아니 시무고 杜鵑 躑躅 西甘 映山紅 西府 海棠 天盆 葵花 鳳仙花 鬪鷄花 朝顔 雁來紅 모다 그만 두고

陶淵明 조아 하야 九月九日 東籬下에 캐고 캐야 忘憂物에 둥둥 씌는 菊花만 모종. (樂高 977)

萬疊 山中(만첩산중)=깊고 깊은 두메 속 ◇가는비=가랑비. 세우(細雨) ◇닐삼는다=일과로 삼는다 ◇富貴 牧丹(부귀목단)=모란은 부귀를 상징함 ◇風流郎 三色桃(풍류랑 삼색도)=세 가지 색갈의 도화를 멋을 알고 즐기는 남자에 비유함 ◇月四季(월사계)=장미의

일종으로 관상용임. 사계화(四季花)   ◇丁香(정향)＝정향나무. 관상용임   ◇豆蔲(두구)＝'두'는 '두'(荳)의 잘못. 육두구(肉荳蔲)와 같음. 관목의 일종   ◇凌霄(능소)＝능소화나무. 덩굴나무의 일종으로 관상용임. 자위(紫葳)   ◇合歡(합환)＝자귀나무. 활엽 낙엽의 교목   ◇杜鵑(두견)＝진달래꽃   ◇躑躅(척촉)＝철쭉   ◇西甘(서감) 西府(서부) 天盌(천완)＝미상. 화초 이름인 듯. 서감이나 서부는 서양에서 들어온 것인 듯   ◇葵花(규화)＝해바라기   ◇鬪鷄花(투계화)＝맨드라미   ◇朝顔(조안)＝나팔꽃   ◇雁來紅(안래홍)＝비름과의 일년생 관상용 플. 당비름   ◇陶淵明(도연명)＝진(晉)나라의 도잠(陶潛)   ◇忘憂物(망우물)＝근심을 잊게하는 물건. 술의 다른 이름

227

望美人兮 何在오 目渺渺兮 天一方을
夫何使我로 懷耿結兮 如醉如狂고
孤臣兮 作此歌兮 瞻月光ᄒ야 願復見兮 吾王 ᄒ노이다. 金履翼
(金剛永言錄 15)

　望美人兮(망미인혜) 何在(하재)오 目渺渺兮(목묘묘혜) 天一方(천일방)을＝미인을 그리워함이여 어디에 계신고 아득히 먼 하늘 한 끝을 바라본다오   ◇夫何使我(부하사아)로 懷耿結兮(회경결혜) 如醉如狂(여취여광)고＝어찌 나로 하여금 그리는 마음을 가지게 하여 술에 취한 것 같고 미치는 것 같이 만드는고   ◇孤臣兮(고신혜)＝외로운 신하여   ◇作此歌兮(작차가혜)＝이 노래를 지음이여   ◇瞻月光(첨월광)ᄒ야＝달빛을 쳐다 보아서   ◇願復見兮(원부현혜) 吾王(오왕)＝원컨대 우리 임금을 다시 뵙기를 바램이여

228

梅之月은 寒而明ᄒ고 松之風은 署而淸이라
淸明在躬心和平ᄒ니 調絲韻桐寄閒情이로다
南郭隱几聞地籟ᄒ니 解取無聲勝有聲인가 ᄒ노라. 金祖淳 (弄)
(靑六 699)

　梅之月(매지월)은 寒而明(한이명)ᄒ고=매화나무에 비취는 달은 차가우면서도 밝고　◇松之風(송지풍)은 署而淸(서이청)이라=소나무에 부는 바람은 더우면서도 맑다　◇淸明在躬心和平(청명재궁심화평)ᄒ니=맑고 밝음이 몸에 있어 마음이 화평하니　◇調絲韻桐寄閒情(조사운동기한정)이로다=거문고의 줄을 고르고 운을 맞춰 한정을 부치도다　◇南郭隱几聞地籟ᄒ니=남곽이 안석에 기대어 지뢰를 들으니. 『莊子(장자)』에 南郭子綦(남곽자기)라는 사람이 안석에 기대어 공허몰아(空虛沒我)의 경지에서 지뢰(地籟)를 듣고 자연의 이치를 깨달았다는 고사. 지뢰는 땅에서 나는 음향이나 나무 구멍이나 골짜기 어귀에서 생기는 바람소리　解取無聲勝有聲(해취무성승유성)인가=무성을 취하여 깨달음이 유성을 취해 아는 것보다 나은 것인가

229

믹화 사랑타가 난양으로 내려가니
무명초 부평초와 푸엿쏘나 담도화라
싁장아 연연 잉잉 츄월이 월즁믹 화션이 불너라 완월장취.
(南太 123)

　난양=따뜻한 양지 쪽(暖陽)　◇무명초=이름 모를 풀(無名草)　◇부평초=개구리밥(浮萍草)　◇푸엿쏘나=뛰였구나　◇담도화=꽃의 색깔이 엷은 복사꽃(淡桃花)　◇싁장=색장(色掌). 각 궁전의 주색(酒

色), 다색(茶色), 증색(蒸色)을 맡아 보는 사람의 총칭. 또는 '색골'의
방언   ◇연연 잉잉 츄월이 화션이=기생의 이름은 듯   ◇완월장취=
달빛을 즐기며 오래도록 취함(玩月長醉)

230
孟浩然이 타던 젼나귀 등에 李太白에 먹던 千日酒 싯고
陶淵明 츠즈려고 五柳村 도라드니
葛巾에 술 듯는 소리는 細雨聲인가 ᄒᆞ노라. (界面 二數大葉)
(靑六 552)

   孟浩然(맹호연)=중국 당나라 때의 시인   ◇젼나귀=다리를 저는
나귀   ◇千日酒(천일주)=한 번 먹으면 천일이 지나야 깬다는 술
◇五柳村(오류촌)=도연명이 살던 마을. 버드나무 다섯 그루를 심고
자신을 오류선생이라 했음   ◇葛巾(갈건)=갈포로 만든 두건. 은사
(隱士)들이 썼음   ◇술 듯는 소리=술을 걸를 때 술이 떨어지는 소
리   ◇細雨聲(세우성)=가랑비가 내리는 소리

231
머귀 여름은 桐實桐實ᄒᆞ고 보릿 불희는 麥根麥根
풋나무동과 싸든 수셥이요 졈은 老松에 자구 大棗ㅣ로다
이 中에 鷄鳴花竹處는 곳뒷곳이라 ᄒᆞ들아. 金壽長 (二數大葉)
(海周 557)

   머귀 여름=오동나무 열매   ◇桐實桐實(동실동실)=동글동글. '동
실'을 오동나무 열매란 뜻의 한자어로 어희적(語戱的)인 표현임   ◇
麥根麥根(맥근맥근)=매끈매끈. 동실동실과 마찬가지로 보리뿌리란
뜻으로 쓴 어희적인 표현임   ◇풋나뭇동=풋나무의 묶음   ◇수셥이

요=수세미요　◇졈은 老松(노송)=젊은 노송. 젊음과 늙음의 모순됨을 풍자한 듯함　◇자근 大棗(대조)=작은 대추. 작은 것과 큰 것의 모순됨을 풍자한 듯　◇鷄鳴花竹處(계명화죽처)=계명은 닭의 울음. 화죽은 '꼬꼬댁'하는 닭의 울음 소리의 음사(音寫). 처는 '곳'(處所)의 뜻.　◇곳딧곳='꼬꼬댁'을 가리킴

232

먹 長衫 眞紅 袈裟 메고 百八 念珠 목에 걸고 六環錫杖 걸터 집고 高峰絶頂 白雲間으로 나는 듯시 나려 오는 저 和尙 게 잠간 섯소

金剛山 萬二千峰이 어듸어듸 景 조흔고 말 잠깐 무러 보새 萬瀑洞 眞珠潭 業鏡臺 摩阿衍 妙吉祥 普德窟은 엇더하며 新萬物肖 舊萬物肖 九龍淵 十二瀑 우무즈진 느릅나무 위에 안지신 五十三佛 계신 楡岾寺는 엇쩌한고

和尙 손드러 가르치되 百聞이 不如一見이니 저긔 가 구경하면 자연 아시리. (樂高 971)

먹 長衫(장삼)=검은 장삼. 장삼은 스님의 웃옷의 하나　◇眞紅 袈裟(진홍가사)=붉은 색의 가사. 가사는 스님의 법의(法衣)로 장삼 밖에 걸침　◇百八念珠(백팔염주)=스님이 108개의 염주를 끈에 꿰어 목에다 거는 것. 108은 갈은 수(數)의 번뇌(煩惱)를 상징함 六環錫杖(육환석장)=여섯 개의 고리가 달린 지팡이　◇高峰絶頂 白雲間(고봉절정 백운간)=높은 산 봉우리 꼭대기 흰 구름 사이　◇나는 듯시=날으는 듯이　◇和尙(화상)=스님을 높여 부르는 말　◇景(경)=경치　◇萬瀑洞~普德窟(만폭동~보덕굴)=금강산에 있는 지명　◇新萬物肖~十二瀑(신만물초~십이폭)=금강산에 있는 봉우리, 웅덩이, 폭포의 이름　◇우무지진 느릅나무=움푹 패인 느릅나무. 부처님을 안치하여 놓은 나무인 듯　◇楡岾寺(유점사)='점'은 '점(岾)의 잘못. 강

원도 간성군 금강산에 있는 절   ◇百聞(백문)이 不如一見(불여일견)
=여러 번 듣는 것이 한 번 보는 것만 못함

233
면홰는 세 드래 네 드래요 일윈 벼는 픠는 모가 곱는가
오뉴월이 언제 가고 칠월이 븐이로다
아마도 하느님 너희 삼길제 날 위ᄒᆞ야 삼기샷다. 魏伯珪
(三足堂歌帖)

면홰는=면화는. 면화(棉花)는 목화(木花)   ◇드래=목화의 다 익
지 않은 열매   ◇일윈 벼는=올벼는   ◇픠는 모가=패어 나오는 벼
의 어린 싹이   ◇븐이로다=반이나 지났다   ◇삼길제=생겨 날 때

234
明年 三月 오마드니 明年이 限이 업고 三月도 無窮ᄒ다 楊柳靑靑
楊柳黃은 靑黃變色이 몃 번이며 玉窓 櫻桃 불것스니 花開 花落 몃
번인야
邯鄲枕 비러다가 莊周胡蝶 ᄌ어늬여 夢中相逢 ᄒ엿더니 冬至長夜
긴긴 밤의 輾轉反側 잠 못 일어 夢不醒이 몃 밤이고
지금에 洞房의 蟋蟀聲과 靑天의 뜬 기러기 소리 이 내 愁懷. 林重
桓 (時調演義 91)

오마드니=온다고 하더니   ◇楊柳靑靑 楊柳黃(양류청청양류황)=
푸르고 푸르던 버들이 누렇게 되었음. 세월이 바뀜   ◇靑黃變色(청
황변색)=푸른색이 노란색으로 변함   ◇玉窓 櫻桃(옥창앵도)=아녀자
가 거처하는 방 앞의 앵두   ◇花開 花落(화개화락)=꽃이 피고 짐

◇邯鄲枕(한단침)=한단의 베개. 노생(盧生)이란 소년이 한단에서 여옹(呂翁)에게 베개를 빌어 베고 밥을 짓는 동안 잠이 들었다 깨었는데 꿈속이 이 세상의 팔십년과 같았다는 고사 ◇莊周胡蝶(장주호접)=주나라 때 장주가 꿈에 나비가 되었는데 자기가 나비가 되었는지 나비가 장주가 되었는지를 분별하지 못했다는 고사 ◇즈어니여=지어내여(?) ◇夢中相逢(몽중상봉)=꿈속에서 서로 만남 ◇冬至長夜(동지장야)=동짓달의 기나긴 밤 ◇夢不醒(몽불성)=꿈에서 깨어나지 못함 ◇洞房(동방)의 蟋蟀聲(실솔성)=방안의 귀뚜라미 우는 소리

235

모시를 이리져리 삼아 두로 삼아 감삼다가

　가다가 한가온대 쏙 근처지거늘 皓齒丹脣으로 훔쌜며 감쌜며 纖纖玉手로 두 긋 마조 자바 뱌븨여 니으리라 져 모시를

　엇더타 이 人生 긋처갈제 져 모시쳐로 니으리라. (蔓橫清類)

　(珍青 538)

　삼아=껍질을 벗겨 실처럼 길게 만들어 ◇감삼다가=감아 삼다가 ◇근처지거늘=끊어지거늘 ◇皓齒丹脣(호치단순)=하얀 이와 붉은 입술. 미인을 형용하는 말 ◇훔쌜며 감쌜며=섬유의 매듭진 곳을 입술을 오무리거나 보기 좋게 입으로 뜯어 내며 ◇纖纖玉手(섬섬옥수)=갸날프고 보드라운 여자의 손 ◇두 긋 마조 자바=두 끝을 마주 잡아 ◇뱌븨여 니으리라=비벼서 이으리라 ◇모시쳐로=모시처럼

236

暮春 三月 節 조흔 제 春眠 初成 째 맛거늘

冠童 六七노 惠好相携ㅎ야 浴沂水 風舞雩에 査滓를 다 떨치고 至
興을 자아내야 萬物을 靜觀ㅎ려 月窟을 더위잡아 天齊를 遍踏ㅎ고
怡愉同樂ㅎ야 長子歌 少子和ㅎ며 朗吟으로 도라오니

丈夫의 狂簡혼 志趣와 遠大한 氣像이 熙皞 同春ㅎ야 點也와 一般
이라 瀛落혼 胸中에 霽月光風과 無限淸味를 못내 계위 ㅎ노라. (靑
가 640)

暮春 三月(모춘삼월)=모춘은 음력 삼월로 삼월과 중복으로 쓰였
음 ◇節(절) 조흔 제=절기가 좋은 때 ◇春眠 初成(춘면초성)=봄
졸음이 이루기 쉬움. 춘곤증을 느낌 ◇冠童(관동)=어른과 아이 ◇
惠好相携(혜호상휴)=아끼며 좋아하고 서로를 이끌음 ◇浴沂水 風
舞雩(욕기수풍무우)=『논어』에 나오는 말로 증점(曾點)이 공자에게
대답한 말로 기수(沂水)에 목욕하고 무우대(舞雩臺)에서 바람을 쐬고
싶다는 것에서 유래한 말임 ◇査滓(사재)='사'는 '사'(渣)의 잘못.
찌거기 ◇至興(지흥)=지극한 흥취. 최상의 흥취 ◇萬物(만물)을
靜觀(정관)ㅎ려=모든 것들을 욕심을 버리고 가만히 보려고 ◇月窟
(월굴)을 더위 잡아=달을 끌어 잡아. 달빛을 받으면서 ◇天齋(천재)
를 遍踏(편답)ㅎ야=태산을 두루 답파(踏破)하고. 천재는 태산(泰山)
을 가리킴 ◇怡愉同樂(이유동락)=기쁘고 즐거워 함께 즐김 ◇長
子歌 少子和(장자가 소자화)=어른은 노래하고 아이는 화답함 ◇郎
吟(낭음)=중얼거리며 읊조림 ◇狂簡(광간)혼 志趣(지취)=행동과는
다르나 뜻이 큰 지조와 의취(意趣) ◇熙皞同春(희호동춘)=함께 봄
을 즐김 ◇點也(점야)와 一般(일반)이라=증점(曾點)과는 마찬가지다
◇瀛落(영락)혼 胸中(흉중)='영'은 '쇄'(灑)의 잘못. 더러움을 씻어낸
깨끗한 가슴 속 ◇霽月光風(제월광풍)=비 온 뒤의 맑은 달과 시원
한 바람 ◇無限淸味(무한청미)=한 없는 깨끗한 멋 ◇못내 계위=
끝내 억제하기 어려워

237

牧丹은 花中王이요 向日花는 忠孝ㅣ로다

梅花는 隱逸士요 杏花는 小人이요 蓮花는 婦女요 菊花는 君子요
冬栢花는 寒士요 朴꼿은 老人이요 石竹花는 少年이요 海棠花는 갓나
희로다

이 中에 梨花는 詩客이요 紅桃碧桃三色桃는 風流郎인가 ᄒ노라.
金壽長(二數大葉) (海周 528)

牧丹(목단)=모란 ◇花中王(화중왕)=꽃 가운데 제일임 ◇向日花
(향일화)=해바라기 꽃 ◇隱逸士(은일사)=숨어 사는 선비. 또는 숨
은 선비 ◇杏花(행화)=살구꽃 ◇小人(소인)=간사하고 도량이 좁
은 사람. 군자(君子)와 상대가 됨 ◇蓮花(연화)=연꽃 ◇君子(군자)
=도덕이 높고 덕망이 있는 사람. 지성인(知性人) ◇寒士(한사)=가
난한 선비 ◇朴(박)꼿=박꽃 ◇石竹花(석죽화)=패랭이 꽃 ◇梨花
(이화)=배꽃 ◇詩客(시객)=시인(詩人) ◇紅桃碧桃三色桃(홍도벽도
삼색도)=붉고 푸른 세 가지 색의 복숭아 꽃 ◇風流郎(풍류랑)=풍
치가 있고 멋 있는 젊은 남자. 멋장이
  ※ 李漢鎭本『靑丘永言』에서 작자가 半癡로 되어 있음

238

무근 히 보너올 제 시름 함기 餞送ᄒᄌ

휜권모 콩仁絶米 쟈치 술국 安酒에 氷燈에 불 발키고 精神치려 안
ᄌ시니

이윽고 四更 둙 자초 울고 ᄌ미衆 지나가니 시히 온가 ᄒ노라. 吳
擎華 (弄) (靑六 707)

무근 히＝묵은 해. 지난 해 ◇시름 함긔＝근심과 걱정을 같이 ◇餞送(전송)ᄒ자＝떠나 보내자 ◇흰권모＝흰 골무떡 ◇콩仁絶米 (인절미)＝콩가루를 물힌 인절미 ◇쟈치 술국＝자채(紫彩)쌀로 만든 술을 마시기 위해 끓인 국 ◇氷燈(빙등)＝'병등'(瓶燈)의 잘못인 듯. 아니면 차갑게 느껴지는 등불 ◇四更(사경)＝밤 한시에서 세시 사 이 ◇자초 울고＝자주 울고 ◇ᄌ미衆(즁)＝자미승(粢米僧). 음력 섣달 대목이나 정월 보름날에 아이들의 복을 빈다고 쌀을 얻으러 다 니는 중 ◇시히 온가＝새해가 왔는가

239

戊寅 二月 初三日에 祥烟瑞靄 繞雲宮을
二老堂 놉흔 樓에 金屛繡筵으로 賀千秋를 허오실제
玉盤에 靈芝蟠桃는 又石公이 드리더라. 安玟英 (編數大葉)
(金玉 171)

戊寅(무인)＝무인년. 고종 15년(1878) ◇祥烟瑞靄 繞雲宮(상연서애 요운궁)을＝상서로운 안개와 아지랑이가 운현궁을 에워쌈을 ◇二老 堂(이노당)＝운현궁에 있던 건물 ◇金屛繡筵(금병수연)으로＝금빛으 로 꾸민 병풍과 수놓은 방석으로. 좋은 자리로 ◇賀千秋(하천추)＝ 장수를 축하함 ◇玉盤(옥반)＝옥으로 만든 소반 ◇靈芝蟠桃(영지반 도)＝먹으면 장수한다는 영지버섯과 복숭아 ◇又石公(우석공)＝대원 군의 장자인 이재면(李載冕). 우석은 그의 호
　※『金玉叢部』에 "부대부인갑연 제이"(府大夫人甲宴 第二)라고 했 음. 부대부인은 대원군의 부인이며 고종(高宗)의 어머니임

240

無情허고 野宿헌 님아 哀魂 離別 後에 消息이 어이 頓絶허냐

　夜月空山 杜鵑之聲과 春風桃李 胡蝶之夢에 다만 생각느니 娘子로
다 梧桐에 걸닌 달 두렷헌 네 얼골 宛然이 겻헤와 숫치는 듯 이슬에
져즌 곶 妍妍헌 너의 틔도 눈압헤 버렷는 듯 碧紗窓前 시벽 비에 沐
浴허고 안젼는 졔비 네 말소리 곱다마는 니 귀에 하숩는 듯

　밤中만 靑天에 울고 가는 기러기 소리에 줌든 나를 씨우는냐.

　(樂高 914)

　野宿(야슉)헌='야속'의 한자 표기　◇哀魂 離別(애혼이별)=매우
서러운 이별　◇頓絶(돈절)허냐=뚝 끊어졌느냐　◇夜月空山 杜鵑之
聲(야월공산두견지성)=달 밝은 밤에 텅 빈 산에서 우는 두견이의
소리　◇春風桃李 胡蝶之夢(츈풍도리호접지몽)=봄바람이 활짝 핀
복숭아 꽃에 앉은 나비의 꿈　◇妍妍(연연)헌=곱고 고운　◇하숩는
듯=하소연 하는 듯

241

文讀 春秋左氏傳이오 武使 靑龍 偃月刀ㅣ라

　獨行千里홀 제 明燭達朝하고 義釋 曹操ᄒ며 威鎭華夏ᄒ니 古今에
짝이 업도다

　千古에 凜凜한 大丈夫는 漢壽亭侯ㄴ가 ᄒ노라. (弄歌)

　(樂서 494)

　文讀 春秋左氏傳(문독 춘추좌씨젼)=문사(文士)는 춘추좌씨전을 읽
어야 하고. 춘추좌씨전은 춘추를 좌구명(左丘明)이 해설한 것　◇武
使 靑龍偃月刀(무사청룡언월도)=무사(武士)는 청룡 언월도를 쓸 줄

알아야 한다. 청룡언월도는 관우가 쓰던 무기   ◇獨行千里(독행천리)
=관우가 조조에게서 유비에게로 갈 때 혼자서 천리를 달려간 일
◇明燭達朝(명촉달조)=촛불을 밝혀 밤을 지새움처럼 덕이 높아 남
의 사표가 됨   ◇義釋曹操(의석조조)=의리로 조조를 석방함   ◇威
鎭華夏(위진화하)=위엄이 중국을 진동함   ◇漢壽亭侯(한수정후)=한
나라 수정후 관우(關羽)

242
文讀 春秋左氏傳ᄒ고 武使 靑龍偃月刀ㅣ라
獨行千里ᄒ여 五關을 지나갈제 ᄯ로는 져 將帥ㅣ야 固城 북소리롤
드러ᄂ냐 못 드러ᄂ냐
千古에 關公을 未信者ᄂ 翼德인가 ᄒ노라. (編數大葉)
(靑六 997)

五關(오관)=관우가 조조의 진중을 떠나 유비에게 가는 동안의 조
조의 부하의 목을 벤 다섯 개의 관문   ◇固城(고성) 북소리=고성은
유, 관, 장 세 사람이 서주(徐州)에서 헤어진 뒤 장비가 일시 점거하
고 있던 성. 북소리는 장비가 관우를 불신하고 그의 충의를 시험하
기 위해 뒤쫓는 조조의 장수를 죽이게 한 신호   ◇關公(관공)=관우
◇未信者(미신자)=믿지 못하는 사람   ◇翼德(익덕)=장비. 익덕은
그의 자(字)

243
文讀 春秋 左氏傳이요 武習 兵書 孫武子ㅣ로다
머리에 金冠이요 몸에 綠袍銀甲이요 坐下에 赤兎飛로다 三角鬚를
훗붓치며 臥蠶을 거스리고 鳳目을 부릅쓰고 靑龍이 飜뜻ᄒ며 賊頭ㅣ
秋風落葉이로다

千古에 忠膽義肝은 壽亭侯인가 ㅎ노라. 金壽長 (二數大葉)
(海周 561)

　文讀 春秋 左氏傳(문독춘추좌씨전)＝글은 춘추와 좌씨전을 읽었음. 춘추는 공자가 지은 경서(經書)의 하나. 좌씨전은 공자가 지은 춘추를 해석한 책으로 좌구명(左丘明)이 지었다고 전함　◇武習兵書孫武子(무습병서손무자)＝무예는 병서와 손무자를 익혔음. 손무자는 춘추시대 병법가(兵法家)인 손무(孫武)를 가리킴　◇金冠(금관)＝금빛 투구　◇綠袍銀甲(녹포은갑)＝녹색의 전포(戰袍)와 은빛으로 번쩍이는 갑옷　◇坐下(좌하)＝수하(手下). 휘하(麾下)　◇赤土飛(적토비)＝'적토'는 적토마(赤土馬). 나는 듯이 빠른 적토마　◇三角鬚(삼각수)＝삼각형의 모양으로 양뺨과 턱에 난 수염　◇훗붓치며＝이리저리 훗날리며　◇臥蠶(와잠)＝누에처럼 생긴 눈섭　◇거스리고＝위로 올라가도록 나부끼고　◇鳳目(봉목)＝봉황의 눈　◇靑龍(청룡)＝관우(關羽)가 쓰던 무기인 청룡언월도(靑龍偃月刀)를 가리킴　◇賊頭(적두)＝도적의 머리　◇秋風落葉(추풍낙엽)＝가을 바람에 힘 없이 떨어지는 나뭇잎. 전장에서 목이 잘리거나 죽는 모습을 형용한 말　◇千古(천고)＝오랜 옛적　◇忠膽義肝(충담의간)＝충성되고 의로운 마음　◇壽亭侯 關公(수정후 관공)＝관우(關羽)를 가리킴

244

문 압픠 가는 물이 대제로 흘너 든다

쓸가다 저 물ㄱ예 갓근 싯고 브라보이 가는 것도 저 물니오 잇는 것도 저 물이라

셩닌의 일론 말슴 물보기도 술이 닛다 ㅎ신이라. 南極曄 (愛景堂 十二月歌 右六月 大堤觀漲章) (愛景言行錄)

압퓌=앞에　◇가는 물이=흘러가는 물이　◇대제로=큰 방죽으로(大堤)　◇흘러 든다=흘러 든다　◇쎌가다=깨끗하구나　◇갓근 싯고=갓끈을 씻고　◇가는 것도=흘러 가는 것도　◇믈니오=믈이요　◇셩닌의 일른 말슴=성인(聖人)이 하신 말씀　◇믈보기도=믈을 바라보는 것도　◇슐이 닛다=슐(術)이 있다. 방법이 있다

※ 漢譯; 辭曰 小溪之水 流而大堤 些所貴本源 波瀾清且漣漣 些是 知乎 聖人之教 觀水有術(사왈 소계지수 유이대제 사소귀본원 파란청차연연 사시지호 성인지교 관수유술)

自譯; 些詩曰 門溪流入郊堤水 不擇小溪是大堤 聖教觀瀾良有術 尋源剩得散玻瓈(사시왈 문계유입교제수 블택소계시대제 성교관란양유술 심원잉득산파려)

245

물네는 줄노 돌고 수러는 박회로 돈다

山陳이 水陳이 海東蒼 보라미 두 죽지 넙희 끼고 太白山 허리를 안고 도는고나

우리도 그리던 任 만나 돌까 하노라. (弄) (六靑 736)

수러는=수레는　◇박회로=바퀴로　◇山陳(산진)이=산에서 자라 여러 해가 된 매　◇水陳(수진)이='수진'은 '수진'(手陳)의 잘못. 사람에 의해 길러 진 매　◇海東蒼(해동창)='창'은 '청'(青)의 잘못. 송골매　◇보라미=나서 일년도 안된 새끼를 길들인 매

246

물 알의 그리마 지니 둘의 우의 중놈 셋 가는 중의 민 마재 중아 게 잇거라 말 물어보쟈

人間離別 萬事中에 獨宿空房 삼겨 주시던 부쳐 어니 졀 어니 法堂

卓子 우희 坎中連ᄒ고 두 눈이 감ᄒ게 안자쓰냐 닐러라 보쟈

　그 중이 막대를 놉피 드러 白雲을 ᄀᄅ치며 닐러 속절업다 ᄒ더
라. (蔓橫淸) (槿樂 346)

　물 알의＝물 아래에　◇그리마 지니＝그림자가 생기니　◇둘의
우의＝다리 위에　◇민 마재＝맨 마지막의　◇獨宿空房(독수공방)＝
사랑하는 사람이 없는 방을 혼자 지냄　◇삼겨＝만들어　◇坎中連
(감중연)＝팔쾌(八卦) 가운데 하나. 부처님의 손이란 뜻이 있음　◇
감ᄒ게＝살피고. 감고　◇닐러나 보쟈＝말하여 보라　◇닐러 속절업
다＝말하여 소용이 없다

247

　물 업슨 강산 올ᄂ 나무도 쩟쩌 다리도 노코 돌두 발노 툭츠 데글
데글 궁글여라

　슈렁도 메이고 만첩청산 니리고 니린 물쎨 휘여 즈바 타고 어르렁
쫠쫠 더지둥 덩실 임 츠즈가니

　셕양에 물춘 져비ᄂ 오락가락. (時調 44)

　업슨＝없는　◇둘두＝돌도　◇궁글여라＝굴려라　◇슈렁＝'구렁'
의 잘못인 듯. 땅이 평지보다 움푹 패인 곳　◇메이고＝메우고　◇
만첩청산＝겹겹이 쌓인 푸른 산(萬疊靑山)　◇니리고 니린＝산의 줄
기가 흘러 내리고 내린　◇휘여 즈바＝꼭 끌어 잡아　◇물춘 져빈＝
물을 차고 나르는 제비는

248

　물우휫 沙工 물알엣 沙工놈들이 三四月 田稅 大同실라 갈쎄 一千

石 싯는 大重船을 작위 다혀 꿈여내야 三色 實果 머리 가즌 것 갓초
아 필이 巫鼓를 둥둥 침여 五江城隍之神과 南海龍王之神께 손 곳초
와 告祀홀쎄 全羅道ㅣ라 慶尙道ㅣ라 蔚山바다 七山바다 휘도라 安興
목이라 孫乭목 江華ㅅ목 감돌아들 쎄 平盤에 물담듯이 萬里滄波에
가는듯 돌아오게 고스레고스레 事望일게 흐오소서
　어어라 이어라 저어어어라 비씌여라 至菊葱 南無阿彌陀佛. 李鼎輔
(二數大葉) (海周 393)

　田稅 大同(전세대동)=논밭의 조세와 땅에 따라 받던 세금　◇大
重船(대중선)=큰 배. 혹은 대동선(大同船)인 듯. 대동선은 대동미(大
同米)를 운반하던 관선(官船)　◇작위다혀=자귀를 가지고　◇꿈여내
야=만들어 내여　◇三色實果(삼색실과)=제사 지낼 때 쓰이는 세
가지 색갈의 과일.　◇머리 가즌 것=좋은 품질을 갖춘 것. 보기 좋
은 것　◇필이=피리　◇巫鼓(무고)=무당이 굿할 때 치는 북　◇五
江城隍之神(오강성황지신)=오강의 성황신. 오강은 한강 연안의 다섯
곳으로 한강(漢江), 용산(龍山), 마포(麻浦), 현호(玄湖), 서강(西江)을
가리킴　◇손곳초와=합장(合掌)하여　◇七山(칠산)바다=서해안에
있는 조기의 명산지　◇安興(안흥)목=충청남도 태안반도 서쪽의 안
흥만 근처인 듯함　◇孫乭(손돌)목=경기도 김포군 통진(通津)과 강
화도(江華島) 사이에 있다는 물살이 험한 곳　◇平盤(평반)에 물담듯
이=평반은 다리가 없는 둥근 쟁반. 평반에다 물을 담은 듯이 매우
조심하는 모양　◇고스레=고수레. 들에서나 고사 뒤에 음식을 먹기
전에 조금 떼어 던지며 외치는 소리　◇事望(사망)일게=바라던 일
이 잘 이루어지게　◇至菊葱(지국총)=배 저을 때 나는 삐거덕하고
나는 소리의 한자(漢字) 표기인 듯　◇南無阿彌陀佛(나무아미타불)=
염불하는 소리의 하나로 아미타불에 귀의(歸依)한다는 뜻

249

뮈온 님 촉직어 물리치는 갈골아 쟝쟐아 고온 님 촉직어 나웃친은
갈골아 쟝쟐이

큰 갈골아 쟝쟐이 쟉은 갈골아 쟝쟐이 흔되 들어 넘는이 어늬 갈
골이 쟝쟐이 갑 만흐며 쏘 언의 갈골아 쟝쟐이 갑 젹은 줄 알리

아마도 고온님 촉직어 나오치는 갈고라 쟝쟐이는 금 못칠가 ᄒ노
라. (樂時調) (海一 557)

뮈온 님=미운 님 ◇촉직어=꼭 찍어 ◇갈골아 쟝쟐아=갈고랑
이와 긴 자루의 막대기야 ◇나웃친은=낚아채는 ◇흔되 들어 넘는
이=한 곳에 있어 뒤섞이니 ◇금 못칠가=값을 헤아리지 못할가

250

민망ᄒ다 긔 爲帥ㅣ여 好勝乙 專主ᄒ니 義理샹의 눔이로다

改過ᄒ랴다가 눔이 알면 부러 아니ᄒ니

아마도 好從善이라셔 氣從令일가 ᄒ노라. 安昌後 (戒好勝)
(閒說堂遺稿)

위수(爲帥)ㅣ여=우두머리가 됨이여 ◇好勝乙(호승을) 專主(전주)
ᄒ니='을'은 조사 '을'의 한자 표기. 호승을 오로지 삼음. 호승은 경
쟁에서 이기고자 하는 마음이 강함을 나타냄 ◇改過(개과)=잘못을
뉘우치고 고침 ◇부러=일부러 ◇好從善(호종선)이라셔 氣從令(기
종령)일가=착한 일을 하기를 좋아해야 명령에 따르는 기색이 있을
가

※ 自譯; 閔矣人之氣作帥 勝人爲主義何知 人先己意爲嫌惡 初欲爲
之故不爲(민의인지기작수 승인위주의하지 인선이의위혐오 초욕위지

고블위)

251

밋난편 廣州ㅣ 싼리뷔 쟝亽 쇼대난편 朔寧 닛뷔 쟝亽

눈경에 거론 님은 쑤싹쑤싹 두드려 방망치 쟝亽 돌호로 가마 홍도
째 쟝亽 빙빙도라 물레 쟝亽 우물젼에 치다라 근댕근댕ᄒ다가 워렁
충창 ᄲᅡ져 물 듬복 쩌내논 드레곡지 쟝亽

어듸가 이 얼골 가지고 죠릐쟝亽를 못 어드리. (蔓橫淸類)
(珍靑 565)

밋난편=본 남편   ◇廣州(광주)=경기도의 군명(郡名)   ◇싼리비
쟝亽=싸리나무로 만든 비를 파는 상인   ◇쇼대난편=샛서방. 간부
(間夫)   ◇朔寧(삭녕)=경기도 연천에 있던 지명   ◇잇비=억새풀의
꽃줄기로 만든 비   ◇눈경에 거론 님=눈짓으로 약속한 님   ◇방망
치 쟝亽=방망이를 파는 상인   ◇돌호로 가마=도르르 감아   ◇홍도
째=홍두깨. 다듬이질할 때 다듬이 감을 감아 주름이 없게 하는 등
그런 원통형의 막대기   ◇물레 쟝亽=무명에서 실을 뽑아내는 기구
인 물레를 파는 상인   ◇우물젼=우물가. 여성의 음부를 상징한 말
◇드레곡지 쟝亽=두레박 꼭지를 파는 상인. 남성의 성기를 상징함
◇죠릐쟝亽=조리를 파는 상인. 조리는 쌀 등을 이는 기구

252

밋남진 그놈 紫驄 벙거지 쓴놈 소더 書房 그놈은 샷벙거지 쓴놈
그놈

밋남진 그놈 紫驄 벙거지 쓴놈은 다 뷘 논에 경어이로되

밤中만 샷벙거지 쓴 놈 보면 실별 본 듯 ᄒ여라. (言樂)

(靑六 830)

밋남진＝본 남편　◇紫騘(자총) 벙거지＝자줏빛 말총으로 만든 벙거지. 벙거지는 모자이나 남자의 성기를 가리킴　◇삿벙거지＝삿갓처럼 생긴 벙거지　◇다 뷘 논에＝추수가 끝난 논에　◇졍어이로되＝허수아비로되. 쓸모가 없으되　◇실별＝샛별. 다른 별보다 뚜렷함을 비유함

253

바독 걸쇠 갓치 얽은 놈아 제발 비즈 네게 물가의란 오지말라

눈 큰 쥰치 헐이 긴 갈치 두룻쳐 메육이 츤츤 감을치 文魚의 아들 落蹄 넙치의 쓸 가잠이 비부른 올창이 공지 결레 만흔 권장이 孤獨 흔 비암장魚 집치 갓튼 고릐와 바늘 갓흔 숑스리 눈 긴 농게 입 쟉은 瓶魚가 금을만 넉여 풀풀 쮜여 다 달아나는듸 열 업시 상긴 烏賊魚 둥기는듸 그놈의 孫子 骨獨이 익쓰는듸 바소 갓튼 말검어리와 귀纓子 갓튼 杖鼓아비는 암으란 줄도 모르고 즛들만 흔다

암아도 너곳 겻틱 셧시면 곡이 못줍아 大事ㅣ로다. 金壽長 (二數大葉) (海周 549)

바독 걸쇠 갓치＝바둑판 무늬처럼　◇얽은 놈아＝얼굴에 마마 자국이 있는 놈아　◇비즈 네게＝너에게 빌자　◇물가의란＝물가에는　◇두룻쳐 메육이＝'두루쳐 메다'를 연관시켜 메육이 앞에 노래의 운률(韻律)을 맞추기 위해 넣은 말. 메육이는 메기를 가리킴　◇감을치＝가물치　◇落蹄(낙제)＝낙지의 한자 표기　◇결레 만흔 권장이＝비슷한 종류가 많은 곤쟁이　◇열업시 상긴＝겁 많게 생긴　◇烏賊魚(오적어)＝오징어　◇둥기는듸＝쩔쩔 매는데　◇骨獨(골독)이＝꼴뚜기　◇바소＝곪은 곳을 째는 침. 대패침　◇귀纓子(영자)＝갓끈을

다는 고리   ◇즛들만＝짓들만. '짓'은 성교(性交)를 이르는 말   ◇너
곳＝네가   ◇곡이＝고기   ◇大事(대사)＝큰 일. 중요한 일

254

바둑바둑 뒤얼거진 놈아 제발 비자 네게 니가의란 서지 마라
　눈 큰 쥰치 허리 긴 갈치 두루쳐 메오기 츤츤 가물치 부리 긴 공
치 넙격흔 가잠이 등 곱은 시오 결네 만흔 곤쟝이 그믈만 너겨 풀풀
쮜여 다 다라나는듸 열 업시 삼긴 오증어 둥긔는고나
　眞實노 너곳 와셔 시량이면 고기 못 잡아 大事ㅣ러라. (樂戱調)
　(樂學 1008)

　바둑바둑 뒤얼거진 놈아＝바둑판처럼 뒤얽은 놈아   ◇제발 비자
＝제발 빌자   ◇니가의란＝냇가에는   ◇두루쳐 메오기＝두루쳐 메
기. '들쳐 메다'와 연관시켜 한 말   ◇츤츤 가물치＝츤츤 가물치.
'칭칭 감다'을 연관시켜 한 말   ◇공치＝꽁치   ◇결네 만흔 곤쟝이
＝떼거리가 많은 곤쟁이   ◇열 업시 삼긴 오증어＝겁 많게 생긴 오
징어   ◇둥긔는고나＝쩔쩔매는구나   ◇너곳 와셔 시량이면＝네가 와
서 있으면   ◇大事(대사)＝큰 일. 걱정할 일

255

바독이 검둥이 靑揷沙里 中에 죠 노랑 암키갓치 얄믜오랴
　뮈온 님 오면 반겨 니닷고 고온 님 오면 캉캉 지져 못 오게 흔다
　門 밧긔 기장스 가거든 찬찬 동혀 주이라. 金壽長 (二數大葉)
　(海周 543)

　靑揷沙里(청삽사리)＝검정색 바탕에 푸른색이 도는 삽살개   ◇얄

의오랴=얄밉겠느냐   ◇뮈온 님=미운 님   ◇니닷고=내쳐 앞으로
뛰고   ◇주이라=주리라

256

바독이 검동이 靑揷沙里中에 조 노랑 암캐 굿치 얄밉고 잣믜오랴
믜온 任 오게되면 쏘리를 회회 치며 반겨 니닷고 고온 任 오게되
면 두 발을 벗쯰듸고 코쌀을 찡그리며 무르락 나오락 캉캉 즛는 요
노랑 암캐

잇틋날 門밧긔 기 스옵시 웨는 匠事 가거드란 찬찬 동혀 너야 쥬
리라.(弄) (靑六 740)

　　靑揷沙里中(청삽사리중)에=삽사리는 삽살개의 한자 표기. 검고 긴
털이 곱슬곱슬하게 생긴 개 가운데   ◇조=저   ◇잣믜오랴=잣달게
얄미우랴   ◇믜온 任(임)=미운 사람   ◇니닷고=내쳐 뛰어오고   ◇
벗쯰듸고=벌디디고. 발에 힘을 주어 버티어 디디고   ◇코쌀을=개
의 콧등 주변의 살   ◇기 스옵시=개 삽시다   ◇웨는=웨치는   ◇匠
事(장사)=장사꾼   ◇가거드면=가게 되면. 지나가면

257

바람 광풍아 부지 말라 숑풍락엽이 다 쩌러진다
명스십리 희당화야 닙히 진다 설어 말며 꼿이 진다 설어 말라 동
삼석 달을 꼭 죽엇다가 명년 삼월 다시 오면 던각에 싱미닝ᄒ고 춘
풍이 ᄌ남니ᄒ졔 류상앵비는 편편금이요 화간뎝무는 분분셜ᄒ졔 온
갓 화초라 ᄒ는 물건은 버들 밧테도 밈이 도ᄂ디 인싱 ᄒ번 죽어지
면 다시 올 길 만무로구나 황쳔이라 ᄒ는 곳은 사롬 스는 인품범졀
이 졍 죠흔가 보더라 긔공 불너서 노리도 식히며 미동 다려 다리도

치며 미식 불너 술 부어 먹으며 로류장화가 막 만흔 곳인지 훈 번
가면 영절 무소식이로구나
　청춘지년을 허송히 말고 ᄆᆞ음디로만 놉세다. (樂高 911)

　광풍＝사나운 바람. 회오리 바람(狂風)　◇숑풍낙엽＝송풍낙엽(松
風落葉). 소나무 사이를 스치는 바람에 잎이 떨어짐　◇명사십리＝
명사십리(鳴沙十里)나 명사십리(明沙十里). 밟으면 소리가 나는 모래
가 십리나 되게 펼처진 바닷가나 바닥에 모래개 보일 정도로 깨끗한
물이 십리나 되는 곳　◇동삼석 달＝겨을 동안(冬三)　◇뎐각에 싱
미닝하고＝전각(殿閣)에 생미냉(生微冷)하고. 전각에 냉기가 즐어들
고　◇훈풍이 ᄌᆞ남니＝훈풍(薰風)이 자남래(自南來). 따뜻한 바람이
남쪽으로부터 불어 옴　◇류상앵비는 편편금＝유상앵비(柳上鶯飛)는
편편금(片片金)이요. 버드나무에 나르는 꾀고리는 하나하나 금이요
◇화간 덥무는 분분셜＝화간접무(花間蝶舞)는 분분설(紛紛雪). 꽃 사
이를 나르는 나비는 펄펄 내리는 눈과 같음　◇맘이 도는디＝마음이
움직이는데. 또는 봄기운이 도는데　◇만무로구나＝만무(萬無)하구나
◇황천＝황천(黃泉). 저승　◇인품범절＝인품(人品)과 범절(凡節)　◇
졍 죠흔가＝참으로 좋은가　◇긔공＝기공(妓工). 기생과 악공(樂工)
◇미동＝미동(美童). 심부름하는 아이　◇미색＝미색(美色). 아름다운
여자　◇로류장화＝노류장화(路柳墻花). 기생　◇막 만흔＝아주 많은
◇영절 무소식＝영절(永絶 無消息). 연락이 아주 끊어져 소식이 없음
◇청춘지년＝청춘지년(靑春之年). 젊은 나이. 젊은 시절　◇허송＝허
송(虛送). 쓸 데 없이 보냄

258

ᄇᆞ롬도 쉬여 넘는 고기 구름이라도 쉬여 넘는 고기
山진이 水진이 海東靑 보라미 쉬여 넘는 高峰 長城嶺 고기

그너머 님이 왓다ᄒ면 나는 아니 ᄒ번도 쉬여 넘어 가리라. (樂戱調) (樂學 993)

山진이＝산에서 자란 것을 길들인 매　◇水진이＝'수'는 '수'(手)의 잘못. 새끼 때부터 사람이 길들인 매　◇海東靑(해동청)＝송골매　◇高峰 長城嶺(고봉 장성령)＝높은 봉우리인 전라 남북도의 경계에 있는 장성 갈재고개

259

바람아 광풍아 부지 말아 숑풍낙엽이 다 쎠러진다

명ᄉ십리 히당화야 꼿시 진다고 설어 말고 닙락엽 진다고 네 우지 말아 동 삼석 둘을 꼭 죽엇다가 명년 양츈이 다시 도라오면 너는 다시 킹싱ᄒ여 꼿치 피여 만발ᄒ고 닙은 퓌여 왕셩홀 제 우리 인싱이라 ᄒ는 거슨 풀 끗헤 이슬이오 단불애 나뷔로구나 금됴일셕이라도 앗츠 실슈 되여 북망산쳔에 도라를 가면 텬디로 집을 삼고 두견으로 벗을 숨아 산쳔쵸목으로 울파쥬 삼고 쌈되닙으로 니불을 덥고 쳥토 황토로 포단을 숨아 셕침을 도두 베고 잠든 드시 누어스니 살은 썩어 물이 되고 쎄는 썩어 황토가 되고 삼혼칠빅이 흣허질 졔 어니 다정ᄒ 친고가 셩분 젼에 차자와셔 졔뎐을 버려 놋코 호텬망극에 익곡을 ᄒ들 우ᄂ이 우는 줄 알며 와스니 왓는 줄 알가 ᄉ후대락이라도 다 쓸 듸 업고 불여싱젼일비쥬로구나

츰아 진졍 가지록 설어 나 엇지 살고. (樂高 912)

명년 양츈＝명년양츈(明年陽春). 내년 따뜻한 봄　◇숑풍낙엽＝숑풍낙엽(松風落葉). 소나무 사이에 부는 바람에 나뭇잎이 다 떨어짐　◇닙낙엽＝나뭇잎이 떨어짐　◇킹싱＝갱생(更生). 다시 살아 남 소생

(蘇生)과 같음   ◇왕성홀 졔=매우 흥성할 때(旺盛)   ◇단불애=뜨거운 불에   ◇금조일석=금조일석(今朝一夕). 지금 당장   ◇실슈=실수(失手). 일이 잘못 됨   ◇북망산쳔=북망산천(北邙山川). 공동묘지   ◇텬디=천지(天地)   ◇을파쥬=울타리   ◇짬되닙=잔되미. 잔디   ◇니불=이불   ◇포단=포대기   ◇석침을 도두 베고=돌베개를 높여 베고   ◇삼혼칠빅=삼혼칠백(三魂七魄). 사람에게 있다는 혼백의 총칭. 삼혼은 태광(台光), 상령(爽靈), 유정(幽精). 칠백은 사람의 몸에 남아 있는 일곱 가지의 정녕(精靈)   ◇어니=어느   ◇친고=친구   ◇셩분 전에=성분(成墳) 전(前)에. 무덤이 만들어 지기 전에. 땅에 묻히기 전에   ◇졔뎐=제전(祭奠)   ◇호텬망극=호천망극(昊天罔極). 부모님의 은혜가 끝이 없는 것처럼 애통함   ◇익곡=애곡(哀哭). 몹시 슬프게 통곡함   ◇우는이=우니   ◇와스니=왔으니   ◇스후대락=사후대락(死後大樂). 죽은 다음의 커다란 즐거움   ◇불여싱젼일비쥬=불여생전일배주(不如生前一杯酒). 살아 생전의 한 잔 술만 못함   ◇춤아 진졍=참으로 진정이지   ◇가지록 셜어=갈수록 서러워

260

바람 부러 竹葉이 거문고 되고 달 밝어 萬樹靑山에 白雪이 적넝 되엿구나

人寂寂 夜深헌듸 杜鵑이 슬니 우러 歸蜀道 不如歸라

何事로 千里 遠客이 잠 못 일워. (時調集 122)

적넝=미상. 정령(精靈)이나 정낭(情郞)의 잘못이 아닌지   ◇人寂寂(인적적) 夜深(야심)헌듸=사람들의 자취가 끊어지고 밤이 깊은데   ◇杜鵑(두견)=두견새   ◇슬니 우러=슬피 울어   ◇歸蜀道 不如歸(귀촉도 불여귀)=두견새의 다른 이름. 또는 울음 소리   ◇何事(하사)=무슨 일   ◇千里 遠客(천리원객)=멀리 고향을 떠난 나그네

261

바람아 네 불어젼들 마라 들니나니 흔슘 소리 뿐이로다

우리 님 가득히 셕난 간장 니 아니본들 그 어이 모르리

至今에 泰山갓치 놉흔 恨과 滄海갓치 깁흔 스름 어늬 날의. 林重
桓 (時調演義 72)

  불어젼들＝불려고 하지를   ◇가득히＝가뜩이나   ◇셕난 간장＝썩
는 간장   ◇깁흔 스름＝깊은 시름   ◇어늬 날의＝어느 날에나

262

바람아 부지을 마라 휘여진 정즈나무 입히 다 쩌러진다

세월아 가지마라 장안 호걸리 다 늙는다

빅발이 네 짐작하여 더듸 늙게 하여라.
(樂서 500)

  부지을 마라＝불지를 말거라   ◇입히＝잎이   ◇장안 호걸리＝장
안의 호걸들이

263

바롬은 안아 닥친드시 불고 구진 비는 담아 붓드시 오는 날 밤에

님 차져 나선 양을 우슬 이도 잇건이와

비바롬 안여 天地 飜覆ᄒ야든 이 길리야 아니 허고 엇지 하리오.
安玟英 (搔聳) (金玉 98)

  구진 비는＝구즌 비는   ◇담아 붓드시＝쏟아 붓듯이   ◇우슬 이

도=웃을 사람들도   ◇비바롬 안여=비바람이 아니라   ◇天地飜覆
(천지번복)ᄒ야든=하는과 땅이 뒤엎어진다고 하더라도   ◇이 길리
야=이 길이야. 이같은 행동이야

　※『金玉叢部』에 "남원기명옥 교어음률 파유자색 여재남원시 축
일상회 이일일야즉 풍우대작 난이출각 연기유약즉 필행내이"(南原妓
明玉 皎於音律 頗有姿色 余在南原時 逐日相會 而一日夜則 風雨大作
難以出脚 然旣有約則 必行乃已 남원 기생 명옥은 음률에 밝고 다못
자색이 있었다. 내가 남원에 있을 때 날마다 서로 만났는데 하루는
밤에 비바람이 크게 불어 밖에 나가기도 어려웠으나 이미 만나기로
약속을 하였기에 기필코 나갔다)라 했음

264

ᄇ람은 地動치 듯 불고 구즌 비는 담아 붓 듯 온다

눈경에 걸온 님이 오늘밤 서로 맛나쟈 ᄒ고 板툭쳐 盟誓 밧앗던이
일어ᄒ 風雨에 제 어이 오리

眞實노 오기곳 오량이면 緣分인가 ᄒ리라. (樂時調) (海一 529)

　地動(지동)치 듯=벼락을 치 듯   ◇담아 붓 듯=그릇에 담아 붇
듯   ◇눈경에 걸온 님=눈짓으로 만나자고 약속한 님   ◇板(판)툭쳐
=굳게   ◇일어ᄒ=이러한   ◇제 어이 오리=제가 어찌 오겠는가
◇오기곳 오량이면=오기만 온다면

265

바람이 건듯 부이 서셕봉 몰근 긔운 우후경이 더욱 좃다

죽유를 반만 열여 중일을 묵뎌혼이

물외 양봉이 너 븐인가 ᄒ노라. 南極曄 (愛景堂十二月歌 右七月

瑞石靑嵐章) (愛景言行錄)

건듯 부이=건 듯 부니   ◇서셕봉=서석봉(瑞石峰). 혹 광주 무등산의 봉우리인지(?)   ◇몰근 긔운=맑은 기운   ◇우후경이=비가 온 뒤의 경치가. 우후경(雨後景)   ◇죽유를=죽유(竹牖)를. 죽유는 대나무를 엮어 만든 창문(窓門)   ◇죵일을 묵더흐이=종일(終日)을 말없이 대하니(默對)   ◇믈외 양붕=물외(物外)의 양붕(良朋)이. 속세 밖의 좋은 친구가   ◇너 븐인가=너 뿐인가

※ 漢譯; 辭曰 一雨滌暑 山高氣淸 些終朝竹牖 物我忘形 些悠悠乎 百年良朋 默然有情(사왈 일우척서 산고기청 사종조죽유 물아망형 사유유호 백년양붕 묵연유정)

自譯; 些詩曰 宇宙乍涼風颯颯 峭然瑞石氣生淸 終朝竹牖忘形坐 物外良朋默有情(사시왈 우주사량풍삽삽 초연서석기생청 종조죽유망형좌 물외양붕묵유정)

266
바람이 불냐는지 나무닙이 흐늘흐늘
비가 오랴난지 萬壽山에 구름 닌다
아히야 그물 것어 스려 담고 닷 감어 듯이어라 갈 길 밥버. 林重桓 (時調演義 69)

萬壽山(만수산)=고려 시대 개성 수창궁(壽昌宮)에 만들었던 가산(假山)   ◇닌다=일어난다   ◇스려 담고=사리어 담고   ◇듯이어라=들이거라

267
바람이 집이 업쓰되 어이 그리 잘 부는고

節槪는 孤竹 淸風이요 意氣는 黑旋風이요 德澤은 帝舜南薰風이요
義禮는 夫子遺風이로다
  암아도 數多흔 風中에 量키 어려올쏜 冬至쏠 甲子日에 東南風인가
흐노라. 金壽長 (二數大葉) (海周 553)

  節槪(절개)는 孤竹 淸風(고죽청풍)이요=절의와 기개는 고죽군(孤
竹君)의 아들인 백이 숙제(伯夷叔齊)의 맑은 기상과 같고 ◇義氣(의
기)는 黑旋風(흑선풍)=정의감에서 일어나는 기개는 『수호지』(水滸
志)에 나오는 이규(李逵)와 같음. 이규는 양산박 두령의 하나로 쌍도
끼를 잘 썼음 ◇德澤(덕택)은 舜帝南薰風(순제남훈풍)=덕이 남에게
미치는 은혜는 순임금이 남훈전(南薰殿)에서 지은 남풍가(南風歌)와
같음 ◇義禮(의례)는 夫子遺風(부자유풍)=정의와 예절은 공자(孔子)
가 후대(後代)에 남겨 전해 오는 풍속과 같음 ◇數多(수다)흔 風中
(풍중)=많은 바람 가운데 ◇量(양)키 어려올쏜=헤아리기 어려운
것은 ◇冬至(동지)쏠 甲子日(갑자일)에 東南風(동남풍)=제갈량이 적
벽대전(赤壁大戰)에서 조조의 군사를 화공책(火攻策)으로 물리치기
위해 하늘에 빌던 바람

268
  브른갑이라 흐늘로 눌며 두더쥐라 짜흐로 들랴
  금죵달이 鐵網에 걸려 플덕플덕 프드덕이니 눌다 길다 네 어드러
로 갈다
  우리도 새 님 거러두고 플더겨 볼가 흐노라. (蔓橫淸類)
  (珍靑 479)

  브른갑=바람개비. 새의 한 가지. 쏙독새 ◇짜흐로 들랴=땅으로
들어 가겠느냐 ◇금죵달이=금죵달이 ◇눌다 길다=날거나 기거나

◇새 님=새로 생긴 님 ◇거러두고=약속해 두고

269

博浪沙中 쓰고 남은 鐵椎를 엇고

江東子弟 八千人과 曹操의 十萬大兵으로 當年에 閻羅國을 破ᄒ던
들 丈夫의 屬節 업슨 길흘 아니 行ᄒᆯ 쩌슬

오날에 날 좃ᄎ 가자ᄒ니 그을 슬허 ᄒ노라. (弄) (靑六 721)

博浪沙(박랑사)=중국 하남성 박랑현 동남의 땅 한의 장량(張良)이
쇠몽둥이로 진시황을 친 곳 ◇鐵椎(철추)=쇠몽둥이 ◇江東子弟
八千人(강동자제팔천인)=초나라 항우가 거느리던 병사 ◇曹操(조
조)의 十萬大兵(십만대병)=적벽 대전에서 패한 조조의 군사 ◇當年
(당년)에=그 해에 ◇閻羅國(염라국)=염라왕이 다스리는 나라. 저
승 ◇丈夫(장부)의~行(行)홀 쩌슬=죽지 않았을 것을 ◇날 좃ᄎ
가자ᄒ니=나를 따라 가자 하니. 죽으려고 하니

270

薄薄酒도 勝茶湯이오 麤麤布도 勝無裳이라

醜妻惡妾 勝空房이오 五更待漏靴滿霜이 不如三伏日高睡足北窓凉이
오 珠襦玉匣 萬人弔送歸北邙이 不如懸鶉百結獨坐負朝陽이로다

生前富貴와 死後文章이 百年瞬息萬世忙이 夷齊盜跖具亡羊ᄒ니 不
如生前一醉코 是非憂樂을 都兩忘인가 ᄒ노라. (詩歌 705)

薄薄酒(박박주)도 勝茶湯(승다탕)이오=텁텁한 막걸리도 차를 끓인
것보다 낫고 ◇麤麤布(추추포)도 勝無裳(승무상)이라=거친 베옷도

없는 것보다 낫다   ◇醜妻惡妾(추처악첩)이 勝空房(승공방)이오=못 난 처나 악독한 첩이라도 있는 것이 홀로 지새는 것보다 낫고 ◇五更待漏靴滿霜(오경대루화만상)=오경의 파루를 기다려 서리가 가득한 신발을 신는 것이 ◇不如三伏日(불여삼복일) 高睡足北窓凉(고수족북창량)=삼복 더위에 북창 아래 서늘하게 높이 잠드는 것만 못하다 ◇珠襦玉匣(주유옥갑) 萬人弔送歸北邙(만인조송귀북망)=잘 꾸민 상여에 만인이 북망산으로 가는 것을 슬퍼하며 떠나 보내는 것이 ◇不如懸鶉百結 獨坐負朝陽(불여현순백결 독좌부조양)=다 떨어진 옷을 입고 아침 별을 등에 지고 혼자 앉아 있는 것만 못하다 ◇生前富貴(생전부귀)=살아서의 부귀 ◇死後 文章(사후문장)=죽은 다음의 문장. 문장은 글재주 ◇百年瞬息(백년순식)=백년의 세월도 눈 깜짝할 사이 ◇萬世忙(만세망)=오랜 시간이 분주할 뿐이다 ◇夷齊盜跖(이제도척)이 俱亡羊(구망양)=이제나 도척이나 양을 잃어버리기는 마찬가지니. 후회하기는 마찬가지임 ◇不如眼前一醉(불여안전일취)코 是非憂樂(시비우락)을 都兩忘(도양망)=당장에 한 번 취하고 시비와 근심과 즐거움을 모두 잊어버리는 것만 못하다

271

半여든에 첫 계집을 ᄒ니 어렷두렷 우벅주벅

주글번 살번 ᄒ다가 와당탕 드리드라 이리져리 ᄒ니 老都令의 ᄆ음 훙글항글

眞實로 이 滋味 아돗던들 길젹보터 흘랏다. (蔓橫淸類)

(珍靑 508)

半(반)여든=마흔 살 ◇계집을 ᄒ니=여자를 상대함 ◇어렷두렷=어리둥절 하는 모양 ◇우벅주벅=일을 순서 없이 급하게 처리하는 모양 ◇老都令(노도령)=늙은 총각 ◇훙글항글=좋아서 정신을

제대로 차리지 못하는 모양 ◇아돗던들=알았던들 ◇길젹보터=기어 다닐 때부터

272

붉가 버슨 兒孩ㅣ들리 거뮈쥴 테를 들고 긔川으로 往來ᄒ며

밝가숭아 붉가숭아 져리 가면 죽ᄂ니라 이리 오면 스ᄂ니라 부로나니 붉가숭이로다

아마도 世上 일이 다 이러ᄒᆫ가 ᄒ노라. 李廷鎭 (弄) (靑六 747)

兒孩(아해)ㅣ들리=아이들이 ◇거뮈쥴 테를=거미줄을 감은 막대기를 ◇긔川(천)으로 왕래(往來)ᄒ며=개천을 오르내리며 ◇밝가숭아=발가숭이야. 발가숭이는 잠자리. 또는 세상 물정을 모르는 어린이의 뜻 ◇부로나니=부르는 것이 ◇이러한가=실제와는 다른가

273

밤은 깁은 三更인데 구즌 비 오동입 두석어 칠제 이리 궁글 저리 궁글 생각다 못하여서 잠이 잠싼 드러든이

東方의 실솔성과 靑天에 울고 가는 외기럭이야 겨우 든 잠 째우느냐

기럭아 짝 일코 기롭기는 네나 내나 일반이라 사람의 간장을 다 녹인다. (雜誌 435)

三更(삼경)=한밤중. 밤 11시에서 1시 사이 ◇두석어=뒤섞여 ◇실솔성=귀뚜라미 우는 소리(蟋蟀聲) ◇東方(동방)='동방'(洞房)의 잘못인 듯. 사랑하는 사람이 없는 방 ◇靑天(청천)=푸른 하늘 ◇기롭기는=괴롭기는

274

밤은 깁허 三更에 니르럿고 구진 비는 梧桐에 훗날닐졔 니리 궁굴
저리 궁굴 두로 싱각다가 잠 못 니루웨라

洞房에 蟋蟀聲과 靑天에 뜬 기러기 소릭 스롬의 무궁훈 심회를 짝
지여 울고 가는 저 기럭아

갓득에 다 셕어 스러진 구뷔 간장이 이 밤 시우기 어려워라. (樂
時調) (詩歌 601)

니르럿고＝이르렀고　◇니리＝이리　◇두로＝두루　◇니루웨라＝
이루겠구나　◇갓득에＝가뜩이나　◇셕어 스러진＝썩어 없어진　◇
구뷔간장＝구곡간장(九曲肝腸)

275

밧가러 밥얼 먹고 슴얼 물 마신이

강구연월 어니 쌘오 고잔들 놀래 솔릭 알룸답다 저 농부야

태평곡 화답홀 제 내 근심 절로 업다. 南極曄 (愛景堂十二月歌 右
五月 古棧農家章) (愛景言行錄)

밥얼 먹고＝밥을 먹고　◇슴얼 물＝샘을 파 얻은 물　◇강구연월
＝태평한 세월(康衢煙月)　◇어니 쌘오＝어느 때인고　고잔들＝고잔
들판. 고잔(古棧)은 지명임. 옛 시흥군 수암면(秀岩面) 고잔리(古棧里)
인 듯　◇놀래 솔릭＝노래소리

　※ 漢譯; 辭曰 薰風自南 吹雨濛濛 些簑笠野夫 耕食乃職 些儘矣乎
古棧歌聲 樂莫樂兮(사왈 훈풍자남 취우몽몽 사사립야부 경식내직 사
진의호 고잔가성 낙막낙혜)

　自譯; 些詩曰 南風吹雨濛濛夕 蒻笠簑衣滿野夫 始識鑿耕安素業 古

棧農曲咏多稱(사시왈 남풍취우몽몽석 약림사의만야부 시식착경안소
업 고잔농곡영다도)

276

비 고프거든 버구렛 밥 먹고 목 모르거든 바겟 믈 마시니
이러ᄒᄂᆞᆫ 가온대 즐거오미 ᄯᅩ 잇ᄂᆞ다
ᄂᆞᆷ의의 浮雲 ᄀᆞ툰 富貴이사 브롤 주리 이시랴. 金得研
(葛峰先生遺墨 6)

버구렛=버구리의. 버구리는 소쿠리의 방언인 듯 ◇바겟=바가지
의 ◇ᄂᆞᆷ의의=다른 사람의 ◇浮雲(부운)=뜬구름 ◇브롤 주리=
부러워할 까닭이 ◇이시야=있겠느냐

277

白鷗ᄂᆞᆫ 片片大同江上飛오 長松은 落落淸流壁上翠라
大野東頭點點山에 夕陽은 빗견ᄂᆞᆫ듸 長城北面溶溶水에 一葉漁艇 흘
리저어
大醉코 載妓隨波ᄒᆞ여 錦繡綾羅로 任去來를 ᄒᆞ리라. (蔓橫淸類)
(珍靑 527)

白鷗(백구)ᄂᆞᆫ 片片大同江上飛(편편대동강상비)오=백구는 펄펄 대
동강 위를 날고 ◇長松(장송)은 落落淸流壁上翠(낙락청류벽상취)라
=큰 소나무는 청류벽 위로 늘어져 프르다 ◇大野東頭點點山(대야
동두점점산)=넓은 들 동쪽에는 점점이 보이는 산 ◇夕陽(석양)은
빗견ᄂᆞᆫ듸=저녁 햇빛이 비스듬히 비추는데 ◇長城北面溶溶水(장성
북면용용수)=긴 성 북쪽에는 넘실대며 흐르는 강. 고려 김황원(金黃

元)의 시구(詩句)임　◇一葉漁艇(일엽어정)=조그만 고기잡이 배　◇
載妓隨波(재기수파)=기생을 싣고 물결 따라 흐름　◇錦繡綾羅(금수
능라)=평양에 있는 금수산과 능라도　◇任去來(임거래)=마음 내키
는 대로 강을 오르내림

278

빅구야 무단이 펄펄 날지 말아

달도 희고 모리도 희고 너도 희고 시비흑빅을 니 몰느라

우리는 평싱에 죵격을 못 감초아 너를 불여 ᄒ노라.

(古今歌雜編 16)

　무단이= 쓸 데 없이. 까닭 없이　◇시비흑빅=시비흑백(是非黑
白). 잘 잘못과 옳고 그름　◇죵격=종적(蹤迹). 삶의 자취　◇불여=
부러워

279

白鷗야 풀풀 나지 마라 나는 아니 줍우리라

聖上이 ᄇ리시니 갈듸 업셔 예 왓노라 名區勝地를 어듸어듸 보앗
느냐

날드려 仔細히 닐러든 너와 함긔 놀니라. (花源 576)

　나지 마라=날지 마라　◇聖上(성상)=지금의 임금　◇名區勝地(명
구승지)=경치 좋기로 이름 난 곳　◇닐러든=말하여 주거든. 알려
주거든

280

百代 英雄 豪傑들아 楚漢 勝負 들어 보소

力拔山도 쓸데 업고 順人心이 웃듬이라 漢沛公의 百萬大兵 九星山의 埋伏하고 天下 兵馬 都元帥는 乞食漂母 韓信이라 大將壇의 놉히 안저 天下諸侯를 號令할 제 彭城道 五百里에 거리거리 伏兵이라

謀計 만헌 李佐居는 項王을 諭人하고 算잘 놋는 張子方은 鷄鳴山 秋夜月에 玉洞簫만 슬니 분다. (時調集 163)

楚漢 勝負(초한승부)=항우(項羽)와 유방(劉邦)과의 전쟁 ◇力拔山(역발산)=산을 뽑아들 정도의 힘. 항우가 자기는 힘이 산을 뽑아들 정도의 기운이 있다고 했음 ◇順人心(순인심)=인심에 순응함 ◇漢沛公(한패공)=유방을 가리킴 ◇九星山(구성산)=지명 ◇天下 兵馬都元帥(찬하 병마도원수)=천하의 병마를 호령한 우두머리 대장 ◇乞食漂母 韓信(걸식표모 한신)=표모에게 걸식하던 한신. 한신이 젊어서 표모에게 걸식하였으나 후에 대장이 되었음을 말함. 표모는 남의 빨래를 해주고 그 삯으로 사는 여인 ◇彭城道 五百里(팽성도 오백리)=팽성으로 가는 길 오백리. 팽성은 강소성 동산(同山)현에 있음 ◇謀計(모계) 만헌=지모와 계책이 많은 ◇李佐居(이좌거)='거'는 '거'(車)의 잘못. 조(趙)나라 사람으로 항우의 모신(謀臣). 후에 광무군(廣武君)에 봉함 ◇諭人(유인)=사람을 타이르는 것 ◇算(산) 잘 놋는=계산을 잘하는 ◇張子房(장자방)=장량(張良)을 가리킴 ◇鷄鳴山 秋夜月 玉洞簫(계명산 추야월 옥통소)=장량이 가을 달밤에 계명산에서 옥통소를 불어 항우의 군사를 비감(悲感)에 빠져 도망치게 하였음

281

白頭山石은 刀磨盡이오 豆滿江水난 馬飮無라

男兒二十 未平國인디 後世誰稱大丈夫랴

아희야 馬槪의 馬 니여 세우고 甲冑 槍劒 니여 노와 天與授時가

分明코나. (時調 122)

　白頭山石(백두산석)은　刀磨盡(도마진)=백두산의　돌은　칼을　갈아다 닳고　◇豆滿江水(두만강수)난　馬飮無(마음무)라=두만강의　물은 말이 다 마셔 없구나. 남이(南怡)의 시 "백두산석마도진 두만강수음마무"의 글자를 바꾸어 썼음　◇男兒二十未平國(남아이십미평국)인더=남아가 이십이 되도록 나라를 평정하지 못하였는데　◇後世誰稱大丈夫(후세수칭대장부)랴=후세에 누가 대장부라 부르랴　◇馬槪(마개)='개'는 '구'(廐)의 잘못. 마굿간　◇셰우고=세우고　◇甲冑槍劒(갑주창검)=갑옷과 무기　◇天與授時(천여수시)=하늘이 내게 준 기회를 받아드릴 때

282

白馬는　欲去長嘶ᄒ고　靑娥는　惜別牽衣ㅣ로다

夕陽은　已傾西嶺이오　去路는　長程短程이로다

아마도　이　님의　離別은　百年　三萬　六千日에　오늘쑌인가　ᄒ노라.
(三數大葉) (樂學 826)

　欲去長嘶(욕거장시)=가려고 길게 욺　◇靑娥(청아)는 惜別牽衣(석별견의)=여인은 이별을 서러워하여 옷을 당김　◇夕陽(석양)은 已傾西嶺(이경서령)=석양은 이미 서산 마루에 기우렀고　◇去路(거로)는 長程短程(장정단정)=갈길은 헤아리기 어렵다

283

白髮漁樵　江渚上에　慣看秋月　春風이로다

一壺濁酒로　喜相逢하야　古今多小事　都付笑談中이로다　山空　夜靜ᄒ듸

잇다감 蜀魄이 울제면 不勝慷慨 ᄒ여라. (甁樂) (源國 597)

白髮漁樵 江渚上(백발어초강저상)＝백발이 된 고기잡고 나무하는 늙은이들이 강가에서　◇慣看秋月春風(관간추월춘풍)＝늘 가을 달이 뜨고 봄바람이 부는 것을 봄　◇一壺濁酒(일호탁주)로 喜相逢(희상봉)하야＝탁주 한 병으로도 기쁘게 만나　◇古今多少事 都付笑談中(고금다소사 도부소담중)＝고금의 여러 가지 일들을 모두 담소 가운데 부쳐버림　◇山空 夜靜(산공야정)＝산은 적막하고 밤은 고요함　◇蜀魄(촉백)＝두견이　◇不勝慷慨(불승강개)＝원통하고 분함을 견디기 어려움

284

白髮에 환양 노는 년이 져믄 書房 ᄒ랴 ᄒ고

센 머리에 墨漆ᄒ고 泰山峻嶺으로 허위허위 너머가다가 과그른 쇠나기에 흰 동졍 거머지고 검던 머리 다 희거다

그르사 늘근의 所望이라 일락배락 ᄒ노매. (蔓橫淸類) (珍靑 507)

환양 노는 년＝화냥년. 서방질을 하는 년　◇져믄＝젊은　◇ᄒ랴ᄒ고＝얻으려고 하여　◇센 머리＝흰 머리　◇墨漆(묵칠)ᄒ고＝먹칠을 하고　◇泰山峻嶺(태산준령)＝높은 산과 험준한 고개　◇과그른＝과격한. 심한　◇쇠나기＝소나기　◇흰 동졍＝저고리의 목 둘레 부분에 대는 흰 색의 천　◇그르사＝그르구나. 잘못 되었구나　◇늘근의＝늙은이의　◇所望(소망)＝바라는 바의 일　◇일락배락＝잘될지 않될 지

285

百獸를 다 기르는 즁에 둙은 아니 기를 거시니

鴛鴦枕 翡翠衾에 그리던 님을 만나 정에 말 다 몯ᄒ여 曉月紗窓에
이내 離別을 지촉ᄒ니
伊後야 판척쳐 盟誓ᄒ지 닭은 아니 기로리라. (歌譜 227)

　　百獸(백수)=모든 짐승　　◇鴛鴦枕 翡翠衾(원앙침비취금)=원앙을
수놓은 베개와 비취색 이불　　◇정에 말=다정한 말　　◇曉月紗窓(효
월사창)=새벽의 달이 비치는 여인의 방　　◇이내=내쳐. 계속해서
伊後(이후)야=이후(以後)의 잘못　　◇판척쳐=판쳐. 단호하게　　◇기
로리라=기르리라

286
白雲은 千里 萬里 明月은 前溪 後溪
罷釣歸來ᄒ제 낫근 고기 쒸여 들고 斷橋로 건너 杏花 ᄇ라보며 酒
家로 도라드ᄂ 져 늘그니
眞實로 네 興味 언매오 갑 못칠가 ᄒ노라. (蔓橫淸類)
(珍靑 483)

　　白雲(백운)은 千里 萬里(천리만리)=구름은 멀리 멀리　　◇明月(명
월)은 前溪 後溪(전계후계)=밝은 달은 앞뒤의 시내에 비춤　　◇罷釣
歸來(파조귀래)=낚시질을 그만두고 돌아 옴　　◇斷橋(단교)=끊어진
다리　　◇杏花(행화)=행화촌(杏花村). 술집　　◇언매오=얼마나 하느
냐　　◇갑 못칠가=값을 따지지 못할까

287
白雲이 이러나니 나무꼿치 흔덕인다

밀믈에 東湖 가고 혈믈에 西湖 가자

아희야 넌 그믈 거더 셔리고 닷츨 들고 돗츨 놉히 다라스라. 尹善
道(樂學 830)

　이러나니＝생기니. 피어나니　◇흔덕인다＝흔들거린다　◇밀믈＝
밀물　◇혈믈＝썰물　◇거더 셔리고＝걷어 서리고　◇다라스라＝달
아라

288

白華山 上上頭에 落落長松 휘여진 柯枝 우희

부헝 放氣 뀐 殊常흔 옹도라지 길쥭넙쥭 어틀머틀 믜뭉슈로 흐거
라 말고 님의 연장이 그러코라쟈

眞實로 그러곳 홀쟉시면 벗고 굴문진들 셩이 므슴 가싀리. (蔓横
淸類) (珍靑 545)

　白華山 上上頭(백화산 상상두)＝백화산 맨 꼭대기. ‘백화’는 ‘백
화’(白樺)의 잘못으로 지명이 아닌 사람의 다리 〔脚〕를 자작나무에
비유한 말임. 사타구니를 가리킴　◇白華山(백화산)〜우희＝양 다리
(落落長松)에서 갈라진 가지(男性의 性器) 위에　◇부헝 放氣(방기)
뀐 殊常(수상)흔 옹도라지＝부엉이가 방귀를 뀌어 생긴 수상한 옹두
라지. 옹두라지는 불거져 나온 부분. 남자의 성기를 형용한 말　◇길
쥭넙쥭 어틀머틀＝길고 넙죽하며 우틀두틀. 남성 성기의 외형을 형
용한 말　◇믜뭉슈로 흐거라＝뭉클뭉클 하지 말고　◇ 연장＝남성의
성기　◇그러코라쟈＝그러했으면 좋겠구나　◇그러곳 홀쟉시면＝그
렇기만 하다면　◇벗고 굴문진들＝헐벗고 굶는다 해도　◇셩이 므슴
가싀리＝무슨 성가신 일이 있겠느냐

289

벌의줄 잡은 갓슬 쓰고 헌 옷 닙은 뎌 百姓이

그 무슨 情原으로 두 손의 所志 쥐고 公事門 드리드라 안눈고나
東軒뜰의 쥐ㅈ튼 刑房놈과 범ㅈ튼 羅卒들이 알외여라 흔 소리예 魂
飛魄散ㅎ여 ㅎ올말 다 못ㅎ니 올흔 訟理 굽어디니

아마도 平易近民ㅎ여야 道達民情 ㅎ리라. 申獻朝 (蓬萊樂府 21)

벌의줄=벌이줄. 물건을 잡아매기 위한 줄   ◇情原(정원)='원'은
'원'(願)의 잘못인 듯. 진정으로 바람   ◇所志(소지)=소장(訴狀). 관
청에 원하는 바를 청하는 글   ◇公事門(공사문)=관아의 문   ◇東軒
(동헌)뜰의=수령이나 방백들이 정사를 보는 곳의 뜰에   ◇刑房(형
방)놈과=지방 관아의 형전(刑典)을 관장하는 육방의 하나   ◇羅卒
(나졸)들이=조선시대 지방 관아에 딸렸던 군뇌(軍牢)나 사령   ◇흔
소리예=큰소리에. 한마디에   ◇올흔 訟理(송리)=올바른 송사의 까
닭   ◇굽어디니=잘못되어 가네   ◇平易近民(평이근민)하여야=어렵
지 않게 또는 평소에 백성들과 가까이 하여야   ◇道達民情(도달민
정)='도'는 '도'(到)의 잘못. 백성들의 사정에 도달함

290

碧桃花를 손에 들고 白玉盞에 술을 부어

우리 聖母ㄱ게 비는 말슴 뎌 碧桃와 갓트쇼셔 三千年에 곳이 퓌고
三千年에 열ㅁ 밋져 곳도 無盡 열미도 無盡 無盡 無盡藏 春色이라

아마도 瑤池聖母 千千壽를 聖母ㄱ게 드리고져 ㅎ노라. 翼宗 (編數
大葉) (源國 853(188))

碧桃花(벽도화)=벽도화나무의 꽃   ◇열ㅁ 밋져=열매 맺어   ◇春

色(츈색)=온화하고 화사한 기운 ◇瑤池聖母(요지성모)=서왕모(西王母)

※ 가집에 "在東宮 代理時 上純元王后進饌宴 睿製 今雖不俗唱 錄於編次 以使後人 知翼宗之孝奉己丑宴"(재동궁 대리시 상순원왕후진찬연 예제 금수불속창 녹어편차 이사후인 지익종지효봉기측연)이라 하였음

291

碧紗窓이 어른어른커늘 님만 너겨 나가 보니

님은 아니 오고 明月이 滿庭흐듸 碧梧桐 져즌 닙헤 鳳凰이 느려와 짓 다듬는 그림재로다

모쳐라 밤일싀만졍 눔 우일 번 흐괘라. (蔓橫淸類) (珍靑 502)

碧紗窓(벽사창)=푸른 빛의 집으로 꾸민 방의 창문. 여인이 거처하는 방 ◇明月(명월)이 滿庭(만정)흐듸=밝은 달빛이 뜰에 가득한데 ◇닙헤=잎에 ◇짓=깃 ◇모쳐라=아차. 아이쿠 ◇밤일싀만졍=밤이기에 망정이지 ◇우일 번 흐괘라=웃길 번 하였구나. 웃음거리가 될 번 하였다

292

別院에 春深흐니 幽懷를 둘더 업셔

臨風怊悵흐여 四面을 둘너보니 百花爛漫흐듸 柳上 黃鶯은 雙雙이 빗기 나라 下上其音흘지 엇지흔 니 귀여는 有情흐여 들이는고

엇지타 最貴흔 사룸들은 져 싀만도 못흐니. (蔓橫) (樂學 865)

別院(별원)=본채와 별도의 건물. 별당(別堂) ◇春深(춘심)흐니=봄 기운이 질으니 ◇幽懷(유회)=그윽한 회포 ◇臨風怊悵(임풍초

창)=바람을 맞으니 더욱 서글퍼짐 ◇百花爛漫(백화난만)=모든 꽃들이 활짝 핌 ◇柳上 黃鶯(유상황앵)=버들 가지에 노니는 꾀꼬리 ◇下上其音(하상기음)=나뭇가지를 오르내리며 우는 꾀꾀리 소리 ◇엇지흔 니 귀여는=어찌하여 내 귀에는 ◇들이는고=들리는고 ◇最貴(최귀)흔=만물의 영장이라고 하는

293

볏흔 불 갓치 쬐고 쌈은 비오듯 흔다

山田水田 다 말으고 五穀百穀 싹이 탄다

비나니 上天은 數千里에 大雨를 쥬사 萬民 蘇生. (源가 439(124))

볏흔=햇별은 ◇불 갓치 쬐고=뜨겁게 내리 쬐고 ◇山田水田(산전수전)=논과 발 ◇五穀百穀(오곡백곡)=모든 곡식들 ◇上天(상천)=하느님 ◇數千里(수천리)=온 세상 ◇大雨(대우)=큰 비 ◇萬民 蘇生(만민소생)=모든 백성을 다시 살림

294

丙子丁丑 亂離時에 訓練院垈 건너 붉은 복닥이 쓴 놈 간다

압픠는 蒙古요 뒤헤 可達이 白馬탄 眞達이는 사슈리 살 츠고 騮月乃馬 鐵鐵驄이 탄 놈 兩鼻裂이 탄 놈 아라마 쵸쵸 마리 베히라 가즈 어즙어 崔瑩곳 잇쏫쓰면 석은 풀치 듯 흘랏다. 金壽長 (二數大葉)

(海周 544)

丙子丁丑 亂離時(병자정축 난리시)에=인조(仁祖) 14년(1637) 12월에 청나라가 침입하여 이듬해 왕이 항복할 때까지의 난리. 병자호란(丙子胡亂) ◇訓練院垈(훈련원대)=훈련원 자리 ◇복닥이=모자. 벙거지 ◇蒙古(몽고)요=몽골족의 오랑캐 ◇可達(가달)이 眞達(진

달)이=몽골족의 이름 ◇사슈리 살=옛날에 쓰던 화살의 한 종류인 듯 ◇騮月乃馬(유월내마) 兩鼻裂(양비열)이=말의 종류의 한가지인 듯 ◇아라마 쵸쵸=미상. 혹 감탄사인 듯 ◇마리=머리(首) ◇베히라=베러. 자르러 ◇崔瑩(최영)=고려 말엽 우왕 때의 장군 ◇잇쑛쓰면=있었으면 ◇석은 풀치 듯 훌랏다=썩은 풀 자르 듯 하였을 것이다

295

屏風에 그린 瑤草 四時 四時長春이라
그 아리 一雙彩鳳 丹山秋月 어디두고 不飛不啄 됴으는고
아마도 飛必千仞ᄒ고 飢不啄粟은 너뿐인가. 典洞 (㛊樂)
(源佛 630)

瑤草(요초)=아름다운 플 ◇四時長春(사시장춘)=일년 내내 봄과 같음 ◇一雙彩鳳(일쌍채봉)=한 쌍의 아름다운 봉황 ◇丹山秋月(단산추월)=단풍이 든 산과 가을의 밝은 달 ◇不飛不啄(불비불탁)=날지도 않고 먹이를 쪼지도 않음 ◇됴으는고=졸고 있는가 ◇飛必千仞(비필천인)=봉황이 날으면 반드시 천 길을 날음 ◇飢不啄粟(기불탁속)=굶주려도 곡식은 먹지 않음

296

屏風에 압니 줏쓴동 불어진 괴 글이고 그 괴 알픠 죠고만 麝香쥐를 그렷씬이
익고 죠 괴 삿뿔은 양ᄒ야 글임에 쥐를 잡으려 쏫니는고여
울이도 새 님 걸어두고 좃니러 볼까 ᄒ노라. (海一 538)

줏쓴동=자끈동. 뚝 ◇괴 글이고=고양이를 그리고 ◇麝香(사향)

쥐=생쥐　◇삿쌀은 양ᄒᆞ야=약싹빠른 양하여. 달리 살이 붙다는 뜻
으로 성기가 커지다로 볼 수 있음　◇쫏니는고여=좇아다니는구나
◇울이도=우리도　◇좃니러=쫓아다녀. 성기가 발기(勃起)하여

297

鳳凰臺上에 鳳凰有ㅣ런이 鳳去臺空江自流ㅣ라

吳宮花草 埋幽逕이요 晋代衣冠 成古丘ㅣ라 三山은 半落靑天外여늘
二水는 中分白鷺洲ㅣ로다

摠爲浮雲이 能蔽日인이 長安을 不見홈에 使人愁를 ᄒ소라. (樂時
調) (海一 615)

鳳凰臺上(봉황대상)에 鳳凰遊(봉황유)런이=봉황대 위에 봉황이 놀
더니　◇鳳去臺空江自流(봉거대공강자류)=봉황은 날아가고 텅빈 누
대에 강물만 말 없이 흐름　◇吳宮花草埋幽逕(오궁화초매유경)=오
궁의 화초는 오솔길에 묻혀 있음　◇晋代衣冠成古丘(진대의관성고
구)=진나라 때의 의관은 옛 언덕을 이루었음　◇三山(삼산)은 半落
靑天外(반락청천외)여늘=삼산은 청천의 밖에 반쯤 떨어졌거늘　◇
二水(이수)는 中分白鷺洲(중분백로주)=이수는 백로주 가운데서 나뉘
었음　◇摠爲浮雲(총위부운)이 能蔽日(능폐일)인이=모두가 뜬 구름
이 되어 능히 해를 가리우니　◇長安(장안)을 不見(불견)홈에 使人愁
(사인수)를=장안을 보지 못하매 사람으로 하여금 근심을 하게 함

298

부러진 활 것거진 통 쌘 銅爐口 메고 怨ᄒᆞᄂᆞ니 皇帝 軒轅氏를

相奪與 아닌 前에 人心이 淳厚ᄒᆞ고 天下 太平ᄒᆞ여 一萬八千歲 사
랏거든

엇덧타 習用干戈ᄒ여 後生 困케 ᄒ연고. (蔓橫淸類) (珍靑 504)

것거진 통＝꺾어진 총(銃) ◇샌 銅爐口(동노구)＝때운 노고솥 ◇皇帝 軒轅氏(황제훤원씨)＝중국 옛 삼황(三皇)의 하나 ◇相奪輿(상탈여)＝서로 빼앗는 것 ◇習用干戈(습용간과)＝무기를 사용하는 기술을 익히게 함 ◇後生(후생)＝뒷 세상의 사람들 ◇困(곤)케＝곤란하게. 피곤하게

299

父母任이 늣거아 이 내 몸을 末子로 나하겨서

져지 업써 비러다가 살아 내샤 五十年 將至히 뫼셔시니 父母 恩惠을 어이 ᄒ여 갑소올고

願컨댄 三百盃 ᄀ득 브어 이 날에 흔 잔식 드리이다. 金啓
(龍潭錄 29)

늣거아＝늦게서야 ◇末子(말자)＝막내 자식 ◇나하겨셔＝낳으시여 ◇져지 업써＝젖이 없어 ◇비러다가＝빌어다가. 얻어다가 ◇살아 내샤＝살려 내시어 ◇將至(장지)히＝이르도록

300

扶蘇山 점은 비는 荒城이 寂寞하다

落花巖 잠든 杜鵑 宮娥冤魂 짝을 지여 前朝事를 꿈꾸더냐 白馬江 잠긴 달 몃 번이나 盈虛하며 皐蘭寺 曉鐘소래 法界가 淸靜하다 水北亭 靑山嵐下에 돗대 치는 저 漁父야 窺巖津 歸帆이 이 안니냐

雲宵의 나는 기러기 九龍浦로 쩌러지고 夕照에 빗긴 塔은 半空의 소삿스니 扶餘八景이 宛然하다. (時調集 156)

扶蘇山(부소산)=충남 부여군에 있는 산   ◇졈은 비=저녁 때 내리는 비. 모우(暮雨)   ◇荒城(황성)=허물어진 성   ◇落花巖(낙화암)=백마강에 닿아 있는 부소산의 서쪽 절벽의 바위   ◇杜鵑(두견)=두견이   ◇宮娥冤魂(궁아원혼)=낙화암에서 백마강으로 떨어져 죽은 백제 궁녀들의 억울한 혼   ◇前朝事(전조사)=백제시대의 있었던 일   ◇白馬江(백마강)=금강의 상류로 부여 근방을 흐르는 강   ◇盈虛(영허)=달이 보름달이 되거나 그믐달이 되는 과정   ◇皋蘭寺(고란사)=부여 백마강 유안에 있는 절   ◇曉鐘(효종)소래=새벽 종소리   ◇法界(법계)가 淸靜(청정)하다=절의 경내가 깨끗하고 조용하다   ◇水北亭(수북정) 靑山嵐下(청산남하)=수북정이 있는 산 아지랑이 아래. 수북정은 부여군 규암면에 있음   ◇窺巖津(규암진)=백마강 서안의 규암면에 있는 나루   ◇雲宵(운소)=구름이 떠 있는 먼 하늘   ◇九龍浦(구룡포)=백마강 하류에 있는 나루   ◇扶餘八景(부여팔경)=부여의 훌륭한 경치 여덟. 제탑낙조(濟塔落照), 부소효일(扶蘇曉日), 고란만종(皋蘭晚鐘), 마강춘조(馬江春潮), 왕포귀범(王浦歸帆), 만강추연(萬江秋蓮), 장제양류(長堤楊柳), 열수송회(列岫松檜)

301

北溪上 三梧亭에 黃花節 白衣酒 溪水潺潺 梧葉瑟瑟

우흐로는 父母 아래로는 妻子의게 조츤 내로소니 歌舞終日 ᄒ여거든

어듸셔 망녕에 거시 나를 窮타 ᄒᄂ니. 金得可(三梧亭) (追慕錄)

北溪上(북계상)=북쪽에 있는 시냇가   ◇三梧亭(삼오정)=정자의 이름   ◇黃花節(황화절)=가을. 황화가 피는 계절. 황화는 국화(菊花)   ◇白衣酒(백의주)=백의송주(白衣送酒)를 말하는 듯. 예전 강주자사

(江州刺史) 왕홍(王弘)이 도연명에게 술을 선사함을 이름. 이때 왕홍의 사자(使者)사 흰 옷을 입었음. 달리 흰 옷의 빛깔처럼 흰빛의 술을 가리키는 듯   ◇溪水潺潺(계수잔잔)=시냇물이 잔잔하게 흐름   ◇梧葉瑟瑟(오엽슬슬)=오동나무의 잎이 바람에 흔들려 소리를 냄   ◇우흐로는 父母=손 위로는 부모님을 뫼시고   ◇아래로는 妻子의게=손 아래로는 처자에게   ◇조츤 내로소니=쫓기는 나이니   ◇歌舞終日(가무종일) 흐여거든=하루 동안을 계속 춤추고 노래한다고 해서   ◇망녕에 거시=망령(妄靈)된 것들이. 남의 사정을 모르는 사람들이   ◇窮(궁)타=융통성이 없다. 꽉막히다

302

北斗七星 흐나 둘 셋 넷 다숫 여숫 일곱 분게 민망흐온 白活所志흔 丈 알외나니다
그리던 님을 맛나 情에 말 치 못하여 날 쉬 시니 글노 민망
밤중만 三台星 差使 노하 싯별 업게 흐소셔. (蔓橫) (樂學 960)

분게=분에게   ◇민망흐온=답답하고 미안한   ◇白活所志(백활소지)='백활'은 '발괄'이라 읽음. '소지'는 '소지'(訴志)가 맞음. 진정서와 소장(訴狀)   ◇情(정)에 말=정이 넘치는 말   ◇날 쉬 시니=날이 빨리 밝으니   ◇三台星(삼태성)=큰 곰자리의 별. 상태성, 중태성, 하태성의 세 별   ◇差使(차사)=심부름 하는 사람   ◇노하=보내어

303

北邙山川이 긔 엇더흐여 古今 사롬 다 가는고
秦始皇 漢武帝도 採藥求仙흐야 부듸 아니 가랴 흐엿더니
엇덧타 驪山風雨와 武陵松栢을 못내 슬허 흐노라. (蔓橫淸類)

(珍靑 488)

北邙山川(북망산천)=공동묘지　◇가는고=가느냐. 죽느냐　◇秦始皇 採藥(진시황 채약)=진시황이 삼신산에 불노초를 구하려고 동남 동녀 삼천 명을 보냈다고 함　◇漢武帝 求仙(한무제 구선)=한 무제가 오래 살려고 신선술(神仙術)을 배웠음　◇驪山風雨(여산풍우)=여산의 비바람. 여산은 진시황의 무덤이 있는 곳　◇武陵松栢(무릉송백)=무릉의 소나무와 잣나무. 무릉은 한무제의 무덤이 있는 곳

304
북소리 둥둥 나는 절이 머다하면 얼마나 되리
楚山秦山은 白雲之榻이요 一國에 第一名山이요 諸佛大刹이라
遠近에 聞鐘聲허니 다 완는가.
(樂高 5)

머다하면=멀다고 한들　◇楚山秦山(초산진산)은 白雲之榻(백운지탑)=초산과 진산은 높이 백운이 걸려 있음　◇諸佛大刹(제불대찰)=여러 부처님은 안치한 큰 절과 같음　◇遠近(원근)에 聞鐘聲(문종성)=멀지 않은 곳에서 종소리가 들림　◇완는가=왔는가. 왔다

305
粉壁紗窓 月三更에 傾國色에 佳人을 만나
翡翠衾 나소 긋고 琥珀枕 마조 베고 잇ㄱ지 서로 즐기는 양 一雙 鴛鴦之遊 綠水之波瀾이로다
楚襄王의 巫山仙女會를 부를 줄이 이시랴. (蔓橫淸類) (珍靑 492)

粉壁紗窓(분벽사창)=깨끗이 바른 벽과 깁으로 가리운 창. 여인이 거처하는 방   ◇月三更(월삼경)=달이 환한 한밤중. 삼경은 밤 11시에서 1시 사이   ◇翡翠衾(비취금)=비취색의 이불   ◇나소 굿고='굿고'는 '덮고'의 잘못인 듯. 내어 덮고   ◇琥珀枕(호박침)=호박으로 만든 베개   ◇잇ㄱ지=느긋하게. 혹 '이긋치'의 잘못인 듯.   ◇一雙鴛鴦之遊 綠水之波瀾(일쌍원앙지유 녹수지파란)=한 쌍의 원앙이 녹수에 물결을 일으키며 노는 것 같음   ◇楚襄王(초양왕)의 巫山仙女會(무산선녀회)=초나라 양왕이 고당(高唐)이란 곳에서 꿈에 무산의 선녀와 즐겼다는 고사에서 남녀간의 즐거움을 말함   ◇부를 줄이=부러워할 까닭이

306

紛紛大雪 滿山野커늘 黑貂裘를 떨쳐 입고 白羽長箭 허리에 츠고 全筋角弓 팔에 걸고 靑驄馬 빗기 타고 보리미 밧치 이고 靑澗으로 山行갈제

큰 돗치 니닷거늘 捷技矢射中ㅎ여 칼쎄야 베혀니여 洪爐에 炎어니 膏血이 點滴이로다 軒然이 踞胡床啖之ㅎ며 銀碗에 슐을 부어 飮之爽快로다 찡몰고 미노을지 醉顔이 漂泊ㅎ니 조흔 맛 제 뉘 알니

아마도 一豪事는 이쑨인가 ㅎ노라. (各調音) (興比 410)

紛紛大雪 滿山野(분분대설 만산야)커늘=펄펄내리는 많은 눈이 산야에 가득하거늘   ◇黑貂裘(흑초구)=검은 담비의 가죽으로 만든 옷   ◇떨쳐 입고=자랑스럽게 입고   ◇白羽長箭(백우장전)=흰 새의 깃을 단 긴 화살   ◇全筋角弓(전근각궁)=온 힘을 다 들여야 당길 수 있는 쇠뿔이나 양뿔 따위를 몸통에 대어 만든 활   ◇靑驄馬(청총마)=푸른 빛을 띤 부루말   ◇靑澗(청간)='청'은 '청'(淸)의 잘못. 맑은 물이 흐르는 시내가 있는 곳   ◇큰 돗치 니닷거늘=커다란 멧돼지가

뛰어 가거늘　◇捷技矢射中(첩기시사중)＝능숙한 솜씨로 화살을 빼어 쏘아 맞힘　◇洪爐(홍노)에 炎(염)어 너니＝'염'(炎)은 '자'(炙)의 잘못. 화로불에 구어 내니　◇膏血(고혈)이 點滴(점적)이로다＝기름과 피가 뚝뚝 떨어지도다　◇軒然(헌연)이＝의기가 당당하게　◇踞胡床啖之(거호상담지)＝평상에 걸터 앉아 고기를 씹음　◇銀碗(은완)＝은으로 만든 주발. 또는 흰빛의 대접　◇飮之(음지) 爽快(상쾌)로다＝(술을)마시니 기분이 매우 좋도다　◇醉顏(취안)이 漂泊(표박)＝술 취한 얼글로 여기 저기로 다님　◇제 뉘 알니＝그것을 누가 알겠느냐　◇一豪事(일호사)＝더 없이 호쾌한 일

307

불 아니 쩌일지라도 절노 익는 솟과

녀무죽 아니 먹어도 크고 술져 흔것는 물과 질슴흐는 女妓妾과 슐 십는 酒煎子와 臁보로 낫는 감은 암쇼 두고

平生의 이 다슷 가져시면 부를 거시 이시랴. (蔓橫) (樂學 961)

쩌일지라도＝때더라도　◇절노＝저절로　◇녀무죽＝여물죽　◇흔것는＝잘 걷는　◇질슴흐는＝길쌈을 할 줄 아는　◇슐십는＝슐이 샘처럼 솟아나는　◇臁(양)보로 낫는＝'양보'는 '양부'(臁部)의 잘못인 듯. 양은 소의 밥통. 소가 새끼를 순산(順產)하는 것을 말하는 듯　◇부를 거시＝부러워할 것이

308

不學이 無聞이면 正墻面而立이어니 聖學을 만이 비와 溫故知新 허오리라

그러미 雲車를 머무르고 芳草岸에 긔여 올나 긴프롬 흔마더로 胸

海를 널닌 後에 다시금 淸流邊에 詩를 읇고 盞 날릴제 불근 꼿 푸른
닙흔 山形을 그림허고 닷는 麋鹿 나는 시는 春興을 藉良헌다 嘹亮헌
가는 노리 香風에 무더 가고 狼藉헌 風樂쇼리 行雲에 셧겨 난다
　　俄已오 石逕 隱隱 비긴 길노 緇衣白納이 次例로 느러오며 合掌拜
禮 허더라. 安玟英 (編數大葉) (金玉 172)

不學(불학)이 無聞(무문)이면＝배우지 아니하고 들은 것이 없으면
◇正墻面而立(정장면이입)이어니＝담벼락에 얼굴을 바로 대고 있는
것과 같으니　◇聖學(성학)＝성인이 닦아 놓은 학문. 유학(儒學)　◇
溫故知新(온고지신)＝옛 것을 익히고 나아가서 새 것을 앎　◇雲車
(운거)＝선인(仙人)들이 타는 수레　◇芳草岸(방초안)＝싱그러운 풀이
우거진 뚝　◇긴 프람＝길게 부는 휘파람　◇胸海(흉해)＝바다처럼
넓은 마음　◇널닌 後(후)에＝넓힌 다음에　◇淸流邊(청류변)＝맑은
물이 흐르는 냇가　◇山形(산형)을 그림허고＝산의 형승을 그림처럼
완상하고　◇닷는 麋鹿(미록)＝뛰어 다니는 사슴과 고라니　◇나는
시＝날아 다니는 새　◇春興(춘흥)을 藉良(자량)헌다＝봄을 맞은 흥
취를 자랑한다　◇嘹亮(요량)헌 가는 노리＝밝은 소리의 가늘은 노
래(細樂). 세악은 장구 북 저 깽깽이로 편성해서 연주하는 음악　◇
香風(향풍)＝꽃향기가 묻어 향기로운 바람　◇狼藉(낭자)헌＝어지럽
게 여기 저기 흘어져 있는. 시끄러운　◇行雲(행운)＝떠가는 구름
◇섯겨 난다＝섞여 나른다. 퍼져 간다　◇俄已(아이)오＝아이오. 아
이고　◇石逕隱隱(석경은은)＝그윽하고 은은한 돌길　◇緇衣白納(치
의백납)이＝스님이. 치의는 검은 옷. 백납은 승복(僧服)　◇合掌拜禮
(합장배례)＝두 손바닥을 마주 대고 공손하게 절함
　　※ 『金玉叢部』에 "병자춘 우석상서 화유어양주덕사"(丙子春 又石
尚書 花遊於楊州德寺 병자년 봄에 우석상서께서 양주 덕사에서 노시
다.)라 했음

309

붓체 몃 가지니 尾扇 扇子 두 가지라

扇子는 君子袖中 四節이요 尾扇은 兒女子之 夏三朔이라

閣氏님 尾扇 부대 바리고 扇子 대쇼. (樂府 591)

붓체=부채 ◇가지니=가지냐 ◇尾扇 扇子(미선선자)=둥근 부
채와 접는 부채. 접는 부채는 합쥭선(合竹扇)이라 함 ◇君子袖中 四
節(군자수중 사절)=군자의 옷소매 속에서 일년내 쓰임 ◇兒女子之
夏三朔(아녀자지 하삼삭)=아녀자에게 여름 석달 동안 쓰임 ◇부대
바리고=제발 버리고 ◇대쇼=상대하시오

310

飛禽走獸 삼긴 後에 닭과 기는 씨두드려 업시홀 즘성

碧紗窓 깁흔 밤에 품에 드러 즈는 임을 져른 목 늘희여 홰홰쳐 우
러 니러나게 ᄒ고 寂寂重門 왓는 님을 무르락 나오락 썅썅 지져 도
로 가게 ᄒ니

門前에 닭기장스 외짓거든 츤츤 동혀 쥬리라. (詩歌 708)

飛禽走獸(비금주수)=날짐승과 길짐승 ◇삼긴=생긴 ◇져른 목
=짧은 모가지 ◇늘희여=늘리어 ◇니러나게=일어나게 ◇寂寂重
門(적적중문)=깊숙한 안채 ◇외짓거든=외치거든

311

非龍非彲 非熊非羆 非虎非貔는 渭水之陽 姜呂尙이요

非人非鬼 亦仙은 水簾洞中 孫悟空이로다

이 中에 非眞似眞 似狂非狂은 花谷 老歌齋ㄴ가 ᄒ노라. 金壽長

(二數大葉) (海周 566)

非龍非麤 非熊非羆 非虎非貔(비룡비이 비웅비비 비호비비)=여상(呂尙)이 가난하여 동해에서 낚시질을 하다 주나라에 이르렀을 때 주 문왕이 사냥을 위해 점을 쳤을 때 용도 아니고 이도 아니고 곰도 아니고 큰곰도 아니고 호랑이도 아니고 비도 아닌 것은 임금을 보좌할 사람이라고 했다는 고사(故事) ◇渭水之陽 姜呂尙(위수지양 강여상)=위수의 양지쪽에 있는 강여상. 강여상은 강태공으로 더 알려짐 ◇非人非鬼 亦仙(비인비귀 역선)=사람도 아니고 귀신도 아니면서 신선임 ◇水簾洞中 孫悟空(수렴동중 손오공)=중국의 고대소설『서유기』(西遊記)에 나오는 수렴동에 사는 손오공 ◇非眞似眞 似狂非狂(비진사진 사광비광)=진실이 아닌 것 같으면서도 진실된 것 같고 미친 것 같으면서도 미치지 않은 것 ◇花谷 老歌齋(화곡 노가재)=화곡에 사는 노가재. 화곡은 지금의 종로구 화동(花洞)으로 지금의 정독도서관이 있는 곳. 노가재는 김수장(金壽長)의 아호임

312

비바람 눈셜이와 산짐싱 바다물결

들더위 두메치위 다 가초 격거시며 빗난 의복 멋진 飮食 조흔 벗님 고은 식과 술 노러 거문고를 실토록 진닌 後에 이몸을 헤여ᄒ니 百番 불닌 쇠 아니면 萬番 시친 돌이로라

至今에 닉 나이 七十이라 平生을 默數ᄒ니 우습고 늣거워라 물에 셕긴 물 아니면 꿈속에 꿈이런가 ᄒ노라. 安玟英 (編樂) (金玉 166)

비바람 눈셜이=기후에 따른 어려움 ◇산짐싱 바다물결=여행에 따른 어려움. 산에서 사나운 짐승을 만나 겪는 어려움과 바다에서 풍랑을 겪는 어려움 ◇들더위=여름철 들판에서 겪는 더위 ◇두메

치위=겨울철 산속에서 겪는 추위 ◇다 가초=두루 다 갖추어 ◇
빗난 의복 멋진 음식(飲食)=호의호식(好衣好食) ◇고은 식=여색
(女色)을 말함 ◇실토록 진닌 後(후)에=싫증이 나도록 겪은 뒤에
◇헤여ㅎ니=헤아려 보니 ◇百番(백번) 불닌 쇠=수 없이 불에 달
구어 단단하게 만든 쇠 ◇萬番(만번) 시친 돌=수 없이 쇠붙이에
마찰을 시킨 부싯돌 ◇默數(묵수)ㅎ니=가만히 운수를 헤아려 보니
◇늣거워라=감격스럽구나 ◇셕긴=섞인

　　※ 『金玉叢部』에 "여자청춘 호방자일 기호풍류 소학개사곡 소처개
번화 소교개부귀 이유시 역유물외지사 매봉가산여수 첩흡연망귀 소
이금강 설악 패강 묘향 동해 서해 범재국중지명승자 태무적부도처
기진위풍류번화 상설풍우 헤랑산수 야서협한 역비재기중간 일신 기
비철장석두 안득불금일노차병야 여금년 육십유육세 우창독좌 홀기념
일생과흔 무비조제화락 운비수공이이 조경백발 무이지위 욕일대백자
창일결 칠원화접 불변기진가이"(余自靑春 戶房自逸 嗜好風流 所學皆
詞曲 所處皆繁華 所交皆富貴 而有時 亦有物外之思 每逢佳山麗水 輒
恰然忘歸 所以金剛 雪嶽 浿江 妙香 東海 西海 凡在國中之名勝者 殆
無迹不到處 豈盡爲風流繁華 霜雪風雨 海浪山獸 野暑峽寒 亦備在其中
間 一身 旣非鐵腸石肚 安得不今日老且病也 余今年 六十有六歲 雨窓
獨坐 忽起念一生過痕 無非鳥啼花落 雲飛水空而已 照鏡白髮 無以自慰
欲一大白自唱一闋 漆園化蝶 不辨其眞假耳 나는 젊어서부터 호방하고
자일해서 풍류를 좋아하고 배운 것은 다 사곡이요 머문 곳은 다 번
화한 곳이요 사귄 사람은 다 부귀인이이어서 시간만 있으면 또한 속세
밖의 생각만 가져 매번 아름다운 산수를 만나면 문득 만족해서 돌아
가는 것을 잊었다. 금강산 설악산 대동강 묘향산 동해 서해와 나라
안에 있는 명승지에 자취가 이르지 않은 곳이 거의 없으니 어찌 풍
류와 번화를 다하지 않았으라. 눈서리 비바람 바다물결 산짐승 들더
위 두메추위 또한 그 중간에 다 갖추어 겪었다. 일신이 쇠나 돌과

같은 건강이 아니었다면 어찌 오늘처럼 늙거나 병이 없을 수가 있으랴. 내 올해 66세이니 비오는 창앞에 홀로 앉아 일생동안 지나온 자취를 문득 생각을 떠올려 헤아려 보니 새가 울고 꽃이 떨어지며 구름이 날고 물이 뚫리는 것 같을 따름이 아닌 것이 없다. 거울에 백발을 비추며 스스로 위로하여 지나온 것을 한 번 크게 밝히고자 스스로 노래 한 수를 부른다. 꿈에 나비가 되었다는 장자가 그것이 참인지 거짓인지 가리기 어려울 따름이다.)라 했음

313

琵琶琴瑟은 八大王이요 魑魅魍魎은 四小鬼로다

東方朔 西門豹와 南宮适 北宮黝는 東西南北之人이요 前朱雀後玄武左靑龍右白虎는 前後左右之山이요 司馬相如藺相如는 姓不相如名相如로다

이中에 黃絹幼婦外孫杵臼는 絶妙好辭ㄴ가 ᄒ노라. 金壽長 (二數大葉) (海周 560)

琵琶琴瑟(비파금슬)은 八大王(팔대왕)＝비파와 금슬의 넉 자에는 임금왕(王)자가 여덟이나 있음 ◇魑魅魍魎(이매망량)은 四小鬼(사소귀)로다＝이매망량에는 귀(鬼)자가 넷이 있음. 이매망량은 여러 종류의 도깨비. 또는 도깨비의 총칭 ◇東方朔 西門豹(동방삭 서문표)와 南宮适 北宮黝(남궁괄 북궁유)는 東西南北之人(동서남북지인)＝동방삭과 서문표와 남궁괄과 북궁유에는 동서남북의 넉 자가 다 있어 사방의 사람이 다 모였다는 뜻임. 동방삭은 전한(前漢) 무제(武帝) 때 사람. 서문표는 미상. 남궁괄은 남용(南容)과 같은 사람으로 춘추전국시대 노나라 사람. 북궁유는 전국시대 사람임 ◇前朱雀(전 주작) 後玄武(후현무) 左靑龍(좌청룡) 右白虎(우백호)는 前後左右之山(전후좌우지산)＝앞은 남쪽으로 주작이 되고 뒤는 북쪽으로 현무가 되며

좌는 동쪽으로 청룡이 되며 우는 서쪽으로 백호가 되어 전후와 좌우의 산이 됨   ◇司馬相如(사마상여) 藺相如(린상여)는 姓不相如 名相如(성블상여 명상여)=사마상여와 린상여는 성은 서로 다르나 이름은 서로 같은 상여임. 사마상여는 전한(前漢)의 문인이며 린상여는 전국시대 조(趙)나라 사람임   ◇黃絹幼婦外孫杵臼(황견유부외손저구)는 絶妙好辭(절묘호사)=조아(曹娥)의 비문(碑文)에서 온 말. 황견은 색사(色絲)로 색(色) 사(糸)가 합치면 절(絶)자가 됨. 유부는 소녀(少女)로 합치면 묘(妙)자가 됨. 외손은 딸의 자식으로 여(女)와 자(子)를 합치면 호(好)자가 됨. 저(杵)와 제(薺)는 같은 뜻의 글자로 저구는 매운 것(辛) 것을 받음(受). 수(受)와 신(辛)합치면 사(辭)가 됨. 이를 합치면 '절묘호사'(絶妙好辭)가 되는데 이는 시문(詩文)의 뛰어나고 좋은 것을 칭찬하는 말임

314

琵琶야 너는 어이 간듸 녠듸 앙쥬아리는

힁금흔 목을 에후로혀 안고 엄파 ζ튼 손으로 비를 쟈바 뜻거든 아니 앙쥬아리라

아마도 大珠小珠 落玉盤흐기는 너쑌인가 흐노라. (蔓橫淸類)

(珍靑 536)

간듸 녠듸=가는 곳마다   ◇앙쥬아리는=앙알거리느냐   ◇힁금흔=가늘고 긴   ◇에후로혀=감싸 둘러   ◇엄파=움파. 가늘고 흰 여인의 손을 형용한 말   ◇쟈바=잡아   ◇앙쥬아리라=앙알거리지 않을 수 있느냐   ◇大珠小珠 落玉盤(재주소주 낙옥반)=크고 작은 구슬이 옥소반에 떨어지는 듯 맑은 소리

315

쑨꼿을 꺽어 멀니의 꼿고 山의 올너 들 귀경ㅎ니
올오시난 閑良임니 ㄴ리시ㄴ 선븨임니 날 보날아고 길 못가니
아마도 이 山즁 귀物은 나 쑨 (靈山歌 34)

쑨꼿을＝분꽃을 ◇꺽어＝꺾어 ◇멀니의＝머리에 ◇올너＝올라
◇귀경ㅎ니＝구경하니 ◇올오시난＝산을 오르시는 ◇閑良(한량)님
니＝돈 잘 쓰고 놀기 좋아하는 사람들 ◇ㄴ리시ㄴ＝산을 내려오시
ㄴ ◇선븨임니＝선비님들 ◇날 보날아고＝나를 쳐다보느라고 ◇
山즁 귀物은＝산에서 가장 값이 나가는 것은

316
스람마다 못할 것은 남의 님 씌다 情 드려 놋코 말 못ㅎ니 이연ㅎ
고 통스정 못ㅎ니 나 쥭짓구나
꼿이라고 쯧어를 내며 닙히라고 훌터를 니며 가지라고 꺽거를 니
며 휘동쳥 보라미라고 제밥을 가지고 굿여를 낼가 다만 秋波 여러
번에 남의 님을 후려를 내여 집신 간발ㅎ고 안인 밤즁에 월장도쥬ㅎ
야 담 넘어갈 제 싀익비 귀먹쟁이 잡녀석은 남의 속니는 조금도 모
로고 안인 밤즁에 밤스람 왓다고 소리를 칠 제 요 니 간장이 다 녹
는구나
춤으로 네 모양 그리워셔 나 못살겟네. (樂高 918)

씌다＝꾀다 ◇이연＝애련(哀憐). 애처럽고 불쌍함 ◇통스정＝통
사정(通事情). 저의 사정을 남에게 알림 ◇제밥＝미상 ◇굿여를 낼
가＝미상 ◇秋波(추파)＝눈짓. 눈우슴 ◇후려를 내다＝유혹해 내다
◇간발＝감발. 신발이 벗겨지지 않도록 끈으로 잡아 매는 것 속니
＝속사정. 자세한 내막 ◇안인＝아닌 ◇월장도쥬＝담을 넘오 도망

함 ◇밤ㅅ람=도둑

317

思郞 思郞 庫庫히 미인 思郞 왼 바다흘 다 덥는 금을쳐로 미즌 思郞

往十里라 踏十里 춤욋 너츌이 얽어지고 틀어져셔 골골이 둘우 뒤트러진 思郞

암아도 이 님의 思郞은 ㄱ 업슨가 ㅎ노라. 朴文郁 (靑謠 69)

思郞(사랑)='사랑'의 한자 표기 ◇庫庫(고고)히='고고이'의 한자 표기. 굽이굽이 또는 그믈의 코처럼 촘촘히 ◇미인=매어져 있는 ◇왼 바다흘=온 바다를 ◇금을쳐로=그믈처럼 ◇往十里 踏十里(왕십리 답십리)=서울 동대문 밖에 있는 지명. 예전에는 채소밭으로 유명했음 ◇춤욋 너츌이=참외 넝쿨이 ◇얽어지고 틀어져셔=얽히고 뒤헝클어져 ◇골골이=고랑마다 ◇둘우=두루 ◇ㄱ 업슨가=끝이 없는가

318

思郞을 ㅅ자ㅎ니 思郞 풀니 뉘 이시며

離別을 프즈ㅎ니 離別 ㅅ리 전혀 업다

思郞 離別을 풀고 ㅅ리 업스니 長思郞 長離別인가 ㅎ노라. (樂戱調) (樂學 998)

ㅅ자ㅎ니=사자고 하니 ◇풀니=팔 사람 ◇프즈ㅎ니=팔자고 하니 ◇ㅅ리=살 사람 ◇長思郞 長離別(장사랑 장이별)=영원한 사랑과 이별

319

思郎을 츤츤 얽동혀 뒤설머지고

泰山峻嶺을 허위허위 올라 간이 그 모를 벗님네는 그만ᄒ야 볼이고 갈아 ᄒ것만은

가다가 쟈즐려 죽을만졍 나는 아니 볼이고 갈까 ᄒ노라. (樂時調) (海一 520)

얽동혀＝얽고 동여　◇뒤설머지고＝뒤에 걸머지고　◇泰山峻嶺(태산준령)＝높은 산과 험준한 고개　◇볼이고＝버리고　◇쟈즐려＝늘려서

320

司馬遷의 鳴萬古 文章 王逸少의 掃千人 筆法

劉伶의 嗜酒와 杜牧之 好色은 百年從事ᄒ면 一身兼備ᄒ려니와

아마도 雙全키 어려울슨 大舜 曾參 孝와 龍逢 比干 忠이로다. (蔓橫淸類) (珍靑 500)

司馬遷(사마천)＝전한(前漢)의 역사가이면서 문장가. 『사기』(史記)를 지었음　◇鳴萬古文章(명만고문장)＝만고에 이름을 날린 문장　◇王逸少(왕일소)＝진(晉)의 명필가인 왕희지(王義之). 자(字)가 일소임　◇掃千人筆法(소천인필법)＝천 사람이나 물리칠 정도의 뛰어난 필법　◇劉伶(유령)의 嗜酒(기주)＝유령의 술을 즐김. 유령은 진나라 사람으로 술을 즐겼음　◇杜牧之 好色(두목지 호색)＝두목지가 여자를 좋아함　◇百年從事(백년종사)＝평생 한 가지 일에만 몰두함　◇一身兼備(일신겸비)＝한 몸에 다 갖출 수 있음　◇어려울슨＝어려운

것은　◇大舜 曾參 孝(대순증잠효)=순임금과　증삼(曾參)의　뛰어난
효도　◇龍逢 比干 忠(용봉비간충)=용봉과　비간의　충성심

321

사마천 이태백 도잠이는 시부 중의 문장이요

월서시 우미인과 왕소군 양귀비는 만고 절색 일넛건만 황양고총
되야 잇고 팔백 장수 팽조수와 삼천갑자 동방삭은 차일시 피일시라
안기생 적송자도 동해상의 신선이라 일럿스되 말만 드럿지 못 보왓
네

우리는 風魄의 붓칠 人生이라 안니 노든. (時調集 166)

　사마천=사마천(司馬遷). 전한(前漢)　시대 『사기』(史記)를 지은 사
람　◇이태백=이태백(李太白). 당나라 시인 이백(李白)　◇도잠=도
잠(陶潛). 진(晉)나라 시인. 자(字)가 연명(淵明)　◇시부 중의 문장이
요=시(詩)와 부(賦)　가운데 글을 제일 잘 하는 사람이요　◇월서시
=월(越)나라의 미인인 서시(西施). '효빈'(效顰)이란 말이 생김　◇우
미인=항우의 애첩(虞美人)　◇왕소군=한나라의 궁녀로 흉노에게로
보내짐(王昭君)　◇양귀비=당 현종의 애희(楊貴妃)　◇만고 절색=
천하의 뛰어난 미인(萬古絶色)　◇일넛건만=일컬지만. 말들 하지만
◇황양 고총=황량고총(荒凉古冢). 쓸쓸한 옛 무덤　◇팔백 장수 팽
조수=팔백 살까지 오래 산 팽조(彭祖)의 나이. 팽조는 중국 상고시
대 장수한 사람　◇삼천 갑자 동방삭=삼천 갑자를 살았다는 동방삭
(東方朔). 동방삭은 전한(前漢) 무제 때의 사람　◇차일시 피일시=
차일시(此一時彼一時). 이 것도 한 때 저 것도 한 때　◇안기생=진
(秦)나라 사람으로 도술(道術)로 오래 살았음(安期生)　◇적송자=중
국 신농씨 때의 신선(赤松子)　◇風魄(풍백)에 부칠 人生(인생)=바람
결에 싸여 갈 인생

322

사벽달 서리치고 지시는 밤에 짝을 닐코 울고 가는 기러기야

너 가는 길에 정든 임 니별ᄒ고 참아 그리워 못살네라고 젼ᄒ야
쥬렴

쩌 단니다가 마흠 나는 디로 젼ᄒ야 쥼세. (南太 39)

　사벽달=새벽달　◇서리치고=서리가 내리고　◇지시는=지새우
는　◇닐코=잃고　◇마흠 나는 디로=생각나는 대로. 마음 내키는
대로

323

紗窓이 얼은얼은커늘 님이신가 반겨 플쩍 쒸여 쑥 나션이

우슬음 둘빗체 널 구름이 날을 속에

幸혀나 들라 ᄒ듬연 慙鬼慙天 홀랏다. (三數大葉) (海一 505)

　얼은얼은커날=어른어른 하거늘　◇우슬음=어스름　◇널 구름=
지나가는 구름　◇날을 속에=나를 속였구나　◇들라 ᄒ듬연=들어
오라고 하였다면　◇慙鬼慙天(참귀참천)=참괴참천(慙愧慙天)의 잘못.
하늘 보기가 부끄러움

324

沙汰考講 都會處에 밤듕만 달려가 디는다 굿기는다

소리는 連不絶ᄒ야거든 이 몸은 세 아들 ᄒ 孫子이 試卷 보내야
考準ᄒ고 놉피 베고 누어시니 내 분으로 이러ᄒ가

地下 陰陽ᄒ시니 德分을 못내 깃거 ᄒ노이다. 金啓 (龍潭錄 4)

沙汰考講(사태고강)＝고강이 한꺼번에 몰림. 사태는 사람이나 물건이 한꺼번에 주체할 수 없이 몰려옴을 뜻하며, 고강은 강경(講經)을 고시(考試)함　◇都會處(도회처)＝몰려 있는 곳. 사람이 많이 모인 곳　◇다는다 굿기는가＝지나쳐 버리는가 아니면 머뭇거리는가　◇連不絕(연부절)ㅎ야거든＝계속하여 이어지고 그치지 않거든　◇試卷(시권)＝과거시험 때에 글을 써 올린 두루마리. 과거시험 답안지　◇考準(고준)＝베낀 책이나 서류 등을 원본과 맞춰 봄　◇내 분으로＝나의 분수만으로　◇地下 陰陽(지하음양)＝지하에 계신 조상의 음덕과 도움　◇깃거＝기뻐

325

삭갓 쓰고 도롱이 입고 곰방더 물고 잠빙이 입고 허미 츠고 낫가라 쏭무늬의 츠고 독기 가라 두러미고 큰 가리 믜고 좀가리 들고 수슈닙 잘나 질자비 동이고 쳐직 들고 주머니 쌈지 졋드려 차고 왼 쑐 꼬부라진 거문 얼넉 암쇼 고삐 씃쑥 치쳐 어듸야 탕탕 씰씰 소 몰고 가넌 죠 다방머리 아희놈아 거기 잠 섯거라 말부침허자

저 근너 저 집 티장마의 움덩이 지고 슈풀이 져서 고기 슈북 마니 들엇다기로 네 쇼 궁덩이의 달넌 죠리 종다락희 쑥 씌여 그 속의 자나 굴구나 굴구나 자나 피러미 붉거지 등믈 마니 다마 집흘 격구로 잡고 츄려 마기를 지르고 양씃 동여 네 쇠 궁덩이의 글쳐 쥭게 우리님 집 지난 역노의 아침 써를 맛참 잇지 말고 苦草漿의 靑파 마니 늣코 가진 냥념ㅎ여 과이 싱겁지도 안케 지져 달나고 전허여 쥬럼

거 아희놈 디답허난 말이 우리도 사쥬팔자 기박ㅎ여 남의 집 뫕사리 허난고로 한달허고 설흔날의 원음식 여순 그릇 설 언저 노코 나지면 낭글허고 저역이면 실 참의 논밧 갈고 슐 담비 젓드려 일년 열

두 달의 數百餘本 먹은 후의 히다 져 저문날의 兩親父母 奉氣 奉養
흐고 곡흘불 압헤 안저 스투룬 諺文짜나 쓰더 보난고로 傳헐지 말
지. (調詞 63)

　　삭갓=삿갓　◇잠빙이=잠방이　◇허미=호미　◇종가리=한 손
으로 쓸 수 있는 작은 가래　◇질자비=미상. 감발을 뜻하는 듯　◇
다방머리=다박머리　◇말부침=말을 걸음　◇저 접더=저 지난　◇
죠리=조리. 쌀을 이는 기구　◇종다락히=종다락기. 조그마한 바구
니 종류　◇등물=등물(等物). 종류　◇츄려=가즈런히 하여　◇마기
를 지르고=마개로 막고　◇글처 주게=결쳐 줄 터이니　◇역노=역
로(歷路). 지나가는 길　◇마니 늣코=많이 넣고　◇뮙사리=고용살
이　◇원음식=원음식(原飲食). 아침 저녁의 정식을 말하는 듯　◇낭
글허고=나무를 하고　◇쇼물=여물　◇뭔 산=먼 산　◇奉氣 奉養
(봉기봉양)=부모님의 뜻을 거스리지 않고 모심　◇곡흘불=벽 중간
에 홈을 파고 켜놓은 등불　◇스투른 諺文(언문)짜나 쓰더 보난 고
로=서틀지만 언문이라도 읽어 보는 까닭에

326
削髮爲僧 앗가온 閣氏 니의 말 드러보쇼
어득흔 佛堂안에 念佛만 외오다가 네 人生 죽어지면 우는 귓것 네
아니 되랴
다시금 네 마음 도로혀면 粉壁紗窓 月三更에 고은 님 품에 들어
鴛鴦枕 돌베고 翡翠衿 나슈 덥고 晝夜동품흐니 子孫이 滿堂흐고 富
貴를 누리면서 百年偕老 흐리라. (詩歌 693)

　　削髮爲僧(삭발위승)=머리를 깎고 스님이 됨　◇앗가온 閣氏(각씨)
=아까운 여인네. 불쌍한 여인네　◇어득흔=어두컴컴한　◇우는 귓

것=우짖는 귀신의 무리   ◇도로혀면=돌이키면. 돌려 먹으면   ◇粉
壁紗窓(분벽사창)=벽을 깨끗이 칠하고 비단으로 창문을 드리움. 여
인이 거처하는 방   ◇月三更(월삼경)=달이 환하게 밝은 한밤중   ◇
鴛鴦枕(원앙침) 돌 베고='돌'은 '들이'의 잘못인 듯. 원앙을 수놓은
베개를 들이 베고   ◇翡翠衾(비취금) 나슈 덥고='금'은 '금'(衾)의
잘못. 비취색의 이불을 들이 같이 덮고   ◇晝夜(주야)동품=밤낮을
가리지 않고 같이 붙어 있음   ◇子孫(자손)이 滿堂(만당)ᄒ고=후손
들이 집안에 가득하고   ◇百年偕老(백년해로)=평생을 같이 삶

327

削髮爲僧 앗가온 閣氏 이늬 말을 들어보소

어득 寂寞 佛堂 안희 念佛만 외오다가 즈네 人生 죽은 後ㅣ면 홍
독기로 탁을 괴와 柵籠에 入棺ᄒ야 더운 불에 찬지 되면 空山 구즌
비에 우지지는 鬼ㅅ 것시 너 안인가

眞實로 마음을 둘으혐연 子孫滿堂ᄒ여 헌 멀이에 니 꾀 듯이 닷는
놈 긔는 놈에 榮華富貴로 百年同樂 엇더리. 金壽長 (二數大葉)

(海周 546)

削髮爲僧(삭발위승)=머리를 깎고 스님이 됨   ◇앗가온=아까운
◇閣氏(각씨)=여인네. 아가씨   ◇어득 寂寞(적막)=어두컴컴하고 고
요하고 쓸쓸함   ◇안희=안(內)에   ◇홍독기=홍두깨. 옷감을 감아서
다듬이질을 하는 데 쓰이는 기구   ◇탁을 괴와=턱을 괴어   ◇柵籠
(책롱)=채롱. 싸릿가지로 함 비슷하게 만든 가구. 여기서는 관(棺)을
가리킴   ◇더운 불에 찬지 되면=화장(火葬)을 하게 되면   ◇鬼(귀)
ㅅ 것시=잡귀(雜鬼)가   ◇둘으혐은=돌이키면   ◇子孫滿堂(자손만
당)=자식과 손자가 집안에 가득함. 자손이 번성함   ◇헌 멀이에 니
꾀 듯이=흰 머리에 이가 꾀듯이   ◇닷는 놈 긔는 놈=뛰는 놈 기어

가는 놈 ◇百年同樂(백년동락)=평생을 같이 즐김

328

山밋티 집을 지어 드고 녤 것 업셔 草시로 녜어시니

　밤中만 ᄒ야셔 비 오는 쇼리는 우루룩쥬루국 몸에 옷시 업셔 草衣
를 입어시니 술이 다 드러나셔 울긋불긋 블긋을긋

　다만지 칩든 아니ᄒ되 任이 볼가 ᄒ노라. (弄) (靑六 719)

　지어 드고=지어 두고 ◇녤 것=이을 것. 지붕을 덮을 것 ◇草
(초)시=새풀. 억새나 띠풀로 만든 이엉 ◇다만지=다만 ◇칩든 아
니ᄒ되=춥지는 않지만 ◇任(임)이 볼가=임이 보게 되면 부끄러울
까

329

山不在高ㅣ나 有仙則名ᄒ고 水不在深이나 在龍則靈ᄒᄂ니 斯是陋
室에 惟吾德馨이라

　苔痕은 上階綠이요 草色은 入簾靑이라 談笑有鴻儒ㅣ오 往來無白丁
이라 可以調素琴閱金經ᄒ니 無絲竹之亂耳ᄒ고 無案牘之勞形이로다

　南陽 諸葛廬와 西蜀 子雲亭을 孔子云何陋之有 ᄒ시니라. (蔓橫)
(樂學 868)

　山不在高(산부재고)라 有仙則名(유선즉명)ᄒ고=산은 높은 것이 아
니라 신선이 있으므로 해서 유명하고 ◇水不在深(수부재심)이나 在
龍則靈(재룡즉영)ᄒᄂ니=물은 깊은 것이 아니라 용이 있으므로 해
서 신령하니 ◇斯是陋室(사시누실)에 惟吾德馨(유오덕형)이라=이
누추한 방에 오직 나의 덕으로 향기롭다 ◇苔痕(태흔)은 上階綠(상

계록)이요=이끼의 흔적은 섬돌 위에 푸르고   ◇草色(초색)은 入簾靑(입렴청)이라=풀빛은 주렴에 들어 더욱 푸르다   ◇談笑有鴻儒(담소유홍유)ㅣ오=담소하는 가운데 훌륭한 학자가 있고   ◇往來無白丁(왕래무백정)이라=왕래에는 백정이 없다   ◇可以調素琴閱金經(가이조소금열금경)ᄒ니=거문고의 줄을 고르고 금경을 읽을만 하니   ◇無絲竹之亂耳(무사죽지란이)ᄒ고=사죽이 귀를 어지럽힐 일이 없고 ◇無案牘之勞形(무안도지노형)이로다=편지와 글로 얼굴을 찌프릴 일이 없도다   ◇南陽 諸葛廬(남양제갈려)와 西蜀 子雲亭(서촉자운정)을=남양의 제갈량의 초려와 서촉의 자운정을   ◇ 孔子云 何陋之有(공자운 하루지유)아=공자가 이르기를 "무슨 더러움이 있겠는가"라고 하더라

　　※ 당나라 시인 유우석(劉禹錫)의 '누실명'(陋室銘)을 시조화한 것임

330

산은 젹젹 월황혼에 두견 울어도 님 싱각이오 밤은 침침 월ᄉ시(夜三更)에 졉동이 울어도 님 싱각이라

침상편시춘몽즁ᄒ여 벼기 우희 빌은 줌을 계명 축시에 놀라 ᄭᅵ니 님의 흔젹은 간 곳 업고 다만 등불만이로다 그러미로 식불감미ᄒ여 밥 못 먹고 침불안셕ᄒ여 줌 못즈며 쟝쟝지야를 허송이 보니며 독디 등촉으로 버슬 숨으니 뉘 타슬 숨으랴 셜분을 ᄒ잔 말가

듀야쟝쳔에 밋을 곳 업서셔 못살가고나. (춤으로 님 싱각 그리워나 못살겟네) (樂高 907)

월ᄉ시=월사시(月斜時). 달이 기운 시각   ◇침상편시춘몽즁=침상편시춘몽중(寢上片時春夢中)=잠자리에서 잠시 봄꿈을 꾸고 있는 가운데   ◇계명 축시=닭이 우는 새벽 한 시에서 세 시 사이(鷄鳴丑

時) ◇식블감미=음식 맛이 없어 먹지를 못함(食不甘味) ◇침블안
셕=자리가 블편해 잠을 이루지 못함(寢不安席) ◇쟝쟝지야=길고
긴 밤(長長之夜) ◇허송=공허하게 보냄(虛送) ◇독디등쵹=혼자
등잔블을 상대함(獨對燈燭) ◇셜분=분한 마음을 풀어 버림(雪憤)
◇듀야쟝쳔=밤낮을 가리지 않고 항상(晝夜長川)

331

山靜ᄒ니 似太古요 日長ᄒ니 如少年이라

蒼鮮映階ᄒ고 落花ㅣ滿庭ᄒ듸 午睡初足거늘 讀周易國風左氏傳離騷
太史公書陶杜詩와 韓蘇文 數篇하고 興到則出步溪邊ᄒ야 邂逅園翁溪
友ᄒ야 問桑麻說秔稻에 相與劇談半餉하다가 歸而倚杖柴門하ᄒ니

이윽고 夕陽이 在山ᄒ고 紫綠萬狀이라 變幻頃刻ᄒ야 悅可人目이라
牛背笛聲이 兩兩歸來홀지 月印前溪 ᄒ얏더라. (蔓橫) (樂學 950)

山靜(산정)ᄒ니 似太古(사태고)요=산이 고요하니 태고와 같고 ◇
日長(일장)ᄒ니 如少年(여소년)이라=날이 길어지니 소년과 같도다
◇蒼鮮映階(창선영계)ᄒ고=푸른 이끼는 섭돌을 비추고 ◇落花滿庭
(낙화만정)ᄒ듸=낙화가 뜰에 가득한데 ◇午睡初足(오수초족)거늘=
낮졸음이 비로소 만족커늘 ◇讀周易國風左氏傳離騷太史公書陶杜詩
(독주역국풍좌씨전이소태사공서도두시)와=주역 국풍 좌씨전 이소
태사공서와 도연명과 두보의 시. 주역은 삼경의 하나, 국풍은 시경의
편명(編名), 좌씨전은 춘추를 좌구명이 주석한 것, 이소는 초사(楚辭)
로 굴원이 지었음, 태사공서는 사마천의 사기(史記) ◇韓蘇文(한소
문)=당의 한유(韓愈)와 송의 소식(蘇軾)의 문장 ◇興到則出步溪邊
(흥도즉출보계변)ᄒ야=흥이 나면 문밖에 나서 시냇가를 걷고 ◇
邂逅園翁溪友(해후원옹계우)=원옹과 계우를 만남 ◇問桑麻 說秔稻
(문상마 설갱도)=상마에 대해 묻고 벼농사에 대해 이야기함 ◇相

與劇談 半餉(상여극담 반향)=서로 즐거운 이야기를 반나절이나 함
◇歸而倚杖柴門下(귀이의장시문하)=지팡이에 의지하여 사립문 앞에
돌아옴   ◇夕陽(석양)이 在山(재산)ᄒ고 紫綠萬狀(자록만상)이라=석
양이 서산으로 넘어가며 만상을 자주와 녹색빛으로 만듬   ◇變幻頃
刻(변환경각)ᄒ야 況可人目(황가인목)이라=경각에 변환하여 사람의
눈을 황홀하게 하더라

332

산중에 기약두고 友鹿村에 도라 드니
黃鶴峰 仙遊洞은 일일상디 너 버지요 鳳巖은 슐준 숨고 紫陽과 白
鹿洞은 도싹난 마당되여 子孫의 絃誦쇼리 들니난고
寒泉 말근 물의 塵心을 씨서 볼가 ᄒ노라. 金忠善 (寓興)
(慕夏堂實記 4)

　友鹿村(우록촌)=지명. 경상북도 달성군 가창면(嘉昌面)에 있음. 임
진왜란 때 귀화한 일본인 김충선(金忠善)이 사성(賜姓)을 받은 우록
김씨 집성촌(集姓村)   ◇黃鶴峰 仙遊洞(황학봉선유동)=지명. 우록촌
주변에 있는 듯   ◇일일상디=날마다 마주함. 일일상대(日日相對)
◇鳳巖 紫陽 白鹿洞(봉암 자양 백록동)=우록촌에 있는 바위와 지명
인 듯   ◇슐준=슐통   ◇絃誦(현송)쇼리=거문고 타는 소리와 글 읽
는 소리. 거문고 타고 글을 읽음   ◇寒泉(한천)=차가운 샘물. 또는
우물 이름   ◇塵心(진심)=속세에 더럽혀진 마음

333

산중에 무녁일ᄒ야 절 가는 줄 모르더니
곳 피면 춘졀이요 입 퓌면 하졀이요 단풍 들면 츄졀이라
지금에 쳥송녹쥭이 빅셜의 져져쓰니 동졀인가. (時調 58)

무녁일=무역일(無曆日). 책력이 없음　◇절 가는 줄=세월이 가는 것을　◇청송녹죽=푸른 소나무와 대나무(靑松綠竹)　◇져겨쓰니= 뒤로 넘어졌으니. 이고 있으니

334

山川은 險峻ᄒ고 樹木은 叢雜ᄒᄃᆡ 萬壑의 눈 싸이고 千峰의 바람 칠 제 시가 어이 울야마는

赤壁火戰의 죽은 軍士 冤魂이 恨鳥되야 曹操만 冤望ᄒ여 우니난듸 이게 모도 鬼聲이라 塗炭中 싸인 軍士 故鄕 離別이 몃히런고

空山落月 깁흔 밤 歸蜀道 不如歸의 우난 져 杜鵑 너 홀노 우지말고 날과 함긔. 林重桓 (時調演義 85)

險峻(험준)=깎아지른 듯이 험준함　叢雜(총잡)=빽빽하게 우거짐　◇萬壑(만학)=수많은 구렁텅이　◇赤壁火戰(적벽화전)=적벽강에서 오나라와 촉의 연합군이 위와의 싸움에서 화공을 사용한 전쟁　◇冤魂(원혼)이 恨鳥(한조)=억울하게 죽은 영혼들이 한을 품은 새가 됨　◇우니난듸=계속하여 우는데　◇鬼聲(귀성)=귀신이 우짖는 소리　◇塗炭中(도탄중) 싸인 軍士(군사)=어려움에 처해 있는 군인들　◇空山落月(공산낙월)=텅빈 산에 지는 달　◇歸蜀道(귀촉도) 不如歸(불여귀)=두견이의 다른 이름이나 여기서는 울음소리를 흉내 낸 말　◇함긔=함께

335

山村에 客不來라도 寂寞든 안이ᄒ여

花笑鳥能言이요 竹暄人相語다 松風은 거문고요 杜鵑聲이 노릭로다

암아도 나의 이 富貴는 눈 흙의 리 업는이. 金壽長 (二數大葉)
(海周 529)

山村(산촌)에 客不來(객불래)라도=산골에 손님이 오지 아니 하더라도 ◇花笑鳥能言(화소조능언)이요=꽃은 웃고 새는 능히 말을 하고 ◇竹喧人相語(죽훤인상어)다=댓잎이 바람에 스치는 소리가 사람들이 서로 말하는 것과 같다 ◇松風(송풍)=소나무 사이를 스치어 부는 바람 ◇杜鵑聲(두견성)=두견이의 울음 소리 ◇눈 흙의 리=눈 흘길 사람이나 까닭

336
살구꽃 봉실봉실 핀 밧머리에 이라이라 하는 저 農夫야

그 무신 곡실을 시무랴고 봄 밧흘 가오 예주리 천자강이 홀아비콩 눈씀적이 팟 녹두 기장 청경츠조 새코찌르기 참깨 들깨 동부 쥐눈이콩 찰수수를 갈랴 함나 그 무어슬 스무랴 하노

그것도 저것도 다 아니오 구곡장진 신곡미등할 째에 제일 농량에 긴한 봄보리 가오. (耕春麥) (樂高 970)

이라이라=소를 모는 소리 ◇무신 곡실=무슨 곡식 ◇예주리~찰수수=밭곡식 ◇갈랴함나=갈려고 하나 ◇구곡장진 신곡미등=묵은 곡식이 다 하고 햇 곡식이 아직 나오지 아니함(舊穀將盡 新穀未登) ◇제일 농량=제일 시급한 농가의 양식(第一農糧) ◇긴한=필요한

337
삼강오륜으로 비를 무어라 렬녀 효즈 츙신으로 돗을 달며 문무쥬

공으로 도스공 삼아 요슌우탕을 가득이 시러스니 제 아모리 졸지(걸쥬)풍파 나눈 바람일지라도 그 비 파션ᄒ기눈 만무로다

룡쳔검 아무리 잘 드눈 비슈칼일지라도 우리 량인의 삼ᄉ만 갈으 즈르기눈 (졍의를 버기눈) 만무로구나

춤아 진졍 긔가 산이가 막혀 나 못살갓네. (樂高 891)

삼강오륜=삼강(三綱)과 오륜(五倫) ◇무어라=만들어라 ◇문무쥬공=주나라의 문왕(文王)과 무왕(武王) 그리고 주공(周公) ◇도스공=도사공(都沙工). 우두머리 사공 즉 선장 ◇요슌우탕=요임금과 순임금 그리고 우왕(禹王)과 탕왕(湯王) ◇졸지(걸쥬)풍파=졸지(猝地)에 부는 풍파. 또는 걸주(傑紂)와 같은 포악한 풍파 ◇만무로다=절대로 없다(萬無) ◇룡쳔검=용천검(龍泉劍). 보검의 하나 ◇량인=양인(良人). 부부가 서로 상대방을 부르는 소리 ◇심ᄉ만 굴오 자르기눈=심사(心事)만을 갈라 놓기는 ◇긔가=거기에 ◇산이가=산이

338

三更에 술을 취고 五更樓에 올나 보니

鷰鳥白鷗는 或窺魚 或眠啼허고 碧天秋月은 半入山 半開天을

저 근너 一葉船 魚夫야 瀟湘八景이 조타더니 이에서 더 헐소야.

(調詞 35)

五更樓(오경루)=오경이라는 정자. 또는 새벽녘을 가리킴 ◇鷰鳥白鷗(연 조백구)는=제비와 갈매기는 ◇或窺魚 惑眠啼(혹규어 혹면제)=‘면제’는 ‘명제’(鳴啼)의 잘못이거나 ‘면져’(眠渚)의 잘못. 혹은 고기를 엿보고 혹은 을거나 물가를 살펴 봄 ◇碧天秋月(벽천 추월)=푸른 하늘에 걸려 있는 달 ◇半入山 半開天(반입산반개천)=반은

산에 반은 넓은 하늘에 떠있음   ◇瀟湘八景(소상팔경)=중국의 소수
와 상수가 합치는 곳의 이름 난 여덟 가지의 경치   ◇이에서=여기
보다

339

三公不換 此江山은 어이 니른 말이런고

나는 말업시 슈이도 밧고안쟈 恒産도 보쟈ᄒ니 희용업시 이노매라
어즐어온 鷗鷺와 麋鹿을 내 혼자 거늘여 六畜을 삼아는디 갑업슨 淸
風明月른 節노 己物이 되어시니 남과 다른 富貴는 이 흔몸에 가쟛세
라

엇덧타 이 富貴 가지고 져 富貴를 불을손냐. (編樂幷抄)

(靑가 632)

三公不換 此江山(삼공불환 차강산)=삼공과 같은 높은 벼슬과도
바꿀 수 없는 이 좋은 경치. 삼공은 의정부(議政府)의 영의정과 좌
우의정 ◇어이 니른=어찌해서 하는   ◇슈이도 밧고안쟈=쉽게도
바꾸었구나 ◇恒産(항산)=일상에 필요한 재산. 또는 생업 ◇희용
업시 이노매라=하는 일 없이 생기는구나 ◇어즐어온=어지럽게 날
으거나 뛰는 ◇鷗鷺(구로)와 麋鹿(미록)=갈매기와 백로 그리고 사
슴과 고라니 ◇六畜(육축)=가축. 육축은 소, 말, 양, 닭, 개, 돼지
◇節(절)노=저절로 ◇己物(기물)=나의 물건 ◇가쟛세라=갖추었
구나 ◇불을손냐=부러워 하겠느냐

340

三國의 노든 名士 時運이 不齊턴가

連環計 드린 後에 英主를 계오 맛나 功業을 未建ᄒ여 落鳳坡를 맛

나시니
　平生에 未講運籌를 못뇌 슬허 ᄒ노라. (二數大葉) (樂學 757)

　三國(삼국)에 노든 名士(명사)=삼국시대 위(魏)나 오(吳)와 촉(蜀)에 나가 활동하던 이름 난 선비. 방통(龐統)을 가리킴　◇時運(시운)이 不齊(부제)턴가=때의 운수가 다 같지 않던가　◇連環計(연환계)=적벽대전에서 조조의 군사에게 배를 전부 고리로 연결한 다음 화공책을 써서 망하도록 한 계책　◇英主(영주)=훌륭한 주인. 유비(劉備)를 가리킴　◇계오 맛나=겨우 만나　◇功業(공업)을 未建(미건)=공과 업적을 세우지 못함　◇落鳳坡(낙봉파)=낙성(雒城)을 공격하다가 장임(張任)애게 사살되었다는 곳　◇未講運籌(미강운주)=장량의 운주유악(運籌帷幄)을 익히지 못함. 운주유악은 작전 현장에 가지 않고도 전쟁에 이기는 계책

341
　삼국격 와룡선싱이 도라가면 스륜거 백우선 남양 초당을 뉘를 밋기며
　한슈뎡후 관공님이 도라가시면 격토마 쳥룡도 뉘를 밋기며 우람ᄒ신 쟝쟝군이 도라가시면 댱팔사모란 창 뉘를 밋기며 진시황데 도라가시면 만리쟝성 아방궁을 뉘게 젼ᄒ며 리빅이 긔경비샹텬후에 강남 풍월을 뉘를 밋기며 쟝ᄌ방이가 도라가시면 계명산 옥퉁소 뉘를 밋기며 도연명이 도라가시면 오류촌을 누를 밋기며 백이숙졔 도라가신 후 슈양산을 뉘를 밋기며 소ᄌ쳠이가 도라가시면 격벽강슈를 뉘를 밋기며 태공선싱이 도라가신 후 위수변 됴터를 뉘를 밋기갓네
　우리 인싱이 이런 모양으로 놀다가 북망산 가게 되면 알들흔 정판을 뉘게다 밋기잔 말가 젼홀 곳 업고 밋길 곳 업서 나 엇지 하리.

(樂高 886)

　와룡선싱=제갈량을 가리킴(臥龍先生)　◇스륜거 백우선 남양초당
=제갈량 사용하던 사륜거(四輪車)와 백우선(白羽扇)과 기거하던 남
양(南陽)에 있는 초당　◇한수뎡후 관공=한수정후(漢壽亭侯)였던 관
우(關羽)　◇적토마 청룡도=관우가 타던 말(赤兎馬)과 사용하던 청
룡언월도(靑龍偃月刀)　◇쟝쟝군 댱팔사모=장비(張飛)가 쓰던 장팔
사모(丈八蛇矛)라는 이름의 창　◇진시황뎨 만리장성 아방궁=진시
황이 쌓고 지은 만리장성과 아방궁　◇리빅이 긔경비샹텬=이백(李
白)이 고래를 타고 하늘로 올라감(騎鯨飛上天)　◇쟝즈방 계명산 옥
통소=장량(張良)이 계명산(鷄鳴山)에서 항우의 군사를 도망가게 하
기 위해 불던 옥통소(玉洞簫)　◇도연명 오류촌=도연명이 살던 마
을. 다섯 그루의 버드나무를 심고 오류선생(五柳先生)이라 자처함
◇백이슉제 슈양산=백이(伯夷)와 숙제(叔齊)가 주문왕의 은나라 정
벌에 반대하고 수양산에 들어가 고사리를 캐어 먹다 굶어 죽음　◇
소즈쳠 젹벽강슈=송나라 소식(蘇軾)이 적벽강에서 놀며 적벽부(赤壁
賦)를 지었음. 자첨(子瞻)은 소식의 자(字)　◇태공션싱 위수변 됴디
=강태공이 위수의 강가에서 낚시질을 주문왕을 만났음　◇북망산=
공동묘지　◇정판=사랑하는 사람

342

三國風塵 搖亂時의 漢宗室 劉皇叔니

臥龍先生 뵈오려고 赤盧馬 치을 젹어 南陽隆中 風雪中에 至誠으로
나아가니

그곳에 大夢을 誰先覺고 平生을 我自知라 호엿더라. (詩調 102)

三國風塵 搖亂時(삼국풍진 요란시)=삼국시대의 정세가 시끄러울 때 ◇漢宗室 劉皇叔(한종실 유황숙)=한나라 왕족인 유비(劉備) ◇臥龍先生(와룡선생)=제갈량을 말함 ◇赤盧馬(적로마)=유비가 타던 말 ◇치을 격어=채를 쳐 ◇南陽隆中(남양융중)=융중산(隆中山)에 있는 남양. 제갈량이 살던 곳 ◇大夢(대몽)을 誰先覺(수선각)고=큰 꿈을 누가 먼저 깨달을고 ◇平生(평생)을 我自知(아자지)라=평생을 나 스스로가 알리라. 『삼국지연의』(三國志演義)에 나오는 제갈량의 시로 나머지 부분은 "草堂春睡足 窓外日遲遲"(초당춘수족 창외일지지; 초당에 봄잠이 충분하니 창밖의 해가 느리고 느리다)

343

三代後 漢唐宋에 忠臣義士 혀여보니

夷齊의 孤竹淸風과 龍逢比干忠은 이르도 말련이와 魯連의 蹈海高風과 朱雲의 折檻直氣와 晉處士의 柴桑日月에 不放飛花過石頭와 南霽雲의 不爲不義屈과 岳武穆의 涅背精忠은 千秋竹帛上에 뉘 안이 景仰ᄒ고

아마도 我東三百年에 顯忠崇節ᄒ샤 堂堂ᄒ 三學士의 萬古大義 쪽 업쓴가 ᄒ노라. 李鼎輔 (二數大葉) (海周 389)

三代後(삼대후)=중국의 하(夏), 은(殷), 주(周)의 시대가 지난 다음 ◇漢唐宋(한당송)=삼대 이후에 문물이 크게 발달되었던 한나라에서 송나라까지의 시대 ◇혀여보니=헤아려 보니 ◇夷齊(이제)의 孤竹淸風(고죽청풍)=백이(伯夷)와 숙제(叔齊)의 고죽과 같은 맑은 기풍(氣風). 고죽은 이제가 태어난 곳 ◇龍逢比干忠(용봉비간충)=용봉과 비간의 충성. 용봉은 하(夏)나라 걸왕(桀王)의 신하 관용봉(冠龍逢). 비간은 은(殷)나라 주왕(殷紂王)의 신하. 모두 왕의 무도(無道)함을 간(諫)하다가 죽임을 당함 ◇일으도 말련이와=말할 것도 없거

니와 ◇魯連(노련)의 蹈海高風(도해고풍)=노련은 전국시대 제(齊)나라 사람 노중련(魯仲連)으로 벼슬하지 않고 조(趙)나라에 숨어 지낼 때 진(秦)이 쳐들어 온 것을 웅변으로 물리침. 후에 제왕(齊王)이 준 벼슬도 싫다하고 해상(海上)에 숨어 살았음 ◇朱雲(주운)의 折檻直氣(절함직기)=주운은 한(漢)의 평릉(平陵)사람. 성제(成帝) 때 천권(擅權)하던 안창후(安昌侯) 장우(張禹)를 죽이자고 진언했다가 왕의 격노를 사서 어사(御史)로 하여금 끌어 내리게 하였으나 난간을 잡고 놓지 않았으므로 난간이 부러져서 용서를 받았다는 고사 ◇晉處士(진처사)의 柴桑日月(시상일월) 不放飛花過石頭(불방비화과석두)=진처사는 도연명을 가리킴. 시상은 강소성 구강현 서남쪽에 있는 산. 도연명이 살던 곳. 바람에 날리는 꽃잎이 돌머리에 지나가도록 놓아 두지 않는 것처럼 좋은 경치를 남에게 알리지 않으면서 산 것을 말함 ◇南霽雲(남제운)의 不爲不義屈(불위불의굴)=남제운은 당나라 사람으로 안녹산의 난에 휴양성(睢陽城)이 함락되자 장순(張巡)이 제운에게 "남팔남아사이 불가불위불의굴"(南八男兒死耳 不可爲不義屈)이라고 격려하자 끝내 적에게 굴하지 않았다는 고사 ◇岳武穆(악무목)의 涅背精忠(열배정충)=악무목은 송나라 충신 악비(岳飛)의 시호 『좌씨춘추전』과 『손자병법』을 정통하고 소흥(紹興)에서 이성(李成)을 치고 강회(江淮)를 평정한 공으로 고종이 친필한 '정충악비'(精忠岳飛)라고 쓴 기(旗)를 하사 받음 ◇千秋竹帛上(천추죽백상)=천추의 역사에서. 죽백은 옛날에 죽간(竹簡)에다 기록을 하였기 때문에 사기(史記)의 뜻으로 쓰임 ◇我東三百年(아동삼백년)=우리 나라 조선 삼백년의 역사 ◇顯忠崇節(현충숭절)=충성심이 뚜렷하고 절개를 숭상함 ◇三學士(삼학사)=병자호란 때에 청나라에 잡혀가 끝내 굴복하지 않은 홍익한(洪翼漢), 윤집(尹集), 오달제(吳達濟)의 세 사람 ◇萬古大義(만고대의)=이제까지 없던 크고 바른 의리

344

三山半落靑天外요 二水中分白鷺洲라 浩浩兮 滄浪歌로 돗대치는 저 사공아 遠浦歸帆이 그 아니냐

秋上江 배를 타고 강동으로 가는 이는 張翰先生 이 아니며 檻外長江空自流는 藤王閣 序文이요 王勃의 萬古詩與樂이라 落霞는 與孤鷺齊飛하고 秋水는 共長天一色이라

天外 巫山十二峰은 구름 속에 소사 잇다. (時調集 150)

三山半落靑天外(삼산반락청천외)요　二水中分白鷺洲(이수중분백로주)라=삼산은 청천 밖에 반쯤 떨어져 있고 이수는 백로주 가운데서 나뉘었다. 이백의 '등금릉봉황대시'(等金陵鳳凰臺詩)의 일부임　浩浩兮(호호혜)=넓고 넓구나　◇滄浪歌(창랑가)=뱃노래　◇遠浦歸帆(원포귀범)=먼 포구로부터 배가 돌아 옴　◇張翰先生(장한선생)=장한은 진나라 사람으로 높을 벼슬에 있으나 가을 바람이 불자 고향 생각이 나서 벼슬을 그만두고 고향인 강동으로 돌아 감.　◇檻外長江空自流(함외장강공자류)는 藤王閣(등왕각) 序文(서문)이요="난간 너머의 강물만 부질 없이 흐른다"는 등왕각의 서문이요.　◇王勃(왕발)의 萬古詩與樂(만고시여락)=왕발의 만고에 없는 시와 즐거움　◇落霞(낙하)는 與孤鷺齊飛(여고목제비)하고 秋水(추수)는 共長天一色(공장천일색)이라=낮게 드리운 저녁 노을은 외로운 들오리와 가즈런히 날고 가을의 강물은 하늘과 같이 맑음. 왕발은 '등왕각서'(藤王閣序)와 '등왕각'(藤王閣)시를 지었는데 여기서는 서로를 혼동했음　◇天外 巫山十二峰(천외 무산십이봉)=멀리 무산의 열 두 봉우리가 우뚝 솟아 있음

345

三月東風 好時節에 一僕三友 건을이고

六角 登臨ᄒ야 四宇를 돌아본이 天朗氣淸ᄒ고 惠風和暢ᄒ듸 花間蝶舞는 弄春色이오 柳上鶯歌은 蕩人情이라 鶴徘徊於長松ᄒ고 老龍潛於碧潭이라

암아도 暮年花似霧看中을 못내 슬ᄒ ᄒ노라. 朴文郁 (靑謠 76)

三月東風 好時節(삼월동풍호시절)=삼월에 따뜻한 봄바람이 부는 좋은 계절 ◇一僕三友(일복삼우)=한 사람의 노복과 세 사람의 벗 ◇六角 登臨(육각등림)=서을 인왕산 아래 필운대 옆에 있던 육각현(六角峴)에 있는 정자에 오름 ◇四宇(사우)=사방(四方) ◇天朗氣淸(천랑기청)ᄒ고=하늘이 상쾌하게 개이고 맑음 ◇惠風和暢(혜풍화창)ᄒ듸=봄바람에 날씨가 온화하고 맑은데 ◇花間蝶舞(화간접무)는 弄春色(농춘색)이오=꽃 사이를 나르며 춤추는 나비는 봄빛을 희롱하고 ◇柳上鶯歌(유상앵가)는 蕩人情(탕인정)이라=버드나무 위로 나르는 꾀꼬리의 노래는 사람의 마음을 들뜨게 하는구나 ◇鶴徘徊於長松(학배회어장송)ᄒ고=학은 커다란 소나무 위를 배회하고 ◇老龍潛於碧潭(노룡잠어벽담)이라=늙은 용은 푸른 연못에 잠겨 있구나 ◇暮年花似霧中看(모년화사무중간)=저무는 해의 꽃을 안개 속에서 본 듯

346

三春色 ᄌ랑마소 花殘 後ㅣ면 蝶不來ㅣ라

王昭 玉貌 胡城土ㅣ오 貴妃 花容 馬嵬塵이라 蒼松綠竹은 千古節 碧桃紅杏은 一年春이로다

져 님아 光陰은 本是 無用之物이니 앗겨 무슴 ᄒ리오. (蔓橫)

(樂學 860)

花殘 後(화잔후)ㅣ면 蝶不來(접불래)=꽃이 시든 후면 나비도 오지 않음 ◇王昭玉貌 胡成土(왕소옥모 호성토)=왕소군(王昭君)의 아름다운 얼굴도 오랑캐 땅의 흙이 됨 ◇貴妃花容 馬嵬塵(귀비화용 마외진)=양귀비의 아릿다운 얼굴도 마외역(馬嵬驛)의 먼지가 됨 ◇蒼松綠竹(창송녹죽)은 千古節(천고절)=푸른 소나무와 대나무는 천고에 변함 없는 절개지만 ◇碧桃紅杏(벽도홍행)은 一年春(일년춘)=푸르고 붉은 복숭아와 살구 꽃은 일년 뿐임 ◇光陰(광음)=세월 ◇本是 無用之物(본시무용지물)=본래가 쓸 데 없는 물건임

347

常山 짜 趙子龍을 일직이 알엇더냐 發無不中 활 재조 너을 應當 쏠 터이나 죽이든 안이하고 手端이니 뵈이리라

莫莫强弓 鐵箭 멕여 非丁非八胸虛腹實 줌통이 터지게 짝지손 쑥 쩨이면 번개갓치 닷는 살이 푸루루 근너 가서 徐成 탄 배 돗대 마저 와자지근 부러지니

徐成 鄭鳳 넉을 일코 배머리에 빙벙 물결처 와랑출렁 方向 업시 쩌나가니 제 어이 짜를소냐. (時調集 149)

常山(상산) 짜 趙子龍(조자룡)=상산 사람 조운(趙雲). 자룡은 자(字)임 ◇發無不中(발무부중)=쏘아 맞지 않는 적이 없음 ◇手端(수단)이나='수단'(手段)의 잘못. 솜씨나 ◇莫莫强弓 鐵箭(막막강궁 철전) 멕여=가만이 강궁에 쇠화살을 먹여 ◇非丁非八胸虛腹實(비정비팔흉허복실)=정도 아니고 팔도 아니고 숨을 크게 들여마셔 가슴을 비우고 배에 힘을 줌. 활쏘는 동작 ◇줌통=활을 손으로 움켜쥐는 부분 ◇짝지손=화살을 당기기 쉽기 손에 끼는 기구 ◇닷는 살. 빠른 속도로 날으는 화살 ◇徐成 鄭鳳(서성 정봉)=오(吳)나라의 장수. 제갈량을 잡으려다 조자룡에게 혼이 남

348
霜雪은 어이ᄒ야 炸木을 病 들이며
光陰은 무삼 일노 英雄을 늙히넌고
두어라 淸風을 모라다가 塵累를 쓸어 너니 一片 靈臺. 林重桓
(時調演義 74)

　霜雪(상설)=눈서리　◇炸木(두목)=규목(槻木). 느릐나무　◇光陰
(광음)=세월　◇塵累(진루)= 세속의 번거로움　◇一片 靈臺(일편
영대)=마음 한구석. 영대는 마음

349
시달은 뒷 東山 말네 덩지둥지 둥그러이 도다 쓰고
잘 시는 니만신 수풀에 풀덕풀덕 나라들 제 외나무다리에 혼ᄌ 가
는 듕아
네 져리 얼민나 멀건데 暮鐘聲니 들니는다. (孫氏隨見錄 31)

　말네=마루에　◇도다 쓰고=돋아 뜨고　◇니만신=미상. ‘이 만
산’(滿山)이 아닌지　◇져리 얼민나 멀건데=절이 얼마나 멀기에　◇
暮鐘聲(모종셩)=저녁에 울리는 종소리

350
시벽달 서리치고 지시는 밤에 짝을 닐코 울고 가는 기러기야
너 가는 길에 정든 임 니별ᄒ고 참아 그리워 못 살네라고 전ᄒ야
쥬렴
쩌 단니다 마흠 니는 듸로 젼ᄒ야 쥼셰. (南太 39)

서리치고=서리가 내리고   ◇지시는=지새우는   ◇닐코=잃어버
리고   ◇쩌 단니다=떠돌아 다니다가   ◇마흠 니는 디로=마음 내키
는 대로

351

새악시 書房 못마자 애쓰다가 주근 靈魂 건삼밧 쑥삼되야
龍門山 皆骨寺에 니쌔진 늘근 즁놈 들뵈나 되얏다가
잇다감 씸나 ㄱ려온 제 슬쪄겨 볼가 ᄒ노라. (蔓橫淸類)
(珍靑 494)

건삼밧=기름진 삼밭. 또는 건삼(乾麻) 밭   ◇쑥삼=씨 없는 삼
龍門山(용문산)=경기도 양평에 있는 산   ◇皆骨寺(개골사)=절 이
름. 실제 없는 절인 듯   ◇들뵈=거친 베(布)   ◇잇다감=이따금   ◇
가려온 제=가려울 때   ◇슬쪄겨=슬적슬적 건드려

352

새약氏 싀집간 날 밤의 질방글이 대여섯슬 쌀여 볼이온이 시어마
님이 물라 돌라 ᄒ는고야
며늘이 對答ᄒ되 싀엄의 아들놈이 울이 짓 全羅道 慶尙道로서 會
寧鍾城 다희를 못쓰게 쌀어 긔틋 쳣신이
글로 빅여 보와도 兩違將홀까 ᄒ노라. (樂時調) (海一 553)

질방글이=질방구리. 방구리는 물을 담을 수 있는 옹기로 동이보
다 작음   ◇대여섯슬=대여섯 개를   ◇쌀여 볼이온이=깨뜨려 버리
니   ◇물라 돌라=물어내라   ◇울이짓=우리 집   ◇全羅道 慶尙道

(전라도 경상도)=우리나라 남쪽 지역. 남성의 성기를 상징하는 듯
◇會寧鍾城(회령종성) 다회를=회령과 종성 방향을. 여성의 음부를
상징하는 듯   ◇긔틋 첫신이=그르쳤으니   ◇빅여 보와도=비교해
보아도   ◇兩違將(양위장)=서로 다 장기(將棋)에서 '장군'을 부르는
것에 어긋남. 비길 수밖에 없음을 나타냄

353
새 즘싱 中 못된 거슨 두룸이 네로고나
것 風神 虛소리로 사룸을 얼위온다
아마도 主人룰 爲ᄒ여 째째 우는 닭만 못혼가 ᄒ노라. 金履翼
(金剛永言錄 27)

  새 즘싱 中(중)=날짐승 가운데   ◇거슨=것은   ◇네로고나=너로
구나   ◇것 風神(풍신)=걸 풍채(風采)   ◇허(虛)소리로=큰 소리로
◇얼위온다=겁나게 한다   ◇째째=때마다

354
色ᄀ치 됴혼 거슬 긔 뉘라서 말리는고
穆王은 天子ㅣ로되 瑤池에 宴樂ᄒ고 項羽는 天下壯士ㅣ로되 滿營
秋月에 悲歌慷慨ᄒ고 明皇은 英主ㅣ로되 解語花 離別에 馬嵬驛에 우
럿ᄂ니
  ᄒ믈며 날ᄀ튼 小丈夫로 몃 百年 살리라 희올 일 아니ᄒ고 쇽졀
업시 늘그랴. (蔓橫淸類) (珍靑 557)

  穆王(목왕)=목천자(穆天子). 중국 고대의 왕   ◇瑤池(요지)에 宴樂
(연악)=목왕이 요지에서 서왕모와 연유(宴遊) 함   ◇滿營秋月(만영

추월)=진영(陣營)에 가득히 비친 가을 달밤　◇悲歌慷慨(비가강개)
=강개해서 부른 슬픈 노래　◇明皇(명황)은 英主(영주)=당 나라 현
종(玄宗)은 뛰어난 임금임　◇解語花(해어화)=양귀비를 가리킴. 달
리 기생을 말을 이해하는 꽃에 비유하여 기생을 가리킴　◇馬嵬驛
(마외역)=당 현종이 안녹산(安綠山)의 난리에 피난가다 양귀비를 죽
인 곳　◇희올 일=해야 할 일　◇쇽졀 업시=쓸 데 없이

355

싱마 잡아 길 잘 드려 두메로 쮱산양 보니고

셋말 구불굽통 솔질 쌀쌀ᄒ야 뒤송졍 잔디 잔디 금잔듸 난데 말쑥
쮱쌍 박아 바늘여 미고 암니 여흘 고기 뒷니 여흘 고기 자나 굴그나
굴그나 자나 쥬어쥬셤 낙과 니야 움버들 가지 쥬루룩 훌터 아감지
쮀여 시니 잔잔 흘으는 물에 쳥셕바 바둑돌을 얼는 닝큼 슈슈히 집
어 자장단 마츄아 지질너 노코

동자야 이 뒤에 윗뿔 가진 쳥소 타고 그 소가 우의가 부푸러 치질
이 셩헛가 ᄒ야 남의 소를 웃어 타고 급히 나려와 뭇거들낭 너도 됴
금도 지체말고 뒤 녀흘노. (南太 196)

　싱마='싱미'의 잘못인 듯. 야생 매　◇셋말=흰 말　◇구불굽통=
구불구종. 굽통은 구종(驅從)의 사투리로 벼슬아치를 모시고 다니던
하인. 구불을 등이 굽은　◇뒤숑졍=뒷산에 있는 소나무 숲에 있는
정자(松亭)　◇낙과 니야=낚아 내여　◇아감지=아가미의 사투리
◇쳥셕바 바둘돌=푸른 빛깔의 자그만 돌　◇슈슈이=많이　◇쳥소
=푸른 소(靑牛)　◇우의가 부루러=위 쪽이 부플어　◇치질이 셩헛
가 ᄒ야=치질(痔疾)이 심한가 하여　◇웃어 타고=얻어 타고　◇녀
흘노=여을로

356

生미갓튼 져 閣氏님 남의 肝腸 그만 긏소

돈을 줄야 銀을 줄야 大緞침아 鄕織唐衣 亢羅속껏 白綾헐잇듸 구름갓튼 北道짜릐 玉빈혀 竹節빈혀 銀粧刀ㅣ라 金貝ᄌ르 金粧刀ㅣ라 蜜花ᄌ르 江南서 나오신 珊瑚柯枝 자기 天桃靑鸞박은 純金갈악찌 石雄黃眞珠당게 繡草鞋를 줄야

져 님아 一萬兩이 꿈잘리라 긏삿튼 寶죠긔예 웃는 듯 씽긔는 듯 千金 言約을 暫間 許諾 ᄒ여라. 李鼎輔 (二數大葉) (海周 392)

生(생)미갓튼=길들이지 않은 매같은 ◇긏소=끊으시오 ◇大緞(대단)침아=대단치마. 대단은 중국산 비단 ◇鄕織唐衣(향직당의)=향직은 비단의 일종 향직으로 만든 당의. 당의는 저고리 앞 뒤 자락을 길게 드리워 끝을 예쁜 곡선으로 둥글린 궁중의 가벼운 예복의 하나 ◇亢羅속껏=항라로 만든 속곳. 항라는 여름용 옷감임 ◇白綾(백릉)헐잇듸=백릉으로 만든 허리띠. 백릉은 흰빛깔의 엷은 비단 ◇北道(북도)짜릐=북쪽지방에서 나오는 다리. 다리는 여자가 머리에 덧넣는 딴머리 ◇金貝(금패)ᄌ르='금패'는 '금패'(錦貝)의 잘못. 금패로 만든 장도(粧刀)의 자루. 금패는 호박(琥珀)의 일종 ◇밀화(蜜花)ᄌ르=밀화로 만든 자루. 밀화는 호박의 일종 ◇天桃靑鸞(천도청란)=천도복숭아 모양의 푸른 박을 ◇石雄黃(석웅황)=광물로 물감으로 쓰임. 댕기의 물을 드릴 때 씀 ◇당게=당감잇줄. 당감잇줄은 짚신이나 미투리의 총에 꿰어 줄이고 늘리는 줄 ◇繡草鞋(수초혜)=보기 좋게 잘 꾸민 짚신 ◇一萬兩(일만냥)=값비싼 ◇꿈잘리라=잠자리라 ◇씽기는듯=찡그리는 듯 ◇千金言約(천금언약)=매우 소중한 약속

357

生미 잡아 깃드려 둠에 꿩山行 보니고

白馬 씻겨 바 느려 뒤 東山 松枝에 미고 손죠 고기 낙가 버들움에
쎄여 돌 지질너 츠여두고

아희야 날 볼 손 오셔든 긴 여흘노 술와라. (蔓橫) (樂學 955)

깃드려=길들여　◇둠에=두메　◇꿩山行(산행)=꿩사냥　◇바 느
려=밧줄을 길게 늘려　◇松枝(송지)=소나무 가지　◇버들움=버드
나무의 새로 자란 연한 가지　◇지질너=눌러　◇츠여두고=채워 두
고　◇날 볼 손=나를 만나고자 하는 손님　◇여흘노 술와라=여을
로 와서 알려라. 여을은 물살이 굽한 곳

358

書房님 病들여 두고 쓸 것 업서 鍾樓 져지 달리 파라

비 사고 감 스고 榴子 스고 石榴 삿다 아즈아즈 이저고 五花糖을
니저 발여고즈

水朴에 술 쯔즈 노코 한숨 계위 ᄒ노라. 金壽長 (二數大葉)

(海周 540)

病(병)들여 두고=병이 들어 누어 있는 동안　◇쓸 것=돈이 될만
한 것　◇鍾樓(종루) 져지=종루는 지금의 서울 종로(鐘路). 져지는
시장(市場). 종로에 있는 시장에　◇달리=여자의 머리슬이 많아 보
이게 하려고 덧넣는 딴머리　◇柚子(유자)=유자나무의 열매　◇아
즈아즈=아차아차　◇이저고=잊어버렸구나　◇五花糖(오화당)=오
색으로 물들여 만든 중국산(中國産) 사탕　◇니저 발여고즈=잊어
버렸구나　◇水朴(수박)=수박. 과일의 하나　◇술 쯔즈 노코=숟가
락 꽂아 놓고

359

宣王이 化仙後에 고온 大君 어디 간고

에엿분 大妃 公主의 거슴 소긔 줌겨 계셔 밤이나 낫지ᄂ 님향희
哀情과 懷中殺子늘 一刻이나 이즈실가 飢寒이 到骨ᄒ야 八十衰翁은
익고익고 ᄒ며 西宮을 ᄇ라 보고 눈물질 뿐이로ᄃ

아믜나 有情ᄒ 벗님네 더 쇠 열길 ᄒ쇼셔. 姜復中 (淸溪歌詞 7)

宣王(선왕)=조선 14代 임금 宣祖(1552~1608)를 가리킴 ◇고온
大君(대군)=불쌍한 왕자. 선조의 유일한 正妃(정비)인 仁穆王后(인목
왕후:1584~1632)의 소생인 永昌大君(영창대군:1606~1614)을 가리킴
◇에엿분=가련한. 불쌍한 ◇大妃 公主(대비공주)=인목왕후와 영창
대군의 누나인 貞明公主(정명공주) ◇거슴 소긔=가슴 속에. 마음
속에 ◇줌겨 계셔=영창대군이 억울하게 죽은 恨(한)이 맺혀 있어
◇낫지ᄂ=낮이나 ◇哀情(애정)=가엾이 여기는 마음 ◇懷中殺子
(회중살자)늘=가슴 속에 품고 있는 죽은 자식에 대한 생각을 ◇一
刻(일각)이나=잠시나마 ◇이즈실가=잊을 수가 있겠는가 ◇飢寒
(기한)이 到骨(도골)ᄒ야=굶주림과 추위가 뼈 속까지 사무쳐 ◇八十
衰翁(팔십쇠옹)=팔십살이나 먹은 쇠약한 늙은이. 작자를 일컫는 말
◇익고 익고 ᄒ며=통곡하며 ◇西宮(서궁)=광해구의 폐모(廢母)로
인목대비가 갇히여 있던 궁궐 ◇아믜나=누구나 ◇有情(유정)ᄒ
벗님네=불쌍하게 생각하는 분들 ◇뎌 쇠=서궁을 잠근 자물쇠 ◇
열길=열도록. 열 궁리를

360

셔성(西城)에 달 빗치엇다 단장두(短墻頭)에 화용(花容)이라

엇그제 가는 님(任)이 오날밤 오마기는 월상시(月上時)로 오마드

니 금노(金爐)에 향진(香盡)허고 오경종(五更鍾)이 거의로되 삼오야
(三五夜) 지시도록 독의난간(獨倚欄干)허여 임(任)보라 엿희 안져쓰
라구 전(傳)허여 쥬렴

　아마도 유신(有信)허기는 명월(明月)인가. (樂高 21)

　단장두(短墻頭)=나느막한 담장머리　◇화용(花容)=꽃 같은 님의
얼굴이 어른거림　◇월상시(月上時)=달이 뜰 시각　◇금노(金爐)에
향진(香盡)=향노(香爐)에 향이 다 타고　◇오경종(五更鍾)이 거의로
되=오경을 알리는 종이 울릴 때가 거의 되었으되　◇삼오야(三五
夜) 지새도록=보름달이 뜬 밤이 다 새도록　◇독의난간(獨倚欄干)=
홀로 난간에 의지함　◇엿희 안져쓰라구=여지껏 앉아 있더라고

361
石崇의 累鉅萬財와 杜牧之의 橘滿車風采라도
밤일을 홀저긔 제 연장 零星ㅎ면 꿈자리만 자리라 긔 무서시 貴홀
쏘냐
貧寒코 風度ㅣ 埋沒홀지라도 제 거시 무즑ㅎ여 내 것과 如合符節
곳 ㅎ면 긔 내 님인가 ㅎ노라. (蔓橫淸類) (珍靑 546)

　石崇(석숭)의 累鉅萬財(누거만재)=석숭의 수많은 재산. 석숭은 진
(晉)나라 때의 부자(富者)　◇杜牧之(두목지)의 橘滿車風采(귤만거풍
채)=두목지가 술에 취해 수레를 타고 양주(楊州)를 지나갈 때 두목
지의 풍채에 반한 기생들이 귤을 던져 수레가 가득했다는 고사　◇
밤일=방사(房事)　◇연장=남자의 성기를 가리킴　◇零星(영성)=보
잘 것 없는 모양　◇꿈자리만 자리라=동침하지 않으리라　◇風度
埋沒(풍도매몰)=풍채와 도량이 보잘 것 없음　◇제 거시 무즑하여
=저의 물건이 묵직하여　◇如合符節(여합부절)=서로가 합한 듯이

꼭 들어 맞음

362

昔人이 已乘黃鶴去ㅎ이 此地에 空餘黃鶴樓ㅣ로다

黃鶴이 一去不復返ㅎ이 白雲千載에 空悠悠ㅣ라 晴天에 歷歷漢陽樹
요 芳草는 萋萋鸚鵡洲ㅣ로다

日暮鄉關이 何處是오 烟波江上에 使人愁를 ㅎ소라. (蔓數大葉)

(海一 616)

昔人(석인)이 已乘黃鶴去(이승황학거)ㅎ이=옛 사람이 이미 황학을
타고 가니   ◇此地(차지)에 空餘黃鶴樓(공여황학루)로다=이 땅에 황
학루만 남았구나   ◇黃鶴(황학)이 一去不復返(일거불부반)ㅎ이=황학
이 한 번 가서 다시 돌아오지 않으니   ◇白雲千載(백운천재)에 空悠
悠(공유유)라=흰 구름만 천년토록 유유히 떠 가는구나   晴天(청천)
에 歷歷漢陽樹(역력한양수)요=맑은 하늘에 한양수가 역력하고   ◇
芳草(방초)는 萋萋鸚鵡洲(처처앵무주)로다=싱그러운 풀은 앵무주에
쓸쓸하고 차갑도다   ◇日暮鄉關(일모향관)이 何處是(하처시)오=해
저무는데 향관이 어드메오   ◇烟波江上(연파강상)에 使人愁(사인수)
를=안개가 자욱한 강 위에 나그네로 하여금 슬프게 함을
     ※ 최호(崔顥)의 '황학루시'(黃鶴樓詩)의 전문(全文)임

363

昔子之去에 氣桓桓트니 今子之來에 身踽踽ㅣ라

名騅幸姬는 去何處오 捲甲殘兵이 不成伍ㅣ로다

君不見 文王百里能御宇ㅎ다 不渡烏江을 못내 슬허 ㅎ노라. (蔓橫)

(樂學 862)

昔子之去(석자지거)에 氣桓桓(기환환)ᄐ니=옛날 그대가 갈 때는 기운이 굳세더니 ◇今子之來(금자지래)에 身踽踽(신우우)라=이제 자네가 돌아오매 몸이 쓸쓸하구나 ◇名騅幸姬(명추행희)는 去何處(거하처)오=명마(名馬) 오추(烏騅)와 총애하던 계집은 어디로 갔는고. 행희는 항우의 애첩 우미인(虞美人) ◇捲甲殘兵(권갑잔병)이 不成伍(불성오)로다=싸움에 지친 군사는 대오(隊伍)를 이루지 못한다 ◇君不見 文王百里能御宇(군불견 문왕백리능어우)한다=그대는 문왕이 천하를 능히 다스리는 것을 보지 못했는가 ◇不渡烏江(부도오강)=항우가 오강을 건느지 못함

364

石坡大老 造化蘭과 秋史筆 紫霞詩는 詩書畫 三絶이요
蘇山竹 石蓮梅는 梅與竹 兩絶이라
其中에 本밧기 어려올슨 石坡蘭인가 허노라. 安玟英 (言編)
(金玉 175)

石坡大老 造化蘭(석파대로 조화란)=대원군이 그린 뛰어난 난초 그림 ◇秋史筆(추사필)=추사의 뛰어난 필법. 추사는 김정희(金正喜)의 호(號)의 하나 ◇紫霞詩(자하시)=자하의 뛰어난 시문(詩文). 자하는 신위(申緯)의 호(號) ◇詩書畫 三絶(시서화 삼절)=시문과 글씨와 그림의 세 가지가 아주 뛰어나게 훌륭함 ◇蘇山竹(소산죽)=소산이 그린 대나무. 소산은 송상래(宋祥來)로 자(字)가 원복(元復)이며 대나무를 잘 그렸음 ◇石蓮梅(석련매)=석련이 그린 매화. 석련은 이공우(李公愚)로 자(字)가 공여(公汝)이며 매화를 잘 그렸음 ◇梅與竹 兩節(매여죽 양절)=매화와 대나무의 그림에는 둘이 아주 뛰어남 ◇其中(기중)에=그 가운데 ◇石坡蘭(석파란)=대원군이 그린 난초

의 그림

※ 『金玉叢部』에 "오절지즁 난모자 독석파란"(五絶之中 難摹者 獨 石坡蘭 이 다섯가지 뛰어난 것 가운데 본받기 어려운 것은 오직 석 파의 난초 그림이다.)이래 했음

365

세거에 인두빅이오 츄니에 목엽황이라 쟝츠 가을이 오면 나뭇닙헤 단풍 들고 희가 가면 사롬의 머리에 빅발이 되누나

쳥츈이 부지니ᄒ며 빅일을 막히도ᄒ라 이달을손 쳥츈이 가실 줄을 알드면은 쳥ᄉ 홍ᄉ로 결박을 ᄒ고 원슈 빅발이 오실 쥴을 알드면은 만리쟝셩으로나 갈우 막을 썰

이달은 쳥츈이 가고 오고 ᄒ더니만 원슈 빅발이 와서 날 침노ᄒ노 나라. (樂高 902)

세거에 인두빅이오=세월이 가매(歲去) 사람의 머리가 희어지고(人 頭白) ◇츄니에 목엽황이라=가을이 오매(秋來) 나뭇잎이 누렇게 됨 (木葉黃) ◇쳥춘이 부지니ᄒ며=젊음이(靑春) 다시 오지 아니하며 (不再來) ◇빅일을 막히도ᄒ라=맑게 개인 날을(白日) 기뻐하거나 슬퍼하지 마라(莫喜悼) ◇이달을손=애닯은 것은 ◇쳥ᄉ 홍ᄉ=푸 른 실과 붉은 실(靑絲紅絲). 젊음 ◇갈우 막을 썰=가로 막을 것을 ◇이달은=애닯은

366

世上 富貴人들아 貧寒士를 웃지마라

石富萬財로 匹夫에 긋치고 顔貧一瓢로도 聖賢에 니르시니

내 몸이 貧寒ᄒ야마는 내 길을 닥그면 눔의 富貴 부르랴. (蔓橫淸

類) (珍靑 474)

　　貧寒士(빈한사)=가난한 선비　　◇石富萬財(석부만재)=석숭(石崇)의
많은 재물. 석숭은 부호(富豪)임　　◇匹夫(필부)=평범한 남자　　◇顔
貧一瓢(안빈일표)=안연(顔淵)의 가난한 살림　　◇니르시니=도달하였
으니　　◇貧寒(빈한)ㅎ야마는=가난하지마는　　◇내 길을 닥ㄱ면=나
의 본분대로 살면　　◇부르랴=부러워 하랴

367
世上 사롬들이 人生를 둘만 너거 두고 坐 두고 먹고 놀 줄 모로던
고

먹고 놀 줄 모로거던 죽은 줄 알야마는 石崇이 죽어갈지 累鉅萬財
가져 가며 劉伶의 무덤 우희 어니 술이 이르러쩌니

허물며 靑春 一場夢에 百花爛熳ㅎ니 이 ㄱ치 됴흔 쩌에 아니 놀고
어이리. (蔓橫) (樂學 871)

　　둘만 너거 두고=둘로만 여기고　　◇石崇(석숭)=예전 중국의 부호
(富豪)　　◇累鉅萬材(누거만재)=많은 재산　　◇劉伶(유령)=진(晉)나라
의 은사(隱士). 술을 좋아 했음　　◇어니 술이 이르러쩌니=어느 술이
이르렀더냐. 누가 술을 주더냐　　◇靑春 一場夢(청춘 일장몽)=젊음은
한바탕의 꿈에 지나지 않음　　◇百花爛漫(백화난만)=모든 꽃들이 흐
드러지게 핌

368
世上事 浮雲이라 江湖의 漁夫 될지어다
小艇의 그물 실코 順流로 나려가니 淸風은 徐來하고 水波는 不興

이라 銀鱗玉尺 펄펄 쒸고 白鷗 片片 나러든다 隔岸 前村 兩三家 저
녁 烟氣 이러나고 半照入江 半石壁의 새 거울 거러논 듯 滄浪歌 반
겨 듯고 七里灘 나려 가서 고기 주고 술을 사서 醉토록 마신 후에
欸乃曲 불느면서 달을 쩨우고 도라오니 世上 알가 念慮로다.
(時調集 165)

　　世上事 浮雲(세상사 부운)＝세상의 일들이 뜬 구름과 같음　◇小
艇(소정)＝작은 배　◇順流(순류)＝잔잔히 흐르는 물　◇淸風(청풍)은
徐來(서래)하고＝맑은 바람은 천천히 불고　◇水波(수파)는 不興(불
흥)＝물결은 일지 아니함　◇銀鱗玉尺(은린옥척)＝커다랗고 좋은 물
고기　◇白鷗 片片(백구편편)＝'편편'은 '편편(翩翩)의 잘못. 갈매기
가 펄펄 날음　◇隔岸 前村 兩三家(격안전촌 양삼가)＝강 건너 앞마
을의 두세집　◇半照入江 半石壁(반조입강 반석벽)＝반은 강물에 반
은 석벽에 비침　◇滄浪歌(창랑가)＝굴원의 어부사(漁父辭)의 일부를
따서 지은 노래　◇七里灘(칠리탄)＝엄자릉(嚴子陵)이 낚시하던 곳
◇欸乃曲(애내곡)＝뱃노래　◇불느면서＝부르면서　◇달을 쩨우고＝
달빛을 띄우고. 달빛을 받으면서

　　369
　世上 衣服 手品 制度 針線 高下 허도ᄒ다
　양縷緋 두올쓰기 샹침ᄒ기 쌈금질과 시발스침 감침질에 반당침 더
올쓰기 긔 다 죠타 ᄒ려니와
　우리의 고온 님 一等 才質 삿쓰고 박금질이 第一인가 ᄒ노라. (編
數大葉) (靑六 861)

　　手品 制度(수품제도)＝솜씨와 마련된 법도　◇針線 高下(침선고하)
＝바느질 솜씨의 좋고 낫음　◇허도ᄒ다＝많기도 많다　◇양縷緋(누

비)=두 천 사이에 솜을 넣고 드믄드믄 꿰매는 것 ◇두올쓰기=두 올로 뜨는 바느질 ◇샹침ᄒ기=박이옷이나 보료 방석 같은 것의 가장자리를 실밥이 겉으로 드러나게 꿰매는 일(上針) ◇짬음질=깎음질 ◇시발스침=여러 겹을 맞대어 새발모양으로 호는 일 ◇감침질=바늘로 감치는 일 ◇반당침=중국에서 들여온 짧은 바늘(半唐針) ◇대올쓰기=큰 올로 뜨는 것 ◇一等 才質(일등재질)=제일 가는 재주 ◇삿쓰고=살을 들고 살은 두다리 사이를 가리킴 ◇박음질=성교(性交)를 형용한 말

370

歲月아 네월아 가지를 마라 靑春紅顔이 다 늙는구나

人生一世 生覺곳 하니 잠든 날 病든 날 다 除히 노면 다만 단 四十 못사는 人生 안이 놀고서 무엇을 하리

오늘도 날이오 니日도 날이라 오날도 놀고 니日도 놀고 놀고놀고 놀아를 보세. (樂高 905)

네월아=세월의 '세'를 셋으로 보고 다음을 네월이라 한 어희적(語戱的)인 표현 ◇靑春紅顔(청춘홍안)=젊은 시절의 아릿다운 얼굴 ◇人生一世(인생일세)=사람의 한 평생 ◇除(제)히 노면=제하면 다만 단=다만 겨우

371

세월은 수이 잘도 간다 영천수 흐르는 듯 술넝술넝 人生 百年 얼마든고 덧 없이 오는 白髮 뉘라서 금하야 막을손야

富貴功名 조타 해도 狂風에 片雲이라 時乎時乎 不再來라 좋은 시절 어려우니 이러한 絶代佳人 저러한 風流才子 이렁저렁 노라 보세

아서라 此生百年 積善功德 많이 하야 後生千年 玉京 天堂 極樂世界 만히 만히 노라 보세. (時調 100)

수이=쉽게   ◇영천수=영수(潁水)인지. 아니면 영천(靈泉)의 물인지   ◇狂風(광풍)에 片雲(편운)=회오리 바람에 날리는 조각 구름   ◇時乎時乎 不再來(시호시호 부재래)=때는 다시 오지 않음   ◇絶代佳人(절대가인)=아주 뛰어나게 예쁜 미인   ◇風流才子(풍류재자)=멋을 아는 재주 있는 남자   ◇此生百年 積善功德(차생백년 적선공덕)=이승에서 평생동안 착한 일과 공과 덕을 쌓음   ◇後生千年(후생천년)=다음 세상의 천 년 동안   ◇玉京 天堂 極樂世界(옥경 천당 극락세계)=도교나 기독교, 불교에서 말하는 걱정 근심이 없는 내세(來世)

372

셋괏고 사오나온 저 軍牢의 쥬정보소 半龍丹 몸쑹이에 담벙거지 뒤앗고셔 좁은 집 內近흔디 밤듕만 둘녀 들어 左右로 衝突ᄒ여 새도록 나드다가 제라도 氣盡턴디 먹은 濁酒 다 거이네
  아마도 酗酒를 잡으려면 져 놈부터 잡으리라. 申獻朝
  (蓬萊樂府 25)

셋괏고=굴세고   ◇사오나온=사나운   ◇軍牢(군뇌)=지방 관아에 딸린 나졸(羅卒). 여기서는 남성의 성기를 은유한 것임   ◇쥬정보소=술주정하는 것을 보시오   ◇半龍丹(반룡단)='반룡'은 '반령'(盤領)의 잘못인 듯. '단'은 옷단의 단을 한자로 표기한 듯. 폭이 좁은 소매에 둥근 깃을 단 옷인 반령착수(盤領窄袖)를 말하는 듯. 여기서는 남성의 성기의 외형을 가리킴   ◇담벙거지=병졸 등이 쓰던 모자의 일종. 남성의 성기를 가리킴   ◇뒤앗고셔=뒤로 벗어 넘기고서   ◇內

近(내근)ᄒᆞᆫ듸=부녀자가 거처하는 곳과 가까운 데. 여성의 성기를 말함 ◇새도록 나드다가=밤새도록 드나들다가. 성행위를 말함 ◇제라도=저 자신마저도 ◇氣盡(기진)턴듸=기운이 다 빠져 지쳤던지 ◇먹은 濁酒(탁주) 다 거이네=먹었던 탁주를 다 게우네. 탁주는 정액(精液)을 비유한 것임 ◇酗酒(후주)=주정. 주정꾼

　※ 六堂本『靑丘永言』에 작자가 金華鎭으로 되어 있음

373

소경이 맹관이를 두루쳐 메고 굽 쩌런진 평격지 민발의 신고
외나무 셕은 다리로 莫大ㅣ 업시 장금장금 건너가니
길 아리 돌부쳐 셔서 仰天大笑 ᄒᆞ더라. (界樂時調) (靑六 772)

　맹관이=맹과니. 소경 ◇두루쳐 메고=둘러 메고 ◇평격지=넙적한 나막신 ◇셕은=썩은 ◇莫大(막대)=막대기 ◇장금장금=살금살금 ◇돌부쳐=석불(石佛) ◇仰天大笑(앙천대소)=하늘을 쳐다보고 크게 웃음

374

少年 十五二十時에 하던 일이 어제론 듯
　속곰질 쒸움질과 씨름 탁견 遊山ᄒᆞ기 小骨 쟝긔 投箋ᄒᆞ기 저기추고 鳶날리기 酒肆靑樓 出入다가 스람치기 ᄒᆞ기로다
　萬一에 八字ㅣ가 죠하만정 身數가 험ᄒᆞ던들 큰일 날 번 ᄒᆞ괘라.
金敏淳 (弄) (靑六 742)

　속곰질=소꿉질　쒸움질=뜀박질　◇탁견=태견. 발을 사용해서 상대방을 넘어뜨리는 경기　◇遊山(유산)ᄒᆞ기=경치 좋은 산으로 놀러 다니기　◇小骨(소골)=골패의 한 가지　◇투전ᄒᆞ기=투전(鬪牋).

놀음의 한 가지　◇저기츠기=제기차기　◇酒肆靑樓(주사청루)=술집과 기생집　◇흐기로다=하는 것들이다　◇죠하만졍=좋기에　망정이지　◇身數(신수)가 험흐던들=운수가 사나왔던들　◇하괘라=하였다

375

瀟湘江 그럭이 落木寒天 울고 간다 獨守空房하는 사람 郎君前 消息 傳次 急登樓 바리 보니

蘇中郎은 男子라 그 편지는 전히 주고 야속타 저 女子는 도라 아니 보고 훨훨 나라 南天으로 울고 간다 錦字을 그저 쥐고 悵然히 落淚흐니 男女 區別이 무삼 일고

至今에 鴻門關 그럭이 쏘든 項壯士 잇게 되면 활 다려 쏘고지거.
(時調 18)

瀟湘江(소상강)=소수(瀟水)와　상수(湘水). 동정호 근방에 있으며 경치가 좋음　◇그럭이=기러기　◇落木寒天(낙목한천)=나뭇잎이 다 떨어진 추운 겨울날　◇傳次(전차)=전하려고　◇急登樓(급등루)=급히 누각에 오름　◇蘇中郎(소중랑)=전한(前漢)의 충신이던 소무(蘇武). 흉노에 사신으로 갔다가 19년간 억류되었다 기러기로 소식은 전해 풀려 났다고 함　◇女子(여자)=기러기를 지칭하는 듯 ◇錦字(금자)=아내가 남편을 사모하여 보내는 편지. 전진(前秦)의 두도(竇滔)의 아내 소약란(蘇若蘭)이 비단에 회문시(回文詩) 짜서 보낸 고사가 있음　◇悵然(창연)히=몹씨 슬프게　◇鴻門關(홍문관)=항우가 유방을 초대해 잔치를 열던 곳　◇項壯士(항장사)=항우의 부하 항장(項莊). 홍문연에서 유방을 죽이려고 하다 실패함　◇쏘고지거=쏘고지고. 쏘고 싶구나

376

瀟湘江 달 발근듸 울고 가난 져 기럭아

相思로 병이 되야 참아 스러 못 살네라고 전ᄒ여 다고

기럭이 디답ᄒ되 짝일코 짝차자려 가넌 길이라 전할지 말지.

(時調 96)

가난＝가는　◇相思(상사)＝서로 그리워함　◇참아 스러＝참으로 서러워　◇짝일코 짝차자려＝먼저의 짝을 잃어버리고 새 짝을 찾으려

377

소상팔경 구경차로 황하수의 목욕하고 동정호로 나려 가니 제장제 졸 모은 곳에 풍류 소래 질탕하다

목자진녈 저 번쾌는 치주체견 장헐시고 오강의 우는 말은 항우 타 든 오추마요 기산에 섯는 소는 소부의 소 분명하다 추월망야 우넌 달근 맹상군의 달기로다 이화정 짓는 개는 마귀할미 삽살개요 오류 촌 당도하니 도연명의 정자로다

江山 구경을 허자면 몃 날이 될 줄 모르리라. (時調集 175)

瀟湘八景(소상팔경)＝소수와 상수 주변의 아름다운 경치 여덟　◇ 諸將諸卒(제장제졸)＝여러 장수와 군졸　◇질탕＝방탕에 가깝도록 흠씬 노는 일　◇목자진녈＝눈이 째질 만큼 눈을 부릅뜨며 흘겨 봄 (目眥盡裂)　◇번쾌＝한고조의 공신. 홍문연에서 항우가 유방을 해치 려 했으나 번쾌 때문에 실패함(樊噲)　◇卮酒彘肩(치주체견)＝잔에 따라 놓은 술과 돼지의 어깨죽지에 붙은 살. 술과 안주　◇장헐시고 ＝놀랍구나　◇오강 항우 오추마＝오강(烏江)은 항우가 유방에게 패

한 강이고 오추마(烏騅馬)는 항우가 타던 준마(駿馬)임 ◇기산 소부
=기산(箕山)은 소부(巢父)와 허유(許由)가 숨어 있던 산 ◇추월망야
=가을철의 보름달이 뜬 밤(秋月望夜) ◇달근=닭은 ◇이화정 마
귀할미=고대소설 '슉향전'(淑香傳)에 나오는 정자(梨花亭)와 마고(麻
姑)할미 ◇오류촌=도연명이 살던 마을(五柳村)

378

簫聲咽 秦娥夢斷秦樓月 秦樓月 年年柳色 霸陵傷別
樂遊原上 淸秋節이오 咸陽古道 音塵絶이라
音塵絶 西風殘照 漢家陵闕이로되. (三數大葉)
(樂學 802)

簫聲咽(소성열)=퉁소소리에 목이 메인다 ◇秦娥夢斷秦樓月(진아
몽단진루월)=진아의 꿈은 진루의 달에 끊어졌구나 ◇秦樓月(진루
월)=진루의 달이여 ◇年年柳色 霸陵傷別(연년유색 패릉상별)=해마
다 버들빛 같기만 한데 패릉의 이별에 가슴 태우고 ◇樂遊原上淸秋
節(낙유원상청 추절)이오=낙유원의 맑은 가을철이오 ◇咸陽古道 音
塵絶(함양고도 음진절)이라=함양의 옛길에 소식이 끊어졌구나 ◇
音塵絶(음진절)=소식이 끊어짐이여 ◇西風殘照 漢家陵闕(서풍잔조
한가능궐)이로다=서풍의 쇠잔한 빛이 한왕조의 능과 궁궐을 비출
뿐이로다
　※이백(李白)의 「憶秦娥」를 시조화한 것임

379

昭烈之大度 喜怒를 不形於色과 諸葛亮之王佐大才
三代上 人物 五虎大將들의 雄豪之勇力으로 攻城略地ᄒ야 忘身之高
節과 愛君之忠義 古今에 짝 업스되

蒼天이 不助順ㅎ샤 中恢를 못 이르고 英雄의 恨을 기쳐 曠百代之
尙感이라. (蔓橫淸類) (珍靑 556)

昭烈之大度(소열지대도)=촉한의 소열황제인 유비의 커다란 도량
(度量)　◇喜怒(희노)를 不形於色(불형어색)=기쁨과 노여움을 얼굴에
나타내지 아니함　◇諸葛亮之王佐大才(제갈량지왕좌대재)=제갈량의
왕을 보좌할 수 있는 큰 재주　◇三代上 人物(삼대상인물)=삼대의
인물이라 할 수 있음　◇五虎大將(오호대장)=유비의 휘하에 있는
훌륭한 장수 다섯. 관우(關羽), 장비(張飛), 마초(馬超), 황충(黃忠)과
조운(趙雲)　◇雄豪之勇力(웅호지용력)=씩씩하고 날랜 용기와 힘
◇攻城略地(공성략지)=성과 땅을 공격하고 빼앗음　◇忘身之高節(망
신지고절)=몸을 돌보지 않는 높을 절의　◇愛君之忠義(애군지충의)
=임금을 사랑하는 충성과 의리　◇蒼天(창천)이 不助順(불조순)=하
늘이 순조롭게 도와 주지 아니함　◇中恢(중회)=중원(中原)을 회복
함. 즉 천하를 통일함　◇曠百代之尙感(광백대지 상감)=‘상’은 ‘상’
(傷)의 잘못인 듯. 멀리 백 대까지 가슴 아프게 함

380

소우 강변의 쑤벅쑤벅 굽이넌 저 빅구야

터럭 흰 제 몃몃 희야 나 너 티허로 위실ㅎ고 명월노 위츅ㅎ고 춘
ㅎ츄동 사시졀의 쳥풍명월 벗슬 삼어 무쥬강호 비를 타고 조종상탕
반묘향노즁숙 자고극금 몃몃 희야

너와 느와 벗슬 숨어 만셰동낙. (時調集(羅孫文庫本) 15)

소우 강변의=소우강변(疎雨江邊)에. 성기게 비가 내리는 강변에
◇터럭=머리카락　◇흰 제=허옇게 된 지가　◇티허로 위실ㅎ고=
태허(太虛)는 하늘을 가리킴. 하늘로 집을 삼고(爲室)　◇명월노 위

축ᄒ고=위축은 위촉(爲燭)의 잘못. 밝게 비추이는 달로 등촉(燈燭)을 삼고 ◇사시졀의=일년 내내의   ◇무쥬강호=무주강호(無主江湖). 특정한 주인이 없는 자연   ◇조종상탕=미상. 혹 조종상탕(朝宗上湯)이 아닌지. 강물이 넓은 바다로 나감   ◇반묘향노즁속=미상. 혹 반묘향노즁(半眇香爐中)속으로가 아닌지. 조그마한 향로의 속과 같은 세상   ◇자고극금=자고급금(自古及今)의 잘못인 듯. 예로부터 지금까지   ◇만세동락=만세동락(萬世同樂). 오래도록 같이 즐거워함

381

蘇秦이 行過洛陽ᄒ실 車騎輜重이 擬於 王者ㅣ러라

三寸舌을 놀려 佩六國相印ᄒ니 千萬古之辯士로다

암아도 사람 달리기는 利口ㅣ런가 ᄒ노라. 金壽長 (二數大葉)

(海周 567)

蘇秦(소진)=중국 전국시대의 모사(謀士)   ◇行過洛陽(행과낙양)ᄒ실=낙양을 지나 갈 때. 낙양은 중국 하남성에 있는 도시이나 일반적으로 서울을 가리킴   ◇車騎輜重(거기치즁)=마차와 하물차(荷物車). 의복을 실은 차를 치(輜), 여러 가지 물건을 실은 차를 즁(重)이라 함   ◇擬於王者(의어왕자)=혹시 왕이 아닌가 의심할 정도임. 왕과 같아 보임   ◇三寸舌(삼촌설)=혀. 길이가 겨우 세 치밖에 안되어 이른 말   ◇佩六國相印(패육국상인)=육국의 재상의 도장을 패용(佩用)함. 육국의 재상이 됨. 육국은 전국시대 진(秦)나라에 대항했던 제(齊) 초(楚) 연(燕) 조(趙) 한(韓) 위(魏)의 여섯 나라   ◇千萬古之辯士(천만고지변사)=만고에 뛰어난 말 잘하는 사람   ◇利口(이구)=말을 잘 하는 것

382

속적우리 고은 찌치마 밋머리에 粉찌 민 閣氏

엇그제 날 속이고 어듸 가 쏘 눌을 소길려 ᄒ고

夕陽에 곳柯枝 것고 쥐고 가는 허리를 즈늑즈늑 ᄒ는다. 金壽長
(二數大葉) (海周 555)

속적우리=속저고리. 속에 입는 저고리   ◇찌치마=알록달록한
치마   ◇밋머리=민머리. 여자가 쪽을 찌지 않은 머리   ◇粉(분)찌
민=분대(粉黛)로 꾸민. 분대는 여인들이 화장하는 분과 눈섭먹   ◇
閣氏(각씨)=젊은 여자   ◇눌을 소길려 ᄒ고=누구를 속이려 하고
◇가는 허리=가느다란 허리. 세요(細腰)   ◇즈늑즈늑=동작이 가볍
고 조용하며 부드러운 모양. 남자를 유혹하기 위하여 아양을 떠는
모습

383

孫約正은 點心 출히고 李風憲은 酒肴를 쟝만ᄒ소

거믄고 伽倻ㅅ고 奚琴 琵琶 觱篥 杖鼓 舞工人으란 禹堂掌이 드려
오시

글짓고 노래부르기와 女妓 女花看으란 내 다 擔當 ᄒ리라. (蔓橫
淸類) (珍靑 525)

孫約正(손약정)=손씨 성을 가진 약정. 약정은 향약(鄕約)의 직위
의 하나   ◇李風憲(이풍헌)=이씨 성을 가진 풍헌. 풍헌은 향소직(鄕
所職)의 하나   ◇酒肴(주효)=술과 안주   ◇奚琴(해금)=깡깡이   ◇
觱篥(필률)=악기의 한 가지   ◇舞工人(무공인)=춤추고 악기를 연주
하는 사람   ◇禹堂掌(우당장)=우씨 성을 가진 당장. 당장은 서원(書
院)에 딸린 하인   ◇女妓 女花看(여기여화간)=기생과 여자들을 돌봄

384

솔아리 구분 길노 靑노시 타고 가는 아해야 말무러 보자
瑤池宴 設宴時 淑娘子를 티우라 가는야
그 아희 天台山 梨花亭 바라보고 듯고 잠잠. (樂高 4)

구분=굽은　　◇瑤池宴 設宴時(요지연 설연시)=요지에서 잔치를
베풀 때　◇淑娘子=슉낭자. 고대소설 '슉향전'의 주인공 슉향(淑香)
◇天台山 梨花亭(천태산 이화정)=천태산에 있는 정자. 실제가 아닌
상상임

385

솔아레 에구븐 길로 셋 가는듸 말잿 즁아
人間離別 獨守孤房 삼긴 부쳐 어늬 절에 안졋드니 문노라 말잿 즁
아
小僧은 아옵지 못ᄒ오니 샹좌 누의 아ᄂ이다. (蔓橫淸類)
(珍靑 481)

에구븐 길=구부러진 길　　◇말잿=제일 끝의　　◇獨守空房(독수공
방)=사랑하는 사람이 없는 빈방을 혼자 지킴　◇삼긴=생기게 한.
만든　◇小僧(소승)=스님이 자기를 낮추어 부르는 말　◇샹좌=상
좌(上座). 절의 주지　◇누의=누이

386

솔 아레 童子더러 무르니 니르기를 先生이 藥을 키라 갓너이다
다만 此山中에 잇건마는 구름이 깁퍼 곳을 아지 못게라
아희야 네 先生 오셔드란 날 왓다 살와라. (界樂時調)

(靑六755)

  무르니=물으니 ◇니르기를=말하기를 ◇此山中(차산중)=이 산
속 ◇아지 못게라=알지 못하겠구나 ◇오셔드란=오시거들랑
  ※당나라 가도(賈島)의 '심은자불우'(尋隱者不遇)를 시조화한 것임

387

松下에 問童子하니 스승이 영주 방장 봉래 三神山으로 採藥하러
가선나이다
지在此山中이나 雲深하여 不知處라
童子야 스승이 오시거든 나 왔드라고. (雜誌 397)

  영주 방장 봉래=영주(瀛洲) 방장(方丈) 봉래(蓬萊)산 ◇採藥(채
약)하러=약을 캐러 ◇지在此山中(재채산중)이나=이 산중에 있을
것이나 ◇ 雲深(운심)하여 不知處(부지처)라=구름이 깊이 끼어 간
곳을 아지 못하니라

388

송낙 쓰고 장삼 입고 바랑 지고 목탁 들고 소승은 문안이요 또드
락 목탁치며 일심으로 증영발원이요
이 댁 기지를 둘러보니 무학의 수업이요 도선의 비결이라 용세도
조커니와 풍경이 긔이하다 태극조판 하온 후에 천고지후 되엇으니
억만년지무궁이라
업는 애기 생남 발원 잇는 애기 수명 장수 부귀다남 발원이요 또
드락 딱 남무관세음보살. (時調 95)

송낙=스님이 쓰는 모자(松絡)   ◇장삼=스님이 입는 웃옷(長衫)
◇바랑=스님이 물건을 담기 위해 들러메는 자루 형태의 주머니   ◇
목탁=독경이나 염불할 때 두드리는 방을 형태의 기구(木鐸)   ◇일
심(一心)=한결같은 마음   ◇증영발원=영광을 가져다 달라고 소원
을 비는 것(贈榮發願)   ◇기지=터(基地)   ◇무학의 수업=무학대사
(無學大師)가 준 업보(業報). 무학은 조선 건국 초의 스님   ◇도선의
비결=도선대사(道詵大師)의 좋은 방법(秘訣)   ◇용세=생김새와 형
편(容勢)   ◇태극조판=세상이 개벽 된 뒤(太極肇判)   ◇천고지후=
하늘은 높고 땅은 두터워짐(天高地厚)   ◇억만년지무궁=억만년이
되도록 오래 감(億萬年之無窮)   ◇업는 애기 생남 발원=없는 아기
를 낳게 해 달라고 소원을 빔(生男發願)   ◇잇는 애기 수명장수 부
귀다남 발원=현재 있는 아기의 오래 살고(壽命長壽) 부자되어 아들
많이 낳기를 빔(富貴多男 發願)   ◇나무관세음보살=관세음보살에
귀의함. 관세음보살은 대자대비하여 괴로울 때 그 이름을 외면 곧
구제한다고 함(南無觀世音菩薩)

389

쇼샹강으로 비 타고 져 불고 가는 져 두 동즈야 말 무러 보즈 너
희 선싱은 뉘시라 ᄒ며 너희 향ᄒ는 곳은 어디메뇨
  두 동즈 디답ᄒ되 저희 선싱은 남회 룡왕 하에 적송자라 ᄒ옵시며
우리 가는 길은 영쥬 봉니 방장 슴신산으로 치약ᄒ려 가ᄂ이다
  쳥샹에 지샹션이 못낫더니 너희 두 동즈 쑨이로다. (樂高 875)

져=젓대   ◇동즈야=아이야   ◇어디메뇨=어느 곳이냐   ◇하에
=아래에. 수하에   ◇赤松子(적송자)=중국 상고시대의 신선   ◇영쥬
봉니 방장 슴신산=영주산(瀛洲山)과 봉래산(蓬萊山) 그리고 방장산
(方丈山)의 삼신산(三神山)   ◇치약=채약(採藥). 약을 캠   ◇쳥샹=

천상(天上)인 듯 ◇지샹션＝지상선(地上仙) ◇못낫더니＝몰랐더니

390

쇼년힝락이 다 진커놀 와유강산 흐오리라

　인호샹이 즈작으로 명뎡케 취흔 후에 한단침 도도 베고 쟝쥬호뎝
이 잠간 되여 방츈화류 츠즈가니 리화도화 영산홍 좌산홍 왜철쥭 진
달화 가온디 풍류랑이 되어 춤추며 노니다가 셰류영 넘어가니 황됴
편편 환우셩이라 도시힝락이 인싱귀불귀 아닐진던

　꿈인지 상신지 몰나 다시 깅소년 흐오리라. (樂高 876)

　쇼년힝락＝젊었을 때의 즐겁게 노닐었던 일(少年行樂) ◇다 진커
놀＝다 없어졌거늘 ◇와유강산＝자연 속에서 한가롭게 즐기면서 노
닐음(臥遊江山) ◇인호샹이 즈작으로＝술잔을 당겨(引壺觴) 혼자서
술을 마심(自酌) ◇명뎡케＝몸을 가누기 힘들 정도로 술에 취해(酩
酊) ◇한단침＝한단(邯鄲)의 베개. 한단의 소년이 여옹(呂翁)이란 사
람의 베개를 베고 잠간이 지난 사이에 80년간의 영화로운 세월을 보
낸 꿈을 꾸었다는 고사(邯鄲枕) ◇도도 베고＝도두어 베고 ◇쟝쥬
호뎝＝장주(莊周)가 꿈에 호접(胡蝶)이 되었는지 호접이 장주가 되었
는지 분간하기 어려웠다는 꿈 ◇방츈화류＝바야흐로 봄을 맞은(方
春) 꽃과 버들(花柳) ◇좌산홍＝키가 작은 영산홍의 하나인 듯(坐山
紅) ◇진달화＝진달래 ◇풍류랑＝풍류를 즐기는 노는 남자(風流郎)
◇셰류영＝지명. 중국에 있는 지명이나 여기서는 고개라는 의미로
쓰인 듯(細柳營) ◇황됴편편 환우셩＝꾀꼬리가 펄펄 날며(黃鳥翩翩)
벗을 부르는 소리(喚友聲) ◇도시 힝락＝도시 행락(都是 行樂). 도
대체 행락이란 것이 ◇인생 귀불귀＝인생이란 한 번 가면 다시 돌
아오지 못함(歸不歸) ◇샹신지＝생시(生時)인지 ◇깅쇼년＝다시 젊
어짐(更少年)

391

數間 茅屋 그윽ᄒᆞ디 滿案 詩書 活計로다

籬下는 松菊이오 臺上은 梅竹이라

春風의 花發ᄒᆞ고 秋夜의 月明커던 四時佳興을 되는대로 조차로오
리. 申甲俊 (四時曲)(城西幽稿)

數間茅屋=두어 칸의 조그만 초가집 ◇滿案 詩書 活計(만안시서
활계)로다=책상 위에 그득히 쌓인 책이 생활의 방편이다 ◇籬下
(이하)는 松菊(송국)이오=울타리 아래에는 소나무와 국화요 ◇臺上
(대상)은 梅竹(매죽)이라=대 위에는 매화와 대나무라 ◇春風(춘풍)
의 花發(화발)ᄒᆞ고=따뜻한 봄바람에 꽃이 피고 ◇秋夜(추야)의 月
明(월명)커던=가을 밤에 달이 밝거든 ◇四時佳興(사시가흥)=일년
내내의 아름다운 흥취 또는 경치 ◇조차 로오리=따라 놀겠다. 또
는 좋으리라

392

首陽山下 어이 굽은 길노 중 셔넛 가난 중 그 중의 맛 말지중아
게 暫 섯거라 말 무러 보즈

人間 離別 萬事中의 獨宿空房 만련ᄒᆞ시던 부텨 님이 어니 절 어니
法堂 榻上 卓子 우의 坎中連 안진 貌樣 네 分明 보앗나냐

져 상지중 對答ᄒᆞ되 小僧도 手種 靑松이 今十圍로되 아모란줄. 林
重桓 (時調演義 90)

首陽山下(수양산하)=수양산 아래. 수양산은 중국 산동성에 있는
산으로 백이숙제가 굶어 죽었다는 곳 ◇어이 굽은 길노=에굽은 갈

로. 에굽은 길은 약간 굽은 길   ◇만련ᄒ시던=마련하시던   ◇法堂
(법당)=불상을 안치하고 설법도 하는 절의 정당(正堂)   ◇榻上(탑상)
=탑상(榻床). 기대거나 누을 수 있는 평상   ◇坎中連(감중연)=팔괘
의 하나. 부처님의 손이란 뜻이 있음   ◇상지중=상좌중   ◇小僧(소
승)=스님이 자신을 낮추어 하는 말   ◇手種 靑松(수종청송)이 今十
圖(금십도)로더='금십도'는 '금십회'(今十回)의 잘못인 듯. 직접 심은
푸른 소나무가 지금까지 열 아람이나 되었음

393

술먹고 빗득 뷔척 뷔거러 가며 먹지마자 크게 盟誓ㅣ ᄒ엿더니
  春夏秋冬 好時節의 南隣北村 다 請ᄒ여 熙皞同樂 ᄒ올머데 어허
盟誓ㅣ 可笑ㅣ로다
  人生이 一場春夢인니 먹고 놀여 ᄒ노라. (言樂) (靑六 835)

  뷔거러 가며=비틀거리며 가면서   ◇南隣北村(남린북촌)=남북의
이웃 마을   ◇熙皞同樂(희호동락)=모두가 한가지로 즐거워함   ◇ᄒ
올머데=할 즈음에   ◇可笑=가소(可笑)   ◇一場春夢(일장춘몽)=한
때의 화려한 꿈

394

술먹기 비록 죠흘지라도 한두 盞박긔 더 먹지 말며
  色ᄒ기 조흘지라도 敗亡에란 말을지니
  平生에 이 두일 삼가ᄒ면 百年千金軀를 病드로미 이시랴. (蔓橫)
(詩歌 608)

  죠흘지라도=좋다고 하더라도   ◇色(색)ᄒ기=여자와 가까이 하기
◇말을지니=가지 말을 것이니   ◇百年千金軀(백년천금구)=평생을

천금과 같이 소중하게 관리해야 할 신체   ◇病(병)드로미=병이 드
는 까닭이

395

술먹어 病업는 藥과 色ᄒ여 長生홀 藥을

갑주고 살쟉이면 盟誓ㅣ개지 아모만들 관계ᄒ랴

갑주고 못살 藥이니 뉜츼 아라가며 소로소로ᄒ여 百年ᄭᆞ지 ᄒ리
라.(蔓橫淸類) (珍靑 491)

   살쟉시면=살 것이라면   ◇盟誓(맹서)ㅣ개지=맹서하지   ◇아모만
들=누구인들   ◇관계ᄒ랴=관계를 가지겠느냐   ◇뉜치 알아가며=
눈치를 살펴 가면서   ◇소로소로ᄒ여=서두루지 않고 천천히
   ※李漢鎭本『靑丘永言』에 작자가 半癡로 되어 있음

396

술 붓다가 잔 골케 붓는 妾과 色ᄒ다고 ᄒ고 시움 甚히 ᄒ는 안히

헌 비에 모도 시러다가 씌우리라 혼 바다희

狂風에 놀나 씨닷거든 卽時 다려 오리라. (言樂) (靑六 807)

   잔 골케=술잔에 차지 않게   ◇시움=시새움. 투기(妬忌)   ◇헌 비
=낡은 배   ◇모도=모두   ◇혼 바다희=큰 바다에   ◇狂風(광풍)=
회오리 바람   ◇씨닷거든=깨닫거든

397

술을 大醉키 먹고 北平樓 올나 大夢을 쑤니

長劍을 씌여 들고 靑驄馬 빗겨 타고 遼海를 건너 쮜여 天朝를 降

伏밧고 北闕노 도라와셔 告闕成功ᄒᆞ여 뵌다
　平生에 丈夫의 마옴이 鬱鬱ᄒᆞ여 쑴에 施驗ᄒᆞ여라. (編弄)
　(歌譜 207)

　　北平樓(북평루)=누각의 이름. 북쪽 오랑캐를 평정한다는 뜻의 상
상의 누각인 듯　◇쎅여=빼어　◇靑驄馬(청총마)=총이말　◇遼海
(요해)=요하(遼河). 만주와 중국 사이에 있는 강　◇天朝(천조)를 降
伏(항복)밧고=천자의 조정을 항복 받고　◇北闕(북궐)노=대궐로
◇告闕成功(고궐성공)=이루던 것이 성공하였음을 알림

398
　술을 멉ᄌᄒᆞ니 百姓이 셜워ᄒᆞ고
　고기를 먹ᄌᄒᆞ니 샨치도 셜워ᄒᆞ니
　愛婢 料산 [ ]의 臺안쥬 [ ] [ ]及將 [ ]ᄒᆞ오리 더두고 니여
붓고 드쟛ᄂ다. 姜復中 (淸溪歌詞 38)

　　멉ᄌᄒᆞ니=먹고자 하니　◇샨치도=산채도. 산채(山菜)는 산에서
나는 나물　◇愛婢(애비)=사랑하는 여자 종　◇니여 붓고=계속해
서 술을 따르고　◇드쟛ᄂ다=드자꾸나

399
　술이라 ᄒᆞᄂ 거시 어니 삼긴 거시완디
　一杯一杯復一杯ᄒᆞ면 恨者泄 憂者樂에 扼腕者 蹈舞ᄒᆞ고 呻吟者 謳
歌ᄒᆞ며 伯倫은 頌德ᄒᆞ고 嗣宗은 澆胸ᄒᆞ고 淵明은 葛巾素琴으로 眄庭
柯而怡顏하고 太白은 接䍦錦袍로 飛羽觴而醉月하니
　아마도 시름 풀기ᄂ 술만흔 거시 업세라. (蔓橫) (樂學 908)

어니 삼긴=어찌 만들어진. 어떻게 생긴　◇거시완더=것이기에
◇一杯一杯復一杯(일배일배부일배)=한 잔 한 잔 또 한 잔　◇恨者
泄 憂者樂(한자설 우자락)=한이 있는 사람을 풀어 버리고 근심 있
는 사람은 즐거워 함　◇扼腕者 蹈舞 呻吟者 謳歌(액완자도무 신음
자구가)=화가나서 팔을 걷어부친 사람은 춤을 추고 신음을 하던 사
람은 노래함　◇伯倫(백륜)은 頌德(송덕)ᄒ고=유령(劉伶)은 술의 덕
을 칭송하고. 백륜은 유령의 자(字)이며 '주덕송'(酒德頌)을 지었음
◇嗣宗(사종)은 澆胸(요흉)ᄒ고=사종은 마음을 상쾌하게 하고. 사종
은 진(晉)나라의 완적(阮籍)의 자(字)로 술을 좋아 했음　◇淵明(연
명)은 葛巾素琴(갈건소금)으로=도연명은 갈건으로 술을 걸르고 줄
없는 거문고로　◇眄庭柯而怡顔(면정가이이안)ᄒ고=뜰에 있는 나뭇
가지를 보면서 얼굴에 기쁜 빛을 띠고　◇李白(이백)은 接罹錦袍(접
리금포)='이'는 '라'(羅)의 잘못인 듯. 이백은 비단 도포를 입음　◇
飛羽觴而醉月(비우상이취월)=술잔을 날리면서 달빛에 취함　◇업세
라=없구나

400

술이라 ᄒ면 몰 물 혀 듯ᄒ고 飮食이라 ᄒ면 헌 몰등에 서리 황다
앗 듯

兩 水腫다리 잡조지 팔에 함기눈 안풋 쏩장이 고쟈 남진을 만셕듕
이라 안쳐 두고 보랴

窓밧긔 통메장ᄉ 네나 ᄌ고 니거라. (樂戲調) (樂學 1062)

물 혀 듯ᄒ고=물 켜 듯하고　◇셔리 황다앗 듯=미상. 혹 서리
(暑痢) 때문에 황이 된 듯. 서리는 더위 로 생긴 설사병이며 황은 안
맞는 골패짝으로 일이 잘못 되었을 때 "황 잡았다"고 함. 이본(異本)

에는 '藥타오 듯'으로 되었음 ◇兩水腫(양수종)다리=두 수종다리. 수종은 붓는 병 ◇잡조지 팔=잡좋은 쟁기를 들기 위한 손잡이로 짧은 팔을 가리킴 ◇함기눈=흑보기. 눈동자가 한 쪽으로 몰려서 늘 흘겨보는 사람의 별명 ◇안풋씁장이=안팎 곱사등이 ◇고쟈 남진=고자 남편 ◇만셕듕=만석중이. 나무로 만든 꼭두각시의 하나 ◇통메장스=통(桶)메우시오 하고 웨치는 장사꾼. 통메장사를 간부(間夫)에 비유함

401

슐 갓치 조흔 것을 뉘라 禁ㅎ야 니 안이 마시리

天下 名勝之地 金剛 洛陽 瀟湘江 洞庭湖며 岳陽樓 姑蘇臺라 練光亭 놉히 올나 붉은 달 고흔 곳 아릿다온 美色덜과 조흔 벗 다리고 논일 적의 슐아 네곳 안이면 니의 무삼 興이 잇스랴

지금에 不醉不醒ㅎ고 半醉半醒ㅎ야 半不醉 半不醒을 나 홀노 깃거. 林重桓 (時調演義 93)

슐 갓치=술처럼 ◇뉘라 禁(금)ㅎ야=누가 막는다고 해서 ◇니 안이 마시리=내가 아니 마시랴 ◇金剛(금강)=금강산 ◇洛陽(낙양)=중국 하남성 북쪽에 있는 도시. 일반적으로 '서울'의 뜻으로 쓰임 ◇瀟湘江(소상강)=중국 호남성 동정호 옆에 있는 강 ◇洞庭湖(동정호)=중국 호남성에 있는 호수 ◇姑蘇臺(고소대)=오나라 강소성 소주부(蘇州府)에 있던 정자 ◇練光亭(연광정)=평안도 평양의 대동강안에 있는 정자 ◇美色(美色)덜과=기생들과 ◇논일 적의=한가하게 거닐며 놀 때에 ◇不醉不醒(불취불성)ㅎ고 半醉半醒(반취반성)ㅎ야=취하지도 깨지도 아니하고 반은 취하고 반은 깨어 ◇깃거=즐거워

402

슐 혼 쟌 가득 부어 倭盤에 밧쳐 면포젼 보에 밧쳐 초당 문갑 우
희 언졋더니 어늬 겨을에 의젹이 알고 반이나 남즈시 짜루워 먹어쑤
나

　져긔 져 碧空에 걸엿는 둘은 왼달이 두렷흐던 달일너니 어늬 결을
에 이태백이가 집펏던 쥬령 막디로 쌍쌍 두드려 반이나 남즈시 야즐
어졋다

　童子야 인제는 할 일 업다 늠은 슐 남은 달 건져 들어라 玩月長醉
흐즈. (慶大 時調集 58)

　倭盤(왜반)＝조그만 상　　◇면포젼 보＝면포젼(棉布廛)에서 사온
천으로 만든 보자기　　◇어늬 겨을에＝어느 틈에　　◇의젹＝의젹(儀
狄). 즁국 상고시대 하우(夏禹) 때 슐을 만든 사람　　◇남즈시＝남짓
◇두렷흐던 달일너니＝둥그렇던 달이더니　　◇쥬령 막디＝지팡 막대
기　　◇야즐어졋다＝찌그러졌다　　◇玩月長醉(완월장취)＝달빛을 즐기
며 오래도록 슐에 취함

403

丞相祠堂을 何處尋이랴 錦館城外에 柏森森이라
　暎階碧草는 白春色이오 隔葉黃鸝는 空好音이라 三顧에 頻繁天下計
로다 兩朝開濟老臣心이라
　出師에 未捷身先死흐이 長使英雄으로 淚滿襟을 흐노라. (蔓數大葉)
(海一 620)

　丞相祠堂(승상사당)을 何處尋(하처심)이랴＝승상의 사당을 어느 곳
에 가 찾으랴　　◇錦館城外(금관성외)에 柏森森(백삼삼)이라＝금관성

밖에 잣나무가 우거진 곳이라　◇暎階碧草(영계벽초)는　自春色(자춘색)이오=뜰을 덮은 푸른 풀은 스스로 봄빛이오　◇隔葉黃鸝(격엽황리)는　空好音(공호음)이라=잎 사이의 꾀꼬리 고운소리는 부질 없이 들린다　◇三顧(삼고)에　頻繁天下計(빈번천하계)로다=세 번 찾아 갔지만 자주 천하계를 물었다　◇兩朝開濟老臣心(양조개제노신심)=두 임금을 깨우쳐 준 늙은 신하의 마음이다　◇出師(출사)에　未捷身先死(미첩신선사)흐이=군사를 내어 이기지 못하고 몸이 먼저 죽으니　◇長使英雄(장사영웅)으로　淚滿襟(누만금)을=후세의 영웅으로 하여금 길이 눈물을 흘리게 함

　※ 두보(杜甫)의 '촉상'(蜀相)을 시조화한 것임

404

싀어마님 며느라기 낫바 벽바흘 구루지 마오

빗에 바든 며느린가 갑세 쳐온 며느린가 밤나모 셔근 들걸에 휘초리나 ᄀᆞ치 알살픠신 싀아바님 볏뷘 쇠똥 ᄀᆞ치 되죵고신 싀어마님 三年 겨른 망태에 새송곳부리 ᄀᆞ치 쑈족흐신 싀누으님 당피 가론 밧틔 돌피 나니 ᄀᆞ치 노란 욋곳 ᄀᆞ튼 피똥누는 아들 흐나 두고

　건 밧틔 멋곳 ᄀᆞ튼 며느리를 어듸를 낫바 흐시는고. (蔓橫淸類)

(珍靑 573)

　며느라기=며느리　◇낫바=마음에 들지 아니하여. 나뻐　◇벽바흘=부엌 바닥을　◇갑세 쳐온=값을 쳐서　◇셔근 들걸에=썪은 등걸에　◇휘초리=회초리. 가느다란 나뭇가지　◇알살픠신=매서운. 앙살을 피우시는　◇볏뷘 쇠똥=햇볕을 쬔 쇠똥　◇되죵고신=말라빠진　◇三年(삼년) 겨른 망태=삼년이나 결러 만든 망태기　◇새송곳부리=새로 만든 송곳의 뾰족한 부분　◇당피 가론 밧틔=당피를 심은 밭에. 당피는 돌피의 개량종인 듯　◇돌피 나니 ᄀᆞ치=돌피가

나오는 것 같이 ◇윗곳=오이꽃 ◇건밧틱=걸은 밭에. 기름진 밭
에 ◇멋곳=메꽃 ◇낫바=나쁘다고

405

柴扉에 개 즛거눌 님만 너겨 나가 보니
님은 아니 오고 明月이 滿庭흔듸 一陣狂風에 닙지눈 소리로다
져 개야 秋風落葉을 헛도이 즈져셔 날 소길 줄 엇졔오. (蔓橫淸類)
(珍靑 493)

　柴扉(시비)=사립문 ◇님만 너겨=임으로만 생각되어 ◇明月(명
월)이 滿庭(만정)=밝은 달빛이 뜰에 가득함 ◇一陣狂風(일진광풍)
=한바탕 부는 회오리 바람 ◇닙지눈=잎이 떨어지는 ◇헛도이=
헛되게 ◇소길 줄 엇졔오=속이는 까닭이 무엇이오

406

柴扉에 개 즛거늘 님이신가 반기녁여
倒着衣裳흐고 傾側望見흐니 狂風이 陣陣흐야 捲簾흐는 소리로다
含笑코 出門看흔이 憨鬼憨天 흐여라. (蔓數大葉) (海一 605)

　반기녁여=반갑게 여겨 ◇倒着衣裳(도착의상)=옷을 거꾸로 입음
◇傾側望見(경측망견)=눈길을 비스듬히 하여 바라봄 ◇狂風(광풍)
이 陣陣(진진)흐여=사나운 바람이 간간이 끊겨서 ◇捲簾(권렴)흐는
=발이 걷히는 ◇含笑(함소)코=웃음을 머금고 ◇出門看(출문간)흔
이=문을 나서서 바라다 보니 ◇憨鬼憨天(참귀참천)='귀'는 '괴'
(愧)의 잘못. 혼자 몹씨 부끄러워 함

407

時呼時呼 不再來로다 三十은 靑春 四十은 이울 노 五十은 半白 六十은 還甲人生 七十은 古來稀로다

人生 百年을 다 산다 할지라도 잠든 날 病든 날 근심 걱정과 모든 괴롬을 다 除히 노면 다만 단 四十 못ᄉᆞ는 인싱야 제 것 두고도 못 먹고 못 쓰는 자는 王將軍의 庫子되고 제 것 별노 업서도 잘 먹고 잘 쓰고 날마다 名妓 名唱을 다 모라 다리고 長春館 明月館 惠泉館으로 단이며 잘 노는 즈는 英雄中에도 楚覇王이라 우리 人生이 요령ᄒᆞ다가 ᄒᆞ번 주거져서 北邙山川을 돌아를 갈 제 엇던 마누라가 날 불상타 ᄒᆞ리요

춤 진정 가지로 설어서 나 못살겟네.　(樂高 917)

時乎時乎 不再來(시호시호 부재래)＝때여 때여 다시 오지 않는구나　◇이울 노＝시들 노(老). 나이가 들어 기력이 떨어짐　◇半白(반백)＝'반백'(半百)의 잘못이나 반백(半白)이나 반백(斑白)의 뜻으로 씀　◇古來稀(고래희)＝매우 드믈다. 70세. 두보의 시구(詩句) "인생칠십 고래희"(人生七十古來稀)에서 유래함　◇王將軍(왕장군)의 庫子(고자)＝왕장군의 창고지기. 왕장군은 진(晉)나라 때의 왕준(王濬)으로 무군대장군(撫軍大將軍)이 되었음. 그의 창고에는 없는 것이 없었다고 함　◇長春館 明月館 惠泉館(장춘관 명월관 혜천관)＝개화기 당시의 서울에 있던 유명한 요릿집으로 명월관은 황토마루에 장춘관은 돈의동에 있었음　◇楚覇王(초패왕)＝항우를 가리킴　◇요령ᄒᆞ다가＝이렇게 지내다가　◇北邙山川(북망산천)＝공동묘지

408

식불감미ᄒᆞ고 침불안석ᄒᆞ니 뎐뎐불미ᄒᆞ고 경경반측ᄒᆞ야 누어슨들

님이 오고 안즈슨들 님이 올가

　독슈공방 홀노 누워스니 더ᄒᄂ니 눈물이오 지ᄂ니 한숨이라 님이
아모리 무정홀지라도 셔스왕복이라도 이슬거시지 어히 그리 니졋든
가 텬하영웅 진시황이 만권시셔를 불 살을 젹에 리별에 멧즈를 왜
내여 두엇눈가 리라는 리즈는 리별 리즈오 스라는 스즈는 싱각 스즈
요 수라눈 수즈는 수심 수즈로구나

　박랑스즁 쓰고 남은 텰퇴 텬하 장스 항우를 맛겨 졔 힘ᄭ지 들너
메고 리별에 멧 즈를 씨쳐스면 리별 업시 다 상봉ᄒ갓구나.

　(樂高 897)

　식불감미ᄒ고 침불안셕ᄒ니＝음식을 먹어도 맛이 없고(食不甘味)
자도 잠자리가 편하지 않음(寢不安席)　◇뎐뎐불미ᄒ고 경경반측ᄒ
야＝뒤척이며 잠을 못이루고(輾轉不寐) 근심 때문에 몸을 뒤척임(耿
耿反側)　◇지ᄂ니＝나오는 것이. 짓느니　◇셔스왕복＝편지라도(書
辭) 오고감(往復)　◇만권시셔＝많은 책들(萬卷詩書)　◇불살을 젹＝
불에 태울 때. 분서갱유(焚書坑儒)를 말함　◇내여＝남겨　◇박랑스
즁 쓰고 남은 철퇴＝장량이 진시황을 죽이기 위해 박랑사(博浪沙)에
서 철퇴로 저격함　◇힘ᄭ지＝힘껏　◇멧 즈를＝몇 글자를

409

神仙과 道士들은 長生不死ᄒ는 術을 어더

餐朝霞而療飢ᄒ며 飮月露而洗心이로되

우리는 風塵間 百歲人生이라 玉食 魚肉湯이 긔 分인가 ᄒ노라. 金
壽長 (二數大葉) (海周 541)

神仙(신선)＝속세를 떠나 선경(仙境)에 살며 불로장생(不老長生)하는 재주를 닦아 신변자재(神變自在)할 수 있다는 도가(道家)에서의 이상적 인격　◇道士(도사)＝도를 닦는 사람. 또는 도를 깨우친 사람　◇長生不死(장생불사)＝오래 살고 죽지 아니함　◇術(술)＝재주. 기술　◇餐朝霞而療飢(찬조하이요기)ㅎ며＝아침 안개를 먹어 허기를 달래며　◇飮月露而洗心(음월로이세심)이로되＝달빛이 어린 이슬을 마셔 마음을 깨끗이 하였으되　◇風塵間(풍진간)＝속된 세상 속에　◇百歲人生(백세인생)＝기껏해야 백 살밖에 못사는 인생　◇玉食(옥식)＝맛 있는 음식　◇魚肉湯(어육탕)＝어류(魚類)나 육류(肉類)를 재료로하여 끊인 음식　◇긔 分(분)인가＝그것이 분수에 맞는 것인가

410

神仙이 즈최 업쓰되 呂洞賓은 眞仙이레

朝遊北海暮蒼梧요　神裡靑蛇膽氣粗ㅣ라　三入　岳陽홀쩨　사람이　알이 업데

洞庭湖　七百里　平湖에　浪吟飛過ㅎ니라.　金壽長（二數大葉）

（海周　551）

즈최　업쓰되＝지나간　자취가　없다고　하지만　◇呂洞賓(여동빈)＝당나라　사람으로　본명은　암(嵒).　종남산(終南山)에서　수도(修道)한　팔선(八仙)의　하나　◇眞仙(진선)＝참다운　신선　◇朝遊北海暮蒼梧(조유북해모창오)요＝아침에는　북해에서　저녁에는　창오산에서　놀고요　◇神裡靑蛇膽氣粗(신리청사담기조)ㅣ라＝가슴　속에　있는　검술로　담이　기세　있고　거칠도다　◇三入　岳陽(삼입악양)＝여동빈이　세　번째　악양에　들어　감　◇사람이　알이　업데＝사람들이　알　까닭이　업데.　여동빈이　선술을　배웠기　때문에　다른　사람들이　그를　몰라　봄　◇洞庭湖　七百里(동정호　칠백리)＝중국　호남성에　있는　호수로　둘레가　칠백

리나 됨   ◇平湖(평호)=동정호가 잔잔함을 형용한 말인 듯   ◇浪吟飛過(낭음비과)='낭'은 '낭'(朗)의 잘못. 노래를 읊조리며 날아 지나감

411

신흥수 즁놈이 안감골 승년에 머리치 쥐고

안감골 승년니 신흥사 즁놈에 상투를 잡고 하나님 젼에 등장갈제 죠막숀이 육갑 쏩고 쏩장이는 쟝쵸 맛고 안짐방니 탁견ᄒ고 장안판슈 좀상니 세고 벙어리는 판결스헌다

길아리 목 업는 돌부쳐는 앙쳔디쇼. (시철가 74)

신흥스=설악산이 아닌 서을 돈암동에 있는 절인 듯   ◇안감골=서을의 안암동(安巖洞)인 듯   ◇등장=등장(等狀). 두 사람 이상이 연명(連名)으로 소원이나 억울한 일을 관청에 호소하는 일   ◇죠막숀이 육갑 쏩고=조막손이가 육갑을 헤아리고   ◇쏩장이는 쟝쵸맛고=꼽추는 군인으로 선발 되고(壯抄)   ◇안짐방니 탁견ᄒ고=앉은뱅이가 태껸하고   ◇장안 판슈 좀상니 세고=장안의 장님이 좀생이 보고 점을 치고. 좀생이 보는 것은 음력 2월 6일에 묘성의 빛깔과 달과의 거리를 보아 풍흉(豐凶)을 점치는 일   ◇판결스헌다=판결사(判決事)를 한다 판결을 내린다   ◇목 업는=목이 잘린   ◇앙쳔디쇼=하늘을 쳐다보며 크게 소리쳐 웃음(仰天大笑)

412

심의산 세네 바회 감도라 휘도라

五六月 낫게즉만 살얼옴 지퓐 우히 즌서리 섯거 티고 자최눈 디엇거늘 보앗는다

님아님아 온 놈이 온 말을 ᄒ여도 님이 짐쟉 ᄒ쇼셔. 鄭澈

(松星 42)

　　심의산=수미산(須彌山)을 가리키는 듯. 수미산은 불교의 세계설에서 세계의 중앙에 솟아 있다고 하는 높은 산. 심의산(深意山)　◇세네 바회=세네 번. 세네 바퀴(回).　◇감도라 휘도라=감거나 휘돌아　◇낫게즉만=한낮이 좀 지난 시각　◇지핀=잡힌. 막 시작한　◇즌서리=된서리　◇섯거 티고=섞어 치고　◇자최눈 디엇거늘=자욱이 날 정도로 내린 눈이 내렸거늘　◇보앗는다=보았느냐　◇온 놈이 온 말을 ᄒ여도='온'은 '백'(百)을 뜻하는 우리말. 백 사람이 백 마디의 말을 하여도. 많은 사람들이 많은 말을 하여도

413

十年은 글을 일고 ᄯ 十年은 칼을 배워

二十年이 將盡토록 글과 칼이 虛事로다

두어라 書劍을 다 버리고 江湖에 漁夫되여 萬事無心 一釣竿으로 斜風細雨 不須歸를. (時調集 127)

　　將盡(장진)토록=다 되어 가도록　◇虛事(허사)=헛 일　◇書劍(서검)=배운 글과 칼쓰기　◇萬事無心 一竿竹(만사무심 일간죽)=모든 일에 관심이 없고 다만 낚시대 하나만 가짐　◇斜風細雨 不須歸(사풍세우 불수귀)=빗겨가는 바람과 이슬비도 아랑곳 하지않고 돌아가지 않음

414

十面 埋伏 설이 치고 둘 붉은 밤의

起飮帳中 別虞姬하고 鐵鞭을 놉히 들고 暗啞叱咤ᄒ이 烏騅馬 ᄂ는 곳에 漢兵이 草芥로다

암아도 千不當 萬不當은 楚伯王이신가 ᄒ노라. 朴文郁 (靑謠 70)

十面 埋伏(십면매복)=사방이 복병(伏兵)에 의해 둘려 쌓임. 항우
의 군사가 밤에 한나라의 군사에게 포위되었던 일 ◇설이 치고=서
리가 내리고 ◇起飮帳中 別虞姬(기음장중별우희)=포위 당한 항우
가 장중에서 일어나 술을 마시고 애첩인 우미인(虞美人)과 작별함
◇鐵鞭(철편)=고들개. 무기의 한 가지. 채찍의 끝에 굵은 매듭이나
추 같은 것을 달아 상대방을 때리도록 되었음 ◇喑啞叱咤(암아질
타)=노하여 크게 소리를 지름 ◇烏騅馬(오추마)=항우가 타던 명마
(名馬)의 이름 ◇ᄂ는 곳에=새가 나는 것처럼 빠른 곳에 ◇漢兵
(한병)이 草芥(초개)로구나=한나라의 군사들이 마치 지푸라기 같구
나 ◇千不當 萬不當(천부당 만부당)은 楚伯王(초백왕)=초백왕은 항
우를 가리킴. 절대로 상대할 수 없음은 항우임

415
十載를 經營屋數椽ᄒ이 錦江之上이요 月峰前이라

桃花ㅣ 浥露紅浮水요 柳絮飄風白滿舡이라 石逕歸僧은 山形外요 烟
沙眠鷺는 雨聲邊이로다

若令麻詰로 遊於此ㄴ댄 不必當年에 畵網川을 홀이라. (蔓數大葉)
(海一 622)

十載(십재)를 經營屋數椽(경영옥수연)ᄒ이=십 년동안에 겨우 조그
만 집을 경영하니 ◇錦江之上(금강지상)이요 月峰前(월봉전)이라=
금강의 위요 월봉의 앞이라 ◇桃花浥露紅浮水(도화읍로홍부수)=도
화는 이슬에 젖어 붉은 빛이 물에 떴고 ◇柳絮飄風白滿舡(유서표풍
백만강)=버들솜은 바람에 날려 흰 빛이 배에 가득함 ◇石逕歸僧
(석경귀승)은 山形外(산형외)요=돌길에 돌아오는 스님은 산형의 밖

이요　◇烟沙眠鷺(연사면로)는 雨聲邊(우성변)이라＝안개 낀 사장에 잠든 백로는 빗소리 가로다　◇若令麻詰(약령마힐)로 遊於此(유어차)댄＝만약에 마힐로 하여금 이 곳에서 놀게 했던들　◇不必當年(불필당년)에 畵輞川(화망천)을＝반드시 당년에 망천의 그림을 그리지 않았을 것을. 마힐은 당나라 왕유(王維)의 자이고 그는 망천에 별장을 두고 망천도(輞川圖)를 그렸음

　※ 우리나라 실명씨(失名氏)의 '별업고시'(別業古詩)를 시조화한 것임

416

씬남우 셜이 입피 금슈병풍 둘여 잇다

복악의 올나 서셔 남포을 보라본이

지스 비츄 위인 말고 만천 숙긔예 늑는 것이 더욱 셥다. 南極曄
(愛景堂十二月歌 右九月 北嶽丹楓章) (愛景言行錄)

　씬남우＝신나무. 신나무는 단풍나무　◇셜이 입피＝서리 맞은 잎이　◇금슈병풍＝금수병풍(錦繡屛風)　◇둘여＝둘러　◇복악의＝북악(北嶽)의　◇남포을＝남쪽 포구를　◇지스비츄＝지사비추(志士悲秋). 지사가 가을을 슬퍼함. 지사는 죽는 것을 두려워 하지 아니하는 선비　◇위인 말고＝어찌 된 말인가　◇만천숙기＝온 세상에 그득한 엄숙한 기운. 만천 숙기(滿天肅氣)　◇늑는 것이＝늙는 것이

　※ 漢譯, 辭曰 楓林霜葉 疑是錦繡屛 些北顧南望 志士胡然悲秋 些已矣乎 滿天肅氣 老奈何(사왈 풍림상엽 의시금수병 사북고남망 지사호연비추 사이의호 만천숙기 노내하)

　自譯, 坐愛楓林霜葉晚 冑峰特立錦屛中 曠懷多感登臨處 志士悲秋萬古同(좌애풍림상엽만 주봉특립금병중 광회다감등림처 지사비추만고동)

417

아마도 太平홀슨 우리 君親 이 時節이야

聖主ㅣ 有德ᄒ샤 國有風雲慶이오 雙親이 有福ᄒ니 家無桂玉愁ㅣ로다

億兆蒼生이 年豊을 興계워 白酒黃鷄로 喜互同樂 ᄒ놋다. (蔓橫淸類) (珍靑 513)

君親(군친)=임금과 어버이 ◇聖主 有德(성주유덕)=훌륭한 임금께서 덕이 있음 ◇國有風雲慶(국유풍운경)=나라에 크게 번성하려는 좋은 경사가 있음 ◇雙親 有福(쌍친유복)=어버이가 복이 있으심 ◇家無桂玉愁(가무계옥수)=집안에 먹고 사는 것에 대한 근심이 없음 ◇億兆蒼生(억조창생)=모든 백성들 ◇年豊(연풍)=풍년 ◇白酒黃鷄(백주황계)=막걸리와 닭고기 안주 ◇喜互同樂(희호동락)=서로 기뻐하고 함께 즐거워함

418

아마도 豪放홀슨 靑蓮居士 李謫仙이라

玉皇香案前에 黃庭經 一字 誤讀ᄒ 罪로 謫下 人間ᄒ야 藏名酒肆ᄒ고 弄月采石ᄒ다가 긴고리타고 飛上天ᄒ니

이졔는 江南風月 閑多年인가 ᄒ노라. (蔓橫) (樂學 852)

豪放(호방)홀슨=기개가 장하여 작은 일에 거리끼지 아니하기는 ◇靑蓮居士 李謫仙(청련거사 이적선)=청련의 호를 가진 이백. 적선은 그를 선계(仙界)에서 인간계(人間界)로 쫓겨온 신선에 비유함 ◇玉皇香案前(옥황향안전)=옥황상제의 향안 앞 ◇黃庭經(황정경) 一

字誤讀(일자오독)흔 罪(죄)=황정경 한 자를 잘못 읽은 죄. 황정경은
도교의 경전임　◇謫下 人間(적하인간)=인간의 세상으로 귀양옴
◇藏名酒肆(장명주사)=이름을 술 파는 거리에 숨김. 술을 좋아한다
는 뜻　◇弄月采石(농월채석)=채석강에서 달을 희롱함　◇飛上天(비
상천)=하늘로 날아 올라 감　◇江南風月 閑多年(강남풍월 한다년)=
강남의 풍월이 한가로운지 오래 되었음

419

ㅇ자 나 쓰던 되 黃毛筆을 首陽 梅月을 흠벅 지거 窓前에 언졋더
니

댁디글 구우러 쏙나려 지거고 이제 도라가면 어들 법 잇건마는

아모나 어더 가져셔 그려보면 알리라. (蔓橫淸類) (珍靑 476)

ㅇ자=감탄사　◇되黃毛筆(황모필)=중국산 황모로 만든 붓. 황모
는 족제비 털　◇首陽 梅月(수양매월)=품질이 우수한 먹의 이름들
◇흠벅 직어=잔뜩 찍어　◇쏙나려 지거고=뚝 떨어지겠구나

420

아춤의 흔 일을 착히 흐면 이 무음이 흐뭇흐고

져녁에 흔 일을 착히 흐면 흐뭇던 무음이 즐거오니 일일이 착흐고
쏘 착흐면 날마다 흐뭇흐고 쏘흔 아니 즐거온가

녜부터 東平王蒼의 말이 爲善이 最樂다 흐니라, 申獻朝

(蓬萊樂府 22)

착히=착하게. 착실하게　◇흐뭇던=흐뭇하던　◇일일이=날마다
◇녜부터=예전부터　◇東平王蒼(동평왕창)=후한 광무제(光武帝)의

여덟째 아들인 유창(劉蒼) ◇爲善(위선)이 最樂(최락)다=착한 일을 하는 것이 최선의 즐거움이다

421
ㅇ흠 긔 뉘오신고 것넌 佛堂에 동녕僧 이오런이
홀居師 홀로 자옵는 房에 무슴 것 홀아 와 겨오신고
홀居師 님의 노감탁이 버서 건은 말졋틔 내 곡갈 버서 걸라 왓슴
니. (海一 573)

ㅇ흠=어흠. 헛기침 소리 ◇뉘오신고=누구신가 ◇동녕僧(승)=동냥하는 스님 ◇홀居師(거사)=홀로 자내는 남자 스님 ◇무슴 것 홀아=무엇을 하려고 ◇노감탁이=노끈으로 만든 감투 ◇버서 건은=벗어 걸은 ◇말졋틔=말코지 곁에. 말코지는 물건을 걸기 위해 벽에 밖아놓은 못이나 갈쿠리 같은 것 ◇곡갈=고깔. 여승이 쓰는 삼각형 모양의 모자

422
兒孩놈 흐야 나귀 경마 들이고 五柳村으로 벗 차즈가니
月色은 滿庭흔디 들니나니 笛소리라
童子아 나귀를 투투 쳐 슬슬 모라라 玉笛소리 나는 디로
(精歌 368)

나귀 경마 들이고=나귀의 고삐를 잡게 하고 ◇五柳村(오류촌)=도연명이 살던 마을 ◇月色(월색)은 滿庭(만정)=달빛이 뜰에 가득함 ◇나는 디로=나는 곳으로

423

아흔 아홉 곱 머근 老丈 濁酒 걸러 醉케 먹고

납죽 도라흔 길로 이리로 빗독 져리로 빗척 뷕독뷕척 뷔거를 적의
웃지마라 저 靑春少年 아희놈들아

우리도 少年적 ᄆ음이 어제론 듯 ᄒ여라. (蔓橫淸類)

(珍靑 534)

곱 머근=구비를 넘긴. 지난 ◇老丈(노장)=늙은이의 존칭 ◇납
쪽 도라흔 길=넓고 좋은 길인 듯 ◇뷔거를 적의=비틀거리며 걸을
때에 ◇少年(소년)적 ᄆ음=젊었을 때의 마음 ◇어제론 듯=어제
인 듯

424

아희들아 나무 가즈 뵈줌방이 ᄃ님 쳐 신들메고

낫 가라 허리에 ᄎ고 독긔 버려 드러메고 茂林山中 드러가서 마른
섭 삭다리를 뵈거니 버히거니 지계에 질머 노코 시음을 ᄎ즈 點心
도슬 부쉬 오오고 곰방디 쩌러 입담비 푸여 물고 노리 부르며 잠을
ᄃ니

이윽고 夕陽이 지 넘거늘 엇찌를 츄유즈며 이아 동무야 어이 갈고
ᄒ노라. (詩歌 709)

ᄃ님 쳐=대님을 두르고 ◇신들메고=감발을 하고 ◇마른 섭=
마른 섶풀 ◇삭다리=죽은 나뭇가지 ◇도슬=밥그릇. 도시락 ◇
곰방디=짧은 담배대 ◇지 넘거늘=고개로 넘어가거늘 ◇츄유즈며
=추스르며 ◇이아=야

425

아희야 몰 鞍裝ᄒᆞ여라 타고 川獵을 가자
술병 걸제 힝혀 盞 이즐세라 白鬚를 훗날니며 여흘여흘 건너 가니
내 뒤헤 뜬 쇼 탄 벗님너는 홈끠 가자 ᄒᆞ더라. (樂戲調)
(樂學 971)

川獵(천렵)=냇가에 가서 고기 잡고 노는 일 ◇이즐세라=잊을가
두렵구나 ◇白鬚(백수)를 훗날리며=흰 수염을 바람에 휘날리며
◇뜬 쇼=불로 받아 넘기기 잘 하는 소

426

岳陽樓에 올라안자 洞庭湖 七百里를 눈알에 굽어본이
落霞는 與孤鶩齊飛오 秋水는 共長天一色이로다
허물며 滿江秋興이 數聲漁笛 뿐이로다. (蔓數大葉) (海一 595)

　岳陽樓(악양루)=중국 악양에 있는 누각. 동정호에 면하고 있으며
경치가 좋기로 유명함 ◇洞庭湖 七百里(동정호 칠백리)=중국 제일
의 호수로 주위가 칠백 리임 ◇落霞(낙하)는 與孤鶩齊飛(여고목제
비)=낮게 드리운 저녁 노을은 외로운 들오리와 더불어 가즈런히 날
음 ◇秋水(추수)는 共長天一色(공장천일색)=가을의 맑은 물은 하늘
과 같이 맑음 ◇滿江秋興(만강추흥)=강에서 만끽할 수 있는 가을
의 흥취 ◇數聲漁笛(수성어적)=몇 가닥의 어부들이 부는 피리소리

427

압논에 오려 뷔여 百花酒 빗고
뒷동山 松枝 箭筒 우희 활 지어 걸고 죵ᄒᆞ야 밧 갈니고 보리믹 길

드리고 千金駿馬 압픠 미고 釣臺에 고기 낙고 絶代佳人 안즈는듸 五絃琴 빗끠 안고 白雪 一曲을 風月노 석거 노니

　아마도 悉耳目之所好와 窮心之所樂은 이 쑨인가 ᄒ노라. (界面調)
　(東國 349)

　오려 뷔여=올벼를 타작하여　◇百花酒(백화주)=온갖 꽃을 넣어 비즌 술　◇빗고=담그고　◇松枝(송지)=소나무 가지　◇箭筒(전통)=화살을 넣는 통　◇죵하야=종을 시켜서　◇千金駿馬(천금준마)=천금의 값이 나가는 좋은 말　◇釣臺(조대)=낚시터　◇五絃琴(오현금)=현이 다섯인 거문고. 도연명이 탓다는 거문고　◇白雪 一曲(백설 일곡)=중국 상(商)나라에서부터 전해오는 백설가(白雪歌) 한 곡조　◇悉耳目之所好(실이목지소호)=다 귀로 듣고 눈으로 보아 좋아하는 것　◇窮心之所樂(궁심지소락)=궁극적으로 마음의 즐거워 하는 것

428

압논에 올여 뷔여 百花酒를 비져 두고

　뒷 東山 松亭에 箭筒 우희 활 지어 걸고 손조 구굴뭇이 낙가 움버들에 꿰여 물에 치와두고

　아희야 날 볼 손님 오셔든 뒤 여흘노 술와라. (蔓數大葉)
　(海一 603)

　올여=올벼　◇비져 두고=담가 두고　◇松亭(송정)=소나무 숲에 지은 정자　◇활 지어 걸고=활을 만들어 걸어 놓고　◇손조=손수　◇구굴뭇이=구굴무치　◇움버들=새로 자란 부드러운 버들가지　◇여흘노=여울로　◇술와라=알려라

429

압 못세 든 고기들아 네와 든다 뉘 너를 몰아다가 엿커를 잡히여
든다
北海淸소 어듸두고 이 못시 와 든다
들고도 못나는 情이야 네오 너오 다르랴. (初數大葉) (樂學 30)

　압 못세=앞 못에　◇네와 든다=여기에 들어 오느냐　◇엿커를
=넣커늘　◇잡히여 든다=잡혀 들어 왔느냐　◇北海淸(북해청)소=
북해처럼 넓은 바다나 맑은 연못(淸沼)　◇들고도 못나는 情(정)=들
어 와서 나가지 못하는 사정(事情)　◇네오 너오=너나 나나

450

藥山 東坮 여즈러진 바회 우희 倭躑躅 굿튼 져 내님이
내 눈에 덜 밉거든 남의 눈에 지나 보랴
시 만코 쥐 쐰 東山에 오조 굿듯 ᄒᆞ여라. (三數大葉)
(樂學 805)

　藥山 東坮(약산동대)=평북 영변(寧邊) 약산의 동쪽에 있는 봉우리
◇여즈러진=이즈러진　◇倭躑躅(왜척촉)=왜철쭉　◇덜 밉거든=조
금밖에 밉지 않거든　◇지나 보랴=지나쳐 보랴　◇시만코=새가 많
고　◇쥐 쐰=쥐가 꼬이는　◇오조 굿듯=오조 〔早粟〕를 간 듯

451

藥山 東臺 여지러진 바위 꼿슬 꺽어 籌를 노며 無盡無盡 먹스이다
人生 한번 도라가면 다시 오기 어려워라 勸훌격에 잡으시요 百年
假使人人壽라도 憂樂을 中分未百年을 勸훌 머듸 잡우시요 羿曰壯士

鴻門樊噲 斗巵酒를 能飮하되 이 술 흔잔 못먹엇네

　勸홀젹에 잡으시요 勸君更進一杯酒ᄒ니 西出陽關無故人을 勸홀머
듸 잡으시오. (勸酒歌) (大東 313)

　籌(주)를 노며＝산가지를 놓으며. 수를 헤아리며　◇百年假使人人
壽(백년가사인인수)＝백년을 가령 제 각각 살 수 있어도　◇憂樂中
分未百年(우락중분미백년)＝근심과 즐거움이 반반으로 백년이 못 됨
　◇勸(권)홀 머듸＝권할 적에　◇羽曰壯士 鴻門樊噲 斗巵酒(우왈장사
홍문번쾌 두치주)를 能飮(능음)하되＝장사라 부르는 항우와 홍문의
번쾌가 말만큼 큰잔의 술을 능히 마시되　◇勸君更進一杯酒(권군갱
진일배주)ᄒ니＝그대에게 다시 한 잔의 술을 권하니　◇西出陽關無
故人(서출양관무고인)을＝서쪽으로 양관에 나서면 벗이 없네. 양관은
관문(關門)의 이름. 왕유(王維)의 「송원이사안서」(送元二使安西)의 전
결구(轉結句)임

452

　弱水 三千里 江上의 닫 들고 돗 달고 킈 나려 노코 淳風 만나 急
히 가는 비야게 暫 섯거라 말무러보자

　그 비 船人 對答ᄒ되 우리 船人은 奉命으로 西天 炌州로 戰船大同
실너 가는 비오

　眞實노 그럴진더는 빨리 行船ᄒ여라. (調詞 66)

　弱水 三千里(약수 삼천리)＝선경(仙境)에 있다고 하는 물. 삼천리
는 멀다는 의미　◇닫 들고＝닻을 들어 올리고　◇킈 나려 노코＝키
를 내려 놓고　◇奉命(봉명)＝명령을 받고　◇西天 炌州(서천개주)＝
지명. 먼 곳이란 뜻으로 쓴 듯　◇戰船大同(전선대동)＝세금으로 받
은 곡식　◇行船(행선)＝배를 운행함

453

弱水 三千里 거긔둥 쩌 가는 비야 게 좀 셕거라 말 무러보자

童男童女 五百人으로 瀛州 三神山의 不死藥 키라 가는 徐市 等의
비을 보왓는냐

우리도 沙九平臺 爲尊키로 徐市를 苦待. (樂高 579)

童男童女 五百人(동남동녀 오백인)=동남과 동녀 오백 명. 진시황
의 명으로 삼신산으로 불사약을 구하러 떠난 사람들 ◇瀛洲 三神山
(영주 삼신산)=삼신산의 하나인 영주산 ◇徐市(서불)=삼신산에 불
사약을 구하러 떠난 사람의 우두머리 ◇沙丘平臺 爲尊(사구평대 위
존)키로=진시황이 동순(東巡)하다 죽은 곳인 사구평대를 존중하기로

454

陽德 孟山 鐵山 嘉山 나린 물이 浮碧樓로 감도라 들고

마흐라기 공이소 斗尾 月溪 나린 물은 濟川亭으로 도라든다

님그려 우는 눈물은 벼갯모흐로 도라든다. (蔓橫淸類)

(珍靑 498)

陽德 孟山 鐵山 嘉山(양덕 맹산 철산 가산)=평안북도에 있는 지
명 ◇浮碧樓(부벽루)=평양 대동강변에 있는 누각 ◇마흐라기 공
이소=지명. 남한강 상류인 충주 지방의 막희락(莫喜樂)과 공유수(空
有愁) ◇斗尾 月溪(두미 월계)= 경기도 양평에 있는 나루 ◇濟川
亭(제천정)=한강 북안 지금의 서울 금호동 근처에 있던 정자로 중
국 사신을 맞던 곳 ◇벼갯모흐로=베개모퉁이로

455

揚淸歌 發皓齒ᄒ니 北方佳人 東隣子로다

且吟白苧停綠水요 長袖拂面爲君起라 寒雲은 夜捲霜海空이요 胡風
吹 天飄寒鴻이로다

玉顔滿堂 樂未終ᄒ니 館娃日落ᄒ고 歌吹濛을 ᄒ노라. (蔓數大葉)
(海一 614)

揚淸歌 發皓齒(양청가 발호치)ᄒ니=청가를 날리고 흰 이를 들어
내고 노래하니 ◇北方佳人 東隣子(북방가인 동린자)로다=북녘의
미인과 이웃의 처녀로다 ◇且吟白苧停綠水(차음백저정록수)요=또
백저곡을 읊고 녹수를 쉬며 ◇長袖拂面爲君起(장수불면위군기)라=
긴소매로 얼굴을 가리고 그대를 위해 일어나도다 ◇寒雲(한운)은
夜捲霜海空(야권상해공)이요=차가운 구름이 밤에 걷히니 바다와 하
늘에 서리 내리고 ◇胡風吹天飄寒鴻(호풍취천표한홍)이로다=북풍
이 하늘에 부니 변방 기러기가 나부끼도다 ◇玉顔滿堂樂未終(옥안
만당낙미종)ᄒ니=미인이 집에 가득하니 즐거움이 그치지 아니하고
◇館娃日落(관왜일락)ᄒ고 歌吹濛(가취몽)을=관왜에 해가 지고 노랫
소리 그윽함을
　※ 이백의 '백저사'(白苧詞) 3수 가운데 첫째 수임

456

陽春이 布德ᄒ니 萬物이 生光輝라

우리 聖主는 萬壽無疆ᄒᄉ 億兆ㅣ 願戴己ᄒ고 群賢은 忠孝ᄒ야 愛
民至治ᄒ고 老少에 벗님네도 無故無恙커늘 名妓 歌伴期會ᄒ야 細樂
을 前導ᄒ고 水陸珍味 五六駄에 金剛山 도라들어 絶對名勝 求景ᄒ고
醉ᄒ 잠이 꿈을 ᄭ니 꿈에 ᄒ 늙은 중이 邀我 引導하야 吳楚東南景

과 齊州九點烟을 歷歷히 盤迴ㅎ며 其間의 英雄豪傑들의 ㅈ최를 무를 쩌에 夕鐘聲에 씨고거나 朝飯을 지촉ㅎ야 望月 懷陵으로 正菴齋室 霽月光風 水落山寺 玉流川에 塵纓을 씨슨 後에 文殊菴 中興寺에 軟泡杯酒ㅎ고 晴日에 登臨 白雲峰ㅎ니 咫尺 天門을 手可摩ㅣ라 萬里江山 遠近風景이 眼底에 森羅ㅎ야 丈夫의 胸襟에 雲夢을 삼켯는 듯 브른 비 나려 오니 簫鼓는 暄天하야 洞壑이 울히는 듯 山影樓 올라 안ㅈ 花煎에 點心ㅎ고 伽倻ㄱ고 검은고에 가즌 筇笛 섯겻는듸 男歌女唱으로 終日토록 노니다가 扶旺寺 긴 洞口에 軍樂으로 드러간이 左右에 섯는 將丞 分明이 반기는 듯 往來遊客들은 못너 부러 ㅎ돗드라

　　암아도 壽域春臺에 太平閒民은 우리론가 ㅎ노라. 金壽長 (二數大葉) (海周 563)

　　陽春(양춘) 布德(포덕)ㅎ니＝따뜻한 봄볕이 비추니. 포덕은 덕을 편다는 뜻임　◇萬物(만물)이 生光輝(생광휘)라＝모든 생물들이 번쩍이는 빛을 내는구나. 생기(生氣)가 발랄한 모습을 말함　◇聖主(성주)＝덕화가 뛰어난 어진 임금　◇長壽無彊(장수무강)＝오래 살고 건강함　◇億兆願戴己(억조원대기)＝모든 백성들이 내가 왕이 되기를 원함　◇群賢(군현)＝여러 성현들　◇愛民至治(애민지치)＝백성들을 사랑하여 지성으로 다스림　◇無故無恙(무고무양)＝아무런 사고나 탈이 없음　◇名妓歌伴期會(명기가반기회)＝이름난 기생들과 가객들이 정기적으로 모임　◇細樂(세악)＝취타(吹打)가 아닌 장구 북 피리 젓대 깡강이 등으로만 연주하는 간편한 반주악　◇前導(전도)＝앞 길을 인도함　◇水陸珍味(수륙진미)＝물과 뭍에서 나는 재료로 만든 맛 있는 음식. 산해진미(山海珍味)　◇五六駄(오륙태)＝대여섯 바리. 바리는 마소에 잔뜩 실은 짐을 세는 단위　◇絶代名勝(절대명승)＝뛰어나게 아름다운 경치　◇邀我引導(요아인도)＝나를 맞이하여 이끌어 감　◇吳楚東南景(오초동남경)＝오나라와 초나라의 동남쪽 경

치. 두보의 시구(詩句). 원문에는 ‘오초동남탁’(吳楚東南坼)으로 되어 있음 ◇齊州九點烟(제주구점연)=제주의 아홉 점으로 보이는 연기. 李賀(이하)의 시구. 원문에는 ‘요망제주구점연’(遙望齊州九點煙)으로 되어 있음 ◇역력(歷歷)히=하나하나. 그 자취가 뚜렷하게 ◇盤廻(반회)=빙 돌음 ◇其間(기간)=예전부터 지금까지의 사이에 ◇石鐘聲(석종성)=저녁에 치는 종소리. 또는 들리는 종소리 ◇望月懷陵(망월회릉)=망월사(望月寺)와 회릉(懷陵). 망월사는 도봉산(道峰山)에 있는 절. 회릉은 동대문구 회기동(回基洞)에 있던 연산군의 어머니 폐비 윤씨의 능 ◇正菴齋室(정암재실)=‘정암’은 ‘정암’(靜庵)의 잘못. 중종(中宗) 때 정치인 조광조(趙光祖)를 제향하는 도봉산 입구이 있는 도봉서원의 재실. 재실은 능이나 사당 등에 위패를 모셔 놓은 건물 ◇霽月光風(제월광풍)=비 온 뒤의 맑은 달과 시원한 바람. 천성(天性)이 명랑하고 쇄락(灑落)함을 이르는 말 ◇水落山寺 玉流川(수락산사 옥류천)=경기도 남양주에 있는 수락산의 산사(山寺)와 그 곳 에 있는 옥류동(玉流洞)의 냇물 ◇塵纓(진영)=더러워 진 갓끈 ◇文殊菴 中興寺(문수암 중흥사)=삼각산에 있었거나 남아 있는 절. 중흥사는 없어지고 문수암만 남아 있음 ◇軟泡杯酒(연포배주)=연포탕과 잔술. 연포탕은 무우 두부 고기를 맑은 장에 넣어서 끓이는 국 ◇晴日(청일)=맑게 개인 날 ◇登臨白雲峰(등림백운봉)=백운봉에 오름. 백운봉은 북한산의 주봉인 백운대(白雲臺) ◇咫尺 天門(지척천문)을 手可摩(수가마)ㅣ라=하늘이 손으로 어루만질 수 있을 만큼 가까이 있음. 천문은 하늘로 들어가는 문 ◇眼底(안저)에 森羅(삼라)=눈아래 벌어져 있음 ◇丈夫(장부)의 胸襟(흉금)=사나히가 가슴에 품은 생각 ◇雲夢(운몽)을 삼켰는 듯=운몽처럼 큰 호수를 삼켰는 듯. 운몽은 중국 형주(荊州)에 있는 커다란 연못의 이름. 여기서는 커다란 꿈을 가졌다는 뜻 ◇簫鼓(소고)는 喧天(훤천)=퉁소와 북소리가 떠들썩하게 크게 울림 ◇洞壑(동학)=산천으로 둘러 쌓인 경치 좋은 곳. 골짜기   ◇山映樓(산영루)=삼각산에 있던 누정의 이름   ◇花煎(화전)으로 點心(점심)ᄒ고=봄철에 꽃잎은 넣어서 기름에 부친 떡으로 점심을 먹고   ◇가즌 稯笛(혜적) 섯겻는듸=갖가지 깡깡이와 피리 소리가 섞였는데   ◇男歌女唱(남가여창)=남녀가 부르는 노래 소리   ◇扶旺寺(부왕사)=소재 미상의 사찰   ◇軍樂(군악)=길군악. 잡가(雜歌)인 12가사의 하나   ◇將丞(장승)=동리 어구 등에 사람의 얼굴을 새긴 나무에 이수(里數)를 표시한 푯말   ◇往來遊客(왕래유객)=오고 가는 놀이꾼들   ◇壽域春臺(수역춘대)=다른 곳에 비하여 장수하는 사람이 많이 사는 곳   ◇太平閒民(태평한민)=태평한 시대에 살면서 근심이 없는 백성들

457

어듸야 씰씰 소 모라 가는 노랑 듸궁이 더벙머리 아희놈아 게 좀 셕거라 말 물러보쟈

져긔 져 건너 웅덩이 속의 지지닌 밤 장마의 고기가 슉굴 만니 모얏기로 죠리 죵다락기에 가득이 담아 집흘 만이 츄려 먹에를 질너 네 쇠 궁둥이에 언져 죽게 지너는 연노(歷路)에 任의 집 전하여 쥬렴

우리도 사쥬팔즈(四柱八字) 긔박(奇薄)ᄒ여 나무집 무엄 사는 그로 식젼(食前)이면 쇠물를 허고 나지면 농ᄉ(農事)를 짓고 밤이면 식기를 꼬고 졍(正) 밤중(中)이면 언문즈(諺文字)나 쓰더 보고 한달레 슐 담베 겻들려 슈빅(數百) 번(番) 먹는 몸이기로 전(傳)ᄒ럴동말동.

(樂高 774)

노랑 듸궁이=노랑 대가리   ◇슉굴 만니=우굴거릴 정도로 많이   ◇죠리 죵다락기=조리와 종다래끼   ◇먹에를 질너=마개로 막아   ◇죽게=줄 터이니   ◇무엄 사는 그로=머슴살이를 사는 까닭으로

◇쇠물=여물. 소의 먹이   ◇나지면=낮이면   ◇언문즈나 쓰더 보고
=우리의 문자나 떠듬거리며 읽어 보고

458

어리석다 安周翁이 엇지 그리 못 든고

功名에 미엇는가 富貴에 얼켜든가 功名은 本非願이요 富貴는 初不
親인데 무어세 걸잇겨 못가고서 六十年 風塵속에 鬢髮만 희계한고
放白鷗於天末이란 陶靖節의 歸去來요 秋風忽憶松江鱸는 張使君의 歸
思로다 오날이야 찌쳐스니 뭇지말고 가리로다 一葉扁舟 흘니져어 마
음디로 써갈 적의 身兼妻子都三口요 鶴與琴書共一船을 風飄飄而吹衣
하고 舟搖搖而輕颺이라 빗머리에 빗긴 白鷗 가는 길을 引導하고 捩
柁 뒤에 부는 바람 돗츨 미러 쌜니 갈제 浩浩蕩蕩하야 胸襟이 灑落
하다 五湖예 范蠡舟ㄴ들 시원하기 이만하랴 살가치 닷는 비가 瞬息
이 다 못ᄒ야 한 곳즐 다드르니 桃花園裏人家여늘 杏樹壇邊 漁夫ㅣ
로다 비여 너려 드러갈 제 찌 거의 夕陽이라 四面을 살펴보니 景槪
도 奇異하다 山不高而秀麗하고 水不深而澄淸이라 萬種桃樹 두른 곳
에 三三五五 수문 집이 딋수풀을 의지하야 전역 煙氣 이르혀고 紅紅
白白 빗난 꼿츤 느즌 안기 무릅쓰고 고언 티도 자랑한다 流水의 써
난 桃花 그 물 밧게 나지 마라 紅塵의 무든 사람 武陵 알가 두리노
라 시너을 因緣하야 졈졈 깁히 드러갈 제 한편을 발라보니 白雲이
어린 곳에 竹戶荊扉 두세집이 隱勤이 보이는디 門前五柳 드리엿고
石上三芝 쎄어낫다 문득 갓가이 다다라는 柴扉를 굿이 다다스니 門
雖設而尙關이라 志趣도 깁푸시고 다만 보이고 들리는 바는 萬花深處
松千尺이요 衆鳥啼時鶴一聲이 半空에 嘹亮하니 이 果然 너 집이로다

이졔야 離別 업슬 任과 함긔 남은 세上 몃몃 히를 근심 업시 즐기
다가 羽化登仙 하오리라, 安玟英 (言編) (金玉 176)

安周翁(안주옹)=안민영 자신의 호(號)   ◇못 든고=들어가지 못
하는고. 어떤 범위 안에 들어가지 못 하는고   ◇미엇든가=얽매이었
든가   ◇功名(공명)은 本非願(본비원)=공명은 본래부터 바라는 바가
아님   ◇富貴(부귀)는 初不親(초불친)=부귀는 처음부터 가까이 하지
아니 하였음   ◇걸잇껴=거리끼어   ◇六十年 風塵(육십년 풍진)=육
십살까지 살아온 세상   ◇鬢髮(빈발)만 희게=수염과 머리키락만 허
옇게   ◇放白鷳於天末(방백한어천말)=흰꿩을 하늘 가에 풀어 놓음
◇陶靖節(도정절)의 歸去來(귀거래)요=도연명의 귀거래사(歸去來辭)
에 있는 말이요   ◇秋風忽憶松江鱸(추풍홀억송강로)=가을 바람이
부니 문득 송강의 농어가 생각남   ◇張使君(장사군)의 歸思(귀사)로
다=장사군이 고향으로 돌아가고자 하는 생각 뿐이로다. 장사군은
중국 진(晋)나라 때 사람 장한(張翰)을 가리킴   ◇찌쳐스니=깨달았
으니   ◇一葉片舟(일엽편주)=조그마한 배   ◇흘니 저어=물에 자연
스럽게 흘러 가도록 내버려 두어   ◇身兼妻子 都三口(신겸처자 도삼
구)=자신과 처자와 합하여 모두 세 식구임   ◇鶴與琴書 共一船(학
여금서 공일선)=가산(家産)이 학과 금서를 합해도 배 한 척에 실을
정도밖에 안 됨   ◇風飄飄而吹衣(풍표표이취의)하고=바람은 솔솔
불어 옷깃을 흔들고   ◇舟搖搖而輕颺(주요요이경양)이라=배는 흔들
흔들 거리며 가볍게 나아감. 도연명의 귀거래사에 있는 말임   ◇振
柂(열타)=배의 키. 키는 배의 방향을 잡는 것임   ◇浩浩蕩蕩(호호탕
탕)하야=아주 넓어서 끝이 없어   ◇胸襟(흉금)이 灑落(쇄락)하다=
가슴 속에 품은 생각이 상쾌하고 시원하다   ◇五湖(오호)에 范蠡舟
(범려주)ㄴ들=오호에 띄운 범려의 배인들. 범려는 춘추시대 월(越)
나라의 공신으로 후에 벼슬을 그만두고 제(齊)나라를 거쳐 도(陶)에
들어가 거부가 되었음. 서시(西施)란 미녀와 오호에서 놀았음   ◇살
갓치 닷는=화살처럼 빨리 달리는   ◇瞬息(순식)이 다 못ㅎ야=잠깐

사이에 ◇桃花源裏 人家(도화원리인가)여늘=무릉도원 안에 인가가 있거늘 ◇杏樹壇邊 漁夫(행수단변 어부)ㅣ로다=살구나무가 있는 옆에 만든 단에 어부로다 ◇景槪(경개)도 기이(奇異)하다=경치도 훌륭하다 ◇山不高而秀雅(산불고이수아)하고=산이 높지 아니하나 빼어나게 아담하고 ◇水不深而澄淸(수불심이징청)이라=물이 깊지 아니하나 맑고 깨끗하다 ◇萬種桃樹(만종도수)=많이 심은 복숭아나무 ◇숨은 집이=가리워져 있는 집들이 ◇덧수풀을=대나무 슾을 ◇전역 烟氣(연기) 이르혀고=저녁 짓는 연기가 일어나고 ◇느즌 안개=저녁 안개 ◇流水(유수)에 써난 桃花(도화)=흐르는 물에 떠 있는 복숭아 꽃 ◇그 물 밧게 나지마라=그 물 밖으로 나가지 마라 ◇紅塵(홍진)에 무든 사람=속세의 더러움에 찌든 사람들 ◇武陵(무릉)알가 두리노라=무릉도원을 알까 두렵도다 ◇白雲(백운) 어린 곳에=흰 구름이 어리어 있는 곳에 ◇竹戶荊扉(죽호형비)=대나무나 가시나무로 만든 지게문과 사립문 ◇隱勤(은근)이 보이난더='은근'은 '은근'(慇懃)의 잘못. 겨우 보이는데 ◇門前 五柳(문전 오류) 드리엿고=이문(里門) 앞에 버드나무 5그루가 드리웠고. 도연명이 자기 집 앞에 버드나무 5그루를 심고 오류선생이라 했음 ◇石上三芝(석상삼지) 쩨어낫다=바위 위에 두서넛의 지초(芝草)의 자태가 뚜렷하다 ◇柴扉(시비)=사립문 ◇굿이 다다스니=굳게 닫았으니 ◇門雖設而尙關(문수설이상관)이라=문이 비록 만들어져 있으나 아지도 잠겨 있도다 ◇萬花深處松千尺(면화심처송천척)=모든 꽃들이 피어 있는 깊숙한 곳에 소나무가 우뚝하고 ◇衆鳥啼時鶴一聲(중조제시학일성)이=많은 새들이 울 때 학의 울음 소리가 뛰어남이 ◇半空(반공)에 嘹亮(요량)하니=공중에 낭랑하게 들리니 ◇羽化登仙(우화등선)=날개가 돋아 신선이 되어 하늘로 날아 올라감

 ※『金玉叢部』에 "쾌재 아금거의"(快哉 我今去矣 유쾌하구나 나도 이제 가는구나)라 했음

459

어와 게 누읍신고 거년 佛堂 동녕僧이 내올너니
홀 居士 혼즈 가시는 방 말독 겻희 내 숑낙 걸나 와숩더니
오냐야 걸기는 거러라 커니와는 훗말 업시 ᄒ여라.
(靑淵 229)

게 누읍신고＝거기가 누구신가 ◇동녕僧(승)＝동냥을 다니는 스님 ◇내올너니＝나 이러니 ◇홀 居士(거사)＝혼자 지내는 남자 스님을 부르는 말 ◇말독 겻희＝말코지 곁에 ◇숑낙＝여승이 쓰는 모자(松絡). 고깔 ◇오냐야＝오냐 ◇걸기는 거러라 커니와는＝걸기는 걸어라 하겠지만 ◇훗말＝뒷말. 말썽

460

어와 져므러 간다 宴息이 맏당토다
ᄀ는 눈 쁘린 길 불근 곳 훗터딘 디 흥치며 거러가셔
雪月이 西峰의 넘도록 松窓을 비겨 잇쟈. 尹善道
(孤山遺稿 66)

져므러 간다＝날이 저물어 간다 ◇宴息(연식)＝잘 먹고 편히 쉬는 것 ◇맏당토다＝마땅하도다 ◇ᄀ는 눈＝조금 온 눈 ◇흥치며＝흥청거리며 ◇雪月(설월)＝눈 위에 비치는 달 ◇西峰(서봉)＝서쪽에 있는 산봉우리 ◇松窓(송창)＝숲속에 있는 집의 창문 ◇비겨 잇쟈＝기대어 있자

461

어우와 벗님니야 南蠻을 치러가식

前營將 左營將에 右營將 後營將이 초례로 버럿논디 中軍은 在中ᄒ
고 千把摠 哨官 旗隊摠은 挨次 隨行ᄒ고 掌一號ᄒ고 鳴金邊이어든
旗幟分立 三行ᄒ고 掌二號ᄒ고 主將이 上馬어든 金은 울이고 朱囉
喇叭 太平簫 鉦 鼓 실일이 투둥퉁 괭괭 치며 님 겨신 디 勝戰ᄒ고
가식

그 곳디 초패왕 이셔도 更無 굼적 ᄒ리라. (蔓橫) (樂學 892)

南蠻(남만)=남쪽의 오랑캐 ◇前營將 左營將 右營將 後營將(전영
장 좌영장 우영장 후영장)=군대의 사방의 방어를 책임 맡은 장군
◇버럿논디=벌리어 있는데 ◇千把摠(천파총)=천총(千摠)과 같음.
조선시대 훈련도감(訓練都監)이나 금위영(禁衛營), 어영청(御營廳), 총
융청(摠戎廳) 등에 속하는 정삼품 벼슬아치 ◇哨官(초관)=한 초(哨)
를 거느리던 위관(尉官)으로 종구품(從九品)의 직위임 ◇旗隊摠(기
대총)=군기(軍旗)의 관리를 책임 맡은 관리 ◇挨次 隨行(애차 수
행)=순서대로 뒤에 따름 ◇掌一號(장일호)=손바닥을 한 번 쳐서
신호함 ◇鳴金邊(명금변)=바라를 울림 ◇旗幟分立 三行(기치분립
삼행)=깃발들이 세 줄로 나뉘어 섬 ◇主將(주장)이 上馬(상마)어든
=대장이 말에 오르면 ◇朱囉(주라)=붉은 칠을 한 소라 껍데기로
만든 악기의 하나 ◇실일이='일일이'의 잘못인 듯 ◇楚霸王(초패
왕)=항우를 가리킴 ◇更無(갱무) 굼적=다시 꿈적할 리가 없음

462

어우하 楚霸王이야 애둛고도 애들애라

力拔山 氣盖世로 仁義를 行ᄒ여 義帝를 아니 주기던들

天下에 沛公이 열 이셔도 束手無策 ᄒ랏다. (蔓橫淸類)

(珍青 487)

楚覇王(초패왕)＝항우를 가리킴　◇애들애라＝애닯도다　◇力拔山
氣盖世(역발산 기개세)＝힘은 산을 뽑을 만하고 기개는 세상을 덮을
만하다　◇義帝(의제)＝초(楚)의 회왕(懷王)을 항우가 의제라고 하였
다가 2년 후에 죽임　◇沛公(패공)＝한의 유방(劉邦)을 가리킴　◇이
셔도＝있어도　◇束手無策(속수무책)＝별다른 대책이 없음

463

어우화 벗님네야 錦衣玉食 求치 마오

죽어 棺에 들제 錦衣를 입으련이 子孫에 祭 바들제 玉食을 먹으련
이 죽은 後 못 홀 일은 粉壁紗窓 月三更에 元央枕 翡翠衾에 고은 님
다리고 晝夜 同處 ᄒ리로다

죽어가 못 홀 일을 뉘쳐 무슴 ᄒ리오. (詩歌 641)

錦衣玉食(금의옥식)＝비단 옷과 좋은 음식　◇粉壁紗窓 月三更(분
벽사창 월삼경)＝깨끗하게 꾸민방과 비단 천으로 가리운 창문 안에
서 한밤중 달이 훤희 밝음　◇元央枕 翡翠衾(원앙침 비취금)＝'원앙
침'은 '원앙침'(鴛鴦枕)의 잘못. 원앙을 수 놓은 베개와 비취색 이불
◇晝夜 同寢(주야동침)＝밤낮을 가리지 않고 같이 누워 있음

464

어우화 벗님네야 님의 집에 勝戰ᄒ랴 가식

前營將 後營將 千把總 省官 旗隊摠에 萬馬千兵 거ᄂ리고 虎豹 犀
象 압세우고 朱鑼 喇叭 大平嘯 鉦 북을 투둥투둥 쾡쾡ᄒ며 님의 집
에 勝戰ᄒ랴 가식

그 곳에 열 霸王이 이셔도 更無 꿈젹 흐리라. (弄歌)
(樂서 476)

　勝戰(승전)=‘승전’(承傳)의 잘못. 임금의 명령을 전달. 승전놀이의 모습을 시조화한 것임　◇省官(성관)=‘초관’(哨官)의 잘못인 듯◇虎豹 犀象(호표서상)=호랑이와 표범 물소 코끼리의 형상　◇霸王(패왕)=초패왕. 항우(項羽)

465

어우화 벗님네야 壽夭長短을 恨치 마소

自古로 聖帝明皇과 賢人君子라도 天命을 ᄇ라거늘 우읍다 秦始皇은 採藥童女 못온 前에 沙丘에 魂이 되고 허믈며 漢武帝는 神仙을 求하다가 金丹에 病이 들어 漢南에 덥힌 威嚴이 武陵松柏 빗소리로다

암아도 太平聖代에 無病無憂홀 쎼 醉코 놀짜 흐노라. 朴文郁
(靑謠 73)

　어우화=어화. 감탄사　◇壽夭長短(수요장단)=오래 살고 일찍 죽는 것. 장수(長壽)와 요절(夭折)　◇自古(자고)로=예로부터　◇聖帝明皇(성제명황)=덕이 높고 지혜가 밝은 왕　◇賢人君子(현인군자)=어진 사람과 학식과 덕행이 높은 사람　◇天命(천명)을 ᄇ라거늘=하늘의 명령대로 따르거늘　◇우읍다=우섭구나　◇秦始皇(진시황)은 採藥童女(채약동녀) 못온 前(전)에=삼신산에 가서 불사약을 구해 오라고 한 진시황은 약을 캐러 갔던 동남동녀가 오기도 전에　◇沙丘(사구)에 魂(혼)이 되고=사구에서 죽었고. 사구는 중국 하북성 평향현의 동북쪽에 있음. 진시황이 동순(東巡)하다가 붕어(崩御)한 곳　◇漢武帝(한무제)는 神仙(신선)을 求(구)흐다가=한무제가 장생술의

방법을 찾다가   ◇金丹(금단)=약(藥). 선단(仙丹)의 한 가지   ◇漢南
(한남)에 덥힌 威嚴(위엄)이 武陵 松柏(무릉송백) 빗소리로다=한남에
까지 덮였던 위엄이 이제는 무릉의 송백에 처량한 빗소리 뿐이다.
무릉은 한무제의 능   ◇無病無憂(무병무우)=아무런 병도 걱정도 없
음

466
어이려뇨 어이려뇨 싀어마님아 어이려뇨
쇼대 남진의 밥을 담다가 놋쥬걱 잘를 부르쳐시니 이를 어이ᄒ료
싀어마님아
져 아기 하 걱정 마스라 우리도 져머신제 만히 것거 보왓노라.
(蔓横清類) (珍青 478)

　어이려뇨=어떻게 하면 좋겠느냐   ◇쇼대 남진=샛 사내(間夫)
◇잘를=자루를   ◇부르쳐시니=부러뜨렸으니   ◇하=너무   ◇져머
신제=젊었을 때에   ◇것거=꺾어. 또는 겪어

467
어이 못 오던다 므스 일로 못 오던다
너 오는 길 우히 무쉭루 城을 쓰고 城 안에 담 쓰고 담 안헤란 집
을 짓고 집 안헤란 두지 노코 두지 안헤 櫃를 노코 櫃 안헤 너를 結
縛ᄒ여 노코 雙비목 외걸새에 龍거북 즈믈쇠로 수기수기 줌갓더냐
네 어이 그리 아니 오던다
혼 달이 셜흔 날이여니 날을 보라 올 홀리 업스랴. (蔓横清類)
(珍青 568)

오던다=오더냐   ◇두지=뒤주   ◇櫃(궤)=궤짝   ◇結縛(결박)=밧
줄로 꽁꽁 묶음   ◇雙(쌍)비목=쌍으로 된 배목. 배목은 자물쇠를 걸
기 위해 만든 구멍난 못   ◇외걸새=문을 잠그기 위한 하나로 된 쇠
◇날을 보라 올 흘리=나를 보려고 올 수 있는 하루가

468

어이ㅎ야 못오던야 무슴 일노 못오던요

줌총 급어부의 촉도지난이 가리윗더냐 무슴 일노 못오던야

아마도 빅는지중의 대인는이 어려웨라. (時調 67)

줌총급어부=잠총(蠶叢)과 어부(魚鳧). 이들은 모두 촉(蜀)의 초창
기 왕들이었음(蠶叢及魚鳧)   ◇촉도지난=촉으로 가는 길이 매우 어
려움(蜀道之難). 이백이 당 현종이 안녹산의 난 때 촉으로 피난하고
자 하는 것은 막으려고 썼다는 '蜀道之難'이란 시에서 유래한 말
◇빅는지중=여러가지 어려운 일 가운데(百難之中)   ◇대인는이=대
인난(待人難)이. 사람을 기다리는 일이 가장 어려움

469

어제는 못 보게도 ㅎ여 못 볼시 的實도 ㅎ다

萬里 가는 길의 海枯絶息하고 銀河江 건너 北海水 가로지고 風土
ㅣ 切甚흔더 摩尼山 갈가마괴 太白山 기슭으로 골각골각 우닐면서
츳돌도 바히 못 어더 먹고 굴머 죽은 싸히 내 어듸 가셔 님 츳즈 보
리 아희야 님이 오셔들란 줄여 죽단 말 生心도 말고 쓸쓸이 그리다
가 骨슈의 병이 들어 갓과 쎠만 걸려 앗장밧삭 건이다가 즈근 쇼마
보신 후에 氣韻이 漸盡ㅎ야 임아 우희 손을 언고 흔 다리 취여 들고
되애 掩버서 노운 드시 벌쩍 나뒷쳐졋다가 長嘆一聲에 奄然 命盡홀

제 죽어 奸魂 的乎ㅣ 되야 님의 몸의 츤츤 감겨 슬드리 알히다가
　나죵의 부듸 자바 가렷노라 ㅎ드라 ㅎ고 술와라.
　(詩歌 675)

　　的實(적실)도 ㅎ다=틀림 없기도 하다　◇海枯絶息(해고절식)=조
금도 쉬지 않고　◇銀河江(은하강)=은하수를 강에 비유함　◇가로
지고=가로 질러　◇風土 切甚(풍토 절심)=기후나 여건이 매우 좋
지 않음을 뜻함　◇摩尼山(마니산)=경기도 강화도(江華島)에 있는
산　◇갈감마괴=갈가마귀　◇줄여 죽단 말=굶주려 죽었다는 말
◇生心(생심)=엄두를 냄　◇갓=가죽　◇건이다가=거닐다가　◇즈
근 쇼마=소변　◇氣韻(기운)이 澌盡(시진)ㅎ야='기운'은 '기운'(氣
運)의 잘못. 힘이 다 빠져　◇임아 우희=이마 위에　◇취여 들고=
추혀 들고　◇되애=뙤놈이. 오랑캐가　◇掩(엄)버서=엄을 벗어서.
엄은 시신의 얼굴을 싸는 수건　◇나뒷쳐졋다가=뒤로 나자빠졌다가
長嘆一聲(장탄일성)=길게 탄식하여 내는 소리　◇奄然 命盡(엄연명
진)=갑짝이 목숨이 다함　◇奸魂 的乎(간혼 적호)=간악한 영혼　슬
드리 알히다가=너무 힘을 써 감각이 없다가

　470
　어제밤 부든 바람 金聲이 腕然하다 孤枕單衾으로 相思夢 훌쳐 깨
여 竹窓을 半開하고 막막히 바라보니
　萬里 長空에 夏雲은 훗더지고 千年 江山에 찬 기운 어련는대 庭樹
에 부든 바람 離恨을 아리는 듯 秋菊에 매친 이슬 別淚를 먹음은 듯
　殘柳 南橋에 春鶯은 已歸하고 素月東嶺에 秋猿이 슬피 우니 임 여
이고 썩은 간장 하마터면 끈치리라. (時調 98)

　　金聲(금성)이 腕然(완연)하다='완연'은 '완연'(宛然)의 잘못. 가을

바람소리가 분명하다 ◇孤枕單衾(고침단금)=혼자서 베고 덮는 베개와 이불 ◇相思夢(상사몽)=님을 그리워해서 꾸는 꿈 ◇흘쳐 깨여=영향을 받아 깨여 ◇막막히=쓸쓸히 ◇萬里 長空(만리장공)=먼 하늘 ◇夏雲(하운)=여름철의 구름. 먹장구름 ◇庭樹(정수)=뜰에 서 있는 나무 ◇아리는 듯=상처 때문에 아픈 듯 ◇秋菊(추국)=가을 철에 피는 국화 ◇別淚(별루)=이별을 슬퍼해서 흘리는 눈물 ◇殘柳 南橋(잔류 남교)=잎이 몇개 남지 않은 버드나무가 있는 남쪽 다리 ◇春鶯(춘앵)은 己歸(이귀)하고=봄철에 왔던 꾀꼬리는 이미 돌아가고 ◇素月東嶺(소월동령)=희끄름한 달이 뜬 동쪽 마루 ◇秋猿(추원)=가을철의 원숭이

471

어젯밤도 한자 곱송글여 새오줌 자고 진안 밤도 혼자 곱쏭글여 새오줌 자니

어인 놈의 八字ㅣ가 晝夜長常에 곱쏭글여 새오줌만 잔다

오늘은 글이든 님 왓신이 발을 펴 볼이고 싀훤히 잘까 ᄒ노라.
(騷聳) (海一 574)

곱송글여=몸을 움추려 ◇새오줌=새우잠. 새우처럼 몸을 구부리고 자는 잠 ◇진안 밤도=지난 밤도 ◇어인 놈의=어떤 놈의 ◇晝夜長常(주야장상)=밤낮을 가리지 않고 언제나 ◇잔다=자느냐◇펴 볼이고=펴 벌리고 ◇싀원히 잘까=편안하게 잘까

472

漁村에 落照ᄒ고 江天이 一色인제

小艇에 그물 싯고 十里沙汀 ᄂᆞ려가니 滿江蘆荻에 鷺鷥은 섯거 늘고 桃花流水에 鱖魚ᄂᆞᆫ 술졋ᄂᆞ듸 柳橋邊애 비를 미고 고기 주고 술을

바다 酩酊케 醉호 後에 欸乃聲 부르면서 둘을 씌고 도라오니
　아마도 江湖至樂은 이 쑨인가 호노라. (蔓橫) (樂學 911)

　　落照(낙조)=저녁 해가 비침　◇江天(강천)이 一色(일색)=강과 하
늘이 한 가지 빛임　◇十里沙汀(십리사정)=십리까지 뻗친 모래톱
◇滿江蘆荻(만강노적)=강언덕에 가득한 갈대　◇鷺鷟(노목)=백로와
오리　◇桃花流水(도화유수)=복숭아 꽃이 떠서 흐르는 물　◇鱖魚
(궐어)=쏘가리　◇柳橋邊(유교변)=버드나무가 서 있는 다리 끝　◇
酩酊(명정)=몹씨 취함　◇欸乃聲(애내성)=뱃노래　◇둘을 씌고=달
빛을 받으면서　◇江湖至樂(강호지락)=자연에 사는 지극한 즐거움
　　※ 李漢鎭本『靑丘永言』에 작자가 南溟으로 되어 있음

473
　어허 절무신네 늘근이 보고 웃덜 마소
　어제 청춘 오날 백발 그 아니 잠간이랴 못 먹을 건 나이로다 堯舜
禹湯 文武 周公 孔孟 顔曾 程朱子는 道德 업서 붕하시며 秦始皇 漢
武帝는 威嚴 업서 고혼되며 화태와 편작이는 醫藥 몰라 죽엇스며 말
잘하는 소진 장의 六國 帝王은 달냇것만 閻羅王은 못 달내고
　春風 細雨 杜鵑聲에 일부 靑塚 뿐이로다. (時調 92)

　　설무신네=젊은 사람들　◇堯舜(요순)=당요(唐堯)와 우순(虞舜)　◇
禹湯(우탕)=하우(夏禹)와 성탕(盛湯)　◇文武周公(문무주공)=주나라
문왕과 무왕 그리고 주공　◇孔孟(공맹)=공자와 맹자　◇顔曾(안증)
=공자의 제자인 안회(顔回)와 증삼(曾參)　◇程朱子(정주자)=송나라
의 학자인 정호 정이(程顥 程頤) 형제와 주희(朱熹)　◇붕하시며=돌
아가셨으며(崩)　◇고혼되며=외로운 넋(孤魂)이 되며　◇화태와 편
작이는='화태'는 '화타'의 잘못. 화타(華陀)와 편작(扁鵲)으로 유명한

의원(醫員)임　◇소진 장의=춘추시대의 웅변가인 소진(蘇秦)과 장의
(張儀)　◇六國(육국)=중국 춘추전국 시대의 여섯 나라. 제(齊), 초
(楚), 연(燕), 조(趙), 한(韓), 위(魏)　◇閻羅王(염라왕)=불교에서 지옥
(地獄)에 떨어지는 인간을 심판하고 징벌(懲罰)한다는 왕　◇春風細
雨 杜鵑聲(춘풍세우 두견성)=봄바람 불고 가랑비 내리고 두견이 울
음 소리　◇靑塚(청총)=풀이 무성한 무덤

474

어화 너 스랑이야 너를 두고 어이 가리

春風은 건 듯 부러 百花를 훗날리고 秋月은 皎皎ᄒ여 窓前에 影지
오고 기러기 渡江聲에 춤아 그려 어이 살리

아마도 飛則同飛ᄒ고 止則爲雙ᄒ야 百年同樂 ᄒ오리라.

(詩歌 718)

百花(백화)=온갖 꽃　◇皎皎(교교)=아주 밝음　◇影(영)지오고=
그림자를 만들고　◇渡江聲(도강성)=강 위를 날아 건느는 소리　◇
飛則同飛(비즉동비)ᄒ고　止則爲雙(지즉위쌍)ᄒ야=날으면 같이 날고
날지 않으면 쌍을 이루어　◇百年同樂(백년동락)=평생을 같이 살아
감

475

어화 世上 벗任네야 富貴 功名 恨을 마소 富貴도 浮雲이요 功名은
風塵이라

非百世 人生으로 求藥하던 秦始皇도 礪山에 一杯 靑塚 되어 잇고
求仙하던 漢武帝도 汾水秋風 悔心萌의 白髮만 휘날넛다 公道라니 白

髮이요 못 免할 손 그 길이라

　우리 갓흔 草露人生 아니 놀고 무엇 하리. (時調集 148)

　한(恨)을 마소=한탄을 하지 마시오　◇富貴(부귀)도 浮雲(부운)=
부귀도 뜬 구름임　◇功名(공명)은 風塵(풍진)=공훈과 명예는 티끌
과 같음　◇礪山(여산)='여산'(驪山)의 잘못. 진시황(秦始皇)의 무덤
이 있는 곳　◇一杯 靑塚(일배 청총)=술 한 잔 부어 놓는 무덤　◇
求仙(구선)하던=선 술(仙術)을 구하던　汾水秋風(분수추풍)=분수에
부는 가을바람. 한무제가 분하(汾河)의 동쪽에 후토사(后土祠)를 짓
고 보정(寶鼎)을 얻었다고 함　◇悔心萌(회심맹)=후회하는 마음이
싹틈　◇公道(공도)=누구에게나 공평하고 바른 도리　갓흔=같은
◇草露人生(초로인생)=풀 끝에 달린 이슬처럼 하잘 것 없는 사람의
삶

　476

　언덕 문희여 좁은 길 메오거라 말고 두던이나 문희여 너른 구멍
조피되야

　水口門 내드라 豆毛浦 漢江 露梁 銅雀이 龍山 三浦 여흘목으로 돈
니며 나리 두져먹고 치 두져먹는 되강오리 목이 힝금커라 말고 大牧
官 女妓 小各官 쥬탕이 와당탕 내드라 두손으로 붓잡고 부드드 쩌는
이 내 무스 거시나 힝금코라쟈

　眞實로 거로곳 홀쟉시면 愛夫ㅣ될가 ᄒ노라. (蔓橫淸類)
　(珍靑 574)

　문희여=뭉개어　◇메오거라 말고=메우려고 하지 말고　◇두던
이나=두둑이나. 두던이나　◇조피되야=좁게하여　◇水口門(수구문)
=서울 신당동에 있는 작은 성문. 본명은 광희문(光熙門)　◇豆毛浦

(두모포)=한강 북안 지금의 성동구 금호동(金湖洞) 근처에 있던 나루 ◇漢江(한강) 露梁(노량) 銅雀(동작)이 龍山(용산) 三浦(삼포)=한강의 한남동, 노량진, 동작 용산, 마포의 나루. 삼포는 마포의 한자 표기 ◇여흘목으로=여울의 어귀로 ◇나리, 치=내려 가며 거슬러 올라 가며 ◇되강오리=오리의 한 가지 ◇힝금커라=힐쭉하다고 하지 ◇大牧官(대목관) 女妓(여기) 小各官(소각관) 쥬탕이=큰 관리에 견줄 기생 작은 관리에 견줄 주탕(酒湯)이 ◇부드드 떤는이=부르르 떠느냐 ◇무스 거시나=어떤 것이나 ◇힝금코라쟈=실쭉하려 하느냐 ◇거로곳 할쟉시면=그렇기만 한다면 ◇愛夫(애부)=사랑하는 사람. 간부(間夫)

477

言語도 不可不愼 飮食도 不可不節

言語로 文字에 미뤄보고 飮食으로 財祿의 미뤄보라

녯 聖人 頤卦大象이니 우리 先訓 더옥 죠타. 黃胤錫 (木州雜歌28—16) (頤齋亂稿)

不可不愼(불가불신)=삼가고 조심하지 않을 수 없음 ◇不可不節(불가부절)=절제하지 않을 수 없음 ◇미뤄보고=짐작하여 보고 ◇財祿(재록)=재산과 봉록(俸祿) ◇頤卦大象(이괘대상)=육십사괘(六十四卦)의 하나. 음식을 주어 남을 구제할 상(象) ◇先訓(선훈)=조상의 가르침

478

얼골 조코 뜻 다라온 년아 밋정죠츳 不貞훈 년아

엇더훈 어린 놈을 黃昏에 期約후고 거즛 믹바다 자고 가란 말이 입으로 츠마 도와 나는

두어라 娼條冶葉이 本無定主ᄒ고 蕩子之 探春好花情이 彼我의 一
般이라 허믈ᄒᆞᆯ 줄 이시랴. (蔓橫淸類) (珍靑 550)

다라온=더러운　◇밋졍죠츠=밑살마져. 밑살은 여지의 음부　◇
거즛 믹바다=거즛 약속을 하고　◇도와 나는=되어 나오느냐　◇娼
條冶葉(창조야엽)=어린 가지와 새롭고 예쁜 잎. 창녀(娼女)를 가리
키는 말　◇本無定主(본무정주)=본래 정한 주인이 없음　◇蕩子之
探春好花情(탕자지탐춘호화정)=방탕한 남자의 봄을 찾고 꽃을 좋아
하는 정. 여자를 좋아하는 심정　◇彼我(피아)의 一般(일반)=너나
나나 사이에 같음

479
얼구 금구 금구 얼구 줄육 쥰오 사오짝 것구 쥥이 밋살 것구 우박
마진 지더미 것구 석쇠 망틔 버레 머근 삼닙 것구 연竹즌 자板 것구
下米즌 멍석 것구

大邱監營 진상 오는 쑬병 것치 얼구 勤政殿 鐵網 것치 얼근 즁놈
아 세너로 나리자 마라 공지 낙지 낙지 공지 두루쳐 멱이 친친 가물
치 살진 뒈미 허리 긴 갈치 눈 큰 쥰치 킈 큰 장터 씨마는 송사리
슈마는 곤징이 항자기 등고분 시우 열 읍신 오징어 너를 보구 나를
부구 그물 베리만 여겨 혈혈 뒤여 너머 가는구나

우리도 山中의 잇는 고로 세너를 좃차. (調詞 61)

얼구 금구=얽고 검고　◇줄육 쥰오 사오짝=줄육은 쥬육의 잘못.
골패의 짝이름　◇쥥이 밋살 것구=쟁이그물 밑살 같고　◇석쇠=고
기 같은 굽는 철망을 엮어 만든 기구　◇망틔=망태기　◇버레 머근
삼닙=벌레 먹은 삼(大麻)잎　◇연竹(죽)전 자板(판)=담뱃대 파는 가

게(煙竹廛)의 좌판(坐板) ◇下米(하미)즌 멍석=서울 동대문 안에 있던 싸전(下米廛)의 멍석 ◇진상=특산물을 임금에게 올리는 것(進上) ◇勤政殿(근정전)=경복궁 안에 있는 정전(正殿) ◇세너로=시냇가로 ◇공지=꽁치 ◇멱이=메기 ◇뒈미=도미 ◇찐마는=때 많은 ◇슈마는=수(數) 많은 ◇곤징이=곤쟁이. 새우의 일종 ◇항자기=동자개인 듯 ◇등고분=등이 곱은 ◇열 읍신=겁 많은 ◇그믈 베리=그믈 벼리. 벼리는 그믈 위쪽 코를 꿰어 잡아당기게 된 줄 ◇혈혈 뒤여=펄펄 뛰여 ◇세너=시내(川)

480

얽고 검고 킈 큰 구레나룻 그것조차 길고 넙다

쟘지 아닌 놈 밤마다 비에 올라 죠고만 구멍에 큰 연장 너허두고 흘근 할젹홀 제는 愛情은 크니와 泰山이 덥누로는 듯 즌 放氣 소리에 졋먹던 힘이 다 쓰이노미라

아므나 이 놈을 다려다가 百年同住ᄒ고 永永 아니온들 어니 개쏠년이 싀앗 시옴 ᄒ리오.(蔓橫清類) (珍靑 569)

구레나룻=귀밑에서 턱까지 나온 수염 ◇그것조차=그 것마져. 그것은 남자의 성기 ◇쟘지 아닌 놈=어린애의 것처럼 작지 않은 놈. '쟘지'가 아닌 성인의 것 ◇죠고만 구멍 큰 연장=여자와 남자의 성기를 비유한 말 ◇흘근 할젹홀 제는=성교를 할 때에는 ◇愛情(애정)=사랑하는 감정 ◇크니와=말할 것도 없거니와 ◇즌 放氣(방기) 소리에=작은 방귀소리에 ◇쓰이노미라=쓰이는구나 ◇百年同住(백년동주)=평생을 같이 삶 ◇싀앗 시옴=시앗에 대한 시기심

481

엇쩐 남근 八字 有福ᄒ야 大明殿 大들杖 되고

쏘 엇던 남근 八字 사오나와 난番 宵鏡 다섯 든番 宵鏡 다섯 掌務 公事員 合ᄒ야 열두 宵鏡의 都막대 되고

출ᄒ로 검은고 술쩌되야 閣氏네 손에 쥐물려나 볼짜 ᄒ노라. (樂時調) (海一 544)

남근=나무는　◇大明殿(대명전)=고려시대 개성에 있던 궁궐의 이름　◇大(대)들杖(고)=대들보　◇사오나와=사나워　◇난番(번) 든番(번)=당직 같은 것의 하번(下番)과 상번(上番)　◇掌務 公事員(장무 공사원)=장무와 공사원 직책을 맡은 사람　◇都(도)막대=맨 앞의 소경이 짚는 막대　◇찰ᄒ로=차라리　◇검은고 술쩌=거문고를 타는 채　◇쥐물려나=주물림을 당하여나

482

엇지ᄒ야 못 오드니 무음 일노 아니 오든이

너 온는 길에 弱水 三千里와 萬里長城 둘너는디 蠶叢及魚鳧에 蜀道之難이 가리엇드냐 네 어이 아니 오드니

長相思 淚如雨터니 오날이야 만나괘라. (詩歌 696)

무음 일노=무슨 일로　◇오든이=오더나　◇弱水 三千里(약수 삼천리)=선경(仙境)에 있다고 하는 물. 삼천리는 멀다는 뜻　◇蠶叢及魚鳧(잠총급어부)=잠총과 어부. 촉의 초기의 임금의 이름　◇蜀道之難(촉도지난)=촉에 가는 길의 어려움　◇長相思 淚如雨(장상사 누여우)=오랜 동안 그리워하여 눈물이 비처럼 쏟아짐　◇만나괘라=만났구나

483

에굽고 속 헹덩그러 뷘 져 梧桐나모 바룸 밧고 서리 마자

멧 百年 늙것던디 오늘날 기다려서 톱다혀 버혀 내여 존자괴 세
대패로 뿌며 내여 줄 언즈니

손아래 둥덩둥당 딩당 소릭예 興을 계워 ㅎ노라. 申獻朝

(蓬萊樂府 11)

에굽고＝약간 휘우듬하게 굽고　◇휑덩그러＝속이 비고 넓기만하
여 허전한　◇늙것던디＝늙었던지　◇톱다혀＝톱을 대어. 톱으로
◇존자괴＝작는 재목을 다듬는 연장인 자귀　◇세대패＝가늘게 먹는
대패

484

旅食京華恨未伸에　碧山殘月照幽人이라

昭君玉骨胡成土요　貴妃花容驛路塵이라　綠竹蒼松은　千古節이나　碧
桃紅杏一年春이라

光陰이　自是無情物이라　莫惜空閨의　花容頻卑을　ㅎ여. (蔓橫)

(靑詠 582)

旅食京華恨未伸(여식경화한미신)에＝나그네가 서울서 잘 먹고 지
내나 한을 풀지 못했는데　◇碧山殘月照幽人(벽산잔월조유인)이라＝
푸른 산에 그믐달이 유인을 비추는구나　◇昭君玉骨胡成土(소군옥골
호성토)요＝왕소군의 아름다움도 오랑캐의 흙이 되고　◇貴妃花容驛
路塵(귀비화용역로진)이라＝양귀비의 고운 얼굴은 마외역의 먼지가
되었다　◇綠竹蒼松(녹죽창송)은　千古節(천고절)이나＝푸른 대나무와
소나무는 천고에 변함 없는 절개요　◇碧桃紅杏一年春(벽도홍행일년

춘)이라=푸른 복숭아와 붉은 살구 꽃은 일년 뿐이다   ◇光陰(광음)
이 自是無情物(자시무정물)이라=세월은 본래부터 무정한 것이라
◇莫惜空閨(막석공규)의 花容頻卑(화용빈비)을=혼자 지새우는 예쁜
얼굴이 자주 부끄러워하는 것을 애석하게 여기지 마라

485

歷山에 밧 フ르실시 百姓이 다 フ을 辭讓ᄒ고
漁雷澤ᄒ실시 人皆讓居ᄒ고 陶河濱ᄒ실시 그릇시 기우트지 아녓ᄂ
니
天下의 朝覲 訟獄 謳歌者의 브르는 聖德을 일노 좃츠 알네라. 權
德重 (樂學 866)

歷山(역산)에 밧 フ르실시=순(舜)임금이 왕위에 오르기 이전에 역
산에서 농사를 지으시니   ◇フ을=밭의 가(邊)를. 경계를   ◇漁雷澤
(어뇌택)ᄒ실시=순 임금이 뇌택에서 고기를 잡으시니   ◇人皆讓居
(인개양거)ᄒ고=사람들이 다 자리를 양보하고   ◇陶河濱(도하빈)ᄒ
실시=순 임금이 하빈에서 그릇을 구우시니   ◇그릇시 기우트지 아
녓ᄂ니=만든 그릇이 기울거나 터지지 아니 하였다   ◇朝覲 訟獄 謳
歌者(조근송옥구가자)=임금을 뵐 신하들. 조근은 신하가 임금을 뵙
는 것. 송옥은 소송(訴訟)과 같음. 구가는 칭송하여 노래 부름   ◇일
노 좃자=이것을 보아서   ◇알내라=알 수 있을 것이다

486

靈明不測 이내 ᄆ음 出入無時 이내 ᄆ음
豪釐間 千里萬里오 須臾間 千古萬古ㅣ러라
아마도 輕輕히 照管ᄒ고 略略히 存在ᄒ여 敬字 닛지 마오려니. 黃
胤錫 (頤齋亂稿)

靈明不測(영명불측)=신령(神靈)스럽고 현명함을 헤아리기 어려움
◇豪釐間 千里萬里(호리간천리만리)=아주 작은 사이가 천리나 만리
가 됨   ◇須臾間 千古萬古(수유간천고만고)=눈깜작할 사이가 아주
오랜 옛날이 됨   ◇輕輕(경경)히 照管(조관)ᄒ고=가볍게 관리하고
◇略略(약략)히 存在(존재)ᄒ여=간단 간단히 있어서   ◇敬字(경자)
닛지 마오려니=존경할 경자를 잊지 말 것이니라

487
禮義 文物 탐을 니여 至親骨肉 다 버리고
萬里 殊方의 위로이 쩐져 이셔
이 너 平生의 부모 墳山을 다시 볼 길리 업서 글노 설허 ᄒ노라.
金忠善 (又懷) (慕夏堂實記 6)

禮義文物(예의문물)탐을 니여=일본보다 예의와 문물이 훌륭해서
욕심을 내어 귀화(歸化)하여   ◇萬里殊方(만리수방)='수방'은 '수방'
(殊邦)의 잘못인 듯. 멀리 떨어지 다른 나라   ◇위로이=외로이. 외
롭게   ◇쩐져 이셔=내던진 것처럼 있어서   ◇墳山(분산)=무덤이
있는 산. 선산(先山)

488
옛부터 이르기를 天地之間 萬物之中에 唯人이 最貴라 하엿스니 멀
로 하여 最貴인고 三綱五倫을 알음이라
父爲子綱 君爲臣綱 夫爲婦綱이 三綱이요 父子有親 君臣有義 夫婦
有別 長幼有序 朋友有信이 五倫이라
人性은 天性之品이요 仁義禮智는 人性之綱이니 五常之道 모를진대

有毛之獸를 면할손가.　(雜誌 424)

　　唯人(유인)이 最貴(최귀)=오직 사람이 가장 귀함　◇멀로하여=무엇으로 하여　◇三綱五倫(삼강오륜)=삼강과 오륜　◇人性(인성)은 天性之品(천성지품)이요=사람의 본성은 타고난 품성이요　◇仁義禮智(인의예지)는 人性之綱(인성지강)=인의와 예지는 사람의 본성의 근본　◇五常之道(오상지도)=오륜의 기본 도리　◇모를진대=모른다면　◇有毛之獸(유모지수)=털가진 짐승. 동물　◇면할손가=다름이 없다

489

오ᄂ롤 헤여보니 이 내 몸의 永度日이

劬勞生我ᄒ샤 辛勤養育ᄒ신 父母恩惠을 生覺ᄒ니 더욱 셜다

언의 제 地下의 드러가 다시 侍側 ᄒ려뇨. 金啓

(龍潭錄 16)

　　오ᄂ롤=오늘을　◇헤여보니=헤아려 보니　◇永度日(영도일)=생일　◇劬勞生我(구로생아)=나를 나아 기르시는 부모님의 수고　◇辛勤養育(신근양육)=매우 애써서 노력하고 길러 줌　◇地下(지하)의 드러가=죽어서　◇侍側(시측)=옆에서 모심

490

오늘이 무슴 날고 할마님 生日이라

五十年 同住ᄒ야 子孫이 滿堂ᄒ니 우리 根源 엇더ᄒ고

來年도 이 날이 오나던 다시 놀냐 ᄒ노라. 金啓 (龍潭錄 27)

　　무슴 날고=무슨 날인고　◇할마님=할머님　◇同住(동주)=모시고 함께 삶　◇子孫(자손)이 滿堂(만당)=아들과 손자가 번성해서 집

안에 가득함   ◇오나든＝오거든   ◇놀냐＝놀고자

491

오늘놀도 하 심심키로 쥭창 열짜리고 遠近山川을 바라를 보니 봄 드렷고나 (봄 드렷고나) 저 남산에 봄이 드렷구나

누른 것은 쬐꼴이요 푸른 것은 버들이라 黃金갓흔 쬐꼴시는 황금 갑옷을 쩌덜쳐 입고 楊柳間으로 往來를 ᄒ고 白雪갓흔 흰 나븨는 素服단장을 쩌덜쳐 입고 꼿을 보구서 반긔는데 靑天白日에 뜬 기력기은 소상강수로 날아를 드는데

우리 연연ᄒ고 틀틀흔 친구는 어느 방촌으로 돌아를 가시고 요늬 일신 어루만져 줄 쥴을 모른단 말이가. (樂高 910)

하 심심키로＝너무 심심하기에   ◇쥭창 열짜리고＝쥭창(竹窓)을 열어 젖히고   ◇遠近山川(원근산천)＝가까이와 먼 곳의 경치   ◇쩌덜쳐＝떨쳐   ◇素服(소복)단장＝흰 옷으로 단정하게 차려 입음   ◇靑天白日(청천백일)＝한낮의 푸른 하늘   ◇瀟湘江水(소강강수)＝소상강의 물   ◇연연ᄒ고 틀틀흔＝그립고(戀戀) 소탈한   ◇어ᄂ 방촌＝어느 방촌(芳村). 방촌은 술집   ◇요늬＝이 나의   ◇일신＝한 몸뚱이(一身)

492

오날도 聖恩이요 뇌일도 聖恩이라
百年 三萬六千日이 날날마다 聖恩이라
아마도 向國 一片丹心은 흰 날이 天中에 둘렀는가 ᄒ로라. 梁柱翊 (感聖恩歌 5—2) (無極集)

向國 一片丹心(향국일편단심)＝나라에 대한 충성심   ◇흰 날이 천

중(天中)에 둘렸는가=해〔白日〕가 하늘 한 가운데 달려 있는 것과 같은가

※ 漢譯; 今日聖恩 明日聖恩 百年三萬六千日 日日聖恩 阿嘯道 向國一片丹心 白日天中懸(금일성은 명일성은 백년삼만육천일 일일성은 아마도 향국일편단심 백일천중현)

493

오늘도 져무러지게 져믈면은 새리로다

새면 이 님 가리로다 가면 못 보려니 못 보면 그리려니 그리면 病 들려니 病곳 들면 못 살리로다.

病드러 못 살줄 알면 자고 간들 엇더리. (蔓橫淸類)

(珍靑 506)

저물어지게=저물었구나 ◇새리로다=날이 새겠구나 ◇가리로다=갈 것이로다 ◇그리려니=그리워 할 것이니 ◇그리면=그리워 하면 ◇病(병)들려니=병이 들 것이니 ◇살리로다=살 것이로다

※ 李漢鎭本 『靑丘永言』에 작자가 白湖로 되어 있음

494

오늘밤 風雨를 그 丁寧 아랏던덜 듸사립짝을 곱거러 단단 미엿슬거슬

비바람의 불니여 왜각지걱하는 소리여 항연아 오는 양하야 窓밀고 나서보니

月沈沈 雨絲絲한데 風習習 人寂寂 하더라. 安玟英 (編時調)

(金玉 179)

더사립짝=대나무로 엮은 사립문 ◇곱절어=거듭 절어. 단단히 절어 ◇불니여=불리워. 흔들려 ◇왜각지걱=바람에 흔들려 나는 소리 ◇항연아=행여나 ◇月沈沈 雨絲絲(월침침 우사사)=달빛은 컴컴하고 비는 부슬부슬 내림 ◇風習習 人寂寂(풍습습 인적적)=바람은 산들산들 불고 사람의 자취는 끊어져 조용함

※『金玉叢部』에 "여솔주덕기 유이천시 여여가소부 유상즁지약 이달소고대"(余率朱德基 留利川時 與閭家少婦 有桑中之約 以達宵苦待 내가 주덕기를 데리고 이천에 머무를 때에 여염집 젊은 부인과 뽕나무밭에서 만나기로 약속을 하고 밤이 되기를 고대했다.)라 했음

495

오다가나 오동나무요 십리 절반에 오리목나무

님의 손목은 쥐염나무 하늘 중천에 구름나무 열아홉에 스무나무 서른 아홉에 스세나무 아흔 아홉에 빅자나무 물에 둥둥 쑥나무 월츌 동천에 찔쨍나무 둘 가온더 계슈나무 옥독긔로 찍어내여 금독긔로 겻다듬어 삼각산 데일봉에 수간 초옥을 지어 놋코 혼간에는 금녀 두고 혼간에는 션녀 두고 쏘 혼간에는 옥녀 두고 션녀 옥녀를 잠드리고 금녀방에를 드러가니 쟝긔판 바둑판 쌍륙판 다 노엿고나 쌍륙 바둑은 져례ᄒ고 쟝긔 혼 체 버릴젹에 한나라 한즈로 한픠공 삼고 춧나라 쵸즈로 초픠왕 삼고 수레나 차즈로 관운쟝 삼고 콧기리 상즈로 즈룡 삼고 말마즈로 마툐을 삼고 선비스즈로 모스들 습고 꾸리 포즈로 녀포를 습고 좌우병졸노 다리 놋코

이 포 져 포가 넘나들 적에 십만대병이 츈셜이로고나. (樂高 896)

월츌 동텬=달이 동쪽 하늘에 돋음(月出東天) ◇옥독긔=옥으로

만든 도끼   ◇수간초옥=두어 칸(數間)의 초가집(草屋)   ◇쌍륙판=
쌍륙(雙六)놀이를 하도록 만들어 놓은 말판   ◇져례ㅎ고=저리 미러
두고   ◇흔 체=한 판   ◇한픠공=한나라 고조인 유방(漢沛公)   ◇
초픠왕=초나라의 항우(楚覇王)   ◇관운쟝=촉한의 장군 관우(關雲
長)   ◇즈룡=촉한의 장군 조자룡(趙子龍)   ◇마툐=촉한의 장군 마
초(馬超)   ◇모스들=모사(謀士)들   ◇쑤리 포자=꾸릴 '포'(包) 자
(字)   ◇녀포=여포(呂布). 후한 때 사람으로 동탁(董卓)을 섬기다 그
를 죽임   ◇춘셜=봄눈처럼 녹아 없어짐(春雪)

496

오롤랄이 므슨 랄고 우리 叔父 永度日이

　子孫이 滿堂ㅎ야 壽觴을 다 모다 드리노니 즐거옴은 ㄱ업소더

　다믄당 이 몸은 家君이 作客 十里ㅎ야 이 랄에 못 參與니 긔 흠인

가 ㅎ로이다. 金啓 (龍潭錄 30)

　오롤랄이=오늘이   ◇叔父(슉부)=작은 아버지   ◇壽觴(수상)=장
수를 비는 의미에서 드리는 술잔   ◇ㄱ업소더=끝이 없으되   ◇다믄
당=다만   ◇家君(가군)=남에게 자기 아버지를 부르는 말. 가부(家
父)   ◇十里作客(십리작객)=머지 않은 곳에 출타해 계심   ◇흠인가
=허물인가   ◇ㅎ로이다=합니다

497

오려 논에 물 시러 노코 姑蘇臺에 올나 보니

　나 심은 오됴 밧헤 시 안져스니 아희야 네 말녀 주렴

　아모리 우여라 날녀도 감도라 듬네. (南太 41)

　오려 논=올벼를 심은 논   ◇물 시러 노코=물을 대어 놓고   ◇

姑蘇臺(고소대)=춘추 전국시대 오나라 강소성 소주주(蘇州府)에 있던 정자 ◇오됴 밧헤=일찍 수확하는 조(早粟) 밭에 ◇우여라 날녀도=‘훠이’라 하고 소리 치며 날려도 ◇감도라 듬네=감돌아서 들어 오네

498

오리나무란 거슨 십리 밧게 세셔도 오리나무요 고향목이라 ᄒᄂᆫ 거슨 타관에 세셔도 고향나무요

숫셤이라 ᄒᄂᆫ 거슨 져무니(도록) 잇다가도 숫셤이로고나 북이라 ᄒᄂᆫ 거슨 동서ᄉ방에 걸녀서도 북이오 새쟝고라 ᄒᄂᆫ 거슨 억만년 묵어서도 새쟝고로고나 산진인가 슈진인가 희동청 별보라미가 노각단장에 짓샹모 달고 흑운 심쳔에 놉히 ᄶᅥ 돌적에 엇던 남녀친구가 솔갱이로 본단말가

싱각ᄒ면은 뮘쌍이 삼으라 와서 못살갓네. (樂高 909)

세셔도=서 있어도 ◇타관=타향(他鄕) ◇숫셤=숯섬 ◇져무니=날이 저물 때까지 ◇산진이 수진이 희동청 별보라미=매의 종류 ◇노각단장=맨다리(露脚)에 달은 단장고. 단장고는 매의 다리에 장식을 꾸미는 것 ◇짓샹모=깃상모(羽象毛). 시치미의 일종인 듯 ◇흑운 심쳔(黑雲深天)=먹구름이 떠 있는 높고 먼 하늘 ◇솔갱이=소리개 ◇뮘쌍이=마음 씀씀이가 ◇삼으로와서=서운해서

499

五十載 님의 恩澤 骨髓에 삼웃쳣네

赤子갓치 保育ᄒ신 山海聖德을 萬分之一이나 갑고쟈 아니ᄒ랴만은 이몸이 微賤ᄒ여 獻芹之誠도 말미암을 곳이 업셔 華封人祝聖辭만 晝

夜에 외로울 뿐이로다

　蒼天이 이 뜻을 아르셔 우리 머리털을 寸寸이 니어 니여 繫柳光陰
ᄒ오쇼셔.(界面調) (東國 360)

　　오십재＝오십년　　◇骨髓(골수)＝뼛속　　◇삼웃쳣네＝사무쳤네　　◇
赤子(적자)＝갓난 아이. 백성　　◇山海聖德(산해성덕)＝산보다 높고
바다보다 깊은 임금님의 은덕　　◇獻芹之誠(헌근지성)＝봄철에 연한
미나리를 임금에게 바치는 정성. 하찮은 정성　　◇華封人祝聖辭(화봉
인축성사)＝화지(華地)에 봉경(封境)을 관리하던 사람이 요임금에게
수, 부, 다남(壽 富 多男)으로 축수(祝手)하던 글　　◇蒼天(창천)＝하늘
◇寸寸(촌촌)이＝마디 마디　　◇繫柳光陰(계류광음)＝세월을 버드나무
에 묶어 둠

500

烏程酒 八珍味를 먹은들 술로 가랴

　玉漏 金屛 깁흔 밤의 元央枕 翡翠衾도 님 업쓰면 거즉 쩌시로다

　져 님아 헌덕썩 집벼개에 草食을 홀찌라도 離別곳 업씨면 긔 願인
가 ᄒ노라. 朴文郁 (靑謠 71)

　　烏程酒(오정주)＝술의 한 가지. 또는 오정주(五精酒). 오정주는 솔
잎, 구기자(枸杞子), 천문동(天門冬), 백출(白朮), 황정(黃精) 등 다섯
가지로 빚은 술　　◇八珍味(팔진미)＝중국에서 성대한 식상(食床)에
오른다고 하는 여덟 가지의 맛 있는 음식. 팔진미는 용간(龍肝), 봉
수(鳳髓), 토태(兎胎), 이미(鯉尾), 악적(鶚炙), 웅장(熊掌), 성순(猩脣),
표제(豹蹄)임　　◇술로 가랴＝살로 가겠느냐. 살이 쩌겠느냐　　◇玉漏
金屛(옥루금병)＝옥으로 만든 물시계와 금빛으로 꾸민 병풍　　◇元央
枕 翡翠衾(원앙침 비취금)＝'원앙'은 '원앙'(鴛鴦)의 잘못. 원앙을 수

놓은 베개와 비취색의 이불 ◇거즉 써시로다=거짓 것이다. 쓸 데 없다 ◇헌덕셕 집벼개에=낡은 덕석을 덮고 짚으로 만든 베개를 베며. 매우 불편한 잠자리 ◇草食(초식)=푸성귀만으로 만든 음식. 또는 그런 음식만 먹음 ◇긔=그것이 ◇願(원)인가=소원인가

501

오호로 도라드니 범녀는 간 곳 업고

빅빈쥬 갈메기는 홍뇨로 나라들 지 삼상의 기력기 흔 수 나려 심양강 당도ᄒ니 빅락천 일거 후에 피파성도 쓴허졋다 젹벽강 도라드니 소동파 노든 풍월 의구ᄒ예 잇다마는 죠밍덕 일세지후의 이금이 안지ᄌ야 월낙오데 깁흔 밤의 고소성예 비를 미니 흔산ᄉ 쇠북소리 긱션의 등등 드리왓다

진회를 도라보니 연롱한슈 월용ᄉ의 야박진회근쥬가라 상녀는 부지망국한ᄒ고 격강유창 후정화라. (詩謠 108)

오호 범녀=범려(范蠡)는 월왕 구천의 신하로 후에 벼슬을 그만두고 오호(五湖)에서 노닐음 ◇빅빈쥬=흰 마름이 우거진 물가(白蘋洲) ◇홍뇨=붉은 여뀌 풀(紅蓼) ◇삼상=강의 이름(三湘) ◇심양강=중국 강서성 구강현에 있는 강(尋陽江) ◇빅락천=당나라 시인 백거이(白居易). 낙천은 자(字) ◇일거 후에=한 번 간 뒤에(一去後) ◇파파성=비파의 소리(琵琶聲). 백락천이 '비파행'(琵琶行)이란 시를 지었음 ◇젹벽강=초와 오나라 연합군과 조조와의 사이에 적벽 대전(大戰)이 있었고, 소동파가 선유(船遊)하며 '적벽부'(赤壁賦)를 지은 일이 있는 강 ◇소동파=송나라의 소식(蘇軾)의 호(蘇東坡) ◇의구히=예전과 같이(依舊) ◇죠밍덕 일세지후에 이금의 안지자야=조맹덕(曹孟德)은 조조(曹操)의 자(字). 조조가 한 번 간 뒤에(一世之後) 지금에 어디에 있는가.(而今 安在哉). 소동파의 '전적벽부'(前赤壁賦)

에 있는 말   ◇월낙오제=달이 지고 까마귀가 울음(月落烏啼)   ◇고
소성=고소성(姑蘇城). 중국 강소성 고소산에 있는 성   ◇흔산스=한
산사(寒山寺). 중국 강소성 한산에 있는 절   ◇쇠북 소리=종소리
◇긱션=객선(客船)   ◇드리왓다=들려왔다. 퍼졌다   ◇진회=강의
이름(秦淮). 강소성에서 남경으로 드는 강으로 예전 남경의 화류지대
(花柳地帶)임   ◇연룡흔수 월룡스의=연롱한수월롱사(烟籠寒水月籠
沙). 연기가 차가운 물 위에 어리고 달빛은 모래 위에 비쳤는데   ◇
야빅진회 근주가라='야빅'은 '야박'(夜泊)의 잘못. 야박진회근주가
(夜泊秦淮近酒家). 밤에 진회에 가까운 술집에 배를 댐   ◇상여는 부
지망국흔흐고=상녀(商女)는 부지망국한(不知亡國恨). 상녀는 망국한
을 잊고   ◇격강유창후정화라= 강 건너에서 오히려 후정화만 부르
더라(隔江猶唱後庭花)

   ※ 종장은 두목(杜牧)의 '진회'(秦淮)임

502

玉刀彩 돌刀彩 니 무듸던가 月中桂樹ㅣ ㄴ남긴이 시위도다
廣寒殿 뒷 뫼히 존소 설이여든 안이 어득 沈沈흘야
져 들에 김의곳 업썬들 내 님될까. (蔓數大葉) (海一 582)

玉刀彩(옥도채)-옥도끼   ◇니 무듸던가-날이 무듸던가   ◇ㄴ남
긴이 시위도다=남겨 놓았도다   ◇廣寒殿(광한전)=달 속에 있다고
하는 궁전   ◇존소='존솔'의 잘못   ◇설이여든=서리거든   ◇어득
沈沈=어두 침침   ◇김의곳업썬들=기미가 없었다면. 기미(瑕)

503

玉독긔 들게 가라 月中 桂樹 버여 내야
山之南 水之北에 草堂 三間 지어너니 흔 間은 淸風이오 쏘 흔 間

은 明月이라

　아마도 淸風明月之主는 나 뿐인가.

　(慶大時調集 36)

　山之南 水之北(산지남 수지북)＝산의 남쪽 물의 북쪽. 배산임수(背山臨水)의 명당(明堂)　◇草堂 三間(초당삼간)＝조그마한 초가집◇淸風明月之主(청풍명월지주)＝청풍과 명월의 주인

504

玉露凋傷楓樹林이요 巫山巫峽이 氣蕭森일이

江間 波浪은 兼天湧이요 塞上 風雲은 接地陰이라 叢菊은 兩開他日淚ㅣ로다 孤舟를 一繫故園心이라

寒衣處處에 催刀尺이요 白帝城高ᄒ고 急暮砧을 듯괘라. (蔓數大葉)

(海一 619)

　玉露凋傷楓樹林(옥로조상풍수림)＝옥로에 지는구나 단풍나무 숲◇巫山巫峽(무산무협)이 氣蕭森(기소삼)＝무산 무협이 쓸쓸하구나　◇江間 波浪(강간파랑)은 兼天湧(겸천용)이요＝강 사이의 물결은 하늘에 치솟고　◇塞上風雲(새상풍운)은 接地陰(접지음)이라＝변방의 풍운은 땅에 접해 어두우니　◇叢菊(총국)은 兩開他日淚(양개타일루)로다＝국화 떨기는 다시 피어 훗날의 눈물이로다　◇孤舟(고주)를 一繫故園心(일계고원심)이라＝외로운 배를 하나로 매는 귀향의 마음◇寒衣處處(한의처처)이 催刀尺(최도척)이요＝한의 곳곳에 재단을 독촉하고　◇白帝城高(백제성고)ᄒ고 急暮砧(급모침)을＝백제성 드높고 저녁의 다듬잇소리 급함을 듣겠도다

　※ 두보의 '추흥'(秋興)을 시조화한 것임

505

玉樓 紗窓 花柳中의 白馬金鞭 少年들아

긴노래 七絃琴과 笛 필이 長鼓 稽琴 알고 져리 즑기나냐 모르고 즑기나냐 調音體法을 날다려 뭇게 되면 玄妙혼 문리를 낫낫치 니르리라

우리눈 百年 三萬六千日의 이갓치 밤낫 즑기리라. 金允錫 (編數大葉) (海樂 643)

玉樓紗窓(옥루사창)＝흘륭한 집의 비단으로 드리운 창. 여인이 거처하는 방   ◇花柳中(화류중)에＝기생들 가운데   ◇白馬金鞭(백마금편)＝흰 말과 좋은 채찍. 한량(閑良)을 가리키는 말   ◇긴노래＝장가(長歌). 시조의 상대되는 노래의 뜻으로 쓰인 듯   ◇七絃琴(칠현금)＝일곱 개의 줄은 얹어 만든 거문고   ◇笛(적) 필이＝젓대와 피리   ◇稽琴(혜금)＝깡깽이   ◇調音體法(조음체법)＝소리를 고르게 하고 악기를 다루는 방법   ◇玄妙(현묘)혼 문리를＝깊고 오묘한 이치를   ◇낫낫치＝하나하나. 자세히   ◇니르리라＝말하리라. 일러 주겠다

506

玉의는 틔나 잇니 말곳ᄒ면 다 님이신가

니 안 뒤혀 남 못뵈고 天地間의 이런 답답홈이 쏘 잇는가

왼 놈이 왼 말을 ᄒ여도 님이 斟酌 ᄒ시소. (樂時調)

(樂學 1029)

틔나 잇니＝틔나 있는가. 흠이나 있는가   ◇말곳ᄒ면＝말만 하면   ◇니 안＝내 마음   ◇뒤혀＝뒤집어   ◇남 못뵈고＝남에게 보이지 못

하고 ◇왼 놈이 왼 말을 ᄒ여도=백 사람이 백 마디를 하여도. 여러 사람이 많은 말을 하여도

507

玉濬樓船下益州ᄒ니 千古英雄 快豁事ㅣ라

平吳할 큰 계교를 몃히를 經營ᄒᄃᆡ 龍驤 萬斛을 오늘날 닐워 내여 錦帆을 놉히 돌고 長風의 흘리 노화 舵樓 놉흔 곳에 큰 칼 집고 안자시니 ᄒ 조각 石頭城을 頃刻間에 破ᄒ려든

우읍다 三山老將은 비도로라 ᄒᄂᆞ니. 申獻朝 (蓬萊樂府 24)

玉濬樓船下益州(옥준누선하익주)ᄒ니=옥준은 왕준(王濬)의 잘못. 왕준이 누선을 타고 익주에서 내리니. 왕준은 진(晉)나라 사람으로 익주자사(益州刺史)를 지냈는데, 오(吳)나라를 정벌하라는 명령을 받고 누선(樓船)을 만들어 석두성에서 오나라의 손호(孫皓)에게 항복을 받고 멸망시킴. 익주(益州)는 지금의 중국 사천성(四川省)의 지역임 ◇千古英雄 快豁事(천고영웅쾌활사)=세상의 영웅들만이 누릴 흔쾌한 일 ◇平吳(평오)할 큰 계교를=오나라를 평정할수 있는 커다란 계책을 ◇龍驤 萬斛(용양만곡)을=용이 뛰어오르는 것 같은 기세가 왕성함이 아주 많음을 ◇닐워 내여=이루어 내어 ◇錦帆(금범)을=비단으로 만든 돛. 훌륭한 배 ◇長風(장풍)=먼 데까지 불어가는 큰바람 ◇흘니 노화=배가 흘러가도록 내버려두어 ◇舵樓(타루)=배를 조종하고 지휘하는 곳 ◇石頭城(석두성)=오나라의 진지(陣地) ◇頃刻間(경각간)에=순식간에 ◇우읍다=우습구나 ◇三山 老將(삼산노장)=미상(未詳). 삼산의 늙은 장군 ◇ 비 도로라=배를 돌려라

※王濬 【辭海】晋弘農人 字士治 博學有大志 官益州刺史 受命伐吳 造樓船 極堅鉅 發自成都 吳人以鐵鎖橫江拒之 濬更作大筏火炬 燒毁鐵鎖 直抵石頭城下 吳主孫皓 窮蹙出降 晋遂滅吳 官至撫軍大將軍

卒諡武(진흥농인 자사치 박학유대지 관익주자사 수명벌오 조누선 극
견구 발자성도 오인이철쇄횡강거지 준갱작대벌화거 소훼철쇄 직저석
두성하 오주손호 궁척출항 진수멸오 관지무군대장군 졸시무)

508

臥龍岡前 草廬之中에 諸葛孔明 낮잠 들어

大夢을 誰先覺고 平生에 我自知라 草堂에 春睡足ᄒᆞ니 窓外에 日遲
遲로다

門밧긔 性急호 張翼德은 失禮홀쩬 ᄒᆞ괘라. 金壽長 (二數大葉)

(海周 534)

臥龍岡前 草廬之中(와룡강전 초려지중)에=중국 하남성 신야현 와
룡산 언덕 앞에 있는 제갈량이 은거한 초가집 안에 ◇諸葛孔明(제
갈공명)=제갈량을 가리킴 ◇大夢(대몽)을 誰先覺(수선각)고=큰 꿈
을 누가 먼저 깨달을고 ◇平生(평생)에 我自知(아자지)라=평생을
나 스스로 알리라 ◇草堂(초당)에 春睡足(춘수족)ᄒᆞ니=초당에 봄잠
이 충분하니 ◇窓外(창외)에 日遲遲(일지지)로다=창 밖에는 해가
느리구나.『삼국지연의』(三國志演義)에 나오는 제갈량의 시(詩) ◇
性急(성급)ᄒᆞ=성질이 괄괄하고 몹시 급한 ◇張翼德(장익덕)=유비
와 도원 결의로 형제를 맺은 장비(張飛). 익덕은 자(字)임 ◇失禮(실
례)=예의에 벗어 남 ◇ᄒᆞ괘라=하였구나

509

完山裏 도라드러 萬頃臺에 올라 보니

三韓 古都에 一春光景이라 錦袍羅裙과 酒肴 爛漫호듸 白雪歌 호
曲調를 管絃에 섯거 내니

丈夫의 逆旅豪遊 名區壯觀이 오늘인가 ᄒᆞ노라. (蔓橫淸類)

(珍靑 529)

完山裏(완산리)=전주의 성 안. 완산은 전라도 전주(全州) ◇萬頃臺(만경대)=전주 고덕산(高德山) 북쪽 기슭에 있는 누대 ◇三韓 古都(삼한 고도)=삼한의 옛 서울 ◇一春光景(일춘광경)=봄철의 경치 ◇錦袍羅裙(금포나군)=비단 옷을 걸친 한량(閑良)과 기녀(妓女) ◇酒肴 爛漫(주효난만)=술과 안주가 가득함 ◇白雪歌(백설가)=금곡(琴曲). 백설곡에 이어 부르는 노래 ◇管絃(관현)=악기 ◇섯거 내니=섞이여 불으니 ◇逆旅豪遊(역려호유)=강산을 두루 돌아다니며 호탕하게 놀음 ◇名區壯觀(명구장관)=이름난 곳과 볼만한 경치

510

浣花流水 水西頭ᄒ듸 主人이 爲卜林堂幽ㅣ로다

已知出郭少塵事요 更有澄江消客愁ㅣ로다 無數蜻蜓은 齊上下요 一雙鸂鶒은 對沈浮라

東行萬里에 堪乘興ᄒ야 須向山陰ᄒ여 上小舟 ᄒ리라. (蔓數大葉)

(海一 621)

浣花流水水西頭(완화유수수서두)='유수'는 원시(原詩)에 '계수'(溪水)로 되었음. 완화계(浣花溪)의 흐르는 물 서쪽 가에 ◇主人(주인)이 爲卜林堂幽(위복임당유)=주인이 점쳐 자리한 임당이 그윽하다 ◇已知出郭少塵事(이지출곽소진사)=이미 성곽을 나왔으나 세속의 일이 작음을 알 것이요 ◇更有澄江消客愁(갱유징강소객수)=다시 맑은 강이 있으니 나그네의 수심을 녹이도다 ◇無數蜻蜓(무수청정)은 齊上下(제상하)요=무수한 잠자리는 가즈런히 오르내리고 ◇一雙鸂鶒(일쌍계칙)은 對沈浮(대침부)라=한 쌍의 뜸부기는 마주 떴다 잠겼다 한다 ◇東行萬里(동행만리)에 堪乘興(감승흥)=동쪽으로 만

리를 가니 흥을 견딜만 하여   ◇須向山陰(수향산음)ᄒᆞ여 上小舟(상소
주)=모름지기 산음을 향하여 작은 배에 오르다
  ※ 두소릉(杜少陵)의 '복거'(卜居)를 시조화한 것임

511

王검의 덕검의들아 징지 東山 징검의 낙검의 드라

줄을 늘우는이 摩天嶺 摩雲嶺 孔德山 눌인 뫼로 명德 海龍山 鎭川
고개 넘어 들어 三水ㅣ라 甲山 草溪 東山을오 내내 긴 줄 늘워 줄염
前前에 글이든 님의 消息을 네 줄로 連信ᄒᆞ이라. (蔓數大葉)
(海一 633)

   왕검의 덕검의 징검의 낙검의=거미의 종류   ◇징지=미상   ◇摩
天嶺 摩雲嶺(마천령 마운령)=함경도에 있는 고개의 이름   ◇孔德山
(공덕산)=소재 미상   ◇명德(덕)=경상북도의 영덕(盈德)인 듯   ◇海
龍山(해룡산)=경기도 포천이 있는 산   ◇鎭川(진천)=충청북도의 군
명(郡名)   ◇三水 甲山(삼수갑산)=함경도에 있는 군명(郡名)으로 오
지(奧地)로 유명함   ◇草溪(초계)=경상도에 있는 지명   ◇내내=계
속하여   ◇글이든=그리든   ◇連信(연신)=끊어졌던 소식을 이음

512

왕발의 능왕각셔 천호 명죽이라 허건마는

숨쳑미명 네 글즈가 쳐량홀손 단명귀라 일일슈경턴 니젹션도 치셕
강의 완월ᄒᆞ고 두목지는 취과양쥬귤만거라

아마도 글잘ᄒᆞ고 호화키는 니두 문장. (時調 50)

   왕발=당나라 시인(王勃)   ◇등왕각셔=왕발이 지은 시(藤王閣序)

◇천ᄒ명죽=세상에서 훌륭한 작품이라 말함(天下名作) ◇습쳑미명=작은 키에 하찮은 목슴(三尺微命) ◇쳐량홀손 단명귀=쳐량(凄凉)하게도 명을 재촉하는 구절(短命句) ◇일일슈경턴 니젹션=날마다 잔을 기울이던 이젹션(日日須傾 李謫仙) ◇채석강의 완월ᄒ고=채석강(采石江)에서 달을 완상하고(玩月) ◇두목지는 취과양쥬귤만거라=두목지(杜牧之)는 술이 취해 양쥬를 지나갈 때 그의 풍채에 반한 기생들이 귤을 던져 수레에 가득했다(醉過楊州橘滿車) ◇니두 문쟝=이젹선과 두목지의 문장(李杜 文章)

513

외오셔 그리는 님을 꿈의나 보려ᄒ고

鴛鴦枕 지혀 누어 슈후줌 겨오들 제 蟋蟀은 슬피 우러 愁心 바아 논디 秋風落葉 너는 어니 기를 마즈 즈치ᄂ니

아마도 이 님의 相思로 一寸肝腸이 다 셕을가 ᄒ노라.

(慶大時調集 197)

외오셔=혼자서 ◇지혀 누어=의지하고 누워 ◇슈후줌=잠간 든 잠. 수유잠(須臾) ◇蟋蟀(실솔)=귀뚜라미 ◇바아ᄂ디=재촉하는 데 ◇어니=어느. 어찌 ◇즈치ᄂ니=짖게 하느냐 ◇셕을가=썩을가

514

瑤池宴 求景次로 白玉樓上 올라보니 仙官 仙女 모였는데 神仙 風流 조흘시고 層層樓上 올라보니 月宮姮娥 半笑로다

滿盤 珍羞 벌렸는데 象牙箸로 맛을 보니 不老草로 菜蔬하고 龍頭山적 鳳味湯과 甘紅露 千日酒며 不死藥이 安酒로다

牽牛織女 차자가니 河東 河西 나누어서 七月七夕夜에 烏鵲으로 다리 녹코 서로 만나 질기더라.
(時調 103)

瑤池宴(요지연)=초(楚)의 양왕(襄王)이 서왕모(西王母)를 초청한 잔치   ◇白玉樓上(백옥루상)=하늘에 있다고 하는 누각 위에   ◇月宮姮娥(월궁항아) 半笑(반소)로다=달나라에 산다고 하는 항아가 빙그레 웃는다   ◇滿盤 珍羞(만반진수)=상에 가득한 맛 있는 음식   ◇象牙箸(상아저)=상아로 만든 젓가락   ◇不老草(불노초)로 菜蔬(채소)하고=먹으면 늙지 않는다는 풀을 채소로 삼고   ◇龍頭山(용두산)적=미상. 산적(散炙)은 고기와 다른 것을 섞어 꼬치로 꿰어 불에 구운 음식   ◇鳳味湯(봉미탕)=닭을 끓인 것인 듯   ◇甘紅露(감홍로)=붉은 빛 소주의 일종   ◇千日酒(천일주)=마시면 천일만에 깨어 난다는 술   ◇牽牛織女(견우직녀)=견우성과 직녀성   ◇河東 河西(하동하서)=은하수의 동쪽과 서쪽   ◇烏鵲(오작)=까마귀와 까치

515
용갓치 셜셜 기는 말띄 반부담ᄒ야 니 스랑 티우고
손 너머 구름 밧띄 씽ᄉ냥 허라 갈제 치치며 들쳐 보니 쎄구름 속의 반달이로고나
언제나 져 구름 다 보니고 왼달 볼가.
(時調 32)

셜셜 기는 말띄=슬슬 기는 것처럼 느린 말에   ◇반부담ᄒ야=반 정도의 짐을 싣고(半負擔)   ◇손 너머 구름 밧띄=멀리   ◇치치며=채찍으로 때리며   ◇들쳐 보니=뒤돌아 보니   ◇쎄구름=많은 구름   ◇왼달=온전한 달. 보름달

516

龍樓에 祥雲이오 鳳閣에 瑞靄ㅣ로다

甘雨는 太液에 듯고 和風은 御柳에 둘린져

美哉라 祥雲瑞靄와 甘雨和風은 聖世子의 時節인져. 安玟英 (三數
大葉) (金玉 88)

　　龍樓(용루)에 祥雲(상운)＝용루에 상서로운 구름이 일음　◇鳳閣
(봉각)에 瑞靄(서애)＝대궐에는 상서로운 놀이 낌　◇甘雨(감우)는 太
液(태액)에 듯고＝때에 알맞게 내리는 비는 연못에 떨어지고. 태액은
한무제가 만든 연못의 이름　◇和風(화풍)은 御柳(어류)에 둘린져＝
봄바람은 궁중의 버들에 둘렸구나　◇美哉(미재)라＝아름답구나. 아
름답도다　◇聖世子(성세자)＝훌륭한 세자

　　※『金玉叢部』에 "하측 제육"(賀祝 第六)이라고 하였음

517

右謹陳所志矣段은 上帝處分 ᄒ오쇼셔

酒泉이 無主ᄒ여 久遠陳荒爲有去乎 鑑當情由敎是後에 矣身處許給
事를

立旨成爲白只 爲上帝題辭入內에 所訴知悉爲有在果 劉伶李白段置折
授不得爲有去等 況彌天下公物이라 擅恣安徐向事. (蔓橫淸類)

　(珍靑 558)

　　右謹陳所志矣段(우근진소지의단)＝'우'는 발어사(發語詞). 삼가 소
지를 말하고자 하는 것은. '의단'은 '것은'의 뜻　◇上帝處分(상제처
분)＝옥황상제께서 처분하시기 바람　◇酒泉(주천)이 無主(무주)ᄒ여

=슬이 샘솟는다는 우물이 본래 주인이 없어 ◇久遠陳荒爲有去乎(구원진황위유거호)=오래도록 돌보지 않아 황폐하였으니. '위유거호'는 '하였으니'의 뜻 ◇鑑當情由敎是後(감당정유교시후)=그 이유를 살피신 후. '교시후'는 '이신 후'의 뜻 ◇矣身處許給事(의신처허급사)='의신'은 '이 몸'의 이두 표기. 바라는 뜻을 들어 허락하여 줄 것 ◇立旨成爲白只(입지성위백지)=뜻을 세워 이루게 하옵도록 ◇爲上帝題辭内(위상제제사내)=옥황상제의 제사 안에 ◇所訴知悉爲有在果(소소지실위유재과)=소송(訴訟)하는 바를 모두 살피는 것은 '위유재과'는 '하잇거니와'의 이두 표기 ◇劉伶李白段置(유령이백단치)=유령과 이백도. '단치'는 '단두'의 이두 표기 ◇折授不得爲有去等(절수부득위유거등)=절수부득하였거든. 절수부득은 봉록(俸祿)으로 토지 또는 결세(結稅)를 떼어 받지 못함 ◇況彌天下公物(황미천하공물)='황미'는 '하물며'의 이두 표기. 세상의 공유물임 ◇擅恣安徐向事(천자안서향사)=기탄 없이 잠시 보류할 일

518

우슬부슬 雨滿空이오 울긋불긋 楓葉紅이로다

드리 거든 簑笠翁이 긴 호뮈 두러메고 紅蓼岸白蘋洲渚에 與白鷗로 구벅구벅

夕陽中 騎牛笛童이 頌農功을 ᄒ더라. (羽樂時調)

(六靑 796)

雨滿空(우만공)=비가 공중에 가득히 내림 ◇楓葉紅(풍엽홍)=단풍잎이 붉음 ◇드리 거든=아래 바지를 다리까지 걷어 올린 ◇簑笠翁(사립옹)=도롱이를 입고 삿갓을 쓴 늙은이 ◇紅蓼岸白蘋洲渚(홍료안백빈주저)에 與白鷗(여백구)=붉은 여뀌풀의 언덕과 흰 마름의 물가에 백구와 더불어 ◇騎牛笛童(기우적동)이 頌農功(송농공)=

쇠 등의 피리 부는 아이가 농사(農事)의 은공(恩功)을 찬양함

519

우어라 닛ㅂ듸를 보즈 씽기어라 눈찌를 보즈

안거라 보즈 서거라 보즈 百萬嬌態를 다 ᄒᆞ여라 보즈 날 괴얌즉 ᄒᆞᆫ가 보즈

네 부모 너 삼겨 니올 제 날만 괴라 삼기도다.

(時調譜 273)

우어라=웃어라   ◇닛ㅂ듸=잇바디. 잇몸   ◇씽기어라=찡그려라   ◇눈찌=눈매   ◇百萬嬌態(백만교태)=온갖 아양을 떠는 태도   ◇괴얌즉=사랑할 수 있을 지   ◇삼겨 니올 제=태어 날 때에   ◇괴라=사랑하라고

520

偶然이 蠶頭에 올나 漢陽 城內를 구버보니

인왕 삼각은 虎踞龍蟠勢로 北極을 괴야 잇고 漢江 終南은 與天地無窮이라

지금의 우리도 聖君 만나 安過 泰平. (調詞 45)

蠶頭(잠두)=잠두봉. 남산의 한 봉우리   ◇인왕 삼각=인왕산(仁王山)과 삼각산(三角山)은   ◇虎踞龍蟠勢(호거용반세)=호랑이가 쭈그리고 앉아 있고 용이 서리어 있는 형세   ◇괴야 잇고=떠 받치고 있고   ◇終南(종남)=남산의 딴 이름   ◇與天地無窮(여천지무궁)=천지와 더불어 무궁함   ◇聖君(성군)=훌륭한 임금   ◇安過 泰平(안과 태평)=태평세월을 편안하게 보냄

521

偶然이 興을 계워 시너로 나려 가니
水流上魚躍도 됴커니와 層巖絕壁에 長松이 더옥 됴타
그 곳에 반기리 업시니 다만 杜鵑花ㄴ가 ㅎ노라. (二數大葉)
(靑六 489)

興(흥)을 계워=흥취를 억제하기 어려워 ◇시너=시내(川) ◇水
流上魚躍(수류상어약)=흐르는 물 위로 고기가 뛰어 오름 ◇層巖絕
壁(층암절벽)=쌓아 놓은 듯 깎아지른 바위 ◇반기리=반가와할 사
람

522

우염은 흔상 제갈량이요 담냑은 오후 손백부라
규방유신은 주문왕지 성덕이요 척서위졍 공밍지 교훈이라
아마도 간긔 영웅은 국틔공이신가. (詩謠 122)

우염은 흔상 제갈량이요=위엄(威嚴)은 촉한의 승상 제갈량(諸葛
亮)이요 ◇담냑은 오후 손백부라=담락(膽略)은 오나라 제후인 손백
부(孫伯父)라. 손백부는 손권(孫權)을 가리킴 ◇규방유신=규방유신
(閨房維新)이 아닌지. 규방의 법도를 새롭게 쇄신한 것은 주나라 문
왕의 훌륭한 덕임 ◇척서위졍=척사위정(斥邪爲正). 사악한 것을 물
리치고 바르게 함 ◇공밍지 교훈=공자와 맹자의 가르침(孔孟之敎
訓) ◇간긔영웅=간기영웅(奸氣英雄). 조조와 같이 임기응변이 능한
영웅 ◇국틔공=국태공(國太公). 흥선대원군인 이하응(李昰應)

523

雲車를 머무르고 芳草岸에 긔여 올나 긴 프름 혼마디로 胸海롤 넓인 後의

다시금 淸流邊의 詩룰 읇고 盞 날닐제 불근 꽂 푸른 닙흔 山形을 그림호고 우는 시 닷는 麋鹿 春興을 자랑혼다 嘹喨혼 가는 소리 香風에 무더 날고 狼藉혼 風樂소리 行雲에 섯겨 간다

俄已오 石逕隱隱 죠분 길노 緇衣白秋들의 츠레로 늘어 오며 合掌拜禮 호더라. (編數大葉) (海樂 639)

　　　雲車(운거)=신선들이 탄다는 수레　◇芳草岸(방초안)=싱싱한 플들이 무성한 뜩　◇胸海(흉해)=마음. 가슴　◇淸流邊(청류변)=맑은 물이 흐르는 냇가　◇닷는=뛰어가는　◇麋鹿(미록)=사슴과 고라니　◇嘹喨(요량)혼 가는 소리=맑고 가느다란 소리　◇향풍(香風)에 무더 날고=향기로운 바람에 묻어 날리고　◇狼藉(낭자)혼 風樂(풍악)소리=시끄러운 음악 소리　◇行雲(행운)에 섯겨 간다=떠가는 구름에 섞여 간다　◇俄已(아이)오=아이고. 감탄사　◇石逕隱隱(석경은은)=나무의 그늘에 가려 잘 보이지 않는 돌길　◇緇衣白秋(치의백추)=‘백추’는 ‘백납’(白納)의 잘못인 듯. 치의는 검은 옷 백납은 흰 천으로 기운 옷으로 스님을 가리킴　◇늘어 오며=한 줄로 늘어서 오며　◇合掌拜禮(합장배례)=손을 한데 모아 예를 올림

524

웃는 樣은 닛밧애도 쪽코 흘긔는 樣은 눈찌도 더욱 곱다

안거라 서서라 것거라 돗거라 온갓 嬌態를 다 히여라 허허허 내 思郞 되리로다

네 父母 너 상겨 내올 제 날만 괴게 호드라. (樂時調)

(海一 527)

　　웃는 樣(양)은＝웃는 모습은　◇닛밧애도＝잇바대. 가르런한 치아의 모습　◇흘기는 樣(양)은＝흘기는 모습은　◇눈찌도＝눈매도　◇듯거라＝뛰거라　◇嬌態(교태)＝아양을 떠는 태도　◇되리로다＝되겠구나　◇상겨 내올 제＝때어날 때에　◇괴게＝사랑하게

525

轅門에 月黑ᄒ니 愁雲이 寂寞ᄒ다 可憐ᄒ다 楚覇王이 天下를 일탄 말가 力拔山도 썰더 업고 氣蓋世도 할 일 업다 칼을 집고 일어나니 四面이 楚歌로다

虞兮虞兮 奈若何오 三步에 躊躇ᄒ고 五步에 落淚ᄒ니 三軍이 훗터지고 니 마암도 散亂ᄒ다 天下에 願ᄒ기을 金鼓을 울니면서 江東을 가자더니

不意에 敗亡ᄒ고 무신 面目으로 父母를 뵈오며 江東 父老을 어이 할가. (時調集 143)

　　轅門(원문)에　月黑(월흑)ᄒ니＝군영(軍營)에 달이 없어 컴컴하니　◇愁雲(수운)이 寂寞(적막)ᄒ다＝우울한 기운이 쓸쓸하다　◇可憐(가련)ᄒ다＝불쌍하다　◇楚覇王(초패왕)＝항우　◇力拔山 氣蓋世(역발산 기개세)＝항우가 자신은 "힘은 산을 뽑아들 만하고 기운은 세상을 덮을 만하다"고 한 말　◇四面(사면)이 楚歌(초가)＝사방이 다 초나라의 노래임. 포위가 되었음　◇虞兮虞兮 奈若何(우혜우혜내약하)＝"우여 우여 어찌할까" 항우가 죽기 직전에 지은 노래의 한 구절　◇三步(삼보)에 躊躇(주저)ᄒ고＝세 발짝 걷는 동안에 머뭇거리고　◇五步(오보)에 落淚(낙루)ᄒ니＝다섯 발짝 걷는 동안에 눈물을 흘리니　◇金鼓(금고)＝군대에서 호령을 위해 쓰이던 북과 징　◇江東(강

동)=양자강 하류의 남안. 항우의 고향   ◇面目(면목)=낯. 얼굴   ◇
江東父老(강동부로)=고향의 부모들

526

遠別離 古有皇英二女ᄒ니 乃在洞庭之南 瀟湘之浦ㅣ로다

海水ㅣ直下萬里深ᄒ니 誰人이 不怨此離苦오

日慘慘兮여 雲冥冥ᄒ니 猩猩啼烟兮여 鬼嘯雨를 ᄒ더라. (界面樂時
調) (靑六 764)

　　遠別離(원별리)=먼 곳으로 떠나며 이별함 ◇古有皇英二女(고유
황영이녀)=예전에 아황과 여영의 두 여자가 있었으니 ◇乃在洞庭
之南 瀟湘之浦(내재동정지남 소상지포)=이제 동정호의 남쪽 소상의
포구에 있도다 ◇海水直下萬里深(해수직하만리십)=해수가 바로 나
려 만리나 깊으니 ◇誰人(수인)이 不怨此離苦(불원차리고)오=누가
이별한 괴로움을 말하지 않을고 ◇日慘慘兮(일참참혜)여=해는 어
둡고 ◇雲冥冥(운명명)ᄒ니=구름 또한 어두우니 ◇猩猩啼咽兮(성
성제열혜)여=원숭이는 연기 속에 울고 ◇鬼嘯雨(귀소우)=귀신은
비 오는 가운데 휘파람을 분다
　　※ 이백의 「원별리」(遠別離)의 처음 부분을 시조화한 것임

527

寃鳥되야 帝宮의 나니 孤身隻影이 碧山中이라

暇眠夜夜 眠無暇요 窮恨年年 恨無窮을 聲斷曉岑殘月白이요 血淚春
谷落花紅이로다

至今에 天聾尙未聞哀訴ᄒ고 何乃愁人耳獨聽고 하노라. 安玟英 (界
樂) (金玉 153)

冤鳥(원 조)=원통하게 죽은 사람의 귀신이 변하여 되었다는 새
◇帝宮(제궁)의 나니=임금이 계신 대궐에 날으니　◇孤身隻影(고신
척영)이 碧山中(벽산중)이라=의지할 곳 없이 홀로 떠돌아 다니는 몸
이 푸른 산속에 있다　◇暇眠夜夜 眠無暇(가면야야면무가)요=밤마
다 설친 잠에 잠을 잘 여가가 없고　◇窮恨年年 恨無窮(궁한년년 한
무궁)을=해마다 다함이 없는 한은 다함이 없음을　◇聲斷曉岑殘月
白(성단효잠잔월백)이요=두견의 울음 그친 새벽 봉우리에 그믐달이
밝고　　◇血淚春谷落花紅(혈루춘곡낙화홍)이로다=피눈물처럼　붉은
봄의 골짜기에 꽃이 떨어져 붉구나　◇至今(지금)에 天聾尚未聞哀訴
(천롱상미문애소)ㅎ고=지금에 하늘은 귀를 먹어 슬픈 하소연을 아
직도 듣지 못하고　◇何乃愁人耳獨聽(하내수인이독청)고=어째서 근
심스러운 사람의 귀에만 홀로 들리는고
　　※『金玉叢部』에 "단종대왕 영월청령포 어제"(端宗大王 寧越淸泠
浦 御製 단종대왕이 영월 청령포에서 지었음)라 했음

528

月宮에 노던 姮娥 廣漢殿을 離別ㅎ고 人間에 適降ㅎ니 하올 일이
전혀 없다

玉欄干에 베틀 노코 轅山을 꾸며시니 가로세 질은 양은 黃龍이 赴
走흔 듯 안질찌 도도 노코 그 우희 안즌 냥은 漢太祖 高黃帝가 南宮
에 坐椅한 듯 말코를 다아지며 허리부테 두른 양은 軒轅氏 비로실
제 北斗七星 에두른 듯 듀듀리 섯는 잉아 묵특에 十萬精兵 白登七日
에워는 듯 丁丁흔 바듸집은 벽역을 울여세라 가는 바듸살은 슈만은
베오리을 세세히 가렷넌 양 楚伯王이 長劍 집고 轅門이 나갈 젹에
萬軍이 허닷는 듯 纖纖玉手로 黃金북을 左右로 쏨이넌 냥은 三四月
垂楊裡에 黃鳥에 往來로다 에굽은 쇠활은 南海水 무지기가 北海의

스무친 듯 左右의 저질기는 白鶴이 넘노는 듯 외로운 눌임티는 姜太公에 낙시더가 渭水에 드리온 듯 우격비격 용頭머리 새벽달 찬바람의 외기러기 소러로다 도토마리 뒤치넌 양은 雙龍이 뒤눕는 듯 쎄양더 던넌 양은 楚漢이 相戰時에 矢石이 허든는 듯 휘츄리 쓴을 매야 썰신을 매단 양은 秦王 子嬰 목을 매야 坦道에 꿇엿난 듯 흐로밤에 다 쓰니니 一百 五十一尺이라 八尺劒으로 쯔녀 니야 일邊으로 슈를 노니 銀河水 믈결 속의 瑤池燕 그려 니니 前生 일이 歷歷흐다 蟠桃흐나 盜賊흐야 누긔를 듀엇던고

　이 니 신세 그려 내야 玉皇게 밧쳐시면 이 구양를 풀일가 흐노라.
　(慶大本時調集 337)

　月宮(월궁)에 노든 姮娥(항아)＝달에 있다는 궁궐에서 놀던 항아. 항아는 월궁에 있다는 선녀　◇廣漢殿(광한전)＝'한'은 '한'(寒)의 잘못. 달에 있다고 하는 옥황상제가 산다는 궁궐　◇適降(적강)＝'적'은 '적'(謫)의 잘못. 귀양 옴　◇玉欄干(옥난간)＝옥으로 만든 난간　◇轅山(원산)＝베틀에 잉아를 거는 나부산대와 끌신이 물린 쇠꼬리가 매여 있는 신나무를 박은 원통형 나무　◇가로세＝두 짝의 누운 나무를 고정시키기 위해 가로 댄 나무. 가로대　◇黃龍(황룡)이 赴走(부주)＝누런 용이 달려 감　◇안질찐＝베를 짜는 사람이 앉기 위해 놓는 널찍한 판대기. 앉을개　◇도두 노코＝돋우어 놓고　◇안즌냥은＝앉은 모습은　◇漢太祖 高黃帝(한태조 고황제)＝'황'은 '황'(皇)의 잘못. 한나라 태조 유방(劉邦)을 가리킴　◇坐椅(좌의)＝의자에 앉음　◇말코를 다아지며＝말코는 도투마리 쪽과 맞 켕기며 이미 짠 천의 끝을 막대기로 눌러 박은 기구. 말코를 당겨어 매며　◇부테＝부티. 베짜는 사람의 허리를 감싸는 넓적한 기구로 느티나무 껍질로 만듬　◇軒轅氏(헌원씨) 비로실 제＝중국 고대의 황제인 헌원씨가 빌으실 때　◇애두른 듯＝빙 둘러 감은 듯　◇듀듀리 섯는 잉아＝줄

줄이 서 있는 잉아. 잉아는 날실을 끌어 올리기 위해 매어 놓은 실
◇묵특=모돈(冒頓). 흉노(匈奴)족의 우두머리로 묵특이라 읽음   ◇
白登 七日(백등칠일) 에워는 듯=백등에서 7일 동안 에워싸고 있는
듯. 한 고조가 산서성 대동현(大同縣)에 있는 백등에서 7일 동안 묵
특에게 포위되어 있다가 풀려난 일이 있음   ◇丁丁(정정)한 바듸집
=쩌렁쩌렁 울리는 바디집. 바디집은 바디의 아래 위를 감싸는 나뭇
집   ◇벽역을 울여세라=벽력(霹靂)을 울리는 구나   ◇가는 바듸살
=가느다란 바디의 날실   ◇배오리을=베의 올들을   ◇세세히 가렷
넌 양=하나하나 자세히 가리어 낸 모양   ◇轅門(원문)=군대가 주
둔한 곳의 출입문   ◇허닷는 듯=허(虛)닫는 듯. 공격하는 듯   ◇纖
纖玉手(섬섬옥수)=갸날프고 고운 손   ◇북=날실 사이를 드나들며
씨실을 내보내는 유선형의 배모양으로 된 기구   ◇左右(좌우)로 쏨
이는 양=좌우로 뽑아드는 모양   垂楊裡(수양리)에 黃鳥(황조)=느러
진 버들가지 사이의 꾀꼬리   ◇에굽은 최활=둥그렇게 굽은 최활.
최활은 짜놓은 베가 오무려들지 않게 양 끝에 찔러 폭을 일정하게
하는 활모양의 기구   ◇스무친 듯=가 닿았는 듯   ◇저질기=젖을
개. 날실을 축여서 바디의 동작을 부드럽게 하기 위한 물그릇과 거
기에 담긴 헝겊   ◇늘임더=늘림대. 비경이에 걸린 날실이 잉아를
따라 들먹거리지 못하도록 매어 두는 가로 막대기   ◇용頭(두)머리
=베틀의 선다리 위에 얹은 막대기를 고정시키기 위해 파낸 홈의 끝
◇도토마리=도투마리. 날실을 감는 틀   ◇뒤치는 양=뒤로 넘어지
는 모양   ◇쩨양더 던넌 양=쩨양대는 뱁댕이로 날실의 엉기는 것을
막기 위해 사이사이에 끼우는 가느다란 막대기. 쩨양대를 실사이에
찔러 넣은 모습   ◇楚漢(초한)이 相戰時(상전시)=초나라의 항우와
한나라의 유방이 서로 싸울 때   ◇矢石(시석)이 허든는 듯=화살과
돌멩이가 날아가는 듯   ◇휘츄리에 끈을 매야=원산 막대기에 달린
회초리처럼 생긴 막대기를 신나무라 하며 신나무 끝에 달린 끈을 쇠

꼬리라 함   ◇썰신＝끌신. 쇠꼬리에 달린 외짝 신발   ◇秦王 子嬰
(진왕 자영)＝항우에게 죽임을 당한 진시황의 셋째 아들   ◇垤道(질
도)에 쓸엿는 듯＝언덕길에서 굴렸는 듯   ◇쓰너니야＝끊어 내여
◇일邊(변)으로＝한 편으로   ◇슈를 노니＝수(繡)를 놓으니   ◇瑤池
燕(요지연)＝'연'은 '연'(宴)의 잘못. 초의 양왕이 서왕모와 더불어 베
풀었던 잔치   ◇斑桃(반도)＝'반도'(蟠桃)의 잘못. 삼천년에 한 번 꽃
이 피고 열매가 맺는다는 선도(仙桃)   ◇듀엇던고＝주었던고   ◇구
양＝귀양

529

월무죡이 보천리요 풍무슈이 요슈로다

　동정의 걸닌 둘은 동정을 응ᄒ여 월락함디ᄒ여 서산에 지고 손 업
슨 모진 광풍은 만슈쟝림을 뒤흐드는 디 우리 연연ᄒ고 살틀ᄒ고 야
속ᄒᆫ 님은 셰류ᄀᆞᆺ치 가은 셤셤옥슈가 잇것만은 듀소로 이 (요)내 편
(일)신 어러(루)질쥴 모로노(만저 줄을 웨 모른단 말인가)

　님으로 ᄒ여 지난 눈물이 대동강 웃턱에 빅은탄이 되리로다

　(樂高 903)

　월무죡이보천리요＝달은 다리가 없어도 천리를 걸어가고(月無足
而步千里)   ◇풍무수이요슈로다＝바람은 손이 없어도 나무를 흔든다
(風無手而搖樹)   ◇동졍을 응ᄒ여＝동정호(洞庭湖)에 호응하여   ◇월
락함디(月落咸池)＝달이 함지로 너머 감. 함지는 해가 지는 곳에 있
다고 하는 연못   ◇만슈쟝림＝나무가 우거진 숲(萬樹長林)   ◇연연
ᄒ고 살틀ᄒ고 야속ᄒ＝그립고 애틋하고 살뜰하고 쌀쌀한   ◇셰류ᄀᆞᆺ
치 가은 셤셤옥수＝가느다란 버드나무가지(細柳) 같은 가느다란 예
쁜 여자(纖纖玉手)   ◇듀소＝주소(晝宵). 밤낮   ◇편신＝편신(遍身).
젼신(全身)   ◇지난 눈물＝떨어지는 눈물   ◇대동강＝평양에 있는

강(大同江)   ◇웃턱＝위 쪽   ◇백은탄＝대동강에 있는 여울(白銀灘)

530

月一片 燈三更인제 나간 님을 헤야인니

靑樓酒肆에 새 님을 걸어 두고 不勝蕩情ᄒ야 花看陌上春將晩이오
走馬鬪鷄猶未還이라

三時出望 無消息ᄒ니 盡日欄頭에 空斷腸을 ᄒ소라. 朴文郁
(靑謠 68)

月一片 灯三更(월일편 정삼경)인제＝그믐달이 비추고 등잔불이
가물거리는 한 밤중인데   ◇헤야인니＝헤아리니. 생각하니   ◇靑樓
酒肆(청루주사)＝기생이 있는 술집   ◇새 님을 걸어 두고＝새롭게
좋아하는 사람을 얻어 놓고   ◇不勝蕩情(불승탕정)ᄒ야＝방탕한 마
음을 억제하지 못하여   ◇花看陌上春將晩(화간맥상춘장만)이오＝길
에 피어 있는 꽃을 보니 봄은 얼마 남지 아니하고   ◇走馬鬪鷄猶未
還(주마투계유미환)이라＝말을 달리고 닭싸움을 좋아하는 님은 아직
돌아오자 않는구나   ◇三時出望 無消息(삼시출망무소식)ᄒ니＝하루
에 세 번이나 문밖에 나가 마중을 하여도 소식이 없으니   ◇盡日欄
頭(진일난두)에 空斷腸(공단장)을＝하루 종일을 난간 머리에서 텅빈
창자가 끊어지는 것 같음을. 몹시 애닯아 함을

531

月態花容 고흔 티도 七寶 단장 아미를 나즉하고 玉빈紅顔 양귀 밋
테 구실 갓탄 눈물리 綠衣紅裳 다 젹시며 체읍 良久에 하넌 마리

신첩이 폐下를 모시고 장의 同行ᄒ와 平生을 依托ᄒ고 厚恩을 입
어 天下大(平)을 바라옵더니 國運이 不幸ᄒ여 千里戰場 흠흔 곳의

無情히 바일진디
靑春 少妾 요요단신이 뉘를 위흐여 保全할가.
(時調 104)

　　月態花容(월태화용)=예쁜 얼굴과 고운 맵시　◇아미를 나즉하고
=고운 눈섭(蛾眉)을 내리 숙이고　◇玉빈紅顔=아름다은 귀밑머리
와(玉鬢) 붉으레한 얼굴(紅顔)　◇구실 갓탄 눈믈리=구슬갈은 눈믈
이　◇綠衣紅裳(녹의홍상)=푸른 저고리와 붉은 치마　◇체읍 良久
(양구)에=오랜 동안 눈물을 흘리면서 울고서(涕泣)　◇하넌 마리=
하는 말이　◇신쳡=신첩(臣妾). 여자가 임금에게 자기를 낮추어 이
른 말　◇폐下=폐하(陛下). 임금　◇장의 同行(동행)=장의(將依) 동
행인 듯. 장차 의지하고 함께 삶　◇千里戰場(천리전장) 흠흔 곳의
無情(무정)히 바일진디=너른 싸움터 험한 곳에 내보내 무정하게 적
의 칼에 버히는 것처럼 한다면　◇靑春少妾(청춘소첩)=나이가 젊은
첩　◇요요단신=나이가 어리고 예쁜 이 한 몸(夭夭單身)　◇뉘를=
누구를

532
月下에 任 生覺흐되 任의 소식 바히 업니
四更 닭 우름 울고 瀟湘洞庭 외기러기는 둘을 보고 흔 번 길게 우
난고나
언졔나 그리던 任만나 윈밤 잘고 흐노라. (言樂)
(靑六 840)

　　月下(월하)=달빛 아래　◇바히 업니=전혀 없네　◇四更(사경)=
이른 새벽. 오전 1시부터 3시 사이　◇瀟湘洞庭(소상동정)=소상강과
동정호　◇윈밤 잘고=초저녁부터 샐 때까지의 밤을 잘까

533

月黃昏 계여 간 날에 定處 업시 나간 님이
白馬金鞭으로 어듸가 됴니다가 酒色에 줌기여 도라올 줄 니젓난고
獨守孤房ᄒ여 長相思淚如雨에 輾轉不寐 ᄒ노라. (蔓橫淸類)
(珍靑 475)

月黃昏(월황혼) 계여 간 날에=황혼이 훨씬 지나 나가던 날에
白馬金鞭(백마금편)=흰 말과 좋은 채찍. 한량으로 호사(豪奢)를 한
모양   ◇됴니다가=돌아다니다가   ◇酒色(주색)에 줌기여=술과 여
색(女色)에 빠져   ◇니젓난고=잊어버렸는가   ◇獨守空房(독수공방)
=아무도 없는 방을 혼자 지새움   ◇長相思淚如雨(장상사누여우)=
오랜동안 서로 그리워 흘리는 눈물이 비처럼 쏟아짐   ◇輾轉不寐(전
전불매)=잠을 못 이루고 이리저리 뒤척임

534

웨 와씀나 웨 와씀나 나 홀노 즈는 방에 웨 아씀ᄂ
오기는 와쩌니와 즈최 업시 잘 단여 가오
갓득이 말 만코 탈마는 집안의 모듸기녕날짜. (時調 94)

와씀나=왔느냐   ◇아씀나='와씀나'의 잘못   ◇단여 가오=다녀
가시오   ◇갓득이=가뜩이나   ◇탈마는=탈이 많은. 까탈이 많은
◇모듸기녕=모다기령. 한꺼번에 쏟아져 내리는 명령. 호령

535

위더 밍공이 다섯 아레더 밍공이 다섯 景慕宮 압 연못세 잇는 밍

공이 하나 쑥 짜 물 쩌 두루쳐 이구 수은 장수 허는 밍공이 다섯 三
淸洞 밍공이 六月 소낙이의 죽은 어린이 나막신짝 하나 으더 타고
가진 풍유하고 서뉴하는 밍공이 다섯 四五二十 시무 밍공이 慕華館
盤松里 李周明네 집 마당가의 포깁포깁 모이더니 밋테 밍공이 아구
무겁다 밍공 허니 윗 밍공이는 뭣시 무거유냐 장간 차마라 쟉갑시럽
다 군말된다 허구 밍공 그중에 어느 놈이 상시럽구 밍난시러운 수밍
공이냐

　綠水靑山 깁흔 물의 白首風塵 훗날리구 孫子 밍공이 무릅헤 안치
구 저리 가거라 뒤티를 보자 이리 오느라 압티를 보자 짝짝궁 도리
도리 질나리비 훨훨 지롱부리는 밍공이 슈밍공루 이러더니

　崇禮門 박 썩 니다러 七퓌 八퓌 靑퓌 비다리 쪽제굴 네거리 里門
洞 四거리 七퓌 비다리 첫 둘 셋 넷 다섯 여섯 일굽 여덜 아홉 널지
미나리 논의 방구 통 쮜구 눈물 찌죄죄 흘니구 오좀 질금 싸구 노랑
머리 복쥐여 틋구 엄지 장가락의 된 가리침 비터 들구 두 다리 꼬고
깁흑헌 방축 밋테 남 알가 용 올리는 밍공이 슈밍공이인가.
　(調詞 62)

　위더=우대. 서울 인왕산 가까이의 동네　◇아러디=동대문과 광
희문 방면의 동네　◇景慕宮(경모궁)=사도세자의 사당이 있던 곳.
종로구 연건동(蓮建洞)에 있었으며 지금 서울대 병원 함춘원(含春園)
자리　◇두루쳐 이구=들쳐 이고　◇수은 장수=‘수은’은 ‘순의’의
와철인 듯. 순은 식물의 순(筍) 즉 어린 싹을 가리킴　◇三淸洞(삼청
동)=경복궁의 동북쪽 서울 성의 북문인 숙정문(肅靖門)이 있음　◇
소낙이=소나기. 장마　◇으더 타고=얻어 타고　◇가진 풍유하고
서뉴하는=갖은 놀이(風流)를 하고 뱃놀이(船遊)하는　◇慕華館(모화
관)=조선시대 중국 사신을 맞이하기 위해 돈의문(敦義門)밖에 지은

집. 지금의 독립문 근처 ◇盤松里(반송리)＝반송방(盤松坊). 서을 서대문 밖에 있던 동리 이름 ◇李周明(이주명)＝인명 ◇아구＝아이구 ◇뭣시 무거유냐＝무엇이 무거우냐 ◇장간 차마라＝잠간 참아라 ◇작갑시럽다 군말된다＝자깝스럽고 쓸데 없는 말이 된다. 자깝스럽다는 깜찍하다의 뜻이 있음 ◇허구＝～하고 ◇상시럽구 밍낭시러운＝쌍스럽고 하는 행동이 맹낭한 ◇白首 風塵(백수풍진)＝세상살이의 어려움에 희어진 머리 ◇뒤티 압티＝앞 뒤의 모습(態) ◇짝짝궁 도리도리 질나리비 훨훨＝어린 아이들이 사람들이 부르는 구호에 따라 하는 재롱으로 짝짝궁은 손벽을 치는 놀이. 도리도리는 고개를 좌우로 흔드는 놀이. 질나래비 훨훨은 새가 날아가는 모양을 흉내내는 것 ◇崇禮門(숭례문)＝남대문 ◇七퍼 八퍼＝남대문 밖에서 용산 쪽으로 가는 길에 있던 마을 ◇비다리＝지금 서울 용산구 갈월동에서 청파동 쪽으로 들어가는 길에 있던 동리 ◇복 쥐여 틋구＝박박 쥐여 뜯고 ◇깁흑헌＝깊숙한 ◇용올리는＝힘쓰는

536

衛武公 戒抑詩는 九十五歲 안이런가

孔夫子 이란 말슴 死而後已矣니라

　우리는 太倉의 稊米로셔 塵에 자든 잠을 이지야 깨여쓴들 엇지할고. 申甲俊 (城西幽稿 3)

　　衛武公 戒抑詩(위무공계억시)＝위무공이 사람들에게 경계하고 억제하라는 뜻에서 지은 시. 위무공은 당(唐)의 삼원인(三原人)으로 이름은 경무(景武). 태종 때에 위무공으로 봉해짐 ◇이란 말슴＝하신 말씀 ◇死而後已矣(사이후이의)＝사람이 되어서 하던 일은 죽은 다음에야 그친다 ◇太倉(태창)의 稊米(제미)로셔＝태창 속의 한 알의 돌피. 극히 광대한 것에 대해 극히 작은 것을 이르는 말 ◇塵(진)에

자든 잠을=속세에서 자신을 깨닫지 못했던 것을   ◇이지야 쌔여쓴
들=이제서야 깨우친들

537
위염은 상셜 갓고 졀기는 여산이라
가즘도 가기 슬코 아니 가기 어려외라
츠라리 회슈 락동강 취벽혼더 이몸이 죽어져 몸이나 편케.
(樂高 82)

　위염은 상셜 갓고=위엄(威嚴)은 눈이나 서리처럼(霜雪) 엄하고
◇졀기는 여산이라=절개(節槪)는 산처러 굳다(如山)　◇가즘도=가
자고 해도　◇회슈 락동강 취벽=빙빙 도는(回水) 낙동강 푸른(翠碧)
물

538
爲祖爲父ㅎ야 水火中원 들건 지을 좀좀코 싱각ㅎ니
五十八年을 不計晴雨ㅎ고 長揖官門 ㅎ여시니
世上의 非理好訟者는 날 쑨이라 ㅎㄴ다. 姜復中 (爲祖爲父慷慨歌
2) (淸溪歌詞 40)

　爲祖爲父(위조위부)=조부를 위하여. 또는 조부가 되어　◇水火中
(수화중)원=위험한 물과 불 속　◇들건 지을=들어갈 것인지를　◇
不計晴雨(불계청우)=개이고 비오는 것을 가리지 않음. 좋고 나쁨을
가리지 않음　◇長揖官門(장읍관문)=오랜동안 관직에 몸 담고 있음
◇非理好訟者(비리호송자)=송사하기를 좋아할 까닭이 없는 사람
◇날쑨이라=나 뿐이라

539

琉璃鍾 琥珀濃에 小槽酒滴 眞珠紅이라

烹龍炮鳳 玉指泣이오 羅幃繡幕 圍香風을 吹龍笛 擊鼉鼓에 晧齒歌
細腰舞ㅣ라 況是靑春 日將暮ᄒ니 桃花ㅣ亂落 如紅雨ㅣ로다

五花馬 千金裘로 呼兒將出 煥美酒롤 ᄒ여라 (羽樂時調)

(靑六 803)

琉璃鍾 琥珀濃(유리종 호박농)에＝유리병 호박잔이 질고 ◇小槽
酒滴眞珠紅(소조주적진주홍)＝작은 통속에 떨어지는 술은 진주보다
붉다 ◇烹龍炮鳳玉脂泣(팽용포봉옥지읍)＝용을 삵고 봉을 구우니
구슬같은 기름이 끊고 ◇羅幃繡幕圍香風(나위수막위향풍)＝비단 휘
장과 수놓은 장막은 향기로운 바람을 에웠고 ◇吹龍笛擊鼉鼓(취용
적격타고)에＝용적을 불고 타고를 치며 ◇晧齒歌細腰舞(호치가세요
무)＝고운 노래에 아름다운 춤이로다 ◇況是靑春日將暮(항시청춘일
장모)＝하물며 이 청춘이 장차 저물 것이니 ◇桃花亂落如紅雨(도화
난락여홍우)＝도화가 어지러이 떨어져 붉은 비 같구나 ◇五花馬 千
金裘(오화마 천금구)＝오화마와 천금이나 되는 갖옷으로 ◇呼兒將
出換美酒(호아장츌환미주)＝이이를 불러 좋은 술로 바꾸어 드리려무
나

※ 이하(李賀)의 '장진주시'(將進酒詩)의 시조화임

540

有馬有金 兼有酒홀지 素非親戚 强爲親이러니

一朝에 馬死黃金盡ᄒ니 親戚이 還爲路上人이로다

엇더타 世上 人事는 나눌 달라 가느니. (蔓橫)

(樂學 905)

有金有馬兼有酒(유금유마겸유주)홀지＝돈이 있고 말이 있고 아울러 술이 있을 때는 ◇素非親戚强爲親(소비친척강위친)＝본래 친척이 아닌 사람도 억지로 친척인 체 하더니 ◇一朝(일조)에 馬死黃金盡(마사황금진)ᄒ니＝하루 아침에 말이 죽고 황금이 다 없어지니 ◇親戚(친척)이 還爲路上人(환위노상인)＝친척이 다시 노상에서 그냥 지나치는 사람처럼 되었다 ◇世上 人事(세상인사)＝세상에 사람들이 살아가는 일들 ◇나늘 달라＝날마다 달라

※ 朴氏本『詩歌』에는 숙종 때 이상은(李相殷;字汝仁 延安人 肅宗朝以蔭官至通政 豊德府使)의 작으로 되었음

541

六月 羊裘 저 漁翁아 낙근 고기 換酒ᄒ세

取適이오 非取魚ㅣ라 고든 낙시 드리우고

西山이 희 저물러지거든 碧江月을 싯고 놀녀 ᄒ노라. 安玟英 (三數大葉) (金玉 94)

六月 羊裘(유월양구)＝양구는 양가죽으로 만든 갖옷. 엄자릉(嚴子陵)이 양피옷을 입고 낚시질을 하던 고사 ◇漁翁(어옹)아＝어부야 ◇낙근 고기 換酒(환주)ᄒ세＝낚은 고기와 술과 바꾸자 ◇取適(취적)이오 非取魚(비취어)ㅣ라＝한가한 것을 취하려 한 것이지 고기를 잡으려는 것이 아니라 ◇고든 낙시＝미늘이 없는 낚시 ◇희 저물러지거든＝해가 저물거든 ◇碧江月(벽강월)＝푸른 강물 위에 뜬 달. 여기서는 친구인 김윤석의 아호인 벽강을 지칭한 것임

※ 『金玉叢部』에 "김동추윤석 자군중 호벽강"(金同樞允錫 字君仲 號碧江)이라 했음

542

六洲五洋에 探險隊가 아즉도 發見 못한 武陵桃源 朱陳村이 世上天下에 어듸메뇨

三千年 開花 三千年 結實하는 崑崙山 瑤池 蟠桃園인가 金鷄啼罷日輪紅하는 都桃樹下인가 거긔도 아니오 劉關張 三人이 烏牛白馬로 祭天結義하시든 桃園이 그곳인가 玉洞桃花 萬樹春이 거긔인가 前度劉郎 今又來한 玄都觀이 거긔런가

至今에 春水方生하고 片片紅桃 둥둥 쩌 흘너 오는 紫霞洞天에 가 무러 보소. (樂高 972)

六洲五洋(육주오양)=육대주(六大洲)와 오대양(五大洋) ◇武陵桃源(무릉도원)=도연명의 '도화원기'(桃花源記)에 나오는 별천지(別天地) ◇朱陳村(주진촌)=주씨와 진씨의 세의(世誼)가 두터워서 대대로 혼인하여 촌락을 이루었다고 하는 동리 ◇崑崙山 瑤池(곤륜산 요지)=주 무왕이 서왕모를 만났다고 하는 곳 ◇金鷄啼罷日輪紅(금계제파일윤홍)=금계가 울기를 그치고 둥근 해가 붉게 비춤 ◇都桃樹下(도도수하)=도도산에 있다는 큰 나무 아래 ◇劉關張 三人(유관장 삼인)=유비 관우 장비의 세 사람 ◇烏牛白馬(오우백마)=검은 소와 흰 말 ◇祭天結義(제천결의)=결의 형제한 것을 하늘에 알리는 제사 ◇玉洞 桃花萬樹春(옥동 도화만수춘)=복숭아꽃이 피고 모든 나무에 봄이 무르익은 옥동 ◇前度劉郎 今又來(전도유랑 금우래)한 玄都觀(현도관)=당나라 시인 유우석(劉禹錫)의 시 '재유현도관시'(再遊玄都觀詩) 에 나오는 구절 ◇春水方生(춘수방생)하고 片片紅桃(편편홍도)=봄철의 샘물이 솟아나고 붉은 복숭아 꽃이 펄펄 날림 ◇紫霞洞天(자하동천)=개성에 있는 지명

543

의쥬에 통군정 붓는 불은 압록강이 시지로구나

　성천에 강선루 붓는 불은 비류강슈가 겻히로나 삼등에 황학루 붓
는 불은 잉무쥬강이 시지로구나 황쥬 월파루 붓는 불은 젹벽강(쳥쳔
강)슈로 달혀 쓰려니와 평양에 부벽루 련광뎡 붓는 불은 대동강슈로
쓰려니와 이내 가슴에 시시쩌쩌로(연긔도 업시 뭉긔뭉긔) 붓는 불은
어내 졍판이 다 쩌주리란 말가

　춤으로 밋을 님 업서셔 나 못 살것네. (답답한 ᄆᆞᆷ 둘 ᄃᆡ 업서
나 엇지 사노) (樂高 885)

　의쥬＝평안북도 압록강변에 있는 고을(義州)　◇통군졍＝의주 있
는 정자(統軍亭)　◇압록강＝우리나라와 중국의 경계에 있는 강(鴨綠
江)　◇시지＝시재(詩材)인 듯　◇성쳔＝평안남도에 있는 군명(成川)
◇강선루＝성천에 있는 정자 강선루(降仙樓)　◇비류강슈＝비류강(沸
流江)의 물. 비류강은 평남 양덕군(陽德郡)에서 발원하여 대동강으로
유입되는 강　◇삼동에 황학루 잉무쥬강＝황학루가 있는 중국의 삼
동의 앵무주를 가리키는 듯　◇黃州 月波樓(황주 월파루)＝황해도
황주읍에 있는 누각　◇적벽강슈＝적벽강의 물. 황주의 중심부를 흐
르는 황주천(黃州川)이 중국의 적벽강과 흡사하여 생긴 이름　◇평
양에 부벽루 련광뎡＝평양의 대동강 가에 있는 정자 부벽루(浮壁樓)
와 연광정(練光亭)　◇정판＝사랑하는 사람

544

이년아 말 듯거라 굽고 나마 자질 년아

　쳐음에 날을 볼 지 百年을 사쟈키에 네 말을 곳지 듯고 집 풀고
텃밧 풀고 동솟 풀고 紫的馬 쯴밤이에 먹기쇼를 마즈 파라 너를 아
니 주엇더냐 무스 일 뉘 낫바셔 노디를 노랏는다

져님아 날드려 그렁마오 너일을 〔 〕가랴. (編數大葉)
(樂學 1104)

　굽고 나마 자질 년아=굽어뜨리고 자지러뜨릴 년아. 자지러뜨리는 것은 식물(植物)의 중간 부분을 자라지 못하게 방해하는 것　◇볼 지=만날 때　◇사쟈키에=살자고 하기에　◇곳지 듯고=곧이 듣고　◇동솟=옹솥. 옹달솥. 조그만 하고 오목한 솥　◇紫的馬(자적마)=자줏빛 털을 가진 말　◇찐밤이=진배미. 좋은 논　◇먹기쇼=멕이 소. 또는 검정소　◇노더를 노랏는다=노대를 놓았느냐. 노대는 큰 물결이 치는 것처럼 커다란 말썽을 일으키는 것을 말함　◇그렁마오=그렇게 생각하지 마시오

545
이리 알쓰리 살쓰리 그리고 그려 병되다가
　萬一에 어느 쎄가 되던지 만나 보면 그 엇더 할고 應當 이 두손길 뷔여 잡고 어안 벙벙 아모 말도 못하다가 두 눈예 물결이 어릐여 방울방울 쩌러져 아로롱지리라 이 옷 압자랄예 일것세 만낫다 하고
　丁寧이 이럴 쥴 알냥이면 차라리 그려 病되는이만 못 하여라. 安玟英 (編時調) (金玉 180)

　이리=이렇게　◇알쓰리 살쓰리=알뜰하고 살뜰하게　◇그리고 그려=그리워 하고 그리워하여　◇뷔여 잡고=붙들어 꼭 잡고　◇물결이 어릐여=눈물이 어리어　◇아로롱지리라=아롱질 것이다　◇옷 압자랄예=옷 앞자락에　◇일것세=모처럼　◇알냥이면=알았다면
　※『金玉叢部』에 "억강릉홍련"(憶江陵紅蓮)이라 했음

546

이 몸이 싀여져셔 江界 甲山 졉이 되야

님 자는 窓밧 츈혀 끗마다 죵죵 즈로 집을 지여 두고

그 집의 든은 체ᄒ고 님의 房에 들리라. (樂時調)

(海一 521)

싀여져셔=죽어서   ◇江界 甲山(강계 갑산)=강계는 평안북도 갑
산은 함경북도에 있는 군(郡)으로 오지이며 조선시대 귀양을 가던
곳   ◇졉이=제비   ◇츈혀=추녀   ◇죵죵 즈로=가끔 자주   ◇든은
체ᄒ고=들어가는 체하고

547

이 몸이 장셩되야 萬里 邊塞 칼을 븨고 누어스니

鳳凰城 山海關은 말발의 끠글리요 十萬 胡兵馬ᄂ 칼 끗히 풀닙피
라 大丈夫 千秋 事業을 일은 ᄣᅢ에 못 일우고 그 언졔 일워 보랴

진실로 皇天이 니 뜻 알으시면 우리 聖上 근심 플가 ᄒ노라. 金忠
善 (慕夏堂實記 2)

장셩=장군(將軍)의 이칭(異稱). 장셩(將星)   ◇萬里邊塞(만리변새)
=조정에서 멀리 있는 변방의 요새지   ◇鳳凰城(봉황성)=중국 호남
성의 서쪽 원강(源江)의 지류(支流)인 이강(泥江)에 임한 성   ◇山海
關(산해관)=하북성 임유(任楡)현 동쪽. 만리장성의 동쪽 끝머리에
있는 관문   ◇말발의 끠글이요=말발굽 아래 일어나는 먼지요. 전진
(戰塵)   ◇胡兵馬(호병마)=오랑캐의 군사와 마필(馬匹)   ◇大丈夫 千
秋事業(대장부 천추사업)=사나히로서 마땅히 해야 할 일. 국가에 충
성하는 일   ◇일은 ᄣᅢ에=이러한 때에   ◇皇天(황천)=하느님. 또는
하늘   ◇聖上(성상)=우리의 임금님

548

입아 助藿 메육들아 발헌 듬북이 가거늘 본다

듬복이 성니야 甘苔신 삼아 신고 퍼러옷 떨쳐 닙고 土蓮눈 부릇
쓰고 찌佐飯 髮髥 거스리고 松茸밧 감도라 다스마 긴긴 길로 標若山
브라보며 버섯고개 가더고나

가기는 가더라만는 군포 얼골이 성이 업시 가더라. (蔓橫 樂時調
編數葉 弄歌) (靑詠 593)

입아=이 보아라　助藿(조곽)='조곽'(早藿)의 잘못. 일찍 따서 말
린 미역　◇메육들아=미역들아　◇발헌=일을 시작한　◇甘苔(감
태)신=김(海苔)으로 만든 신　◇퍼러옷=파래(靑苔)로 만든 옷　◇
土蓮(토련)눈 부릇쓰고=토란처럼 둥근 눈을 부릅뜨고　◇찌佐飯(자
반) 髮髥(발염) 거스리고=깨보숭이처럼 짧은 수염을 바람에 날리고
◇松茸(송용)밧='송용'은 '송이'(松栮)의 잘못. 송이밭. 송이는 버섯
의 한 가지　◇감도라=휘돌아　◇다스마 긴긴 길로=다시마처럼 길
게 생긴 길로　◇標若山(표약산)='표약'은 '표고'(蔈古)의 잘못인 듯.
표고를 산에 비유함. 이을고 낡은　◇군포 얼굴이=미상. 찌프린 얼
굴인 듯　◇성이 업시=화가 난 기색이 없이

549

이바 편메곡들아 듬보기 가거늘 본다

듬보기 성내여 土卵 눈 부릅드고 깨자반 나롯 거스리고 甘苔신 사
마신고 다스마 긴거리로 가거늘 보고 오롸

가기는 가더라마는 蔈古흔 얼굴에 성이 업시 가드라. (蔓橫淸類)
(珍靑 531)

편메곡＝평평한 미역　◇듬보기＝뜸부기　◇土卵(토란) 눈＝토란 모양의 눈　◇부릅드고＝눈을 크게 뜨고　◇깨자반 나룻＝깨보숭이처럼 생긴 수염. 매우 짧은 수염인 듯　◇거스리고＝바람에 나부끼고　◇甘苔(감태)신＝김으로 만든 신　◇다스마＝다시마　◇오롸＝오도다　◇薰古(표고)흔＝이울고 낡은　◇성이 업시＝노여움이 없이

550

李譜이 집을 叛ᄒ여 노시 목에 金돈을 걸고

天台山 層巖絶壁을 넘어 방울시 삭기 치고 鸞鳳孔雀이 넘는 골에 樵夫를 만나 麻姑할미 집이 어듸민나 흔고

저건너 數間茅屋 듸스립 밧긔 靑삽스리를 츠즈소서. 金壽長 (二數大葉) (海周 550)

李譜(이보)＝고대 소설 『슉향전』(淑香傳)의 슉향의 상대 인물　◇叛(반)ᄒ여＝배반하여　◇노시＝수나귀와 암말 사이에 태어난 잡종(雜種)의 말　◇金(금)돈＝금으로 만든 돈　◇天台山(천태산)＝슉향전에서 슉향이 장 정승 집을 나와 천태산의 마고(麻姑)의 집에서 술을 팔았다고 함　◇層巖絶壁(층암절벽)＝여러 층으로 이루어진 험한 바위로 된 낭떠러지　◇삭기 치고＝새끼를 낳아 기르고　◇넘는 골에＝넘노는 골짜기에　◇樵夫(초부)＝나뭇군　◇麻姑(마고)할미＝마고 선녀(仙女). 손톱이 길다고 하는 선녀이나 여기서는 슉향이 머물던 집의 주인　◇어듸민나 흔고＝어디 쯤이나 되는고　◇數間茅屋(수간모옥)＝조그마한 띠집　◇듸사립＝대나무로 엮어 만든 사립문　◇靑(청)삽스리＝검은 털이 푸른 빛을 띠는 삽살개

551

이선이 반호야 제 집을 반호고 나귀 등에 슌금안장을 지여 금젼을 걸고

천태산 층암절벽 방울시 삭기 친 곳에 잉무공작 넘나는데 초부를 불너 문는 말이 천틱산 마고선녀 슈영짤 숙향의 집이 게 어듸메뇨

져 건너 듸사립 안에 쳥삽살이가 누웟스니 게줄 아러봅소.

(南太 194)

이선이 반호야=고대소설 『숙향전』의 남자 주인공 이선(李仙)이 숙향에게 반해서　◇제 집을 반호고=자기 집안을 배반하고　◇금젼=금전(金錢)　◇천태산=중국 절강성 천태현의 북쪽에 있는 산(天台山)　◇삭기 친=새끼를 깐　◇넘나는 데=넘나드는 곳에　◇초부=나무꾼(樵夫)　◇마고선녀=선녀의 이름　◇슈영짤=수양딸. 남의 자식을 데려다 기른 딸　◇청삽살이가=검은 빛 털을 가진 삽살개　◇누웟스니=누워 있으니　◇게줄 아러봅소=그곳인가 알아 보십시오

552

이 시름 져 시름 여러 가지 시름 防牌鳶에 細細成文호여

春正月 上元日에 西風이 고이 불쎄 올白絲 흔 얼레를 잇가지 풀어 씌울 쎄 큰 쵹에 슐을 부어 마즘막 餞送호즉 듯게듯게 듯듯쩌서 놉고 놉피 소스올라 白龍의 구븨갓치 굼틀굼틀 뒤틀어져서 굴움 속에 들거고나 東海바다 건너 가서 외로이 셧는 남게 걸였다가

風蕭蕭 雨落落홀 쎄 自然消滅 호여라. 金壽長 (二數大葉)

(海周 536)

이 시름 져 시름=이 걱정 저 걱정　◇防牌鳶(방패연)=방패처럼

생긴 직사각형의 연   ◇細細成文(세세성문)=자세하게 글을 지음
◇上元日(상원일)=음력 정월 보름   ◇고이=편안히. 또는 이상하게
◇올白絲(백사)=흰 실의 가닥   ◇얼레=연실을 감는 기구   ◇마즘
막=마지막   ◇餞送(전송)ㅎㅈ=음식을 대접하며 떠나 보내자   ◇白
龍(백룡)=천제(天帝)의 사자(使者)라고 하는 흰빛의 용   ◇구븨갓치
=구비같이   ◇남게=나무에   ◇風蕭蕭 雨落落(풍소소 우낙락)홀 쎄
=바람이 솔솔 불고 비가 내릴 때   ◇自然消滅(자연소멸)=저절로
없어짐

553
二十四橋 둘 불근 적의 佳節은 月正上元이라
億兆는 攔街歡動ㅎ고 貴遊도 携筇步蹀이로다
四時에 觀燈賞花 歲時伏臘 도틀어 萬姓同樂홈이 오늘인가 ㅎ노라.
(蔓數大葉) (海一 602)

　二十四橋(이십사교)=중국 강소성 강도(江都)현에 있는 다리. 일
반적으로 번화한 거리를 뜻함   ◇적의=때에   ◇佳節(가절)=좋은
계절. 또는 시절   ◇月正上元(월정상원)=달이 바로 정월 보름임   ◇
億兆(억조)는 攔街歡動(난가환동)ㅎ고='동'은 '동'(同)의 잘못. 모든
백성들은 길을 메우고 함께 즐거워함   ◇貴遊(귀유)도 携筇步蹀(휴공
보접)=귀족의 자제들도 지팡이를 짚고 자박자박 걸음   ◇四時(사시)
에=일년 내내에   ◇觀燈賞花(관등상화)=사월 파일에 등불 구경을
하고 봄철에 꽃을 완상함   ◇歲時伏臘(세시복납)=세시는 새해, 복은
삼복(三伏), 납은 납향(臘享)으로 복(伏)은 여름 납(臘)은 겨울에 있던
세시풍속임   ◇도틀어=통틀어   ◇萬姓同樂(만성동락)=모든 백성이
다 함께 즐김

554

이제는 못보게 ᄒ애 못볼시는 的實커다

萬里 가는 길헤 海口絶息ᄒ고 銀河水 건너 쮜여 北海 ᄀ리지고 風土ㅣ 切甚ᄒ듸 深意山 ᄀ올가마귀 太白山 기슭으로 골각골각 우닐며 츳돌도 바히 못 어더 먹고 굵어 죽는 짜희 내 어듸가셔 님츳자 보리

아희야 님이 오셔든 주려죽단 말 싱심도 말고 빨빨이 그리다 어즐病 어더서 갓고 쎠만 나마 달바조 밋트로 아장 밧삭 건니다가 쟈근 쇼마 보신 後에 니마 우희 손을 언쬬 ᄒ 가레 추혀들고 쟛바져 죽다 ᄒ여라. (蔓橫淸類) (珍靑 579)

ᄒ애=하는구나   ◇못볼시는=못보는 것은   ◇的實(적실)커다=분명하구나   ◇海口絶息(해구절식)='해구절식'(海鷗絶食)이 맞는 듯. 갈매기가 먹지도 아니하고   ◇ᄀ리지고=가로 질러인 듯   ◇風土 切甚(풍토절심)=기후와 지세가 매우 나쁨   ◇深意山(심의산)=수미산(須彌山)인 듯.   ◇太白山(태백산)=강원도와 경상도 접경에 있는 산   ◇우닐며=울면서   ◇바히=전혀   ◇싱심도=생심(生心)도. 여기서는 입 밖에도의 뜻   ◇빨빨이 그리다=살뜰하게 그리워 하다가   ◇어즐病(병)=어지럼 병   ◇달바조=달바자. 달풀로 엮어 울타리를 만든 바자   ◇건니다가=거닐다가   ◇쟈근 쇼마=오줌   ◇가레=가랑이   ◇추혀들고=추쳐 들고

555

李座首는 암쇼를 트고 金約正은 질쟝군 메고

南勸農 趙堂掌은 취ᄒ여 뷔거르며 杖鼓舞鼓에 둥더럭궁 춤추는괴야

峽裏에 愚氓의 質朴天眞과 太古淳風을 다시 본 듯 ᄒ여라. (蔓橫

淸類) (珍靑 524)

李座首(이좌수)＝이씨 성을 가진 좌수. 좌수는 향소(鄕所)의 장(長) ◇金約正(김약정)＝김씨 성을 가진 약정. 약정은 향약(鄕約)을 실행하는 장(長) ◇질장군＝질로 만든 물 등을 담는 그릇이나 여기서는 악기로 사용함. 장군(缶) ◇南勸農(남권농)＝남씨 성을 가진 권농. 지방의 농사를 권장하는 유사(有司) ◇趙堂掌(조당장)＝조씨 성를 가진 당장. 당장은 서원에 딸린 하예(下隷) ◇뷔거르며＝비실비실 걸으며 ◇峽裏(협리)에＝산골에 ◇愚氓(우맹)＝어리석은 백성 ◇質朴天眞(질박천진)과 太古淳風(태고순풍)＝순박하고 거짓이 없음과 태고에서부터 전해 오는 순박한 풍속

556
李太白의 酒量은 긔 엇더ᄒ여 一日須傾三百杯ᄒ며
杜牧之의 風度는 긔 엇더ᄒ여 醉過楊州ㅣ橘滿車ㅣ런고
아마도 이 둘의 風采는 못내 부러 ᄒ노라. (蔓橫淸類)
(珍靑 470)

李太白(이태백)＝당나라 시인 이백 ◇긔＝그것이 ◇一日須傾三百杯(일일수경삼백배)＝하루에 모름지기 삼백 잔의 술을 마심 ◇杜牧之(두목지)＝당나라의 시인 ◇醉過楊州橘滿車(취과양주귤만거)＝술에 취해 양주를 지날 때 기생들이 그의 풍채에 반해 수레에 귤을 던져 가득찼다고 함 ◇못내 부러＝끝내 부러워

557
李太白 ᄌ니랑 呼兒將出 換美酒ᄒ고
姜太公 ᄌ니랑은 銀鱗玉尺 낙과 니여 安酒 담당ᄒ고 陶淵明 ᄌ니

랑 五絃琴 더라징둥덩지 타고

　張子房 ᄌᆞ니랑 鷄鳴山 秋夜月에 玉洞簫 슬피 부소.
　(時調歌詞 17)

　　呼兒將出換美酒(호아장출환미주)=아이를 불러 술을 바꿔 들임
◇姜太公(강태공)=여상(呂尚)을 가리킴　◇銀鱗玉尺(은린옥척)=비늘
이 번쩍이는 커다란 고기　◇낙과 니여=낚아 내여　◇陶淵明(도연
명)=진(晉)나라 때의 시인　◇張子房(장자방)=한나라의 장량(張良)
◇鷄鳴山(계명산)=중국 진원현(晉原縣) 서쪽에 있는 산　◇秋夜月
(추야월)=가을철의 달밤　◇玉洞簫(옥통소) 슬피 부소=장량이 항우
의 군사를 도망 가도록 가을 달밤에 계명산에서 불었던 고사

558
梨花에 露濕도록 뉘게 잡혀 못오든고
　오쟈락 뷔혀 잡고 가지마소 ᄒᆞ난듸 無端히 썰치고 오쟈홈도 어렵
더라
　져 님아 네 안흘 져버 보스라 네오 긔오 다르랴. (蔓橫淸類)
　(珍靑 477)

　　梨花(이화)에 露濕(노습)도록=배꽃에 이슬이 내리도록. 밤 늦게
까지　◇뉘게 잡혀=누구에게 잡히여　◇뷔혀 잡고=부여 잡고　◇
져버 보스라=헤아려 보거라　◇네오 긔오=너이고 그이고　◇다르
랴=다르겠느냐

559
人間 悲莫悲는 萬古 消魂 離別이라

芳草는 萋萋ᄒ고 柳色은 풀을 쩍의 河橋 送別에 뉘아니 黯然ᄒ리 험을며 기럭이 슬피 울고 落葉이 蕭蕭홀제 안이 울 이 업더라. 李鼎輔(二數大葉) (海周 380)

悲莫悲(비막비)=이보다 더 슬픈 것은 없음　◇萬古 消魂離別(만고소혼이별)=전에 없이 근심으로 말미암아 넋이 빠진 듯한 상태에서 헤어짐　◇芳草(방초)는 萋萋(처처)ᄒ고=싱그러운 풀은 무성하고　◇柳色(유색)=버들 빛　◇풀을 쩍의=푸르를 때에　◇河橋 送別(하교송별)=하량(河梁)에 있는 다리에서 이별함. 한(漢)의 이릉(李陵)과 소무(蘇武)가 흉노의 땅에서 헤어질 때 이릉이 지어준 시의 첫구인 “휴수상하량”(携手上河梁)에서 온 말임　◇黯然(암연)=작별할 무렵에 서운해서 정신이 아득한 상태　◇험을며=하물며　◇落葉(낙엽)이 蕭蕭(소소)홀제=나뭇잎 떨어지는 소리가 쓸쓸하게 들릴 때　◇안이 울 이=울지 아니할 사람이

560

人生天地 百年間에 富貴功名 總浮雲을

출하리 다바리고 龍門에 壯遊ᄒ야 齊州九點煙에 山河 元氣와 洞庭湖雲夢澤을 胸襟에 삼킨 後에 落雁峰에 곳처 올라 謝朓의 驚人句를 靑天에 朗吟ᄒ고 張蹇의 八月槎를 銀河에 흘리노하 月宮에 올라가서 玉妃를 만나보고 그제야 蓬萊山에 安期生 羨門子와 長年生世術을 슬ᄏ장 議論하니

世上에 醉死夢生ᄒ야 營營碌碌之輩야 닐러 무슴 홀이요. 李鼎輔 (二數大葉) (海周 391)

總浮雲(총부운)=모두가 뜬 구름과 같음　◇龍門(용문)=대망(大

望)을 비유한 말. 중국 산서성 하진현과 섬서성 한현 사이에 있는 황하의 급류. 고기가 이곳을 오르면 용이 된다고 함   ◇壯遊(장유)=장한 뜻으로 원유(遠遊)함   ◇齊州九點煙(제주구점연)=구주(九州)가 한눈에 보임. 높고 낮음이 없이 표연함   ◇山河元氣(산하원기)=산과 강의 정기   ◇洞庭湖(동정호)=중국 호남성에 있는 호수로 둘레가 칠백리나 됨   ◇雲夢澤(운몽택)=중국 형주(荊州)에 있는 웅덩이의 이름   ◇胸襟(흉금)=가슴 속. 마음 속   ◇落雁峰(낙안봉)=중국 섬서성 화음현(華音縣) 남쪽 태화산의 남봉(南峰)   ◇謝眺(사조)의 驚人句(겨인구)=사조의 뛰어난 시구. 사조는 육조(六朝)시대 제(齊)나라 사람으로 문장은 청려하고 오언체(五言體)에 능함   ◇靑天(청천)에 朗吟(낭음)=맑게 개인 날에 소리내어 읊조림   ◇張蹇(장건)의 八月槎(팔월사)=팔월사는 장건이 탔다는 선사(仙槎)의 이름. 장건은 중국 전한시대의 외교가   ◇銀河(은하)에 흘리 노하=은하수에 흘러가도록 배를 띄워 놓아   ◇月宮(월궁)=달 속에 있다고 하는 궁전   ◇玉妃(옥비)=천상(天上)의 양귀비를 일컬음   ◇蓬萊山(봉래산)=신선이 산다는 삼신산의 하나   ◇安期生(안기생)=진(秦)의 낭야(瑯揶) 사람으로 도술로 오래 살았음   ◇羨門者(선문자)=선문은 옛날 선인(仙人)의 이름   ◇長年度世術(장년도세술)=길이 세상을 살아가는 슬법   ◇슬크장=실컷. 마음껏   ◇醉死夢生(취사몽생)=아무 이룬 일 없이 흐리멍덩하게 한 편생을 살아감   ◇營營碌碌之輩(영영녹녹지배)=세력이나 이익 같은 것을 얻기 위해 급급한 의젓하지 못한 무리   ◇닐러=말하여

561

人生 百年 얼마넌가 北望山이 저기로다

黃泉이 므다더니 門박기 여라고나 死後 滿盤珍羞 不如生前 一杯酒라

아희야 술 부어라 취코 놀게.
(時調 41)

　　北望山(북망산)＝'망'은 '망(邙)의 잘못. 공동묘지　◇黃泉(황천)＝
사람이 죽어서 간다고 하는 곳. 저승　◇므다더니＝멀다고 하더니
◇여라고나＝여기로구나　◇死後滿盤珍羞(사후만반진수)＝죽은 다음
의 상에 가득차린 맛 있는 음식　◇不如生前一杯酒(불여생전일배주)
＝살아 생전의 한 잔 술만 못함

562
人生 百年이 如走馬로다 안이ㄴ 놀지는 못 ㅎ리라
　남기라도 고목이 되면 오든 시도 안이 오고 꼿이라도 십일홍되면
오든 나븨도 안이 오고 물이라도 乾水되면 오든 鴻雁도 안이 오고
任이라도 늙어지면 오든 정판도 안이ㄴ 오누나
　靑春之年을 익연타 말고서 마음디로 놀세. (樂高 919)

　　人生 百年(인생백년)＝한 평생　◇如走馬(여주마)＝달리는 말과 같
이 빠름　◇남기＝나무　◇십일홍＝열흘 동안만 붉음(十日紅)　◇乾
水(건수)＝물이 말라버림　◇鴻雁(홍안)＝기러기. 새의 뜻으로 쓰임
◇정판＝사랑하는 사람　◇靑春之年(청춘지년)＝젊은 시절　◇익연
타＝슬프다(哀然)

563
人生 시른 수레 가거늘 보고 온다
七十 고개 너머 八十 드르흐로 진동한동 건너 가거늘 보고 왓노라
다

가기는 가ᄃ라마는 少年行樂을 못내 닐러 ᄒ더라. (珍靑 467)

　인생 시른 수레＝상여(喪輿)를 가리킴　◇온다＝오너라　◇드르흐로＝들판으로　◇진동한동＝걸어가는 모습을 형용한 말　◇보고 왓노라다＝보고 왔습니다　◇少年行樂(소년행락)＝젊어서의 즐기고 놂　◇못내 닐러＝끝내 아쉬움을 이야기함

564

人生을 헤알이니 榮辱이 半이로다 東門에 掛冠ᄒ고 田里로 도라와셔

聖經賢傳 열처노코 니러기를 다한 後에 압너예 살진 고기도 낙고 뒴 뫼에 움진 藥도 키다가 登高望遠ᄒ며 任意逍遙할지 淸風은 徐來ᄒ고 明月이 時至로다

이 중에 슐 손조 부어 먹고 琴歌自適ᄒ니 이갓치 安逸한 조흔 마시 世上에 또 이셔 비겨보랴 이리 노니다가 昇化歸雲ᄒ여 帝鄕에 올나가면 餘恨이 업슬노다. (各調音)

(興比 411)

　헤알이니＝헤아리니　◇東門(동문)에　掛冠(괘관)ᄒ고＝동문에다 긴을 벗어 걸고. 벼슬을 그만두고　◇聖經賢傳(싱경린진)＝성린들이 지은 글들　◇니러기를＝읽기를　◇움진＝움이 길게 자람. 싹이 길게 자람　◇登高望遠(등고망원)＝높은 곳에 올라 먼 곳을 바라 봄　◇任意逍遙(임의소요)＝마음 내키는 대로 거닐음　◇淸風(청풍)은 徐來(서래)＝맑은 바람은 천천히 불어 옴　◇明月(명월)이 時至(시지)＝밝은 달이 때 맞추어 뜸　◇손조＝손수　◇琴歌自適(금가자적)＝거문고를 타고 노래 부르며 혼자 즐겁게 지냄　◇마시＝맛이. 멋이　◇비겨보랴＝비교해 보겠느냐　◇昇化歸雲(승화귀운)＝신선이 되어

하늘 나라로 돌아 감 ◇帝鄕(제향)＝옥황상제가 있다고 하는 곳

565

仁王山下 弼雲臺는 雲崖先生 隱居地라

先生이 豪放自逸하야 不拘小節하고 嗜酒善歌허니 酒量은 李白이요
歌聲은 龜年니라 風流才子와 冶遊士女들이 구름갓치 모여들어 날마
다 風樂이요 째마다 노리로다 잇째에 太陽館 又石尙書ㅣ 歌音에 皎
如허사 遺逸風騷人과 名姬賢伶들을 다모와 거나리고 즐기실제 先生
을 愛敬허사 못미츨 듯 하오시니

아마도 聖代예 豪華樂事ㅣ 이밧게 坮 어듸 잇스리. 安玟英 (編樂)

(金玉 165)

인왕산하 필운대(仁王山下 弼雲臺)는＝인왕산 아래에 있는 필운
대는. 인왕산은 경복궁 서북쪽에 있는 산. 필운대는 종로구 필운동에
있던 대의 이름 ◇雲崖先生 隱居地(운애선생 은거지)라＝운애선생
이 숨어 사는 곳이라. 운애선생은 박효관(朴孝寬)을 가리킴 ◇豪放
自逸(호방자일)하야＝의기가 장하여 작은 일에도 구애받지 아니하고
스스로 만족함 ◇不拘小節(불구소절)하고＝작은 일에도 구애받지
아니하고 ◇嗜酒善歌(기주선가)하니＝술을 좋아하고 노래를 잘하니
◇酒量(주량)은 李白(이백)이요＝술은 당나라 시인 이백만큼 마시고
◇歌聲(가성)은 龜年(구년)이라＝노래는 당나라의 이구년만큼 잘했다.
이구년(李龜年)은 당나라 현종의 총애를 받은 궁중의 가객임 ◇風
流才子(풍류재자)와＝풍치가 있고 재주가 많은 젊은 남자들과 ◇冶
遊士女(야유사녀)들이＝방탕하게 노는 남자와 여자들이 ◇風樂(풍
악)＝우리나라 고유의 음악 ◇太陽館 又石尙書(태양관 우석상서)＝
대원군의 장자(長子)인 이재면(李載冕)을 가리킴. 그의 호가 우석임
◇歌音(가음)에 皎如(교여)하사＝노래에 밝으시어 ◇遺逸風騷人(유

일풍소인)과=세상의 시끄러움을 잊고 시문(詩文)을 짓는 사람   ◇名
姬賢伶(명희현령)=이름난 기생들과 광대들   ◇愛敬(애경)하사=더욱
사랑하고 존경하기어   ◇못 미츨 듯=노력에 비해 효과가 적은 듯
◇聖代(성대)에 豪華樂事(호화락사)=훌륭한 임금이 통치하는 시대의
호사스럽고 즐거운 일

※ 1)『金玉叢部』에 "선생호운애야 우석상서 애이경지 축일단회 진
가위성대호화락사야"(先生號雲崖也 又石尚書 愛以敬之 逐日團會 眞
可謂聖代豪華樂事也 선생의 호가 운애다. 우석상서께서 사랑하고 존
경하셔서 날마다 모임을 가지니 참으로 성대의 호사스럽고 즐거운
일이라 이를만 하다.)라 했음

2) 『海東樂府』에 수록되어 있는 것과는 다음과 같은 차이가 있
음.

仁旺山下 弼雲臺는 雲崖先生 隱居地라. 先生에 平生의 豪放自適ᄒ여
不拘小節ᄒ고 嗜酒善歌ᄒ니 酒量은 太白이요 歌聲은 龜年이라 山水갓치
높은 일흠 當世에 들네이니 風流才子와 冶遊士女들이 그름갓치 뫼야들어
날마다 風樂이요 쩌마다 술이로다 先生의 넓은 酒量 斗酒를 能飮커늘 엇
디ᄐ 첫잔붓터 ᄉ양ᄒ미 眞情인듯 春風花柳好時節의 가진 기악 안치고셔
羽界面을 불을 격의 半空의 쩟는 소리 瀏亮淸越ᄒ여 들보튄글 나라나고
나는 구름 먼츄우니 이 아니 거룩ᄒ냐 노리를 맛치거든 洗盞更酌ᄒ 然後
의 帶月同歸 올쿈마는 編불너 맛친 後의 뭇지 안코 니러나셔 걸인 큰 옷
벗겨 들고 쪽긴ᄃ시 다라나니 이 어인 뜻이런고 잇더의 太陽館 又石公의
歌音의 皎如ᄒ여 遭逸風騷人과 名姬賢伶을 다 모하 거느리고 늘마다 즐
기실제 先生은 愛敬ᄒ샤 못 밋츨듯 ᄒ오니. 聖代의 豪華樂事 이밧게 쏘
어디 이실소냐.(海東樂府 638)

566

仁而壽 德而福을 그 丁寧 미들 거시

石坡大老 寬仁이며 府大夫人 洪福으로 子繼子 孫繼孫허니 子孫이
繼繼허고 壽添壽 福添福허니 壽福이 添添이로다

허물며 又石尙書 深仁厚德과 養志誠孝를 더욱 賀禮 허노라. 安玟英 (編數大葉) (金玉 170)

仁而壽 德而福(인이수 덕이복)을=어질면은 장수하고 덕이 있으면 복을 받음을 ◇丁寧(정녕)=정말로 ◇미들 거시=믿을 것이로다 ◇石坡大老 寬仁(석파대로 관인)이며=대원군의 마음이 너그럽고 어질은 것이며 ◇府大夫人 洪福(부대부인 홍복)으로=부대부인의 크나큰 복으로. 부대부인은 대원군의 부인이며 고종의 어머니임 ◇子繼子 孫繼孫(자계자 손계손)=자자 손손으로 계속하여 대를 이어 감 ◇壽添壽 福添福(수첨수 복첨복)허니=수에다 수를 첨가하고 복에다 복을 첨가하니 ◇壽福이 添添(첨첨)이로다=장수와 행복이 끌업이 보태어지도다 ◇又石尙書(우석상서)=대원군의 장자 이재면을 가리킴 ◇深仁厚德(심인후덕)=사려 깊고 두터운 인덕 ◇養志誠孝(양지성효)=부모님의 뜻을 거역하지 아니하는 지극한 효성 ◇賀禮(하례)=축하를 드림

※『金玉叢部』에 "부대부인 하축 제삼"(府大夫人 賀祝 第三)이라 했음

567
一刻이 如三秋러니 一日이면 몃 三秋런고

니 마암 길거우면 남의 설럼 어이 알니 얼미 아닌 남은 간장 春雪갓치 다 녹는다 恨숨은 바람이 되고 눈물은 비가 되야 任 자신 紗窓 밧게 불면서 쓸여 보면 날 잇고 집히 든 잠 놀니 씨우려마는

아서라 남의 사람 싱각ᄒᆞ는 니가 글타 탕척ᄒᆞ고 도라 누니 니 마암이 잠시로다. (時調 16)

一刻(일각)에 如三秋(여삼추)=한 시각이 삼년과 같이 몹시 지루

하게 느껴짐 　◇길거우면='길'은 '질'의 오기. 즐거우면 　◇설럼=
설음 　◇아닌 남은=아니 남은 　◇집히든=깊히 든 　◇恨(한)슴=한
숨 　◇자신=주무시는 　◇글타=그르다 　◇탕척ㅎ고=깨끗이 씻어버
리고(蕩滌) 　◇잠시=잠간

568

一年 三百六十日은 春夏秋冬 四時節이라

꽂피고 버들 입 피면 花朝月夕 春節이요 四月東風 大麥黃은 綠陰
芳草 夏節이라 秋風은 소슬한데 洞方의 버러지 우고 黃菊丹楓 秋節
이요 白雪이 粉粉ㅎ여 千山에 鳥飛絶하고 萬蹊에 人蹤滅하니 蒼松綠
竹 冬節이라

人間七十 古來稀라 四時佳景과 無情歲月이 덧 업어 가니 글을 슬
어. (雜誌 433)

花朝月夕(화조월석)=꽃 피는 아침과 달 뜨는 저녁 　◇大麥黃(대
맥황)=보리가 누렇게 익음 　◇洞方(동방)='동방'(洞房)의 잘못. 방
안 　◇우고=울고 　◇白雪(백설)이 粉粉(분분)='분분'은 '분분'(紛紛)
의 잘못. 흰 눈이 펄펄 날림 　◇千山(천산)에 鳥飛絶(조비절)=온 산
에 날아가는 새도 그치고 　◇萬蹊(만경)에 人蹤滅(인종멸)=모든 길
에 사람의 발길이 끊어짐 　◇人間七十 古來稀(인간칠십고래희)=사
람이 칠십까지 사는 것은 예로부터 드믄 일임 　◇四時佳景(사시가
경)=일년 내내의 아름다운 경치 　◇글을=그 것을

569

일년이 열 두달 일년인대 윤달이 들면 열 석달 일년이요

한 달이 삼십일 한 달인대 그 달이 곳 적으면 스무 아흐래 그믐도

한 달이라

　하루면 열 두시 하루인대 임 볼 시는 멋 실는고.

　(時調 73)

　　윤달＝음력으로 3년에 1달씩 남는 달　◇곳＝바로　◇임 볼 시는
＝임을 볼 수 있는 시간은　◇멋 실는고＝몇 시나 되는고

570

　一年이 열 두달인듸 閏朔들면 열 슥달이 一年이요

　한 달이 설흔 날이나 그달이 작으면 심우 아흐래가 한달이라

　두어라 해 가고 달가고 날가고 任가고 봄 가는듸 玉窓 櫻桃 다 붉
엇스니 怨征夫之歌 이 아니냐.

　(時調集 128)

　　閏朔(윤삭)＝윤달　◇열 슥달＝열 석달　◇심우 아흐레＝스무 아
흐레　◇玉窓(옥창)＝여인이 거처하는 방.　◇怨征夫之歌(원정 부지가)
＝싸움터에 나간 남편을 원망하는 노래

571

　一身이 사쟈훈이 물껏 계워 못 견딜쐬

　皮ㅅ겨 굿튼 갈앙니 볼리알 굿튼 슈퉁니 줄인 니 굿진 니 준별룩
굴근 별룩 강벼록 倭벼록 긔는 놈 쎅는 놈 琵琶굿튼 빈대삿기 使令
굿튼 등에아비 갈쑤귀 샴의약이 셴박희 높은 박희 박음이 거저리 불
이 쏘죽훈 목의 달이 기다훈 목의 야윈 목의 살진 목의 글임애 쏘록
이 晝夜로 빈 쩌 업시 물건이 쏘건이 쯧거니 심훈 唐빌리 예서 얼여

왜라

그 中에 참아 못견딀손 五六月 伏더위에 쉬푸린가 ㅎ노라. 李鼎輔
(二數大葉) (海周 394)

　사즈ㅎ이=살자고 하니　◇믈썻 계워=믈 것들을 이기지 못해
◇皮(피)ㅅ겨=피의 껍데기. 피는 일년초의 하나로 벼의 성장에 피해
를 줌　◇갈랑니=가랑니. 서캐에서 깨어난지 얼마 안된 작은 이
◇수통니=수퉁니. 크고 살진 이　◇줄인니=굶주린 이　◇ᄀᆺ긴니=
서캐에서 막 깨어난 이　◇강벼룩=벼룩의 일종　◇倭(왜)벼룩=벼
룩의 일종　◇등이아비=등에. 마소의 피를 빨아먹는 곤충의 한 가
지　◇갈짜귀=각다귀. 모기의 일종　◇삼의약이=버마재비　◇센박
휘=흰바퀴　◇박음이=바구미　◇거절이=고자리. 곤충의 애벌레
◇불이 쏘족ᄒ 목의=부리가 뾰족한 모기　◇달이 기다ᄒ 목의=다
리가 긴 모기　◇글임애=그리마　◇쏘록이=뾰룩이　◇뷘 찌=쉴
사이. 쉴 틈　◇唐(당)빌리=깽비리　◇예서=이보다　◇얼여왜라=
어렵구나　◇못견딀손=견디기 어려운 것은

　572
　一葉小船 달을 실코 十里 淸江 흘이 저어
　취셩동 차자 가니 자개봉이 여기로다 월왕대 넘흔 곳에 사슴이 노
단 말가
　금강수 되단 말가 신선이 나렷세라.
　(雜誌 386)

　一葉小船(일엽 소선)=조고마한 배　◇흘이 저어=믈이 흐르는 대
로 저어　◇취셩동 자개봉=혹 취셩동(醉醒洞)과 자개봉(自開峰)으로
상상의 곳이나 또는 소재 미상의 골짜기와 봉우리　◇월왕대=월왕

(越王) 구천(勾踐)이 만든 누대 ◇넙흔=넓은 ◇노단 말가=논다는 말인가 ◇금강수=금강(金剛)의 물이나 아니면 금강(錦江)의 물인지(?) ◇나렷세라=나려왔구나

573

日月星辰도 天皇氏ㅅ적 日月星辰 山河土地도 地皇氏ㅅ적 山河土地
日月星辰 山河土地 다 天皇氏 地皇氏적과 혼가지로되
사름은 므슴 緣故로 人皇氏적 사름이 업눈고. (蔓橫淸類)
(珍靑 485)

日月星辰(일월성신)=천체 ◇山河土地(산하토지)=자연 ◇天皇氏 地皇氏 人皇氏(천황씨 지황씨 인황씨)=고대 중국의 제왕으로 알려짐 각 일만 팔천 세를 다스렸음 ◇무슴 緣故(연고)=무슨 까닭

574

일이 흐야도 聖恩이요 져리 흐야도 聖恩이라
엇지흐야 갑프녀뇨 與天地無窮흔 聖恩이라
두어라 世世生生흐야 萬之一이나 갑파 볼가 흐노라. 梁柱翊 (感聖恩歌5—1) (無極集)

聖恩(성은)=임금의 은혜 ◇엇지흐야=어떻게하여 ◇갑프녀뇨=갚으려고 하느냐 ◇與天地無窮(여천지무궁)=천지와 더불어 한이 없음 ◇世世生生(세세생생)=몇 번이라도 다시 환생하는 일 ◇萬之一(만지일)=만분의 일. 다만 조금이라도

※ 漢譯; 此也聖恩 彼也聖恩 何以也報之 與天地無窮聖恩 逗語囉 世世生生 萬之一圖報云 (차야성은 피야성은 하이야보지 여천지무궁성은 두어라 세세생생 만지일도보운)

575

一定 百年 다 못산들 色 아니코 어이하리

穆王도 天子ㅣ로디 瑤池에 宴樂ㅎ고 項羽는 天下 壯士엿마는 虞美
人 離別에 우러쩌든

ㅎ물며 碌碌ㅎ 少丈夫ㅣ야 몃 百年을 살이라고 희음 일 아니ㅎ고
쇽졀 업시 늘글아

一定 百年(일정백년)=한 번 정해진 목숨이 백년임 ◇色(색)아니
코=여색(女色)을 가까이 아니하고 ◇穆王(목왕)=주나라의 왕 ◇
瑤池(요지)에 宴樂(연악)ㅎ고=요지에서 서왕모와 잔치를 열고 즐기
고 ◇虞美人(우미인)=항우의 애희(愛姬) ◇碌碌(녹록)ㅎ 少丈夫(소
장부)ㅣ야=하잘 것 없는 사나이야 ◇희음 일=하여야 할 일 ◇쇽
졀 업시=쓸 데 없이

576

一定 百年 살줄 알면 酒色 츰다 관계ㅎ랴

힝혀 츰은 後에 百年을 못살면 긔 아니 애도론가

人命이 在于天定이라 酒色을 츰은들 百年 살기 쉬우랴. (蔓橫淸類)
(珍靑 486)

一定 百年(일정 백년)=한 번 정해진 목숨이 백년임 ◇힝혀=행
여나 ◇애도론가=애석하지 않은가 ◇人命(인명)이 在于天定(재우
천정)=사람의 목숨은 하늘이 정한 바에 있음

577

一壺酒로　送君蓬萊山ᄒ니　蓬萊上人이　笑相迎이라
笑相迎　與君歌一曲ᄒ니　萬二千峰　玉層層이로다
아마도　海東風景이　이ᄲᆫ인가　ᄒ노라. (界面二數大葉)
(靑六 510)

　　一壺酒(일호주)로　送君蓬萊山(소군봉래산)ᄒ니＝술 한 병을 들려 그대를 봉래산에 보내니　◇蓬萊上人(봉래상인)이　笑相迎(소상영)이라＝봉래산의 신선이 웃으면서 맞이하더라　◇笑相迎 與君歌一曲(소상영 여군가일곡)＝웃으면서 맞아 그대와 더불어 노래 한 곡을 부르니　◇萬 二千峰 玉層層(만이천봉 옥층층)＝만 이천 봉에 옥같은 노래 소리가 층층이 퍼지도다　◇海東風景(해동풍경)＝우리 나라의 아름다운 경치

578

임은 가고 봄은 오니　芳春花柳　繁華時라
꽂피여도 임의 생각　春節가고　夏節오니　江岸日日　喚愁生한데 풀만 푸르러도 임의 생각　夏節가고　秋節오니　秋雨梧桐落葉時라 입만 저도 임의 생각　秋節가고　冬節오니　白雪江山　銀世界에 눈만 날여도 임의 생각
임이라 무어신지 자나 깨나 깨나 자나 욕망난망이요 불사이자사로다. (雜誌 429)

　　芳春花柳繁華時(방춘화류번화시)＝봄이 되고 꽃과 버들이 번창하게 피는 한 때　◇江岸日日　喚愁生(강안일일 환수생)＝날마다 강득에서 수심만 불러 일으킴　◇秋雨梧桐落葉時(추우오동낙엽시)＝가을

비 내리고 오동잎 떨어지는 시기 ◇욕망난망이요 불사이자사로다=
잊고자 하나 잊기가 어렵고 생각을 말자해도 저절로 생각이 남(欲忘
難忘 不思而自思)

579

任이 가실 적에는 速히 단여 오시마고 ᄒ드니 가고 ᄒ 번도 無消
息이라

　무슴 弱水가 막혓관더 소식좃차 頓絕이로구나 春水滿四澤ᄒ니 물
이 만해서 못오시든가 夏雲多奇峰ᄒ니 봉이 놉해서 못오시는가 봉이
놉해서 못오시거든 쉬여서 넘어를 오고 물이 깁허서 못오시거든 쏭
션 타고서 네 오렴은아

　춤으로 네 모양 간절하야 나 못살겟네.

(樂高 921)

　단여=다녀　◇弱水(약수)=선경(仙境)에 있다고 하는 물　◇春水
滿四澤(춘수만사택)=봄철의 사방 연못은 물이 가득하고　◇夏雲多
奇峰(하운다기봉)=여름철의 구름은 기이한 봉우리가 많음　◇쏭션
=봉선(蓬船). 그늘막과 벽을 만들어 헷볓과 비바람을 막도록한 배

580

　林川의 草堂 짓고 만卷 書冊 싸아 놋코

　烏騅馬 살지게 메게 흐르는 물가의 굽씩겨 세고 보리미 길드리며
절디佳人 겻혜 두고 碧梧 거문고 시줄 언저 세워 두고 生簧 洋琴 海
琴 저 피리 一等美色 前後唱夫 左右로 언저 엇쏘로 弄樂헐제

　아마도 耳目之所好와 無窮之至所樂은 나뿐이가.

(調詞 70)

林川(임천)=숲과 내가 있는 곳 ◇烏騅馬(오추마)=항우가 탔던 준마 ◇살지게 메게=기름지게 먹여 ◇굽씩겨 세고=말굽을 깨끗이 씻겨 세워두고 ◇一等美色(일등미색)=제일 가는 미인 ◇前後唱夫(전후창부)=앞뒤의 소릿꾼 ◇左右(좌우)로 언저=좌우에서 거문고에 줄을 얹어 ◇엇쏘로 弄樂하제=엇조(旕調)로 노래하고 즐길 때 ◇耳目之所好(이목지소호)=귀로 듣고 눈으로 보는 것의 좋음 ◇無窮之至所樂(무궁지지소락)=지극히 즐기는 바의 무궁함

581

立馬沙頭別意遲홀제 生憎楊柳最長枝를

佳人緣薄含新態오 蕩子情多問後期라 桃李落落寒食節이오 鷓鴣는 飛去夕陽風이라

江南에 草綠春波潤ᄒ니 欲採蘋花로 有所思로다. (蔓橫樂時調編數大葉弄歌) (靑詠 561)

立馬沙頭別意遲(입마사두별의지)홀제=말을 물 가에 세우고 이별할 뜻을 생각하니 ◇生憎楊柳最長枝(생증양류최장지)를=말을 맬 수 있도록 자란 버드나무 가지를 미워하는 마음이 생기다 ◇佳人緣薄含新態(가인연박함신태)오=가인과는 인연이 적으나 새로운 교태를 머금고 ◇蕩子情多問後期(탕자정다문후기)라=탕자의 정이 많으니 훗기약을 묻는다 ◇桃李落落寒食節(도리낙락한식절)이오=복숭아와 오얏이 쓸쓸한 한식이오 ◇鷓鴣(자고)는 飛去夕陽風(비거석양풍)=자고새는 석양 바람에 날아간다 ◇江南(강남)에 抄錄春波潤(초록춘파윤)=강남에 풀이 푸르니 봄의 물결이 윤택하고 ◇欲採蘋花(욕채빈화)로 有所思(유소사)=빈화를 뜯고자 하니 생각하는 바가 있도다. 빈화는 개구리밥

582

自古 男兒의 豪心樂事를 歷歷히 헤여보니

漢代金張 甲第車馬와 晉室王謝 風流文物 白香山 八節吟咏 郭汾陽 花園行樂은 다 됴타 이르려니와

아마도 春風十二街에 小車를 잇글고 太華客 五六口에 격양歌를 부르면서 任意 去來ᄒ여 老死 太平은 類ㅣ업슨가 ᄒ노라. (蔓橫)

　(樂學 910)

　　自古(자고)=예로부터　　◇豪心樂事(호심락사)=호매(豪邁)한 마음과 즐거운 일　　◇歷歷(역력)히=일일이　　◇헤여보니=헤아려 보니　　◇漢代金張(한대김장)=한나라의　김일제(金日磾)와　장안세(張安世). 모두 선제(宣帝)를 섬겨 권세 있고 영화를 누렸음　　◇甲第車馬(갑제거마)=좋은 집과 수레. 호화로운 생활　　◇晉室王謝(진실왕사)=진나라의 왕탄지(王坦之)와 사안(謝安). 풍류를 즐겼음　　◇白香山(백향산)=당나라 시인 백거이(白居易). 자는 낙천(樂天)이고 향산은 호임　　◇八節吟咏(팔절음영)=백거이가 기노(耆老)들과 더불어 팔절에 시를 읊고 음주를 즐긴 일. 팔절은 춘추분(春秋分) 동하지(冬夏至) 입춘하(立春夏) 입추동(立秋冬)　　◇郭汾陽(곽분양)=당나라의 명장 곽자의(郭子儀)를 가리킴. 후에 공으로 분양왕(汾陽王)에 봉(封)했음　　◇春風十二街(춘풍십이가)=‘가’는 ‘와’(窩)의 잘못인 듯. 미상. 봄철의 커다란 별장을 말하는 듯　　◇太和客(태화객)=‘태화탕’(太和湯)의 잘못. 술의 다른 이름　　◇오륙구(五六口)=‘오륙구’(五六甌)의 잘못, 대여섯 항아리　　◇擊壤歌(격양가)=태평한 시대를 즐기는 노래　　◇任意去來(임의거래)=마음내키는 대로 거닐음　　◇老死太平(노사태평)=늙어 죽을 때까지의 태평을 누림　　◇類(류)업슨가=비길 곳이 없는가

583

ᄌᆞ규성단 월ᄉᆞ시에 두견이 우러도 임 ᄉᆡᆼ각 월명하락 우황혼에 ᄃᆞᆯ이 ᄇᆞᆰ아도 임 ᄉᆡᆼ각이오

숨쳑동ᄌᆞ야 동방을 내다 보와라 새벽ᄃᆞᆯ은 우렷이 기우러ᄂᆞᆫᄃᆡ 임은 어듸가 아니 보인다 말가 임으로 연ᄒᆞ여 여광여취 되ᄂᆞᆫ 마음 잠시라도 닛지 못ᄒᆞ여 임을 ᄯᅡ라 갈가부다 오날 가고 ᄅᆡ일 가고 모레 가고 글피 간다 나흘 곱집어 여들레 팔십리 가ᄂᆞᆫ 인ᄉᆡᆼ이 셕ᄃᆞᆯ 열을에 단쳔 리 갈지라도 임을 ᄯᅡ라서 아니 갈 수 업네 ᄒᆡ가 가고 ᄃᆞᆯ이 가고 날가고 시가고 임ᄭᆞ지 망죵가면 요 세상 ᄇᆡᆨ년을 뉘를 밋고 사나 셕신이라도 돌에다 접을 ᄒᆞ며 목신이라고 로송에다 접을 ᄒᆞ며 어영 갈메기라고 창파에다 지졉 ᄒᆞ갓나

접홀 곳 업고 속ᄂᆡ 맛ᄂᆞᆫ 친고 업서셔 나 엇지 살고.

(樂高 915)

ᄌᆞ규성단 월사시=자규의 울음소리 그치고 달은 기울은 시각(子規聲斷月斜時) ◇월명하락 우황혼=달이 지고 또 황혼이 되었음(月明下落 又黃昏) ◇우렷이=뚜렷이 ◇연ᄒᆞ여='인ᄒᆞ여'의 잘못인 듯 ◇여광여취=미친 듯 취한 듯(如狂如醉) ◇망종 가면=마저 가면 ◇석신=석신(石神) ◇목신=목신(木神) ◇로송=노송(老松) ◇어영=어영도. 상상의 섬인 듯 ◇지정ᄒᆞ갓나=지접을하겠나. 지접은 함께 삶 ◇속ᄂᆡ=속 마음 ◇친고=친구

584

자네가 ᄉᆞᆯ을 잘 먹ᄂᆞᆫ다 ᄒᆞ니 슈슈 쇠쥬 세 ᄃᆡ와 쇠셔 세 접시를 먹을ᄶᅡ 본가

슈슈 쇠쥬 세 ᄃᆡ와 쇠셔 셰 접시를 먹으랑이면 ᄂᆡ 물니라 갑슬랑

은

옛날에 니티빅도 일일수경삼빅비라 히도 이 슐 혼잔 못다 먹엇씀네. (南太 181)

슈슈 쇠쥬=수수로 만든 술　◇쇠셔=소의 혓바닥　◇믈니라=돈을 믈을 것이다　◇니티빅=이태백. 당나라 시인　◇일일수경삼백배=하루 삼백 잔의 술을 마심(日日須傾三百杯)

585

자네 집의 됴흔 슐 닛다 ᄒ니 날 혼 번 請ᄒ여 슐 맛 뵈쇼

나도 니 집 草堂 압헤 향긔로운 꼿 퓌거든 혼 번 請ᄒ여 花柳 구경 시켜 줌세

슐 닉즈 꼿 퓌즈 임 오즈 달도다 오니 玩月長醉.

(無名時調集가本 77)

닛다 ᄒ니=있다고 하니　◇뵈쇼=보여 주시오　◇花柳 구경=꽃구경　◇玩月長醉(완월 장취)=달빛을 완상하며 오래도록 취함

586

ᄌ룡이 말 노코 칼 쓰지 마라

죠됴의 십만 티병이 술넝술넝 물쓸텃ᄒ다

장창은 어디 두고 두루나니 룡광검만 후쥬 품 속의 드러 좀씰 줄 몰ᄂ. (時調 118)

ᄌ룡아=조자룡아(子龍)　◇죠됴=조조(曹操)　◇물쓸텃 ᄒ다=의견이 매우 시끄럽다　◇장창=긴 창　◇두루나니=휘두르는 것이

◇룡광검＝용천검(龍泉劍)인 듯　◇후쥬＝후주(後主) 유비의 아들 아두(阿斗)를 가리킴

587

子龍아 말 흔부로 노코 槍 쓰지 마라

曹操의 十萬大兵이 물쓸텃 흔다 東將을 얼너 西將을 베이고 南將을 얼너 北將의 머리를 덩그러케 베히나니

아마도 三國 名將은 趙子龍인가. 林重桓

(時調演義 66)

子龍(자룡)＝조자룡(趙子龍). 삼국시대 촉한의 장군 본명은 운(雲)　◇흔부로＝함부로　◇曹操(조조)의 十萬大兵(십만대병)＝위나라를 세운 조조가 촉과 오의 군대를 상대로 적벽대전에서 휘하의 군사가 많음을 나태낸 말　◇얼너＝얼르고. 달래고　◇덩그렇게＝덩그러니

588

盞의 가득 부은 슐이 半은 기우러지고 半 盞이 되얏스니 嗜酒ㅎ난 우리 님 半을 마시엿나 半은 기우려지고 半 盞이 남엇고나

碧空의 걸인 달 두렷터니 半은 기우려지고 半달이 되얏스니 愛月ㅎ든 太白이 半을 부여 갓나 半은 기우러지고 半달만 남엇구나

두어라 餘月 餘酒로 翫月長醉. 林重桓

(時調演義 95)

嗜酒(기주)ㅎ난＝술을 좋아하는　◇碧空(벽공)의＝푸른 하늘에　◇愛月(애월)ㅎ든＝달을 사랑하던　◇부여 갓나＝잘라 갔나　◇餘月 餘酒(여월여주)로 완월장취(翫月長醉)＝남은 달 남은 술로 달을 구경

하며 오래도록 취함

589

존의 가득한 수리 반 존이 너머 반 존 되어스니 劉伶이 嗜酒터니
半은 따라 간가 半 盞이로구나
  碧空의 두렷흔 다리 半이 남아 半만 여즈려스니 太白이 愛月터니
半은 부러 간가 반다리로구나
  우리도 飮酒 翫月ᄒ며 古人 것치. (樂府 332)

  수리=술이 ◇너머=넘어 ◇劉伶(유령)이 嗜酒(기주)터니=진나
라의 유령이 술을 좋아 하더니 ◇간가=갔는가 ◇碧空(벽공)=푸
른 하늘 ◇다리=달이 ◇여즈려스니=이즈러졌으니 ◇부러 간가
=분질러 갔는가 ◇飮酒玩月(음주완월)=술을 마시며 달빛을 완상
함

590

잘새는 풀풀 挹淸樓로 희도라 들고
  새들 은 漸漸 新雪樓로 볼가 올 제 외나무 드리에 홀노 가는 즁아
즁아
  네 절이 언마나 ᄒ관더 遠鐘聲만 들니ᄂ니.
  (槿樂 329)

  挹淸樓(읍청루)=서울 용산 별영(別營)앞에 있었던 정자. 풍경이
뛰어났다 함 ◇희도라 들고=되돌아 들어오고 ◇新雪樓(신설루)=
서울에 있었던 정자인 듯 ◇언마나=얼마나 ◇遠鐘聲(원종성)=멀
리서 울려오는 종소리 ◇들니ᄂ니=들리느냐

591

잡으시오 잡으시오 이 술 한 잔을 잡우시오

　이 술 한 잔 잡우시면 천만년니아 스오리라 이 슐이 슐이 아니하 한무졔 승노반에 이슬 밧은 것이오니

　쓰나다나 잡으시요 권헐 졔 잡우시오.

　(源가 447(132))

　천만년니아＝천년이나 만년이나　◇한무졔 승노반＝한 무졔(漢武帝)가 승로반(承露盤)에 오래 살기 위해 이슬을 받음　◇쓰나다나＝맛이 쓰거나 달거나 가리지 말고

592

張良의 洞簫 소리 月下에 슬피 부니 帳中에 줌든 伯王 魂魄이 놀나거다

　謀計 마는 李座基는 楚伯王을 인도ᄒ고 算 잘 두는 張子房은 鷄鳴山 秋夜月에 玉洞簫를 和答ᄒ니 그 曲調에 ᄒ여시되 邊方 客地 死地中에 슈자리 사는 져 軍士야 너의 伯王 困窮ᄒ야 戰場에서 죽을 씨라 千金 갓튼 重ᄒ 목슘 戰場 客死ᄒ단 말가 너의 妻子 싱각ᄒ면 離別ᄒ고 쩌눌 젹에 눈물 짓고 긔約ᄒ 말 明年春에 도라옴시 그 사니가 八年이라 어린 子息 아비 불너 어미 肝腸 다 썩인다 安南山 사리 찬 밧 어늬 丈夫 가라 쥬며 澤浩亭 비즌 슐을 어늬 丈夫ㅣ 마셔 보며 高堂에 白髮 父母 어늬 子息 奉養ᄒ리 하늘 놉고 찬바람에 새 옷 지어 너허 두고 오늘이나 몸이 오며 니일이나 奇別 올가 머리 우희 손을 언고 出門望 出門望ᄒ니 望夫山이 되든 말가

碧空에 月明ᄒ고 淸江에 水碧ᄒᆫ대 妻子 싱각 웨 모로나.
(慶大時調集 338)

張良(장량)의 洞簫(통소)소리＝한나라의 장량이 계명산에서 항우의 군사들을 와해시키기 위해 달밤에 퉁소를 불었음 ◇伯王(백왕)＝초패왕 항우를 가리킴 ◇謀計(모계) 마는 李座基(이좌기)＝'이좌기'는 '이좌거'(李座車)의 잘못. 지모와 계략이 많은 이좌거. 이좌거는 한 고조의 모신(謀臣) ◇산(算) 잘 두는 장자방(張子房)＝계산을 잘하는 장량. 작전(作戰)에 뛰어난 장량 ◇슈자리 사는＝변방 초소 등에 근무하는 ◇戰場 客死(전장객사)＝싸움터에서 죽음 ◇그 사니가＝그 사이가 ◇安南山(안남산)＝앞 남산인 듯 ◇사리찬 밧＝사래가 긴 밭 ◇澤浩亭(택호정)＝정자 이름 ◇高堂(고당)에 鶴髮父母(학발부모)＝집에 계신 늙은 부모 ◇出門望(출문망)＝부모가 집 나간 자식을 이문(里門)에 까지 나와 기다림 ◇望夫山(망부산)＝망부석(望夫石)의 잘못인 듯

593

壯麗헐슨 東國 別宮 魯靈光 漢景福을

應天上之三光허고 備人間之五福이라 美哉라 우리 世子ㅣ 이 집에 親迎허슈 百輛于歸 허오실 졔 山河ㅣ 共揖허고 百靈이 仰德이라 太平으로 누리실 졔 聖子神孫이 繼繼承承허슈 重熙累洽허슈 式至萬年 허오실 졔

우리도 百歲 老翁으로 無窮헌 즐거오믈 듯고 보랴 허노라. 安玟英
(編數大葉) (金玉 167)

壯麗(장려)헐슨＝웅장하고 화려한 것은 ◇東國 別宮(동국 별궁)＝우리나라의 별궁. 별궁은 정궁(正宮)이 아닌 궁궐 ◇魯靈光(노영

광)=미상. 노나라의 궁궐인 듯 ◇漢景福(한경복)=미상. 한나라의 궁궐인 듯 ◇應天上之三光(응천상지삼광)허고=천상의 삼광과 서로 감응(感應)하고. 삼광은 해와 달과 별을 가리킴 ◇備人間之五福(비인간지오복)이라=인간의 오복을 갖추었다 ◇美哉(미재)라=아름답도다 ◇親迎(친영)허스=몸소 나아가 맞으시어 ◇百輛于歸(백량우귀)허오실 제=수 많은 수레와 함께 돌아 오실 때 ◇山河(산하)ㅣ拱揖(공읍)허고=산천도 손을 마주 잡고 공손히 인사를 하는 듯하고 ◇百靈(백령)이 仰德(앙덕)이라=모든 백성들이 임금의 덕을 우러러 보더라 ◇聖子神孫(성자신손)이=훌륭한 자손들이 ◇繼繼承承(계계승승)허스=대대로 계속하여 이어 가시어 ◇式至萬年(식지만년)=태평한 세상이 만세에 이르름 ◇百歲老翁(백세노옹)=나이 많은 늙은이 ◇즐거오믈=즈거움을

　※『金玉叢部』에 "별궁신건 하측"(別宮新建 賀祝)이라 했음

594

長衫 쓰더 즁의 격슴 짓고 念珠 쓰더 당나귀 밀밀치ᄒ고

釋王世界 極樂世界 觀世音菩薩 南無阿彌陀佛 十年 工夫도 너 갈듸로 니거니

밤즁만 암 居士 픔에 드니 念佛경이 업셰라. (蔓橫淸類)

(珍靑 514)

　長衫(장삼)=소매가 긴 옷. 스님이 입는 웃옷의 하나 ◇즁의 격슴=즁의(中衣)와 적삼(赤衫). 즁의는 여름의 홑바지인 고의(袴衣) ◇밀밀치=밀치를 강조한 말. 밀치는 안장이나 길마에 쓰는 기구로 꼬리 밑에 대는 가느다란 막대기 ◇釋王世界 極樂世界(석왕세계 극락세계)=아미타불이 살고 있는 극락정토의 세계 ◇觀世音菩薩(관세음보살)=관세음과 같음. 보살은 위로는 부처를 따르며 아래로는

중생의 제도를 일삼는 부처 다음 가는 성인(聖人)   ◇南無阿彌陀佛
(나무아미타불)＝염불하는 소리의 하나로 아미타불에 귀의한다는 뜻
◇갈듸로 니거니＝가고 싶은 곳으로 가거라   ◇암 居士(거사)＝여승
(女僧)   ◇念佛(염불)경＝염불할 경황   ◇업세라＝없구나

595

將帥ㅣ 將帥ㅣ라ᄒᆞ되 趙子龍 갓튼 將帥ㅣ 업다

　金鎖陣 魚腹浦를 舍廊 出入ᄒᆞ듯 浙江에 썻는 비예 흔 번 쒸여 나
라올나 靑紅劒 飜ᄯᅳᆺᄒᆞ며 朱宣의 머리 업다 幼主를 아ᄉᆞ 오고 七星壇
바람ᄭᅩᆺ티 一葉片舟에 諸丞相 싯고 갈제 徐盛이 ᄯᅡ로거늘 一箭으로
쏘와 돗줄 ᄭᅳᆺ느니는 千萬古에 ᄒᆞ나히로다

　암아도 이 將帥 니옵씨는 劉皇叔의 搔癢子인가 ᄒᆞ노라. 金壽長
(二數大葉) (海周 558)

　　將帥(장수)＝장군   ◇趙子龍(조자룡)＝촉한의 장군. 본명은 조운
(趙雲)   ◇金鎖陣(금쇄진)＝조인(曹仁)이 만든 팔문금쇄진(八門金鎖
陣)을 말함   ◇魚腹浦(어복포)＝조조 진영의 요새지   ◇浙江(절강)＝
중국 절강성에 있는 강   ◇靑紅劒(청홍검)＝조운이 가졌던 칼의 이
름인 듯   ◇飜(번)ᄯᅳᆺ＝번뜩   ◇朱宣(주선)＝'주선'(周善)의 잘못인 듯.
주선은 오(吳)나라 손권(孫權)의 부하   ◇幼主(유주)＝유비의 아들 아
두(阿斗)를 가리킴   ◇七星壇(칠성단)＝제갈량이 조조를 공격하기 위
한 동남풍을 빌기 위해 쌓았던 단   ◇一葉片舟(일엽편주)＝나뭇잎처
럼 조그마한 배   ◇諸葛丞相(제갈승상)＝제갈량을 가리킴   ◇徐盛(서
성)＝삼국시대 오나라 장수   ◇一箭(일전)＝화살 한 개   ◇돗줄＝배
의 돛을 달거나 내리는데 쓰는 줄   ◇劉皇叔(유황숙)＝삼국 시대 촉
한(蜀漢)의 유비(劉備)를 가리킴   ◇搔癢子(소양자)＝가려운 곳을 긁
어주는 사람. 꼭 필요한 사람

596

長安大道 三月春風 九陌樓臺 雜花芳草

酒伴詩豪 五陵遊俠 桃李蹊 綺羅裙을 다 모하 거나려 細樂을 前導
ᄒ고 歌舞行休ᄒ여 大東乾坤 風月江山 沙門法界 幽僻雲林을 遍踏ᄒ
여 도라보니

聖代에 朝野ㅣ同樂ᄒ여 太平和色이 依依然 三五王風인가 ᄒ노라.
(蔓横清類) (珍青 560)

長安大道 三月春風(장안대도 삼월춘풍)=장안의 넓은 길에 봄바
람이 불어 옴 ◇九陌樓臺 雜花芳草(구맥누대 잡화방초)=번화가 좋
은 집에 온갖 꽃과 싱싱한 풀들 ◇酒伴詩豪(주반시호)=술을 함께
하던 시인과 호걸 ◇五陵遊俠(오릉유협)=오릉에서 함께 놀던 협객
들. 오릉은 장릉(長陵), 안릉(安陵), 양릉(陽陵), 무릉(茂陵), 평릉(平陵)
으로 호유객(豪遊客)이 많이 살았음 ◇桃李蹊(도리혜)='혜'는 '해'
(奚)의 잘못인 듯. 잘생긴 여자 종 ◇綺羅裙(기라군)=비단옷을 입
은 여인. 기생 ◇細樂(세악)을 前導(전도)ᄒ고=간편한 악대를 앞
세우고 ◇歌舞行休(가무행휴)=노래하고 춤추며 가다 서다를 반복
함 ◇大東乾坤(대동건곤)=우리 나라의 전역(全域) ◇風月江山(풍
월강산)=경치가 뛰어난 곳 ◇沙門法界(사문법계)=불교의 세계. 모
든 사찰(寺刹) ◇幽僻雲林(유벽운림)=한적하고 궁벽한 산골 ◇遍
踏(편답)=두루 돌아다님 ◇朝野同樂(조야동락)=너나 없이 함께 즐
김 ◇太平和色(태평화색)=태평을 누리고 온화한 기색 ◇依依然(의
의연)=옛 그대로의 모양 ◇三五王風(삼오왕풍)=옛날 삼황(三皇)과
오제(五帝)가 다스리던 시절의 풍속

597

장판교상의 고리눈 부릅쓰고 장팔사모 창 들너 메고 웃둑 섯는 저

장사야 네 성명이 무엇이냐

　그 장사 대답허되 나의 성명은 한종실 유황숙의 셋재 아오 거긔장
군 연인 장익덕을 네 아느냐 모르느냐

　아마도 한국 명장은 장익덕인가.

　(時調集 170)

　　장판교 상의=장판교(長坂橋) 위에. 장판교는 유비가 후퇴하여 위
급할 때 장비 혼자서 조조의 추격군을 막았던 다리　◇고리눈=눈동
자의 주변에 희읍스름한 테가 둘린 눈. 환안(環眼)　◇장팔사모=장
비가 쓰던 창의 이름(丈八蛇矛)　◇한종실 유황숙=한나라 왕실(漢宗
室)의 유황숙(劉皇叔)　◇거긔장군 연인 장익덕=거기장군(車騎將軍)
인 연나라 사람(燕人) 장익덕(張翼德). 익덕은 장비의 자(字)　◇한국
명장=한(漢)나라의 훌륭한 장군(漢國名將)

　　598

　재너머 莫德의 어마 네 莫德이 쟈랑마라

　내 품에 드러서 돌겟줌 자다가 니 글고 코 고오고 오좀 스고 放氣
쉬니 盟誓개지 모진 내 맛기 하 즈즐ᄒ다 어서 드려 니거라 莫德의
어마

　莫德의 어미년 내드라 發明ᄒ야 니르되 우리의 아기똘이 고림症
비아리와 잇다감 제症 밧긔 녀남은 雜病은 어려셔브터 업ᄂ니. (蔓
橫淸類) (珍靑 567)

　　어마=어멈　◇돌겟줌=돌제잠. 방안을 딩굴어 돌아 다니며 자는
잠　◇니 글고=이 갈고　◇코 고오고=코 골고　◇盟誓(맹서)개지
=맹세하지만　◇모진 내=지독한 냄새　◇하 즈즐ᄒ다=너무 지긋

지긋하다 ◇드려 니거라=다려 가거라 ◇내드라=달려와 ◇發明
(발명)ᄒ야=변명하여 ◇니르되=말하되 ◇아기쌀=어린 딸 ◇고
림症(증)=고림증(膏痳症). 임질의 한 가지 ◇비아리=배앓이. 배를
앓는 병 ◇잇다감=가끔 ◇체症(증) 밧긔=체증(滯症) 밖에. 체증
은 체하여 소화가 잘 안되는 병 ◇업ᄂ니=없도다 ◇녀남은=그
이외에

599

지 넘어 싀앗슬 두고 손쎽치며 애써 간이

말만한 삿갓집의 헌 덕셕 펼쳐덥고 년놈이 흔듸 누어 얽지고 틀어

졋다 이졔는 얼이북이 叛奴軍이 들거곤아

두어라 모밀쩍에 두 杖鼓를 말려 무슴 ᄒ리요. 金兌錫

(靑謠 15)

  지 넘어='넘어'는 '너머'의 잘못. 고개 너머 ◇싀앗을 두고=시
앗을 얻어 두고. 시앗은 첩(妾) ◇손쎽치며 애써 간이=좋아하며 부
지런히 가니 ◇말만한 삿갓집의=말(斗)처럼 조그마한 삿갓 모양의
집에 ◇헌 덕셕=낡은 덕석. 덕석은 추위를 막기 위해 소의 등에
덮는 멍석 ◇년놈이 흔듸 누어=사내놈과 계집년이 같이 누워 ◇
얽지고 틀어졋다=얽혀지고 틀어졌다 ◇얼이북이=어리보기. 정신
이 투미한 사람 ◇叛奴軍(반노군)='발룩구니'의 한자음사(漢字音
寫). 발룩구니는 하는 일 없이 공연히 놀며 돌아 다니는 사람을 일
컫는 말 ◇모밀쩍에 두 杖鼓(장고)=가난한 사람이 처첩을 거느려
두 살림을 차라고 사는 것을 빗대서 하는 말. "메밀떡 굿에 쌍장구
치랴"에서 온 말

600

재 우희 웃둑 션 소나모 바람 불젹마다 흔덕흔덕
개올에 셧는 버들 므스 일 조차서 흔들흔들
님그려 우는 눈물은 커니와 입흐고 코는 어이 므스 일 조차서 후
루룩 비쥭 ㅎㄴ니. (蔓橫淸類) (珍靑 511)

재 우희＝고개 위에　◇어이＝왜　◇므스 일＝무슨 일　◇조차
셔＝따라서　◇커니와＝물론 이거니와　◇후루룩 비쥭＝콧방귀를 꾸
며 입술을 삐쭉 내미는 모양　◇ㅎ나니＝하느냐

601

謫裏 光陰은 四年이 볼셔 되고 天外 家鄕은 萬里예 아득ㅎ니
몸이 못 가거든 奇別이나 드ㄹ더야
아마리 陟屺 瞻望을 말랴 흔들 어들손가. 李聃命
(靜齋先生文集 4)

謫裏 光陰(적리광음)＝귀양 가 있는 동안의 세월　◇볼셔 되고＝
벌써 지났고　◇天外 家鄕(천외가향)＝하늘밖에 있는 것처럼 여겨지
는 고향. 멀리 떨어져 있는 고향　◇아득ㅎ니＝아득하니　◇드ㄹ더
야＝들었으면　◇아마리＝아무리　◇陟屺 瞻望(척흠첨망)＝언덕에
올라 먼 곳을 바라다 봄　◇말랴흔들＝하지 말라고 한들　◇어들손
가＝얻을 수 있겠는가

602

赤壁江上 數千隻 曹操 戰船 龐統의 連環計로 結船을 구지ㅎ야 陸
地 갓치 調鍊할 제

謀士의 苟文若 程昱이며 防船將 于禁 毛玠 猛將의 夏后橔 許楮로다 旗幟槍釰 日月을 戲弄코 擂鼓喊聲은 江山이 震動ᄒ다

여바라 孟德아 네 그런들 南屛山 올나 七星壇 뭇고 三日 三夜 비른 바람 네 어이 防備ᄒ리. 林重桓

(時調演義 83)

赤壁江上(적벽강상)＝중국 호북성 강현의 성밖에 있는 강 위에. 적벽강은 조조가 오와 촉의 연합군과 적벽대전을 치룬 곳　◇龐統(방통)의 連環計(연환계)＝방통은 촉한 사람으로 제갈량과 함께 유비를 섬겼음. 연환계는 배를 쇠사슬로 붙들어 매어 떨어지지 못하게하여 화공(火攻)에 전부 불타게 한 계책.　◇結船(결선)을 구지ᄒ야＝배를 묶는 것을 단단히 하여　◇陸地(육지) 갓치 調練(조련)할 제＝배들을 연결하여 상판을 육지처럼 만들어 놓고 군사를 훈련할 때 ◇謀士(모사)＝계책을 잘 내는 사람　◇苟文若(구문약),程昱(정욱), 于禁(우금), 毛玠(모개), 夏侯橔(하후돈), 許楮(허저)＝삼국시대 조조의 휘하 장군들　◇旗幟槍劍(기치창검)＝군중에서 쓰이는 기(旗), 창, 칼의 총칭　◇日月(일월)을 戲弄(희롱)코＝깃발이 펄럭이고 칼과 창이 번득임을 말함　◇擂鼓喊聲(뇌고함성)＝북을 두드리고 소리를 지름 ◇孟德(맹덕)＝조조의 자(字)　◇南屛山(남병산)＝중국 절강성 서남에 있는 산으로 제갈량이 남풍을 빌던 산　◇七星壇(칠성단) 뭇고＝제갈량이 조조를 공격하기 위해 남병산에서 동남풍을 빌기 위해 만든 단을 만들고

603

赤壁水下 死地를 僅免ᄒ 曹孟德이

華容道에 다다라 壽亭侯를 만나 鳳目 龍劍으로 秋霜ᄀ튼 號令에 草露 奸雄이 어이 臥席終身을 바라리오 마는

千古에 關公은 義將이라 녜 義를 生覺ᄒ샤 義釋曹操 ᄒ시다. (言弄) (靑六 620)

赤壁水下(적벽수하)=적벽강 아래 ◇死地(사지)를 僅免(근면)ᄒ=죽을 처지를 겨우 면한 ◇曹孟德(조맹덕)=조조(曹操). 자(字)가 맹덕 ◇華容道(화용도)=조조가 적벽대전에서 패한 뒤 도망하다 관우를 만난 곳 ◇壽亭侯(수정후)=관우를 가리킴 ◇鳳目 龍劍(봉목용검)=봉의 눈처럼 부릅뜨고 청룡도를 들음 ◇草露奸雄(초로간웅)=생사의 기로에 서 있는 간악한 영웅. 조조를 가리킴 ◇臥席終身(와석종신)=자리에 누워 편안히 죽음. 자기 명에 죽는 것 ◇關公(관공)=관우 ◇義將(의장)=의리를 존중하는 장수 ◇녜 義(의)=예전의 의리. 조조가 한 때 관우를 보살 펴 준 일이 있음 ◇義釋曹操(의석조조)=의리로 조조를 놓아 줌

604

赤壁에 敗한 曹操 華容道 드러 갈 제

千峰에 바람치고 萬壑에 눈 싸인듸 새인들 어이 울냐마는 火戰에 죽은 將卒 怨魂이 恨鳥되야 曹操를 원망하는 소래 그게 모다 鬼聲이라 塗炭에 싸인 將卒 故國離別이 몃해든고

歸蜀道 不如歸라 너 혼자 울지 말고 空山 深夜月에 날과 함끠 단이다가 還歸故國하여 보세. (時調集 164)

千峰 萬壑(천봉만학)=모든 세상 ◇火戰(화전)=적벽 대전을 가리킴 ◇怨魂(원혼)이 恨鳥(한조)=원통하게 죽은 혼이 한을 품은 새가 됨 ◇鬼聲(귀성)=귀신들이 울부짖는 소리 ◇塗炭(도탄)에 싸인 將卒(장졸)=전쟁의 어려움에 처해 있는 군사들 ◇歸蜀道 不如歸(귀 촉도 불여귀)=두견이의 다른 이름. 죽은 촉(蜀)의 망제(望帝)의 혼이

두견이 되었다고 함　◇空山 深夜月(공산 심야월)=고요한 산에 한 밤중에 떠 있는 달　◇還歸故國(환귀고국)=고국에 돌아감

605

赤壁에 敗한 孟德 나문 將卒 거나리고 華容路道 드러가니 山川은 險峻ᄒ고 樹木이 총잡하여

白雲이 霏霏한데 千樹 萬樹 梨花가 자져는 디 시들 어이 울야마는 가지마다 우는 소리 이게 모도 다 鬼聲이라

山학이 잠명하고 木石도 含淚커든 스롬이야 일너 무엇.
(時調集 145)

총잡하여=빽빽하고 우거져서(叢雜)　◇白雲(백운)이 霏霏(비비)한데=흰구름이 뭉게뭉게 피어나는데　◇자져는 디=가득찼는 데　◇山鶴(산학) 잠명하고=산에 사는 학이 숨어 울고(潛鳴)　◇木石(목석)도 含淚(함루)커든=나무와 돌들도 눈물을 머금은 듯하거든　◇일너 무엇=더 말하여 무엇 하겠는가

606

積雪이 다 녹아지되 봄소식을 모르드니

歸鴻은 得意天空濶이요 臥柳는 生心水動搖ㅣ로다

아희야 시 술 걸러라 시 봄마지 ᄒ리라. 金壽長 (二數大葉)
(海周 516)

積雪(적설)=겨우내 쌓인 눈　◇녹아지되=녹았으되　◇歸鴻(귀홍)은~生心水動搖(생심수동요)ㅣ로다=북으로 돌아가는 기러기는 하늘이 공활하므로 뜻을 얻고 비스듬히 누운 버들은 물이 움직이므로

마음이 생기도다   ◇시 봄마지＝새 봄맞이

607

鈿 업쓴 錚盤에 물무든 笋을 マ득이 담아 니고 黃鶴樓 姑蘇臺와
岳陽樓 藤王閣으로 상금 오르기는 나남즉 남디도 그는 아못죠로나
하려니와

할나나 님 외오 슬나ᄒ면 그는 그리 못 ᄒ리라. (蔓數大葉)
(海一 636)

　鈿(전)＝전더구니. 물건의 위쪽 가장자리가 나부죽하게 된 부분
◇笋(순)＝식물의 싹. 야채를 말함 ◇黃鶴樓 姑蘇臺(황학루 고소대)
＝황학루는 중국 호북성 무창에 있는 전각이며 고소대는 강소성 소
주부(蘇州府)에 있던 누대 ◇岳陽樓 藤王閣(악양루 등왕각)＝악양루
는 중국 악양에 있는 누각이며 등왕각은 강서성에 있는 누각 ◇상
금＝상큼 ◇나남즉 남디도＝남들이 하는 대로 ◇아못죠로나＝아무
렇게나 ◇할나나＝하루라도 ◇님 외오＝님과 떨어져 홀로 ◇그리
＝그렇게

608

正二三月 桃李花 죠코 四五六月 綠陰芳草
七八九月은 黃菊丹楓 더 죠왜라
十一二月에 雪中梅香이 最多情이 죠왜라. 金壽長 (二數大葉)
(海周 479)

桃李花(도리화)＝복숭아와 오얏꽃 ◇죠코＝좋고 ◇綠陰芳草(녹음
방초)＝나뭇잎이 우거진 그늘과 싱싱한 풀 ◇黃菊丹楓(황국단풍)＝

가을철의 노랑 빛의 국화꽃과 붉은 빛의 나뭇잎　◇雪中梅香(설중매향)＝눈속에 핀 매화꽃의 향기　◇最多情(최다정)＝정이 가장 많이 감

609

折衝將軍 龍驤衛 副護軍 날을 아는다 모로는다

니 비록 늙엇시나 노러 츔을 추고 南北漢 놀이갈 쎄 쩌러진 적 업고 長安 花柳 風流處에 안이 간 곳이 업는 날을

閣氏네 그다지 숙보아도 흐롯밤 격거 보면 數多흔 愛夫들에 將帥ㅣ될 줄 알이라. 金壽長 (二數大葉) (海周 559)

　折衝將軍(절충장군)＝정삼품(正三品)의 무관 벼슬　◇龍驤衛(용양위)＝조선시대 오위(五衛)의 하나　◇副護軍(부호군)＝오위도총부(五衛都摠府)에 속하는 종사품의 벼슬　◇날을＝나를　◇아는다 모로는다＝아느냐 모르느냐　◇南北漢(남북한)＝한강의 남북. 서울 근교(近郊)를 가리킴　◇長安 花柳風流處(장안 화류풍류처)＝서울 도성안의 기생들과 더불어 노니는 곳　◇안이 간 곳이＝가지 아니한 곳이　◇그다지 숙보아도＝그처럼 어리숙하게 여겨도　◇격거 보면＝겪어 보면. 지내 보면　◇數多(수다)흔＝많은　◇愛夫(애부)들에 將帥(장수)ㅣ될 줄 알이라＝정부(情夫)들 가운데 제일 가는 줄을 알게 될 것이다

610

諸葛亮은 七縱七擒ᄒ고 張翼德은 義釋嚴顔 ᄒ단말가

섬겁다 華容道 조븐 길에 曹孟德이가 사라가단말가

千古에 凛凛흔 大丈夫는 漢壽亭侯ㄴ가 ᄒ노라. (樂戲調)

(樂學 1035)

七縱七擒(칠종칠금)＝제갈량이 맹획(孟獲)을 일곱 번 놓아 주었다가 일곱 번 잡은 일　◇張翼德(장익덕)＝장비　◇義釋嚴顔(의석엄안)＝장비가 파주태수(巴州太守) 엄안을 잡았다 놓아 준 일　◇섭겁다＝싱겁다　◇華容道(화용도)＝조조가 적벽대전에서 패하여 도망하다 관우를 만난 곳　◇曹孟德(조맹덕)＝조조　◇凜凜(늠름)흔＝위엄 있고 의젓함　◇漢壽亭侯(한수정후)＝한나라의 수정후. 관우를 가리킴

611

져 거너 푸른 산 아리 두룸다리 쓰고 져 총더 두러메고 살랑살랑 나려오는 져 포수야

너 져 **총**쒸로 눌버러지 긜짐싱 긜버러지 눌짐싱 황시 촉시 두루미 너시기 진경이 범 스심 노로 톡기를 져 총더 노아 잡을지라도 시벽 달 서리치고 지시는 밤의 동녁 동더로 쪽을 일코 홀노 어이울 어이울 우는 기러길능 노치마라

우리도 그런 줄 알기로 아니 놋씀네.

(時調 100)

두룸다리＝두룽다리. 모피로 둥굴고 길게 만들어 머리에 쓰는 방한구(防寒具)　◇너시기＝너시　◇진경이＝징경이　◇스심＝사슴　◇노로＝노루　◇동더로＝동쪽으로　◇어이울 어이울＝기러기가 우는 소리　◇기러길능＝기러기는　◇노치마라＝쏘지 마라

612

져 건너 검어뭇틀음흔 바희 釘 다히고 씨 두들여 내야

털 돗치고 쓸을 박아 밍글아 둘이라 감은 암쇼를

울이 님 날 離別ᄒ고 오실쎄 것구로 태와 보내리라.
(海一 576)

　검어뭇틀음ᄒ=거무죽죽한　◇바희=바위　◇釘(정) 다히고=정
을 대고　◇돗치고=돌고. 나오고　◇밍글아 둘이라=만들어 두겠다
◇것구로 태와=거꾸로 태워

613

져 건너 槐陰彩閣中에 繡놋는 져 處女야

뉘라서 너를 弄ᄒ여 넘노는지 細眉玉頰에 雲鬟은 아조 허트러져
鳳簪조츠 기우러져느냐

丈夫의 探花之情을 任不禁이니 一時花容을 앗겨 무슴 ᄒ리요.
(言弄) (靑六 805)

　槐陰彩閣中(괴음채각중)=느틔나무 그늘이 진 단청(丹靑)한 집 가
운데　◇弄(농)ᄒ여 넘노는지=희롱하며 넘나들며 괴롭히는지　◇細
眉玉頰(세미옥협)=가느다란 눈섭의 어여쁜 얼굴　◇雲鬟(운환)=뭉
게구름의 모습으로 꾸민 머리　◇鳳簪(봉잠)조츠=봉황을 새긴 비녀
마저　◇探花之情(람화지정)을 任不禁(임불금)=여자에게 쏠리는 정
을 마음대로 금할 수가 없음　◇一時花容(일시화용)=젊었을 때의
아름다움　◇앗겨=아껴서　◇무슴=무엇

614

져 건너 놉고 나즌 져 산 밋헤 영웅호걸이며 쳥츈홍안들이 다 뭇
쳐구나

루루중통 북망산을 뉘 힘으로 뽑아내며 흘너가는 장류슈를 뉘 지

조로 막아내며 (심어)시니방천이면 슈용이궤라 녯날 녯젹 진시황은
만리쟝성 둘너 놋코 아방궁을 놉히 지여 쟝성불스 흐려흐고 불스약
을 구흐려다가 그도 쏘흔 못되여서 려산황릉 깁흔 곳에 쇽절 업시
누어 잇고 텬하장스 쵸피왕도 오강에서 즈문흐고 륙국 지상 소진이
도 말이 모잘나 죽어스며 텬하졀식 구련이는 졀기 업서 죽어갓네 멱
나슈 깁흔 물에 굴삼녀라도 장어가 되고 시즁텬자 리태빅은 치셕 월
하 달 붉은디 국화쥬 취케 먹고 둘을 스랑흐다가 긔경비상천흐여 잇
고 진쳐스 도연명은 츄강상 비를 무어 망월시에 흘니 져어 오류촌
도라가서 장취불셩 흐엿건만 우리 ㄱ흔 인싱들은 감아니 곰곰 싱각
흐니 플씃헤 이슬이오 단불에 나뷔로다

　금됴 일셕이라도 실슈되여 북망산쳔 도라가면 살은 썩어 물이 되
고 쎠는 썩어 진토되고 삼혼칠빅이 훗터질 격에 어니 귀쳔타인이 날
불상타 흐갓소. (樂高 895)

　　밋혜＝밑에　◇청춘 홍안＝젊고 예쁜 사람(青春紅顏)　◇루루중통
북망산＝무덤이 많이 있는(累累衆塚) 공동묘지(北邙山)　◇장류슈＝
길게 흘러 가는 물(長流水)　◇(심어)시니방천이면 수용이꿰＝심어방
천(深於防川)이면 수용이개(水容易漑)인 듯. 물이 깊어 시내를 막으
면 물대기가 쉬움　◇진시황 만리장성 아방궁＝진시황이 흉노를 막
기 위해 만리장성을 쌓았으며 아방궁을 지었음　◇장생불사 불사약
＝진시황이 죽지 않고 오래 살려고 삼신산으로 불사약을 구하려고
동남동녀를 보냄　◇여산황릉＝진시황의 무덤이 있는 곳(驪山 黃陵)
◇쵸피왕＝초패왕. 항우를 가리킴　◇오강에서 자문＝유방에게 패해
오강(烏江)에서 스스로 목숨을 끊음(自刎)　◇육국재상 소진＝진(秦)
나라에 대항해서 여섯 나라의 재상이 된 소진(蘇秦)　◇텬하 졀식
구련이＝세상에서 가장 아름다운 구련이. 구련은 미상　◇멱나슈 굴
삼녀 장어＝초(楚)나라 굴원(屈原)이 모함을 받아 멱라수(汨羅水)에

투신 자살하여 물고기의 밥이 됨(葬魚)   ◇시즁 텬자 리태빅 치셕 월하=시인들 가운데 제일인(詩中天子) 이태백은 채석강 달빛 아래 (采石 月下)   ◇긔경비상텬=고래를 타고 하늘에 오름(騎鯨飛上天) ◇진쳐스 도연명=진나라 처사(晉處士) 도연명   ◇츄강샹에 비를 무어=가을 강물 위에(秋江上) 배를 만들어   ◇망월시=망월시(望月時). 보름께   ◇오류촌=도연명이 살던 마을(五柳村)   ◇장취불셩=오랜 동안 술을 취해 깨어나지 아니함(長醉不醒)   ◇감아니=가만히   ◇ 단불에=뜨거운 불에   ◇금됴일셕=지금이라도(今朝一夕)   ◇진토= 썩은 흙(塵土)   ◇삼혼칠백=사람의 혼백(三魂七魄)   ◇어니=어느 ◇귀쳔 타인=귀하거나 천한 다른 사람들이(貴賤 他人)

615

져 건너 明堂을 어더 明堂 안힌 집을 짓고

밧 굴고 논 굴고 五穀을 ㄱ초 시믄 後에 臺 우희 벌통 노코 집 우 희 박 올니고 울 밋틴 우물 파고 九月秋收ᄒᆞ여 南隣北村 다 請ᄒᆞ야 喜娛同樂 ᄒᆞ고지고

每日의 이렁셩 노니다가 늙은 뉘를 모로리라. (編數大葉) (樂學 1099)

明堂(명당)=길지(吉地)라고 알려진 곳   ◇ㄱ초 시믄=갖추어 심은 ◇九月秋收(구월추수)=가을에 곡식을 걷우어 들임   ◇南隣北村(남린 북촌)=남쪽과 북쪽에 있는 마을   ◇喜娛同樂(희오동락)=같이 기뻐 하고 한가지로 즐거워함   ◇이렁셩 노니다가=이렇게 살다가   ◇늙 을 뉘를=늙는 것을. 또는 때를

616

져 건너 신진사 집 시렁 우희 언진 거시 쌀은 쳥쳥둥 쳥졍미 쳥차

조쌀이 아니 쌀은 쳥쳐둥 쳥졍미 쳥차조쌀이냐

　우디 밍쫑이 다셧 아레디 밍쫑이 다셧 문안 밍쫑이 다셧 문밧 밍쫑이 다셧 사오이십 스무 밍쫑이 모화관 슘버들 궁게셔 밋헤 밍쫑이는 무겁다고 밍쫑 웃밍쫑이는 무에 무구우냐 잣쌉스럽다고 밍쫑 어늬 밍쫑이 슈밍쫑이냐

　아마도 숙녜문 밧 썩 너다라 쳥픠 팔픠 칠픠 비다리 이문동 도져골 쏙다리 것너 쳣지 둘지 셋지 넷지 다셧 여셧 일곱 여들 아홉 열지 미나리 논에셔 코를 쥴쥴 흘니고 머리 푸러 산발ᄒ고 눈을 희번득이며 다리 쏘아 너밀면셔 용 올리는 밍쫑이가 슈밍쫑이냐. (南太 197)

　　신진사＝신진사(申進士)　◇시렁＝물건을 언져 두기 위해 만든 선반　◇쳥졍미＝생동쌀. 차조의 하나인 생동찰의 쌀(靑精米)　◇모화관＝서대문 밖 조선 시대 중국 사신들을 맞기 위해 지은 집(慕華館)　◇슘버들 궁게셔＝순이 새로 나온 버드나무가 있는 구멍에서　◇무에 무구우냐＝무엇이 무거우냐　◇잣쌉스럽다고＝수다스럽다고　◇숙녜문＝'숭례문'(崇禮門)의 잘못. 남대문　◇쳥픠 팔픠 칠픠 비다리 이문동 도져골 쏙다리＝남대문에서 현재 원효로 입구까지에 있었던 동리의 이름　◇머리 푸러 산발ᄒ고＝머리를 풀어 헝클어뜨리고(散髮)　◇용 올리는＝힘을 쓰고 있는

617

　져 건너 月仰 바희 우희 밤즁마치 부엉이 울면

　녯 사롬 니른 말이 놈의 싀앗 되야 줏뮙고 양믜와 百般巧邪하는 져믄 妾년이 急殺마자 죽는다 ᄒ데

　妾이 對答하되 안해님 겨오셔 망녕된 말 마오 나는 듯즈오니 家翁

을 薄待ᄒ고 妾새옴 甚히 ᄒ시ᄂ 늘근 안희님이 몬져 죽ᄂ다데.
(蔓橫淸類) (珍靑 564)

月仰(월앙)바희＝바위 이름. 또는 달을 올려다 볼 정도의 높은 바위 ◇밤중마치＝밤중 쯤 ◇니론 말＝이른 말 ◇싀앗 되야＝첩(妾)이 되어 ◇즛밉고 양믜와＝아주 밉고 얄미운 ◇百般巧邪(백반교사)＝온갖 간사한 꾀로 환심을 사려고 애쓰는 것 ◇져믄＝젊은 ◇急殺(급살)마자＝'살'은 '살'(煞)의 잘못. 급살을 맞아 ◇안해님＝첩이 본처를 부르는 말 ◇家翁(가옹)＝남편 ◇妾(첩)새옴＝첩을 시기함 ◇죽ᄂ다데＝죽는다고 하더라

618
져것너 泰白山 밋틔 네 못보든 菜麻田이 죠흘씨고
일엉절엉 넛츌에 둥싱둥실 水朴에 얽어지고 틀어졋는 듸 쓸ᄌᄐᄒ
참외 조롱조롱 열어세라
두엇다가 다 닉어 지거든 우리 님의게 들이려 ᄒ노라. (樂時調)
(海一 542)

泰白山(태백산)＝태백산(太白山)인 듯 ◇네 못보든＝예전에 보지 못하던 ◇菜麻田(채마전)＝채소밭 ◇넛츌에＝넝쿨에 ◇얽어지고 틀어졌는듸＝얽히고 설켰는 데 ◇다 닉어 지거든＝◇다 익거든 다 닉어 지거든＝다 익거든

619
져 건너 羅浮山 눈속에 검어 웃쑥 울퉁불퉁 광더둥걸아
네 무슴 힘으로 柯枝 돗쳐 곳조츠 저리 퓌엿ᄂ다

아모리 석은 비 半만 남아슬망정 봄쯧즐 어이 ㅎ리오. 安玟英 (搔聳) (金玉 97)

羅浮山(나부산)＝중국 광동성 혜주부(惠州府) 부라(傅羅)에 있는 산 ◇광디등걸아＝험상궂게 생긴 등걸아. 등걸은 나무를 베고 남은 그루터기 ◇무슴＝무슨 ◇가지(柯枝) 돗쳐＝가지가 돋아나고 ◇곳조ᄎ＝꽃마저 ◇저리 퓌엿는다＝저렇게 피었느냐 ◇석은 배＝썩은 배. 배는 씨앗 속에 있어 자라서 싹이 되는 부분(胚)

※ 1)『금옥총부』에 "운애산방 매화사 제칠"(雲崖山房 梅花詞 第七)이라 했음

2)『花源樂譜』에 작자가 孫瑩洙로 되어 있음

620

져 건너 흰옷 닙은 사롬 준밉고도 양믜왜라

쟈근 돌드리 건너 큰 돌드리 너머 밥쒸여 간다 ᄀᄅ 쒸여 가는고 애고애고 내 書房 삼고라쟈

眞實로 내 書房 못될진대 벗의 님이나 되고라쟈. (蔓橫淸類)

(珍靑 517)

준밉고도 양믜왜라＝아주 밉고도 얄미워라 ◇밥쒸여＝바삐 뛰어 ◇삼고라쟈＝삼고 싶구나 ◇못될진대＝되지 않을 때에는 ◇벗의 님이나＝친구의 사랑하는 사람이나 ◇되고라쟈＝되었으면 좋겠다

621

져멋고쟈 져멋고쟈 열다섯만 져멋고쟈

에엿분 얼골이 냇ㄱ에 셧는 垂楊버드나모 광대등걸이 되연제고
우리도 少年行樂이 어제론 듯 ᄒ여라. (蔓橫淸類)
(珍靑 490)

　져멋고쟈=젊었고자. 젊었으면 좋겠다　◇垂楊(수양)버드나모 광
대등걸이=가지를 늘어뜨린 버드나무 그루터기 마냥 몹시 여윈 얼굴
◇되연제고=되었구나　◇少年行樂(소년행락)=젊었을 때에 즐기고
놀던 일　◇어제론 듯=어제인 것 같음

622
져 사름 헛말 마소 어디서 만나 보신가
됴흔 飮食 마다ᄒ고 썰치고 가는 이를
내 보니 酒肉을 貪ᄒ여 病드는 이 太半이나 ᄒ더고나. 金履翼
(金剛永言錄 29)

　헛말 마소= 쓸 데 없는 말 하지 마시오　◇만나 보신가=만나
보았는가　◇마다ᄒ고=싫다하고　◇酒肉(주육)을 貪(탐)ᄒ여=술과
고기를 욕심을 내어　◇太半(태반)이나=절반이나

623
져 죠흔 큰 길 우희 가온대로 바로 가면
홀니 百里롤 간들 것칠 것시 이실쏘냐
그려도 ᄒ 편으로 가는 이 하 만흐니 홀 일 업셔 ᄒ노라. 金履翼
(金剛永言錄 7)

　져 죠흔=제가 좋아하는　◇홀니=하루에　◇ 것칠 것시=거추

장스러울 것이 ◇이실쏘냐=있겠느냐 ◇ 그려도=그래도 ◇가는 이=가는 사람이 ◇하 만흐니=아주 많으니

624

  제 것 두고 못 먹으면 王將軍의 庫子오니

銀盞 놋盞 다 더지고 砂器盞에 잡으시오 첫지 盞은 長壽酒오 둘지 盞은 富貴酒오 셋지 盞은 生男酒니 잡고 연희 잡으시오 古來賢人이 皆寂寞ᄒ되 惟有飲者ㅣ留其名ᄒ니 잡고 잡고 잡으시오 莫惜床頭沽酒錢ᄒ라 千金散盡還不來니

  내 잡아 권혼 잔을 辭讓말고 잡으시오. (勸酒歌)

  (大東 314)

  제 것=자기의 물건 ◇王將軍(왕장군)의 庫子(고자)=왕장군의 창고지기. 왕장군의 창고에는 없는 물건이 없는 데 창고지기는 그것을 보고도 먹지 못한다는 뜻 ◇더지고=던져 버리고 ◇연희=계속해서 ◇古來賢人(고래현인)이 皆寂寞(개적막)ᄒ되=예전부터 어진 사람들이 다 쓸쓸하되 ◇惟有飲者留其名(유유음자유기명)ᄒ니=오직 술을 마시는 사람만이 이름을 남기니 ◇莫惜床頭沽酒錢(막석상두고주전)ᄒ라=상머리에서 술 사는 돈을 아까와 하지 마라 ◇千金散盡還不來(천금산진환불래)니=천금은 다 쓰면 다시 돌아 오는 것이니

625

  제 얼굴 제 보아도 더럽고도 슬뮈웨라

  검버섯 구름낀 듯 코츔은 쟝마진 듯 以前에 업든 쎠시 바회 엉덩이에 울근불근

우리도 少年行樂이 어제런 듯 ᄒᆞ여라. (編數大葉)
(靑六 884)

　제 보아도=제가 보아도　◇슬뮈웨라=보기 싫고 밉더라　◇검
버섯=늙은이의 살갗에 생기는 검은 점. 저승점　◇코춤은 쟝마진
듯=코와 침은 장마진 것처럼 흐름　◇쎠시 바회=불쑥 튀어 나온
뼈마디　◇少年行樂(소년행락)=젊어서 즐기고 놀던 일

626
조오다가 낙시디를 일코 츔츄다가 되롱의를 일허고나
늘그니 妄伶으란 웃지마라 저 白鷗드라
十里에 桃花發하니 春興을 계워 ᄒᆞ노라. (樂戲調)
(樂學 966)

　조오다가=졸다가　◇일코=잃어버리고　◇되롱의=도롱이. 띠풀
로 만든 우장(雨裝)의 하나　◇늘그니=늙은이의　=妄伶(망령)으란
='망령'(忘靈)의 잘못. 망녕이라고　◇十里(십리)에 桃花發(도화발)하
니=온 세상에 복숭아꽃이 피니　◇春興(춘흥)=봄의 흥취　◇계워
=억제하지 못함

627
曹仁의 八門 金鎖陣을 潁川 徐庶ㅣ 아돗던지
趙雲을 귀에 다혀 生死門을 살펴라 挺槍出馬 나라들어 東面을 헷
치는 듯 西面을 號令ᄒᆞ고 前面을 즛치는 듯 北面을 廝殺ᄒᆞ는 趙子龍
이 한아 저분이로다
一身이 豹의 머리 곰에 등에 일희 허리 진납의 팔에 白邊 업쓴 純

膽쩡이라 제 뉘라셔 當ᄒ리. 金壽長 (二數大葉)
(海周 556)

曺仁(조인)=중국 위(魏)나라 조조의 아우 ◇八門 金鎖陣(팔문금
쇄진)=조인이 만든 진의 이름. 조운(趙雲)이 오백 명의 군사를 가지
고 쳐들어가 물리쳤다고 함 ◇穎川 徐庶(영천서서)=영천사람 서서.
영천은 하남성에 있는 땅. 서서는 중국의 삼국시대 사람으로 처음에
는 유비를 섬겼으나 나중에 조조에게 감 ◇趙雲(조운)=중국 삼국
시대 촉한의 장군. 자(字)가 자룡(子龍)임 ◇生死門(생사문)=진(陣)
에서 살고 죽을 수 있는 길. 방도 ◇挺槍出馬(정창출마)=창을 빼어
들고 말을 달려 앞으로 나아감 ◇즛치는 듯=짓찧는 듯 ◇厮殺(시
살)=목을 빼어 죽임 ◇趙子龍(조자룡)=조운(趙雲)의 자(字) ◇일
희=이리 ◇진납의=잰나비. 원숭이 ◇白邊(백변)=통나무의 중심
에서 바깥쪽으로 좀 무르고 흰 부분. 별로 쓸모가 없는 부분을 말함
◇뉘라셔=누가

628
終南山 누에머리 굿헤 밤中마치 凶히 우는 부헝아
長安 百萬家에 뉘 집을 向ᄒ여 부헝 부헝 우노
平生에 얄믭고 쟐뮈운 님을 다 잡아 가려 ᄒ노라. (弄)
(靑六 698)

終南山(종남산) 누에머리=서울 남산의 잠두봉(蠶頭峰) ◇밤中마
치=밤중 쯤 ◇凶(흉)히=불길하게 ◇長安 百萬家(장안 백만가)=
서울 장안의 수 많은 집 ◇얄믭고 쟐뮈운=얄밉고 아주 미운 ◇잡
아 가려=죽게 하려

629

座定後 初面이오 번 쩌 업시 平安하오

져 분은 뉘라시며 이 분은 뉘라 하오 男兒 何處 不相逢이니 다시
보면 舊面이오

童子야 거믄고 징 우려라 놀고나 가즈.

(慶大時調集 335)

座定後(좌정후)=자리를 잡아 앉은 뒤에　◇初面(초면)이오~平安
(평안)하오=처음 이오 본 적이 없지만 평안들 하시오　◇男兒何處
不相逢(남아하처불상봉)이니 다시 보면 舊面(구면)이오=남자가 어느
곳에 간들 서로 만나지 않으리오 다시 만나면 아는 얼굴이오　◇징
우려라=쨍하고 울려라

630

酒力醒 茶煙歇ᄒ고 送夕陽 迎素月홀지

鶴氅衣 님의 초고 華陽巾 젓계 쓰고 手持周易一卷하고 焚香默坐ᄒ
야 消遣世慮홀지 江山之外에 風帆沙鳥와 煙雲竹樹ㅣ 一望의 다 드노
미라

잇다감 셔나믄 벗님니와 圍碁投壺ᄒ고 鼓琴咏詩ᄒ야 送餘年을 ᄒ
리라. (蔓橫) (樂學 863)

酒力醒 茶煙歇(주력성 다연헐)ᄒ고=술이 깨고 차 달이는 연기가
끊어지고　◇送夕陽 迎素月(송석양 영소월)홀지=지는 해를 보내고
떠오르는 달을 맞이할 제　◇鶴氅衣(학창의) 님의 초고=학처럼 흰
바탕에 끝은 검은 천으로 두른 옷을 여미어 입고　◇華陽巾(화양건)
젓계 쓰고=화양건을 뒤로 넘어가게 쓰고　◇手持周易一卷(수지주역

일권)ᄒ고=손에 주역 한 권을 들고   ◇焚香默坐(분향묵좌)ᄒ야 消遣
世慮(소견세려)홀지=향을 태우고 조용히 앉아 세사의 근심을 씻어
버릴 제   ◇江山之外(강산지외)에 風帆沙鳥(풍범사조)와 煙雲竹樹(연
운죽수)=시끄러운 세상 밖에 돛을 단 배와 모래톱에 노는 새와 연
기와 구름이 낀 대나무   ◇一望(일망)에 다 드노미라=한 눈에 다
들어오는구나   ◇잇다감=가끔   ◇서나믄=여남은   ◇圍碁投壺(위기
투호)하고 鼓琴咏詩(고금영시)ᄒ야=바둑과 투호도 하고 거문고를 타
며 시를 읊조리면서   ◇送餘年(송여년)=여생을 보냄

631
珠簾에 달 비취엿다 멀니셔 난다 옥져 쇼리 들이는고나
　벗님네 오자 희금 져 피리 싱황 양금 죽장고 거문고 가지고 달 쓰
거든 오마터니
　童子야 달 빗만 살피어라 ᄒ마 올 쩌.
　(時調 97)

　珠簾(주렴)=구슬로 만든 발   ◇옥져 쇼리=옥저(玉笛) 소리   ◇
들이는고나=들리는구나   ◇희금=해금(奚琴). 깡깽이   ◇져=젓대
◇생황=생황(笙簧). 악기의 한 가지   ◇양금=양금(洋琴)   ◇죽장고
=죽장고(竹杖鼓)   ◇ᄒ마=벌써

632
珠簾에 달 빗취였다 萬里山河 玉笛쇼리 드리난구나
　〔中章 缺〕
　아희야 나귀 칫죽 툭툭 모라라 玉笛쇼리 나난 듸로. (사설지름)
　(精歌 38)

珠簾(주렴)=구슬로 만든 발   ◇萬里山河(만리산하)=먼 곳을 가리킴   ◇드리난구나=들리는구나   ◇칫죽=채찍   ◇나난 디로=나는 곳으로

633

酒色을 마자 하고 山水間의 집을 짓고 구름 속의 밧 갈기와 달 아레 고기 낙기 以終餘年 하잿드니

靑天有月 未幾時에 金樽美酒 겻테 두고 아니 취키 어려우며 旅館寒灯 獨不眠에 絶代佳人 겻헤 두고 아니 犯키 어려워라

아마도 술 두고 안니 醉코 色 두고 안니 犯키 사람마다 兩難이라.
(時調集 144)

酒色(주색)=술과 여색(女色)   ◇마자하고=하지 않겠다 하고   ◇以終餘年(이종여년)=이것으로 남은 여생을 마침   ◇하잿드니=하자고 하였더니   ◇靑天有月未幾時(청천유월미기시)=푸른 하늘에 아직 달이 있고 해가 뜨기 전에   ◇金樽美酒(금준미주)=좋은 술통에 담긴 좋은 술   ◇겻테 두고=곁에 두고   ◇旅館寒灯 獨不眠(여관한정독불면)=여관의 차가운 등불 아래 홀로 잠 못 이룸   ◇絶代佳人(절대가인)=아름다운 여인   ◇犯(범)키=법도를 어기기   ◇兩難(양난)=둘 다 어려움

634

酒色을 삼가란 말이 녯 사룸의 警誡로되

踏靑登高節에 벗님니 드리고 詩句를 을플 제 滿樽香醪를 아니 醉키 어려오며

旅館에 寒燈을 對ᄒ여 獨不眠홀 제 玉人을 만나서 아니 자고 어이리. (蔓橫淸類) (珍靑 509)

警戒(경계)=타 일러서 주의시킴 ◇踏靑登高節(답청등고절)=플을 밟고 높은 곳에 오르는 계절. 답청은 봄에 등고는 가을에 하는 세시 풍속이었음 ◇을플 제=읊조릴 때 ◇滿樽香醪(만준향료)=술통에 가득 찬 맛 좋은 술 ◇旅館(여관)에 寒燈(한등)을 對(대)하여=객지의 숙소에서 차가운 등을 상대하여 ◇獨不眠(독불면)홀 제=혼자 잠 못 이룰 때 玉人(옥인)=아름다운 사람

635
朱脣動 素腔擧ᄒ이 洛陽少年과 邯鄲女ㅣ로다
古稱綠水今白苧요 催絃急管爲君舞ㅣ라 窮秋九月에 荷葉黃이요 北風이 驅雁天雨霜이로다
夜長코 酒亦多ᄒ이 樂未央을 ᄒ올여. (蔓數大葉)
(海一 624)

朱脣動 素腔擧(주순동 소강거)ᄒ이=붉은 입술을 움직이고 예쁜 얼굴을 드니 ◇洛陽少年(낙양소년)과 邯鄲女(한단녀)로다=낙양의 소년과 한단의 계집이로다. 낙양은 서울을 한단은 색향(色鄕)을 가리킴 ◇古稱綠水今白苧(고칭녹수금백저)요=예전의 녹수가 이제는 백저요 ◇催絃急管爲君舞(최현급관위군무)라=관현을 급히 재촉하여 그대를 위해 춤을 추노라 ◇窮秋九月(궁추구월)에 荷葉黃(하엽황)이요=늦가을 구월에 연잎이 누렇고 ◇北風(북풍)이 驅雁天雨霜(구안천우상)이로다=북풍이 기러기를 쫓아 하늘은 서리 내린다 ◇夜長(야장)코 酒亦多(주역다)ᄒ니=밤이 길고 술 또한 많이 있으니 ◇樂未央(낙미앙) ᄒ올여=즐거움이 그지 없구나

※ 포조(鮑照)의 '백저곡'(白苧曲)으로 초,중장을 만듬

636

酒債는 尋常行處有ᄒ니 人生七十古來稀라

春花柳 夏淸風과 秋明月 冬雪景에 南隣北村 다 請ᄒ야 無盡無盡
노시그려

人生이 아춤 이슬이라 아니 놀고 어이ᄒ리. (三數大葉)

(靑詠 435)

酒債(주채)는 尋常行處有(심상행처유)ᄒ니=술빚은 항상 가는 곳
마다 있으니 ◇人生七十古來稀(인생칠십고래희)=사람이 칠십까지
사는 것은 예로부터 드믄 일이라 ◇春花柳 夏淸風(춘화류 하청풍)
과 秋明月 冬雪景(추명월 동설경)=봄철의 꽃과 버들 여름철의 맑은
바람과 가을철의 밝은 달과 겨울철의 눈온 뒤의 경치 ◇南隣北村
(남린북촌)=남북의 마을들 ◇아춤 이슬=짧은 인생. 아침 이슬은
햇별만 나면 곧 말라버리기 때문에 인생을 여기에 비유한 것임

637

竹杖芒鞋 단표자로 千里江山 드러가니 山은 흐여 구름 갓고 구름
도 흐여 山 갓으며 雲山은 千變이라

金芙蓉 싹어낸 00 銀폭포 급한 물의 九天의 쩌러지고 울울창창 松
林中에 百獸 千禽 석어 울어 00을 조롱한다

雲梯를 발고 절정에 올나 三界을 바라보니 玉京이 지척이요 紅塵
이 부도로라 하마 고이 仙景인 듯.

(雜誌 432)

竹杖芒鞋(죽장망혜)=대나무 지팡이와 짚신　◇단표자=소쿠리와 표주박(簞瓢子)　◇흐여=안개가 덮여 희어　◇雲山(운산)은 千變(천변)=구름 덮힌 산의 모습이 자주 바뀜　◇金芙蓉(금부용)=금빛 연꽃　◇九天(구천)='구천'(九泉)의 잘못인 듯. 땅속　◇百獸千禽(백수천금)=수 많은 길짐승과 날짐승　◇석어 울어=뒤섞여 울어　◇雲梯(운제)를 발고=구름 다리를 밟고　◇절정=산 꼭대기(絶頂)　◇三界(삼계)=천계(天界), 지계(地界)와 인계(人界). 여기서는 온 세상인 듯　◇玉京(옥경)=옥황상제가 있다고 하는 곳　◇지척=지척(咫尺)　◇홍진이 부도로라=더러운 티끌(紅塵)은 여기에는 이르지 못했더라(不到)　◇하마 고이 仙景(선경)인 듯=벌써 그대로 좋은 경치인 듯

638

죽장망혜 단표즈로 철이 강산 드러가니

그 곳디 골이 깁퍼 두견 접동이 느제 운다 구름은 뭉게뭉게 픠여 낙낙쟝숑의 어르려 잇고 바람은 쌀쌀 부려 시니 암상 꼿가지만 쩔쩔이는고느

그 곳지 별유쳔지 별건곤이니 놀고 갈가.

(時調 113)

철이 강산=천리강산(千里江山)　◇느제 운다=저녁 때 운다. 여기서는 대낮에 운다　◇어르려 잇고=어려 있고　◇부려=불어　◇시니 암상=시냇가와 바위 위에(巖上)　◇쩔쩔이는고느=떨어버리는구나　◇그 곳지=그 곳이　◇별유쳔지 별건곤=특별한 천지가(別有天地) 특별한 세상임(別乾坤). 이백(李白)의 「山中問答」의 결구(結句) '별유천지비인간'(別有天地非人間)과 같은 뜻임

639

죽장 집고 망혜 신꼬 만복사를 드러가니

여러 중이 모와 안저 춘양 정곡 애석히 역여 지성으로 축원헐 제 엇던 중은 광쇠 들고 엇던 중은 죽비들고 엇던 중은 모시 장삼에 실씌를 씌고 엇던 중은 목탁을 들고 쏘 엇던 중은 가사 책보 젓처 메고 구불구불 염불을 할 제

광쇠은 쾅쾅하고 죽비는 철철 조고마헌 상좌중놈 북채을 갈너 쥐고 두리 둥둥 법고만 친다.

(時調集 173)

만복사=전북 남원에 있는 절(萬福寺) ◇모와 안저=모여 앉아 ◇춘양 정곡=고대소설 『춘향전』(春香傳)의 주인공 춘향의 형편과 회포(情曲) ◇애석히 역여=불쌍하고 애틋하게 생각하여 ◇지성으로 축원헐 제=지극한 정성(至誠)으로 소원을 빌 제(祝願) ◇광쇠= 염불할 때 쓰는 쇠. 악기의 일종 ◇죽비=불사 때 스님이 손바닥 위를 쳐서 불사의 시작과 끝을 알리는 데 쓰는 두 개의 대쪽을 합하여 만든 물건(竹篦) ◇실씌를 씌고=가느다란 띠를 매고 ◇가사 책보=가사(袈裟)와 한 쪽 어깨에 걸치는 보자기 ◇구불구불=길게 길게 ◇법고=절에서 염불 등에 쓰이는 북(法鼓)

640

중놈도 사롬 이냥ᄒ여 자고 가니 그립드고

중의 숑낙 나 베웁고 내 족도리 중놈 베고 중의 長衫 내 덥습고 내 치마란 중놈 덥고 자다가 씨드르니 둘희 스랑이 숑낙으로 ᄒ나 족도리로 ᄒ나

이튼날 하던 일 싱각ᄒ니 흥글항글 하여라. (蔓橫淸類)

(珍靑 552)

　사룸 이낭ᄒᆞ야=사람인 것 같아. 사람이라고　◇그립ᄃ고=그립구나　◇숑낙=소나무의 겨우살이(松蘿)로 만든 스님이 쓰는 모자. 송낙(松絡)　◇족도리=여승이 쓰는 세모꼴의 흰색 모자　◇長衫(장삼)=소매가 넓은 스님의 웃옷　◇덥슙고=덥고　◇흥글항글=마음이 들떠 좋아하는 모양

641
즁놈은 승년의 머리털 잡고 승년은 즁놈의 샹토 쥐고
두 ᄲᅳ니 맛밑고 이 읜고 져 읜고 쟉쟈공이 쳔논듸 뭇쇼경이 구슬보니
어듸셔 귀먹은 벙어리는 외다 올타 ᄒᆞᄂᆞ니. (蔓橫淸類)
(珍靑 512)

　즁놈=남자 스님　◇승년=여자 스님　◇샹토=상투　◇두 ᄲᅳ니 맛밑고=두 끝을 맞잡고　◇이 읜고 져 읜고=내가 그르나 네가 그르나　◇쟉쟈공이 쳔논듸=짝짜궁을 쳤는데. 싸우는데　◇뭇쇼경이 구슬보니=여러 소경들이 그 모습을 보더라　◇외다 올타=그르다 옳다

642
즁놈은 고즈 불을 쥐고 고즈는 즁에 샹토 잡아 작작궁 쏘오난듸
말니나니 안즘방이 굿보느니 쇼경이라
어듸셔 귀막아 못 듯는 놈 말 못ᄒᆞ는 벙어리는 외다 올타즈 하드라. (界編) (興比 193)

고즈=생식기가 불와전한 남자(鼓子). 환관 ◇불을 쥐고=불알을 쥐고 ◇말니나니=싸움을 말리는 사람이 ◇굿보느니=싸울을 구경 하는 사람이 ◇외다 올타즈=그르다 옳다구나

643

중놈이 졈은 사당년을 엇어 싀父母의 孝道를 긔 무어슬 ᄒᆞ야 갈꼬
松杞쩍 갈松편과 더덕片脯 芊椒佐飯 뫼흐로 다달아 싀엄취라 삽주
고살이 글언 뫼남을과 들밧트로 날이달아 곰달릐라 물쑥 게유목 꼿
다지라 씀박위 쟌다귀라 고돌쌕이 둘오 키야 바랑쑥게 너허가지
  무어슬 틈고 갈고 암쇼 등에 언치 노코 시슷갓 모시長衫 곳갈에
念珠 밧쳐 어울 타고 가리라. 李鼎輔 (二數大葉)
  (海周 390)

  졈은=젊은 ◇사당년=사당 패거리를 만들어 돌아 다니며 연희
를 하던 여자 ◇松杞(송기)쩍=‘송기’는 ‘송기’(松肌)의 잘못. 송기에
멥쌀 가루를 섞어 만든 떡 ◇갈松(송)편=칡가루를 섞어 만든 송편
인 듯 ◇더덕片脯(편포)=더덕섭산적을 가리키는 듯. 더덕을 생으로
껍질을 벗겨 두두려 물에 담갔다가 물기를 제거한 후에 찹쌀가루를
묻혀 한데 엉기게하여 지져 낸 적. 청밀에 재워두고 씀 ◇芊椒佐飯
(천초자반)=‘천’은 ‘천(川)의 잘못. ‘좌반’은 ‘자반’으로 읽음. 조피나
무의 열매인 천초에 묽은 찹쌀가루죽을 바르고 다시 찹쌀가루를 묻
혀서 남작하게 늘러 만든 후 기름에 지진 음식 ◇뫼흐로 다달아=
산으로 뛰어 가서 ◇싀엄취=승검초 ◇삽주=다년생 풀. 연한 입
을 쌈으로 먹음 ◇고살이=고사리 ◇글언=그러한 ◇뫼남을=산
나물 ◇들밧트로=들에 있는 밭으로 ◇날이달아=아래 쪽으로 뛰
어 내려와 ◇곰달릐=곤달비. 또는 곰달래 ◇물쑥=쑥의 일종 ◇

게유목=거여목. 뿌리를 식용으로 씀 ◇꽂다지=꽃다지. 어린 잎은 식용으로 함 ◇씀박위=씀바귀. 뿌리나 어린 잎은 식용으로 함 ◇쟌다귀=잔대인 듯. 잔대의 뿌리는 식용으로 씀 ◇고돌색이=고들빼기 ◇들오=두루 ◇바랑쑥게=바랑에 꾹눌러. 바랑은 스님이 배낭으로 메고 다니는 자루처럼 생긴 주머니 ◇언치=말이나 소의 안장 밑에 까는 천 ◇시삿갓=가느다란 갈대 같은 것으로 만든 햇빛을 가리기 위한 모자 ◇모시長衫(장삼)=모시로 만든 소매가 긴 스님의 옷 ◇어을 타고=어울려 타고. 같이 타고

644

즌국 적 시절인지 풍진도 요란하고 살기도 무궁허다

범징의 찌친 옥두 백설이 되얏스니 항장의 날낸 칼이 쓸 곳이 전혀 업다 장양의 통소 소래 월하에 슬피나니 장중의 잠 든 패왕 혼백이 비월허다 음능 저믄 날에 월색도 희미하고 오강수 널분 물의 수운이 적막하다 역발산 긔개세도 강동을 못 가거든 필부 형경이 역수를 건늘소냐

가련타 저 장사야 슨도를 일치 말고 조심하야 단여 오라.

(時調集 171)

즌구 적=진국(秦國) 때 ◇픙진도 요란하고=세상의 형편도(風塵) 야단스럽고(擾亂) ◇살기도 무궁하다=살벌한 기운(殺氣)도 끝이 없다(無窮) ◇범징의 찌친 옥두 백설이 되얏스니=범증(范增)이 홍문(鴻門)에서 유방를 죽이려고 했던 옥결(玉玦)이 쓸모가 없으니 ◇항장의 날낸 칼=범증의 신호에 따라 항장(項莊)이 칼을 빼어 춤을 추다 유방을 죽이려 했던 일 ◇장양의~비월허다=항우가 해하성(垓下城)에서 유방에게 포위되어 있을 때 장량이 계명산에 올라 달밤에 퉁소를 부니 그 소리에 장중(帳中)에 자고 있던 항우의 정신

이 놀라 다라난다(飛越) ◇음릉 저문 날에~적막하다=항우가 해하에서 길을 잃어버렸던 음릉(陰陵)의 저문 날에 달빛도 희미하고 오강(烏江)의 넓은 물에는 근심스런 구름(愁雲)만이 쓸쓸하다 ◇역발산 기개세도 강동을 못 가거든=항우가 자기는 힘은 산은 뽑을 만하고(力拔山) 기운은 세상을 덮을 만하다고(氣蓋世) 했으나 고향인 강동(江東)엘 못 갔거든 ◇필부 형경이 역수를 건늘소냐=형경(荊卿)이 연나라 태자 단(丹)의 사주(使嗾)로 진왕을 죽이고 역수(易水)를 건느려고 했으나 실패하고 피살됨 ◇슨도=미상. 정도(正道)의 잘못인 듯

645

즘싱 삼긴 後에 범쳐로 무셔오랴
山林之君이오 百獸之長이로되 여위게는 속도더라
아마도 人間에 무셔올손 九尾狐ㄴ가 ᄒ노라.
 (樂高 604)

즘싱=짐승 ◇범쳐로=범처럼 ◇山林之君(산림지군)이오=산림의 군왕이오 ◇百獸之長(백수지장)이로되=모든 짐승의 우두머리로되 ◇여위게는=여우에게는 ◇속도더라=속더라. 속임을 당하더라 ◇무셔올손=무서운 것은 ◇九尾狐(구미호)ㄴ가=오래 묵어 사람을 홀린다고 하는 꼬리가 아홉개라고 하는 여우

646

증경이 雙雙 綠潭中이오 皓月은 團團 暎窓櫳이라
凄涼혼 羅帷 안헤 蟋蟀은 슬피 울고 人寂夜深혼듸 玉漏潺潺 金爐에 香盡 參橫月落토록 有美故人 뉘게 자펴 못오ᄂ고
님이야 날 싱각ᄒ랴마ᄂ 나ᄂ 님쑨이매 九回肝腸을 寸寸이 스로다

가 스라져 주글만졍 나는 닛지 못ᄒ애. (蔓橫淸類)

　(珍靑 563)

　증경이=징경이　◇綠潭中(녹담즁)=푸른 연못 가운데　◇皓月(호
월)은 團團 暎窓櫳(단단 영창롱)이라=흰 달은 둥글고 둥글어 영창을
비추고　◇凄凉(처량)ᄒ 羅幃(나위)=쓸쓸한 비단 휘장　◇蟠蟀(반솔)
='실솔'(蟋蟀)의 잘못. 귀뚜라미　◇人寂夜深(인적야심)=사람의 자
취는 없고 밤은 깊은데　◇玉漏潺潺(옥루잔잔)=물시계 소리는 잔잔
하고　◇金爐(금노)에 香盡(향진)=화로에 향이 다 탐　◇參橫月落
(참횡월락)=별이 빗기고 달이 짐　◇有美故人(유미고인)=아름다운
옛님　◇자펴=잡히어　◇九回肝腸(구회간장)=구곡간장과 같음. 깊
이 든 마음 속　◇寸寸(촌촌)이=마다마디　◇스로다가 스라져=사
르다가 없어져

647

池塘에 月白ᄒ고 荷香이 襲衣홀 쎄
金樽에 술 잇고 絶代佳人 弄琴커늘 逸興을 못 익의여 界面調를 읇
어 너이 松竹은 휘들오며 庭鶴은 춤을 춘다 開中 이 興味에 늙을 뉘
를 모를 노다
이 中에 悅親戚 樂朋友로 以終千年 ᄒ리라. 金壽長 (二數大葉)
　(海周 537)

　池塘(지당)에 月白(월백)ᄒ고=연못에 달빛이 하얗게 비추고　◇
荷香(하향)이 襲衣(습의)홀 쎄=연꽃의 향기가 옷에 스며들 때　◇金
樽(금준)=술동이　◇絶代佳人(절대가인)=매우 빼어나게 예뻐서 이
세상에서 견줄만한 것이 없는 미인　◇弄琴(농금)커늘=거문고를 희
롱하거늘　◇逸興(일흥)=뛰어난 흥취　◇못 익의여=억제하지 못하

여   ◇界面調(계면조)=노래 곡조의 한 가지. 슬프고도 처량한 감정을 자아냄   ◇松竹(송죽)은 휘들오며=소나무와 대나무는 휘들거리며   ◇庭鶴(정학)=뜰에 노니는 학   ◇閒中(한중)=한가한 가운데   ◇늙은 뉘를 모를 노다=늙는 줄을 모르겠구나   ◇悅親戚 樂朋友(열친척낙붕우)=친척들과 즐겁게 지내고 벗들과 즐거워 함   ◇以終千年(이종천년)=타고난 수명을 다함

648

智謀는 漢相 諸葛武侯요 膽略은 吳侯 孫伯符ㅣ라
舊邦 維新은 周文王之功業이요 斥邪 衛正은 孟夫子之聖學이로다
아마도 五百年 幹氣英傑은 國太公이신가 하노라. 安玟英 (弄)
(金玉 152)

智謀(지모)는 漢相 諸葛武侯(한상제갈무후)요=슬기로운 계책은 한나라 승상 제갈양이요   ◇膽略(담략)은 吳侯 孫伯符(오후손백부)ㅣ라=담력과 모략은 오(吳)나라 손권(孫權)의 형 손책(孫策)과 같다   ◇舊邦維新(구방유신)은 周文王之功業(주문왕지공업)이요=나라가 비록 오래 되었으나 그 명령은 새롭다고 한 것은 주나라 문왕의 큰 공로요   ◇斥邪 衛正(척사위정)은 孟夫子之聖學(맹부자지성학)이로다=사악(邪惡)을 물리치고 정기(正氣)를 지킴은 맹자의 훌륭한 가르침이다   ◇五百年(오백년)=조선 건국부터 지금까지의 기간   ◇幹氣英雄(간기영웅)=세상에 드믈게 뛰어난 기품을 지니고 태어난 영웅   ◇國太公(국태공)=대원군을 가리킴

※ 『金玉叢部』에 "병인양추지란 약비국태공 지모담략 아국기호좌입"(丙寅洋醜之亂 若非國太公 智謀膽略 我國幾乎左衽 병인년 서양 오랑캐의 난리에 만약 국태공의 지모와 담략이 아니었다면 야만인들에게 우리나라가 어찌 되었겠는가?)이라 했음

649

鎭國名山 萬丈峰이 靑天削出金芙蓉이라

巨壁은 屹立ᄒ여 北祖三角이오 奇巖은 斗起ᄒ여 南案蠶頭ㅣ로다 左龍은 駱山 右虎 仁王 瑞色은 盤空ᄒ여 象闕에 어릐엿고 淑氣는 鍾英ᄒ여 人傑을 비저내니 美哉라 我東山河之固여 聖代衣冠 太平文物이 萬萬歲之金湯이로다

年豊코 國泰民安ᄒ되 九秋楓菊에 麟遊를 보려ᄒ고 面岳登臨ᄒ여 醉飽盤桓ᄒ오며셔 感激君恩 ᄒ여이다. (蔓橫淸類)

(珍靑 578)

鎭國名山 萬丈峰(진국명산 만장봉)=나라를 진압(鎭壓)하여 안정시킬 훌륭한 산의 만장봉. 만장봉은 서울 도봉산(道峰山)의 주봉임 ◇靑天削出 金芙蓉(청천삭출금부용)=하늘 높이 솟아 오른 것이 마치 금빛 연꽃 봉우리와 같음 ◇巨壁(거벽)은 屹立(흘립)=거대한 벽이 우뚝 솟음 ◇北祖三角(북조삼각)=삼각산을 뒤로함 ◇奇巖(기암)은 斗起(두기)=기이하게 생긴 바위는 불쑥 솟음 ◇南案蠶頭(남안잠두)=잠두봉을 앞에 함 ◇左龍(좌룡)은 駱山(낙산)=좌청룡은 낙산이요 ◇右虎仁王(우호인왕)=인왕산은 우백호가 됨 ◇瑞色(서색)은 盤空(반공)ᄒ여=상서로운 빛은 공중에 서림 ◇象闕(상궐)=대궐 ◇淑氣(숙기)는 鍾英(종영)ᄒ여=맑은 기운이 빼어남을 모음 ◇美哉(미재)라=아름답도다 ◇我東山河之固(아동산하지고)=우리 나라 산하의 견고함 ◇聖代衣冠 太平文物(성대의관 태평문물)=태평한 시대의 문화와 예의 바른 풍속 ◇萬萬歲之金湯(만만세지금탕)=오랜 세월을 버텨 갈 금성(金城)과 탕지(湯池)처럼 견고함 ◇年豊(연풍)=풍년이 듬 ◇國泰民安(국태민안)=나라가 태평하고 백성이 평안함 ◇九秋黃菊 丹楓節(구추황국 단풍절)=황국과 단풍의 계절

인 가을　◇麟遊(인유)=기린이 뛰어 놀음　◇面岳登臨(면악등림)=
바로 앞에 있는 산에 오름　◇醉飽盤桓(취포반환)=배불리 먹고 취
하여 거닐음　◇感激君恩(감격군은)=임금의 은혜에 감격함
　※ 李漢鎭本『靑丘永言』에 작자가 金春澤으로 되어 있음

650

秦始皇 漢武帝롤 뉘라셔 壯타던고
　童男童女 함긔 싯고 萬頃滄波에 비롤 띄여 採藥求仙ᄒ고 栢梁臺
놉흔 집에 承露盤에 이슬 바다 萬千歲 살냐터니 오로다 虛事ㅣ로다
　우리논 酒色을 삼가ᄒ고 節食服藥ᄒ여 百年가지 ᄒ리라. (弄)
　(靑六 696)

　　秦始皇(진시황)=진나라를 세운 황제　◇漢武帝(한무제)=한나라
의 황제　◇壯(장)타던고=훌륭하다 하던가　◇童男童女(동남동녀)=
진시황이 불사약을 구하려 삼신산에 보낸 사람들　◇採藥求仙(채약
구선)=불사약을 캐오고 선술(仙術)을 구함　◇栢梁臺 承露盤(백량대
승로반)=한무제가 장생(長生)을 위해 백량대를 짓고 승로반에 이슬
을 받아 먹었음　◇오로다=모두가　◇絶食服藥(절식복약)=음식을
절제하고 약물을 복용함　◇ᄒ리라=살겠노라

651

此生 怨讐 이 離別 두 字 어이ᄒ야 永永 아조 업시 홀고
　가슴에 뫼인 불 이러날 양이면 어디 동여 녀혀 스롬죽도 하고 눈
으로 소슨 물 바다이 되면 풍덩 드르쳐 씌오련마는
　아모리 씌오고 살은들 한슘이야 어이리. (樂戱調)
　(樂學 1010)

此生 怨讐(차생원수)=이 세상에서의 원수 ◇가슴에 뫼인 블 이러날 양이면=마음에 쌓인 울화가 일어날 양이면 ◇동여 녀허 스롬 죽도=묶어 넣어 블로 살을만도 ◇바다이=바다가 ◇드르쳐 씌오려마ᄂᆞ는=믈에 던져서 띄우련만 ◇어이리=어쩔 수가 없구나

652

窓내고쟈 窓을 내고쟈 이 내 가슴에 窓을 내고쟈

고모장지 세살장지 들장지 열장지 암돌져귀 수돌져귀 비목걸새 크나큰 쟝도리로 쑹닥 바가 이 내 가슴에 窓 내고쟈

잇다감 하 답답홀제면 여다져 볼가 ᄒ노라. (蔓橫淸類)

(珍靑 541)

고모장지='구문장자'(龜紋障子)가 바뀐 것. 거북 모양의 창살을 한 장지문 ◇세살장지=문살이 가느다란 장지문 ◇들장지=들어 올려 여는 장지문 ◇열장지=열어 젖혀 여는 장지문 ◇암돌져귀 수돌져귀=문을 여닫거나 떼기 쉽게 하기 위해 문과 문틀에 밖는 쇠 문에 박는 것이 수돌저구 문틀에 박는 것이 암돌저구 ◇비목걸쇠=걸쇠를 거는 구멍 난 못 ◇잇다감=어쩌다. 가끔 ◇하=너무 ◇여다져=열었다 닫았다 하여

653

창 밧게 가마솟 막이 장사야 니별 나는 궁도 네 잘 막일소냐

그 장ᄉᆡ 디답허되 쵸한쩍 항우라도 녁발산ᄒ고 긔기세로되 심으로 능이 못 막엿고 삼국쪅 제갈냥도 샹통천문에 하달지리로되 지쥬로 능이 못 막여쩌든

허물며 날거튼 소장부야 일너 무슴
(南太 84)

　　가마솟 막이 장사야=가마솔을 때우라고 하는 장사꾼아　◇니별
나는 궁도=이별이 생기는 구멍도　◇막일소냐=막을 수가 있느냐
◇쵸한쩍 항우라도=초나라와 한나라가 싸우던 시절의 항우도　◇녁
발산ㅎ고 긔기세로되=힘은 산을 뽑을만큼 세고 기운은 세상을 덮을
만하되(力拔山 氣蓋世)　◇심으로 능이 못 막엿고=힘으로는 능히
못 막았고　◇상통천문에 하달지리로되=위로는 천문에 통달했고 아
래로는 지리에 슉달했으되(上通天文 下達地理)　◇소장부=하잘 것
없는 남자(小丈夫)　◇일너 무슴=말하여 무엇

654

窓밧끠 감아솟 막키라는 장스 離別 나는 굼멍도 막키옵는가
　그 궁기 本來 물이 흐르매 英雄 豪傑들도 知慧로 못 막앗꼬 허믈
며 西 楚伯王의 힘으로 能히 못 막앗신이 하 우은 말 마오
　眞實로 장스의 말과 갓탈쩐대 長離別인가 ㅎ노라. 朴文郁
(靑謠 65)

　　窓(창)밧끠=창밖에　◇감아솟=가마솥　◇막키라는 장스=뚫어
진 곳을 막으라고 하는 장사꾼　◇離別(이별) 나는=이별이 생기는
◇굼멍도=구멍도　◇막키옵는가=막을 수가 있은가　◇궁기=구멍
이　◇西 楚伯王(서초백왕)=항우를 가리킴　◇못 막앗신이=막지
못하였으니　◇하 우은 말 마오=너무 웃으운 말을 하지 마시오　◇
갓탈쩐대=같다면　◇長離別(장이별)=다시는 만나지 못함

655

窓 밧기 어른어른 ᄒᆞᄂᆞ니 小僧이 올시다

어제 저녁의 動鈴하러 왓든 중이 올ᄂᆞ니 閣氏님 ᄌᆞ는 房 독도리

거는 말그틱 이 닉 쇼리 숑낙을 걸고 가자 왓소

ᅠ져 듕아 걸기는 걸고 갈지라도 後ㅅ말이나 업게 ᄒᆞ여라. (蔓橫)

(樂學 937)

ᅠᅠ窓(창) 밧기 어른어른 ᄒᆞᄂᆞ니＝창밖에 그림자가 희미하게 움직이

니　◇小僧(소승)＝스님이 자기를 낮추어 부르는 말　◇動鈴(동령)하

러＝동냥하러　◇올ᄂᆞ니＝옳으니. 틀림이 없으니　◇독도리＝족두리

◇말그틱＝말고지 곁에　◇쇼리 숑낙＝송낙(松絡)을 강조하기 위해

반복하여 썼음　◇後(후)ㅅ말＝뒷말. 소문(所聞)

656

窓 밧긔 草綠色 風磬 걸고 風磬 아릭 孔雀尾 발을 다니

바람 불젹마다 흔날녀서 니이는 소릭도 죠커니와

밤즁만 잠결에 들어보니 遠鐘聲인 듯 ᄒᆞ여라. (言樂)

(靑六 844)

ᅠᅠ風磬(풍경)＝바람에 흔들려 소리 나도록 추녀에 다는 경쇠　◇孔

雀尾(공작미) 발＝공작의 꼬리처럼 길게 드리운 발　◇니이는 소릭

＝흔들거리는 소리　◇遠鐘聲(원 종성)＝멀리서 들려오는 종소리

657

窓 밧기 엇득 엇득커눌 님만 너겨 나가 보니

님은 아니오고 우스름 달빗체 열 구름이 날 쇽겨다

뭇쵸아 밤일셰만졍 힝혀 낫지런들 남 우일 번 ᄒ여라.
(六靑 652)

  님만 너겨=님으로만 여겨   ◇우스롬 달빗체=희미한 달빛에
◇녈 구름이=지나가는 구름이   ◇쇽겨다=속였구나   ◇뭇쵸아=마
침   ◇밤일셰만졍=밤이니 망정이지   ◇힝혀 낫지런들=행여나 낮이
었던들   ◇남 우일 번=남에게 웃음거리가 될 번

658
窓外 三更 細雨時에 夜半 孤燈 잠인들 이를넌가
  靑燈을 도도 켠 후 綠衣琴 겻희 안고 相思曲 한 曲調를 한숨 석거
타노라니 任의 生覺 더욱 간절하야 任 가신 곳 바라보니 蒼天의 織
女星은 눈물을 먹음은 듯 耿耿이 잇서도 一年 一度면 만날 날이 잇
것마는 나는 어이 못 가는고
  無情하고 야속한 任이여 그대 생각 허노라고 이 내 귀비肝腸 석으
나 석은 눈물 씃칠 날이 전혀 업다.
(時調集 159)

  窓外三更細雨時(창외삼경세우시)=창밖에는 한밤 중 이슬비 내릴
때   ◇夜半 孤燈(야반고등)=한밤의 외로운 등   ◇靑燈(청등)을 도도
켠 후=등잔불을 돋우어 쳐놓은 뒤에   ◇綠衣琴(녹의금)=녹기금(綠
奇琴). 거문고에 푸른 칠을 한 것인 듯   ◇겻희 안고=곁에 안고
◇相思曲(상사곡)=사랑하는 사람을 그리워하는 노래   ◇蒼天(창천)
의 織女星(직녀성)=푸른 하늘에 떠 있는 직녀성   ◇耿耿(경경)이=
별빛이 깜박깜박함   ◇一年 一度(일년일도)=일년에 한 번   ◇야속
한 任(임)이여=섭섭하고 쌀쌀한 님이여   ◇귀비肝腸(간장)=구비구
비 아픈 마음. 구곡간장(九曲肝腸)   ◇석은=썩은   ◇씃칠 날이=그

칠 날이

659

窓外三更 細雨時에 兩人 心事 집흔 情과 夜半無人 私語時에 百年 同樂 긋든 言約 離別될 줄 못낫더니

銅雀春風은 周郎의 微笑요 長信 秋月은 漢宮人의 懷抱로다 咫尺千里 銀河도 시이ᄒ고 魚雁도 頓絶커날 消息인들 뉘 젼ᄒ리 못 보아 病이 되고 못 니져 恨이로다

가득히 셕은 肝腸 요 밤 시우기 어려워라. 林重桓

(時調演義 94)

窓外三更 細雨時(창외삼경세우시)에=한 밤중 창밖엔 이슬비가 내리는 때에 ◇兩人心事(양인심사) 집흔 情(정)과=두 사람 사이의 마음과 깊은 정과 ◇夜半無人私語時(야반무인사어시)=한 밤중 아무도 없는 곳에서 둘이 소곤거린 때 ◇銅雀春風(동작춘풍)은 周郎(주랑)의 微笑(미소)요=동작의 봄바람은 주랑의 미소요. 동작대(銅雀臺)는 조조가 만든 전망대로 하남성 임장현(臨漳縣)에 있었음. 주랑은 오나라 주유(周瑜)임 ◇長信秋月(장신추월)은 漢宮人(한궁인)의 懷抱(회포)로다=장신의 가을달은 한나라 궁인의 품은 생각이로다. 장신궁(長信宮)은 장락궁(長樂宮) 안에 있고 한(漢) 의 태후가 거처하던 곳 ◇魚雁(어안)이 頓絶(돈절)커날=소식마저 끊어졌거늘 ◇가득히=가뜩이나

660

採於山하니 美可茹요 釣於水하니 鮮可食을

坐水邊林下하니 塵世可忘이요 步芳經閒程하니 情懷自逸이로다

아마도 悅心樂志는 나뿐인가 하노라. 安玟英 (羽樂)
(金玉 160)

採於山(채어산)하니 美可茹(미가여)요=산에서 나물을 뜯으니 먹을만 하고 ◇釣於水(조어 수)하니 鮮可食(선가식)을=물에서 고기를 낚으니 싱싱한 것이 먹을만 함을 ◇坐水邊林下(좌수변임하)하니 塵世可忘(진세가망)이요=물가의 수풀 아래 앉으니 속세를 잊을만 하고 ◇步芳經閑程(보방경한정)하니 情懷自逸(정회자일)이로다='경'은 '경'(徑)의 잘못. 꽃길과 한가한 길을 걸으니 정과 회포가 스스로 기뻐할만 하도다 ◇悅心樂志(열심락지)는=마음과 의지를 기쁘고 즐겁게 함은
※『金玉叢部』에 "아지산중지락 과하여재"(我之山中之樂 果何如哉 나의 산중의 즐거움이 과연 이와 같구나)라 했음

661
千古 離別 셜운 中에 누구누구 더 셜운고
明皇의 楊貴妃와 項羽의 虞美人은 劍光에 늘아나고 漢公主 王昭君은 胡地에 遠嫁ᄒ야 琵琶絃 鴻鵠歌의 遺恨이 綿綿ᄒ고 石崇의 金谷繁華로도 綠珠를 못 잇엿시되
우리는 連理枝 並蔕花를 님과 나와 것거 쥐고 元央枕 翡翠衾에 百年同樂 ᄒ리라. 金默壽 (靑謠 53)

千古 離別(천고이별)=예전부터 지금까지 사람들이 헤어짐 ◇셜운고=서러운고 ◇明皇(명황)의 楊貴妃(양귀비)=명황은 당나라의 현종(玄宗). 양귀비는 그의 총희(寵姬). 안록산(安綠山)의 난리에 마외역(馬嵬驛)에서 죽임을 당함 ◇項羽(항우)의 虞美人(우미인)=우미인은 항우의 애첩(愛妾). 항우가 한(漢)의 고조(高祖)에게 해하(垓下)에

서 포위되어 자결할 때 같이 죽음　◇劍光(검광)=칼날의 번쩍이는 빛　◇늘아나고=목이 날아나고. 죽었고　◇漢公主 王昭君(한공주 왕소군)=왕소군은 한나라의 궁녀. 흉노와의 친화책(親和策)으로 호지(胡地)에 바치는 몸이 되어 마상에서 비파를 뜯어 원통함을 노래했고, 죽어 그곳에 묻혀 그 무덤을 청총(靑塚)이라 함　◇胡地(호지)에 遠嫁(원가)ᄒ여=오랑캐 땅에 멀리 시집을 가서　◇琵琶絃(비파현)=비파의 줄　◇鴻鵠歌(홍곡가)=노래의 이름　◇유한(遺恨)이 면면(綿綿)ᄒ여=남은 한이 계속하여 이어져서　◇石崇(석숭)의 金谷繁華(금곡번화)=석숭은 중국 진(晉) 나라의 부호이자 문장가. 하남성 낙양현의 서쪽 금곡에 별장을 두고 호사(豪奢)를 누렸음.　◇綠珠(녹주)=석숭의 애첩. 당시에 손수(孫秀)라는 사람이 권력으로 석숭의 애첩인 녹주를 빼앗고자 하였으나 녹주는 다락에서 떨어져 자결하였음　◇잇엿시되=잊지를 못 하였으되　◇連理枝(연리지)=두 나무가 서로 맞닿아 결이 통한 것. 화목한 부부나 남녀간의 사랑을 이른 말　◇並蔕花(병체화)=한 뿌리에 두 개의 꽃이 핀 꽃　◇元央枕(원앙침)='원앙'은 '원앙'(鴛鴦)의 잘못. 원앙을 수놓은 베개　◇翡翠衾(비취금)=비취색의 이불　◇百年同樂(백년동락)=평생을 같이 살며 즐거워 함

662

千古 羲皇天과 一寸 無懷地에 名區 勝地를 골릐곡 골희여

數間茅屋 지어내니 雲山烟水 松風蘿月 野獸山禽이 절로 己物 되어괴야

아희야 山翁의 이 富貴를 늠드려 힉혀 홀셰라. (蔓橫淸類)

(珍靑 521)

義皇天(희황천)=복희씨(伏羲氏) 때의 태평 세월　◇一寸 無懷地

(일촌 무회지)＝무회씨(無懷氏) 때의 조그맣고 안락한 땅 ◇名區勝地(명구승지)＝자연의 경치가 아름답기로 이름난 곳 ◇골릐곡 골희여＝고르고 골라서 ◇數間茅屋(수간모옥)＝자그마한 띠집 ◇雲山烟水(운산연수)＝구름이 들린 산과 안개가 낀 물 ◇松風蘿月(송풍나월)＝소나무 사이를 스치는 바람과 담쟁이 덩굴 사이로 보이는 달 ◇野獸山禽(야수산금)＝산과 들에서 사는 길짐승과 날짐승 ◇己物(기물)＝나의 소유물 ◇山翁(산옹)＝산에 사는 사람. ‘옹’은 겸칭 ◇늠드려 히여 홀셰라＝남에게 알게 할가 두렵다

663

千古 義皇之天과 一寸 無懷之地에 第一 江山이 님자 업시 바렷거늘

援居援處ᄒ여 採於山 釣於水에 紫芝는 盈筐ᄒ고 銀鱗을 貫柳ᄒ니 水陸品도 가잣는듸 그밧긔 松風蘿月이며 野獸山禽이 다 니 己物이 되여괴야

아마도 山村經濟는 이 조흔가 ᄒ노라. (各調音)

(東國 361)

바렷거늘＝버려져 있거늘 ◇援居援處(원거원처)ᄒ여＝이 곳에 거처를 삼고 살아 ◇採於山 釣於水(채어산 조어수)＝산에서 나물 뜯고 물에서 고기 낚음 ◇紫芝(자지)는 盈筐(영광)ᄒ고＝나물은 광주리에 가득차고. 자지는 자초(紫草)와 지초(芝草)이나 나물의 뜻으로 쓰임 ◇銀鱗(은린)을 貫柳(관류)ᄒ니＝물고기를 버들가지에 꿰우니 ◇水陸品(수륙품)도 가잣난듸＝물과 뭍에서 나는 물건들도 갖추어 졌는데 ◇山村經濟(산촌경제)＝산골에서 사는 살림살이

664

千古羲皇天과 一寸無懷地에 第一名區 勝界 가릐 가릐며

青山臨流ᄒ여 草屋 지여닉니 松風蘿月과 野獸山核이 다 나의 己物
이라

兒孩야 雲散烟消後에 山翁의 이 富貴를 桃花流水며 香達聞之로 뉘
알가 두려노라. (界面調)

(興比 413)

第一名區 勝界(제일명구 승계)=제일 경치가 좋기로 이름난 곳과
훌륭한 세계　◇가릐 가릐며=가리고 가려서. 고르고 골라서　◇青
山臨流(청산임류)=푸른 산을 등지고 시내가 흐르는 결　◇野獸山核
(야수산핵)=들짐승과 산에서 나는 과일　◇雲散烟消後(운산연소후)
=구름과 연기가 흩어지고 없어진 다음　◇山翁(산옹)=산에 사는
사람　◇桃花流水(도화유수)며 香達聞之(향달문지)=복숭아 꽃이 물
에 떠 가며 향기가 퍼져서 다른 사람에게 알려짐　◇두려노라=두렵
구나

665

天君 衙門에 仰呈 所志 爲白去乎 依所訴題給 ᄒ오쇼셔

人間 白髮이 平生에 게엄으로 츠마 못볼 老人 광대 青春少年들을
미러가며 다 띄오되 그 中에 英雄豪傑으란 부듸 몬져 늙게ᄒ니 右良
辭緣을 細細參商ᄒ야 白髮禁止 爲白只爲

天君이 題辭를 ᄒ오샤딘 世間 公道를 白髮로 맛져이셔 貴人頭上段
置 撓改치 못ᄒ거든 너쓰려 分揀不得이라 相考施行向事. (蔓橫淸類)

(珍靑 575)

天君 衙門(천군아문)＝옥황상제의 관청   ◇仰呈所志(앙정 소지)＝
우러러 소지를 올림. '소지'는 진정서(陳情書)나 고소장(告訴狀). '소
지'는 '소지'(訴志)의 잘못   ◇爲白去乎(위백거호)＝'ᄒᆞ뿔거온'의 이두
표기. 하옵시는   ◇依所訴題給(의소소제굼)＝호소한 바에 의거하여
제사(題辭)를 매겨 주옵소서   ◇게엄＝욕심. 게으름   ◇老人(노인)
광대＝노인들의 불거진 광대뼈   ◇ᄑᆡ오대＝띠우되. 떠나 보내되   ◇
右良辭緣(우량사연)을＝위의 참된 사연을   ◇世世參商(세세참상)ᄒᆞ야
＝자세하게 헤아려서   ◇爲白只爲(위백지위)＝'ᄒᆞ뿔기ᄒᆞ야'의 이두
표기. 하옵시게하여   ◇天君(천군)이 題辭(재사)를 ᄒᆞ오샤더＝하느님
께서 제사를 하시되   ◇世間 公道(세간공도)＝세상의 공평한 도리
◇白髮(백발)로 맛져이셔＝백발을 기준으로 맡기고 있어   ◇貴人頭
上(귀인두상) 段置(단치) 撓改(요개)치 못ᄒᆞ거든＝귀인의 머리라도 휘
어 고치지 못하거든. '단치'는 이두로 'ᄯᆞ두'로 읽고 '것도'의 뜻임
◇ 너ᄯᆞ려 分揀 不得(분간부득)이라＝너에게 분간해 줄 수 없음   ◇
相考(상고)헤아림   ◇施行向事(시행향사)＝시행할 일. '향사'는 이두
표기로 '할 일'의 뜻임

666

天君이 赫怒ᄒᆞ샤 愁城을 치오실시

大元帥 歡伯將軍 佐幕은 靑州從事 阮步兵 前駈ᄒᆞ야 李謫仙 草檄ᄒᆞ
고 琉璃鍾 琥珀濃은 先鋒 掩襲ᄒᆞ고 舒州杓 力士鐺은 挾擊大破ᄒᆞ야
糟邱臺에 올나 안자 伯倫으로 頌德ᄒᆞ고 越牒星馳ᄒᆞ야 告闕成功ᄒᆞ온
後에

그졔야 耳熟蹈舞ᄒᆞ야 鼓角을 섯불며 霸業難 守成難 難又難 凱歌歸
를 ᄒᆞ더라. 李鼎輔

(樂學 872)

天君(천군)=마음 ◇赫怒(혁노)ᄒ샤=버럭 성을 내시어 ◇愁城(수성)=근심 걱정으로 고생하는 처지. 우수지경(憂愁之境) ◇歡伯(환백)=술을 의인화 한 이름 ◇佐幕(좌막)=감사(監司), 유수(留守), 병사(兵使)를 따라 다니며 보좌하던 관리. 비장(裨將) ◇青州從事(청주종사)=청주의 종사관. '청주'는 '청주'(清酒)를 뜻함 ◇阮步兵(완보병)=삼국시대 위(魏)의 완적(阮籍)을 가리킴. 죽림칠현(竹林七賢)의 하나로 음악과 술을 즐겼음. 보병은 벼슬 이름 ◇前驅(전구)=말을 타고 행렬을 선도함. 또는 그 사람 ◇李謫仙(이적선)=당나라 시인 이백(李白) ◇草檄(초격)=격문(檄文)을 기초함 ◇琉璃鐘 琥珀瓏(유리종호박롱)=술잔의 이름. 의인화하였음 ◇先鋒掩襲(선봉엄습)=선봉을 갑자기 쳐들어 감. 또는 선봉으로 갑자기 쳐들어 감 ◇舒州勺 力士鐺(서주작역사당)=서주작은 서주 토산의 명물인 주기(酒器)이고, 역사당은 예장(豫章)에서 나는 질그릇의 이름 ◇挾擊大破=협공(挾攻)하여 크게 쳐부심 ◇糟邱臺(조구대)=술재강을 쌓아 올려 만든 망대(望臺) ◇伯倫(백륜)으로 頌德(송덕)ᄒ고=백륜으로 하여금 술의 덕을 칭송하고. 백륜은 유령(劉伶)의 자(字). 유령은 진나라 패국(沛國)사람으로 죽림칠현(竹林七賢)의 한 사람이며 주덕송(酒德頌)을 지었음 ◇越牒星馳(월첩성치)=전쟁에서 이긴 소식을 빨리 알림 ◇告厥成功(고궐성공)=전쟁에서 이긴 소식을 임금에게 아룀 ◇耳熱蹈舞(이숙무도)=기뻐서 뛰며 춤을 춤 ◇鼓角(고각)을 섯블며=북과 나발을 섞어 불고 치며 霸業難 守城難 難又難(패업난 수성난 난우난)=패업도 어렵고 성을 지키기도 어렵고 어렵고 또 어렵다 ◇凱歌歸(개가귀)=개선가를 부르며 돌아옴

667

天宮衙門에 仰呈所志 알외나니 參商教是後에 依所願題給 ᄒ乎소셔

西施之玉貌와 玉眞之花容과 貴妃之月態를 竝以矣身處에 許給事乙

立旨成給爲白只爲　天宮題辭內　汝矣所欲之女는　皆以淫物이라
　女中君子　珮眞淑眞으로　如是許給ㅎ니　左右妻妾ㅎ야　壽富貴多男子
ㅎ고　百年偕老가　宜當向事.
　(靑六　733)

　　參商敎是後(참상교시후)=참고하고　헤아리신　다음에.　'교시'는　이
두　표기.　'이신'의　뜻　◇依所願題給(의소원제급)=소원에　의해　제사
를　내려　줌　◇西施之玉貌(서시지옥모)=서시의　아름다운　얼굴과　玉
眞之花容(옥진지화용)=옥진의　꽃같은　얼굴.　옥진은　선녀임　◇貴妃
之月態(귀비지월태)=양귀비의　달같이　아름다운　얼굴과　몸매　◇竝
以矣身處(병이의신처)=이　몸이　있는　곳에　아울러　있도록.　'병이'는
'아울러'의　뜻　◇許給事乙(허급사을)=허락하여　줄　일을.　'사을'은
'일을'의　뜻　◇立旨成給爲白只爲(입지성급위백지위)=뜻을　세워　소
원을　들어주게　하옵도록.　'위백지위'는　'하삽기삼'으로　읽고　'하옵도
록'의　뜻임　◇汝矣所欲之女(여의소욕지의)=네가　바라는　여자들은
◇皆以淫物(개이음물)=다　음탕한　여자임　◇女中君子　珮貞淑眞(여중
군자　패정숙진)=여자　가운데　훌륭한　사람은　정숙하고　참됨　◇如是
許給(여시허급)=이와　같이　허락하여　줌　◇左右妻妾(좌우처첩)=좌
우에　처첩을　거느리고　◇百年偕老(백년해로)가　宜當向事(의당할사)
=평생을　같이　늙는　것이　마땅할　일

668

千萬　私설　다　바리고　우리　두리　함께　죽어　鬼門國　三千里와　염나
국　슈萬里　咫尺　갓치　쉬이　가셔
　第十二　결윤大王　上王前의　낫낫치　신원ㅎ여　임되고　나　임되여　나
일셩　길워　스러홈을　임　나　되어　지러　보면　임인덜　안이　짐작하리
　진실노　이리　될　줄　아러시면　당쵸의　몰너.

(時調 106)

千萬私(천만사)설 ='사'는 '사'(辭)의 잘못인 듯. 모든 이야기 ◇
鬼門國(귀문국)=동해(東海) 가운데 있다고 하는 나라. 도색(度索)이
라고도 함   ◇염라국=염라대왕이 통치한다고 하는 나라(閻羅國)
◇咫尺(지척)=아주 가까운 거리   ◇쉬이=빨리   ◇절륜대왕=전륜
(轉輪)대왕. 불교에서 정법(正法)을 가지고 온 세계를 다스릴 것이라
는 인도의 신화적 이상의 왕   ◇길워 스러흠을=그리워하여 슬퍼함
을 ◇지러 보면=그리워 하여 보면   ◇임인덜=님인들   ◇당쵸의=
처음의(當初)

669

天性은 흔가지나 氣稟은 다르도다

先覺이 覺後覺은 하늘의 쓰니니 元無識은 발이고 知而不言 괴이흐
다

아마도 敎人不倦은 好學者의 道理인가 흐노라. 安昌後 (有知不敎
不知同) (閒說堂遺稿)

天性(천성)=본래 타고난 성질   ◇氣稟(기품)=기질(氣質)과 품성
(稟性). 품성은 천생으로 타고난 성품   ◇先覺(선각)이 覺後覺(각후
각)=남보다 먼저 깨우치는 것이 깨닫고 또 깨닫는 것임   ◇元無識
(원무식)은 발이고=본래의 무식은 버리고   ◇知而不言(지이불언) 괴
이흐다=알면서도 아무 말을 아니하는 것이 이상하다   ◇敎人不倦
(교인불권)=다른 사람을 가르치는 것을 게을리 하지 않음   ◇好學
者(호학자)=배우기를 좋아하는 사람

 ※ 自譯; 先覺固宜覺後覺 智人所以擇仁居 不知非義元無責 識者不
言不識如(선각고의각후각 지인소이택인거 부지비의원무책 식자불언

블식여)

670

千歲를 누리소셔 萬歲를 누리소셔

무쇠 기동에 곳픠여 여름이 여러 짜드리도록 누리소셔

그지야 億萬歲 밧긔 또 萬歲를 누리소셔. (二數大葉)

(樂學 669)

누리소셔＝누리십시오 ◇무쇠 기동＝무쇠로 만든 기둥 ◇여름
이 여러＝열매가 열려 ◇짜드리도록＝따서 들일 때까지 ◇그지야
＝그제서야 ◇밧긔＝밖에. 보내고

671

天地間 萬物之中 즁홀시고 五倫이라

父母님도 重ᄒ시고 同生덜도 ᄉ랑ᄒ다

귀ᄒ고 重ᄒ 쥴을 알것마는 업셔 힝치 못ᄒ니 뉘 이 맘 이 쯧. 金
庸潤 (歌曲 78)

즁홀시고＝소중하구나 ◇힝치＝시행하지 ◇뉘＝누가

672

天地間 萬物之衆에 긔 무어시 무서온고

白額虎 豺狼이며 大蟒 毒蛇 蜈蚣 蜘蛛 夜叉ㅣ 두억神과 魑魅魍魎
妖怪 邪氣며 狐精靈 蒙達鬼 閻羅使者와 十王差使를 다 몰속 겻겨 보
와시나

아마도 任을 못보면 肝腸에 불이 나셔 살져 죽게 되고 볼지라도

놀납고 끔즉ㅎ야 四肢가 덜로 녹아 어린 듯 醉ㅎㄷ시 말도 아니 나
기는 任이신가 ㅎ노라. (弄) (靑六 722)

　　　天地間 萬物之衆(천지간 만물지중)＝이 세상의 모든 생물의 무리
가운데　◇白額虎(백액호)＝이마와 눈섭이 희도록 늙은 호랑이　◇
豺狼(시랑)＝승냥이와 이리　◇大蟒(대망)＝이무기　◇蜈蚣(오송)＝지
네　◇蜘蛛(지주)＝거미　◇夜叉(야차)＝모양이 추하고 잔인하여 사
람을 해치는 혹독한 귀신. 또는 두억신　◇두억神(신)＝두억시니. 사
나운 귀신의 하나　◇魑魅魍魎(이매망량)＝도깨비　◇妖怪邪氣(요괴
사기)＝요망하고 괴이하며 사악한 기운　◇狐精靈(호정령)＝여우의
혼백이 된 귀신　◇蒙達鬼神(몽달귀신)＝총각이 죽은 귀신　◇閻羅
使者(염라사자)＝염라대왕의 사자　◇十王差使(시왕차사)＝저승에 있
다는 시왕이 죄인을 잡으러 보낸 사자　◇몰속＝모두　◇덜노＝저절
로　◇살져＝사루어져. 태워져서

673
天地 開闢 後에 萬物이 싱겨 난이
山川草木 夷狄 禽獸 昆蟲 魚鼈之屬이 오로다 절로 삼겻세라
　살룸도 富貴功名 悲歡哀樂 榮辱得失을 付之 절로 ㅎ리라. 李鼎輔
(二數大葉) (海周 382)

　　　天地(천지) 開闢(개벽) 後(후)에＝이 세상이 처음 생긴 뒤에　◇山
川草木(산천 초목)＝자연(自然)　◇夷狄(이적)＝오랑캐. 야만인　◇禽
獸(금수) 날짐승과 길짐승　◇昆蟲(곤충)＝버러지. 미물(微物)　◇魚
鼈之屬(어별지속)＝어류(魚類)의 종류　◇오로다＝오로지　◇삼겻세
라＝생겼구나　◇悲歡哀樂(비환애락)＝슬픔과 즐거움　◇榮辱得失(영
욕득실)＝영예와 치욕과 얻고 잃는 것　◇付之(부지)＝‘부디’의 한자

표기인 듯

674

天地 交泰하고 和氣 氤氳한 제

新條는 弄香하고 00 0芳홈은 草木의 슭기이오 遲日이 載陽한더 鳴聲 00홈은 禽鳥의 슭기이오 夕陽 苔路의 携壺 踏靑홈은 0人의 슭기이오 仰觀 宇宙하며 俯察 品彙하고 或 倚樹高吟하며 惑 自酌之醉함은 이 나의 슭기이로다

아마도 與滿人 同樂하미 긔 죠한가 하노라.

(海朴 431)

天地交泰(천지교태)하고 和氣氤氳(화기인온)한=천지가 크고 화기가 온화하고 성한 ◇新條(신조)는 弄香(농향)하고=새로 돋은 가지는 향기를 희롱함 ◇遲日(지일)이 載陽(재양)=봄날이 점점 따뜻해짐 ◇鳴聲(명성)=새가 우는 소리 ◇禽鳥(금조)=조류(鳥類) ◇夕陽苔路(석양태로)=저녁 해가 비추는 이끼 낀 길 ◇携壺踏靑(휴호답청)=술병을 들고 풀밭을 거닐음 ◇仰觀宇宙하며 俯察品彙(부찰품휘)=우주를 우러르며 땅의 모든 것을 살펴 봄 ◇倚樹高吟(의수고음)=나무에 기대어 큰 소리로 읊조림 ◇自酌之醉(자작지취)=혼자 마신 술에 취함 ◇與滿人 同樂(여만인동락)=많은 사람과 더불어 한가지로 즐김 ◇긔 죠한가=그 것이 좋은가

675

天地도 廣大ᄒ다 내 ᄆ음ᄀ치 廣大

日月도 光明ᄒ다 내 ᄆ음ᄀ치 光明

眞實노 내ᄆ음 天地日月 ᄀ게ᄒ면 堯舜同歸 ᄒ오리라. 黃胤錫

(頤齋亂稿)

天地日月(천지일월) ⿰게ᄒ면＝천지와 같이 광대하고 일월과 같이 광명하면 ◇堯舜同歸(요순동귀)＝요순과 같은 마음으로 돌아감

676

天地도 좁고 좁고 河海라도 엿고 엿다
文武兼啣 六十字은 四百年來 처음이라
忠壯公 感泣ᄒ는 눈물이 九泉下의 쏘 ᄒ숨이 솟는가 ᄒ노라. 梁柱翊 (又感恩曲5—1) (無極集)

엿고 엿다＝얕고 얕다 ◇文武兼啣 六十字(문무겸함육십자)＝문무겸직 육십자. 육십자는 무엇을 의미하는 것인지 미상 ◇忠莊公(충장공)＝임진왜란 때 행주대첩의 주인공 권율(權慄)의 시호 ◇感泣(감읍)ᄒ는＝감격하여 우는 ◇九泉下(구천하)＝저승에서 ◇ᄒ숨＝한숨
　※ 漢譯, 天地窄窄 河海淺淺 文武兼啣六十字 四百年來初恩典 忠莊公感泣淚濺 九泉之下又一泉(천지착착 하해천천 문무겸함육십자 사백년래초은전 충장공감읍누천 구천지하우일천)

677

天地를 創造ᄒ고 萬物을 化育ᄒ니 上帝의 勞働이오
倫理를 尊重히 ᄒ고 道德을 培養ᄒ니 聖人의 勞働이라
至今의 社會를 組織ᄒ고 國家를 治平홈은 우리의 勞働. 林重桓 (時調演義 78)

萬物(만물)을 化育(화육)ᄒ니=만물을 기르고 자라게 함   ◇上帝
(상제)=하느님   ◇治平(치평)흠은=평안하게 다스림은

678

天地萬物은 엇디ᄒ야 삼긴게고

시저리 쓰시면 太倉에 祿米을 ᄢ 누키고 머그리라 시저리 ᄇ리시
면 綠水靑山이 어듸가 업스리오 渭川 漁夫도 낫대 ᄒ나 뿌니오 莘野
耕叟도 두어 고랑 바티로다 ᄒ말며 嚴子陵도 帝腹에 발 연즈니 그믈
기도 몯ᄒ거든 셩식글 내살러냐

어릴샤 뎌 宰相아 제 지브로 오라 홀샤. 高應陟 (浩浩歌 28―26)
(杜谷集)

시저리=시절이   ◇쓰시면=쓰시면. 관직에 있게 되면   ◇太倉(태
창)=창고   ◇祿米(녹미)=봉급으로 받는 쌀   ◇ᄢ 누기고=끼니를
늦추어 가며. 여유 있게   ◇綠水靑山(녹수청산)=푸르고 깨끗한 산과
물   ◇시저리 쓰시면～업스리오=나라의 부름을 받아 벼슬을 하게
되면 녹봉으로 여유있게 생활하고 벼슬을 그만두면 물러갈 곳이 어
딘들 없겠느냐   ◇渭川 漁夫(위천어부)=위수(渭水)애서 낚시질 하던
여상(呂尙)을 가리킴. 위수에서 십년동안 낚시하다 주문왕(周文王)을
만남   ◇莘野 耕叟(신야경수)=신야에서 밭을 갈던 상(商)의 현상(賢
相) 이윤(伊尹)을 가리킴. 탕왕(湯王)에 초빙되어 걸(傑)을 침   ◇嚴
子陵(엄자롱)도 帝腹(제복)에 발 연즈니=엄자롱은 후한(後漢) 광무제
(光武帝) 때 사람으로 이름은 광(光). 임금과 같이 잘 때 발을 임금
의 배에 올리고 잠을 잔 일이 있음   ◇그믈기도=까무러지기도   ◇
셩식글=생색을   ◇내실러냐=내겠느냐   ◇어릴샤=어리석구나   ◇
지브로=집으로

679

天地萬物은 엇디ᄒᆞ야 삼긴게고

　玉堂 金馬는 어듸만 인ᄂᆞ뇨 雲山 石室이 간디마다 노플세고 구프려 바틀 가니 짱이야 젹다마는 울워러 ᄑᆞ람부니 하ᄅᆞ리 무훈하다 내 비즌 ᄒᆞᆫ 말 술 벗님과 취ᄒᆞ새다 二三月春風은 푸메 ᄀᆞ득ᄒᆞ엿거놀 九十月 丹風은 ᄂᆞ치 ᄀᆞ득 오ᄅᆞᄂᆞ다

　아마도 醉裏乾坤을 나와 너와 놀리라. 高應陟 (浩浩歌 28—28)

　(杜谷集)

　玉堂金馬(옥당금마)=한(漢)의 옥당전(玉堂殿)과 금마문(金馬門)을 가리킴. 옥당전은 궁전의 이름이며 금마문은 한의 미앙궁(未央宮)의 문. 문전에는 동마(銅馬)가 있음에서 이른 말　◇雲山石室(운산석실)=높고 깊은 산중에 있는 은거하는 방　◇구프려=허리를 구부려　◇바틀 가니=밭을 가니　◇울워러=우럴어　◇하ᄅᆞ리=할 일이. 또는 하늘이　◇취ᄒᆞ새다=취하십시다　◇푸메=품에　◇ᄂᆞ치=낮에　◇오ᄅᆞᄂᆞ다=떠오르다. 붉게 물들다

680

天地萬物이 엇디ᄒᆞ야 삼긴게고

　屈原은 므슥 일로 汨羅水에 빠디며 夷齊는 긔 므슥 일 西山에 기굴믈 것고 聖賢의 ᄆᆞ음은 절로 즐겨ᄒᆞ거늘

　百姓이 거복ᄒᆞ니 내라 혈마 엇더ᄒᆞ료. 高應陟 (浩浩歌 28—27)

　(杜谷集)

　屈原(굴원)=전국시대 초(楚)나라 사람. 회왕(回王)을 섬겼으나 모함을 받아 멱라수에 빠져 죽었음　◇汨羅水(멱라수)=중국 호남성

상음현(湘陰縣) 북쪽에 있는 강으로 초나라의 굴원이 빠져 죽은 강
◇夷齊＝은(殷)나라의 제후로 고죽군(孤竹君)의 아들임. 주문왕의 은
나라 정벌을 반대하고 수양산(首陽山)에 숨어 고사리를 캐먹다 굶어
죽음　◇西山(서산)＝백이와 숙제가 굶어 죽은 수양산을 가리킴. 수
양산은 산서성에 있음　◇기굴물 것고＝굶고 굶을 것인고　◇거복ᄒ
니＝몸과 마음이 편안하지 못하니　◇혈마＝설마

681
天地 成冬ᄒ니 萬物이 閉藏이라
草木이 脫落ᄒ고 蜂蝶이 모르ᄂᆞᆫ듸 엇디ᄒᆞᆫ 봄빗치 ᄒᆞᆫ가지 梅花ㅣ런
고
아마도 貞則復元ᄒᆞᄂᆞᆫ 검은 造化를 져 꼿츠로 보리라. 申獻朝
(蓬萊樂府 17)

天地 成冬(천지성동)ᄒ니＝천지가 겨울이 되니　◇萬物(만물)이
閉藏(폐장)이라＝모든 생물들이 겨우살이 준비를 한다　◇草木(초목)
이 脫落(탈락)＝초목의 잎이 떨어짐　◇蜂蝶(봉접)이 모르ᄂᆞᆫ듸＝벌과
나비도 꽃이 피어 있는지를 모르는데　◇貞則復元(정즉복원)＝겨울
이 가면 다시 봄이 됨. 역학(易學)에서 원형이정(元亨利貞)은 각각
춘하추동을 뜻하므로 정 다음에 다시 원이 됨　◇검은 造化(조화)＝
변화가 무궁해서 이치를 알 수가 없는 조화

682
千秋前 尊貴키야 孟嘗君만 ᄒᆞᆯ가마ᄂᆞᆫ 千秋後 冤痛ᄒᆞᆷ이 孟嘗君이 더
옥 셟다
食客이 젹돗던가 名聲이 괴요튼가 개 盜賊 둙의 우름 人力으로 사
라 나셔 말이야 주거지여 무덤우희 가싀나니 樵童牧豎들이 그 우ᄒ

로 것니며셔 흔 曲調를 부르리라 헤여실가 雍門調 一曲琴에 孟嘗君
의 한숨이 오로는 듯 느리는 듯
  아희야 거문고 청쳐라 사라신제 놀리라. (孟嘗君歌)
  (珍靑 464)

  千秋前(천 추전)=오래 전에 ◇孟嘗君(맹상군)=전국시대 제(齊)나
라 사람 ◇섧다=슬프다. 서럽다 ◇食客(식객)=세력있는 대가(大
家) 집에 기식(寄食)하면서 문객(門客) 노릇을 하는 사람 ◇名聲(명
성)이 괴요튼가=널리 알려진 이름을 몰라 주던가 ◇개 盜賊(도적)
닭의 우름 人力(인력)으로 사라 나셔=맹상군이 진소왕(秦昭王)에게
불려 갔다가 식객 가운데 개로 변장하여 보물을 훔쳐오고 닭의 울음
소리를 잘 내 순전히 다른 사람들의 도움으로 목숨을 건진 사실 ◇
말이야 주거지여=하는 말이야 죽어져서 ◇무덤우희 가싀나니=무
덤 위에 가시가 나니 ◇樵童牧豎(초동목수)=나무하는 아이와 마소
를 먹이는 아이들 ◇것니면서=걸어 다니면서 ◇부르리라 헤여실
가=부를 것이라 생각하였을까 ◇雍門調 一曲琴(옹문조 일곡금)=
옹문주(雍門周)가 만든 곡조를 거문고로 연주하니 ◇청쳐라=거문
거 청줄을 골라 쳐라
  ※ 진본『청구영언』에 "右孟嘗君歌 無名氏所製 盖傷其世間繁華有
似一場春夢 備說身後名不如眼前樂之意 若使薛君之靈 更聽則必沾襟於
九原矣"(우맹상군사 무명씨소제 개상기세간번화유사일장춘몽 비설신
후명불여안전락지의 약사설군지령 갱청즉필첨금어구원의 (맹상군가
는 누가 지었는지 모른다. 대개 세상의 번화는 일장춘몽과 같음을
슬퍼하고 죽은 뒤에 훌륭한 이름을 남기는 것은 생전의 즐거움만 못
하다는 뜻을 쓴 것이다. 만약 설군의 혼령으로 하여금 다시 듣게 한
다면 구원에서 눈물을 흘리리라.)라고 한 글이 있는 데 이는 홍만종
(洪萬宗)의 글임

683

天下 名山 五嶽之中에 衡山이 가장 됴턴지

六觀디亽의 설법 졔즁홀 졔 상좌즁 능통자로 용궁이 츌입다가 석
교상 팔션녜 만나 희롱훈 죄로 뎍하 인간ㅎ야 용문의 놉히 올나 츌
장 입상타가 티사당 도라들졔 뇨됴 졀디드리 좌우의 버려스니 난양
공쥬 졍경픠며 가츈운 진치봉과 계셥월 뎍경홍 심효연 백능파로 슬
커장 노니다가 산듕일셩의 즈던 움을 씨오거다

　세상의 부귀공명과 시비우락이 다 이러훈가 ㅎ노라. (編數大葉)
　(詩歌 669)

天下 名山 五嶽之中(천하명산 오악지중)＝세상에 이름 난 산 다
섯 가운데. 오악은 태산(泰山), 화산(華山), 형산(衡山), 항산(恒山), 숭
산(嵩山)　◇衡山(형산)＝중국 호남성 형산현에 있음　◇六觀大師(육
관)디亽＝김만중의 소설 『구운몽』(九雲夢)에 나오는 스님　◇설법 제
중홀 제＝중생을 구제하기(濟衆) 위해 불법을 해설할 때(說法)　◇상
좌즁 능통자＝상좌 가운데(上佐中) 불법에 능통한 사람(能通者)　◇
용궁＝용왕이 산다고 하는 바다 속의 궁궐(龍宮)　◇석교상 팔션녜
＝석교에서 여덟 선녀와(石橋上 八仙女)　◇뎍하 인간＝인간 세계에
귀양 와서(謫下人間)　◇용문＝벼슬 길(龍門)　◇출장입상＝나라가
위태해서 전장에 나가면 장군이요 조정에 들어와서는 정승이 됨(出
將入相)　◇티사당＝사관(史官)이 집무하던 집(太師堂)　◇뇨됴 졀디
드리＝요조숙녀(窈窕淑女)와 절대가인(絶代佳人)들이　◇난양공쥬 졍
경픠 가츈운 진치봉 계셥월 뎍경홍 심효연 백능파＝『구운몽』에 나오
는 양소유(楊少遊)의 상대역 여덟 사람. 난양공쥬(蘭陽公主), 정경패
(鄭瓊貝), 가츈운(賈春雲), 진채봉(秦彩鳳), 계셤월(桂蟾月), 적경홍(狄
驚鴻), 심요연(沈裊煙), 백능파(白凌波)　◇슬커장 노니다가＝마음껏

지내다가   ◇산동일성＝절에서 울리는 종소리(山鍾一聲)   ◇시비우
락＝옳고 그름과 근심과 즐거움(是非憂樂)

684

天寒코 雪深흔 날에 님 츠즈라 天上으로 갈제

신 버서 손에 쥐고 보션 버서 품에 품고 곰뷔님뷔 님뷔곰뷔 쳔방
지방 지방쳔방 흔 번도 쉬지 말고 허위허위 올라가니

보션 버슨 발은 아니 스리되 넘의온 가슴이 산득산득 하여라. (蔓
橫淸類) (珍靑 542)

天寒(천한)코 雪深(설심)흔 날에＝날이 몹시 춥고 눈이 몹시 많이
내린 날에   ◇차즈라＝찾으려고   ◇天上(천상)＝높은 곳   ◇보션＝
버선   ◇쳔방지방＝정신 없이 급한 걸음으로 가는 모습(天方地方)
◇스리되＝시렵되   ◇넘의온＝여민   ◇산득산득＝선뜻선뜻

685

鐵驄馬 타고 보라미 밧고 白羽 長箭 千斤 角弓 허리에 츠고

山넘어 굴음 진아 쒼 山行흐는 져 閑暇흔 사롬

우리도 聖恩을 갑파든 너를 좃차 놀니라. 金默壽

(靑謠 52)

鐵驄馬(철총마)＝철총청이. 온 몸이 푸른 털이 박히고 흰 털이 조
금 섞인 말   ◇보라매＝그 해에 난 새끼를 길들여 곧 사냥에 쓰는
매   ◇白羽 長箭(백우장전)＝새의 흰 깃털을 단 긴 화살   ◇千斤 角
弓(천근각궁)＝크고 무거운 각궁. 각궁은 활의 줌통 아래 위를 쇠뿔
이나 양뿔 따위를 덧대어 꾸민 활   ◇굴음 진아＝구름을 지나. 혹

구릉(丘陵)을 지나의 뜻인 듯 ◇꿩山行(산행)=꿩사냥 ◇聖恩(성은)을 갑파든=임금의 은혜를 갚은 후에 ◇좃차=따라

　※『樂學拾零』에는 작자가 金光洙로, 李漢鎭本『靑丘永言』에는 松江으로 되어 있음

686

瞻彼淇澳ᄒ니 빈날 손 有斐君子이

切ᄒ고 嗟텃ᄒ니 모를 일이 므어시며〔格物致止〕　琢ᄒ고 磨텃ᄒ니 허믈룰 몯보로다〔意誠心正身修〕

ᄒ믈며 親賢樂利 ᄒ거아 綠竹興도 낫보도다. 高應陟 (君子曲28—6)

(杜谷集)

　瞻彼淇澳(첨피기오)=‘澳’(오)는 ‘奧’(오)의 잘못. 저기 기수(淇水)의 언덕을 바라봄 ◇有斐君子(유비군자)=훌륭하고 멋진 군자. 군자는 위(衛)의 武公(무공)을 가리킴 ◇切磋琢磨(절차탁마)=학문에 열중함을 비유함 ◇허믈룰=허물을 ◇親賢樂利(친현낙리)=현인들을 가까이하여 얻는 즐거움 ◇ᄒ거아=하는 것이 ◇綠竹興(녹죽흥)=푸른 대나무에서 얻는 흥취. 즉 자연에서 얻는 흥취 ◇낫보도다=만족스럽지 못하도다

　※ 초장과 중장은『시경』(詩經) ‘위풍; 기오’(衛風; 淇奧)의 “瞻彼淇奧 綠竹猗猗 有匪君子 如切如磋 如琢如磨”(첨피기오 녹죽의의 유비군자 여절여차 여탁여마)를 가져온 것임

687

天皇氏 一萬 八千歲에 功德도 놉흐실ᄲᅵ 日月星辰 風雲雷雨와 四時 變態ᄒ고

地皇氏 一萬八千世業은 山川草木 禽獸魚鼈로 萬物을 니오시고

人皇氏 主人되오스 人傑을 비져너여 五行精氣를 알고 붉게 ᄒ여라. 金壽長 (二數大葉) (海周 538)

天皇氏 一萬 八千歲(천황씨 일만팔천세)=중국 태고의 제왕의 하나인 천황씨가 일만 팔천세를 다스렸다 함　◇功德(공덕)=은덕　◇日月星辰(일월성신)=해와 달과 별. 모든 천체(天體)　◇風雲雷雨(풍운뢰우)=바람과 구름과 천둥소리와 함께 내리는 비　◇四時變態(사시변태)=일년의 네 계절에 따라 모습이 바뀜　◇地皇氏 一萬八千歲業(지황씨 일만팔천세업)=지황씨가 일만 팔천세를 다스리며 하신 과업　◇山川草木(산천초목)=자연(自然)　◇禽獸魚鼈(금수어별)=날짐승과 길짐승 그리고 물고기와 자라. 육지의 동물과 수중의 동물을 말함　◇人皇氏(인황씨)=고대 삼황(三皇)의 하나로 천황씨나 지황씨처럼 일만 팔천세를 다스렸다함　◇비져너여=만들어 내어　◇五行精氣(오행정기)=만물을 낳게하는 다섯 가지 원소(元素)를 만드는 기운

688

妾을 좃타ᄒ되 妾의 說弊 들어보소

눈에 본 종 계집은 紀綱이 紊亂ᄒ고 노리개 女妓妾은 凡百이 如意ᄒ되 中門안 外方官妓 기 아니 어려우며 良家女卜妾ᄒ면 기 中이 났건마는 안마루 발막짝과 방안에 장옷귀가 士夫家 貌樣이 저절노 글너가네

아무리 늙고 病드러도 規模 딕히기는 正室인가 ᄒ노라. 申獻朝 (蓬萊樂府 18)

説弊(설폐)=폐단을 말함　◇눈에 본=눈이로 보아서 반한　◇종 계집=종을 올려 앉혀 삼은 계집　◇紀綱(기강)이 紊亂(문란)ᄒ고=

기율과 법강(法綱)이 어지럽고　◇노리개 女妓妾(여기첩)＝노리개삼아 드린 기생첩　◇凡百(범백)이 如意(여의)ᄒ되＝모든 일이 뜻하는 대로 잘 됨　◇外方官妓(외방관기)＝지방관아에 기적에 올라 있는 기생　◇良家女卜妾(양가녀복첩)＝여염집 딸을 골라 정한 첩　◇발막딱＝신발짝. 발막은 마른신의 한가지　◇장옷귀가＝장옷 따위가. 장옷은 여인들이 외출시 얼굴을 가리던 옷　◇士夫家 貌樣(사부가 모양)이＝사대부 집안의 규모와 모양이　◇規模(규모) 직히기는＝법도를 지키기는　◇正室(정실)＝본처(本妻)

689

淸江一曲이 抱村流ᄒ되　長夏江村에 事事幽ㅣ로다

自去自來堂上鷰이요　相親相近水中鷗ㅣ라　老妻는　劃紙爲碁局이요 稚子는 敲針作釣鉤ㅣ로다

多病所須ㅣ　惟藥物이라　微軀ㅣ　此外에　更何求를 ᄒ리오. (弄)

(海一 617)

　淸江一曲(청강일곡)이 抱村流(포촌류)ᄒ되＝맑은 강 한 구비가 마을을 싸고 흐르는데　◇長夏江村(장하강촌)에 事事幽(사사유)로다＝긴 여름 강촌에 일마다 그윽하도다　◇自去自來堂上鷰(자거자래당상연)이요＝저절로 갔다 저절로 오는 것은 집 위의 제비요　◇相親相近水中鷗(상친상근수중구)라＝서로 친하며 서로 가깝기는 물 속의 갈매기라　◇老妻(노처)는 劃紙爲碁局(획지위기국)이요＝늙은 아내는 종이에 장기판을 그리고　◇稚子(치자)는 敲針作釣鉤(고침작조구)＝어린 아들은 바늘을 두드려 고기 낚을 낚시를 만든다　◇多病所須惟藥物(다병소수유약물)＝많은 병에는 오직 약물만 필요하니　◇微軀此外(마구차외)에 更何求(갱하구)＝조그만 몸이 이것 밖에 다시 무엇을 구하리요

※ 두보(杜甫)의 '강촌'(江村)을 시조화한 것임

690

靑개고리 腹疾ᄒᆞ여 주근날 밤의 金두텁 花郎이 즌호고 새남갈식

靑뭡독 겨대는 杖鼓 던더러쿵 ᄒᆞ난듸 黑뭡독 典樂이 져 힐니리 ᄒᆞ
다

어듸셔 돌진 가재는 舞鼓를 둥둥 치ᄂᆞ니. (蔓橫淸類)

(珍靑 472)

腹疾(복질)=배앓이 ◇金(금)두텁 花郎(화랑)이=금두꺼비 모양의
탈을 쓴 사내 무당 ◇즌호고 새남갈식=죽은 사람은 천도하기 위한
진오기 새남굿을 할 제 ◇靑(청)뭡독 黑(흑)뭡독=청색과 흑색의 메
뚜기 모양의 탈을 쓴 ◇겨대=큰 굿을 할 때 풍악을 하는 공인. 계
대(繼隊) ◇典樂(전악)이=계대처럼 음악을 맡은 공인 ◇져 힐니리
=젓대소리를 낸다. 힐니리는 져 소리의 의성어 ◇돌진 가재는=돌
은 지고 있는 가재는. 굿을 하는데 흥미를 끌기 위해 돌을 진 가재
형상의 허수아비인 듯 ◇舞鼓(무고)='무고'(巫鼓)의 잘못인 듯. 무
당이 굿을 위해 치는 북

691

靑藜杖 집고 斷髮嶺 너머 가니 長安寺 內外峽 슨나무 數十株 十里
程의 어려 잇고 虹門안 南川橋 건너 湘水門 바라보니 梵鐘閣 朱層閣
은 陳如門 다어 잇다

大雄殿 二層 집은 半空에 소삿는대 三世如來 六觀菩薩 靈山殿 冥
府殿과 沙聖殿 毘盧殿을 차례로 구경할 제 空山淸風 磬쇠 소래 引導
聲이 귀슬푸다

千峰 山水間 드러가니 淸川 碧溪 潺潺하고 松栢 雜木 鬱鬱한듸 春山鳥 不如歸며 杜鵑花도 난만하다.

(時調集 140)

靑藜杖(청려장)＝명아주 지팡이 ◇斷髮嶺(단발령)＝강원도 회양군 천마산(天磨山)에 있는 고개 ◇長安寺(장안사)＝강원도 금강산에 있는 절 ◇내외협＝안팎의 협곡(峽谷) ◇즌나무＝전나무 ◇十里程(십리정)＝십리쯤 되는 거리 ◇어려 잇고＝엉기어 있고 ◇虹門(홍문)＝무지개 모양의 다리 ◇南川橋 湘水門 梵鐘閣 朱層閣 大雄殿 靈山殿 冥府殿 沙聖殿 毘盧殿(남천교 상수문 범종각 주층각 대웅전 영산전 명부전 사성전 비로전)＝장안사에 있는 각종 시설물의 명칭임 ◇三世如來(삼세여래)＝삼세를 관장하는 여래보살인 듯 ◇六觀菩薩(육관보살)＝육관음(六觀音)을 관장하는 보살인 듯 ◇空山淸風(공산청풍)＝조용한 산에 부는 맑은 바람 ◇磬(경)쇠 소래＝풍경 소리 ◇引導聲(인도성)이 귀슬푸다＝풍경소리가 마치 길을 인도하는 것처럼 구슬프게 들린다 ◇淸川 碧溪 潺潺(청천 벽계 잔잔)하고＝푸른 냇물과 계곡물은 잔잔히 흐르고 ◇松栢 雜木 鬱鬱(솔백 잡목 울울)한듸＝소나무와 잣나무 그리고 잡목들이 울창한데 ◇春山鳥 不如歸(춘산조 불여귀)＝봄 철의 산새 두견이 ◇杜鵑花(두견화)＝진달래

692

靑龍旗 司命旗와 敎書節鉞 앎헤 셧다

淸道 혼 雙 金鼓 혼 雙 巡視令旗 버럿는더 偃月刀 서리곳고 吹打소리 雄壯ᄒ다

져러틋 威儀 盛혼 곳에 重혼 責望 어이리. 申獻朝

(蓬萊樂府 12)

靑龍旗(청룡기)＝청룡을 수놓은 의장기(儀仗旗)의 하나　◇司命旗
(사명기)＝각 영의 대장, 유수 순찰사, 통제사가 휘하의 군대를 지휘
하던 기　◇敎書節鉞(교서절월)＝임금이나 제후가 내리는 명령서와
절월. 절월은 부절(符節)과 부월(斧鉞)로 절은 수기(手旗)와 같은 신
표(信標) 월은 도끼와 같이 만든 것으로 생살권을 상징함　◇앏혜셧
다＝앞에 서 있다　◇淸道(청도)＝임금의 거동 때 어로(御路)의 청소
를 감시함　◇金鼓(금고)＝군중(軍中)에서 호령(號令)하는데 쓰이던
북과 징　◇巡視令旗(순시령기)＝순찰사가 군령을 전달하는데 사용
하는 기　◇버렷난디＝늘어서 있는데　◇偃月刀(언월도)＝청룡원월
도. 전장에 쓰이는 반달 모양의 칼　◇서리곳고＝서릿발 같이 날카
로와 차가움을 느낌　◇吹打(취타)소리＝악기를 연주하는 소리가
◇威儀(위의)＝위엄이 있는 의용(儀容)　◇盛(성)혼 곳＝대단한 곳
◇重(중)혼 責望(책망)＝잘못을 꾸짖는 것이 엄한

693

靑山에 봄春 들入字 호니 叢叢 꼿花字ㅣ로다

一壺酒 혼 瓶 가질持字호고 시내溪字 곳邊字 안즐坐字 노닐遊字
호고지고

水上에 麥秀ㅣ 漸漸 桃花紅호니 武陵인가 호노라.

(解我愁 167)

叢叢(총총)＝빽빽하게　◇一壺酒(일호주)＝한 병의 술　◇麥秀 漸
漸(맥수 점점)＝보리가 패어남　◇桃花紅(도화홍)＝복숭아꽃이 붉음
◇武陵(무릉)＝무릉도원

694

청올치 신날 신 얼거지고 팔대 장삼 썰드리고 石上의 枯木되여 慇
懃이 섯는 鐵竹 뿌리채 덤썩 캐여 탈탈 터러 걱구르 집고

夕陽 山路 빗긴 길로 눈을 흘깃흘깃 살펴보며 나려올 제 보신가
못보신가 예 우리 任이 登 山寺 하엿건만 남들은 다 중이라 하리

百八念珠 목에 걸고 短珠는 팔에 걸고 袈裟 長衫 썰드리고 목탁
치며 念佛打令 아무리 보아도 豪傑僧인 듯.

(時調集 160)

청올치 신날 신=칡의 속껍질로 신날을 만든 짚신 ◇팔대 장삼
썰드리고=팔까지 내려오는 장삼(長衫)을 내려뜨리고 ◇石上(석상)
의 枯木(고목)되어 慇懃(은근)이 섯는 鐵竹(철죽)=바위 위에 죽은 나
무가 되어 가만히 서 있는 철쭉 ◇걱구르=꺼구로 ◇빗긴 길=비
스듬한 길. 경사가 진 길 ◇登 山寺(등산사)=산사에 오름. 스님이
됨 ◇다 중이라 하리=다들 중이라고 부를 것이다 ◇百八念珠(백
팔염주)=백팔 번뇌의 수에 맞추어 작은 구슬 108개를 꿰서 만든 염
주 ◇短珠(단주)=묵주(默珠). 백팔염주의 상대어로 쓰였음 ◇袈裟
(가사)=스님이 입는 법의(法衣) ◇念佛打令(염불타령)=불경을 타령
을 부르는 가락으로 외움 ◇豪傑僧(호걸승)=호방한 스님

695

淸川江上 百祥樓에 萬景이 森羅不易收ㅣ로다

草原長堤에 靑一面이요 天低列峀碧千頭ㅣ라 錦屏影裡飛孤鶩이요
玉鏡光中에 點小舟ㅣ라

未信人間 仙景在ㅣ러니 密城今日에 見瀛洲를 ㅎ괘라.

(永類 326)

清川江上 百祥樓(청천강상백상루)에＝청천강 위의 백상루에　◇
萬景(만경)이　森羅不易收(삼라불이수)로다＝모든 경치가 삼라만상을
한 눈에 보기는 어렵도다　◇草原長堤(초원장제)에　靑一面(청일면)이
요＝풀 밭 긴 뚝에 푸른 빛이요　◇天低列峀碧千頭(천저열수벽천두)
라＝하늘 아래 벌려 있는 산봉우리는 푸른 천 개의 머리로다　◇金
屛影裡飛孤鶩(금병영리비고목)이요＝비단을 두른 듯한 그림자 속에
외로운 오리가 날고　◇玉鏡光中(옥경광중)에　點小舟(점소주)라＝옥
같이 맑은 물 속에 점점인 것은 작은 배로다　◇未信人間仙境在(미
신인간선경재)러니＝인간 세계에 선경이 있음을 믿지 못했더니　◇
密城今日(밀성금일)에　見瀛洲(견영주)를＝밀성에서 오늘 영주를 보았
구나
　※ 고려 충숙왕(忠肅王)의 시로 전하는 것을 시조화한 것임

696

靑天 구름 밧긔 노피 떳는 白松骨이
四方千里를 咫尺만 너기는듸
엇더타 싀궁칙 뒤져 엇먹는 올희는 제 집 門地方 넘나들기를 百千
里만 너기더라. (蔓橫淸類) (珍靑 495)

　밧긔 노피 떳는＝밖에 높이 떠 있는　◇白松骨(백송골)＝해동청
가운데 귀한 매의 한 가지　◇四方千里(사방천리)＝사방으로 천리나
되는 너른 땅　◇咫尺(지척)＝아주 가까운 거리　◇너기는듸＝여기
는데　◇엇덧타＝어째서　◇싀궁칙＝시궁창　◇엇먹는 올희는＝얻어
먹는 오리는　◇제 집~너기더라＝굉장히 어렵게 여김을 나타낸 말

697

靑天에 써셔 울고 가는 외기럭이 나지 말고 니 말 드러

漢陽城內에 暫口間 들너 부듸 니말 닛지 말고 웨웨텨 불너 니르기
를 月黃昏 계워 갈 제 寂寞空閨에 더진 듯 홀로 안져 님 글여 참아
못 슬네라 ᄒ고 부듸 한 말을 傳ᄒ여 쥬렴

우리도 님 보라 밧비 가옵는 길이오미 傳홀똥 말똥 ᄒ여라.
(花樂 489)

나지 말고=날지를 말고. 날기 전에 ◇니 말 드러=내 말을 들
거라 ◇漢陽城內(한양성내)=서을 장안 ◇닛지 말고=잊지 말고
◇계워 갈 제=훨씬 지나쳐 갈 때 ◇寂寞空閨(적막공규)=사랑하는
사람이 없는 쓸쓸한 규방(閨房)에 ◇더진 듯=내던져 버린 듯 ◇
님 글여=임을 그리워하여 ◇부듸=부디 ◇쥬렴=주려무나 ◇님
보라=임을 보려고
    ※ 李漢鎭本『靑丘永言』에 작자가 白湖로 되어 있음

698

靑天에 ᄠᅧᆺ는 기러기 ᄒᆞᆫ 雙 漢陽城臺에 잠간 들러 쉬여 갈다

이리로셔 져리로 갈 제 내 消息 들어다가 님의게 傳ᄒ고져 져리로
셔 이리로 올 제 님의 消息 드러 내손듸 브듸 傳ᄒ여 주렴

우리도 님 보라 밧비 가난 길히니 傳홀동 말동 ᄒ여라. (蔓橫淸類)
(珍靑 555)

쉬여 갈다=쉬어 가겠느냐 ◇이리로셔 져리로=여기에서 저리
로 ◇들어다가=가져다가 ◇내손듸=나에게 ◇길히니=길이라

699

淸風明月 智水仁山 鶴髮烏巾 大賢君子

莘野叟 琅琊翁이 大東에 다시나 松桂幽栖에 紫芝를 노래ㅎ여 逸趣
ㅣ도 노프실샤

비느니 經綸大志로 聖主를 도와 治國安民 ㅎ쇼셔. (蔓橫淸類)

(珍靑 482)

淸風明月(청풍명월)＝맑은 바람과 밝은 달　◇智水仁山(지수인산)
＝지혜 있는 사람은 물을 좋아하고 어진 사람은 산을 좋아 한다　◇
鶴髮烏巾(학발오건)＝학처럼 희어진 머리털과 검은 두건　◇莘野叟
(신야수)＝신야에서 밭을 간 늙은이. 상(商)의 이윤(伊尹)을 가리킴
◇琅琊翁(낭야옹)＝낭야에서 숨어 있던 제갈량을 가리킴　◇大東(대
동)＝우리 나라　◇松桂幽栖(송계유서)＝소나무와 계수나무가 우거진
속에서 숨어 살음　◇紫芝(자지)를 노래ㅎ며＝상산(商山)에 숨어 자
지가(紫芝歌)를 노래 했던 사호(四皓)처럼 노래하여　◇逸趣(일취)＝
세속과 다른 뛰어난 취미　◇經綸大志(경륜대지)＝천하를 다스리겠
다는 커다란 뜻　◇聖主(성주)＝훌륭한 임금　◇治國安民(치국안민)
＝나라를 다스리고 백성을 편안하게 함

700

청울치 뉵눌 메토리 신고 휘대 長衫 두루혀 메고

瀟湘斑竹 열두ㅁ듸를 불휫재 쌔쳐 집고 ㅁ르너머 재너머 들건너
벌건너 靑山 石逕으로 횟근누운 누운횟근 횟근동 너머 가옵거늘 보
은가 못보은가 긔 우리 남편 禪師즁이

눔이셔 즁이라 ㅎ여도 밤즁만 ㅎ여셔 玉人 ㅈ튼 가슴 우희 슈박ㅈ
튼 머리를 둥굴썰썰 썰썰둥굴 둥궁둥실 둥굴러 긔여올라 올져긔눈

내사 죠해 즁 書房이. (蔓橫淸類) (珍靑 577)

　　청울치=칡의 속 껍질로 만든 끈　◇뉵눌 메토리=여섯 개의 날을 가진 짚신　◇휘대 長衫(장삼)=소매가 긴 장삼　◇두루혀 메고=들러 메고　◇瀟湘斑竹(소상반죽)=순임금의 이비(二妃)인 아황(娥皇)과 여영(女英)의 피눈물이 얼룩졌다는 대나무　◇불희재 쌔쳐=뿌리까지 뽑아　◇모르너머=마루너머. 고개너머　◇벌건너=벌판을 건너　◇石逕(석경)=돌길　◇휫근동=희긋희긋 하며　◇늠이셔=남이야　◇玉人(옥인)=신선. 사랑하는 사람　◇슈박 곳튼 머리=머리카락이 하나도 없어 수박처럼 매끈한 머리통　◇내사=나야. 나는

701

청쥬로다 청쥬로다 청쥬강에다 막걸네로 비 무어 씌우고 탁빅이 돗을 활신 달고

그 비 우헤다 녯적 소동파 리뎍션 두목지 장건 녀동빈 제갈량 삼천갑즈 동방삭이며 요순 우탕 문무 쥬공 렬녀 효즈 츙신 다 모화 싯고 소쥬바람이 슬슬 부는디 안쥬나 성즁으로 비노리 가즛고나

춤아로 가산 뎡쥬가 가로 막혀 나 못살갓네.

(樂高 901)

　　청쥬로다=청주로구나. 청주는 '청주'(淸州)와 '청주'(淸酒)의 즁의(重義)적인 표현임　◇막걸네=막걸리　◇비 무어=배를 만들어　◇탁빅이 돗을 활신 달고=막걸리처럼 흰 빛깔의 돗을 활짝 펴서 달고　◇소동파=송나라 때의 시인 소식(蘇軾)　◇리뎍션=당나라의 시인 이백　◇두목지=당나라의 시인　◇장건=한(漢)나라 때의 사람. 장건(張蹇)　◇녀동빈=당나라의 여동빈(呂洞賓)　◇제갈량=촉한의 승상　◇삼천갑자 동방삭=삼천년을 살았다는 전한(前漢) 때 사람 동

방삭(東方朔) ◇요순=중국 고대의 요와 순임금 ◇우탕=하(夏)의
우왕(禹王)과 은(殷)의 탕왕(湯王) ◇문무=주나라의 문왕과 무왕
◇주공=주나라의 정치가(周公) ◇소쥬바람=소주(燒酒)바람. 바람
을 소주에 비유 ◇안쥬나 성즁=안주(安州)는 지명이나 술 안주(按
酒)에 비유하여 안주나 성중(城中)으로 ◇가산 뎡쥬=가산(嘉山)과
정주(定州)로 평안도에 있는 지명

702

草堂 뒤에 와 안자 우는 솟젹다시야 암 솟젹다신다 슈 솟젹다신다
空山이 어듸 업셔 客窓에 와 안져 우는다 솟젹다시야
空山이 허고 만흐되 울듸 달나 예 와 우노라. (蔓橫) (樂學 956)

솟젹다시야=소쩍새야 ◇신다=새냐 ◇客窓(객창)=나그네가
머무는 곳의 창문. 여창(旅窓) ◇허고 만흐되=많고 많은데 ◇울듸
달나=울만한 곳이 달라서 ◇예 와=여기에 와서

703

草堂의 오신 손님 긔 무어스로 對接할고
올엽쑬 흰 졈심의 미느리긴강의 還燒酒 울 타고 울순 전복의 나낙
근 고기 솟고쳐라
아희야 잔 씨져 오너라 벗님 더졉 흐리라. (海朴 513)

올엽쑬 흰 졈심=올벼 쌀 로 만든 흰 쌀밥의 점심 ◇미나리긴
강=미나리강회. 미나리를 데쳐서 돌돌 감아 초고추장을 찍어 먹는
반찬 ◇還燒酒(환소주)=소주 ◇울순 전복=경상도 울산에서 나온
전복 ◇나낙근='낡은'을 강조하기 위한 표현 ◇솟고쳐라=끓여라

704

楚山에 나무 뷔는 아희드라 나무 뷜 제 힝혀 대 뷜세라

그 디 자라거든 뷔여 휘우리라 낙시대를

우리도 그런 줄 아오민 나무만 뷔느이다. (蔓橫)

(樂學 857)

　　楚山(초산)＝중국 호북성 양양현(襄陽縣) 서남쪽에 있는 산이나,
초산(草山)의 뜻으로 쓰인 듯함　◇힝혀＝행여나　◇뷜세라＝베일까
두렵다　◇뷔여＝베여　◇휘우리라＝휘어지게 만들리라

705

蜀道之難이 難於上靑天이로디 집고 기면 넘으려니와

어렵고 어려울손 이 님의 離別이 어려웨라

아마도 이 님의 離別은 難於蜀道難인가 ᄒ노라. (樂戱調)

(樂學 1014)

　　蜀道之難(촉도지난)이　難於上靑天(난어상청천)이로디＝촉에 가는
길의 어려움이 푸른 하늘에 오르는 것보다 어렵다고 하되　◇집고
기면＝지팡이를 집고 기어라도 가면　◇難於蜀道難(난어촉도난)＝촉
에 가는 길보다 더 어려움

706

蜀魄啼山月頭ᄒ니 相思苦獨倚樓頭ㅣ로다

爾啼苦我心愁니 無爾聲 無我愁라

寄語人間離別客ᄒ노니 愼莫登春三月 子規啼明月樓를 ᄒ여라. 端宗

(界樂) (槿樂 285)

蜀魄啼山月低(촉백제산월저)ᄒ니＝두견이 슬피 울고 밤이 깊으니 ◇相思苦獨倚樓頭(상사고독의루두)로다＝멀리 있는 사람을 그리며 다락 끝에 몸을 기대었도다 ◇爾啼苦我心愁(이제고아심수)니＝두견아 네가 울면 내 또한 괴로우니 ◇無爾聲無我愁(무이성무아수)라＝네 우지 않으면 나도 근심이 없구나 ◇寄語人間離別客(기어인간이별객)ᄒ노니＝이별한 사람들에게 말하노니 ◇愼莫登春三月子規啼明月樓(신막등춘삼월 자규제명월루)＝춘삼월 두견이 울고 달밝은 다락에 오르지 마라

※ 端宗이 지은 「子規樓」의 "月白夜蜀魄啾 含愁情依樓頭 爾啼悲我聞苦 無爾聲無我愁 寄語世上苦勞人 愼莫等春三月子規樓"를 누군가가 시조화한 것임

707

쵸당에 춘슈쪽ᄒ니 쵸당 압헤다 국화를 심으고 국화 속에다 술비져 넛코 기다린다 기다린다 그 술이 닉기를 기다린다

술이 닉ᄌ 둘이 쓰고 둘이 쓰ᄌ 님이 온다 목이 길다고 황시병이며 목이 쌀라 ᄌ라병이며 쳥유리병에다 황소쥬 넛고 황유리병에다 쳥소쥬 넛코 홍유리병에다 듁엽쥬 넛코 빅유리병에다 감홍노 넛코 풋고츄 져리김치 문어 젼복 겻딜너라 쬐쬐우는 쬔계탕이며 쎄쎄우는 싱치쩜이며 포두둑 나는 뫼츄리쩜을 이리져리 버려 놋코 노ᄌ작 잉무비에 쏠우루 흔잔 술을 가득 부어 시호시호 부지러는 잡숩다 졍실커든 이 내게로 돌니시오 비행도군이 막뎡슈라 일비일비 부일비홀 격에 셰상 만ᄉ가 다 파뎨로다

둘 쓰ᄌ 오신 님이 둘이 지니 형용이 간곳 업구나 츰말 가지로 셜어서 못 살갓네. (樂高 898)

쵸당에 츈슈족ᄒ니=초당(草堂)에 누워 봄철의 잠이 충분하니(春睡足) ◇슬 비져 넛코=술을 빚어 놓고 ◇닉기을=익기를. 충분히 발효되기를 ◇황시병=목이 길죽한 병 ◇ᄌ라병=목이 짧은 병 ◇듁엽쥬=죽엽주(竹葉酒) ◇감홍노=감홍로(甘紅露). 소주의 한 가지 ◇겻딜너리=곁들여라 ◇뀐계탕=꾀꾀 우는 닭탕 ◇싱치찜=꿩고기 찜 ◇버려 노코=차려 놓고 ◇노ᄌ쟉 잉무비=노자작(鸕鷀酌)과 앵무배(鸚鵡杯). 술잔의 이름 ◇시호시호부재래=때여 때여 다시 오지 않는구나(時乎時乎不再來) ◇비행도군이 막뎡슈라='막뎡슈'는 '막뎡쥬'의 잘못인 듯. 술잔이 그대 앞에 오거든 멈추지마라(杯行到君莫停住) ◇일비일비부일비=한 잔 한 잔 또 한 잔(一杯一杯復一杯) ◇파데로구나=파투(破鬪)로구나. 흥이 깨짐을 나타낸 말 ◇형용이=모습이 ◇가지로=갈수록

708

秋月은 滿庭하야 산호 주렴 비치일 제

청천의 기러기 높이 떠 울고 가니 심황후 반겨 듯고 기럭아 니 왔느냐 소중낭 북해상에 편지 전튼 기럭이냐 도화동 가거들랑 불상한 우리 부친전에 편지 한 장 전해다고

문을 열고 내다보니 기럭이 간 곳 업고 창낭한 우름 박게 별과 달만 발것으니 내의 심사 둘 곳 없다.

(時調 93)

秋月(추월)이 滿庭(만정)하야=가을 달빛에 뜰에 가득하여 ◇산호주렴=산호로 만든 발(珊瑚 珠簾) ◇심황후=고대소설 『심청전』(沈淸傳)의 주인공 심청이 후에 왕후가 되었는데 심청을 가리킴 ◇소중랑=소중랑(蘇中郎). 전한의 충신 소무(蘇武). 흉노족에게 억류되

어 있을 때 기러기에게 소식은 전했음   ◇도화동=『심청전』의 배경
이 되는 곳. 심청의 부친이 사는 곳(桃花洞)   ◇창낭한 우름 박게=
슬프게 들리는 울음 소리 끝에   ◇내의 심사=나의 마음

709

春困을 못이긔여 洗心臺 츠즈 가니

淡淡흔 물결이 ᄆᆞᆷ 갓치 말가셔라

혹 눌긔 타는 셩이 ᄌᆞ연이 발가시니 ᄃᆞ시 씨어 무숨 ᄒᆞ리. 蔡瀗
(洗心臺歌) (石門亭尋眞洞遊錄 3)

春困(춘곤)=봄철에 느끼는 고단한 기운   ◇洗心臺(세심대)=마음
을 깨끗이 씻는다는 의미에서 만들어 놓은 대. 서울에는 인왕산 아
래 육상궁(毓祥宮) 뒤에 있음   ◇淡淡(담담)흔=물이 맑은   ◇혹늘긔
=학(鶴)의 날개   ◇타는 셩이=악기를 연주하는 소리가   ◇ᄌᆞ연이
발가시니=저절로 분명하니   ◇씨어=씻어

710

春眠을 느즛 쌔여 竹窓을 열고 보니

庭花는 작작하야 가는 나븨 머무르고 岸柳는 依依하야 성긴 내를
쩌읫세라 호탕힌 밋킨 흥을 부지럼시 자어 내어 白馬金鞭으로 야유
원 차자가니 花香은 襲衣하고 月色은 滿庭한듸 醉客인 듯 狂客인 듯
徘徊顧俛하야 흥이 겨워 머무는 듯 有情히 셧노라니 翠瓦朱欄 놉푼
집의 綠衣紅裳 一美人이 紗窓을 반만 열고 옥안을 잠간 들고 輝煌月
夜三更의 輾轉反側 잠 못 일워 太古風便 오는 任 만나 積年 기루던
회포 반이나머 이룰너니 枕頭에 저 실솔이 不勝失呂之嘆하야 귀쏠귀
쏠 우는 소래 놀나 쌔우니 겻헤 任은 간 곳 읍고 任 잡엇든 손으로

귀쏠이만 째릴 뜻이 쥐여 잇다

　야속타 저 귀쏠이 너도 짝을 일코 울 냥이면 네나 혼자 울 닐이지 남의 단잠을 깨우느냐. (雜誌 115)

　　春眠(춘면)=봄철의 고단한 잠　◇느즛=늦게　◇庭花(정화)는 작작하야=뜰에 핀 꽃은 눈부시게 피어(灼灼)　◇岸柳(안류)는 依依(의의)하야=둑에 서 있는 버들은 싱싱하고 무성하여　◇성긴 내를 쩌 윗더라=약간 끼인 안개를 띄웠구나　◇부지럽시 자어내어= 쓸 데 없이 만들어 내어　◇白馬金鞭(백마금편)=흰 말과 좋은 채찍　◇야유원=방탕하게 놀 수 있는 곳(冶遊園)　◇花香(화향)은 襲衣(습의)하고=꽃 향기는 옷에 스며들고　◇월색(月色)이 滿庭(만정)=달빛이 뜰에 가득함　◇醉客(취객)인 듯 狂客(광객)인 듯=술 취한 사람인 듯 미친 사람인 듯　◇徘徊顧俔(배회고면)=‘면’은 ‘면’(眄)의 잘못. 이리 저리 돌아다니며 돌이켜 봄　◇翠瓦朱欄(취와주란)=푸른 기와를 올리고 붉은 칠을 한 난간　◇綠衣紅裳(녹의홍상)=녹색의 저고리에 붉은 색의 치마　◇옥안=옥안(玉顔). 예쁜 얼굴　◇輝煌月 夜三更(휘황월 야삼경)=밝은 달이 비치는 한밤 중　◇輾轉反側(전전반측)=이리 저리 뒤척이며 잠을 못 이룸　◇太古風便(태고풍편)=오랜만에 부는 바람결　◇積年(적년) 기루던 회포=여러 해 가졌던 생각　◇반이나머 이룰너니=반만이라도 이루려 했더니　◇枕頭(침두)=베갯머리　◇실솔=귀뚜라미(蟋蟀)　◇不勝失侶之嘆(불승실려지탄)=짝을 잃은 한탄을 이기지 못하여　◇야속타=인정머리가 없고 쌀쌀함
　　※ 雜歌「春眠曲」의 첫부분을 시조화한 것임

711

春山에 봄春字 든이 퍼귀마다 곳花字ㅣ로다

一壺酒 흔 병 가질持ᄒ고 내川邊ㄱ의 안즐坐ᄒ세

아희야 검은고 씌렝 淸 툭쳐라 죠흘好ㅅ字ㅣ가 ㅎ노라.
(海一 535)

든이=되니 ◇퍼귀마다=포기마다　◇一壺酒(일호주)=술 한 병
◇씌렝 淸(청) 툭쳐라=씨렝은 거문고 줄이 울리는 소리. 씨렝하고
소리가 나도록 청줄을 툭 치거라

712
春三月 百花節에 香氣 찻는 져 나뷔야
꼿이 아무리 흔타헌들 여긔 져긔 안지 마라
人旺山 거뮈 줄 느리고 八門蛇陣 치고 東西風 불기만 기다린다.
(雜誌 8)

百花節(백화절)=온갖 꽃들이 피는 계절. 봄철　◇흔타헌들=흔하
다고 한들　◇仁旺山(인왕산)=‘왕’은 ‘왕’(王)의 잘못. 서울 도심의
서북에 있는 산　◇八門蛇陣(팔문사진)=위나라 조인(曹仁)이 친 팔
문금쇄진(八門金鎖陣)

713
春意는 透酥胸이요 春色은 橫眉黛라
賤却那人間玉帛이라 杏臉桃腮乘月色ㅎ니 嬌滴滴越顯紅白이로다 下
香階步蒼苔ㅎ니 非關宮鞋鳳頭窄이라
鰍生不才로 多嬌錯愛를 感歎이로다. (弄歌)
(源國 542)

春意(춘의)는 透酥胸(투수흉)이요=봄 뜻은 젓가슴을 뚫고　◇춘

색(춘색)은 橫眉黛(횡미대)라=봄빛은 아름다운 눈섭에 비꼈다   ◇賤却那人間玉帛(천각나인간옥백)=인간 옥백을 천히 여겨 물리치고   ◇杏臉桃腮乘月色(행검도시승월색)ᄒ니=살구빛 눈시울 복숭아 같은 뺨이 달빛을 대하니   ◇嬌滴滴越顯紅白(교적적월현홍백)이로다=어여쁨이 방울방울 홍백이 뚜렷하다   ◇下香階步蒼苔(하향계보창태)=원문(原文)에 '하향계나보창태'(下香階懶步蒼苔)로 되었음. 향계에 나려 느릿느릿 푸른 이끼 위를 거닐으니   ◇非關宮鞋鳳頭窄(비관궁혜봉두착)이라=궁혜와 봉두가 작아서라   ◇鰍生不才(추생부재)로 多嬌錯愛(다교착애)를=추생이 부재하여 어여쁜 그대를 짝사랑함이 애닯구나

   ※ 중국소설 『서상기』(西廂記)의 일부임

714

春草은 年年綠ᄒ되 王孫은 歸不歸라
玉顏童子야 任계신듸 길 가르쳐
달 삭여 歌扇 삼고 구름 말어 舞衣 지어 碧海靑天에 그리든 任.
(樂高 692)

   春草(춘초)은 年年綠(년년록)ᄒ되 王孫(왕손)은 歸不歸(귀불귀)라=봄 풀은 해마다 푸르되 왕손을 가고 아니 옴   ◇玉顏童子(옥안동자)야=얼굴이 예쁘장한 아희야   ◇달 삭여 歌扇(가선) 삼고=달을 새겨 부채를 삼고   ◇구름 말어 舞衣(무의) 지어=구름을 재단하여 춤옷을 만들어   ◇碧海靑天(벽해청천)=푸른 바다와 하늘

715

春風杖策上蠶頭ᄒ여 漢陽城址를 歷歷히 둘러보니
仁王三角은 虎踞龍盤으로 北極을 괴얏고 終南漢水는 金帶相連ᄒ여

久遠홀 氣象이 萬千歲之 無疆이로다

　君修德　臣修政ᄒ니　禮儀東方이　堯之日月이오　舜之乾坤　이로다.
(蔓橫淸類) (珍靑 544)

　　春風杖策上蠶頭(춘풍장책상잠두)ᄒ여＝따뜻한 봄바람이 불 제 지팡이를 짚고 잠두봉에 올라서　◇漢陽城址(한양성지)를＝한양 성터를　◇仁王三角(인왕삼각)은 虎踞龍盤(호거용반)으로＝인왕산과 삼각산은 범이 웅크리고 용이 서린 형상으로　◇北極(북극)을 괴얏고＝북쪽 끝을 떠 받들고　◇終南漢水(종남한수)는 金帶相連ᄒ여＝남산과 한강은 금색 띠로 서로 연결하여　◇久遠(구원)홀 氣象(기상)이＝오래고 영원할 기운과 형상이　◇萬千歲之無疆(만천세지무강)＝오래도록 영원함　◇君修德 臣修政(군수덕 신수정)＝임군은 덕을 신하는 정사를 닦음　◇禮義東方(예의동방)＝예절과 의리가 바른 우리나라　◇堯之日月 舜之乾坤(요지일월 순지건곤)＝요순과 같이 태평한 세상임

716

忠臣은 滿朝廷이요 孝子 烈女 家家在라

　경전이식하고 착정이음하니 堯之日月 舜之乾坤 太平聖代 이 아니야 仁義禮智 배을 모와 五倫으로 돗을 달고 三綱으로 키을 언고 道德으로 닷을 달어 言忠信行篤 禮義廉恥 노을 즈어 만년강여 씌여 노코

　敎化 바람 불거들랑 선남선녀 만이 실코 강구연월 노라 보세.
(雜誌 431)

　　忠臣(충신)은 滿朝廷(만조정)이요＝충신은 조정에 가득하고　◇家家在(가가재)＝집집마다 있음　◇경전이식하고 착정이음하니＝밭을

갈아 먹고(耕田而食) 우물을 파서 물을 마시니(鑿井而飮) ◇배를 모아=배를 만들어 ◇키을 언고=키를 얹어 ◇노을 즈어=노를 저어 ◇만년강여=만년강에(萬年江) ◇敎化(교화) 바람=가르쳐서 생기는 변화 ◇선남선여=착하고 순진한 백성들(善男善女) ◇강구연월=태평한 세월(康衢煙月)

717

忠孝도 니 못ᄒ고 비록이 주글셴돌

暮夜明月의 杜鵑의 넉시 되어 平生의 爲君父 怨恨을 梨花一枝예 春帶雨ㅣ 되어시니

行人도 니 ᄯᆺ을 아라 駐馬愁를 ᄒᄂ다. 姜復中 (水月亭歌)

(淸溪歌詞 61)

주글셴돌=죽을지언정 ◇暮夜明月(모야명월)=달이 환히 밝은 이슥한 밤 ◇杜鵑(두견)=두견새 ◇爲君父 怨恨(위군부원한)=임금과 부모를 위한 원한 ◇梨花一枝(이화일지)=배꽃이 핀 가지 하나 ◇春帶雨=봄빛을 머금은 비 ◇駐馬愁(주마수)=가던 말을 멈추고 근심을 함

718

醉時歌此曲을 無人聞 我不要醉花月이요

我不要樹功勳 樹功勳도 也是浮雲 醉花月도 也是浮雲이로다

醉時歌無人知我心ᄒ니 只願長劍奉明君ᄒ노라.

(樂高 691)

醉時歌此曲(취시가차곡)을=취했을 때 이 곡을 노래하니 ◇無人

聞 我不要醉花月(무인문 아블요취화월)이요=듣는 사람이 없고 나는 꽃과 달에 취하기를 바라지 않고요   ◇我不要樹功勳(아블요수공훈)=나는 공훈을 세우는 것을 바라지 않으니   ◇樹功勳(수공훈)도 也是浮雲(야시부운)=공훈을 세우는 것도 부운이요   ◇醉花月(취화월)도 也是浮雲(야시부운)이로다=꽃과 달에 취하는 것도 부운이로다   ◇醉時歌無人知我心(취시가무인지아심)ᄒ니=취하여 노래해도 내 마음을 아는 사람이 없으니   ◇只願長劍奉明君(지원장검봉명군)=다만 장검을 가지고 명군을 받들기를 바랄 뿐임

※ 『악부』(高大本)에 "右歌石洲權韠 夢見一小冊 乃金德齡詩集也 其首一篇曰 醉時歌三復得之歌云云 今見其詞 雖非將軍親製者 實有可想之氣象 故錄之"(우가석주권필 몽견일소책 내김덕령시집야 기수일편왈 취시가삼부득지가운운 금견기사 수비장군친제자 실유가상지기상 고록지 위의 노래는석주 권필에 꿈에 하나의 작은 책을 얻어니 곧 김덕령의 시집이었다. 그 첫머리에 있는 한 편에 "술에 취하여 세 번 되풀이 해서 노래를 얻었다고 했으니 그 가사를 보면 비록장군이 직접 지은 것은 아니지만 기상은 상상할 수 있어 기록한다)라고 하였음

719

취ᄒ 졈 늦게 깃여 강교를 보라보이
ᄌ옥이 펴인 안개 한식 비 개엇노나
아히야 술 부어라 전촌의 취ᄒ 노래 졀 일닌가 ᄒ노라. 南極曄
(愛景堂十二月歌 右二月 江郊曉霧章) (愛景言行錄)

취ᄒ 졈=술에 취한 잠   ◇깃여=깨여   ◇강교=강이 있는 교외(郊外)   ◇ᄌ옥이=자욱하게   ◇펴인=퍼진   ◇한식=한식(寒食). 동지로부터 105일 되는 날   ◇전촌의=앞 마을에. 전촌(前村)   ◇졀 일

닌가＝절기가 빠른가

　※ 漢譯; 辭曰 時維佳節 雨歇江郊 些曜霧處處 能作奇峰 些可愛乎 前村醉興 欲使吾君知之(사왈 시유가절 우헐강교 사요무처처 능작기봉 사가애호 전촌취흥 욕사오군지지)

　自譯; 些詩曰 主人晚覺醉春睡 十里江郊曉霧連 野老街童能識否 康衢烟月又今年(사시왈 주인만각취춘수 십리강교효무연 야노가동능식부 강구연월우금년)

720

치어다 보면 플은 하날이요 나려다 보면 白沙地 쌍이로다

　게 누을 바라고 살나 흐오 무졍흐다 漢陽 郎君이 無情흐다 이 존약흔 인싱을 바리고 어디를 가오 新情도 보흐시런이와 舊情인들 이질손가 嚴冬雪寒에 궤발 물어 던진드시 獨守空房 흐리로다

　존약흔 몸이 스러질가 흐노라. (海一 478)

　치어다 보면＝올려다 보면　◇플은＝푸른　◇白沙地(백사지)＝흰 모래 사장　◇게 누을＝거기 누구를. 그 누구를　◇존약흔＝튼튼하지 않고 아주 약한(孱弱)　◇新情(신정)＝새 사람을 만나 사귄 정　◇舊情(구정)인들 이질손가＝예전의 정이라 해서 잊을 것인가　◇嚴冬雪寒(엄동설한)＝눈발도 차가운 추운 겨울　◇궤발 물어 던진드시＝게발을 물었다 던진 것처럼　◇스러질가＝쓰러질까

721

七里灘 어듸런고 栗嶺川 이 아닌가

釣魚臺 어듸런고 水月亭이 이 아닌가

滄浪水 말근 곳의 垂釣흔 뎌 한아바 네야 알가 흐노라. 李瀰

(淸溪歌詞 82)

七里灘(칠리탄)＝후한 때 엄광(嚴光)이 낚시 하던 곳　◇栗嶺川(율령천)＝충청남도 논산군에 있는 하천의 옛 이름인 듯　◇釣魚臺(조어대)＝주문왕 때 강태공이 낚시하던 곳　◇水月亭(수월정)＝예전 충청도 논산에 있던 정자인 듯　◇垂釣(수조)ᄒ 뎌 한아바＝낚시를 드리운 저 할아범. 위수(渭水)에서 낚시하던 여상(呂尙)을 가리킴

723

七年旱 九年水에도 人心이 淳厚커든

國泰民安하고 時和歲豊ᄒ되 人情은 險陟千層浪이요 世事는 危登百尺竿이고

엇덧타 古今이 다른 줄을 못닉 슬허 ᄒ노라. 金壽長 (二數大葉)

(海周 532)

七年旱 九年水(칠년한 구년수)＝중국 고대 은나라 탕왕(湯王) 때의 칠년간의 오랜 가뭄과 제요(帝堯) 때의 구년간의 지루한 장마　◇人心(인심)이 순후(淳厚)커든＝사람들의 마음이 순박하고 인정이 두터웠거든　◇國泰民安(국태민안)＝나라가 태평하고 백성들의 살기가 편안함　◇時和歲豊(시화세풍)＝기후가 온화하고 풍년이 들음　◇人情(인정)은~危登百尺竿(위등백척간)이고＝인정은 천층이 물결을 헤치고 오를만큼 위태롭고 세상 일은 백척의 장대를 오르는 일만큼 위태로움　◇엇덧타＝어찌하여　◇古今(고금)이＝예전과 지금이　◇못닉＝끝내

724

七歲孫男을 祖母도 안을쏘냐 七歲 孫女를 祖父도 안을쏘냐

七歲男女 不同席은 兄弟姉妹에게도 닛지 말게

아모리 夫婦間 至親至密이나 爲先有別 ᄒ여셰라. 黃胤錫
(頤齋亂稿)

넛지 말게=잊지 말게   ◇至親至密(지친지밀)=아주 친하고 가까
움   ◇爲先有別(위선유별)=무엇보다 먼저 구별이 있어야 함

725

칠월이라 쵸칠일은(날에) 견우 직녀가 그리워 살다가 오작교로 월
강ᄒ여 일년에 일츠를 상봉이 되고

흑히 바다 밀물이라도 ᄒ루 두 쩨를 됴수로구나 남기라도 상ᄌ목
은 음양을 좇츠서 제 마조 섯고 돌이라도 망두셕은 자웅을 분ᄒ여
마조를 섯는데 우리 연연ᄒ고 틀틀ᄒ 님은 일셩즁에 ᄀ치 이셔 어히
그리 못보단 말가 쳔리 약슈에 만리쟝셩이 두룬 바가 아니오 삼쳔
구버봉(잠총급어부)에 쵹도지난이 가리윗드냐

일쌍 쳥됴 ᄭ지라도 막리젼이로구나.
(樂高 888)

쵸칠일=음력 칠월 칠일. 칠석(七夕)   ◇오작교=칠월 칠일에 견
우와 직녀를 만나게 하기 위해 까막까치들이 은하수에 놓는다는 다
리(烏鵲橋)   ◇월강=강을 건느넌 것(越江)   ◇흑히='북히'의 잘못인
듯(北海)   ◇됴수=조수(潮水)   ◇상ᄌ목='행자목'(杏子木)의 잘못인
듯.행자목은 은행나무. 달리 상자목(桑柘木). 뽕나무와 산뽕나무. 혹
은 육십 갑자에서 임자 계측에 붙이는 남음(納音)으로 '임자 계측 상
자목'이라 함   ◇망두셕=망부석(望夫石)   연연ᄒ고 틀틀ᄒ=그립고
(戀戀) 소탈한   ◇일셩즁이=일셩 즁(一城中). 같은 성안에   ◇ᄀ치
이셔=같이 있어   ◇쳔리약슈=천리나 떨어진 약수(弱水). 흔히 '약

수 삼천리'라 함 ◇만리쟝셩＝만리장성 ◇삼쳔 구버봉＝'잠총굽어 부'(蠶叢及魚鳧)의 오기(誤記)인 듯. 혹 '산천(山川)구버 봉'으로 산천을 굽어 보는 봉우리란 뜻으로 쓰인 것인지(?) ◇촉도지나니＝촉도지난(蜀道之難)이 ◇일쌍 쳥됴ᄭᅵ지라도＝한 쌍의 청조(靑鳥)까지라도 ◇막래전＝소식을 전하지 않음(莫來傳)

726

　칠팔월 쳥명일에 얽고 검고 찡기기는

　바둑판 곤우판 갓고 멍셕 덕셕 방셕 갓고 철등(鐵燈) 고셕미 ᄶᅥ암 장이 발쏭 갓고 우박마진 지덤이 쇠쏭 갓고 즁화전 텰망 갓고 진ᄉ 전 사기동 신젼마루 연쥭젼 좌판 갓고 한량에 포디관역 남게 안진뱅이 잔등이 갓고 상하미젼 멍셕 호망 쥰오관이짝 갓고 던보 던간 뎐 긔등 불죵갓고 경상도 문경 시지로 너머 오는 진상 쑬항아리 쵸병 갓치 아쥬 무쳑 얼고 검고 풀은 즁놈아 네 무슴 얼골이 어엿부고 쏙 쏙흐고 밉즈흐고 얌젼한 얼골이라고 시니가로 니리지 마라 쓴다 쓴다 고기가 너를 그믈 볘리만 너겨 슈만은 곤징이 쪠만은 숑사리 눈 큰 쥰치 키큰 장더 머리 큰 도미 살쪈 방어 누룬 죠긔 넙젹 병어 등 곱은 시오 그믈 버리만 여겨 아됴 펄펄 쒸여 넘쳐 다라나는고나

　그즁 음웅하고 슝믈하고 슝칙시러운 농어는 가라 안즈셔 슐슐.

　(樂高 674)

　청명일＝날이 맑고 깨끗하게 개인 날(淸明日) ◇찡기기는＝찡그리기는 ◇곤우판＝고누를 두기 위해 만든 말판 ◇멍셕＝곡식을 말리기 위한 짚으로 만든 자리 ◇덕셕＝소의 등을 덮기 위한 자리 ◇鐵燈(철등)＝전구(電球)를 감싼 철망인 듯 ◇고셕미＝고석(蠱石)매. 속돌로 만든 맷돌. 속돌은 화산재가 식어서 된 돌로 구멍이 많은

돌 ◇지덤이=잿더미 ◇즁화젼 텰망=덕수궁 중화전(中和殿)에 쳐 놓은 철조망인 듯 ◇진ᄉ젼 샹기동=진사전(眞絲廛)의 상기등. 진사전은 실을 파는 점포 ◇신젼 마루=신을 파는 점포의 마루 ◇연쥭젼 좌판=담뱃대를 파는 점포의 진열대 ◇한량에 포대관역=활 쏘는 사람(閑良)의 목표물인 천으로 된 과녁 ◇ 샹하미젼 멍셕=상하미전의 멍석. 미전(米廛)은 쌀을 파는 점포로 상미전은 종로 서쪽에 하미전은 종로 4가 근방에 있었음 ◇호망=호망(虎網). 호랑이를 잡기 위한 그믈 ◇쥰오 관이 짝=골패의 구멍이 열 개가 있는 쥰오(準五)와 일곱 개가 있는 관이(冠二) ◇뎐보뎐간 불죵=전보(電報)를 전달하는(傳簡) 사람이 울리고 다니던 불종 ◇문경 시지=경상도의 문경군과 충청도의 충주 사이에 있는 고개(鳥嶺) ◇진샹=특산품을 임금에게 올리는 것(進上) ◇쵸병=식초(食醋)를 넣은 병 ◇밉ᄌ흐 고=생김이 격에 맞는다고 ◇벼리=그믈의 위쪽 코를 꿰어 잡아 당기게 된 줄 ◇음용ᄒ고=음흉하고 ◇니슝ᄒ고=내숭을 떨고 ◇슝물하고 슝칙시러운=흉물스럽고 흉칙스러운

727

콩밧틔 드러 콩닙 ᄯᅳ더 먹는 감은 암쇼 아므리 이라타 ᄯᅩ츤들 제 어듸로 가며

니불 아레 든 님을 발로 툭 박츠 미젹미젹ᄒ며서 어서 가라 ᄒ들 날 ᄇ리고 제 어드러로 가리

아마도 ᄢᅡ호고 못 마를 슨 님이신가 ᄒ노라. (蔓橫淸類)

(珍靑 503)

드러=들어가 ◇감은 암쇼=검은 암소 ◇아므리 이라타=아무리 '이려'하고 ◇니불 아레=이불 안에 ◇제=제가 ◇못 마를 슨 =못 말릴 것은. 그만두지 못할 것은

728

타향에 임을 두고 주야로 그리면서

간장 셕은 물은 눈으로 소사 나고 첩첩헌 슈심은 여름 구름 되어셰라

지금에 니 마음 절반을 임계 보니여 셔로 그려 볼가 허노라.

(詩謠 112)

그리면서＝그리워하면서 ◇셕은 물은＝썩은 물은 ◇소사 나고＝솟아 나고 ◇슈심은＝수심(愁心)은 ◇여름 구름＝여름철의 구름처럼 변화를 예측하기 어려움 ◇임계＝임에게 ◇그려 볼가＝그리워하여 볼까

729

太極이 肇判ㅎ야 萬物이 始分인제 人物之生이 林林總總ㅎ더니

聖人 首出ㅎ샤 伏羲 神農과 黃帝 堯舜이 繼天立極ㅎ야 人事에 가즘이 大綱에 발가더니 그 後에 禹湯文武와 周公과 召公과 孔子ㅣ 이러나샤 典章法度와 禮樂文物이 郁郁彬彬ㅎ미 이만 젹이 업쏘쩌라

이몸이 일즉 못난줄을 못너 스러 ㅎ노라. (弄)

(靑六 731)

太極(태극)이 肇判(조판)ㅎ야 萬物(만물)이 始分(시분)인제＝세상이 처음 생겨 하늘과 땅이 나뉘었고 만물이 비로소 구분이 생김 ◇人物之生(인물지생)이 林林總總(임림총총)＝'총총'은 '총총'(葱葱)의 잘못. 사람들의 삶이 나무가 우거진 것처럼 빽빽함 ◇聖人 首出(성인수출)＝훌륭한 분이 처음으로 나오심 ◇伏羲 神農(복희 신농)＝고

대 중국의 제왕인 복희씨와 신농씨 ◇黃帝 堯舜(황제 요순)=중국
고대의 황제와 요임금과 순임금 ◇繼天立極(계천입극)=계속하여
제왕의 자리에 오름 ◇人事(인사)의 가즘이=사람들에 관한 일의
갖춤이 ◇大綱(대강)이 붉앗더니=커다란 법도가 분명하였더니 ◇
禹湯 文武(우탕문무)=우임금과 탕임금 주나라의 문왕과 무왕 ◇周
公 김公(주공 소공)과 孔子(공자)=주 무왕의 아우인 주공과 서자인
소공 그리고 공자 ◇典章法度(전장법도)와 禮樂文物(예악문물)=법
률 제도와 예절과 음악등 모든 문화 ◇郁郁彬彬(욱욱빈빈)=더욱
찬란하게 빛남 ◇느저 난 줄을=늦게 태어 난 것을 ◇스러=슬퍼

730

太白山 굽은 길노 중 서너이 나려오는 그 중 末쎄 중아 게 좀 섯
거라 말 무러 보자

人間 離別 萬事中에 獨宿空房 마련하든 붓처임이 어늬 절 法堂안
의 坎中蓮허고 안진 모양 너는 分明 보앗느냐

그 중이 對答하되 小僧도 千種 蒼松이 于今十圍로되 아무런 줄.
(時調集 161)

太白山(태백산)=강원도와 경상도 접경에 있는 산 ◇서너이=세
넷이 ◇末(말)쎄=끝에 ◇게 좀=거기에 좀 ◇獨宿空房(독수공방)
=아무도 없는 방에 혼자서 잠 ◇坎中蓮(감중련)='련'은 '연'(連)의
잘못. 팔괘의 하나 ◇千種 蒼松(천종창송)이 于今十圍(우금십위)=
'천종'은 '수종'(手種)의 잘못인 듯. 직접 심은 푸른 소나무의 둘레가
열 아름임

731
태백이 술 실러 가더니 달이 떠도 아니 오네

472 註解 長 時 調

강상에 뜬 배 그 뱃줄 아렷더니 고기 잡는 어선이라
동자야 월하를 살피어라 하마 올 듯.
(時調 47)

태백이＝당나라 시인인 이백(李白)이 　◇강상에＝강 위에(江上)
◇아렷더니＝알았더니 　◇동자야＝아희야 　◇월하를＝달빛이 훤히
비추고 있는 곳을(月下) 　◇하마＝벌써

732
티빅이 ᄌ네낭은 호아장출 환미주ᄒ고
엄ᄌ릉 ᄌ닐낭은 동강칠이탄의 은린옥척 낙거 안쥬 담당ᄒ쇼 도연
명 ᄌ네는 무현금을 둥지덜아 둥실타고 장ᄌ방 ᄌ니는 계명손 츄야
월의 옥통쇼만 슬피 부쇼
그 눕아 글 짓고 춤 추고 노리 부르길낭 니 담당.
(時調 99)

ᄌ네낭은＝자네는 　◇호아장출 환미주ᄒ고＝아이를 불러(呼兒將
出) 맛 있는 술을 바꾸어 들이게 하고(換美酒) 　◇엄ᄌ릉＝엄자릉(嚴
子陵). 후한 광무제(光武帝) 때의 엄광(嚴光) 　◇동강칠이탄＝동강(桐
江) 칠리탄(七里灘) 　◇은린옥척＝은린옥척(銀鱗玉尺). 비늘이 번쩍이
는 물고기 　◇도연명 무현금을＝진나라의 도연밍(陶淵明)은 줄 없는
거문고(無絃琴)를 　◇장ᄌ방 계명손 츄야월의 옥통쇼＝한나라의 장
량은 계명산 가을 밤에 옥통소만 　◇그 눕아＝그 나머지

733
太白이 豪氣 잇는 者ㅣ레 天子呼來 不上船ᄒ고

高力士 楊國으로 脫靴奉硯ᄒ고 采石에 弄月ᄒ다가 긴 고리ㅣ 타고 飛上天ᄒ니

　風塵에 位高金多를 草芥갓치 녁이들아. 金壽長 (二數大葉)

　(海周 542)

　太白(태백)=당나라 시인 이백(李白)　◇豪氣(호기)=씩씩하고 장한 기상　◇者(자)ㅣ레=사람이러니. 자(者)이러니　◇天子呼來 不上船(천자호래불상선)ᄒ고=이백이 천자에게 불려 와서도 배에 오르지 아니 하고　◇高力士(고력사)=당나라의 환관. 고주(高州) 사람으로 현종(玄宗) 때 표기대장군(驃騎大將軍)의 벼슬에 이른 사람　◇양국(楊國)=양국충(楊國忠)을 가리킴. 당나라 현종의 총희(寵姬) 양귀비의 종형(從兄)　◇脫靴奉硯(탈화봉연)=당나라의 현종이 이백을 애중(愛重)하여 하루는 이백이 술에 취해 있을 때 환관 고력사를 시켜서 신을 벗기고 양귀비에게는 필연(筆硯)을 바치게 했다는 고사　◇采石(채석)에　弄月(농월)ᄒ다가=채석강(采石江)에서　달을 희롱하다가　◇飛上天(비상천)ᄒ니=하늘로 날아 올라 가니　◇風塵(풍진)에=속세(俗世)에　◇位高金多(위고금다)를=지위가 높고 돈이 많음을　◇草芥(초개)=지푸라기. 하찮은 것　◇녁이들아=여기더라

734

泰山에 놉히 올나 中央을 굽어보니 崑崙山 第一峰은 山嶽之 祖宗이오 三枝로 흘러 天下 高低로다

　洛陽은 勝地라 吳楚東南 秦始皇 萬里長城과 阿房宮 瀟湘江 洞庭湖며 岳陽樓 姑蘇臺 左右로 버렷느듸 衣冠文物은 萬萬歲之金湯이라

　아마도 五代 文物 六朝 繁華는 이 뿐인가. 林重桓

　(時調演義 104)

泰山(태산)=중국 산동성에 있는 산. 일반적으로 높은 산을 가리킴 ◇崑崙山(곤륜산)=중국 서방에 있는 산 ◇山嶽之 祖宗(산악지조종) =산악의 중심 ◇三枝(삼지)=세 갈래 ◇洛陽(낙양)은 勝地(승지)= 낙양은 경치가 뛰어난 곳임 ◇萬里長城(만리장성) 阿房宮(아방궁)= 만리 장성은 진시황이 북의 흉노를 막기 위해 쌓은 성이고 아방궁은 진시황이 지은 궁궐임 ◇瀟湘江(소상강) 洞庭湖(동정호)=중국 호남 성에 동정호가 있고 그 옆으로 소상강이 흐름 ◇岳陽樓(악양루)= 동정호에 면해 있는 누대 ◇姑蘇臺(고소대)=중국 강소성에 있는 누대 ◇衣冠文物(의관문물)=그 나라 사람들의 옷차림새와 인문 방 면과 물질 방면의 모든 사항 ◇萬萬歲之金湯(만만세지금탕)=오랜 세월을 이어갈 훌륭한 요새지 ◇五代文物(오대문물)=당(唐), 우(虞), 하(夏), 은(殷), 주(周) 시대의 문물 ◇六朝繁華(육조번화)=위진(魏 晉)에서 남북조 시대를 거쳐 수(隋)에 이르는 기간의 문물의 화려함

735

泰山이 놉다 말고 오라기를 싱각ㅎ소

河海를 기다 말고 건너기를 싱각ㅎ소

놉흐나 깁푸나 오라고 건너기는 진실노 내 마음의 인눈이라. 申甲
俊 (城西幽稿)

泰山(태산)=중국 산동성에 있는 산. 일반적으로 높은 산의 뜻으로 쓰임 ◇놉다 말고=높다고만 하지 말고 ◇오라고 건너기는=오르 고 건느는 방법은 ◇인눈이라=있느니라

736

泰山이 不讓土壤 故로 大ㅎ고 河海 不擇細流 故로 深ㅎ느니

萬古天下 英雄俊傑 建安八字 竹林七賢 李謫仙 蘇東坡 ㄹ튼 詩酒風

流와 絶代豪士를 어듸가 어더니로 다 사괴리

　鷰雀도 鴻鵠의 무리라 旅遊狂客이 洛陽才子 모드신 곳에 末地에
參與ㅎ여 놀고 간들 엇더리. (蔓橫淸類)

　(珍靑 561)

　泰山(태산)이 不讓土壤(블양토양) 故(고) 大(대)ㅎ고＝큰 산이 조금
의 흙도 사양하지 않기 때문에 크게 되고　◇河海 不擇細流(하해 블
택세류) 故(고)로 深(심)ㅎᄂ니＝하해는 자그마한 내라도 가리지 않
기에 깊어지느니　◇萬古天下 英雄俊傑(만고천하 영웅준걸)＝이제까
지의 영웅과 호걸　◇建安八字(건안팔자)＝'자'는 '자'(子)의 잘못. 후
한의 헌제(獻帝) 때 사람 순숙(荀淑)의 유덕했던 여덟 아들들　◇竹
林七賢(쥭림칠현)＝진(晉)나라 때에 쥭림에 들어 청담(淸談)을 이야기
하던 일곱 사람　◇詩酒風流(시주풍류)＝시와 술을 즐기던 풍류객
◇絶代豪士(절대호사)＝아주 훌륭한 호탕한 선비　◇어더니로＝얻어
서　◇사괴리＝사귈 수가 있으랴　◇鷰雀(연작)도 鴻鵠(홍곡)의 무리
라＝제비나 참새도 기러기나 따오기와 같은 조류(鳥類)임. 처지는 다
르나 근본은 같음　◇旅遊狂客(여유광객)이 洛陽才子(낙양재자)＝떠
돌이 미친 놈이 서울의 훌륭한 재주 많은 사람　◇모도신＝모이신
◇末地(말지)＝말석(末席)

737

太平十二策을 네 아니 드려는 우리 님끠

做時不如說時란 말은 朱夫子의 訓戒文이라

百里도 쏘흔 小朝廷이니 簡易 蕩平이 入德門인가 ㅎ노라, 梁柱翊
(又感恩曲5—4) (無極集)

　太平十二策(태평십이책)＝졍조(正祖)께서 탕평책(蕩平策)으로 내놓

은 12가지의 방책 ◇네 아니 드려는=네가 드리지 않았느냐 ◇做時不如說時(주시불여세시)=주는 것이 달래는 것만 못함 ◇朱夫子(주부자)=송나라 주희(朱熹)를 가리킴 ◇百里(백리)도 쏘흔 小朝廷(소조정)이니=백리밖에 안되는 작은 곳도 또한 작은 나라임에는 틀림이 없으니 ◇簡易蕩平(간이탕평)=탕평을 쉽게 함 ◇入德門(입덕문)=덕문에 드는 것

　※ 漢譯; 太平十二策 爾豈不獻 吾君 做時不如說時 朱夫子訓戒文 百里亦一小朝廷 簡易蕩平入德門(태평십이책 이기불헌 오군 주시불여세시 주부자훈계문 백리역일소조정 간이탕평입덕문)

738
터럭은 거무나 희나 世事는 갓고 짤코
거문고 한닙 우희 너 노리 긋지 말고 우리의 벗님네와 잡써니 勸흐거니 晝夜長常 노스이다
百年이 쑴갓다 흔들 혓마 어이 흐리오. 金壽長 (二數大葉)
(海周 530)

　거무나 희나=검거나 희거나 ◇世事(세사)=세상의 일 ◇갓고 짤코=같고 다르고 ◇거문고 한닙 우희=거문고의 대엽(大葉) 위에. 대엽은 음악의 한가지 형식 ◇너 노래 긋지 말고=나의 노래 그치지 말고 ◇晝夜長常(주야장상)=밤낮을 가리지 않고 언제나 ◇百年(백년)이 쑴갓다 흔들=백년이란 세월이 꿈처럼 짧다고 한들 ◇혓마 어이 흐리오=설마 어떻게 하겠느냐

739
텬장욕우에 디션습흐니 하느님끠셔 비를 주실나는지 짜흐로부터 누긔만 돌고

나갓든 님이 오실나는지 잠즈든 거시기 거시기 싱야단 ㅎ누나
춤아루 님의 화용이 간절ㅎ여 나 못 살갓네.
(樂高 893)

  텬쟝욕우에 디션습ㅎ니=천장욕우(天將欲雨)에 지선습(地先濕)하
니. 비가 오려고 하면 땅이 먼저 축축해지니 ◇누기만 돌고=축축
한 기운(漏氣)만 가득 차고 ◇거시기 거시기=남자의 성기 ◇춤아
루=참으로 ◇화용이 간절ㅎ여=예쁜 얼굴(花容)의 생각이 절실(懇
切)하여

740

痛乎라 劉皇叔 漢室之冑로 創業未半에 中途崩殂ㅎ시고 陳后로 隋
煬帝 窮奢極侈 어디두고 臺城樓 놉흔 집의 後庭花만 流轉ㅎ고 依舊
烟濃 十里堤의 버들 입만 푸르럿다
  可憐타 唐明皇은 解語花 楊貴妃로 行樂을 崇尙타 馬嵬驛의 落淚ㅎ
고 性急타 盖世氣 어디 두고 垓營 秋夜月의 虞美人 離別ㅎ고 陰陵
져문 날의 問路田夫ㅎ단 말가
  그 남은 人生이야 貴人頭上 不曾饒를 낫낫치 헤아리면 아니 노든.
林重桓 (時調演義 142)

  痛乎(통호)라=슬프도다 ◇劉皇叔(유황슉)=유비 ◇漢室之冑(한
실지쥬)=한나라 왕실의 후예 ◇創業未半(창업미반)=나라를 세우는
일에 반이 못되어 ◇中途崩殂(즁도붕조)=도중에 돌아가심 ◇陳后
(진후)로 隋煬帝=진나라 이후 수나라 양제에 이르기까지 ◇窮奢極
侈(궁사극치)=사치가 극도에 달함 ◇臺城樓(대성루)=중국 육조시
대 천자의 대궐 ◇後庭花(후정화)만 流轉(유전)ㅎ고=선제(宣帝)의

아들인 진후주(陳後主)가 지은 악곡인 후정화만 널리 전파되어 오고
◇依舊烟濃十里堤(의구연농십리제)=예전처럼 질은 안개가 낀 긴 뚝
◇可憐(가련)타=불쌍하다   ◇唐明皇(당명황)=당나라 현종(玄宗) ◇
解語花 楊貴妃(해어화양귀비)=말을 알아 듣는 꽃과 같은 양귀비
◇行樂(행락)을 崇尙(숭상)타=잘 놀고 즐겁게 지내는 것을 소중하게
여기다가   ◇馬嵬驛(마외역)의 落淚(낙루)ㅎ고=마외역에서 눈물을
흘리고. 마외역은 안록산의 난리 때 양귀비가 죽은 곳 ◇楚霸王 盖
世氣(초패왕개세기)=초패왕은 항우. 기운이 세상을 덮을 만하다고
하였던 초패왕 ◇垓營 秋夜月(추야월)의 虞美人(우미인) 離別(이별)
ㅎ고=해하(垓下)의 군영에서 가을 달이 밝은 밤에 우미인과 헤어지
고   ◇陰陵(음릉)=항우가 해하에서 패하고 도망하다 길을 잃었던
곳   ◇問路田夫(문로전부)=농부에게 길을 물음 ◇貴人頭上不曾饒
(귀인두상부증요)=아무리 귀한 사람이라도 죽은 뒤에는 무덤 앞에
밥 한 술이 놓이지 않음 ◇낫낫치 헤아리면=하나하나 생각해보면
◇안이 노든=아니 놀지는

741
티미러 도라보니 分明히 上帝로쇠 〔乾父〕
ᄂ리미러 슬펴 보니 진살로 慈母로다 〔慈母〕 中間 萬物이 긔 아
니 同生이랴
혼 지븨 혼 세간 되여 同樂홀 엇더료. 高應陟 (天地一家曲28—15)
(杜谷集)

 티미러=치밀어. 아래에서 위로 힘있게 밀어 올려 ◇上帝(상제)로
쇠=상제로구나. 상제는 하느님을 가리킴   ◇ᄂ리미러=내리 밀어
◇진살로=진실로   ◇慈母(자모)=인자한 어머니   ◇中間 萬物(중간
만물)=하늘과 땅 사이에 있는 모든 것. 삼라만상(森羅萬象)   ◇同生

(동생)이랴=함께 살아야 할 것이 아니겠느냐 ◇흔 지븨 흔 셰간=
한 집안의 같이 사용하는 가장즙믈(家藏什物) ◇同樂(동락)홀=함께
즐거워 할

742

八萬大藏 부쳐님게 비ᄂ이다 나와 님을 다시 나게 ᄒ오소서

　如來菩薩 地藏菩薩 文殊菩薩 普賢菩薩 十王菩薩 五百羅漢 八萬伽
藍 三千揭諦 西方淨土 極樂世界 觀世音菩薩 南無阿彌陀佛

　後生에 還道相逢ᄒ여 芳緣을 잇게ᄒ면 菩薩님 恩惠를 捨身報施 ᄒ
리이다. 李鼎輔 (樂學 962)

　八萬大藏(팔만대장) 부쳐님=모든 부처님 ◇如來菩薩(여래보살)
=석가모니를 신성하게 부르는 말. 석가모니여래(釋迦牟尼如來)가 본
래 명칭임 ◇地藏菩薩(지장보살)=석가의 부탁으로 부처가 입멸(入
滅)한 뒤 미륵불이 출세할 때까지 불(佛)이 없는 세상에서 육도중생
(六道衆生)을 제도하는 보살 ◇文殊菩薩(문수보살)=여래의 왼편에
있는 지혜를 맡은 보살 ◇普賢菩薩(보현보살)=부처의 이(理), 정
(定), 행(行)의 덕을 맡아보는 보살. 석가모니의 우측에 있음 ◇十王
菩薩(시왕보살)=시왕은 저승에 있다는 십대왕(十大王)으로 시왕을
보살로 본 것임 ◇五百羅漢(오백나한)=석가의 제자인 오백 사람의
나한. 나한은 세상 사람들의 공경을 받을 만한 공덕을 갖춘 성자(聖
者) ◇八萬伽藍(팔만가람)=가람은 승려가 살면서 불도를 닦는 곳.
승가람마(僧伽藍摩)의 준말 ◇西方淨土(서방정토)=서방 십만억토
(十萬億土)를 지나서 있다는 아미타불의 극락 정토. 서방극락(西方極
樂) ◇極樂世界(극락세계)=아미타불의 극락 정토에 있는 세계. 지
극히 안락하고 아무 걱정이 없는 세계 ◇觀世音菩薩(관세음보살)=
보살의 하나. 대자대비하여 중생이 괴로울 때 그 이름을 외면 곧 구

제한다고 함　◇南無阿彌陀佛(나무아미타불)＝아미타불에 귀의한다
는 뜻으로 염불하는 소리의 하나　◇後生(후생)＝후세(後世)　◇還道
相逢(환도상봉)＝다시 태어나 서로 만남　芳緣(방연)＝좋은 인연　◇
捨身報施(사신보시)＝수행(修行), 보은(報恩)을 위하여 속계에서의 몸
을 버리고 불문에 들어감

743

八十一歲 雲崖先生 뉘라 늙다 일엇던고

童顔이 未改ᄒ고 白髮이 還黑이라 斗酒를 能飮ᄒ고 長歌를 雄唱ᄒ
니 神仙의 밧탕이요 豪傑의 氣像이라 斷崖의 설인 닙흘 희마당 사랑
ᄒ야 長安名琴 名歌들과 名姬賢伶이며 遺逸風騷人을 다 모와 거나리
고 羽界面 ᄒ밧탕을 엇겨러 불너 닐졔 歌聲은 嘹亮ᄒ야 들쏘 틔끌
날녀 니고 琴韻은 冷冷ᄒ야 鶴의 춤을 일의현다 盡日을 迭宕하고 酩
酊이 醉ᄒ 後의 蒼壁의 불근 입과 玉階의 누른 곳츨 다 각기 썻거들
고 手舞足蹈ᄒ올 젹의 西陵의 ᄒ가 지고 東嶺의 달이 나니 蟋蟀은
在堂ᄒ고 萬戶에 燈明이라 다시금 盞을 씻고 一盃一盃 ᄒ온 後의 션
소리 第一名唱 나는 북 드러 노코 牟宋을 比樣ᄒ야 ᄒ밧탕 赤壁歌을
멋지게 듯고 나니 三十三天 罷漏소리 시벽을 報ᄒ거늘 携衣相扶ᄒ고
다 각기 허여지니 聖代에 豪華樂事ㅣ 이밧긔 쏘 잇는가

다만적 東天을 바라보아 〔　〕을 싱각ᄒ는 懷抱야 어늬 긔지 잇
스리. 安玟英 (言編)

(金玉 178)

雲崖先生(운애선생)＝운애 선생님. 운애는 박효관(朴孝寬)의 호가
운애임　◇뉘라 늙다 일엇던고＝누가 늙었다고 말하였던고　◇童顔
(동안)이 未改(미개)ᄒ고＝앳된 얼굴이 달라지지 않았고　◇白髮(백

발)이 還黑(환흑)이라=흰 머리카락이 다시 검어졌다 ◇斗酒(두주)
를 能飮(능음)ㅎ고=주량은 말술을 능히 마시고 ◇長歌(장가)를 雄
唱(웅창)ㅎ니=긴노래를 힘차게 부를 수 있으니 ◇丹崖(단애)의 서
린 닙흘=단풍이 들어 붉게 물든 낭떠러지의 서려 있는 나뭇잎을
◇長安 名琴名歌(장안명금명가)들과=서울의 이름난 금객과 가객들
과 ◇名姬賢伶(명희현령)이며=이름난 기생과 광대들이며 ◇遺逸
風騷人(유일풍소인)을=세상 일을 잊고 시문을 짓는 사람들을 ◇羽
界面(우계면) ㅎ 바탕을=우조와 계면조의 노래 한 마당을 ◇엇겨
러 불너닌 제=어긋 매기어 부를 때 ◇歌聲(가성)은 嘹亮(요량)ㅎ여
들쏀티글 날녀니고=노래 소리는 맑아 대들보 위의 티끌을 다 날려
버리는 것 같고 ◇琴韻(금운)은 冷冷(냉랭)ㅎ여 鶴(학)의 춤을 일의
현다=거문고의 운치가 아름다워 학이 춤을 추게 한다 ◇盡日(진
일)을 迭宕(질탕)ㅎ고=하루 종일을 마음껏 놀고 ◇酩酊(명정)이 醉
(취)ㅎ 後(후)에=몸을 가누기 힘들 정도로 취한 다음에 ◇蒼壁(창
벽)의 붉은 입과=푸른 빛이 도는 절벽의 붉게 물든 단풍잎과 ◇玉
階(옥계)의 누른 꼿을=계단의 국화꽃을 手舞足蹈(수무족도)=저절
로 춤을 춤 ◇西陵(서릉)의 히가 지고=서쪽 구릉에 해가 넘어가고
◇東嶺(동령)의 달이 나니=동쪽 마루에 달이 뜨니 ◇蟋蟀(실솔)은
在堂(재당)ㅎ고=귀뚜라미는 집에서 울고 ◇萬戶(만호)에 燈明(등명)
이라=장안의 모든 집에 등불이 환하다 ◇션솔이 第一名唱(제일명
창)=선소리 제일 잘 부르는 사람. 선소리는 대여섯 사람이 둘러 서
서 소리를 주고 받고 하면서 부르는 소리의 한 가지 ◇牟宋(모송)
을 比樣(비양)ㅎ야=당시에 유명한 광대인 모흥갑(牟興甲)과 송흥록
(宋興祿)을 본따서 ◇赤壁歌(적벽가)=판소리 다섯 마당의 하나. 적
벽대전을 소재로하여 만든 것임 ◇三十三天 罷漏(삼삽삼천 파루)솔
인=예전에 통행금지 해제를 알리던 33번 치는 종소리가 ◇시벽을
報(보)ㅎ거늘=새벽을 알리거늘 ◇携衣相扶(휴의상부)ㅎ고=옷깃을

잡고 서로 부축하고   ◇聖代(성대)의 豪華樂事(호화락사) ㅣ=훌륭한
임금이 통치하는 시대에 호사스럽고 즐거운 일이   ◇다만的(적)=다
만   ◇東天(동천)=동쪽 하늘   ◇어늬 긔지=어느 끝이

　※『金玉叢部』에 "경진추구월 운애박선생경화 황선생자안 청일대
명금명가명희현령유일풍소인어(　　)산정 관풍상국 학고(　　)벽강김윤
석군중 시일대투묘명금야 취죽신응선자경현 시당세명가야 신수창 시
독보양금야 해주임백문자경아 당세명소야 00장00자 치은 00이제영자
공즙 시당세풍소인야 적어치제 해주옥소선상래 이차인즉 비단재예색
태지웅어일도 가금쌍전 수사고지양명자 부생 미긍양두 진국내지갑희
야 전주농월 이팔뇌용 가무출류 가위일대명희 천흥손 정약대 박용근
윤희성 시현령야 박유전 손만길 전상국 시당세제일창부 여모송상표
리 훤동국내자야 희 박황양선생 이구십기노 호화성정 유블멸어청춘
강장지시 유차금일지회 미지명년 우유차회여"(庚辰秋九月　雲崖朴先
生景華　黃先生子安　請一代名琹名歌名姬賢伶遺逸風騷人於(　　　)山亭
觀楓賞菊　學古(　　　)碧江金允錫君仲　是一代透妙名琴也　翠竹申應善字
景賢　是當世名歌也　申壽昌時獨步洋琴也　海州任白文字敬雅　當歲名簫
也 00張字稚隱 00李濟榮字公楫　是當歲風騷人也　適於此際　海州玉簫仙
上來　而此人則　非但才藝色態之雄於一道　歌琴雙全　雖使古之揚名者　復
生　未肯讓頭　眞國內之甲姬也　全州弄月　二八未容　歌舞出類　千興孫　鄭
若大　朴龍根尹喜成　是賢伶也　朴有田　孫萬吉　全尙國　詩當歲第一唱夫
與年宋相表裏　喧動國內者也　噫　朴黃兩先生　以九十耆老　豪華性情　猶
不滅於靑春强壯之時　有此今日之會　未知明年　又有此會也歟 경신년 가
을 구월에 운애 박선생 경화와 황선생 자안께서 당시의 유명한 금객
가객 기생 광대와 유일풍소인들을 (　　)산정에 초청하여 단풍과 국화
를 관상하고 예전 (　　)배웠다. 벽강 김윤석 군중은 당대에 뛰어난 금
객이요, 취죽 신응선은 자가 경현인데 당세의 이름난 가객이다. 신수
창은 당시 양금에 독보적 존재이다. 해주의 임백문은 자가 경아인데

당시에 퉁소로 유명하다. 00장 00은 자가 치은이요, 00이제영은 자가 공즙으로 당시의 풍소인이다. 마침 이 때에 해주 옥소선이 올라 왔으니 옥소선은 비단 재예와 색태만 황해도에서 제일이 아니라 노래와 거문고를 아울러 잘 했으며 비록 예전에 이름을 날린 사람으로 하여금 다시 태어나게 한다고 해도 자리를 양보하는 것을 즐겨하지 않을 것으로 국내에서 제일 훌륭한 기생이다. 전주 농월은 16살의 아름다운 얼굴에 가무가 뛰어 났으니 가히 당대의 이름난 기생이라 부를 만하다. 천흥손 정약대 박용근 윤희성은 다 광대들이다. 박유전 손만길 전상국은 당시에 제일 가는 창부로 모흥갑이나 송흥록과 더불어 표리가 될만하여 국내를 휜동하게 한 사람들이다. 슬프다 박효관과 황자안 두 선생님은 90의 나이로 호화스런 성정이 오히려 젊고 강한 장년의 때보다 줄지 않았으니 이와 같은 오늘의 모임이 내년에도 또 있을 지를 알지 못하겠구나.)라 했음

744

平生詩思掛竿頭하니 世事商諒不知秋를

秋江이 寂寞魚龍冷ㅎ니 人在西風仲宣樓라

아마도 人生斯世 老少豪傑之樂은 座中이신가.

(調詞 48)

平生詩思掛竿頭(평생시사괘간두)하니＝평생에 시사를 낚시대 끝에 걸었더니　◇世事商諒不知秋(세사상량부지추)를＝세상 일을 헤아리니 나이를 모르는 것을　◇秋江(추강)이 寂寞魚龍冷(적막어룡냉)ㅎ니＝추강이 적막하여 어룡조차 차가우니　◇人在西風仲宣樓(인재서풍중선루)라＝사람은 서풍을 쏘이며 중선루에 있구나　◇人生斯世 老小豪傑之樂(인생사세 호걸지락)은＝사람이 이 세상에서 노소와 호걸들이 같이 즐거워하는 것은　◇座中(좌중)이신가＝같이 어울리는

자리인가

745

平生애 景慕홈은 白香山에 四美風流 駿馬佳人은 丈夫의 壯年豪氣로다

老境生計 移伴홀 제 身兼妻子都三口ㅣ오 鶴與琴書로 共一般이니 긔 더욱 節价廉退

唐詩에 三大作 文章이 李杜와 並駕ᄒ여 百代芳名이 서글 줄이 이시랴. (蔓橫淸類) (珍靑 554)

景慕(경모)홈은=우러러 사모함은　◇白香山(백향산)에 四美風流(사미풍류)=당나라 시인 백거이(白居易)의 네 가지 아름다움을 갖춘 풍류. 네가지는 꽃, 술, 달과 벗　◇駿馬佳人(준마가인)=좋은 말과 아름다운 미인　◇丈夫(장부)의 壯年豪氣(장년호기)=사내 대장부의 장년이 되어서 부릴 수 있는 호탕한 기질　◇老境生計 移伴(노경생계 이반)홀 제=나이기 들어서의 삶의 계획을 다른 것으로 옮기고자 할 때　◇身兼妻子都三口(신겸처자도삼구)요 鶴與琴書(학여금서)로 共一般(공일반)이라=니와 처자 모두 세 식구요 학과 금서로 더불어 일반이다　◇節价廉退(절개염퇴)='개'는 '개'(介)의 잘못. 절개를 지키고 벼슬길에서 물러 남　◇唐詩(당시)=당나라 때의 시인　◇李杜(이두)와 並駕(병가)하야=이백과 두보와 멍에를 나란히 함. 비견할 만함　◇百代芳名(백대방명)=훌륭한 이름이 후대까지 전함　◇서글 줄이=썩을 까닭이

746

平生에 願ᄒ기을 任은 蒼松니 되고 이 니 몸은 綠竹니 되어

落木寒天 飄風雪에 우리 둘으 플으어셔

그나마 落葉 진 草木들을 우리을 부러.
(詩調 104)

蒼松(창송)＝ 푸른 소나무 ◇綠竹(푸른 대나무) ◇落木寒天 飄風時(낙목한천 표풍시)＝나뭇잎이 떨어지고 몹시 추운 날 눈보라가 휘날림 ◇우리 들으 플으어셔＝우리 들은 푸르러서 ◇진＝떨이진

747

平壤 女妓년들의 多紅大緞 치마 義州ㅅ 女妓의 月花紗紬 치마에
藍端 寧海 盈德 쥬탕각시 싱믜명 감찰 즁즁즁에 힝즈치마 멜씬도
제 色이로다
우리도 이러셩 구우다가 훈 빗 될가 호노라. (蔓橫淸類)
(珍靑 526)

多紅 大緞(다홍대단)＝붉은 빛의 대단. 대단은 중국산 비단의 하나 ◇月花紗紬(월화사주)＝월화의 무늬를 놓은 명주의 한 가지 ◇藍端(남단)＝지명인 듯. ‘남단’(藍緞)으로 표기 된 곳도 있어 혹 비단인 듯 ◇寧海 盈德(영해 영덕)＝경상북도에 있는 지명. 서로 이웃해 있음 ◇쥬탕각시＝주탕각씨(酒湯閣氏). 술집의 여자 ◇싱믜명＝생무명. 목화를 실로 뽑아 짠 천 ◇감찰＝다갈색(多褐色) ◇즁즁즁에＝‘즁에’에 운률을 맞추기 위해 ‘즁즁즁에’라 했음. 다른 곳에는 ‘重衣’로 되어 있어 ‘즁의(中衣)로 보눈 것이 좋을 듯 ◇힝즈치마＝행주치마 ◇멜씬＝치마의 멜끈 ◇제 色(색)＝같은 색. 또는 각각 다른 색 ◇이러셩 구우다가＝이렁저렁 지내다가 ◇훈 빗 될가＝같은 부류(同色)이 될까

748

푸른 山中 白髮翁이 고요 獨坐 向南峰이라

불암 분이 松生琴이요 안개 띈이 壑成虹이라 죽억 啼禽은 千古恨이오 젹다 鼎鳥는 一年豊이로다

언의 뉘셔 山寂寞꼬 나는 호올로 樂未央인가 ᄒ노라. (樂時調)

(海一 558)

白髮翁(백발옹)=머리가 흰 늙은이 ◇고요 獨坐 向南峰(독좌 향남봉)=조용히 남봉을 향하여 홀로 앉아 있음 ◇불암 분이 松生琴(송생금)이요=바람이 부니 소나무 사이를 스치는 바람이 금슬(琴瑟)을 타는 듯한 소리가 나고 ◇안개 띈이 壑成虹(학성홍)이라=안개가 퍼지니 골짜기에 무지개가 생긴다 ◇죽억 啼禽(제금)은 千古恨(천고한)이오=주억주억하고 우는 새 소리는 천고의 한이요 ◇젹다 鼎鳥(정조)는 一年豊(일년풍)이로다=솔젹다고 우는 소쩍새는 한 해의 풍년이 들겠다 ◇언의 뉘셔=어느 누가 ◇山寂寞(산적막)꼬=산이 고요하고 쓸쓸하다고 하는고 ◇樂未央(낙미앙)=즐거움이 다하지 않았음

749

푸른 山中에 주총디 두러미고 솜낭솜낭 나려 오는 져 포슈야

네 죠총디로 길검싱 날버러지 날검싱 길버러지 너시 징경이 두름이 황시 촉시 징긔 까투리 노루 사심 토끠 이리 싱낭이 뵘 네 조총디로 함부루 탕탕 다 놔 자불지라도 시벽달 서리찬제 시는 날밤에 東녁 東단下로쎄 울구 울구 가는 져 외긔러긔 힝여나 놋소

우리도 無知ᄒ여 山냥 포슐망정 아니 놋소.

(調詞 31)

조총디＝조총(鳥銃) 대   ◇포슈＝포수(砲手)   ◇너시＝너새   ◇징기 까투리＝장끼와 까투리 꿩의 숫놈과 암놈   ◇사심＝사슴   ◇싱냥이＝승냥이   ◇東(동)단下로쎄＝동쪽으로   ◇山양 포슐망졍＝사냥을 생업으로 삼는 포수이지마는   ◇놋소＝쏘지 마시오

750

푸른 풀 長堤上에 소 압 세고 장기 지고 슬렁슬렁 가는 져 農夫야
개고리 解産ᄒ고 밧비둘기 오락가락 씀북새는 논쥐마다 씀북씀북
검은 구름 덥힌 들에 비 쳥ᄒᄂ는 져 一雙白鷺 기룩기룩 울고 가는구나
두어라 世間榮辱 夢外事요 桑柘村 無限景은 져쑌인가.
(源가 444(129))

長堤上(장졔상)에＝긴 둑 위에   ◇소 압 세고＝소를 앞 세우고   ◇장기＝쟁기   ◇논쥐마다＝논 귀퉁이마다   ◇비 쳥ᄒᄂ는＝비가 오기를 기다리는   ◇世間榮辱 夢外事(세간영욕 몽외사)요＝세상의 명예와 치욕이 생각 밖의 일이요   ◇桑柘村 無限景(상자촌 무한경)은＝상자촌은 고향을 가리킴. 고향의 무한한 경치는

751

푹苦草 져리김치 文魚 全鰒 겻드리고 黃燒酒 꿀을 타 香丹이 들녀
압 셰우고 淳昌 潭陽 셰대삿갓 눈셥 놀녀 숙여 쓰고 五里亭 나갈젹에
玉佩은 錚錚 雲鞋는 자각자각 五里亭 當到ᄒ야 溪邊巖上에 酒案
노코 憂然歎息 울음 울 제 머리도 아드득 쓰더 싹싹비며 닌 던지고

잔담이도 부드덕 쓰더 뷔여 더지고 버들도 조로록 홀터 淸溪水에 듸
튀리고 無情歲月若流波를 날노 두고 흔 말인가
　二八靑春 이닉 몸이 오날도 離別ㅎ고 獨宿空房 웃지 살가.
　(樂高 673)

　픅苦草(고초)=풋고추　◇져리김치=절인 김치　◇文魚(문어)=문
어　全鰒(전복)=전복　◇黃燒酒(황소주)=소주　◇香丹(향단)이=『춘
향전』(春香傳)에 나오는 춘향의 하녀　◇淳昌 潭陽(순창 담양)=전라
도의 지명　◇세대삿갓=가느다란 대(細竹)로 엮은 삿갓　◇눈섭 놀
려=눈섭까지 늘러　◇五里亭(오리정)=전북 남원군에 있는 정자로
춘향이 이도령과 이별하는 장소로 되어 있음　◇當到(당도)ㅎ야=이
르러서　◇溪邊巖上(계변암상)=시냇가 바위에　◇酒案(주안)=술상
◇憂然歎息(알연탄식)=서글픈 소리로 한숨을 쉼　◇잔담이=잔디
◇듸튀리고=들뜨리고　◇無情歲月若流波(무정세월약류파)=무정한
세월이 흐르는 물과 같이 빠름　◇二八靑春(이팔청춘)=젊은 나이
◇獨宿空房(독수공방)=아무도 없는 방에서 혼자 잠

752

풋고츄 절의김치 문어 전복 겻드려 황쇼쥬 꿀타 향다니 드려 오류
정으로 나간다 오류정으로 나간다
　어늬 연 어늬 쩌 어늬 시졀에 다시 만나 그리든 스랑을 품에다 품
고 스랑스랑 닉 스랑아 에화둥게 너가 가마 이졔가면 언졔나 오료
오만 한을 일너듀오 명년 츈식 도라올으면 꽃피거든 만나볼가 놀고
가셰 놀고 가셰 너구 나구 나구 너구 놀고 가셰 곤이 든 잠을 힝혀
나 찌올셰라 등도 되고 비도 되고 쩔네쩔네 흔들면서 이러나오 이러
나오 계오 든 잠을 찌워 닉여 눈 쩌 보니 닉 낭군일세

그리든 님을 만나 만단정회 치 못ᄒᆞ여 날니 중ᄎᆞᆺ 발가 오니 글노
민망 ᄒᆞ노미라 놀고 가세 놀고 가세 너구 나구 나.
(시쳘가 97)

향다니＝향단(香丹)이 ◇어늬 연＝어느 해 ◇오만 한을＝온다
고 하는 시한(時限) ◇일너듀오＝알려 주시오 ◇명년 츈식＝내년
봄(明年 春色) ◇곤이＝곤히 ◇등도 되고 비도 되고＝등불도 되고
나룻배도 되고 ◇계오 든 잠＝겨우 든 잠 ◇만단정회＝여러가지
회포와 심회(萬端情懷) ◇치 못ᄒᆞ여＝미쳐 못다하여 ◇날니 중ᄎᆞᆺ
발가 오니＝날이 벌써 훤히 밝아 오니 ◇글노＝그 것으로

753
풍동 죽엽은 십만장부지훤화요 우쇄 연환는 슴천궁녀지목욕이라
오경누ᄒᆞ의 셕양홍이요 구월손즁의 츈쵸록이라
암아도 이글 지은 자는 양국지사.
(時調 111)

풍동죽엽은 십만장부지훤화요＝바람에 흔들리는 댓잎(風動竹葉)은
수 많은 장부의 지껄임(十萬丈夫之喧譁)요 ◇우쇄연환는 슴천궁녀
지목욕이라＝비에 씻기는 연꽃(雨灑蓮花)은 삼천궁녀의 목욕(三千宮
女之沐浴)이라 ◇오경누ᄒᆞ의 셕양홍이요＝오경루 아래(五更樓下)에
셕양이 붉고(夕陽紅) ◇구월손즁의 츈쵸록이라＝구월산 속(九月山
中)에 봄풀이 푸르다(春草綠) ◇지은 자는＝지은 사람은 양국 지사
＝서양(洋國)의 재주 있는 선비(才士)

754
皮租쌀 못 먹인 희예 물이꿀이도 하도 하다

陽德 孟山 酒湯이와 永柔 肅川 換陽이년들 져 다 타먹은 還上를
이 늘은 내게 다 물립쏜야
邊利란 네 다 물찌라도 밋츨란 내 다 擔當허오리. (蔓數大葉)
(海一 629)

皮租(피 조)쑬=피좁쌀   ◇물이쑬이도=무리꾸럭도. 무리꾸럭은 남
의 빗이나 손해를 대신 갚아 주는 일   ◇하도 하다=많기도 많다
陽德 孟山(양덕 맹산)=평안도에 있는 지명   ◇酒湯(주탕)이=술파
는 계집   ◇永柔 肅川(영유 숙천)=평안도에 있는 지명   ◇換陽(환
양)이년=서방질하는 계집   ◇還上(환자)=환자. 나라에서 봄에 양식
을 빌려 주었다 가을에 받아 들이는 제도   ◇늘은 내게=늙은 나에
게   ◇물립쏜야=물릴쏘냐   ◇邊利(변리)=이자   ◇물찌라도=물더
라도   ◇밋츨란=밑은. 밑은 여성의 성기를 가리킴

755
하눌이 福을 가지고 갑슬 보고 주시느니
갑시 갑시 아니라 德닥기가 갑시오니 쟈근 德 큰 德의 德대로 福
이로세
자늬들 福바드려드거든 德닥기를 힘쓰시소. 申獻朝
(蓬萊樂府 19)

갑슬=값을   ◇주시느니=주시는 것이니   ◇갑시=값이   ◇德
(덕)닥기가=덕을 닦는 것이   ◇德(덕)대로 福(복)이로세=덕을 닦는
대로 복이 되는 것이로구나   ◇힘쓰시소=힘쓰시오

756

하로밤 가을 서리예 滿山 紅綠이 꼿인지 입인지 알 수가 업네다

　東園에 솟는 달은 一年中 第一이요 碧波에 피인 구름 비단의 紋彩
인지 고기 비눌인지 알 수가 업네

　童子야 菊花酒 만이 걸너라 六角亭 오신 친구 차례로 모시여라 長
醉不醒. (雜誌 412)

　　滿山 紅綠(만산 홍록)＝모든 산이 붉고 푸름　◇東園(동원)＝동쪽
에 있는 정원　◇碧波(벽파)에 피인 구름＝푸른 물결 위로 펼처진
안개　◇비단의 紋彩(문채)＝비단의 무늬　◇菊花酒(국화주)＝국화를
넣어 만든 술　◇六角亭(육각정)＝정자 또는 서울에 있던 육각현(六
角峴)　◇長醉不醒(장취불성)＝오랜동안 취하여 깨지 아니함

757

夏四月 첫 여드릿날에 觀燈ᄒ려 臨高臺ᄒ니

　夕陽은 빗겻는디 遠近高低는 魚龍燈 鳳鶴燈과 둘음이 남싱이며 鐘
磬燈 북燈 懸燈에 水朴燈 만을燈과 蓮곳 속에 仙童이요 鸞鳳 우희
天女로다 비等 집等 산디燈과 欄干燈 影燈 알等 瓶燈 壁欌燈 駕馬燈
과 獅子ㅣ탄 體适이요 虎狼이 탄 亢良哈와 七星燈 벌엇는듸 東嶺에
月上ᄒ고 곳곳이셔 불을 현다 於焉忽焉間에 燦爛도 ᄒ져이고

　이中에 月明 燈明 天地明ᄒ이 大明본 듯 ᄒ여라. 金壽長 (二數大
葉) (海周 547)

　　夏四月(하사월) 첫 여드릿날＝음력 사월 초파일. 석가모니의 탄신
일　◇觀燈(관등)＝음력 사월 파일에 등불을 달고 부처님의 탄신을
기념하는 일　◇臨高臺(임고대)＝높은 누대(樓臺)에 오름　◇둘음이

=두루미. 두루미등   ◇남싱이=남생이과에 딸린 민물에 사는 동물. 남생이등   ◇鐘磬燈(종경등)=종경처럼 생긴 등   ◇懸燈(현등)= 등을 달음. 또는 달아 놓은 등   ◇水朴燈(수박등)=대나무나 나무쪽으로 등그스름하게 올거미를 만들고 종이를 발라 속에 초를 켜게 만든 등   ◇만을燈(등)=마늘등. 올거미를 세모나게 걸어 만든 마늘 모양의 등   ◇蓮(연)곳 속에 仙童(선동)이요 鸞鳳(난봉) 우희 天女(천녀)ㅣ로다=연꽃 속에 선동이 있고 난새와 봉황새 위에 천녀가 있다. 등의 생김새나 등에 그린 그림을 형용한 것인 듯   ◇獅子(사자) 탄 體适(체괄)이요 虎狼(호랑)이 탄 亢良哈(항량합)=체괄과 항량합은 오랑케의 이름. 사자와 호랑이를 탄 오랑캐의 모습을 형상해 놓은 등인 듯   ◇東嶺(동령)=동쪽 산마루. 고개 위   ◇月上(월상)=달이 떠오름   ◇현다=켠다   ◇於焉忽焉間(어언홀언간)=갑자기   ◇月明燈明天地明(월명등명천지명)=달도 밝고 등도 밝고 천지도 밝음   ◇大明(대명)=해(太陽)를 가리킴

758

학타고 져 불이고 호로병 추고 불노쵸 메고

쌍상토 쓰고 식등거리 입고 가넌 아희 게 좀 섯거라 네 어듸로 가는야 발무러 보즈 요지연 선관더리 누구누구 모아 계시던야

　그 곳의 이젹션 소동파 두목지 장건이 다 모아 계시더이다.

(時調 26)

　져 불이고=젓대를 불면서   ◇호로병 추고=호리박 모양의 병(葫蘆瓶)을 차고   ◇식등거리=여러가지 색깔의 천으로 만든 웃옷   ◇요지연=요지의 잔치(瑤池宴)   ◇선관더리=선관(仙官)들이. 선관은 신선을 가리킴   ◇이젹션=이태백   ◇소동파=소식   ◇두목지=당나라 시인   ◇장건=한나라 때의 충신

759

漢高祖의 謀臣猛將 이졔와 議論ᄒ면 蕭何의 給饋餉不絶糧道와 張良의 運籌帷幄과 韓信의 戰必勝攻必取는 三傑이라 홀연이와 陳平의 六出奇計 안이런들 白登에 에운 城을 뉘라셔 풀어니며 項羽의 范亞父를 뉘라셔 離間ᄒ리

암아도 金刀刱業之功은 四傑인가 ᄒ노라. 李鼎輔 (二數大葉)
(海周 387)

漢高祖(한고조)=한나라를 세운 유방(劉邦) ◇謀臣猛將(모신맹장)=지모가 많은 신하와 용감한 장군 ◇蕭何(소하)의 給饋餉不絶糧道(급궤향부절양도)=소하가 유방을 도와 항우(項羽)와 싸울 때 군사들에게 배불리 먹이고 병량(兵糧)을 제 때에 공급하여 굶기지 않은 일 ◇張良(장량)의 運籌帷幄(운주유악)=장량이 전장(戰場)이 아닌 본영(本營)에서 작전 계획을 세움 ◇韓信(한신)의 戰必勝攻必取(전필승공필취)=한신이 적과 싸우면 반드시 이기고 성을 공격하면 반드시 함락시킴 ◇三傑(삼걸)=세 사람의 훌륭한 인재. 즉 소하, 장량, 한신을 가리킴 ◇陳平(진평)의 六出奇計(육출기계)=한고조가 흉노와 싸울 때 백등(白登)에 칠일 동안 포위되어 진평이 계책을 내어 탈출한 여섯가지 계책 ◇백등(白登)에 에운 城(성)=백등은 산서성(山西省) 대동현(大東縣) 동쪽에 있는 산으로 한 고조가 흉노를 공격할 때 칠일동안 포위되어 있던 곳 ◇金刀刱業之功(금도창업지공)=유방이 한나라를 처음 세운 공. '금도'(金刀)는 '유'(劉)자가 됨

760

ᄒᆞᆫ 눈 멀고 ᄒᆞᆫ 다리 저는 두터비 셔리 마즌 전푸리 물고 두엄 우희 치다라 안자

건넌 山 브라보니 白松骨이 떠 잇거눌 가슴이 굼죽ㅎ여 플떡 뛰여
내듯다가 그 아릭 도로 잣바지거고나
　모쳐라 놀낸 닐싀만정 힝혀 鈍者런들 瘀血질 번 ㅎ괘라. (蔓橫)
　(樂學 964)

　　저는＝쩔둑이는　◇두터비＝두꺼비　◇전프릭＝절름거리는 파리
◇두엄＝퇴비. 쓰레기 더미　◇치다라 안자＝위로 뛰어 올라 앉아
◇白松骨(백송골)＝송골매　◇굼죽ㅎ여＝뜨끔하여　◇내듯다가＝내
쳐 뛰다가　◇도로 잣바지거고나＝모로 자빠졌구나　◇모쳐라＝아무
렴　◇놀낸 닐싀만정＝몸이 날낸 나이기에망정이지　◇힝혀＝행여나
◇鈍者(둔자)런들＝동작이 둔한 사람이였던들　◇瘀血(어혈)질 번 ㅎ
괘라＝피멍이 들 뻔 하였다

　761
　흔 눈 멀고 흔 다리 절고 痔疾 三年 腸疾 三年 邊頭痛 內丹毒 다
알눈 죠고만 삿기 개고리
　一百 쉰대자 쟝남게게 올을 제 쉬이 너겨 수로록 소로소 소로로
수로록 허위허위 소솝 뛰여 올라 안자 느리실제란 어이실고 나 몰래
라 져 개고리
　우리도 새님 거러 두고 나쥰 몰라 ㅎ노라 (蔓橫淸類)
　(珍靑 562)

　　痔疾(치질)＝항문에 생기는 병　◇腸疾(장질)＝장과 관게 되는 병
◇邊頭痛(변두통)＝편두통　◇內丹毒(내단독)＝안으로 곪아 드러가는
단독. 단독은 다친 곳으로 병균이 들어가 생기는 굽성의 병　◇쉰대
자＝오십 자가 넘는　◇쟝남게게＝기다란 나무에　◇쉬이 너겨＝쉽

게 여겨 ◇소솝 뛰여＝솟구 뛰여 ◇새님 거러 두고＝새로 만난 님을 약속해 두고 ◇나종 몰라＝결과가 어떻게 될지 몰라

762
寒燈 客窓의 벗 업시 혼자 안자
님 싱각ᄒ며서 左右를 도라보니 北海ㄴ가 燕獄인가 이 어더라 홀쎄이고
淸風과 明月을 벗삼은 몸이 爲國丹心을 못내 슬허 ᄒ노라. 白受檜
(松潭遺事)

寒燈 客窓(한등객창)＝차가운 등불이 비추는 객지의 창문 ◇北海 燕獄(북해연옥)＝한 무제 때에 소무(蘇武)가 흉노에 사신으로 갔다가 북해의 무인도에 갇혀 있었고, 송의 문천상(文天祥)이 원병(元兵)과 싸우다 원나라의 연경 감옥에 갇혔던 일 ◇홀쎄이고＝할 것인가 爲國丹心(위국단심)＝나라를 위한 충성심 ◇못내＝끝내

763
漢武帝의 北斥 西擊 諸葛亮의 七縱七擒
晋나라 謝都督의 八公山 威嚴으로 四夷戎狄을 다 쓸어 ᄇ린 後에
漠南에 王庭을 업시ᄒ고 凱歌歸來ᄒ여 告厥成功 ᄒ리라. (蔓橫淸類) (珍靑 497)

漢武帝(한무제)의 北斥 西擊(북척서격)＝한 무제가 북쪽의 흉노족과 서쪽의 오랑캐를 물리치고 공격한 일 ◇諸葛亮(제갈량)의 七縱七擒(칠종칠금)＝제갈량이 맹획(孟獲)을 일곱 번 놓아주었다가 일곱 번 잡은 일 ◇晋(진)나라 謝都督(사도독)의 八公山 威嚴(팔공산 위

엄)=진나라 사현(謝玄)이 팔공산에서 북호(北胡) 부견(符堅)을 방어
할 때 부견이 팔공산을 바라보니 그 산의 초목들이 다 진나라 병사
로 보여 도망하다 비수(肥水)에서 패했다는 고사   ◇四夷戎狄(사이융
적)=사방의 오랑캐   ◇漢南(막남)에 王庭(왕정)을 업시하고=몽고에
있는 오랑캐의 왕이 있는 곳을 없애고   ◇凱歌歸來(개가귀래)ᄒ여
告厥成功(고궐성공)=개선의 노래를 부르며 돌아와 성공을 알림

764

閑碧堂 죠흔 景을 비갠 後에 올라 보니

百尺 元龍과 一川 花月이라 佳人은 滿座ᄒ고 象樂이 喧空ᄒ듸 浩
蕩ᄒ 風煙이오 狼薄ᄒ 杯盤이로다

아희야 盞 가득 부어라 遠客愁懷를 시서 볼가 ᄒ노라. (蔓橫淸類)
(珍靑 528)

閑碧堂(한벽당)=고유명사가 아닌 듯. 고유명사인 경우에는 충청도
청풍(淸風)에 있는 정자나 전라도 전주에 있는 정자(寒碧堂)   ◇百尺
元龍(백척원룡)=드높은 다락의 뜻. 원룡은 동한(東漢) 때 사람 진등
(陳登)의 자. 호기가 있는 사람으로 허범(許汜)이란 사람이 찾아 갔
을 때 그는 침상에 올라가 잤다고 함   ◇一川 花月(일천화월)=시내
는 꽃과 달처럼 아름다움   ◇佳人(가인)은 滿座(만좌)=아름다운 여
인들이 사리에 가득함   ◇象樂(상악)이 喧空(훤공)=음악 소리가 하
늘로 퍼저 시끄러움. 상악은 주(周)나라의 음악   ◇浩蕩(호탕)ᄒ 風
煙(풍연)이오=호탕한 풍경이오   ◇狼薄(낭박)ᄒ 杯盤(배반)이라=
'박'은 '자'(藉)의 잘못. 어지러이 흩어진 술잔과 술상   ◇遠客愁懷
(원객수회)=멀리서 온 나그네의 근심스러운 회포

765

漢昭烈의 諸葛孔明 녜 업슨 君臣際遇

風雲이 暗合ᄒ여 곡이 물만난 듯 周文王의 磻溪老叟ㄴ들 이에셔 더홀쏜가

암아도 如此 千一之會는 못내 불어 ᄒ노라. 李鼎輔 (二數大葉)

(海周 379)

　漢昭烈(한소열)=촉한(蜀漢)의 유비(劉備)를 가리킴. 소열은 유비의 시호(諡號)임　◇諸葛孔明(제갈공명)=촉한의 명상(名相)인 제갈량(諸葛亮). 공명은 제갈량의 자(字)　◇녜 업슨=예전에 없던　◇君臣際遇(군신제우)=임금과 신하 사이에 뜻이 잘 맞음　◇風雲(풍운)이 暗合(암합)ᄒ여=용이 바람과 구름을 우연히 만나서 조화를 부릴 수 있는 것처럼 왕이 훌륭한 신하를 만나는 것　◇곡이 물만난 듯=고기가 물을 만나 마음대로 활동할 수 있는 것처럼　◇주문왕(周文王)의　磻溪老叟(반계노수)ㄴ들=반계노수는 태공망(太公望)을 가리킴. 반계는 중국 섬서성 동남으로 흘러 위수(渭水)로 들어가는 강. 여기서 태공망이 낚시질을 하다가 주 문왕을 만나 크게 쓰임.　◇如此 千一之會(여차천일지회)=이와 같은 천년에 한 번 만날 수 있는 기회　◇못내=못내. 잊지 못하고 항상　◇불어=부러워

766

寒松亭 자 긴솔 버혀 죠고만 빈 무어 ᄐ고

술이라 안쥬 거믄고 伽倻ㅅ고 奚琴 琵琶 笛 觱篥 杖鼓 舞鼓 工人과 安岩山 초돌 一番 부쇠 나젼대 귀지삼이 江陵 女妓 三陟 쥬탕년 다 몰속 싯고 둘불근 밤의 鏡浦臺에 가셔

大醉코 扣枻乘流ᄒ여 叢石亭 金蘭窟과 永郎湖 仙遊潭에 任去來를

흐리라. (蔓橫淸類) (珍靑 571)

　　寒松亭(한송정)=강원도 강릉에 있는 정자　◇자 긴솔=자(尺)가
넘는 긴 소나무　◇비 무어 =배를 만들어　◇奚琴(해금)=깡깽이
◇琵琶(비파)=현악기의 일종　◇觱篥(필를)=피리의 일종　◇舞鼓
(무고)=커다란 북　◇工人(공인)=악기를 연주하던 사람　◇安岩山
(안암산) 츳돌 一番(일번) 부쇠=안암산에서 나는 차돌로 단번에 불
이 붙는 부시돌　◇나전대=나전(螺鈿)대. 조개 껍질을 붙여 만든 고
급 담뱃대　◇귀지삼이=담배쌈지　◇江陵 三陟(강릉 삼척)=강원도
에 있는 지명　◇쥬탕년=술파는 계집년　◇다 몰속=전부다 몽땅
◇鏡浦臺(경포대)=강릉에 있는 누대. 관동팔경의 하나　◇扣枻乘流
(고예승류)=상앗대로 뱃전을 두드리며 흐르는 물을 따라 배를 저어
감　◇叢石亭(총석졍)=강원도 고성(高城)에 있는 정자　◇金蘭窟(금
란굴)=강원도 통천(通川)에 있는 동굴　◇永郎湖 仙遊潭(영랑호 선
유담)=강원도 간성(杆城)에 있는 호수의 이름　◇任去來(임거래)=
마음먹은 대로 왔다 갔다 함

　　767

　한슴이 세한슴아 네 어니 틈으로 들어온다

　고모장즈 셰살장즈 가로다지 여다지에 암돌져귀 수돌져귀 비목걸
새 뚝다 박고 龍거북 즈물쇠로 수기수기 츠엿는듸 屛風이라 덜걱 져
븐 簇子ㅣ라 터더글 믄다 네 어내 틈으로 들어 온다

　어인지 너 온날 밤이면 줌 못드려 흐노라. (蔓橫淸類)

　(珍靑 552)

　　세한슴아=가늘게 나오는 한숨아　◇어니 틈으로=어느 틈으로
◇들어온다=들어 오느냐. 들어왔느냐　◇고모장즈=거북모양의 창살

을 한 장지문   ◇셰살장즈=가느다라 창살의 장지문   ◇가로다지=
가로닫이. 가로 여닫는 창   ◇여다지=여닫이. 열고 닫는 창문 암돌
져귀 수돌져귀=돌쩌귀. 문을 여닫기 위해 문과 문틀에 박는 쇠. 문
에 박는 것이 수돌쩌귀임   ◇비목걸새=자물쇠를 채우기 위한 걸
쇠 못   ◇용거북 즈물쇠=용모양의 자물쇠   ◇수기수기 추엿는듸=
단단하게 채웠는데   ◇屛風(병풍)이라 덜걱 져븐=병풍이라고 덜걱
접어 버리고   ◇簇子(족자)라고 디디글 믄다=족자라고 해서 도루
루 말았느냐   ◇어내 틈=어느 틈   ◇어인지=웬 일인지

768

흔 盞 먹새근여 곳것거 算노코 無盡無盡 먹새근여

이몸이 죽은 後면 지게 우희 거적 덥허 주리혀 미여가나 流蘇寶帳
의 萬人이 우러녜나 어욱새 속새 덥가나모 白楊 속에 가기곳 가면
누론 히 흰 둘 가는 비 굴근 눈 쇼쇼리 브람 불 제 뉘 흔 盞 먹쟈
할고

흐믈며 무덤 우희 진납이 포람불제야 뉘우츤둘 엇디리. 鄭澈 (將
進酒辭) (松星 80)

먹새근여=먹읍시다 그려   ◇곳것거=꽃을 꺾어   ◇算(산)노코=
산가지로 놓고. 계산하고   ◇주리혀=졸라 매어   ◇流蘇寶帳(유소보
장)=상여를 장식하는 것으로 유소는 오색실로 매듭을 지어 상여에
다는 것이고 보장은 비단 형겁에 수를 놓아 둘러치는 것   ◇지게 우
희~만인(萬人)이 우러녜나=장례의 규모가 작아 송장만 거적에 덮
어 지게로 지고 가거나, 규모가 커 화려한 상여에 많은 사람들으 을
며 따르나   ◇어욱새=억새. 야생의 풀   ◇속새=속새. 야생의 풀.
목적(木賊)   ◇덥가나모=떡갈나무   ◇白楊(백양)=사시나무. 은백양
(銀白楊)   ◇누론 히=석양무렵의 해   ◇흰 둘=차가운 하늘에 비추

이는 달 ◇쇼쇼리 ㅂ람=차가운 바람. 회오리 바람 ◇진납이=원숭이 ◇ㅍ람=휘파람 ◇뉘우츤돌=뉘우친들. 후회한들

　※진본 『청구영언』에 "공산목락우소소 상국풍류차적료 추창일배난경진 석년가곡즉금조 우권석주필과송강구택유감 "(空山木落雨蕭蕭 相國風流此寂寥 惆悵一杯難更進 昔年歌曲卽今朝 右權石洲韠過松江舊宅有感 빈산에 잎은 떨어지고 비는 쓸슬히 내레는데 상국의 풍류가 쓸슬하구나 한 잔의 술을 다시 권하기 어려우니 지난 날의 노래가 오늘인가 한다 이는 권석주 필이 송강의 엣집을 지나면서 지은 것이다) 라고 하는 송강의 제자 석주 권필의 시와, 洪萬宗의 『旬五志』에 수록되어 있는 "우장진주사 송강소제 개방태백장길권주지의 우취두공부 시마백부행군잔속박거지어 사지통달 구어처완 약사맹상군문지 누하부단옹문금야" 右將進酒辭 松江所製 盖倣太白長吉勸酒之意 又取杜工部 緦麻百夫行君束縛去之語 詞旨通達 句語悽惋 若使孟嘗君 聞之 淚下不但雍門琴也 장진주사는 송강이 지은 것으로 대개 이백이 장길에게 술을 권하던 것을 모방하고 또 두보의 상복을 입고 모든 사람들이 죽어 묶여가는 그대의 뒤를 따른다는 말을 취한 것으로 뜻이 통달하고 시어가 처완해서 만약 맹상군으로 하여금 듣게 했다면 옹문금이 아니라도 눈물을 흘렸을 것이다.)가 수록되어 있음

769

한잔 부어라 가득이 부어라

　포전 왜반에 뉴리잔의 가득이 부어 아모도 몰니 뒤 쵸당 문갑 우희 언졋더니 어느결의 유령이 너려와 반이ᄂ 다 쓰라 먹고 간ᄂ보다 반존이로고ᄂ 벽공에 둥두렷흔 달이 반이ᄂ 여즈로지고 반이 ᄂ마더니 틱빅이 깅싱ᄒ야 나려와서 딥헛던 쥬령막더로 에화즉곤 두다려셔 반이ᄂ 여즈여지고 반이 ᄂ마ᄂ보다 반달이로고ᄂ

　인졔논 허릴 업고 허릴 업스니 ᄂ문달 ᄂ문슐 가지고 정든 임 더

리고 부지근 쏙다다 짜 바리고 완월장취.
　(時調 77)

　　포젼='포준'(匏樽)의 잘못인 듯. 술을 담아 두는 그릇　◇왜반=
작은 소반(倭盤)　◇뉴리즌=유리잔　◇벽공에 둥두렷ᄒ 달이=푸른
하늘(碧空)에 둥구렇던 달이　◇여즈로 지고=이즈러 지고　◇깅싱
ᄒ야=다시 살아나서(更生)　◇딥헛던 쥬령막디로=짚었던 지팡 막
대기로　◇허릴 업고=할 일이 없고　◇완월장취=달빛을 완상하며
오래도록 술에 취함(玩月長醉)

771
한죵실 유황숙이 관공 장비 거나리고
　와룡선생 뵈이랴고 천리 청녀마로 기축기축 와룡강 넘어 시문에
당도허니 동자 나와 공손이 엿자오대 선생이 후원 초당의 학실침 도
도 비고 취침하여 기시나이다
　동자야 선생이 긔침커시든 유관장 삼인이 박긔 왔다 엿주어라.
(時調集 169)

　　한죵실 유황숙=한나라 왕실 황숙인 유비　◇관공 장비=관우와
장비　◇와룡선생=제갈량　◇천리 청녀마=천리마인 청려마(靑驢
馬)　◇와룡강=제갈량의 집이 있는 곳(臥龍岡)　◇시문=사립문(柴
門)　◇학실침=학슬침(鶴膝枕)인 듯. 학슬침은 가운데를 접을 수 있
는 베개　◇도도 비고=돋우어 베고　◇긔침커시든=일어나시거든
(起枕)　◇유관장 삼인=유비 관우 장비의 세 사람(劉關張 三人)　◇
박긔=문 밖에

771

　한죵실 뉴황슉이 죠밍덕 잡으려고 한즁에 진을 치되

　좌쳥룡 관셩뎨군 우빅호 장익덕과 남쥬작 됴즈룡이며 북현무 마밍
긔라 그 가온디 황한승이 황금갑옷 봉투구 쓰고 팔쳑 장검 눈 우에
번듯 드러 긔치창검은 일광을 희롱ㅎ고 금고함성은 쳔지에 진동홀
제 됴됴의 빅만티병 졔 어히 살아 가리

　아마도 습분쳔하 분분ㅎ 즁에 신긔ㅎ 모스는 와룡션싱.

　(樂高878)

　　　죠밍덕＝조맹덕(曹孟德). 조조　◇한듕＝한즁(漢中). 즁국 셥셔성
남정현에 있던 지명　◇좌쳥룡 관셩뎨군＝좌쳥룡(左靑龍)은 관셩제
군(關聖帝君)인 관우. 관셩제군은 무속(巫俗)에서 신으로 모시기 때
문인 듯　◇우빅호 장익덕＝우백호(右白虎) 장비. 익덕(翼德)은 장비
의 자(字)　◇남쥬작 됴즈룡＝남쪽은(南朱雀) 조운(趙雲). 자룡은 자
◇북현무 마밍긔＝북쪽(北玄武)은 마초(馬超). 맹기(孟起)는 마초의
자(字)　◇황한승＝황충(黃忠). 한승(漢承)은 자(字)　◇봉투구＝봉(鳳)
의 머리 형상을 한 투구인 듯　◇긔치창검은 일광을 희롱ㅎ고＝각종
의 깃발과 창과 칼들은 햇빛에 번쩍여 마치 희롱하는 것 갈고(旗幟
槍劍)　◇금고함성은 쳔지에 진동＝금고(金鼓)를 울리고 군사들이 질
러대는 소리(喊聲)들은 온 세상을 뒤흔들음　◇습분쳔하 분분ㅎ 즁
에＝천하가 한(漢), 위(魏), 오(吳)의 세 나라로 나뉘어(三分天下) 시
끄러운(紛紛) 가운데　◇신긔ㅎ 모스는＝신출귀몰하고 뛰어난 모사
(謀士)는　◇와룡션싱＝제갈량

772

　ㅎ 즁은 가스 챡복ㅎ고 坐 ㅎ즁은 百八念珠 목의 걸고

　坐 ㅎ 즁은 바라 광증 치고 大師 즁은 木鐸 치면 禮佛ㅎ다

그 아리 焚香 四拜ᄒ고 發願ᄒ온 임 보려고.
(樂府 321)

　가사 책복ᄒ고='책복'은 '책보'의 잘못인 듯. 가사(袈裟)와 책보
를 하고. 가사는 스님의 법의(法衣)이고 책보는 한쪽 어깨에서 다른
쪽 겨드랑이로 매는 붉은 보자기를 책보라고 한 것임　◇百八念珠
(백팔연주)=백팔의 번뇌를 상징하여 108의 염주를 꿰여 목에다 거
는 것　◇바라 광증치고=바라를 미친듯이(狂症) 치고. 바라는 타악
기의 일종　◇大師(대사) 중은=큰 스님은　◇木鐸(녹탁)=나무로 둥
글게 만들어 염불할 때 두드리는 기구　◇분향사배(焚香 四拜)=향
을 피우며 네 번 절함　◇發願(발원)=소원을 내어 빔

773

ᄒᆫ 희도 열두 둘이요 閏朔들면 열석 쏠이라
ᄒᆫ 둘도 셜흔 날이요 그 둘 작으면 스므아흐러 금음이로다
밤 다섯 날 닐곱 째에 날 볼 홀리 업쓸야. (樂時調)
(海一 532)

　閏朔(윤삭)=윤달. 삼년이 한 번씩 듬　◇밤 다섯=하루 밤을 초
경(初更)부터 오경(五更)으로 나눈 것　◇날 닐곱=칠일을 가리키는
듯　◇날 볼 홀리=나를 볼 수 있는 하루　◇업쓸야=없겠느냐
　※ 六堂本『靑丘永言』에 작자가 趙慶濂으로 되어 있음.

774

咸陽宮 쇠룰 노겨 기다흔 호믜 티고
萬里城軍을 내여 面面監考定코 海內陣地룰 다 除草ᄒ야 두고 天地

間 굴믄 사람 다 겻거 보랴터니
　秋風吹不盡ᄒ니 일동말동 ᄒ여라. 高應陟 (平天下曲28—14)
　(杜谷集)

　　咸陽宮(함양궁)=진(秦)나라 궁궐로 항우에게 함락되어 소실됨
◇쇠를 노겨=쇠를 녹여. 쇠는 항우가 진을 공격할 때 사용한 무기
를 가리킴　◇기다ᄒ=길고 긴　◇호미 티고=호미를 만들고　◇萬
里城軍(만리성군)=만리장성을 지키던 군사　◇面面監考定(면면감고
정)=궁가(宮家)나 관청에서 금품의 출납과 간수(看手)를 살피고 잡
무에 종사하던 사람을 하나하나 점검함을 정함　◇海內陣地(해내진
지)=나라 안의 펼쳐진 땅　◇除草(제초)=잡초를 제거하는 것처럼
통치상(統治上)의 불안요소를 제거함　◇겻거=겪어. 굶는 사람들을
초청하여 음식을 대접하려　◇秋風吹不盡(추풍취부진)=가을 바람이
불어 쉽게 그칠 것 같지 아니함. 형편이 어려움이 계속됨을 나타냄.
◇일동말동=하는 일이 가능할지 아니할지

775
項羽ㅣ 즈컨 天下 壯士ㅣ랴마는 虞美人 離別 泣數行下ᄒ고
唐明皇이 즈컨 濟世英主ㅣ랴마는 楊貴妃 離別에 우럿나니
ᄒ믈며 녀나믄 丈夫ㅣ야 닐러 무슴 하리오. (蔓橫淸類)
(珍靑 471)

　즈컨=훌륭한　◇天下 壯士(천하장사)=천하에 힘이 센 사나이
◇虞美人 離別 泣數行下(우미인 이별 읍수행하)=우미인과 이별함이
두어 줄기의 눈물을 흘림　◇唐明皇(당명황)=당나라 황제인 현종(玄
宗)　◇濟世英主(제세영주)=세상을 구제할만 한 뛰어난 임금　◇楊
貴妃 離別(양귀비 이별)=당 현종이 안녹산의 난에 피난하다 양귀비

를 마외역(馬嵬驛)에서 이별함 ◇녀나믄=나머지 다른 ◇닐러 무
슴 하리오=말하여 무엇 하겠느냐

776

히 다 져 황혼시의 中門을 나서 大門을 나니 건넌 산 바라보니 횟
득 검억 서엿구나

올타 저게 임이로다 갓 버서 등에 지고 망건 버서 꽁자 츠고 신버
서 손의 들고 노논틀 바밧틀 업드러지며 곡구러지며 수수이 밧비 근
너가서 겻눈으로 관손이 허니 임은 정녕 아니로다 그 上年 秋七月
갈가 벅권 세신 삼디가 제 정년이 날 소겻구나

  만일의 밤일세망정 낫 일느면 남 우세헐 번.
  (調詞 57)

  나니=나오니. 나서니 ◇횟득 검억 서엿구나=희긋 검읏 서 있
구나 ◇꽁자=꽁지에. 뒤에 ◇수수이=수이수이. 빨리빨리 ◇관손
이 허니=동정을 살펴 보니(?) ◇정녕=정말 ◇上年(상년)=작년
◇갈가 벅권=긁어 벗긴 ◇세신 삼디=허옇게 벗겨진 삼(麻)대 ◇
덩년이=정녕 ◇낫 일느면=낮 같으면 ◇남 우세할 번=남에게 웃
음거리가 될 번

777

海雲臺 여흰 날의 對馬島 도라드러

눈물 베셔고 左右롤 도라보니 滄波萬里롤 이 어디라 홀게이고

두어라 天心助順호면 使返故國 호리라. 白受檜

(松潭遺事)

海雲臺(해운대)＝부산에 있는 지명　◇여흰 날의＝이별한 날에
◇對馬島(대마도)＝한국과 일본의 사이인 대한해협에 있는 일본의
섬　◇눈물 뼤셔고＝눈물을 떨쳐 버리고. '뼤셔다'는 '베티다'에서
온 말임　◇滄波萬里(창파만리)＝멀리까지 펼쳐진 푸른 바다　◇天
心助順(천심조순)＝하늘이 도와 일이 순조롭게 됨　◇使返故國(사반
고국)＝고국으로 돌아오게 함

778

行宮 見月 傷心色에 달 발가도 任의 生覺 夜雨聞鈴 斷腸聲의 빗소
리 드러도 任의 生覺

元央瓦冷 霜華重에 翡翠衾寒 誰與共고 耿耿星火 欲曙天에 孤燈을
挑盡허고 未成眠이로구나

아마도 天長地久有時盡허되 此恨은 綿綿不絶期런가.

(樂高 881)

行宮見月傷心色(행궁견월상심색)＝행궁에서 달을 보아도 마음이
아프고　◇夜雨聞鈴斷腸聲(야우문령단장성)＝밤비에 듣는 방을 소리
에 창자가 끊어지는 소리 같음　◇元央瓦冷霜華重(원앙와냉상화중)
＝'원앙와'는 '원앙냉'(鴛鴦冷)이 맞음. 원앙금에 찬서리가 내렸으니
◇翡翠衾寒誰與共(비취금한수여공)＝비취색 이불이 차가운데 누구와
더불어 덮을고　◇耿耿星火欲曙天(경경성화욕서천)＝반짝이는 별똥
의 불빛에 날이 샐려고 함에　◇고등(孤燈)을 도진(挑盡)허고 未成眠
(미성면)＝외로운 등을 돋우고 잠을 못 이름　◇天長地久有時盡(천장
직구유시진)허되＝천지가 장구하여 때가 다함이 있으되　◇此恨(차
한)은 綿綿不絶期(면면부절기)＝이 한은 끊임 없이 계속되어 끊을 수
가 없네

779

허허 소년들아 백발 보고 웃들 마소

公公한 一天下에 넌들 일생 청춘이랴

나도야 黃昏 佳約 紅顔 美人 다리고 밤들도록 노든 제가 어제인
듯. (時調 78)

　　백발 보고=머리가 흰 늙은이　◇웃들 마소=웃지를 마시오　◇
公公(공공)한 一天下(일천하)=공평하고 공평한 세상　◇일생 청춘이
랴=평생동안이 젊음만이랴　◇黃昏 佳約 (황혼 가약)=황혼녘에 맺
은 아름다운 약속　◇紅顔 美人(홍안 미인)=젊은 아름다운 사람◇
노든 제가=놀던 때가

780

허허 세상 사람더라 周德頌 劉伶이도 사라실디 醉興이오 謫仙 李
靑蓮도 죽은 뒤에 孤魂이오 石崇 갓튼 富貴로도 하늘 밧게 浮雲이라

　倚頓의 黃金도 路上의 塵埃로다 安期生 赤松子을 어디가 물어보며
어디가 아라 보리 牛山에 지는 희는 齊景公의 눈물이라 玉門琴 한
曲調의 孟嘗君이 울어 잇다

　萬古 英雄 秦始皇 漢武帝도 죽엄을 못 면ᄒ고 礪山과 武陵에 皇帝
陵墓 되서시니 아니 노든 못ᄒ리라. (時調 15)

　　周德頌 劉伶(주덕송 유령)=‘주’는 ‘주’(酒)의 잘못. 주덕송을 지은
유령. 유령은 진(晋)나라 때 사람으로 슬을 즐겼으며 죽림칠현의 한
사람임　◇謫仙 李靑蓮(적선 이청련)=적선으로 블리는 이백　◇石
崇(석숭)=진(晋)나라 때의 부호이면서 문장가　◇倚頓(의돈)=의돈은
전국시대 부호　◇路上(노상)의 塵埃(진애)=길거리의 진흙먼지　◇

安期生(안기생)=진(晉)나라 사람으로 도슬로 오래 살았음 ◇赤松子(적송자)=중국 신농씨 때의 신선 ◇牛山(우산)에 지는 해는 齊景公(제경공)의 눈물이라=우산은 중국 산동성에 있는 산으로 제 나라 경공이 그 아름다운 경치를 보고 자기가 조만간 죽을 것을 알고 슬퍼서 울었다 함 ◇玉門琴(옥문금) 한 曲調(곡조)의 孟嘗君(맹상군)이 울어 잇다=‘옥문금’은 ‘옹문금’(雍門琴)의 잘못. 맹상군이 전국시대 제(齊)나라의 옹문주(雍門周)란 사람이 거문고를 타자 맹상군이 듣고 눈물을 흘렸다 함 ◇礪山(여산)과 武陵(무릉)=‘무릉’은 ‘무릉’(茂陵)의 잘못. 진시황과 한무제의 무덤이 있는 여산과 무릉 ◇皇帝陵墓(황제능묘)=황제의 능침

781

紅塵을 이믜 下直ᄒ고 桃源을 차자 누엇스니 六十年 世外 風浪 ᄭᅮᆷ이런 듯 可笑롭다

이 몸이 閑暇하야 山水의 遨遊헐제 一小舟의 不施篙艫ᄒ고 風帆浪楫으로 任其所之하올 져긔 水涯에 視魚하며 沙際에 鷗盟ᄒ야 飛者 走者와 浮者 躍者로 形容이 익어스니 疑懼ᄒ비 잇슬 것가 杏壇에 비를 미고 釣臺에 긔여올나 고든 낙시 듸리우고 石頭에 조으다가 漁夫의 낙근고기 柳枝에 쒜여들고 興치며 도라올제 園翁 野叟와 樵童 牧腎를 溪邊의 邂逅ᄒ야 問桑麻說秔稻할제 杏花村 바라보니 小橋邊 쓴 술집의 靑帘酒 날니거늘 緩步로 드러가셔 슷츠로 籌노으며 酪酊이 醉한 後의 東皐의 긔여 올나 슈파람 ᄒᆫ마듸를 마음더로 길게 불고 다시금 뫼여 니려 臨淸流而賦詩ᄒ고 撫孤松而盤桓타가 黃精을 ᄶᅡ여들고 집으로 도라들 제 芳逕의 나는 곳츤 衣巾을 침노ᄒ고 碧樹의 우는 시는 流水聲을 和答ᄒ다 문압페 다다라는 막ᄃᆡ를 의지ᄒ야 四面을 살펴보니 夕陽은 在山ᄒ고 人影이 散亂이라 紫綠이 萬狀인데

變幻이 頃刻이라 松影이 參差여늘 禽聲은 上下로다 山腰의 兩兩 笛
聲 쇠등의 아희로다 俄已오 日落西山ᄒ고 月印前溪ᄒ니 羅大經의 山
中이며 王摩詰의 輞川인들 여긔와 지날 것가 뜰 가온디 드러셔니 섬
뜰 밋테 어린 蘭草 玉露의 눌녀 잇고 울가의 셩긴 쏫츤 淸風의 나붓
긴다 房안의 드러가니 期約둔 月黃昏이 淸風과 함긔 와셔 불거니 비
츼거니 胸襟이 洒落ᄒ다 瓦盆의 듯는 술을 匏樽으로 바다니야 任과
흠긔 마조 안져 드러 셔로 勸할 저게 黃精菜 鱸魚膾는 山水의 가츄
미라 嗚嗚咽咽 洞簫聲을 닉 能히 브러스니 淸風七月 赤壁勝遊ㅣ여긔
와 彷佛ᄒ다 거문고 잇그러셔 膝上의 빗기 놋코 鳳凰曲 ᄒ바탕을 任
시켜 불니면서 興디로 집허스니 司馬相 鳳求凰이 여긔와 밋츨것가
竹窓을 밀고 보니 달이 거의 나지여늘 밤은 ᄒ마 五更이라 솔그림ᄌ
어린 곳의 鶴의 쑴이 깁허거늘 뎌슈풀 우거진데 이슬바람 션을ᄒ다
玉手를 잇끌고서 枕上의 나아가니 琴瑟友之 깁흔 情이 뫼갓고 물갓
타야 連理에 翡翠여늘 綠水의 鴛鴦이라 巫山의 雲雨夢이 여긔와 엇
덧턴고 뭇노라 벗님네야 安周翁의 悅心樂志 이만ᄒ면 넉넉ᄒ야

　이 後란 離別을 아조 離別하고 길이 슘어 任과 함긔 즐기다가 元
命이 다 ᄒ거든 同年同月同日同時에 白日昇天 ᄒ오리라. 安玟英 (言
編) (金玉 177)

　　紅塵(홍진)=속된 세상. 번거로운 세상　◇이믜=이미　◇桃源(도
원)=무릉도원(武陵桃源). 도연명의 '도화원기'(桃花源記)에 나오는
이상향(理想鄕)　◇六十年 世外風浪(육십년 세외풍랑)=육십년 동안
살아 온 세상밖의 바람과 물결. 여긔서는 현실 생활과는 관계 없이
가악(歌樂)만을 임삼고 살아 온 생애를 말함　◇쑴이런 듯 可笑(가
소)롭다=마치 꿈인 것처럼 어처구니가 없다　◇山水(산수)의 遨遊
(오유)헐제=자연에서 재미있고 즐겁게 놀 때　◇不施篙艫(불시고로)

ᄒ고=상앗대와 노를 쓰지 아니 하고　◇風帆浪楫(풍범낭즙)으로=바람으로 돛을 삼고 물결로 노를 삼음　◇任其所之(임기소지)ᄒ올 져긔=배가 가는 대로 맡겨 둘 적에　◇水涯(수애)에 觀魚ᄒ며=물가에서 고기가 노는 것을 보며　◇沙際(사제)에 鷗盟(구맹)하야=모래 벌판의 끝에서 갈매기와 벗을하여　◇飛者 走者(비자 주자)와 浮者 躍者(부자 약자)와=날으는 놈 뛰는 놈과 물에 둥둥 떠 다니는 놈 펄쩍 뛰어 오르는 놈과　◇形容(형용)이 익어스니=서로 친숙해졌으니　◇疑懼(의구)홀비 잇슬것가=의심하고 두려워할 바가 있겠는가　◇杏壇(행단)=살구나무가 서 있는 곳. 원래는 공부하는 곳을 이르는 말　◇釣臺(조대)=낚시할 수 있는 곳　◇고든 낙시=미늘이 없는 낚시　◇石頭(석두)=돌머리　◇柳枝(유지)=버드나무 가지　◇興(흥)치며=흥얼거리며. 흥이 나서　◇園翁 野叟(원옹야수)=시골에 묻혀 사는 늙은이　◇樵童 牧豎(초동목수)=나무하는 아이와 마소를 먹이는 아이　◇溪邊(계변)에 邂逅(해후)ᄒ야=시냇가에서 만나서　◇問桑麻 説秔稻(문상마설갱도)할졔=누에치고 베짜는 것에 대해 묻고 벼농사에 대해 이야기할 때　◇杏花村(행화촌)=술집을 가리킴　◇小橋邊(소교변) 쓴 술집 青帘酒(청렴주) 날니거늘=작은 다리 가의 술집을 알리기 위해 써 놓은 깃발이 날리거늘. '청렴주'는 '청렴기'(青帘旗)의 잘못. 예전에는 술집에 기를 달았음　◇緩步(완보)=느릿느릿 걷는 걸음　◇곳으로 籌(주)노으며=꽃가지를 꺾어 산가지를 삼아 술 마신 양을 헤아리며　◇酩酊(명정)이=몸을 가누기 힘들 정도로 몹시 취함　◇東皐(동고)=동쪽에 있는 언덕　◇슈파람=휘파람　◇뫼여 니려=산에서 내려와　◇임청유이부시ᄒ고 무고송이반환타가=맑은 시냇가에 노닐면서 시문을 짓고(臨清流而賦詩) 외로이 섯는 소나무를 어루만지며 배회하다가(撫孤松而盤桓)　◇黃精(황정)을 ᄭᅡ여 들고=황정을 까서 들고. 황정은 '죽대'의 뿌리로 약재로도 쓰임　◇芳逕(방경)에 나는 곳츤=꽃이 피어 있는 길에 날리는 꽃은

◇衣巾(의건)을 침노하고=옷과 두건 속으로 떨어지고 ◇碧樹(벽수)에 우는 식는=푸른 나무에서 우는 새는 ◇流水聲(유수성)을 화답ᄒᆞᆫ다=흘러가는 물소리에 대답한다 ◇夕陽(석양)은 在山(재산)하고=지는 해는 산위에 있고 ◇人影(인영)이 散亂(산란)이라=사람들의 그림자가 어지럽다 ◇紫綠(자록)이 萬狀(만상)인데=자주색과 녹색의 어우른 것이 여러 가지 모습인데 ◇變幻(변환)이 頃刻(경각)이라=빠른 변화가 눈 깜박할 동안에 일어난다 ◇松影(송영)이 參差(참치)여늘=소나무의 그림자가 가즈런하지 않거늘. 해가 질녁의 그림자가 비추는 모습 ◇禽聲(금성)은 上下(상하)로다=새의 울음소리는 나무의 아래 위에서 들니다 ◇山腰(산요)의 兩兩笛聲(양양적성) 쇠등의 아희로다=산허리에서 들려오는 짝을 이룬 젓대 소리는 쇠등을 탄 아희들이 부는 것이로다 ◇俄已(아이)오=아이고. 아아 ◇日落西山(일락서산)하고 月印前溪(월인전계)ᄒᆞ니=해는 서산으로 지고 달는 앞 내에 비추니 ◇羅大經(나대경)의 山中(산중)이며=나대경이 놀던 산속이며. 나대경은 중국 송나라 여릉(廬陵) 사람이며 자는 경륜(景綸)임 ◇王麻詰(왕마힐)의 輞川(망천)인들=왕마힐의 별장이 있던 망천인들. 왕마힐은 당나라 시인 왕유(王維)의 자(字)이며 망천은 그의 별장이 있던 곳 ◇여기와 지날 것가=여기보다 나을 것인가 ◇셤쏠 밋테 어린 蘭草(난초) 玉露(옥로)의 눌려 잇고=섬돌 아래 어린 난초는 이슬방울 때문에 잎이 수그러져 있고 ◇울가의 성귄 쏫츤 淸風(청풍)에 나붓긴다=울타리 가장자리에 있는 몇 안되는 꽃은 맑은 바람에 나부낀다 ◇胸襟(흉금)이 灑落(쇄락)하다=가슴속이 시원하고 상쾌하다 ◇瓦盆(와분)에 듯넌 술을 匏樽(포준)으로 바다니야=질동이에 떨어지는 술을 바가지로 받아서 ◇黃精菜 鱸魚膾(황정채 농어회)=황정으로 만든 나물과 농어로 만든 회 ◇山水(산수)를 가츄미라=물과 뭍에서 나는 안주를 모두 갖춤이다 ◇嗚嗚咽咽洞簫聲(오오열결 퉁소성)=흐느껴 우는 듯한 퉁소의 소리 ◇淸風七

月 赤壁勝遊](청풍칠월 적벽승유) 여긔와 彷佛(방불)ㅎ다=중국 송나라의 소동파가 칠월에 뱃노리를 했던 적벽의 풍경과 여기가 비슷하다　◇잇그려서=잡아 당겨서　◇膝上(슬상)에 빗겨 놋코=무릎 위에 비스듬히 놓고　◇鳳凰曲(봉황곡) 흔 바탕을=봉황곡 한 가락을　◇司馬相 鳳求凰(사마상 봉구황)이 여긔와 밋츨 것가=옛날 한(漢)나라의 사마상여(司馬相如)가 탁문군(卓文君)을 얻기 위해 불렀다는 봉황곡이 이것과 비교가 되겠는가　◇竹窓(죽창)을 밀고 보니=대나무로 겯은 창문을 열고 보니　◇달이 거의 나지여늘=달빛이 거의 낮처럼 밝거늘　◇밤은 하마 五更(어경)이라=밤은 벌써 오경이 되었다. 오경은 새벽 3시부터 5시 사이　◇솔그림자 어린 곳의=소나무의 그림자가 어른거리는 곳에　◇鶴(학)의 쑴이 깁거늘=학이 깊이 잠들었거늘　◇이슬바람 션을ㅎ다=이슬이 내리는 밤바람이 서늘하다　◇玉手(옥수)=아름다운 손. 여인의 손　◇琴瑟友之(금슬우지) 깁흔 情(정)이 뫼 갓고 물 갓타야=금슬을 벗삼은 것과 같은 정이 산같이 높고 물같이 깊어서　◇連理(연리)예 翡翠(비취)여널 綠水(녹수)의 鴛鴦(원앙)이라=연리지(連理枝)에 노는 비취새와 같거늘 푸른 물에 노는 원앙새라　◇巫山(무산)의 雲雨夢(운우몽)이=초(楚)나라의 양왕이 고당(高堂)에서 노는데 꿈에 선녀가 나타나 동침하여 즐기고 떠나면서 아침에는 구름이, 저녁에는 비가 되어 무산의 기슭에 나타나리리고 했다는 고사에서 나온 말로 남녀간의 행락(行樂)을 비유해서 씀　◇安周翁(안주옹)의 悅心樂志(열심락지)=안주옹의 마음과 의지를 기쁘고 즐겁게 함. 주옹은 안민영의 호(號)임　◇元命(원명)=예순 한 살. 또는 기운과 목숨　◇白日昇天(백일승천)=신선이 되어 한낮에 하늘로 올라감

　※『金玉叢部』에 "고지도원 역금지도원야 아지은어차행차락 무내천사신우야"(古之桃源 亦今之桃源也 我之隱於此行此樂 無乃天賜神佑耶 예전의 도원은 지금도 역시 도원이다. 내가 이런 행락에 잠길 수

있는 것은 무론 하늘이 내려 주시고 귀신이 도운 것이 아니겠는가?)
라 했음

782

花果山 水簾洞中의 千年 묵은 진납이 神通이 거룩홀쏘

大鬧天宮하고 龍宮에 作亂하야 神震鐵을 엇고 三藏의 弟子되여
八戒沙僧 다리고 西域國에 妖孽을 剿蕩ᄒ고 大藏經을 가져오니

世上에 測量키 어려올쏜 孫悟空인가 ᄒ노라. 金壽長 (二數大葉)
(海周568)

花果山 水簾洞(화과산 수렴동)=중국 절강성 신창현에 있는 산과
그 곳에 있는 골째기. 『서유기』에 손오공이 나오는 곳으로 되어 있
음 ◇진납이=원숭이 ◇神通(신통)이 거룩홀쏘=모든 일에 신기하
게 통달함이 대단하구나 ◇大鬧天宮(대료천궁)=천궁을 크게 어지
럽힘 ◇龍宮(용궁)=용왕이 살아 나라를 다스린다고 하는 궁궐 ◇
神震鐵(신진철)=손오공이 용왕에게서 얻었다고 하는 여의봉(如意棒)
인 듯 ◇三藏(삼장)=삼장법사(三藏法師)를 말함. 경(經) 율(律) 논
(論)에 정통한 스님. 『서유기』에서 서역으로 가서 불경을 구해오는
것으로 되어 있음 ◇八戒沙僧(팔계사승)=손오공이 저팔계(猪八戒)
와 사오정(沙悟淨)과 더불어 서역으로 가는데 이를 지칭하는 듯 ◇
西域國(서역국)=중국 서쪽에 있는 나라 ◇妖孽(요얼)을 剿蕩(초탕)
ᄒ고=요사스런 귀신들의 재앙을 죽여 없애고 ◇大藏經(대장경)=
불교의 경전 전부를 가리키는 말 ◇測量(측량)=헤아림 ◇孫悟空
(손오공)=『서유기』에 주인공으로 등장하는 조화가 무궁하다고 하는
가상의 원숭이

783

和氣는 滿乾坤이요 文名은 極一代라

도모지 헤아리면 우리 聖主 敎化ㅣ로다

아마도 聖壽無彊 ᄒ오심이 我東方 福이신가 ᄒ노이다. 翼宗 (羽調
二數大葉) (靑六 28)

和氣(화기)는 滿乾坤(만건곤)이요＝온화한 기운은 천지에 가득하
고 ◇文名(문명)은 極一代(극일대)라＝글을 잘하여 얻은 이름은 당
대에 더 할 수 없이 뛰어남 ◇도모지＝모두 ◇우리 聖主(성주)＝
우리 훌륭한 임금. 순조(純祖)를 지칭함 ◇敎化(교화)ㅣ로다＝가르
치고 감화시킴이로다 ◇聖壽無彊(성수무강)＝임금이 오래 삶 ◇我
東方(아동방)＝우리나라

784

화살 갓치 빨은 세월 무근 해을 전송하고

新年을 마지하니 天曾歲月人曾壽요 春滿乾坤福滿家라 後園草屋 花
階上에 왜철죽 牧丹花 만발한데 庭前에 무근 梧桐 新葉이 更生하니
和氣自生 君子宅이요 春光先到吉人家라

月態花容 美人들아 너의 몸도 곱다마는 새 봄마는 못하리라 잔 들
고 술 부어라 놀고 갈가 (雜誌 423)

빨은＝빠른 ◇무근 해을＝묵은 해를 ◇天曾歲月人曾壽(천증세
월인증수)요 春滿乾坤福滿家(춘만건곤복만가)라＝하늘이 세월을 더하
니 사람의 수명이 더하고 봄이 천지에 가득하니 복이 집에 넘치니라
◇花階上(화계상)＝꽃이 핀 뜰에 ◇新葉(신엽)이 更生(갱생)하니＝새
닙이 다시 나니 ◇和氣自生君子宅(화기자생군지댁)이요 春光先到吉

人家(춘광선도길인가)=화기는 군자의 집에 저절로 생기고 봄빛은 길인의 집에 먼저 이른다 ◇새 봄마는=새 봄만은

785

火食을 못홀 지는 木實을 먹쏘던가

千百 ᄀ지 나모 열미 性味가 다 다르니 天皇氏 地皇氏 萬八千歲 술지 이 實果를 먹쏘던가

아마도 瑤池蟠桃와 萬壽山 五莊觀에 人蔘果를 먹엇쏘다. (蔓橫)

(樂學 877)

먹쏘던가=먹었던가 ◇나모 열미=나무 열매 ◇性味(성미)=성질과 맛 ◇天皇氏 地皇氏 萬八千歲(천황씨 지황씨 만팔천세)=고대 중국의 삼황인 천황씨와 지황씨 그리고 인황씨가 각각 일만 팔천세를 다스렸다 함 ◇瑤池蟠桃(요지반도)=요지연에서 먹었다는 선도(仙桃). 먹으면 삼천년을 산다고 함 ◇萬壽山(만수산)=고려시대 개성의 수창궁(壽昌宮)에 만들었던 가산(假山) ◇五莊觀(오장관)=미상 ◇人蔘菓(인삼과)=인삼으로 만든 과자

786

華燭 東方 紗窓 밧게 梧桐나무 성건 비소리 잠 놀나 찌다르니

萬籟俱寂흔듸 四壁蟲聲 唧唧흐고 도든 달이 지실 젹에 關山淸秋스러흐야 두 나릐 짱짱 치며 슬피 울고 가는 저 외기러가

밤 中만 네 소릐 드를졔면 不覺墮淚 흐노라. (言樂)

(六靑 841)

華燭東方(화촉동방)='동방'은 '동방'(洞房)의 잘못. 신방(新房)

◇성긘 비소리=어쩌다 떨어지는 빗소리   ◇萬籟俱寂(만뢰구적) 흐듸
=밤이 깊어 모든 소리가 그치어 아주 고요해짐   ◇四壁蟲聲(사벽충
성)=사방 벽에서 울려오는 벌레소리   ◇唧唧(즉즉) 흐고=즉즉하고
울고. 즉즉은 벌레 우는 소리   ◇關山淸秋(관산청추)=고향의 맑은
가을   ◇스러흐야=슬퍼해서   ◇不覺墮淚(불각타루)=눈물이 떨어짐
을 깨닫지 못함

787

華燭 東方 紗窓 박게 碧梧桐 성긘 비쇼리 잠 놀너 씨니

萬籟는 俱寂헌데 蟋蟀聲은 喧喧흐고 關山 蜀鳥난 스로라 슬피 울
고 시벽달 게싀는 밤의 두 나리 치며 울고 가난 외 기럭아 나도 너
와 갓치 相思로 든 病이 누어 이지 못헌다고 傳허여 쥬럼

우리도 碧天 하날 夜의 牒書를 발의 미고 밧쎄 가난 길인고로 傳
헐지 말지. (調詞 64)

蟋蟀聲(실솔성)=귀뚜라미 우는 소리   ◇喧喧(훤훤)흐고=울어대고
◇關山蜀鳥(관산촉조)=고향의 두견이   ◇스로라=슬프다   ◇게싀는
='게'는 '지'의 잘못인 듯. 지새는   ◇누어 이지=누워 일어 나지
◇碧天(벽천)=푸른 하늘   ◇牒書(첩서)=편지

788

還上에 볼기 설흔 맛고 掌利 갑세 외 솟 흐나 쩌여간다
스랑 둔 女妓妾을 원의 差使 등 미러 닌다
아희야 粥湯罐에 개 보아라 豪氣를 겨워 흐노라. (樂時調)
(詩歌 598)

　　還上(환상)=‘환자’라고 읽음 정부에서 곡식을 봄에 백성들에게 빌려 주었다가 가을에 이자와 더불어 돌려 받는 제도　◇掌利(장리)갑세=‘장리’는 ‘장리’(長利)의 잘못. 장리의 값에　◇외 숏=하나밖에 없는 솥　◇쩌여간다=떼어 간다　◇원의 差使(차사)=‘원의’는 다른 곳에는 ‘월리’(月利)로 되어 있음. 한 달의 기준으로 받는 이자를 걷우어 들이는 사람　◇등 미러 닌다= 등을 밀어서 데려 간다　◇粥湯罐(죽탕관)=죽을 끓이는 그릇　◇豪氣(호기)를 겨워=호탕한 기운을 이기지 못하여

789

　淮水出桐栢山ㅎ니　東馳遙遙ㅎ야　千里不能休어늘

　淝水出其側ㅎ야　百里入淮流ㅣ라　壽州屬縣에　有安豊ㅎ니　唐貞元年이라　縣人　董生邵南이　隱居行義於其中이로다　刺史不能薦ㅎ야　天子ㅣ不聞名聲이오

　爵祿不及門을　門外唯有吏日來　徵租更索錢　ㅎ더라. (蔓橫)
　(樂學 873)

　　淮水出桐栢山(회수출동백산)ㅎ니=회수가 동백산에서 발원하니. 회수는 하남성(河南省)에서 발원하여 안휘성을 지나 강소성(江蘇省)으거쳐 바다로 들어감　◇東馳遙遙(동치요요)ㅎ야=동쪽으로 멀리 달려　◇千里不能休(천리불능휴)어늘=천리를 쉬지 않거늘　◇淝水出其側(비수출기측)ㅎ야=비수가 그 옆에서 나와. 비수는 안휘성(安徽省)에 있음 ◇百里入淮流(백리입회류)라=백리를 흘러 회수에 들더라　◇壽州屬縣(수주속현)에　有安豊(유안풍)ㅎ니=수주의 속한 현에 안풍이 있으니　◇唐貞元年(당정원년)이라=당정원년이다.당나라 정원 때이다　◇縣人 董生邵南(현인 동생소남)이=현에 사는 사람 동생소남이　◇隱居行義於其中(은거행의어기중)=그 가운데 숨어 살며 의를

행하다   ◇刺史不能薦(자사불능천)=자사가 그를 천거하지 못하니
◇天子不聞名聲(천자불문명성)=천자는 명성을 듣지 못하고   ◇爵祿
不及門(작록불급문)=작록이 문에 이르지 않고   ◇門外唯有吏日來徵
租 更索錢(문외유유리일래징조 갱색전)=문밖에 관리가 날마다 와서
세금을 징수하느라고 돈을 뒤져 가더라

790

輝煌月 夜三更의 輾展反側 꿈을 닐러 太古便의 오난 님 만나 積年
懷抱를 半이나 남어 니룰너니만은
  枕頭의 저 蟋蟀 不勝佚呂之嘆ᄒ야 귀똘 귀똘 우는 소리 놀너 찌니
겻티 님 간 곳 업고 님 잡엇든 손이 귀똘이만 써일닷이 쥐엿고나
  야속타 져 귀똘 너도 짝을 일고 울량이면 남의 寃痛혼 私情 이디
지 모로너냐. 任重桓 (時調演義 81)

  輝煌月 夜三更(휘황월야삼경)=달이 환히 밝은 한밤중   ◇輾轉反
側(전전반측)=이리저리 뒤척여 잠을 이루지 못함   ◇太古便(태고편)
의=오랜만에   ◇積年 懷抱(적년회포)=여러 해동안 쌓인 잊혀지지
않는 생각   ◇半(반)이나 남어=반이나 넘게   ◇니룰너니만은=이루
려하였지만   ◇枕頭(침두)의=베갯머리의   ◇蟋蟀(실솔)=귀뚜라미
◇不勝佚呂之嘆(불승일려지탄)ᄒ야=짝을 잃은 슬픔을 억제하지 못
하여   ◇써일닷이=겨우. 때릴듯이   ◇야속타=아속하구나   ◇울량
이면=울려고 한다면   ◇私情(사정)=사정(事情)의 잘못인 듯   ◇이
디지=이다지

作家 解說

● 端宗(1441~1457)

조선 제 6대 왕 재위 1452~1455. 문종의 아들. 문종의 뒤를 이어 왕위에 올랐으나 숙부인 수양대군이 실권을 쥐고 禪位를 강요하자 왕위에서 물러나 있던 중 사육신의 난으로 1457년 노산군으로 강등되고 영월에 유배되었다 자살을 강요당해 죽었음. 숙종 24년에 복위됨

● 玉溪 母 權氏

玉溪 盧禛(1518~1578)의 어머니. 盧友明(1471~1541)의 부인. 노신이 선조 4년(1571)에 어머니의 봉양을 위해 외직을 원해 곤양군수가 되었다고 했으니 적어도 이때까지 생존하였다고 하겠다. 농암 이현보(1467~1555)의 자당 권씨가 중종 22년(1527)에 농암이 동부승지가 되자 기뻐서 지었다는 일명 '선반가'인 "먹디도 됴홀샤 승정원 선반야 노디도 됴홀샤 대명뎐 기슬기 가디도 됴홀샤 부모다힛 길히야"와 같이 자식의 잘됨을 칭찬한 노래임.『옥계선생속집』에 수록되어 있음

● 金宇宏(1514~1590)

문신. 자는 敬夫. 호는 開巖. 본관은 義城. 希參의 아들. 李滉의 문인. 선조 15년 忠淸道 觀察使 후에 靑松府使를 거쳐 光州牧使. 尙州 涑水書院에 祭享. 저서『開巖集』. 경북 奉化 宋川書院에 소장되어 있는 사본『追慕錄』에 아들 得可의 시조와 함께 4首가 수록되어 있음.

● 高應陟(1531~1606)

문신. 자는 叔明 호는 杜谷, 翠屏. 본관은 安東. 識의 아들. 後溪 金範에게 受學 退溪의 門人이 됨. 明宗 16年에 문과에 급제한 후 咸興敎授를 시작으로 成均司成을 거쳐 慶州府尹에 이름. 저서『杜谷集』

● 鄭澈(1536~1593)

문신. 자는 季涵 호는 松江 본관은 延日 惟沉의 아들. 奇大升, 金麟厚에게 배움. 乙巳士禍에 관련되어 부친을 따라 귀양다니다 明宗 6年에 特赦로 전라도 昌平으로 移住. 明宗 16年에 進士試와 別試文科에 壯元으로 及第. 이후 持平을 시작으로 관직에 나아가 左議政에 이르는 동안 여러 차례의 削奪官職과 流配를 당함. 歌辭文學의 大家의 칭을 받으며 시조와 함께 엮은 국문시가집『松江歌辭』가 있음. 저서『松江集』

● 金得可((1547~1592)

호는 主峯. 본관은 義城. 宇宏의 아들. 縣監을 지냄. 부친 우굉의 시조와 함께 경북 奉化 宋川書院에 소장되어 있는 사본『追慕錄』에 시조가 3首 수록되어 있음.

● 金得硏(1555~1637)

호는 葛峯 본관은 光山 惟一齋 彦璣의 아들로 安東에서 출생. 出仕에 관심이 없고 학문에만 전념. 壬辰倭亂과 丙子胡亂에는 倡義에 가담. 문집이 사본으로『葛峯遺稿』와『葛峯先生遺墨』이 있음

● 姜復中(1563~1642)

호는 淸溪. 본관은 晉州. 忠南 論山 恩津에서 출생. 어려서부터 집안 형편이 어려웠고 37歲에는 失火로 가옥이 全燒 世傳의 모든 것을 燒失함. 仁祖反正이 성공하자 「癸亥反正歌」를 지은 것을 비롯해 松江의 「訓民歌」에 화답하는 「和訓民歌」, 丙子胡亂에 나이가 들어 국가에 보탬이 되는 일을 못한 恨을 노래한 「爲君爲親痛哭歌」 등 시조 65首가 『淸溪公遺事』에 수록되어 전함.

● 李瀰(朝鮮中期)

본관은 龍仁인 듯. 姜復中의 『淸溪歌詞』에 수록되어 있는데, 강복중의 「水月亭淸興歌」에 대한 和答으로 지은 「駒城李瀰詞 謹答永言五首」가운데 첫 번째 首임

● 金忠善(1571~1642)

본래 日本人. 本姓名은 沙也可. 자는 善之 호는 慕夏堂. 본관은 金海. 壬辰倭亂에 加藤淸正의 左先鋒將으로 우리나라에 침입하였다가 조선의 문물에 감탄 歸化함. 후에 누차 功을 세워 嘉善大夫가 되고 權慄과 韓浚謙의 奏請으로 성명을 下賜 받음. 李适의 난과 병자호란에 공을 세웠음. 牧使 張春點의 딸과 혼인하여 살면서 家訓과 鄕約을 지어 鄕里敎化에 힘씀. 저서에 『慕夏堂文集』이 있음.

● 白受繪(1574~1642)

문신. 자는 汝彬. 호는 松潭. 본관은 梁山. 壬辰倭亂에 포로가 되어 일본에 잡혀갔다가 27歲에 귀국. 후에 광해군의 亂政에 대해 여러번 상소하여 세상에 이름을 알림. 후에 잠시 벼슬길에 올라 禮賓寺參奉

과 自如道察訪을 지낸 일이 있음. 時宜에 맞지 않아 벼슬을 그만두고 後學의 교육을 힘쓰다 죽음. 저서에 『松潭遺事』가 있음.

● 金啓(1575~1657)

호는 龍潭. 본관 一善. 雙月堂 禮復의 아들. 安東 근읍의 文士로 애민사상이 투철하고 禮道를 실천하며 孝行이 극진하였음. 그의 著作으로는 『龍蛇日記』와 『龍潭日記』가 있다고 하나 前者는 전하지 않음. 그의 작품은 『龍潭錄』에 수록되어 전하는데 여기에 仁祖大王의 시조 1首가 수록되어 있음.

● 尹善道(1587~1671)

文臣, 詩人 자는 約而. 호는 孤山. 본관은 海南. 惟深의 아들로 惟幾에게 入養. 光海君 4年에 진사가 된 이후 벼슬길에 나가 여러차례의 귀양과 벼슬을 반복하다가 顯宗 7年에 放還후에 시골에 은거함. 시조의 창작에 뛰어난 재질을 보여 「山中新曲」과 「山中續新曲」, 「漁父四時詞」 등 시조를 남겼음. 『孤山遺稿』에 수록되어 전함.

● 仁祖(1595~1649)

조선 제 16대왕. 재위 1623~1649 이름은 倧. 자는 和伯. 호는 松窓. 宣祖의 손자. 定遠君(追尊 元宗)의 아들. 仁祖反正으로 왕위에 오름. 이듬해 李适의 亂으로 公州에 피란했다 평정하고 돌아왔고 이후 新興 淸나라와의 마찰로 丁卯胡亂과 丙子胡亂으로 패전하여 三田渡에서 淸將에게 항복하고 왕자들을 청에 볼모로 보내는 등의 수모를 겪음.

● 蔡裕後(1599~1660)

문신. 자는 伯昌. 호는 湖洲. 본관은 平康. 忠衍의 아들. 17歲에 生員이 되고부터 官職에 나가 大提學에까지 올랐으며, 후에 『仁祖實錄』과 『宣祖改修實錄』편찬에 참여했음. 諡號는 文惠 저서에 『湖洲集』이 있음.

● 孝宗(1619~1659)

조선 제 17대왕. 재위 1649~1659. 이름은 淏 자는 靜淵. 호는 竹梧. 인조의 아들. 병자호란에 형 소현세자와 더불어 청나라에 볼모가 되었다가 8년후에 돌아옴. 인조 23년 소현세자가 變死한 뒤 세자로 책봉, 인조의 뒤를 이어 즉위. 청나라에 볼모로 잡혀 있던 원한으로 북벌정책을 계획했으나 뜻을 이루지 못하고 병사함.

● 李聃命(1646~1701)

문신. 자는 耳老. 호는 靜齋. 본관은 廣州. 龜巖 元禎의 아들. 慶北 漆谷에서 출생. 顯宗 7年 司馬試와 同 11年 別試文科에 급제하여 관직에 나가 承旨때 庚申大黜陟으로 관직이 削奪 당하고 流配길에 올랐다가 이후 復職과 流配를 계속하다가 母夫人 앞에서 생을 마침. 저서로 『靜齋集』이 있음.

● 安昌後(1687~1771)

자 繼仲 호는 閒說堂. 저서에 『閒說堂遺稿』가 있고, 시조 24首가 수록되어 있음

● 金壽長(1690~?)

歌客. 자는 子平. 호는 老歌齋. 肅宗朝에 兵曹 書吏를 지냈음. 英祖

朝에 가집 『海東歌謠』를 편찬했으며, 老歌齋를 구축하고 가객들과 더불어 歌壇을 운영한 것으로 여겨짐.『해동가요』를 비롯한 여타 가집에 100首가 넘는 작품이 수록되어 전하고 있으며, 同僚, 後輩 가객의 작품에 跋文을 쓴 것이『靑邱歌謠』에 수록되어 있음. 현재 제일 많은 장시조 작품이 전하고 있음.

● 李鼎輔(1693~1766)

문신. 자는 士受. 호는 三洲. 본관은 延安. 雨臣의 아들. 景宗 1年에 進士試에 합격하고 다시 英祖 8年에 庭試文科에 丙科로 합격하여 檢閱로 관직에 나가 兩館大提學과 禮曹判書를 역임 判中樞府事가 됨.『海東歌謠』에 그의 작품이 수록되어 전하는데 장시조 작품은 작가의 신빙성이 문제가 된다고 하겠다.

● 英祖(1694~1776)

조선 제 21대왕. 재위 1724~1776. 이름은 금(昑). 자는 光叔. 호는 養性軒. 肅宗의 아들. 景宗 1年에 왕세제로 책봉. 왕세제 책봉과 대리청정 문제로 갈등을 겪었고, 즉위하자 蕩平策을 써 당쟁을 막으려 했음. 均役法을 시행하고 인쇄술을 개량 많은 서적들을 출판하는 등의 각 방면에 善政을 배풀어 부흥기를 가져왔으나 思悼世子를 뒤주에 가두어 죽이는 비극을 가져오기도 하였음. 재위기간이 제일 긴 52年이나 됨.

● 金兌錫

가객. 자는 德而. 숙종조에서 영조조에 생존했던 사람임. 노가재가 『청구가요』에서 "김군덕이 성본소아 호풍경 낙붕우 숙지경 능필법" (金君德而 性本騷雅 好風景 樂朋友 熟知景 能筆法)이라고 한 것을 미루어 소탈한 성품에 자연경치를 좋아하고 사교적인 성격을 가졌으며 필법에 능한 사람이라 하겠다. 시조 4首가 전한다.

● 金默壽

가객. 자는 時慶. 가객 聖垕의 아들. 『樂學拾零』에서 "金默壽 字 時慶 英宗朝 書吏"이라 했음. 자를 始庚으로도 표기된 곳이 있음. 시조 6首가 전함.

● 朴文郁

가객. 자는 汝大. 英祖朝 書吏. 老歌齋가 『靑邱歌謠』에 수록된 발문에서 박문욱을 極讚하기를 이세상의 진정한 豪傑君子라 하였고, 특히 그의 작품 가운데 僧尼交脚의 노래는 千古一談이므로 그를 敬亭山으로 對한다고 하였다. 그의 작품 17首 가운데 12首가 장시조이니 작품의 비율로 따져 最多의 장시조 작가라 하겠음.

● 權德重

가객. 자는 欽哉. 『樂學拾零』에 작품 1首가 수록되어 있는 것으로 미루어 老歌齋 死後에 지은 것이 아닌가 생각됨.

● 吳擎華

가객. 자는 子馨. 호는 瓊叟 본관은 樂安. 가집에 따라 이름이 '景化'로 자가 '子亭'이나 '子衡'으로 표기된 곳도 있음. 英祖朝 후반에 활동한 가객으로 여겨짐.

● 蔡瀗(1716∼1795)

호는 近品齋. 淸臺 權相一 門下에서 수학. 39歲에 生員試에 합격.

뒤에 관직에 나감. 만년에 경북 聞慶에서 石門亭을 짓고 후학을 위
해 詩會와 講會를 열기도 했음.

● 梁柱翊(1722~1802)

문신. 자는 君翰. 호는 无極. 본관은 南原. 命振의 아들. 英祖 29年
에 司馬試에 합격하고 이어 增廣文科에 丙科로 합격하여 成均館典籍
을 시작으로 관직에 나가 同知中樞府事가 되었음. 詩文 이외에 天文
地理 陰陽 算數 兵法 등에 능통하며 글씨도 잘 썼음. 저서로『无極
集』이 있음.

● 魏伯珪(1727~1798)

實學者. 자는 子華. 호는 存齋, 桂巷, 桂巷居士 본관은 長興. 文德
의 아들. 과거에 여러차례 실패하고 스승 尹鳳九에게서 학문적 啓導
를 받았음. 68歲에 학문과 덕행이 알려져 繕工監副奉事에 나아가 慶
基殿令에 이르기까지 관직에 나간 일이 있음. 저서에 문집인『存齋
集』에 많은 저술이 있음.

● 黃胤錫(1729~1791)

학자. 자는 永叟. 호는 頤齋, 西溟散人, 雲浦主人, 越松外史. 본관은
長水. 金元行 門人. 전북 高敞에서 출생. 英祖 35年에 進士試에 합격
하여 관직에 나갔다가 全義縣監을 지내고 사퇴함.『周易』을 비롯한
經書 연구에 힘쓰다가 종래의 理學과 서구의 신지식과의 조화를 시
도한 공이 있음. 특히 韻學과 國語學 연구에 업적을 남겼음. 저서에
문집인『頤齋遺稿』등이 있음.

● 南極曄(1736~1804)

자는 壽汝. 호는 愛景. 저서에『愛景堂言行錄』이 있고 거기에 月令
體 형식의 시조가 12首 수록되어 있음.

● 金履翼(1743~1830)

문신. 자는 輔叔. 호는 牖窩. 본관은 安東. 由行의 아들. 정조 9년
에 진사로 調聖文科에 급제 正言으로 관직에 나가 流配와 관직에 나
가기를 거듭함. 안동 김씨가 집권하자 水原府留守, 大司憲을 거쳐 漢
城府判尹에 이름.『金剛永言錄』에 50首『觀城雜錄』에 10首 등 시조
60首가 전하고 있음.

● 申獻朝(1752~1807)

문신. 자는 汝可. 호는 竹醉堂. 본관은 平山. 應顯의 아들. 正祖 19
年에 調聖文科에 壯元으로 급제한 뒤에 관직에 올라 江原觀察使, 大
司諫, 原州牧使 등을 역임. 저서로『竹醉堂遺稿』가 있었으나 6. 25
전쟁에 燒失되고 시조 25首가 수록된『蓬萊樂府』가 전하고 있음.

● 金祖淳(1765~1832)

문신. 初名은 洛淳. 자는 士源. 호는 楓皐. 본관은 安東. 履中의 아
들. 純祖의 장인. 正祖 9年 庭試文科 丙科로 급제하여 檢閱로 관직을
시작 吏曹判書에 이름. 순조의 장인이 되어 永安府院君에 封해지고,
여러 관직을 맡았으나 실권있는 직책은 맡지를 않았음. 안동 김씨
勢道情致의 기반을 마련했으며 많은 저술을 남겼고, 竹畵를 잘 그렸
음. 저서에『楓皐集』이 있음.

● 申甲俊(1771~1845)

자는 又仲 호는 晚覺齋. 출전은 『城西幽稿』. 9首의 시조가 전함

● 金敏淳(1776~1859)

歌客. 자는 愼汝. 호는 梅月松風. 본관은 安東 履信의 아들. 蔭職으로 砥平縣監을 지냈음. 六堂本 『靑丘永言』에 시조 11首가 전함

● 李廷鎭

英祖時代 이후의 가객으로 推定됨. 『歌曲源流』系 가집에 나오는 李廷蓋과 混同하여 同一人으로 다루고 있는 실정이나, 이정신은 자가 集仲이며 호가 百悔翁이라 하여 별개의 인물로 추정됨.

● 金鍈

英祖時代 이후의 歌客으로 推定됨. 六堂本 『靑丘永言』에 수록되어 있는데, 金煐과 같은 인물로 다루고 있다. 그러나 金煐의 경우 작가 소개에 英祖朝에 咸鏡道兵馬節度使를 지낸 金相玉(1683~1739)의 아들로 그도 武科에 급제하여 관직이 正祖朝에 大將에 이르렀다고 했으나, 金鍈은 아무런 표시가 없는 것으로 미루어 별개의 인물로 看做됨.

● 翼宗(1809~1930)

순조의 세자. 이름은 영. 자는 德寅. 호는 敬軒. 순조 12년에 세자로 책봉되고, 趙萬永의 딸과 가례를 올려 나중에 豊壤趙氏 세도의 빌미가 됨. 同 27年에 代理聽政하여 賢才를 등용, 刑獄을 신중하게 하는 등의 선정을 베풀었으나 청정 4년만에 병사함. 憲宗이 즉위하면서 翼宗으로 追尊함

● **金學淵**

純祖朝 이후의 歌客으로 推定됨. 자는 墀敎. 朴孝寬이나 安玟英보
다는 약간의 先輩 가객으로 추정됨. 河合本『歌曲源流』에 작품이 수
록되어 있음

● **任義直**

純祖朝 이후의 歌客으로 推定됨. 자는 伯亨.『歌曲源流』系 가집에
"善琴鳴於世"니 "一國名琴"이니 한 것으로 미루어 琴客이며, "名歌"
라고 한 것으로 보아 노래도 잘한 것으로 추측됨.

● **安玟英(1816~?)**

가객. 자 聖武, 炯甫. 호는 周翁, 口圃東人. 구포동인은 大院君의
賜號임. 雲崖 朴孝寬으로부터 가곡을 배웠음. 후에 대원군과 그의 長
子 李載冕의 知遇를 얻음. 70歲 이상을 생존한 것으로 추정되며, 박
효관과 더불어『歌曲源流』를 편집했다고 하나, 의문점이 많으며 개
인 가집으로『金玉叢部』가 전하고 여기에 180首의 시조가 수록되어
있음.

● **金允錫(?~1883)**

琴客. 자는 君仲. 호는 碧江. 英祖 시대 가객인 金兌錫의 작품으로
표기되어 있으나 수록된 가집이『歌曲源流』에 처음 나오는 것으로
보아 金允錫의 잘못이 틀림이 없다고 斷定함. 유일하게 1首가 전함

● **李世輔(1832~1895)**

王族. 자는 左甫, 본관은 全州. 端和의 아들. 후에 應寅으로 개명.

慶平君의 爵號를 받았음. 후에 안동 김씨의 들의 미움의 표적이 되어 전라도 薪智島로 유배됨. 高宗이 즉위하면서 유배에서 풀려나 여러 관직에 임명됨. 閔妃가 被殺되는 變故에 충격을 받고 병이 되어 病死함.

● 典洞

本名은 未詳. 佛蘭西本 『歌曲源流』에 작품 2首가 수록되어 있음

● 金庸潤

자는 良中. 延世大 소장본 『歌曲』에 시조 2首가 수록되어 있음.

● 林重桓

호는 三貫. 『時調演義』에 작품 115首가 수록되어 전함

索 引

주해 장시조

인쇄일 초판 1쇄 2000년 07월 10일
　　　　　2쇄 2015년 06월 20일
발행일 초판 1쇄 2000년 07월 15일
　　　　　2쇄 2015년 06월 23일

지은이 황 충 기
발행인 정 찬 용
발행처 국학자료원
등록일 1987.12.21, 제17-270호

서울시 강동구 성내동 447-11 현영빌딩 2층
Tel : 442-4623~4 Fax : 442-4625
www. kookhak.co.kr
E- mail : kookhak2001@hanmail.net
ISBN 978-89-8206-513-2 (93810)
가 격 25,000원

*저자와의 협의 하에 인지는 생략합니다.